Une histoire
de l'anthropologie

Robert Deliège

Une histoire de l'anthropologie

Écoles, auteurs, théories

NOUVELLE ÉDITION AUGMENTÉE

Éditions du Seuil

ISBN 978-2-7578-3560-9
(ISBN 978-2-02-090888-7, 1re publication)

© Éditions du Seuil, 2006
et novembre 2013, pour la nouvelle édition

À Catherine

Introduction

  Nous disposons aujourd'hui d'un certain nombre
d'ouvrages qui offrent aux étudiants, aux chercheurs et
aux enseignants une introduction à l'étude de cette discipline
que l'on nomme tantôt anthropologie, tantôt ethnologie.
Ces livres l'abordent généralement de façon thématique,
soit à travers des sous-disciplines comme l'anthropologie
politique ou l'anthropologie économique, soit en se cen-
trant sur un concept ou un domaine de recherche. Une telle
approche est tout aussi louable qu'utile, mais ce n'est pas
celle que nous avons choisi de développer ici. Nous avons
voulu plutôt mettre l'accent sur les grandes théories qui ont
marqué l'histoire de l'anthropologie, d'une part, et, d'autre
part, exposer, de façon parfois assez détaillée, les travaux
des grands auteurs qui ont jalonné ces courants de pensée.
Qu'est-ce que le fonctionnalisme ? De quoi parlent *Les
Argonautes du Pacifique occidental* ? Quelle est l'originalité
de l'approche d'Evans-Pritchard ? Voilà quelques questions
auxquelles le présent travail entend apporter des éléments
de réponse.
  Quand on est étudiant et que le temps manque déjà pour
faire toutes ces choses passionnantes que la vie propose,
faut-il encore passer son temps – ou le perdre – à étudier
des théories aussi désuètes que l'évolutionnisme qui a, depuis
longtemps, perdu les faveurs des chercheurs ? Nous sommes
évidemment convaincu que la réponse à cette question est
largement positive et cela pour diverses raisons. La première

tient au fait que chacun des courants que nous étudierons a abordé des questions fondamentales qui se posent à la compréhension de la vie en société. Si les réponses apportées ne nous paraissent, au mieux, que partielles et, au pis, partiales, les questions qu'ils ont posées n'ont pas été résolues et elles continuent de hanter l'imagination sociologique. De plus, ces écoles ont chacune marqué leur époque, mais, dans le même temps, elles en étaient le reflet : les liens qui unissent l'évolutionnisme au XIXᵉ siècle, au scientisme et au colonialisme sont si connus qu'il n'est pas besoin de les rappeler ici ; le culturalisme américain est, lui aussi, l'expression de la société américaine, tout comme le structuralisme n'est pas sans rapports avec l'univers qui l'a vu fleurir. L'histoire de ces courants de pensée n'est donc pas une simple histoire des idées, c'est aussi un reflet des préoccupations sociales, intellectuelles et politiques qui ont marqué les deux derniers siècles. La manière dont nous avons pensé la société et la « primitivité » a donc été influencée par les conditions de production de ce discours scientifique.

À l'inverse, il est remarquable de constater que l'anthropologie sociale a participé à la construction des grandes idées qui ont traversé notre époque. Le relativisme, pour ne prendre qu'un exemple, s'est largement appuyé sur les travaux des ethnologues qui, *volens nolens*, ont souvent été associés à cette manière de voir le monde et surtout de penser ses valeurs. Dans tous les cas, les travaux des ethnologues nous ont aidés à penser le monde et à mieux comprendre l'homme.

S'il a connu des avancées non négligeables, le savoir des sciences sociales n'est pas tout à fait comparable à celui des sciences exactes où un paradigme nouveau élimine quasiment ceux qui l'ont précédé. L'étude de la chimie du XIXᵉ siècle n'a plus d'intérêt que pour les historiens des sciences et l'on peut très bien devenir chimiste sans pour autant s'en soucier. Dans nos disciplines, au contraire, les choses sont plus complexes et l'on ne peut ignorer les théories de nos prédécesseurs qui ont toutes dit quelque chose d'essentiel sur le monde et la société.

Il faut pourtant se garder de croire que tous les ethnologues se soient rattachés à l'une ou l'autre de ces écoles. Bien au contraire, la plupart ont même été réticents et ont construit leur savoir sur des bases théoriques assez éclectiques. Le structuralisme, par exemple, a longtemps fasciné de nombreux chercheurs, dans le monde entier, mais relativement rares sont ceux qui sont devenus des partisans de l'orthodoxie structurale. Si les adeptes orthodoxes ne furent pas toujours nombreux, les courants de pensée que nous allons étudier ont pourtant tous exercé une influence considérable qui dépassait de loin les frontières qui les avaient vu naître.

Un tel voyage intellectuel repose sur une série de choix. Comme tous les choix, ceux que nous avons opérés comprennent nécessairement une part d'arbitraire. Toute sélection repose aussi sur un certain nombre de critères et de positions. On s'apercevra alors assez rapidement que nous avons privilégié une approche assez classique de l'anthropologie. Il est de bonnes raisons pour agir ainsi et notamment le fait que nous abordons ainsi les fondements de la discipline, sans succomber à ce qui pourrait paraître comme des modes. Nous regrettons d'avoir négligé des domaines qui s'imposent désormais comme des champs incontournables du savoir anthropologique. À titre d'exemple, tel est sans nul doute le cas de l'anthropologie médicale qui ne trouve que peu d'écho dans les lignes qui suivent et qui, cependant, connaît aujourd'hui un essor certain. Les théories dont nous allons parler concernent davantage les fondements de l'anthropologie. Toutefois, il nous semble que les étudiants et les chercheurs en anthropologie ne peuvent décemment ignorer les auteurs et les théories qui sont abordés dans les pages qui suivent. Nous espérons alors que le présent ouvrage pourra les aider dans leurs études et leurs recherches.

1

L'évolutionnisme

Au cours du XIXe siècle, la théorie de l'évolution des espèces allait prendre une telle ampleur qu'elle devint quasiment une sorte d'« idéologie nationale » et la plupart des hommes de science tâchèrent de montrer que les faits observés ou rapportés s'intégraient dans les grandes séquences d'évolution qu'ils avaient préalablement construites. En ce sens, on peut dire que la démarche des évolutionnistes n'est pas inductive mais bien plutôt « hypothético-déductive », et l'on peut parler d'une véritable théorie évolutionniste qui vise à rendre compte de l'histoire de l'humanité, de la place des différentes institutions de l'homme au sein de cette histoire et des différences qui séparent les sociétés de la planète.

Avant d'analyser la contribution des anthropologues à cette théorie évolutionniste, il convient de nous attarder quelque peu sur celui qui formula le premier la théorie de l'évolution des espèces, c'est-à-dire Charles Darwin.

La théorie de l'évolution naturelle de Charles Darwin (1809-1882)

Darwin naquit à Shrewsbury en 1809 et fut enterré avec les honneurs nationaux à la cathédrale de Westminster en 1882. Issu d'une famille de brillants intellectuels, le jeune Darwin devint le plus illustre d'entre eux, malgré des études médiocres certes mais qui le menèrent tout de même à l'université de Cambridge.

Pendant toute son enfance, Darwin s'était cependant distingué comme collectionneur passionné et cette passion se renforça à Cambridge au contact du professeur Henslow qui obtint, pour son élève, la place de naturaliste dans une expédition scientifique vers l'Amérique latine à bord du désormais célèbre *Beagle*. Ce voyage de cinq années (1831-1836), dont il nous a livré le récit, allait être déterminant pour la carrière scientifique du jeune homme qui s'avéra un excellent observateur, capable d'établir des liens entre ses différentes observations. L'archipel des îles Galápagos devait particulièrement l'impressionner. On retrouve sur ces îles des espèces animales qui existent sur le continent sud-américain, mais chose extraordinaire pour le jeune Darwin, elles diffèrent des espèces continentales par quelques détails : ainsi, le cormoran, oiseau plongeur au long cou, se rencontre le long des rivières du Brésil, mais aux îles Galápagos ses ailes sont si petites et les plumes qui recouvrent celles-ci si chétives que le cormoran est ici incapable de voler. Des différences similaires distinguent les iguanes du continent sud-américain de ceux de l'archipel : sur le continent, les iguanes montent aux arbres et mangent des feuilles ; par contre, sur ces îles volcaniques et rocheuses où la végétation est rare, les iguanes se nourrissent d'algues et résistent aux terribles vagues de l'endroit en restant accrochés aux rochers grâce à des griffes extraordinairement longues et puissantes. Les tortues constituent un cas plus remarquable encore puisque celles des îles Galápagos sont de nombreuses fois plus grandes que celles du continent (en fait, elles sont si grandes qu'un homme peut les chevaucher), mais, en outre, les tortues de chaque île diffèrent légèrement les unes des autres tant et si bien que le vice-gouverneur anglais de l'archipel était capable de reconnaître l'île dont était issue chaque tortue : ainsi celles qui provenaient d'îles bien alimentées en eau et où la végétation était abondante se distinguaient par un très léger relèvement de la carapace juste derrière la nuque. En revanche, celles qui vivaient sur des îles arides avaient un cou beaucoup plus long et une courbe dans la carapace si forte qu'elle permettait au cou de se lever presque à la verticale afin d'aller chercher la végétation là où elle se trouvait, à savoir sur les branches des cactus et des arbres.

Ces observations, parmi d'autres, font naître dans l'esprit de Darwin l'idée qu'une « espèce » naturelle n'est pas fixe, d'une part, et, d'autre part, qu'il est possible qu'une espèce se transforme en une autre. En réalité, ces idées avaient déjà été formulées en France par Jean-Baptiste Lamarck qui, en 1800, avait abandonné l'idée que les espèces sont fixes pour affirmer qu'elles subissent des transformations. Les espèces ne font pas que changer, soulignait Lamarck, mais elles progressent et deviennent de plus en plus complexes. Toute la nature était donc en marche vers quelque chose de mieux. Bien qu'il prétendît que la théorie de Lamarck ne valait rien et que lui-même n'en avait rien retenu, les travaux de Darwin s'inscrivent dans leur ligne et il poursuivit sa réflexion de 1837 à 1859, lorsqu'il publia *L'Origine des espèces*, un des livres les plus illustres de l'histoire de l'humanité. Il faut rappeler qu'avant cette époque, la plupart des biologistes considéraient les espèces naturelles comme des groupements fixes et éternels : Dieu ayant lui-même créé directement chaque espèce individuelle de plantes et d'animaux, chaque espèce possédait encore les mêmes caractéristiques que le couple originel. On voit bien alors la révolution opérée par Darwin qui vient remettre en cause cette idée de la création divine en affirmant que certaines espèces peuvent naître à partir d'autres espèces et qu'en conséquence les espèces ne sont pas immuables. Les observations faites par Darwin l'avaient convaincu de ces « variations » entre les espèces, mais la question qu'il se posa alors fut de savoir comment ces espèces se transformaient ou « évoluaient ».

En 1837, Darwin lut, « par amusement » commente-t-il, le livre de Robert Malthus *An Essay on the Principle of Population* (1798) dans lequel le savant formulait son principe de population : Malthus s'intéressait principalement à la population humaine, mais il avait émis un principe général selon lequel les organismes vivants produisent plus de « descendants » qu'il ne peut en survivre, c'est-à-dire qu'il y a une tendance chez les êtres vivants à se reproduire plus que ne le permet la quantité de nourriture à leur disposition. Ainsi, un chêne produit des centaines de glands par an, un oiseau peut donner vie à plusieurs douzaines d'oisillons et un saumon pond chaque année plusieurs milliers d'œufs qui sont tous potentiellement capables de survivre. Et pourtant, malgré cette capacité massive de reproduction, les populations adultes tendent à rester stables de génération en génération. Car :

> « La nature a répandu d'une main libérale les germes de la vie dans les deux règnes, mais elle a été économe de place et de nourriture. Le défaut de place et de nourriture fait périr dans ces deux règnes ce qui naît au-delà des limites assignées à chaque espèce. De plus, les animaux sont réciproquement la proie les uns des autres » (Malthus, cité par Buican, 1987, p. 33).

Le principe malthusien allait inspirer non seulement Charles Darwin mais aussi un autre naturaliste anglais, Alfred Russell Wallace, qui devait découvrir en même temps que Darwin le principe de la *sélection naturelle* qui explique le « comment » de la transformation des espèces. En 1856, terrassé par la fièvre aux îles Moluques, Wallace avait en effet dû rester alité pendant un long moment, et c'est dans son lit qu'il se souvint du principe édicté par Malthus et conçut, comme dans un éclair soudain, cette idée de la sélection naturelle. Wallace rédigea en trois jours un mémoire qu'il envoya à Darwin. Celui-ci répondit qu'il approuvait pratiquement chaque mot de cet opuscule qui recoupait ses propres travaux. C'est alors que Darwin se lança dans la rédaction de *L'Origine des espèces* dans laquelle il systématisa cette théorie.

Pour Darwin, la théorie de l'évolution consiste en un processus par lequel les organismes qui sont capables de survivre et de procréer dans un environnement donné y parviennent aux dépens des autres qui ne possèdent pas cette capacité. L'environnement qu'il soit social ou naturel change sans cesse. Il en résulte que les organismes doivent s'adapter aux changements de l'environnement. En effet, pour survivre aux changements de l'environnement, les organismes ont besoin de certaines qualités qui leur permettent de s'adapter aux conditions nouvelles. Les organismes qui sont bien adaptés pourront survivre et, au fil des générations, cette qualité particulière deviendra la caractéristique propre du groupe tout entier. Les plus aptes, les mieux adaptés auront survécu, c'est ce que l'on appelle *the survival of the fittest* : dans la compétition qui oppose les créatures pour résister aux changements extérieurs, seuls les plus aptes résisteront. Durant chaque saison et chaque période de la vie, chaque organisme vivant doit se battre pour survivre et seuls les plus vigoureux, les plus forts et les mieux adaptés survivront à cette lutte. L'évolution est alors le changement trans-générationnel qui se produit quand les formes organiques s'adaptent aux changements de leur environnement. Nous retiendrons que l'évolution est un changement trans-générationnel d'une part, et d'autre part, qu'elle résulte d'une meilleure adaptation à l'environnement.

À travers ce processus de meilleure adaptation, on comprendra que les formes nouvelles sont en quelque sorte meilleures que les formes anciennes (puisque mieux adaptées) et que le processus d'évolution non seulement est un processus de complexification (des formes les plus simples émergent des formes de plus en plus complexes), mais en outre, qu'il représente un progrès, une amélioration et, en fin de compte, qu'il est une marche vers la perfection : l'univers entier évolue, à travers des formes de mieux en mieux adaptées, vers une certaine perfection, chaque étape représentant un progrès par rapport à celles qui l'ont précédée. L'évolutionnisme est une théorie non seulement du progrès, mais aussi de l'inéluctabilité du progrès. Celui-ci est inévitable, les organismes ont le choix entre mourir ou s'améliorer. Il semble que Darwin lui-même, contrairement à Herbert Spencer, ait été prudent quant à cette notion de progrès (Ingold, 1986, p. 16), mais elle se trouve inscrite en filigrane de sa théorie ainsi que le laisse entendre la dernière phrase du livre qui est aussi la seule où Darwin utilise le verbe « évoluer » :

> « À partir d'un commencement simple, une infinité de formes de plus en plus belles et de plus en plus extraordinaires ont évolué et évoluent encore. »

Jusqu'ici, nous n'avons parlé que de l'évolution des espèces animales et végétales, mais contrairement à Wallace qui, pour des convictions religieuses, se refusa à franchir le pas, Darwin affirma que l'homme n'échappe pas au mécanisme général de l'évolution ; cependant il attendit 1871 pour publier *The Descent of Man* dans lequel il exposait ses vues sur l'évolution de l'homme. En 1856, des ouvriers allemands avaient découvert, non loin de Düsseldorf, une grotte où gisaient des ossements de ce que l'on allait appeler l'homme de Neandertal qui aurait vécu de trente mille à cent mille ans auparavant. Jusque-là, les crânes d'hominiens découverts avaient été rejetés comme n'ayant rien à voir avec l'homme. L'homme de Neandertal inspire la répulsion et les savants de l'époque ont du mal à croire que ce crâne d'« idiot pathologique », de brute sauvage, puisse être celui d'un des premiers habitants du lieu. La découverte de l'homme de Cro-Magnon en 1868 conforte encore les convictions de Darwin et il affirme que l'homme luimême descend d'un mammifère velu, pourvu d'une queue et d'oreilles pointues, qui vivait probablement sur les arbres et habitait l'Ancien Monde. Certes, selon Darwin, il existe une différence énorme entre l'intelligence de l'homme le plus sauvage et celle de l'animal le plus élevé, « néanmoins si considérable soit-elle, la différence entre l'esprit de l'homme et celui des animaux les plus élevés n'est certainement qu'une différence de degré et non d'espèce ». Pour Darwin, les sentiments, intuitions, émotions et facultés diverses tels que l'amitié, la mémoire, la curiosité, l'attention, etc., peuvent s'observer à l'état naissant chez les animaux et ces capacités sont même susceptibles de quelques améliorations héréditaires ainsi que le prouve la comparaison du chien domestique avec le loup ou le chacal. Le développement des qualités morales supérieures, comme par exemple l'altruisme, est également parti d'une base sélective et héréditaire.

Par ces affirmations, Darwin allait bien entendu jeter les bases d'une vision évolutionniste des différentes cultures ou de ce que l'on appelait à l'époque des différentes « races ». Le fleuron de la civilisation européenne (et donc mondiale) se trouve alors être le monde anglo-saxon et il existe ainsi une certaine gradation des civilisations. Ce sont, cependant, surtout les successeurs de Darwin, et plus particulièrement les anthropologues, qui vont s'aventurer sur cette voie.

L'évolutionnisme en anthropologie

Cette révolution scientifique allait envahir toutes les disciplines. La tâche de tout savant était désormais de reconstruire des schémas d'évolution. Dès lors, la principale préoccupation intellectuelle de l'époque fut d'arranger les peuples et les institutions sociales du monde sur des séquences d'évolution d'une part, et de spécifier l'origine de ces institutions d'autre part. On se fonda sur le cas des espèces naturelles pour affirmer qu'à partir d'une origine simple chaque institution s'était complexifiée en passant par différents stades.

Par ailleurs, l'évolution étant un progrès, une amélioration, les formes les plus avancées d'une institution étaient jugées supérieures aux formes les plus primitives. On voit ici qu'un véritable renversement idéologique s'est opéré depuis la tradition de la philosophie des Lumières qui tenait le sauvage ou le « naturel » pour foncièrement bon. Le théoricien évolutionniste, au contraire, affirme sans ambages que la société victorienne est la plus avancée de toutes ; ainsi pour le naturaliste David Lyall, si les hommes primitifs avaient été plus intelligents, des vestiges de lignes de chemin de fer, des microscopes et peut-être même des machines pour naviguer dans les airs ou explorer les océans auraient été retrouvés. En second lieu, on voit aussi comment l'anthropologie en tant que discipline autonome va pouvoir naître à partir des préoccupations de l'époque quant aux origines des institutions. En effet, les découvertes archéologiques dont on disposait alors pouvaient donner une idée de la culture matérielle des hommes primitifs, mais pas de leurs institutions sociales ; ainsi, ces découvertes nous renseignent sur le type de nourriture consommée, le développement des arts et techniques, les différentes sortes d'armes utilisées, mais, au regret de John McLennan, elles ne nous disent rien sur la famille, les groupements sociaux et l'organisation politique. Le problème qui se posait alors fut celui de combler les « vides » dans les séquences de développement. En d'autres termes, comment connaître les modes de vie de nos ancêtres, leurs rites de mariage, leurs institutions politiques et familiales si nous ne possédons que quelques ossements et fragments d'instruments sur ces premiers moments de l'existence humaine ? La réponse à cette question essentielle allait de soi : en effet, il existait encore à l'époque de nombreuses sociétés qui ressemblaient aux sociétés paléolithiques et, pour connaître nos ancêtres et l'origine de nos institutions, il suffisait d'étudier ces exemples vivants de l'Antiquité de l'homme. Lewis Morgan affirmait, par exemple, que la plupart des différents stades du développement de la famille, depuis les formes les plus primitives, existaient encore. Les sociétés primitives pouvaient donc servir d'illustration vivante des premiers stades de l'humanité. On voit donc bien la manière dont l'évolutionnisme donne un regain d'intérêt à l'étude des sociétés primitives qui étaient perçues comme les témoins de l'humanité naissante.

L'idée de progrès inhérente au principe d'évolution amenait les théoriciens de l'évolutionnisme à considérer que les sociétés occidentales étaient les plus évoluées et, par conséquent, supérieures aux autres. De surcroît, les institutions sociales ayant connu une évolution semblable, les institutions des Européens étaient évidemment les formes les plus avancées qui soient. Ainsi, la famille nucléaire, le christianisme, la monogamie, la propriété privée et la démocratie parlementaire, mais aussi les critères moraux de l'époque, étaient regardés comme les formes les plus achevées de famille, de religion, de mariage, de propriété, d'organisation politique et de valeurs morales. Puisque les institutions les plus avancées de l'époque se trouvaient effectivement en Europe, on en déduisit logiquement que les premiers hommes connaissaient des institutions inverses, c'est-à-dire la promiscuité sexuelle, le polythéisme, la polygamie, l'absence de propriété et une espèce d'anarchie. On distinguait ainsi les peuples supérieurs des peuples inférieurs :

Peuples inférieurs	Peuples supérieurs
Raisonnement enfantin	Raisonnement scientifique
Absence d'invention	Capacité technologique
Anarchie ou tyrannie	Démocratie parlementaire
Communisme primitif	Propriété privée
Communisme sexuel, promiscuité	Monogamie
Ignorance religieuse, amoralité	Monothéisme, moralité

Le concept de survivance est une notion clé de la méthodologie des évolutionnistes. Les « survivances », ce sont les institutions, les coutumes ou les idées typiques d'une période donnée et qui, par la force de l'habitude, ont survécu dans un stade plus avancé de civilisation et peuvent ainsi être considérées comme des preuves ou des témoignages des stades antérieurs. Ainsi, les premiers anthropologues observent que, dans un grand nombre de sociétés à descendance patrilinéaire, un enfant entretient une relation étroite avec son oncle maternel (le frère de sa mère) et cette relation avunculaire est interprétée par les anthropologues comme une « survivance » d'un stade matrilinéaire. De même, la pratique, largement répandue, de simuler un combat au début de la cérémonie de mariage est comprise comme la survivance d'une forme de mariage par rapt ou par capture. Les anthropologues évolutionnistes utilisent alors ces survivances comme les paléontologues utilisent les fossiles, c'est-à-dire pour reproduire des séquences de développement (Ingold, 1986, p. 32).

En résumé, le but des anthropologues évolutionnistes est de retracer les origines des institutions modernes envisagées comme le point d'aboutissement du progrès humain et de proposer, en même temps, une typologie intelligible des sociétés et des cultures diverses, en définissant des phases, des stades ou des états par lesquels passent tous les groupes humains. Ce développement de l'humanité s'est effectué dans une direction unique ; tous les groupes humains sont engagés sur ces chemins parallèles dont ils ont parcouru une partie plus ou moins grande. La marche de l'humanité est un passage du simple au complexe, de l'irrationnel au rationnel. Si toute la théorie évolutionniste repose sur un « jugement de valeur », il faut néanmoins souligner qu'elle pose le postulat fondamental de l'unité de l'homme ; en effet, si certains peuples sont considérés comme inférieurs, se situant au bas de l'échelle humaine, ils sont toutefois sur la même échelle que les autres, et le principe du progrès universel implique que tous les peuples peuvent atteindre un stade avancé. Cette conviction sera d'ailleurs invoquée par les défenseurs les plus éclairés du colonialisme qui voyaient là une chance pour les peuples inférieurs d'accéder rapidement aux stades supérieurs de la civilisation.

Enfin, on observera que le but des anthropologues victoriens n'est pas d'étudier telle ou telle culture en particulier, mais bien d'embrasser la totalité de la culture humaine ; au sens propre du terme, ce sont vraiment des « anthropologues ». C'est pourquoi leur méthode sera essentiellement « comparative », c'est-à-dire qu'ils vont surtout « comparer » les institutions des différentes sociétés et mettre l'accent sur leurs ressemblances plutôt que sur leurs différences.

Il faut cependant encore noter que les premiers anthropologues évolutionnistes ne furent en aucune façon des disciples de Darwin puisque leurs travaux furent publiés à peu près en même temps que *L'Origine des espèces*, et il semble même qu'Edward Tylor ait exercé une certaine influence sur Darwin. L'évolutionnisme des anthropologues différait quelque peu de celui des biologistes en ce sens que les premiers mettaient l'accent sur la fixité des espèces et tendaient à considérer qu'il n'y avait pas de différences sociales innées.

Nous pouvons maintenant voir comment les principaux représentants de cette école ont appliqué les grands principes que nous venons d'énoncer.

Lewis Morgan (1818-1881)

Ce juriste new-yorkais, né en 1818 et mort en 1881, s'impose sans conteste comme l'un des plus grands théoriciens de l'évolutionnisme anthropologique. Morgan ne peut cependant pas être considéré comme un théoricien en chambre et il nous a, par exemple, laissé une description de la tribu des Iroquois qu'il connaissait bien (voir Lowie, 1971, p. 55). Mais Morgan doit surtout sa célébrité à deux grandes œuvres : *Ancient Society* (1877) dans laquelle il tente de dresser le tableau complet du développement des sociétés humaines avec une attention toute particulière portée au mariage, au gouvernement, à la propriété et aux différents modes de subsistance, et publié auparavant, un ouvrage sur le développement du mariage et de la famille, *Systems of Consanguinity and Affinity of the Human Family* (1871).

Lewis Morgan est né dans l'État de New York au sein d'une famille aisée de propriétaires fonciers. Il étudia le droit et, en 1844, il s'établit comme avocat d'affaires dans la ville de Rochester. C'est ainsi qu'il put acquérir une certaine aisance matérielle et se consacrer à la « science ». Un des hasards de l'histoire allait donner à Morgan une immense renommée puisque *Ancient Society* attira l'attention de Marx et Engels qui popularisèrent cet ouvrage dans lequel ils voyaient une confirmation de leur théorie. *Ancient Society* fut traduit en de nombreuses langues tant et si bien que les socialistes européens purent très tôt se familiariser avec la terminologie de la parenté des Iroquois et des Omaha. Cette popularité culmina avec la reconnaissance officielle de ce bourgeois chrétien par le régime soviétique stalinien qui édita *Ancient Society* en russe parmi les « classiques de la pensée scientifique » pour sa contribution essentielle à l'analyse matérialiste du « communisme primitif ». Si Morgan a ainsi été « récupéré » à l'Est, il ne faut pas pour autant le considérer comme un penseur marxiste ni même socialiste et nous pouvons fermer là cette parenthèse.

Dans la seconde moitié du XIXᵉ siècle, la question de l'unité du genre humain était largement débattue. Selon certains, Dieu avait créé les races séparément et chaque race était différente des autres. Cette théorie servait de fondement idéologique à l'esclavage. Morgan considérait que l'esclavage était monstrueux et non naturel, car l'esclave et l'homme civilisé ont en commun des qualités qui les distinguent de l'animal. Selon lui, le couple originel possédait déjà tous les attributs de l'humanité.

En 1850, le biologiste d'Harvard Louis Agassiz publia un article dans lequel il soutenait les thèses polygénistes ; selon lui, l'homme constituait bien une seule espèce, mais les différentes races avaient été créées séparément et occupaient des positions séparées sur l'échelle de la nature. En politique, concluait Agassiz, il faut donc être bien conscient des différences réelles qui existent entre les différentes races. Il redonnait par là vigueur aux défenseurs de l'esclavage. Morgan s'attacha alors à contredire la thèse de la création séparée des races en soutenant que les Indiens d'Amérique étaient originaires d'Asie. Il pensait pouvoir le prouver à travers l'étude des systèmes de parenté et de la terminologie de parenté. Les Iroquois, avec lesquels il était familier, avaient eu un système de descendance matrilinéaire, et Morgan voulut montrer, en dépit d'exemples contradictoires, que toutes les tribus d'Indiens d'Amérique étaient matrilinéaires, confirmant ainsi l'idée d'une origine commune. Il se mit alors en quête de recueillir les terminologies de parenté de nombreuses populations de la planète et rédigea un questionnaire qu'il envoya aux quatre coins du monde Il parvint de la sorte à classer les terminologies de parenté en deux groupes : les systèmes classificatoires et les systèmes descriptifs qui, dit-il, correspondent à peu près à la ligne de démarcation entre la non-civilisation et la civilisation. Un système est classificatoire lorsqu'il assimile des parents collatéraux à des parents linéaires, ainsi lorsque les frères du père sont appelés « pères ». Les systèmes descriptifs, au contraire, utilisent des termes primaires qui ne sont jamais étendus à des collatéraux.

Morgan a d'abord conçu l'histoire de l'humanité en deux grands stades : la sauvagerie et la civilisation. Plus tard, dans *Ancient Society*, il introduisit un troisième stade : la barbarie. Selon lui, l'histoire de l'humanité peut alors se diviser en trois grands « stades » : la sauvagerie, la barbarie et la civilisation. Les deux premiers stades sont, en outre, subdivisés en trois périodes : inférieure, moyenne et supérieure. Il existe une progression « naturelle et nécessaire », dit Morgan, d'un stade à l'autre et nous retrouvons là le téléologisme de la théorie évolutionniste selon laquelle toute l'humanité, dans sa marche inéluctable du progrès, tend vers un but, la perfection. Outre ce dernier aspect, on a reproché à Morgan sa vision « unilinéaire » du développement de l'humanité. Selon ses critiques les plus sévères, Morgan aurait soutenu que ces différents stades étaient valables pour toutes les sociétés et que celles-ci passaient invariablement par chaque stade, mais il s'agit là d'arguments quelque peu caricaturaux qui font fi des analyses de Morgan. Ce que Morgan vise avant tout, c'est de montrer que les sociétés et leurs institutions évoluent et que l'humanité, dans son développement, est passée à travers certaines voies qu'il s'efforce ensuite de reconstituer. On pourrait soutenir que l'évolution selon Morgan est essentiellement matérialiste dans le sens où ce sont les changements dans les modes de subsistance qui vont différencier un stade de l'autre. Deuxièmement, l'homme est un être inventif, car c'est par ses inventions que la société va progresser. Enfin, la théorie de Morgan sous-entend une origine unique du genre humain, tous les hommes sont en quelque sorte sur la même échelle.

Nous pouvons maintenant examiner une à une les grandes étapes du développement des sociétés humaines selon Morgan.

1) *Le stade inférieur de l'état sauvage* : ce sont les premiers pas de l'humanité ; l'homme se nourrit de fruits et de noix, c'est-à-dire uniquement grâce à la cueillette ; c'est à cette période que se développe le langage articulé. Il n'y a plus de société vivante pour témoigner de ce stade qui prend fin avec l'invention du feu et de la pêche ;

2) *Le stade moyen de l'état sauvage* : avec le feu et la pêche, l'humanité s'étend sur des régions plus vastes ; les Polynésiens et les Aborigènes australiens sont des illustrations de ce stade ;

3) *Le stade supérieur de l'état sauvage* : il commence par l'invention de l'arc et des flèches et est exemplifié par certaines tribus indiennes d'Amérique du Nord ;

4) *Le stade inférieur de la barbarie* : c'est l'invention de la poterie qui constitue la démarcation arbitraire, mais nécessaire, entre la sauvagerie et la barbarie ;

5) *Le stade moyen de la barbarie* : il se caractérise par l'usage architectural de la pierre, la domestication de l'animal et l'agriculture irriguée. Ces critères ne sont pas présents partout ;

6) *Le stade supérieur de la barbarie* : il débute avec la fabrication du fer (voir les tribus grecques antiques) ;

7) *La civilisation* commence avec l'alphabet phonétique et l'écriture.

Morgan considérait qu'il n'y avait plus d'exemples vivants des premiers stades de l'humanité. Néanmoins, certaines pratiques que l'on observait dans diverses sociétés pouvaient, selon lui, être considérées comme des survivances de stades antérieurs. Il devenait alors possible de reconstruire ces stades à partir de ces survivances. Ainsi, Morgan observa que les Hawaïens n'avaient pas de termes séparés pour désigner les oncles, les tantes, les neveux et les nièces. Tous les oncles et tantes étaient appelés « père » et « mère », tous les neveux « fils » et toutes les nièces « filles ». Morgan déduisit de cette « confusion terminologique » qu'elle n'était que la survivance d'un temps où un homme épousait sa sœur ; en effet, si j'appelle fils et filles les enfants de ma sœur, c'est que je suis en quelque sorte l'époux de ma sœur et ainsi de suite. En d'autres termes, les lignes de descendance collatérale sont ici assimilées aux lignes de descendance directe et :

> « Nous avons donc le droit de supposer qu'avant la formation du système hawaïen, les frères et sœurs [...] se mariaient entre eux, au sein du même groupe » (Morgan, 1971, p. 468).

C'est ainsi que Morgan en vint à postuler qu'à l'origine de l'humanité, la famille consanguine représentait une première étape dans le développement de la famille.

Selon Morgan, et c'est une préoccupation évolutionniste, les différences entre les sociétés sont des différences de développement. Il n'y a pas d'institution figée, statique, mais chaque institution sociale passe à travers différents stades, et la préoccupation majeure de Morgan est de retracer l'évolution de ces institutions, des formes les plus simples aux formes les plus complexes. Les évolutionnistes ne s'intéressent aux institutions que pour en découvrir l'origine d'une part, et les séquences de leur évolution d'autre part.

Le problème, c'est évidemment que ces reconstructions évolutionnistes sont hautement conjecturales. L'accumulation des données empiriques a montré que les sociétés les plus simples, comme celles des chasseurs-collecteurs, pratiquent l'union monogamique et vivent en familles nucléaires alors que les familles étendues se retrouvent dans des sociétés technologiquement avancées. Nous n'avons donc aucune raison de croire en une « promiscuité » primitive ou en un « communisme sexuel ». De la même manière, on est aujourd'hui sûr que l'homme a chassé depuis plus d'un million d'années et n'a jamais subsisté en se contentant de la seule collecte de fruits et de noix. La pêche est une adaptation aux circonstances locales et n'a pas précédé la chasse. La domestication animale apparaît très tôt dans l'histoire de l'humanité et, inversement, il est étrange que Morgan n'ait pas souligné l'importance de l'agriculture dans l'histoire de l'humanité, la poterie étant un critère plus qu'arbitraire.

En rassemblant un matériel considérable sur les termi-nologies de parenté, Morgan a sans doute donné des bases solides à l'étude des relations de parenté qui allaient mobi-liser considérablement l'attention des ethnologues, et c'est peut-être là son plus grand mérite. Les écrivains marxistes ont en outre souligné l'importance de l'évolution des insti-tutions vers des formes meilleures. Morgan a ainsi détruit l'illusion de la fixité en montrant que chaque institution non seulement était le produit d'une longue évolution, mais aussi qu'elle pouvait encore changer. La critique de Morgan, selon Makarius, est une critique réactionnaire :

> « Nier que la vie sociale évolue en un sens progressiste, c'est là le motif caché de la croisade lancée par des milieux académiques anglo-saxons, avec l'appui le plus large des forces conservatrices, dans le double but de démontrer sur le plan théorique l'inanité présumée de progrès social, et d'en décourager la poursuite sur le plan pratique » (Makarius, 1971, p. XXI).

Cette citation dévoile l'un des enjeux philosophiques de la théorie évolutionniste. Elle trahit quelque peu la pensée de Morgan qui n'avait pas de projet politique et considérait que la société du XIXe siècle avec sa famille conjugale et sa morale chrétienne était la forme la plus avancée de la civilisation. Contrairement aux marxistes, Morgan n'a jamais prévu de « huitième » stade de développement. L'étude des relations de parenté constitue sans doute l'apport décisif de Morgan et tout particulièrement son insistance sur les termi- nologies de parenté : Morgan avait bien vu que le langage « était le plus important de tous les musées ethnographiques » (Poirier, 1969, p. 55).

Edward Tylor (1832-1917)

Autodidacte à l'instar de Morgan, sir Edward Tylor devint le premier professeur d'anthropologie sociale, à l'université d'Oxford et l'anthropologue britannique le plus illustre de son temps. S'il est considéré comme l'un des principaux théoriciens de l'évolutionnisme en anthropologie, il sut aussi préfigurer les développements ultérieurs de l'anthropologie sociale en établissant des corrélations entre les différentes institutions sociales et il ne peut être réduit à une figure dogmatique.

Vie et pensée

Une santé précaire l'oblige à renoncer à ses fonctions dans la fonderie familiale de cuivre. À l'âge de vingt-trois ans, il quitte l'Angleterre et parcourt les États-Unis et le Mexique. Dans ce pays, il est le témoin de coutumes étranges, comme l'auto-flagellation de pèlerins qui lui rappelle certains rites de l'Égypte antique. Ce voyage et les observations qu'il permet font naître chez lui le goût de la comparaison. Il suscite aussi ce que l'on appellera la « théorie des survivances » selon laquelle on trouve des vestiges d'anciennes coutumes dans les sociétés civilisées. Il est sans doute aussi parmi les premiers à imaginer une véritable science de l'homme, incluant tous les aspects de la vie sociale, et il la baptisera « anthropologie ».

Son voyage au Mexique ne répond pas aux exigences de l'ethnographie moderne, mais Tylor n'en demeure pas moins un observateur assez fin. Plus remarquable encore est son souci de la preuve qui distinguera ses travaux des récits sur lesquels ils doivent souvent se fonder. Tylor fut parmi les premiers à souligner l'unité psychique de l'homme, un principe véritablement fondateur de l'anthropologie. La découverte d'objets ou de pratiques semblables dans diverses parties du monde l'amène à penser que l'esprit humain fonctionne de manière relativement similaire dans toutes les sociétés. Il remarque, par exemple, que les mythes d'Amérique du Nord ressemblent étroitement à ceux d'Amérique du Sud, et il en conclut que les « différents cerveaux humains se ressemblaient tous » (Kardiner et Preble, 1966, p. 86). Autrement dit, tous les hommes jouissent des mêmes capacités mentales et une comparaison entre eux est possible sinon souhaitable. Certes, il existe des différences entre les hommes, mais celles-ci dépendent du degré d'évolution et elles ne sont donc pas figées une fois pour toutes. Tylor se distingue ainsi des « racialistes » qui considéraient que les différences entre les hommes étaient infranchissables et irrémédiables. Selon Tylor, au contraire, les différents groupes humains ne sont pas séparés les uns des autres une fois pour toutes : ils jouissent de facultés mentales semblables et diffèrent les uns des autres en degré mais non par nature.

Tous les traits d'une même culture n'ont pas évolué à la même vitesse et, dans une société donnée, il subsiste des traits qui apparaissent comme des vestiges du passé : alors que la médecine anglaise procède de la science, il reste, dans les campagnes, des rebouteux qui ne soignent que par saignée. Dans chaque société on observe ainsi des traces du passé qui ne tiennent qu'une place mineure, voire folklorique. La chasse à l'arc n'existe plus dans la société anglaise du XIXᵉ siècle, mais on y trouve pourtant bon nombre de sociétés d'arbalétriers. Demander la bénédiction de Dieu après un éternuement ne peut de même s'expliquer que par cette idée de survivance d'un temps où l'on croyait qu'un esprit ou un démon sortait du corps à ce moment (Pals, 1996, p. 22). Cette théorie de la survivance se combine donc au principe de l'unité psychique du genre humain pour nous permettre de comparer et de reconstruire des schémas d'évolution. Les survivances, écrit Tylor, sont de véritables mines de renseignements historiques. Les peuplades sauvages peuvent alors être pensées comme représentant les stades antérieurs de l'humanité.

> « Voyez le paysan européen moderne aujourd'hui, écrit Tylor, utilisant sa hachette, sa binette ; voyez les aliments qu'il cuit sur un feu de bois, remarquez quelle est la part exacte de la bière dans ses calculs de bonheur ; écoutez le parler du fantôme de la maison hantée la plus proche, et de la fille du fermier qui a été ensorcelée, qui a eu dans son estomac des nœuds si douloureux qu'elle en a fait une crise dont elle est morte. Si nous choisissons ainsi des données qui ont peu changé au cours des siècles, nous pouvons dresser un tableau où il n'y aura que peu de différences entre un laboureur anglais et un Noir d'Afrique centrale… Soyons reconnaissants envers les imbéciles… N'est-ce pas merveilleux de constater combien la stupidité, le traditionalisme en dépit du bon sens, la superstition têtue ont contribué à conserver pour notre usage des traces de l'histoire de notre race, traces qu'un utilitarisme étroit aurait éliminées sans pitié ? » (Cité par Kardiner et Preble, 1966, p. 89).

L'anthropologie de Tylor repose alors sur ce que l'on a appelé la « méthode comparative » qui met en relation des données provenant de milieux très différents afin de pouvoir en tirer des conclusions générales. Le plus souvent, celles-ci seront de type évolutionniste. Mais ce n'est pas toujours le cas chez Tylor qui parvient parfois à dépasser cette perspective.

Tel est le cas de l'étude intitulée « On a Method of Investigating the Development of Institutions » (*Journal of the Royal Anthropological Institute*) dans laquelle Tylor a analysé les relations entre gendre et beaux-parents. En effet, il observe dans certaines sociétés, un comportement d'« évitement » très strict entre un garçon et ses beaux-parents, alors que dans d'autres sociétés c'est, au contraire, la fille qui est tenue à l'écart de ses beaux-parents. Enfin, dans un troisième type de société, il n'y a pas de règle concernant les relations entre les jeunes gens et leurs beaux-parents. La question que se pose Tylor est de savoir si ces variations sont arbitraires ou si, au contraire, elles peuvent s'expliquer d'une manière logique et cohérente. En d'autres termes, y a-t-il une raison spécifique qui rende compte de ces différents comportements ? Pour répondre à cette question, Tylor va avoir recours à la méthode comparative et passer en revue pas moins de trois cent cinquante sociétés différentes : c'est ainsi qu'il put démontrer que, lorsque les jeunes mariés s'installent dans la famille de la femme, des comportements d'évitement entre les parents de celle-ci et le jeune marié sont très fréquents. Inversement, en cas de résidence patrilocale, c'est la jeune femme qui doit éviter tout contact avec ses beaux-parents. Enfin, le troisième cas est caractéristique des sociétés dans lesquelles le jeune couple s'installe isolément. On voit qu'une telle étude n'a pas grand-chose à voir avec la théorie évolutionniste et, en établissant une corrélation entre les règles de résidence et les règles d'évitement, c'est la théorie fonctionnaliste que préfigurait Tylor. Il va même pousser plus loin l'analyse en montrant que ces types de comportement sont associés à une troisième pratique que Tylor baptisa « teknonymie » et qui veut que, dans certaines sociétés, les époux ne s'appellent pas par leur nom mais par le nom de leurs enfants : ainsi une femme, mère d'un garçon appelé « Jean », sera appelée par son mari « mère de Jean » ou, dans d'autres cas, elle appellera son époux « père de Jean ». Tylor montre donc que la teknonymie est associée aux deux autres règles et que, lorsqu'un homme est appelé par sa femme « père de Jean », il y a une forte probabilité qu'il vive dans sa belle-famille et évite tout contact avec sa belle-mère. Ce sont de véritables associations fonctionnelles qu'a pu dégager Tylor au moyen d'une méthode comparative éprouvée.

L'origine de la religion

Dans son étude des religions primitives, Tylor va se révéler davantage évolutionniste en élaborant le concept d'animisme qui sera considéré comme l'une de ses contributions essentielles à l'ethnologie. Selon Tylor, les sociétés les plus primitives ne connaissent pas de divinité suprême. Il soutient que les grandes divinités ne pouvaient apparaître qu'à la suite d'une longue évolution à partir de la croyance primitive aux esprits. On retrouve ici l'empreinte évolutionniste sur Tylor car ce qui va l'intéresser en premier lieu, c'est de forger une théorie de l'origine et de l'évolution de la religion. D'après Tylor, une définition minimale de la religion permet d'unir sur « une même ligne ininterrompue » le « sauvage fétichiste » au chrétien civilisé (1950, p. 83). En effet, en définissant la religion comme « la croyance en des êtres spirituels », Tylor considère qu'il s'agit d'un phénomène universel, présent dans toutes les sociétés. Ce qu'il appelle « animisme » (du latin *anima*, « le souffle », « l'âme », « la vie ») est donc le dénominateur commun à toutes les religions, mais c'est aussi le « point zéro » de la religion, la forme élémentaire de la vie religieuse, celle qui caractérise l'aube de l'humanité. Le concept d'animisme est encore largement utilisé aujourd'hui pour désigner les religions des sociétés « primitives ».

Suivant Tylor, l'origine de la religion est essentiellement d'ordre intellectuel, dans le sens où les pratiques et doctrines religieuses sont des phénomènes culturels, des produits de la raison humaine et non des inventions surnaturelles (Morris, 1987, p. 100). C'est à partir d'une interrogation sur lui-même que l'homme primitif va être amené à concevoir des esprits :

> « Il semble que l'homme pensant, lorsqu'il vivait dans une culture peu développée, ait été impressionné par deux types de problèmes biologiques. En premier lieu, qu'est-ce qui fait la différence entre un corps vivant et un corps mort ? Quelles sont les causes du travail, du sommeil, des transes, de la maladie et de la mort ? En second lieu, quelles sont ces formes humaines qui apparaissent dans nos rêves et nos visions ? En observant ces deux groupes de phénomènes, les anciens philosophes sauvages ont probablement fait leurs premiers pas vers la conclusion évidente que chaque homme possède deux choses, à savoir une vie et un fantôme » (Tylor, 1950, p. 12).

Tylor signifie par là que la notion d'âme humaine ou d'esprit est quasiment universelle parmi les cultures humaines. Il note de plus qu'il y a souvent un rapport linguistique entre certaines idées – par exemple, l'ombre, la vie, le vent, le souffle – et les concepts religieux d'âme et d'esprit. Ainsi, dit-il, dans les sociétés primitives, les animaux, les plantes et les objets inanimés sont fréquemment assortis d'une âme.

La forme la plus simple de la religion provient donc de la réflexion de l'homme primitif sur son expérience de rêve et de son interrogation devant la différence entre un homme vivant et son cadavre. L'homme primitif, considérant ces mystères et désireux d'y apporter une solution, s'est donc tourné vers le concept d'âme humaine, comme entité immatérielle séparable du corps ; la croyance en l'existence d'une âme pouvait, en effet, expliquer certains rêves ou rendre compte de ce qui se passait à la mort d'un homme. En d'autres termes, l'homme primitif parvenait par là à résoudre l'énigme intellectuelle de la mort de l'être (« Où suis-je lorsque je rêve, dors ou meurs ? »), en postulant l'existence d'êtres appelés esprits, ayant une existence séparée du corps. Cette croyance entraîna des attitudes de crainte ou de respect envers ces êtres spirituels et immatériels et ces attitudes formèrent le cœur des premières religions.

Selon Tylor, l'homme primitif étendit cette croyance à tous les phénomènes naturels et en conçut sur une vision dualiste de l'univers : la dualité de l'homme s'observe dans ses rêves pendant lesquels l'âme se balade, dans son image se reflétant dans l'eau ou encore dans son ombre ; mais, nous l'avons vu, l'homme n'est pas le seul à être ainsi divisé, car toutes les créatures – animées ou inanimées – sont similairement composées d'un corps et d'un esprit. Tylor affirme, donc, que l'homme primitif ne connaît pas de véritables divinités, mais qu'il se contente de croire en des esprits qu'il finit par vénérer. Les êtres spirituels échappant au contrôle de l'homme, il fallait gagner leur confiance afin de les empêcher de nuire. C'est naturellement que se développa le culte des ancêtres comme une des formes les plus primitives de religion. Tylor considéra alors que ces esprits en vinrent à être personnalisés : ils s'incarnent d'abord dans des pierres ou d'autres éléments de la nature pour investir ensuite les animaux. Petit à petit, les âmes s'incarnent dans des êtres vivants et l'animisme se transforme en fétichisme : le sauvage place alors l'esprit dans un corps étranger qu'il peut invoquer et manipuler. Les fétiches fonctionnent déjà comme des dieux : on les vénère pour en obtenir des faveurs. Le fétichisme se mue aisément en idolâtrie. L'idole acquiert une personnalité, autrement dit elle se personnifie. C'est ainsi que progressivement les dieux naissent de ce lent mécanisme pour déboucher sur le polythéisme (ces esprits ayant été « divinisés ») : les dieux représentent d'abord les espèces naturelles et l'on invoque des dieux du soleil, de la lune, de l'eau ou de la terre. Plus tard, un pas sera franchi vers l'abstraction et la transcendance en inventant des dieux de la paix, de la fertilité ou de la richesse. Le monothéisme sera l'aboutissement de ce long processus qui tient ces racines chez le sauvage : il est la grande croyance des peuples civilisés.

Le polythéisme se développe surtout lorsque l'on passe de la sauvagerie à l'âge barbare. Selon Tylor, les barbares vivent de l'agriculture, ils connaissent la ville et l'écriture, mais aussi la division du travail, et leur organisation sociale est complexe. Le polythéisme devient chez eux plus élaboré et des grands esprits coexistent avec des divinités plus primitives qu'ils commandent : les dieux des rivières ne peuvent rien sans l'assentiment du dieu du soleil. Le panthéon reflète en quelque sorte l'ordre social, avec des esprits subalternes obéissant aux divinités régaliennes. Le judaïsme et le christianisme représentent le stade le plus haut de l'animisme. Les croyances religieuses ont donc évolué de formes élémentaires vers des formes plus complexes et il y a un « progrès » d'une étape à l'autre ; Tylor note que le progrès se remarque principalement dans le développement de la moralité : les religions primitives ne sont, en effet, pas morales dans la mesure où les esprits ne se soucient guère des actions humaines et où la vie de l'âme après la mort ne dépend pas des actions pendant la période de vie. Dans les stades suivants, les croyances religieuses deviennent morales et l'on croit que les actions pendant la vie seront récompensées ou punies dans l'au-delà. Cette morale prend de plus en plus de place dans la religion où elle finit par permettre de s'assurer une position confortable dans l'au-delà.

Comme un certain nombre des analystes de la religion de l'époque, Tylor pense qu'elle repose sur des idées fausses. L'animisme, affirme-t-il, n'est qu'une erreur gigantesque : une pierre, un arbre ou une statue ne peuvent contenir un esprit et ce ne sont pas des esprits qui font pousser les plantes. C'est bien la raison qui, aux origines, a poussé l'homme vers l'animisme, mais c'est elle aussi qui doit l'en éloigner dans l'époque moderne. La fausseté des superstitions doit graduellement faire place à la vérité de la science et il faut nous libérer de l'étreinte de l'animisme, c'est-à-dire de la religion. Tylor propose un tableau assez mitigé de la religion : certes, il la considère comme fondamentalement fausse, mais il affirme dans le même temps qu'elle découle d'une réflexion de l'homme, de l'usage de la raison dans sa volonté d'expliquer le monde et ses mystères. Ce n'est qu'à un certain stade de développement qu'elle devient inacceptable et est dès lors appelée à disparaître.

La théorie de Tylor soutenait en quelque sorte que l'homme primitif était un être rationaliste ou un philosophe de la science et, en conséquence, que la notion d'esprit n'était pas le fruit de croyances irrationnelles. Par conséquent, les croyances religieuses originelles n'étaient pas ridicules : elles étaient des constructions consistantes et logiques, reposant sur une pensée rationnelle, une observation et une connaissance empiriques. La critique de cette théorie ne manqua pas d'être virulente. Durkheim considère que l'homme primitif n'avait rien d'un philosophe qui construisait systématiquement des théories sur les phénomènes qui l'entouraient. Selon le père de la sociologie française, le rêveur a de tout temps été convaincu d'être la proie d'une illusion, d'un phénomène psychique sans cause extérieure. Evans-Pritchard a critiqué Tylor dans le même sens en faisant remarquer que cette théorie est conjecturale et que les choses se sont peut-être passées comme Tylor l'a imaginé, mais qu'elles ont tout aussi bien pu se passer autrement (1965, p. 25). De telles reconstructions, poursuit Evans-Pritchard, nous font penser aux histoires racontant comment les léopards ont eu des taches sur leur peau. Il est vrai que les indigènes expliquent souvent leurs croyances aux esprits en se référant aux rêves, mais rien ne nous dit que c'est là le point de départ de toute religion. De plus, et sur le plan empirique cette fois, les sociétés les plus primitives sont loin d'ignorer le culte de divinités et on a même soutenu que la croyance en un Dieu suprême était extrêmement répandue (voir, notamment, M. Eliade, 1964), y compris dans les populations les plus primitives. Eliade montre même que diverses formes religieuses ont émané de ces dieux suprêmes qui ne semblent pas constituer l'aboutissement d'une longue évolution. Inversement, une religion aussi développée que l'hindouisme n'a pas du tout évolué, en dépit de maintes réformes, vers le monothéisme. La reconstruction de Tylor a donc ses limites, mais il ne faut néanmoins pas perdre de vue ses mérites. Tout d'abord, Tylor a cherché un dénominateur commun à toutes les religions et sa définition minimale – même si elle est imparfaite – peut encore être utile. Pour Tylor, l'animisme n'est pas seulement le point de départ d'une évolution, il est aussi une sorte de forme élémentaire de toute vie religieuse. En ce sens, il percevait bien que l'homme est un *homo religiosus* et que la croyance en des esprits est un élément qui traverse toutes les religions. En résumé, Tylor a eu sans doute tort de croire que l'animisme était l'origine de toute vie religieuse, mais il avait raison de chercher dans toute vie religieuse des éléments animistes.

Une des figures les plus intéressantes du diffusionnisme allemand, le père Wilhelm Schmidt, contesta violemment les théories évolutionnistes. Dans son œuvre la plus importante *Der Ursprung der Gottsidee* ou *L'Origine de l'idée de Dieu*, il s'attache à réfuter la théorie de Tylor. Schmidt ne peut accepter l'idée que l'histoire de l'humanité soit un passage du simple au complexe, un développement du grossier et de l'imparfait vers la perfection et la civilisation. Sur le plan religieux, ce que Schmidt conteste donc, c'est l'idée selon laquelle les peuples les plus primitifs seraient fétichistes, magiques ou animistes et évolueraient peu à peu vers la religion ou la science. Schmidt soutient à l'opposé que les populations les plus primitives ont une connaissance éthique et pure de l'idée de Dieu. Il y a bien ici un renversement de la théorie de Tylor puisque, selon Schmidt, les sociétés les plus simples ne connaissent pas grand-chose du totémisme, du fétichisme ou de la magie qui n'existent chez elles que sous des formes embryonnaires. Bien au contraire, ces sociétés primitives connaissent une religion monothéiste dont le Dieu est éternel, omniscient, bienveillant, moral, tout-puissant et créateur. Ce Dieu est capable de satisfaire tous les besoins des hommes. En outre et à l'inverse de ce qu'affirme Tylor, le père Schmidt soutient que ce Dieu suprême et créateur a établi un code moral pour les hommes. Il prit en main leur éducation morale et sociale et promulgua des lois concernant ces activités. Il punit ceux qui n'observaient pas ces lois et récompensa les méritants. Autrement dit, la religion originelle est hautement morale. De plus, le Dieu suprême est essentiellement bon ; il est indulgent, généreux, juste. Enfin, de nombreuses populations content encore aujourd'hui comment le Dieu suprême s'est lui-même révélé à leurs ancêtres. Ce n'est donc pas l'homme primitif qui a créé Dieu, mais c'est bien Dieu qui a, au contraire, enseigné aux hommes ce qu'il fallait croire et la manière de lui rendre un culte. Selon Schmidt, l'idée d'un Dieu suprême et créateur est une idée qui existe déjà à l'aube de l'humanité et c'est avec le développement de la culture, le perfectionnement des sciences et de la technologie que cette croyance religieuse originelle dégénéra et se mêla à d'autres formes. En définitive, ce n'est pas l'homme qui a inventé Dieu, mais au contraire Dieu qui a inventé l'homme. Schmidt et ses disciples ont donc montré que bon nombre de populations primitives vénéraient un Dieu suprême, créateur et transcendant. Cependant, affirmer que ce Dieu est une divinité originelle relève de la foi et non de l'anthropologie.

« *Anthropology* », le premier manuel

En 1881, Tylor publia ce qui peut être légitimement considéré comme le premier manuel d'anthropologie. Cet ouvrage, intitulé *Anthropology*, connut de très nombreuses éditions et fut lu par des générations d'étudiants et de chercheurs.

La science que défend Tylor est encore incertaine. Elle
ne s'est pas encore libérée de l'anthropologie physique et
une grande place est consacrée aux différentes races. Tylor
note néanmoins que quelles que soient les différences entre
les hommes, la structure de leur corps et le fonctionnement de leur esprit les rendent semblables. C'est ce qui
explique d'ailleurs que les différentes races sont capables de
s'accoupler et de se reproduire. Si les hommes appartiennent
à une même espèce, ils n'en sont pas pour autant tous pareils
et ils diffèrent notamment par l'évolution. Les hommes
peuvent donc être pensés comme descendant d'ancêtres
communs et leurs langues portent elles-mêmes les traces
de cette évolution. L'étude comparative des langues peut,
de ce fait, nous aider dans cette reconstitution de l'histoire
de l'humanité. Considérons, par exemple, ces phrases en
néerlandais et en anglais :

    – Kom hier ! Ga aan boord ! Is de maan op ? Hoe is het
weder ? Niet good. Het is een hevige storm en bitter koud nu.

    – Come here ! Go on board ! Is the moon up ? How is the
weather ? Not good. It is a heavy storm, and bitter cold now.

La comparaison entre les deux conversations fait apparaître
que ces deux langues dérivent d'une origine commune.
On peut également en conclure que les Allemands, les
Néerlandais et les Anglais proviennent eux aussi d'une
même origine. D'une façon plus générale, les langues sont
le fruit d'une évolution qui va du langage animal et des
onomatopées jusqu'aux langues modernes qui brillent par
leur sophistication. L'histoire de l'humanité est l'histoire
de l'évolution.

Le progrès n'est pas une simple affaire de technologie,
mais il envahit toutes les sphères de la vie sociale. Les
inventions techniques qui ont marqué l'histoire récente
de l'Angleterre ne sont pas isolées d'autres progrès. Il

n'y a pas que les connaissances qui ont évolué : sur le plan moral, les gens sont meilleurs que dans le passé et l'opinion publique requiert une meilleure conduite qu'autrefois. Ces progrès qui ont caractérisé l'histoire récente de l'Angleterre, souligne alors Tylor, ne sont pas des événements uniques et isolés : ils marquent en réalité l'histoire de l'humanité tout entière. La tâche de l'anthropologie est de reconstruire cette marche vers le progrès. Elle retracera ainsi l'évolution de la médecine depuis les temps où l'on croyait le malade habité par les démons jusqu'à la découverte de l'épilepsie ou encore le passage lent et progressif des assemblées tribales tumultueuses jusqu'à la représentation parlementaire.

L'anthropologie de Tylor consiste bien à tout ramener au passé. En analysant le langage, l'écriture ou la culture matérielle, il se montre souvent capable d'intuitions, mais il reste enfermé dans le prisme de l'évolution, de la marche glorieuse vers le progrès. Cet enthousiasme se verra tempéré par le XXe siècle qui, par ses guerres, ses désastres et ses carnages, incarnera la réfutation de l'optimisme scientiste et de la religion du progrès (Taguieff, 2001, p. 150).

James Frazer (1854-1941)

Lorsque l'on parle d'anthropologie en chambre, c'est à Frazer que l'on songe inévitablement. Ce véritable forçat du travail qui a passé plus de douze heures par jour, pendant soixante ans, à sa table de travail, n'a jamais visité de région plus sauvage que la Grèce. Frazer apparaît donc bien comme un précurseur, un penseur du XIXe siècle, et pourtant il n'est mort qu'un an avant Bronislaw Malinowski qui fut son élève et symbolise tellement l'ère moderne de l'anthropologie. Autre paradoxe, Frazer, qui fut sans doute un des anthropologues les plus lus, est aussi l'un de ceux qui sont aujourd'hui les plus décriés et il ne se trouve guère d'anthropologue moderne pour considérer Frazer comme un père spirituel.

Cet Écossais naquit au sein d'une famille aisée et reçut une éducation pieuse dans l'Église presbytérienne. Il entreprit des études à l'université de Glasgow et, en 1874, il devint étudiant au Trinity College de Cambridge où il allait pour ainsi dire terminer sa vie. Ce brillant élément se consacra aux études classiques du grec et du latin. En dépit de l'atmosphère chaleureuse qu'évoquaient pour lui les veillées de prière familiale, il devait très tôt rejoindre le « parti de la raison », c'est-à-dire devenir athée, rejetant la religion chrétienne comme « tout à fait fausse ». Son amitié avec William Robertson Smith (1846-1894) l'incita encore à poursuivre dans cette direction. Robertson Smith avait été professeur d'hébreu et de Nouveau Testament au Collège théologique de l'Église à Aberdeen. En 1875, il avait fait scandale en publiant, dans l'*Encyclopædia Britannica*, deux articles (« Ange » et « Bible ») dans lesquels il considérait que la Bible avait été écrite par des hommes et non pas révélée par Dieu ; la Bible pouvait donc être interprétée comme le reflet de l'époque et du lieu où elle avait été écrite. Il affirmait, en outre, que l'Ancien Testament n'était en rien un corpus homogène mais ressemblait plutôt à une anthologie hétérogène de textes écrits sur une période de plusieurs siècles. Robertson Smith dut donc comparaître devant les tribunaux de l'Église et, démis de ses fonctions théologiques, il finit par arriver, en 1883, à Trinity College où il devint l'ami intime de Frazer. C'est dans ce contexte que Frazer abandonna ses recherches sur Pausanias, un voyageur grec du IIe siècle, pour se consacrer à son chef-d'œuvre, *The Golden Bough (Le Rameau d'or)*, un ouvrage monumental en treize volumes. En 1896, après la mort de Robertson Smith, Frazer épousa une veuve d'origine alsacienne et au caractère dominateur, Mrs Grow, née Adelsdorfer, que Malinowski appelait « sa redoutable compagne ». Celle-ci s'appliqua à encourager, et même à promouvoir, sa carrière, car Frazer n'avait jamais

obtenu aucune position académique à l'université de Cambridge où il restait une sorte de chercheur. Il reçut alors tous
les honneurs et, en 1908, la première chaire d'anthropologie
fut créée pour lui à l'université de Liverpool. Il s'agissait
d'une nomination purement honorifique puisque aucun salaire
n'était attaché à la fonction. Il fut cependant incapable de
s'adapter à la vie de Liverpool et, après seulement cinq
mois, il était de retour à Cambridge, puis à Londres où il
vécut jusqu'à sa mort (pour ce qui précède, voir Ackerman,
1987). Ces quelques données biographiques peuvent nous
intéresser pour ce qu'elles nous apprennent sur l'atmosphère
intellectuelle de l'époque, mais il est maintenant temps de
nous pencher sur ce qui fut, pour Frazer, l'œuvre de sa vie,
à savoir le fameux *Rameau d'or*.

Au temps de l'Empire romain, il y avait à Némi, près
de Rome, un sanctuaire où un culte était rendu à Diane,
déesse des bois, des animaux et de la fertilité, ainsi qu'à
son prince consort, Virbius. Ce sanctuaire sylvestre était
la scène d'une étrange et récurrente tragédie. La règle du
sanctuaire voulait, en effet, que n'importe quel homme pût
devenir son prêtre et prendre ainsi le titre de roi de la forêt,
pourvu que le premier il cueillît une branche – appelée le
rameau d'or – d'un arbre sacré qui se trouvait dans le bos-
quet entourant le temple, et tuât ensuite le prêtre précédent.
Tel était le mode de succession des prêtres du temple. La
question qui se pose alors est de savoir pourquoi le prêtre
devait tuer son prédécesseur. Et pourquoi devait-il être le
premier à cueillir le rameau d'or ? Pourquoi, enfin, le prêtre
était-il appelé « roi de la forêt » ?

Ces questions devaient tellement intriguer Frazer qu'il
allait passer le reste de sa vie à tâcher d'y répondre. Il
commença par constater qu'une telle confusion n'avait aucun
précédent dans l'Antiquité classique et que la réponse au
mystère devait alors être recherchée en dehors du monde
classique. Une coutume aussi barbare contraste, en effet,
avec les mœurs policées de la société romaine de l'époque ;

elle apparaît donc comme une survivance isolée, « un roc grossier émergeant au milieu d'une pelouse bien tondue ». C'est ce caractère barbare et grossier qui nous montre la voie à suivre pour découvrir la clé de l'explication. Il faut effectivement se tourner vers les sociétés les moins avancées pour rencontrer des pratiques analogues.

Frazer va concevoir *Le Rameau d'or* comme un véritable roman policier ethnologique. Pour lui, l'énigme de Némi ne peut être résolue qu'en ayant recours à la méthode comparative. Selon cette méthode, il faut éclairer les faits que l'on trouve dans une culture par la comparaison avec des traits culturels glanés dans d'autres sociétés. Frazer découpe littéralement le mythe romain en unités élémentaires et examine celles-ci une à une, en les comparant à des éléments semblables que l'on retrouve partout dans le monde. Il rattache la prêtrise à Némi à des phénomènes similaires dans d'autres cultures ou dans d'autres périodes, c'est-à-dire à des phénomènes étroitement liés aux éléments du mythe. Il examine ainsi les notions d'arbre-sacré, de roi-prêtre, de prêtre-divin, de régicide, de tabou, les cultes de la fertilité et des arbres, l'influence des sexes sur la végétation, les boucs-émissaires... en un mot tous les éléments qui se retrouvent, sous l'une ou l'autre forme, dans le mythe de Némi.

Il se penche, par exemple, sur l'institution du roi-prêtre qui n'était pas inconnue dans la Grèce et l'Italie antiques et que l'on retrouve aussi dans bien des sociétés primitives qui considèrent le roi à la fois comme un souverain, un prêtre et un magicien. De même, le culte des arbres, un autre élément de base du mythe, se retrouve partout dans le monde. Pour les sauvages, écrit Frazer à la suite de Tylor, le monde entier est animé et le monde végétal n'échappe pas à cette règle. Les arbres et les plantes sont donc considérés comme des êtres animés contenant un esprit. Les arbres-esprits sont souvent associés à la fertilité de la terre et il existe dans toute l'Europe paysanne des fêtes de l'arbre-de-mai. Les sociétés primitives croient parfois que leur sécurité et celle du monde sont liées à la vie d'une incarnation humaine de la divinité. L'homme-dieu doit être tué dès qu'il manifeste des symptômes de faiblesse. En le tuant, ses adeptes espèrent ainsi capturer son âme qui risquait de disparaître avec l'évanescence de ses pouvoirs. Ainsi les rois mystiques de l'eau et du feu, au Cambodge, ne peuvent pas mourir naturellement. Dès qu'ils sont malades, on les poignarde à mort. Un oracle des dieux annonçait aux prêtres que le roi de Méroé, en Éthiopie, devait mourir. Les Shilluk du Soudan ne tolèrent pas la moindre faiblesse de leur roi et un de ses fils pouvait lui succéder en l'affrontant dans un combat. Le voyageur arabe Ibn Batuta observa une étrange coutume chez le sultan de Java. Un homme se présenta devant le sultan et se trancha la tête. Le sultan expliqua que ces hommes faisaient cela par amour pour lui ; toute la cour, les troupes et une foule nombreuse assistèrent aux funérailles et le roi assura une large pension à la veuve et aux frères de la victime ; tout conduit donc à penser que l'homme s'immolait à la place du sultan. Dans bien des cas, le meurtre du roi peut être seulement ritualisé ou le roi peut sacrifier un de ses enfants à sa place.

Nous pouvons penser que le roi de la forêt de Némi est une incarnation de l'esprit de l'arbre et, qu'à ce titre, il a le don de faire pousser les fruits et les graines. Ses pouvoirs étaient donc particulièrement précieux et, pour les maintenir intacts, il fallait les préserver de la décadence de la vieillesse. C'est pourquoi un homme plus fort devait tuer le prêtre.

Le mythe de Balder, une divinité scandinave associée au gui, permet de comprendre pourquoi le meurtrier devait aussi couper le rameau d'or. On croit, en effet, que la vie de Balder réside dans le gui. Cette plante qui pousse dans les branchages des arbres a ceci de particulier qu'elle ne touche pas le sol et l'homme primitif a pu penser que l'esprit du dieu était plus en sécurité à mi-chemin entre ciel et terre, une idée que l'on retrouve sans doute dans les acropoles. Dans la médecine ancienne, d'ailleurs, le gui ne peut jamais toucher le sol. Le gui est donc assimilé à l'esprit du dieu ou de l'arbre divin. Pour tuer le dieu ou son représentant, il faut alors couper le gui ou le rameau qui contient son esprit. Le gui est, en outre, cueilli aux solstices d'été et d'hiver et par là associé au culte du soleil ; lors de cérémonies parallèles, il est assez courant d'allumer de grands feux pour raviver la flamme du soleil. C'est sans doute ce qui explique que le rameau de la légende soit un rameau d'or, car il est associé au soleil qui doit être périodiquement rallumé ou ravivé. En dernière analyse, Frazer entend montrer que le dieu du ciel et de l'orage était la grande divinité de nos ancêtres les Aryens et que son association fréquente avec le chêne résulte sans doute du fait que ce dernier soit souvent la cible de la foudre. Le prêtre de Nemi symbolise alors, en tant que prêtre-divin, le grand dieu romain du ciel, Jupiter, qui daigne résider dans le gui des chênes. C'est pourquoi le prêtre du sanctuaire était toujours armé d'un sabre pour défendre le rameau mystique qui contenait la vie du dieu, mais aussi la sienne.

Cette théorie, essentiellement spéculative, ne trouve plus guère de défenseurs aujourd'hui. Selon Ruth Benedict, *The Golden Bough* ressemble un peu à une version anthropologique du monstre de Frankenstein (1934, p. 49) ; il a l'œil droit de Fiji, le gauche d'Europe, une jambe de la Terre de Feu, l'autre de Tahiti, etc. En isolant ainsi des traits culturels, on s'interdit de les comprendre vraiment car toute culture est un ensemble intégré. De plus, en faisant de l'accumulation des faits le principe essentiel de sa méthode scientifique, l'analyse comparative se condamne à la superficialité (Lévi-Strauss, 1958, p. 317). Cette manie de comparer les institutions en dehors de tout contexte et de citer en un seul paragraphe une demi-douzaine de tribus, de la Chine au Pérou, contraste avec les patientes et minutieuses analyses des ethnographes. C'est peut-être ce qui explique que Frazer a été relégué aux oubliettes de l'ethnologie même si, comme le note Edmund Leach, d'une façon un peu provocante, le structuralisme de Lévi-Strauss a plus en commun avec Frazer qu'avec Malinowski (1982, p. 28).

C'est dans sa « théorie de la religion » que l'évolutionnisme de Frazer éclate au grand jour. Pour Frazer, l'histoire de l'humanité se résume en trois grands stades : la magie, la religion et la science. Comme Tylor, il considère que l'homme primitif ne connaît pas d'êtres surnaturels ou de divinités. C'est la pensée magique qui caractérise l'aube de l'humanité. Face à l'éthique des phénomènes surnaturels, l'homme primitif ne dispose, en réalité, que de la magie qui repose sur une théorie de la causation, c'est-à-dire qu'un événement naturel succède toujours à un autre et cela sans l'intervention d'un être spirituel ; autrement dit, selon la pensée magique, les événements apparaissent dans un ordre précis. Dans ce sens, la magie est une pré-science et procède de la même conception de la nature que la science, à savoir que la nature est faite d'ordre et d'uniformité. La magie est la « sœur bâtarde » de la science : comme l'homme de science, le magicien définit des lois naturelles et tâche de les mettre à profit, mais contrairement à la science, les lois magiques sont imaginaires, elles reposent sur une illusion. La magie tâche donc de manipuler les lois de la nature en se fondant sur l'observation quasi scientifique selon laquelle les mêmes causes produisent toujours des effets identiques. C'est pour cela que Frazer considère la magie comme une pseudo-science puisque, à partir de ce constat de régularité, le magicien va s'efforcer d'énoncer des lois : par exemple, il affirme que tel ou tel rituel provoque tel effet comme une bonne récolte, la fertilité du bétail, une grossesse ou la guérison d'une maladie.

Toute la pensée magique, selon Frazer, est dominée par deux lois : il y a d'abord la « loi de similarité » qui repose sur le principe que « le semblable produit le semblable » (*The like produces the like*) ou encore qu'un effet ressemble à sa cause. À partir de cette loi, le magicien infère qu'il peut produire une chose en l'imitant, c'est la magie homéopathique ; ainsi, le magicien qui désire détruire ou blesser un ennemi peut s'attaquer à une image, une représentation de ce dernier ; si l'image souffre, l'ennemi souffrira aussi. Frazer rapporte que les Indiens Cora du Mexique, s'ils veulent tuer un homme, fabriquent une statuette de terre le représentant et frappent cette dernière en murmurant des incantations. Chez les Huzuls des Carpates, les épouses des chasseurs ne peuvent pas tisser lorsque leur mari est à la chasse car le gibier tournerait aussi vite que le fuseau et le chasseur serait incapable de l'atteindre. On pourrait ainsi continuer les exemples à l'infini, mais nous nous contenterons de noter que cette loi est imitative, c'est par mimétisme que procède le magicien. La seconde est la loi de contact ou de contagion qui veut que les choses ayant été en contact continuent d'agir l'une sur l'autre après avoir été séparées. Par cette loi, le magicien produit une magie contagieuse selon laquelle ce qui est fait à un objet matériel affectera la personne qui a auparavant été en contact avec cet objet. Toutes les reliques et tous les charmes relèvent de cette loi. De ce fait, on croit en maints endroits du monde qu'en prenant possession d'une mèche de cheveux d'un homme ou d'un morceau de son vêtement, on peut agir sur cet homme. En Mélanésie, si un homme a été blessé par une flèche et que la blessure s'infecte, on conserve la flèche et on la place dans un endroit humide et doux afin d'atténuer l'inflammation du patient. Les chasseurs germains jettent en l'air la terre qui contient les empreintes du gibier, croyant ainsi faire tomber la bête. Les Basutos s'empressent de cacher une dent qui a été arrachée car ils craignent que leur ennemi ne puisse leur faire du mal en agissant sur cette dent.

Le Rameau d'or est avant tout une collection incroyable de milliers d'exemples semblables. Mais ce qui nous intéresse ici, c'est que Frazer considère toutes ces « lois » comme autant de « superstitions » ; elles sont fallacieuses et ceux qui y croient sont la victime d'une illusion. La magie est donc un faux système de lois naturelles et, de surcroît, un mauvais guide de conduite (p. 11). L'homme primitif finit par se rendre lui-même compte du caractère fantasmagorique de ses croyances et fera progressivement appel à des êtres surnaturels, dont le pouvoir est jugé bien supérieur aux hommes, pour l'aider à résoudre ses problèmes.

L'âge de la magie est alors suivi d'un âge de la religion. Les plus intelligents des hommes primitifs s'aperçurent, en effet, qu'ils tiraient des ficelles auxquelles rien n'était attaché, que ce qu'ils prenaient pour des causes n'en étaient pas : la pluie tombait sans que les rites fussent accomplis et le soleil continuait à briller de tous ses feux, les saisons se succédaient les unes aux autres et rien ne changeait lorsqu'on arrêtait ces rituels magiques. Tout cela était donc illusoire ! L'homme était impuissant face à la majesté de la nature. Il était supplanté par des forces plus grandes. Si le monde continuait de tourner sans le rituel magique, c'est qu'il était soumis à un pouvoir plus élevé et bien plus fort qui gouvernait l'ordre du monde, à savoir des êtres surnaturels qui font souffler le vent et gronder le tonnerre ; ce sont eux qui garnissaient les collines de forêts et veillaient à ce que chacun reçût sa nourriture. Ainsi se développa la religion qui supplanta peu à peu la magie et qui se caractérise par la reconnaissance de pouvoirs supérieurs à l'homme. L'homme religieux conçoit donc le monde et la nature comme étant contrôlés par la volonté ou les caprices d'êtres spirituels qui dépassent de loin les capacités de l'homme.

Mais cette conception s'avéra elle aussi insatisfaisante car elle repose sur l'idée que la succession des événements naturels n'est pas soumise à d'immuables lois, qu'il n'y a donc pas de régularités dans la nature. Or l'expérience contredit de telles présomptions : plus nous observons les phénomènes naturels, plus nous sommes frappés par l'uniformité, la précision ponctuelle avec laquelle se déroulent les opérations de la nature. Chaque progrès majeur de la connaissance forge cette idée de l'ordre naturel et bat en brèche la conception du désordre apparent. Les esprits les plus brillants en viennent alors à rejeter la théorie religieuse de la nature, et la religion est ainsi peu à peu remplacée par la science. Et Frazer de conclure dans son lyrisme caractéristique :

> « L'abondance, la solidité et la splendeur des résultats obtenus par la science s'accordent à renforcer notre foi profonde en la justesse de la méthode. Après avoir tâtonné dans les ténèbres depuis des temps immémoriaux, l'homme a enfin découvert le secret du labyrinthe, la clé en or qui ouvre tous les secrets de la nature. Il n'est probablement pas exagéré de dire que l'espoir de progrès – tant moral et intellectuel que matériel – est lié aux succès de la science et que tout obstacle placé sur le chemin de la découverte scientifique est une injure faite à l'humanité » (1987, p. 712).

Il ressort clairement de ces quelques considérations sur Frazer que celui-ci considère la magie et la religion comme des explications illusoires du monde. Il ne les envisage d'ailleurs qu'en tant qu'explication des phénomènes naturels : selon lui, la magie et la religion ne servent qu'à rendre compte de phénomènes comme le vent, le tonnerre, et il ne lui est, dès lors, guère difficile de conclure que l'explication scientifique des phénomènes est préférable à celle de la religion ou de la magie. Il s'agit cependant d'une vision limitée et tronquée de la religion. En outre, Frazer qui, il n'est pas inutile de le rappeler, n'a jamais rencontré et _a fortiori_ interrogé les sauvages dont il parle, postule que ceux-ci croient réellement à l'existence d'un lien direct de cause à effet entre le rite magique ou religieux et l'apparition de certains phénomènes. Or nous pouvons dire que ce lien est loin d'être aussi direct et simpliste que certains l'ont affirmé. En plaçant les phénomènes religieux sur le plan de l'explication des faits naturels, Frazer en vient ainsi à considérer qu'il y a incompatibilité, contradiction, incohérence entre l'explication religieuse et l'explication scientifique. Si le tonnerre est un bruit dû à l'expansion rapide de l'air échauffé par la décharge électrique, il ne peut pas être l'expression de la colère de Dieu. Or, ici aussi, il s'agit d'une vision simplifiée de la réalité religieuse. Les ethnologues contemporains ont fort heureusement dépassé ce type d'analyse.

En outre, la religion semble bien remonter à la nuit des temps. L'ethnologie moderne nous montre que les populations les plus primitives ont des conceptions religieuses bien ancrées. De même, si la magie et la science tentent bien d'infléchir le réel, on peut se demander si elles ont autre chose en commun. Enfin, il n'est pas sûr que la science ait remplacé la religion. Elle apporte certes des réponses et explications à bien des phénomènes naturels que la religion a cru, à un moment ou l'autre de l'histoire, pouvoir expliquer, mais elle n'a pas répondu aux questions fondamentales qui se posent à l'homme, à savoir son origine, sa raison d'être et sa destinée et, en ce sens, elle n'a pas ébranlé les fondements mêmes des croyances religieuses.

La critique diffusionniste

Le courant que l'on appela « diffusionnisme » naquit d'une réflexion et d'un agacement à propos des excès et des erreurs évolutionnistes. Il constitue ainsi une étape importante vers l'anthropologie moderne dont il jette certaines bases, notamment dans sa préfiguration du culturalisme et du relativisme. Il met, en effet, l'accent sur l'homogénéité relative des ensembles culturels qu'il s'applique à construire. Enfin, parmi ses préoccupations essentielles, on trouve la culture matérielle et, par bien des aspects, il pourrait apparaître comme l'expression théorique du mode d'exposition des musées d'ethnographie qui, en présentant dans une même vitrine des objets issus de différentes parties du monde, font naître en nous l'idée qu'il doit y avoir un lien entre ces objets. Pour les diffusionnistes, ce lien, c'est la transmission de ces objets d'un ensemble culturel à l'autre. Ce que les diffusionnistes, parmi lesquels on compte des auteurs comme Grafton Elliot Smith, Fritz Graebner ou Clark Wissler, contestèrent avant tout, c'est que l'homme est un être inventif. En effet, pour les théoriciens évolutionnistes, chaque société passe inévitablement par des stades déterminés et le passage d'un stade à l'autre se réalise au moyen de l'invention de nouveaux instruments, d'idées ou d'institutions nouvelles. Chaque société aurait, en quelque sorte, inventé le feu, le fer, la religion, l'agriculture, etc. Une telle affirmation, soulignent les diffusionnistes, est absurde. Croire que chaque société mène une existence indépendante est une aberration : « Le sauvage n'a jamais rien découvert ni inventé », déclara un critique de la théorie évolutionniste. Des anthropologues européens et américains emboîtèrent le pas en affirmant que la plupart des traits culturels n'ont été inventés qu'en de rares endroits et furent ensuite empruntés par d'autres sociétés. Les diffusionnistes fondèrent donc leurs théories sur le fait indéniable que les idées et les traits culturels voyagent, qu'ils sont transmis de continent en continent et qu'ils se distribuent dans le monde entier par l'intermédiaire des migrations ou le long des routes commerciales. En d'autres termes, une invention est un phénomène unique qui se « diffuse » vers d'autres sociétés. Il est relativement aisé de comprendre cela aujourd'hui où ce procès de diffusion est particulièrement rapide et important. Chaque invention contemporaine a tôt fait de se répandre dans le monde. Les diffusionnistes ne firent qu'affirmer que ce processus, loin d'être une nouveauté, a en fait marqué toute l'histoire de l'humanité. Ils soutinrent donc que des techniques complexes n'ont pu être inventées qu'une seule fois et que toutes les diverses formes prises par chacune de ces techniques proviennent d'un seul et même foyer.

Le courant diffusionniste n'est pas à proprement parler une école mais plutôt une réaction à certains excès de l'évolutionnisme. Il a exercé une influence considérable en archéologie qui a utilisé les découvertes faites dans différentes cultures pour établir des liens historiques entre les habitants de ces cultures ; ainsi, lorsque l'archéologue découvre des outils d'une même conception dans deux cultures différentes, il est amené à établir un lien entre ces deux cultures. Les anthropologues vont à leur tour tâcher de découvrir ces foyers de culture et montrer comment s'est opérée la diffusion des traits culturels à partir de ces foyers. Nous retrouverons des aspects du courant diffusionniste lorsque nous aborderons des auteurs tels que Boas ou Herskovits et, pour l'instant, nous pouvons nous contenter de noter que ce concept introduit un mécanisme important de changement social qui permet de rendre compte de phénomènes essentiels.

Portée et limites
de l'anthropologie évolutionniste

Les préoccupations évolutionnistes ont presque totalement disparu des études anthropologiques modernes et, en dehors d'une école américaine bien active, il n'est plus guère d'ethnologue pour revendiquer l'étiquette évolutionniste. L'évolutionnisme repose sur l'idée indéniable que les sociétés changent. L'évolution des techniques et de la vie économique accréditerait la théorie évolutionniste puisqu'il est incontestable que les sociétés peuvent être classées selon leur niveau techno-économique et que cette évolution de la hache de pierre à l'ordinateur va du simple au complexe. Le problème est alors que les évolutionnistes ne voulaient pas en rester là et qu'ils entendirent montrer que toutes les institutions humaines connaissent une évolution parallèle au développement des techniques de production des biens matériels. De surcroît, les théoriciens évolutionnistes croyaient, dans bien des cas, que leurs schémas d'évolution étaient unilinéaires, c'est-à-dire que toutes les sociétés passaient inévitablement par chaque stade. Ils considéraient enfin que chaque stade nouveau représentait une amélioration par rapport au stade précédent et, de ce fait, toute la théorie était traversée par un jugement de valeur. Si l'on peut penser que l'agriculture permettant de nourrir un nombre important de personnes au kilomètre carré représente une amélioration technologique par rapport à la chasse, on ne voit pas sur quel critère se fonder pour affirmer que le monothéisme représente une amélioration par rapport au polythéisme, sinon sur des critères arbitraires et ethnocentriques. Nous l'avons dit, les reconstructions évolutionnistes n'étaient souvent que de futiles efforts de l'imagination sans bases empirique ni historique. Des « stades » entiers, comme la promiscuité sexuelle, la magie, le mariage par capture ou le communisme primitif, n'ont existé que dans l'esprit de ces illustres savants. En voyant partout des survivances, les premiers anthropologues ont, en outre, souvent manqué de noter l'interdépendance des phénomènes sociaux.

L'intérêt de l'école évolutionniste est alors essentiellement historique. Ce sont les intellectuels évolutionnistes qui, par leur curiosité scientifique et leur intelligence, vont jeter les bases de la discipline, poser des questions fondamentales et inciter leurs élèves à récolter de plus en plus de matériaux. D'une discipline encore spéculative, l'anthropologie avançait ainsi sur la voie d'une connaissance plus empirique. Cependant, en rejetant l'évolutionnisme d'une façon tellement radicale, l'anthropologie sociale allait aussi s'engager sur une voie semée d'embûches qu'elle ne réussirait pas toujours à éviter. Ainsi, en réaction à l'évolutionnisme, elle en vint à concevoir les sociétés de manière statique et à laisser dans l'ombre le changement social et l'histoire. En outre, la question de l'origine des institutions fut abandonnée sans avoir été résolue. Enfin, le relativisme absolu dans lequel allaient se réfugier Franz Boas et certains de ses disciples éloignait l'anthropologie de tout effort de systématisation.

2

Le diffusionnisme

Le diffusionnisme n'a rien d'un courant homogène. Sa première caractéristique tient dans l'opposition qu'il manifeste vis-à-vis de l'évolutionnisme. Il constitue ainsi une étape majeure vers l'anthropologie moderne dont il jette certaines bases, notamment dans sa préfiguration du culturalisme et du relativisme. Il met aussi l'accent sur l'homogénéité relative des ensembles culturels qu'il s'applique à construire. Enfin, en tant que courant, il souligne l'importance de la culture matérielle et, par bien des aspects, il pourrait apparaître comme l'expression théorique du mode d'exposition des musées d'ethnographie qui, en réunissant différents objets dans une même vitrine, un même lieu, établissent un lien entre eux. Pour les diffusionnistes, ce lien, c'est la transmission de ces objets d'un ensemble culturel à l'autre.

Principes généraux

Il s'agit, sans doute, de l'école de pensée la plus spécifiquement anthropologique, car elle n'a guère dépassé les limites de la discipline. Le diffusionniste va naître de la réflexion, voire de l'agacement, suscités par les excès et les erreurs évolutionnistes. Ce que les diffusionnistes vont avant tout contester, c'est que l'homme soit un être inventif. En effet, selon les évolutionnistes, chaque société passe inévitablement par des stades déterminés et le passage d'un stade à l'autre se réalise au moyen de l'invention de nouveaux instruments, d'idées ou d'institutions inédites. Chaque société aurait en quelque sorte inventé le feu, le fer, la religion, l'agriculture, etc. Une telle affirmation est absurde, selon les diffusionnistes. Croire que chaque société mène une existence indépendante est une aberration : « Le sauvage n'a jamais rien découvert ni inventé », déclara ainsi un critique de la théorie évolutionniste. Et des anthropologues européens et américains lui emboîtèrent le pas en affirmant que la plupart des traits culturels n'ont été inventés qu'en de rares endroits et furent ensuite empruntés par d'autres sociétés. Les diffusionnistes fondèrent donc leurs théories sur le fait indéniable que les idées et traits culturels voyagent, qu'ils sont transmis de continent en continent et se distribuent dans le monde entier par l'intermédiaire des migrations ou des routes commerciales. En d'autres termes, une invention est un phénomène unique qui se « diffuse » vers d'autres sociétés. Il est relativement aisé de comprendre ce phénomène dans le monde contemporain, où ce processus de diffusion est particulièrement rapide et important. Chaque invention contemporaine a tôt fait de se répandre dans le monde. Les diffusionnistes ne firent que soutenir que ce processus, loin d'être une nouveauté, a en fait marqué toute l'histoire de l'humanité. Ils affirmèrent donc que des techniques complexes n'ont pu être inventées qu'une seule fois et que les diverses formes prises par chacune de ces techniques proviennent d'un seul et même foyer.

Le courant diffusionniste a exercé une influence considérable en archéologie, qui a utilisé les découvertes faites dans différentes cultures pour établir des liens historiques entre les populations de ces cultures ; ainsi, lorsque l'archéologue découvre des outils d'une même conception dans deux « cultures » différentes, il est amené à établir un lien entre ces deux « cultures ». Les anthropologues vont à leur tour s'efforcer de découvrir ces foyers de culture et montrer comment s'est opérée la diffusion des traits culturels à partir de ces foyers. Le courant diffusionniste se retrouve en trois centres principaux : il y a ce que l'on a appelé l'« hyper-diffusionnisme anglais », ensuite les écoles américaine et allemande, que nous allons examiner tour à tour.

L'hyperdiffusionnisme anglais

Dans un petit ouvrage intitulé *In the beginning* (1932), Grafton Elliot Smith synthétise les idées fondamentales de l'hyperdiffusionnisme. L'ouvrage, assez complexe, comprend plusieurs idées générales :

1) En premier lieu, il se veut une critique des thèses évolutionnistes qui jouissaient alors d'un grand crédit pour expliquer les origines de la société ;

2) Corollairement, il propose une explication nouvelle de l'origine de la société ;

3) Il avance enfin une théorie du développement de la société qui s'articule autour du concept de diffusion.

La critique de l'évolutionnisme repose sur l'idée d'invention, ou encore sur le caractère inventif de l'Homme. Les inventions ne sont pas des phénomènes qui se produisent de façon indépendante dans différentes parties du monde et l'histoire récente de la machine à vapeur, du télégraphe, de l'automobile ou du téléphone ne sont que des expressions récentes de phénomènes bien plus anciens. Pour Smith, la diffusion des techniques, si courante aujourd'hui, est à l'œuvre depuis le début de l'humanité. On voit bien qu'il s'agit là d'une attaque cruciale contre la théorie évolutionniste, qui postule que toutes les sociétés passent par différentes étapes et donc découvrent, chacune à leur tour, les différentes techniques caractéristiques des stades avancés. C'est par un processus fondamental de complexification que l'on passe à des stades nouveaux et, une fois les conditions remplies, une société doit passer à l'agriculture, la poterie ou l'écriture. Les évolutionnistes ne se posent pas vraiment la question du

contact entre groupes et de la transmission des techniques.
Selon eux, une société passera à un stade plus avancé grâce à
ses découvertes, suscitées par des dispositions mentales plus
développées. Il y a bien un sens de l'histoire qui considère
les sociétés comme des groupes indépendants, engagés sur
un schéma général d'évolution.

Smith remarque donc que le processus d'évolution présuppose une remarquable capacité d'invention. L'un des traits
distinctifs de tous les peuples primitifs, poursuit-il, est leur
absence totale de capacités inventives. Ce qui caractérise
les groupes les moins civilisés *(uncultured people)*, c'est
l'absence quasi totale des traits de civilisation. Que ce soit
chez les Veddas, les Eskimos, les habitants de la Terre de
Feu, les Bochimans, les populations tribales de Bornéo, de
Sumatra ou des Philippines, on trouve de « bons sauvages »,
ou encore la figure d'un « homme naturel » qui vit nu, qui
est honnête, infantile, farouche, mais dont la culture est très
peu développée et qui ne ressent pas le besoin d'éprouver
ses techniques, de construire des maisons, de domestiquer
de nouveaux animaux. Il vit dans des relations de parenté
et dans l'amour des enfants. Si l'homme sauvage n'est pas
inventif, c'est parce que l'Homme en général ne l'est guère
davantage ! Si l'homme était par nature inventif, pourquoi
aurait-il fallu attendre des centaines de milliers d'années
pour le voir franchir des pas importants ? (1932, p. 25).

Les inventions ne sont pas le fruit d'hommes ayant des
capacités mentales hors du commun ; elles proviennent de
circonstances exceptionnelles. Si les Aborigènes australiens
ou les Pygmées d'Afrique équatoriale avaient pu profiter de
telles circonstances, ils auraient pu connaître des civilisations
pareilles à celle de l'Égypte antique. L'homme primitif ne
diffère guère des hominidés sur ce plan. On voit donc bien
que, pour Smith, l'Homme ne dispose pas de capacités mentales innées, mais que celles-ci vont se développer en raison
des circonstances. La civilisation n'a pu se déployer que
lorsqu'un groupe d'hommes fut forcé par les circonstances de

se lancer sur des voies nouvelles. Ce développement initial se propagea à d'autres groupes et dans d'autres parties du monde grâce au processus de diffusion qui, bien plus que l'évolution, est un mécanisme fondamental de développement de l'humanité : tout ce qu'un homme sait, il l'a acquis de ses semblables. Apprendre des autres est donc un facteur essentiel du comportement des hommes. Ce qui est vrai de l'individu l'est aussi des groupes : ceux-ci n'apprennent que par emprunt. Il est aujourd'hui particulièrement aisé d'observer la diffusion des techniques et des inventions, mais, en réalité, il ne s'agit pas d'un phénomène récent. Toute culture est d'ailleurs un incroyable mélange d'influences les plus diverses. L'horloge que je regarde, dit Smith, a été produite en Angleterre voici moins de dix ans, mais elle est aussi une forme modifiée d'un modèle produit en Allemagne et en France il y a plus de six siècles. Et l'idée de l'horloge et des automates avait fasciné les habitants du Proche-Orient qui firent même don d'un modèle à l'empereur Charlemagne. À l'origine cependant, ce furent les Égyptiens qui conçurent ce mode artificiel de notation du temps. On pourrait ainsi multiplier les exemples, comme cette habitude de fêter le Nouvel An en buvant des boissons alcoolisées qui remonte elle aussi à l'Antiquité. En vérité, tout trait culturel est un héritage culturel complexe. Pendant que j'écris, poursuit Smith, on m'apporte une tasse de thé qui me rappelle à l'Extrême-Orient, que ce soit pour la boisson ou la tasse en porcelaine qui la contient. La plupart des choses que nous faisons et pensons ont été adoptées et elles ne peuvent être comprises qu'en référence aux circonstances qui ont conduit à cette adoption (*ibid.*, p. 12).

À l'origine, la civilisation n'existait pas et l'homme primitif vivait dans des conditions particulièrement précaires, proches de celles des animaux. Les hommes primitifs ne portaient guère de vêtements, ne construisaient pas plus d'abris et menaient une vie à la fois simple et pacifique. La culture était réduite à sa plus simple expression ; par exemple, les peuples les plus primitifs n'avaient pas de rites funéraires. Tant que l'Homme ne produisait pas de nourriture, il n'était pas conduit à produire de la culture. C'est donc l'essor de l'agriculture qui fut, selon Smith, à l'origine du développement de la civilisation. Comment ce développement a-t-il pu se produire ? Selon les données historiques, tout a commencé vers 4000 avant Jésus-Christ sur les bords de la vallée supérieure du Nil qui bénéficiait de récoltes naturelles d'orge. Les habitants des lieux, contents de disposer ainsi de ressources abondantes, adoptèrent un mode de vie sédentaire. Profitant des générosités de la nature, la population de ces anciens nomades se mit à augmenter. Ils vivaient dans des conditions particulièrement favorables, avec des arachides, de l'orge et du gibier en abondance, sans parler du poisson que le fleuve leur donnait avec largesse. Ils se rassemblèrent donc en communautés soudées.

Les hommes se mirent naturellement à stocker la nourriture que la nature leur fournissait généreusement. Ce procédé leur permettait en effet de survivre jusqu'à la prochaine récolte dans ces circonstances quasiment idéales. C'est ainsi que se développa l'habitude de conceptualiser le temps. Il fallait aussi bâtir des constructions pour stocker la nourriture, et ce fut le début de l'architecture. Ces silos les incitèrent à bâtir des demeures pour abriter les hommes. À partir de l'orge, ils fabriquèrent de la bière, qui nécessitait des jarres, et donc de la poterie. La domestication de la vache fut également rendue indispensable par ces développements économiques récents. Ce fut aussi le début de l'utilisation du lait de vache comme boisson. La vache fut donc divinisée, le lait conçu comme nectar divin et le ciel entier ramené à une immense vache.

Ces développements permirent un accroissement important de la population avec pour conséquence que les récoltes naturelles ne suffisaient plus pour nourrir tout le monde. On se rendit alors compte qu'il était possible d'imiter la nature et l'on se mit non seulement à planter des graines, mais aussi à irriguer le sol. L'agriculture nécessitait une division du temps plus adéquate. Les spécialistes de l'irrigation et du temps jouèrent un rôle crucial pour la survie de la société. L'un d'entre eux en vint à être considéré comme créateur et donneur de vie. Cette espèce de roi-ingénieur fut à l'origine de toutes sortes de croyances. On estima que la prospérité du groupe dépendait de ce roi, rendu éternel au moyen de la momification qui permettait de s'assurer de sa protection dans la durée.

Comme on le voit, ce ne sont pas seulement les techniques, mais aussi toutes les croyances, les rites, les pratiques qui se développèrent en cascade. Le travail du métal n'est peut-être pas directement lié à l'agriculture, mais il suppose néanmoins un mode de vie sédentaire. Le culte des morts comme manière d'assurer la prospérité du groupe allait engendrer toute une série de techniques de plus en plus sophistiquées. Il est intéressant de noter que, selon Smith (qui ne tire pas les conséquences théoriques de son raisonnement), la culture dérive d'abord des conditions économiques (la récolte naturelle d'orge) qui permettent un premier développement général, que ce soit des techniques ou de l'organisation sociale. On pourrait donc dire qu'il est ainsi fondamentalement matérialiste. Mais, dans un second temps, c'est la volonté de maintenir la prospérité du groupe en idolâtrant le roi qui va susciter des techniques nouvelles, et l'on retrouve ici des considérations nettement moins matérialistes, plus proches sans doute d'auteurs comme Fustel de Coulanges ou Hocart. Au-delà de cette relative inconsistance, on voit bien que la pensée de Smith dépasse une simple théorie du développement, puisque c'est tout simplement le développement même de la culture qui est ici pris en considération.

Il n'est sans doute pas utile de s'appesantir davantage sur ces conceptions qui rappellent celles des évolutionnistes. Ici aussi, il s'agit de trouver l'origine des institutions sociales et cette recherche repose essentiellement sur des conjectures, fondées logiquement, mais non vérifiables empiriquement. Cependant, la théorie de Smith diverge fondamentalement de l'évolutionnisme car ce dernier considère que ce raisonnement est presque universellement valide et qu'on le retrouve à peu près dans tous les groupes. Ainsi, le totémisme, comme étape du développement, a été « inventé » partout, que ce soit en Afrique ou en Australie. Selon Smith, au contraire, une telle idée est indéfendable et ce phénomène ne s'est passé qu'une seule fois, dans l'Égypte antique. Si on retrouve des institutions et des pratiques semblables un peu partout dans le monde c'est qu'il y a eu diffusion, c'est-à-dire emprunt. Ainsi Smith rejette l'idée d'Edward Tylor selon laquelle les premiers primitifs auraient des sentiments religieux et que l'animisme, en particulier, serait commun à tous les peuples. Selon Smith, la différence entre les premiers hommes et les hominidés est ténue et il y a tout lieu de croire que les primitifs n'ont guère plus de sentiments religieux que les bêtes sauvages dont ils se distinguent peu. La religion est une invention de l'homme civilisé et elle s'est transmise aux primitifs par la suite. Et ce principe vaut en vérité pour tous les autres traits de civilisation. L'organisation dualiste des Australiens n'est qu'une forme particulière des divisions territoriales et sociales entre pharaons et vizirs que l'on trouve dans l'Égypte antique. On ne peut envisager aucune explication à la présence d'institutions aussi particulières dans diverses parties du monde si ce n'est la diffusion. Les effets des événements historiques qui ont eu lieu en Égypte doivent s'être répandus à travers l'Asie, l'Océanie et l'Amérique (*ibid.*, p. 77). La recherche de cuivre pour la construction de tombeaux des rois et plus tard pour d'autres applications a conduit les Égyptiens à voyager et à transmettre leur culture dans le monde entier. Ainsi la conception égyptienne du roi-soleil se retrouve en Inde où le roi indien est issu d'une lignée solaire et associé à des divinités solaires qui rappellent immanquablement le cas égyptien. Les pyramides égyptiennes ont également inspiré les temples indiens.

La première civilisation est donc née en Égypte au IVe millénaire avant Jésus-Christ et elle s'est répandue à travers le monde. Selon Smith, un peuple ne souhaite adopter les coutumes d'un autre peuple que s'il y voit de l'intérêt. L'emprunt n'est pas une chose naturelle. De plus, ce sont les individus les plus intelligents qui sont les premiers à adopter les traits culturels nouveaux. Pour qu'il y ait diffusion efficace, il faut qu'il y ait contact prolongé. Petit à petit, des cultures nouvelles vont naître.

Vers 3000 avant Jésus-Christ, les Égyptiens eurent besoin d'un bois de construction de meilleure qualité et ils osèrent lancer leurs bateaux sur la mer. Pendant plusieurs siècles, ils entrèrent ainsi en contact avec la Syrie, ayant ainsi le temps d'inoculer les traits de leur civilisation dans toute la région, sur les bords de la mer Rouge et jusqu'en Arabie. Les civilisations de Sumer et de l'Euphrate sont issues de ces contacts et l'on note que la culture sumérienne ressemble étroitement à la culture égyptienne antique. Les traits culturels se diffusèrent ensuite par le nord vers le Turkestan et la Sibérie, à l'est vers l'Inde. La civilisation de l'Inde du Sud porte ainsi des marques distinctes de culture égyptienne, quoique teintées d'éléments mésopotamiens. En Europe, la civilisation grecque, qui se développa à partir du Ier millénaire avant Jésus-Christ, porte aussi l'empreinte de l'Égypte et des cultures proches-orientales. Ce n'est qu'à la fin du Ier millénaire de notre ère que des éléments culturels égyptiens, dont les temples pyramidaux, atteignirent le continent américain.

La théorie de Smith repose sur l'idée de l'antiquité de la civilisation égyptienne et de l'importance de son influence sur le reste de la région. Penser que cette influence a pu être aussi globale et universelle est bien sûr très problématique. Même si des influences culturelles ont pu se faire sentir au-delà des océans, il n'en reste pas moins que tous les traits culturels n'ont pas été transmis par ce processus de diffusion. La critique de la capacité inventive de l'homme est à la fois intéressante et limitée. En effet, s'il est indéniable que des transmissions se sont faites dans des aires culturelles données, les foyers furent beaucoup plus nombreux que ne le suggère

Smith. En définitive, au-delà de ces insuffisances patentes, on doit retenir de Smith l'accent mis sur la transmission et l'échange culturel comme élément important de développement. Ces caractéristiques seront trop souvent négligées par la suite et l'on en viendra à ne plus envisager les cultures que comme des ensembles fermés et imperméables.

L'école américaine

Parmi les disciples de Boas, c'est Clark Wissler qui va systématiser le diffusionnisme modéré en parlant d'« aires culturelles ». Ce concept a été élaboré pour classer les différentes tribus d'Amérique du Nord. Selon Wissler, un voyage à travers les États-Unis révèle des différences culturelles entre les divers groupes d'Indiens. Ces différences, qui concernent l'habitat, les vêtements, les bijoux, les cérémonies, bref tous les traits culturels, ne sont cependant pas abruptes, mais progressives. Les tribus voisines se ressemblent, mais, au fur et à mesure que l'on passe de l'une à l'autre, certaines caractéristiques disparaissent (Wissler, 1966, p. 275). On peut ainsi classer les tribus dans de grandes aires culturelles au sein desquelles on trouve des traits communs.

On s'attache d'abord à définir les plus petits éléments de la culture et de l'organisation sociale, les « traits culturels ». À partir de là, les anthropologues américains ont tâché d'imaginer un modèle théorique sous forme d'un cercle, avec un centre précis à partir duquel se sont transmis les différents traits culturels. Plus on s'éloigne du centre, plus la netteté des traits s'efface et plus ils se diluent avec des traits d'aires culturelles voisines. L'aire culturelle est donc l'association d'un certain nombre de traits culturels au sein d'un environnement géographique déterminé. Cette méthode, selon ses promoteurs, permettait en outre de découvrir certaines « aires temporelles », car il fut admis que plus un trait s'était éloigné de son centre, plus lointaine était son origine.

Wissler montra, en outre, que les montagnes, les océans et les déserts n'étaient pas des obstacles à la diffusion de traits culturels.

Avec cette école américaine, ce n'est pas le monde entier qui est le champ d'investigation puisque l'analyse se limite à des zones géographiques restreintes. Les anthropologues américains accumulèrent un matériel empirique impressionnant, mais leur concept d'aire culturelle n'offre qu'un intérêt très général. Le problème de la définition d'un centre et de frontières n'est pas vraiment résolu et au sein d'une même aire culturelle vivent des groupes qui, tout en possédant des traits culturels communs, n'en présentent pas moins des organisations sociales radicalement différentes (ainsi la région du Sud-Ouest comprend les agriculteurs pueblos, les pasteurs navaho et les tribus guerrières apaches).

Le concept d'aire culturelle peut s'entendre comme une entreprise de clarification du concept de culture. Si l'anthropologie devenait la science des cultures, il fallait s'entendre sur ce que désignait ce terme et le mérite de Wissler fut précisément de tâcher de montrer que de telles configurations avaient une existence quasi géographique. La conception de la culture qui est ici mise en avant est essentiellement statique. Elle laissera au cours du temps de moins en moins de place aux transformations : ce sont bien les bases du culturalisme qui sont ainsi jetées.

L'école allemande

En Allemagne et en Autriche, des anthropologues vont violemment s'opposer aux théories évolutionnistes et forger le concept de *kulturkreis* ou « cercle culturel » qui rappelle les *culture areas* des Américains.

Friedrich Ratzel considérait que l'homme primitif n'avait qu'une capacité d'invention limitée, mais que la Terre avait été, dès l'origine, habitée par des groupes humains qui émigraient volontiers. Ces êtres incapables d'invention, mais grands migrateurs, transportaient avec eux ce qu'ils avaient amassé comme bagage culturel. Sans le contact de l'Inde, par exemple, la fleur de lotus n'aurait pu devenir le symbole du bouddhisme dans les terres arides de Mongolie où le lotus n'existe pas. Ces considérations amenèrent Ratzel à affirmer que des phénomènes de diffusion se sont produits à grande échelle : ainsi, en analysant les arcs et flèches d'Indonésie et d'Afrique de l'Ouest, il en arrive à la conclusion que ceux-ci sont apparentés. Ratzel n'hésite pas à déclarer égal ce qui n'est que superficiellement semblable et, selon lui, deux faits semblables ont toujours la même origine quelle que soit la distance qui les sépare. Son disciple Leo Frobenius alla jusqu'à assigner une origine commune aux populations de l'Océanie et de l'Afrique noire, considérant que ce ne sont pas seulement des traits culturels qui voyagent mais bien des ensembles culturels tout entiers.

L'un des meilleurs théoriciens du diffusionnisme allemand fut sans conteste Fritz Graebner : il affirma non seulement que la diffusion est le principal processus rendant compte du développement culturel, mais il s'intéressa également à la manière dont ce processus se déroule. Il montra ainsi que la diffusion n'est pas automatique et qu'une société peut opérer une sélection dans les éléments qui lui sont proposés de l'extérieur ; de même, un trait emprunté peut être modifié jusqu'à en devenir quasiment méconnaissable. La théorie de Graebner se construit à partir du concept de « cercle culturel » *(cultural circle)* qui comprend des éléments unis par un lien organique. Chaque cercle culturel, avec ses institutions, ses croyances, sa culture matérielle, s'est développé en un seul foyer et a couvert, à partir de celui-ci, des espaces d'étendue variable. Par exemple, en Australie, Graebner identifie le « complexe totémique » qui comprend les éléments matériels suivants : étui pénien, ceinture d'écorce dure, hutte à toit conique, appuie-tête, lances à pointe de pierre ou de bois. Sociologiquement, il y a totémisme et ce que Graebner appelle « horde » patrilinéaire. Le mort est placé sur une plate-forme, la circoncision prévaut. La mythologie est astrale, le rôle du soleil dominant. Chaque cercle culturel constitue ainsi une sorte de civilisation distincte qui, principalement par les migrations, s'étend de plus en plus. Quand deux de ces systèmes se rencontrent, l'un absorbe l'autre.

L'une des figures les plus intéressantes du diffusionnisme allemand est le père Wilhelm Schmidt qui contesta violemment les théories évolutionnistes, particulièrement en matière religieuse. Schmidt naquit en Westphalie en 1868 dans une famille pauvre. Son père était mécanicien et mourut lorsque Wilhelm n'avait que 2 ans. C'est sa mère qui l'éleva et l'influença considérablement au point de refuser qu'il parte en mission lorsqu'il fut ordonné prêtre. Il avait en effet intégré un ordre missionnaire : la société du Verbe divin ou les Missionnaires Steyler. Sa mère accepta qu'il fût nommé en Autriche et c'est là qu'il débuta sa carrière d'anthropologue. Celle-ci allait devenir particulièrement brillante. Le père Schmidt fonda un institut d'anthropologie, l'Institut Anthropos ainsi qu'une revue éponyme qui paraît encore aujourd'hui. Il forma également de nombreux prêtres Steyler à l'anthropologie ; parmi eux, citons Gusinde, Koppers, Hermanns, Arndt, Fuchs, etc. En 1938, Schmidt fut l'un des quatre prêtres qui se trouvaient sur la liste noire d'Hitler et il dut fuir en Suisse. Il mourut en 1954 à l'âge de 86 ans.

L'œuvre la plus importante de Schmidt est *Der Ursprung der Gottsidee* ou *L'Origine de l'idée de Dieu* dans laquelle il s'attache à réfuter la théorie d'Edward Tylor. La théorie animiste de Tylor était, en effet, considérée comme la théorie anthropologique de la religion. Selon Schmidt, les fondements évolutionnistes de cette théorie sont inacceptables. En effet, il ne peut admettre l'idée que l'histoire de l'humanité soit un passage du simple au complexe, un développement du grossier et de l'imparfait vers la perfection et la civilisation. Sur le plan religieux, ce que Schmidt conteste donc, c'est l'idée selon laquelle les peuples les plus primitifs seraient

fétichistes, magiques ou animistes pour évoluer peu à peu
vers la religion ou la science. Schmidt soutient, au contraire,
que les populations les plus primitives, c'est-à-dire celles
qui ne connaissent ni l'agriculture ni l'élevage, comme
les Pygmées d'Afrique, les Aborigènes du Sud-Est australien, les Andamais, les Eskimos et quelques autres, ont
une connaissance éthique et pure de l'idée de Dieu. Il y a
bien ici renversement de la théorie de Tylor puisque les
sociétés les plus simples ne connaissent pas grand-chose du
totémisme, du fétichisme ou de la magie qui n'existent chez
eux que sous des formes embryonnaires. Bien au contraire,
ces sociétés primitives ont une religion monothéiste dont
le Dieu est éternel, omniscient, bienveillant, moral, tout-
puissant et créateur. Ce Dieu est capable de satisfaire tous
les besoins des hommes.

Contrairement à ce qu'affirme Tylor, le père Schmidt
soutient que ce Dieu suprême et créateur a établi un code
moral pour les hommes. Prenant en main leur éducation
morale et sociale, il promulgua des lois concernant leurs
activités. Il punit ceux qui n'observaient pas ces lois et
récompensa les méritants. Autrement dit, la religion originelle est hautement morale. En outre, le Dieu suprême est
essentiellement bon ; il est indulgent, généreux, juste. Enfin,
de nombreuses populations racontent encore aujourd'hui
comment le Dieu suprême s'est lui-même révélé à leurs
ancêtres. Ce n'est donc pas l'homme primitif qui a créé
Dieu, mais c'est bien Dieu qui a enseigné aux hommes ce
qu'il fallait croire et la manière de lui rendre un culte. Il
est erroné, cependant, de dire que Wilhelm Schmidt a par là
tenté de « cléricaliser » l'anthropologie. En effet, il souligne
bien que ce sont les populations primitives elles-mêmes qui
relatent cette expérience de la révélation et de la création :
« Le témoignage des peuples les plus archaïques considère
toujours que c'est Dieu lui-même qui est à la base de leur
religion » (cité par Brandewie, 1983, p. 282). C'est, selon
lui, un argument décisif en faveur de l'existence de Dieu.

L'idée d'un Dieu suprême et créateur existe déjà à l'aube de l'humanité ; c'est avec le développement de la culture, le perfectionnement des sciences et de la technologie que cette croyance religieuse originelle dégénéra et se mêla à d'autres formes. La forme la plus pure de la religion existait donc à l'origine de l'histoire humaine, car la religion fut révélée à l'homme par Dieu lui-même. L'expérience religieuse n'est pas une sorte d'artefact, une fabrication de l'imagination humaine ; elle fait au contraire partie de l'ordre naturel. En définitive, ce n'est pas l'homme qui a inventé Dieu, mais bien Dieu qui a inventé l'homme.

Synthèse et conclusion

Les théoriciens de la diffusion ont très justement remarqué que les traits culturels étaient transmis d'une société à l'autre et que, en conséquence, il est aberrant de croire que toutes les sociétés « inventent » chaque institution au cours d'une évolution unilinéaire. Le problème, c'est que, à l'instar des évolutionnistes, les diffusionnistes ont érigé ce principe en dogme et ont voulu montrer que toute l'histoire de l'humanité n'était qu'une série d'emprunts culturels à partir d'un nombre limité de « foyers culturels ». Ils sont alors tombés dans le même travers en se lançant dans une reconstruction arbitraire, conjecturale de l'histoire de l'humanité.

Le mérite des diffusionnistes est sans conteste d'avoir multiplié les études empiriques et, ainsi, d'avoir relevé le niveau des connaissances ethnographiques. Avec le diffusionnisme, cependant, s'achève toute une ère de l'histoire de l'ethnologie, celle des reconstructions hypothétiques du passé. Les exigences empiriques des ethnologues allaient les conduire à étudier des sociétés vivantes et concrètes et à ne plus considérer que ce qui était observable. Comme d'autres écoles, le diffusionnisme strict part d'une idée correcte, à savoir la reconnaissance d'un processus de transmission de traits culturels, mais elle mène droit à l'impasse quand elle suppose que tout trait culturel doit nécessairement être diffusé. La variante américaine, plus souple, n'est pas tombée dans cet écueil d'un diffusionnisme excessif et a ouvert la voie au culturalisme, qui exerça une influence très importante sur les sciences sociales. Enfin, l'hypothèse diffusionniste met en lumière le mécanisme fondamental de transformation du monde dans l'ère de mondialisation que nous vivons.

3

L'école française

Avec les États-Unis et la Grande-Bretagne, la France est incontestablement un pays qui a marqué l'histoire de l'anthropologie sociale. Son empreinte n'en a pas moins été spécifique : les anthropologues français ont eu plus de mal à se fondre dans le moule empiriste malinowskien que leurs homologues anglo-saxons et, dans les premiers temps, tout au moins, ce n'est pas par leur apport ethnographique qu'ils vont marquer l'histoire de cette discipline. Certes le positivisme comtien, qui est sans doute un des fondements intellectuels essentiels du fonctionnalisme, imprégna aussi le courant sociologique durkheimien et ce qu'il est convenu d'appeler l'école de *L'Année sociologique*, du nom d'une revue majeure fondée par Durkheim et dirigée pendant longtemps par son neveu Marcel Mauss. Cette école, y compris Durkheim, ne semble jamais très loin des préoccupations majeures de l'ethnologie et l'on va trouver, en son sein, des auteurs et des travaux qui peuvent être considérés comme des jalons fondamentaux de la pensée anthropologique.

À tout seigneur, tout honneur, nous pouvons débuter par le chef de file de ce courant, le sociologue Émile Durkheim dont l'influence sur les sciences sociales a été – et demeure – considérable.

La pensée anthropologique
d'Émile Durkheim (1858-1917)

Émile Durkheim naquit à Épinal en 1858, dans une famille de rabbins. Reçu à l'École normale supérieure, il devint agrégé de philosophie pour entamer ensuite la rédaction d'une thèse de sociologie qui deviendra *De la division du travail social* (1893). En 1885, il est nommé chargé de cours à l'université de Bordeaux où il enseigna avant de terminer sa carrière à la Sorbonne. En 1898, il fonda *L'Année sociologique*, une revue de sciences sociales qui deviendra le porte-parole d'une véritable école de sociologie et qui compte en ses rangs Marcel Mauss, son neveu, Robert Hertz, Henri Hubert, Paul Fauconnet, Célestin Bouglé, Marcel Granet et bien d'autres encore. Émile Durkheim mourut à Fontainebleau le 17 novembre 1917.

Dans les lignes qui suivent, nous n'avons pas la prétention de faire la synthèse d'une œuvre qui a déjà fait l'objet de multiples exégèses. Nous nous contenterons, bien plus modestement, de mettre en exergue quelques traits spécifiques de cette pensée qui nous paraissent avoir marqué la pensée anthropologique. Durkheim, en effet, a été reconnu par des figures marquantes de l'anthropologie comme une influence déterminante : Malinowski le faisait lire par ses étudiants et Radcliffe-Brown se réclama directement de son œuvre. Les dichotomies entre le sacré et le profane, ou encore entre les sociétés segmentaires et organiques, sont devenues des catégories incontournables de la pensée anthropologique qui reprit aussi à Durkheim la notion de représentations collectives ou l'idée qu'il existe des faits sociaux qui transcendent les différences individuelles. Ainsi dans sa critique d'une théorie américaine de la parenté, l'anthropologue britannique Rodney Needham développe les idées de Marcel Mauss et rappelle à plusieurs reprises que l'étude de la parenté doit tenir compte des groupes et non des individus (Needham 1962, p. 7 et

p. 13). L'anthropologie britannique, note Ioan Lewis, a eu pour caractéristique principale cet héritage durkheimien qui se distingue par une certaine aversion pour l'individu et la psychologie au bénéfice des groupes sociaux (Lewis, 1971, p. 178). L'anthropologie devint donc sociale et c'est sans doute au legs durkheimien qu'elle doit sa définition comme l'étude des structures sociales (voir Chazel, 1999, p. 84 ; Tarot, 2003, p. 105 ; Barnard, 2000, p. 63).

Si Durkheim a marqué de son sceau l'anthropologie britannique, il a influencé de manière plus profonde encore l'ethnologie française. Marcel Mauss, en particulier, est régulièrement considéré comme le père spirituel, sinon fondateur, de cette dernière ; or le lien qui l'unissait à Durkheim n'était pas seulement familial.

La méthode

Dans *Les Règles de la méthode sociologique*, Durkheim énonce une série de principes épistémologiques qui vont fortement marquer l'anthropologie sociale moderne. Au début du XXᵉ siècle, l'anthropologie sociale souhaite se débarrasser du biologique et elle trouve chez Durkheim un programme pour réaliser cette spécificité du social. Selon le sociologue français, en effet, la sociologie se définit comme l'étude des faits sociaux. L'anthropologie sociale, principalement dans le fonctionnalisme britannique, reprendra largement cette idée de l'originalité du social. En deuxième lieu, Durkheim définit le fait social comme quelque chose qui existe en dehors de l'individu, autrement dit il affirme que les faits sont réels (Chazel, 1975, p. 12), qu'ils ont une existence propre, extérieure à l'individu (Durkheim, 1973, p. 4) et qu'ils sont détachés des sujets conscients qui se les représentent (*ibid.*, p. 29) ; dès lors, il affirmera avec force qu'il faut considérer le fait social comme une chose. Il n'est pas nécessaire de s'attarder ici sur les nombreuses discussions qu'une telle position a alimentées, mais on se contentera de noter que cette extériorité et cette objectivation du fait social fondent largement les conceptions malinowskiennes de l'observation participante. Toute l'anthropologie classique repose, au moins implicitement, sur cette idée qu'il existe un monde objectif qui dépasse les individus et qui peut être appréhendé de l'extérieur. Durkheim lui-même prône la nécessité de l'« observation » des phénomènes sociaux. Après avoir distingué la sociologie de la psychologie, il la dissocie de la philosophie pour en faire une discipline positive, c'est-à-dire qui tire ses connaissances de l'observation (1973, p. XIII). Même si Durkheim ne mit pas toujours en pratique sa profession de foi empiriste (Boudon, 1998, p. 101), tous ces éléments constituent la base même de l'épistémologie en ethnologie.

Le rapprochement avec l'ethnologie apparaît encore dans le concept durkheimien de représentations collectives. Ces dernières sont définies comme des « états de conscience collective » et, en tant que tels, elles dépassent la conscience individuelle. Le concept tel que l'utilise Durkheim ne manque pas d'ambiguïté : la première difficulté tient, sans doute, dans ce que Durkheim semble se préoccuper davantage de l'adjectif que du nom ; la notion de « représentation » n'est effleurée que pour insister sur son caractère « collectif ». Durkheim ne fait pas vraiment le lien entre cette notion de « représentation collective », dont l'étude est peut-être la caractéristique majeure de sa sociologie (Lukes, 1973, p. 6), et celle de fait social qui, ailleurs, doit être considérée comme une chose et devient, elle aussi, une notion clé de la sociologie. La même ambiguïté est présente chez Malinowski quand il définit l'ethnographie comme science de l'observation tout en affirmant que son but est de saisir le « point de vue de l'indigène », autrement dit un système de représentations. En réalité, on peut penser que, pour Durkheim comme pour Malinowski, les représentations (collectives) sont des réalités *sui generis* ou, pour reprendre les termes de François Laplantine, elles sont des « effacements du signe au profit de la chose » (1999, p. 89) ; autrement dit, elles entendent, en quelque sorte, matérialiser la pensée ou les croyances, les faire passer pour réelles ou matérielles, donner de la réalité à ce que Proust appelle un « misérable relevé » (*ibid.*, p. 111). L'idée de représentation est sans doute liée à une vision positiviste du monde.

L'importance accordée à la notion de « société » est un autre facteur qui rapproche Durkheim du structuro-fonctionnalisme britannique. Dans la sociologie durkheimienne, la « société » est une entité fondamentale qui, d'emblée, est posée de façon axiomatique. Elle est une entité qui possède une réalité propre, transcendant la somme des individus qui la composent. Il ne sert donc à rien de vouloir étudier la société sur la base des motivations et des choix individuels (Perry 2003, p. 98). Durkheim, souligne Raymond Boudon (1998, p. 94), n'hésite pas à personnaliser la société. Celle-ci, en fin de compte, fonctionne comme un être vivant. Or, pour vivre, une société a besoin de cohésion et de régularité (Durkheim 1978, p. vi). Même en devenant autonome, l'individu continue d'être dépendant de la société et il l'est peut-être même davantage (*ibid.*, p. xliii). Précisément, continue Durkheim, c'est parce qu'ils sont différents que des êtres s'associent : ce qui est vrai du mariage l'est aussi de la division du travail et, plus particulièrement, de la division sexuelle du travail qui en est la forme élémentaire. La division du travail est donc un phénomène essentiel à la vie sociale car elle permet de créer de la solidarité.

Solidarité et individu

Dans sa volonté de fonder une véritable science de la société, Durkheim s'est tout naturellement intéressé aux « sociétés inférieures ». Par rapport aux sociétés supérieures, il considère celles-ci de façon ambivalente : elles participent des mêmes mécanismes généraux du fonctionnement de la société et la comparaison permet alors de dévoiler ces derniers.

Mais dans le même temps, elles peuvent aussi présenter des caractéristiques propres et, dès lors, différer des sociétés plus avancées. Il faut sans doute rappeler que Durkheim a été fortement influencé par l'évolutionnisme et, sans qu'il puisse être véritablement rattaché à l'évolutionnisme, ce courant se retrouve sous divers aspects dans toute son œuvre. D'une certaine façon, on peut même dire que Durkheim incarne bien ce passage de l'évolutionnisme au fonctionnalisme dont il est aussi un des théoriciens précurseurs.

Si l'homme est naturellement un être social, c'est-à-dire prédisposé à la vie sociale, la tâche de la sociologie est de comprendre les mécanismes de la vie en société. Cependant, la sociologie a très vite souligné les limites d'une conception purement abstraite de la « société » et de ses mécanismes et elle s'est appliquée à en distinguer diverses formes fondamentales. On pourrait dire que l'idée même de société débouche presque automatiquement sur la pluralité. La société est, en effet, difficilement envisageable en dehors d'entités spécifiques. Ainsi, une des définitions les plus influentes du concept de société a été énoncée par le sociologue allemand Ferdinand Tönnies (1855-1936). Il est intéressant de noter que cette définition comprend d'emblée une dimension comparative puisque, chez lui, le concept de société (*Gesellschaft*) ne s'entend que par rapport à celui de communauté (*Gemeinschaft*) : selon Tönnies, la communauté est caractérisée par la proximité, affective autant que spatiale, des individus. Dans la communauté, le « nous » prévaut sur le « je », l'individu se fonde dans le collectif. La société, par contre, est caractéristique des formes modernes de sociabilité et se fonde sur les intérêts personnels. L'intérêt est à la base des rapports sociaux qui sont orientés vers le marché et le contrat. On retrouve ici ces traces de romantisme allemand qui vaudront à Tönnies d'être considéré comme un théoricien du *Heimat*.

L'opposition avancée par Tönnies fut reprise par Durkheim pour qui les sociétés se différencient par deux types de « solidarité » : la solidarité mécanique et la solidarité organique.

La première s'exprime par la similitude, les sentiments semblables qui unissent les membres. La seconde, au contraire,
est faite d'interdépendance, de division du travail et chacun
participe à l'ensemble selon ses capacités. Bien que l'on n'ait
pas toujours insisté sur ce fait, la place de l'individu est également un facteur distinctif crucial chez Durkheim : ce dernier
considère, en effet, que, dans la « solidarité mécanique »,
l'individu ne s'appartient pas, il est tout entier soumis à la
collectivité (Durkheim, 1978, p. 100 et 170). La solidarité
organique, par contre, présuppose l'individu, chacun ayant
une « sphère d'action » et une personnalité propres. Ici les
individus diffèrent nécessairement les uns des autres (*ibid.*,
p. 101). Durkheim estime que la solidarité mécanique est
plus présente dans les « sociétés inférieures », mais il fait
dépendre le type de solidarité de la division du travail :
plus cette dernière est rudimentaire, plus la solidarité sera
mécanique et plus les individus seront semblables les uns
aux autres. L'originalité des caractères n'existe pas, il n'y a
pas d'individualité psychique. Par contre, chez les peuples
civilisés, la division du travail est maximale et les individus
diffèrent énormément.

La solidarité organique se substitue, peu à peu, à la solidarité mécanique qui s'exprime davantage dans les sociétés
à clans, formées de segments similaires. Au fur et à mesure
que se complexifie la société, la solidarité devient organique
(*ibid.*, p. 159). Si des traces de solidarité mécanique subsistent,
il n'en reste pas moins qu'il y a bien un phénomène de
substitution. La théorie de Durkheim énonce un principe qui
pourrait paraître comme un paradoxe : selon le sociologue
français, la société moderne serait, en fin de compte, plus
solide et plus solidaire que les sociétés inférieures où règne
une solidarité mécanique. En effet, ces dernières sont plus
fragiles, les ruptures y sont plus fréquentes. Les segments qui
la composent sont simplement juxtaposés, tels les anneaux
des annélides qui se séparent du corps principal sans nuire
à la vitalité de ce dernier (*ibid.*, p. 157). En d'autres termes,

l'homme, ou un segment, n'est pas obligé de rester uni au groupe et chacun a liberté de faire sécession (*ibid.*, p. 120). Rien de tel dans les sociétés à solidarité organique car, si les individualités y sont plus marquées, elles sont aussi plus dépendantes les unes des autres et, dès lors, la solidarité y serait plus marquée. Les diverses constituantes de la société ne peuvent être aisément séparées. Il affirme aussi que les sociétés segmentaires ont moins de mal à intégrer des éléments étrangers alors que le processus d'intégration dans les sociétés organiques est plus long et difficile (*ibid.*, p. 122). En d'autres termes, la solidarité organique tresse des liens bien plus forts entre les hommes.

On pourrait se demander si Durkheim ne validerait pas ainsi une conception purement libérale de la vie sociale dans les sociétés modernes puisqu'il affirme que le développement de l'individualité entraîne un renforcement du lien social ; ce dernier ne résulterait que de l'intérêt des individus à rester ensemble. Ailleurs, il affirme avec force sa foi en l'individualisme qui est, selon lui, un produit de la société (Lukes, 1973, p. 342). Il nuance toutefois cette conviction en soulignant que l'altruisme est une base fondamentale de toute vie sociale et que, pour vivre ensemble, les hommes « doivent faire des sacrifices mutuels » (*ibid.*, p. 207-209). Il suggère alors que la solidarité mécanique ne disparaît jamais tout à fait. Plus loin, il appelle même à plus de justice sociale et à la nécessité d'une plus grande équité (*ibid.*, p. 311) pour rappeler enfin qu'une société ne peut se maintenir sans solidarité. En même temps, Durkheim ne tire pas vraiment profit de ces dernières remarques qui auraient pu le conduire à minimiser le fossé qui sépare les sociétés « inférieures » et « civilisées ». S'il perçoit la nécessité d'un certain sentiment collectif dans les sociétés industrielles, il ne remet pas en question l'idée selon laquelle l'existence de l'individu est « nulle » (*sic*) dans les sociétés mécaniques. On voit donc comment il met en avant une conception holistique de la société « primitive », conception dont nous avons vu qu'elle dominera le courant structuro-fonctionnaliste.

Il est intéressant de noter comment Durkheim passe de la division du travail, c'est-à-dire une forme d'organisation, à un sentiment, c'est-à-dire la solidarité. La division du travail serait, en fin de compte, l'élément crucial de la solidarité entre les membres d'une société, et c'est sans doute ce qui le conduit à penser que la solidarité augmente avec la complexification de la société. On peut supposer qu'il est fortement influencé par la montée des nationalismes en Europe. Lui-même est originaire d'une région frontalière et sa famille a été marquée par la rivalité qui opposa la France à l'Allemagne, rivalité qui sera exacerbée jusqu'à la guerre où il perdra son fils. L'affaire Dreyfus le conduisit également à réaffirmer ses sentiments nationalistes. En d'autres termes, le patriotisme lui apparut comme un sentiment plus profond que le sentiment d'appartenance tribale. Dans le même temps, il est assez remarquable de constater que s'il avait affirmé le caractère irréductible de la société qui ne se ramène pas à la somme des motivations individuelles, il fait néanmoins dériver la force du lien social de la conscience individuelle, du sentiment des individus à l'égard du groupe. On retrouve la même ambiguïté dans la conception de la société segmentaire puisque, tout en affirmant que l'individualité est « nulle » dans les sociétés segmentaires, il laisse à l'individu une certaine autonomie en notant que les tendances à la fission y sont bien plus fortes que dans les sociétés avancées. D'autre part, Durkheim ne considère la division du travail que comme source de l'attachement au groupe. Il minimise d'autres valeurs et notamment le rôle de la religion. Dans *Les Formes élémentaires de la vie religieuse*, pourtant, il mettra en avant la fonction d'intégration sociale de la religion.

L'opposition entre *Gemeinschaft* et *Gesellschaft* et les autres variantes de visions dichotomiques du monde deviendront un thème majeur de l'anthropologie sociale naissante qui, dans sa définition comme science des sociétés primitives, reprendra à son compte l'opposition entre « eux » et « nous ». Lévi-Strauss lui-même n'hésite pas à opposer « sociétés chaudes » et « sociétés froides » sur la base de leur degré d'historicité (Lévi-Strauss, 1973, p. 40) : l'ethnologue français reconnaissait aussitôt qu'une telle distinction ne peut être que théorique et ne correspond exactement à aucune « société » concrète, mais on ne peut s'empêcher de noter que de telles distinctions, basées sur l'impact relatif de l'histoire et du changement, ont été extrêmement influentes et ont souvent façonné notre vision du monde. Plus profondément, les transformations du monde contemporain nous invitent plus que jamais à nous interroger sur la pertinence de ces représentations dichotomiques du monde. Ces typologies trouvent dans leur raison d'être leur propre insuffisance : elles se présentent, en effet, comme des alternatives, des oppositions radicales et exclusives pour en venir très vite à révéler des « essences ». Elles procèdent d'une illusion sociologique qui consiste à dissoudre l'individu dans le système en lui niant toute liberté d'action. Elles transforment le monde en blocs prétendument homogènes (par exemple l'Orient et l'Occident, le Nord et le Sud) dont on se demande très vite où se situe leur pertinence ; en raison de ces insuffisances, on peut craindre qu'elles ne fassent qu'appauvrir l'analyse. Le monde contemporain accentue encore le caractère hasardeux de telles dichotomisations : la mondialisation, l'immigration ou le progrès technique rendent toute recherche d'essence encore moins crédible que par le passé. Les sociétés industrielles sont loin d'avoir abandonné toute forme de « holisme », ainsi qu'en témoignent les renaissances ethniques, l'intégrisme religieux ou le multiculturalisme américain qui mettent en avant le besoin de reconnaissance collective aux dépens des valeurs individuelles. À l'inverse, l'absence de division du travail, ou sa faiblesse relative, n'entraîne en aucune façon une uniformisation psychologique des individus, et les contraintes structurelles plus ou moins fortes n'ont jamais réussi à anéantir toute initiative individuelle. Bref, la distinction classique entre « eux » et « nous » est beaucoup moins radicale que ne le suggèrent certaines classifications particulièrement réductrices.

Le sacré et le profane

De tous les ouvrages de Durkheim, *Les Formes élémentaires de la vie religieuse* est celui qui, sans doute, a exercé l'influence la plus profonde sur les ethnologues. C'est assurément un ouvrage remarquable qui tente de saisir l'essence du phénomène religieux en le rattachant aux formes d'organisation sociale.

En tant que sociologue, Durkheim considère que la religion est un phénomène social et il va plus loin encore puisqu'il considère, en quelque sorte, que l'essence même de la religion est sociale et que, de surcroît, la religion révèle une réalité sociale (Durkheim, 1979, p. 13). C'est peut-être ce qui différencie, selon lui, la religion de la magie. Car, contrairement à ce que prétend Frazer, ces deux systèmes de représentations ne répondent pas aux mêmes questions et ils ne se présentent donc pas de manière successive dans l'histoire de l'humanité. La magie, selon Durkheim, concerne la sphère privée, elle n'a rien à voir avec le sacré. Le magicien, tel un docteur, guérit une blessure ou jette un sort à un ennemi, mais cela relève de la vie personnelle. En réalité, loin de se succéder dans le temps, magie et religion coexistent. Leur nature est fondamentalement différente : le magicien a des patients, mais pas de congrégation alors que la religion est affaire institutionnelle, elle repose sur une Église. Les pratiques et croyances qui définissent une religion se matérialisent en effet dans une communauté, une congrégation que l'on peut appeler Église. Les religions ne sont donc pas des affaires purement privées, elles sont toujours préoccupées des affaires et du salut de communautés entières (Pals, 1996, p. 99). Sur le plan épistémologique enfin, Durkheim avance la proposition selon laquelle les catégories fondamentales de la pensée, ou encore les notions de l'esprit, sont le produit des facteurs sociaux (Durkheim, 1979, p. 206) ; autrement dit, nos catégories mentales varient en fonction des conditions sociales qui les font naître ; les idées sont le reflet de la société, c'est-à-dire de la manière de vivre ensemble. La hiérarchie, par exemple, est exclusivement une chose sociale : c'est seulement dans la société qu'il existe des supérieurs et des inférieurs. C'est donc à la société que nous avons emprunté ces notions pour les projeter ensuite dans notre représentation du monde. « C'est la société qui a fourni le canevas sur lequel a travaillé la pensée logique » (_ibid._, p. 211).

Durkheim rejette aussi l'idée d'une définition de la religion à partir de la notion de divinité. Le bouddhisme montre qu'il existe des religions sans dieu. La religion déborde donc l'idée de divinités et d'esprit et elle ne peut donc se définir à partir d'elle. De même, Durkheim refuse de voir dans la religion des « tissus d'illusion », le phénomène religieux ne peut se résumer à un « vaste système d'erreurs imaginé par les prêtres » (_ibid._, p. 98). Il ne peut se résoudre à croire que les hommes ont de tout temps été victimes de leur naïveté. Durkheim considère, au contraire, que la religion est avant tout un système de croyances et de rites qui sont liés au sacré, ce dernier se définissant en premier lieu par rapport au profane. La pensée religieuse divise en effet le monde en deux principes que tout tient séparés : le sacré et le profane. Le sacré s'oppose au profane en ce qu'il est « mis à part » ; il est supérieur, puissant, interdit. À l'inverse, le profane appartient au quotidien, à la routine, et ne fait l'objet d'aucune attention particulière. La religion est alors un « système solidaire de croyances et de pratiques relatives à des choses sacrées, c'est-à-dire qui sont séparées et interdites » (_ibid._, p. 65). Autre caractéristique fondamentale de la religion, ces systèmes « unissent en une même communauté morale, appelée Église, tous ceux qui y adhèrent ». Ce second élément, souligne Durkheim, est essentiel car il montre que la religion est une « chose éminemment collective ». On peut penser, avec raison, que cet aspect sociologique de la religion a quelque chose de réducteur. Néanmoins, Durkheim a eu le mérite de mettre en avant l'idée que la religion était aussi un phénomène sociologique et donc qu'elle n'était jamais complètement coupée des sociétés qui la produisent.

Si Durkheim voit une coupure entre sociétés à solidarité mécanique ou organique, il n'en estime pas moins que toutes les sociétés ont quelque chose en commun, et une science de la société doit donc prendre en considération tous les types existants de société. C'est pourquoi il s'est très vite intéressé aux sociétés primitives et notamment aux Aborigènes australiens qui, dans l'influente perspective évolutionniste, représentaient ce que l'humanité a connu de plus archaïque. C'est ainsi que Durkheim va considérer le totémisme comme la religion des Australiens et, dès lors, comme synthétisant le fondement de toute religion (Hiatt, 1996, p. 108). Le totémisme non seulement est la forme élémentaire de la vie religieuse, mais il est aussi une espèce d'archétype de ce que la religion représente réellement : c'est la forme de religion « la plus simple qu'il soit permis d'atteindre » (Durkheim, 1979, p. 135). Or le caractère social de cette religion est manifeste et va faire apparaître les deux caractéristiques de la religion. D'une part, nous avons vu qu'elle ne peut se comprendre sans référence à un groupe social et, dans ce cas, c'est le clan qui va jouer ce rôle. Le totem est clairement l'expression d'un clan, il est lié à ce dernier qu'il symbolise : le clan non seulement est omniprésent, mais en outre chaque clan a son totem (*ibid.*, p. 143). Les règles qui unissent le clan à son totem varient : ainsi les interdits alimentaires ne sont pas généraux et, dès lors, ils ne sont pas fondamentaux. Le totem est avant tout un « emblème », voire un « blason » ou un « écusson » (*ibid.*, p. 154 et 158). Durkheim considère donc que le totem individuel, que l'on rencontre parfois, n'est qu'un élément secondaire, une pâle copie du totem collectif qui détient l'essence du phénomène. En second lieu, toute religion est une expression du sacré, elle consiste à maintenir le sacré à l'écart du profane. C'est bien ce qui se passe ici aussi :

les *churinga*, par exemple, sont des pièces de bois ou des morceaux de pierre polie qui servent d'instruments liturgiques et sont utilisés dans de nombreuses circonstances. Rien ne les distinguerait d'autres objets du même genre, s'ils n'avaient pas gravé en eux la représentation du totem. Or c'est bien à cette représentation qu'ils doivent leur caractère sacré (*ibid.*, p. 172). D'autres instruments liturgiques, comme ces bâtons appelés *nurtunja* et *waninga*, représentent matériellement le totem. Il est remarquable de constater que les images représentant l'animal totémique sont en fin de compte plus sacrées que l'être lui-même ; le totémisme n'est donc en rien une espèce de zoolâtrie.

Il existe une sorte de communion, de sympathie mystique entre le groupe et son totem. En définitive, le totem apparaît bien comme le symbole d'une société :

> « Il est le symbole de cette société déterminée qu'on appelle le clan. C'en est le drapeau ; c'est le signe par lequel chaque clan se distingue des autres, la marque visible de sa personnalité [...]. Le dieu du clan, le principe totémique, ne peut donc être autre chose que le clan lui-même, mais hypostasié et représenté aux imaginations sous des espèces sensibles du végétal ou de l'animal qui sert de totem » (Durkheim, 1979, p. 295).

La société exerce donc sur ses membres la « sensation du divin », car « elle est à ses membres ce qu'un dieu est à ses fidèles » ou encore elle dispose d'une « aptitude à s'ériger en dieu » (*ibid.*, p. 305). Le clan représente la société dont le primitif est le plus solidaire et le totem acquiert ainsi une expression religieuse. La force religieuse des membres du clan envers ce dernier prend la forme du totem. Toute vie sociale nécessite en effet des symboles, des emblèmes qui viennent rappeler cette communauté d'existence. Les sentiments collectifs ne peuvent prendre conscience d'eux-mêmes qu'en se fixant sur des objets extérieurs.

Les Formes élémentaires de la vie religieuse n'étendait pas l'analyse au-delà de la religion des tribus australiennes, mais c'est bien sûr l'essence même du phénomène religieux que tentait d'y découvrir le sociologue français. La théorie proposée par Durkheim apportait donc un point de vue original dans l'approche du phénomène religieux en montrant que celui-ci comprenait une dimension sociologique. On ne peut jamais séparer la religion des groupes qui la vivent. L'idée selon laquelle c'est le groupe qui s'auto-vénère dans les manifestations religieuses est sans doute limitée. Selon Evans-Pritchard, un test critique à la validité de la théorie durkheimienne serait de prouver historiquement que tout changement de structure sociale entraîne nécessairement un changement de religion (1965, p. 77). Une telle formulation invalide certes une application mécanique de la théorie, mais elle n'élimine pas l'idée selon laquelle il existe des liens entre les groupes sociaux et leurs expressions religieuses.

Dans un compte rendu critique, Arnold Van Gennep a très tôt montré que les sources de Durkheim étaient insatisfaisantes (Pals, 1996, p. 117), et l'on peut en effet penser qu'elles le conduisirent à surestimer l'attachement des Aborigènes australiens à leur totem. Il ne s'agit pas là d'un élément mineur puisque cet attachement, que Durkheim compare à une forme de divinisation, est, pour lui, la source de tout sentiment religieux. On peut, au contraire, penser que si la religion comprend nécessairement des aspects sociaux, toute expression religieuse n'est pas nécessairement collective.

Dans des religions telles que le bouddhisme ou l'hindouisme, par exemple, le rituel est essentiellement privé et prend rarement des expressions collectives. Enfin, de nombreuses religions n'établissent pas une distinction radicale entre le sacré et le profane : de nombreux actes religieux s'y manifestent au contraire dans la quotidienneté et ne sont pas distingués des autres aspects de l'existence (Rivière, 1997, p. 22). Une pratique telle que le pèlerinage se comprend mal à travers une opposition aussi tranchée. En dépit de ses

limites, le travail de Durkheim représente une contribution
majeure à l'étude du phénomène religieux.

Les classifications primitives

Le dernier aspect de l'apport de la sociologie durkheimienne à l'anthropologie nous permet de faire le lien avec
l'auteur suivant, puisque c'est avec son neveu Marcel Mauss
qu'Émile Durkheim rédigea *De quelques formes primitives
de classification*, texte qui est légitimement considéré comme
un apport majeur à l'étude des phénomènes sociaux. Ce
texte est sans doute davantage cité par les ethnologues que
par les sociologues, qui dans leur ensemble sont d'ailleurs
moins sensibles à l'apport de Marcel Mauss.

Le long article sur les classifications primitives est d'abord
un modèle du genre, un des travaux pionniers en matière
d'étude des catégories. Il s'agit aussi d'un texte complexe et
difficile, sans doute susceptible d'interprétations divergentes.
Il n'est d'ailleurs pas sûr que Durkheim et Mauss aient
mesuré toute la portée, l'ampleur de leurs idées.

Leur point de départ même semble problématique puisqu'il
s'inscrit dans une perspective évolutionniste. En effet, les
deux sociologues français reprennent à leur compte l'idée
d'une « pensée primitive ». Ceux-là mêmes qui n'ont pas
manqué de critiquer Lévy-Bruhl paraissent proches de ce
dernier lorsqu'ils affirment, qu'au début, l'homme « primitif » vivait dans un certain état de confusion : entre lui et
son totem, entre lui et son âme, l'indistinction est totale.
L'indifférenciation est telle que l'homme prend les caractères
de la chose ou de l'animal dont il est rapproché. Ils parlent
ainsi de « confusion mentale absolue » : les gens du clan des
crocodiles passent pour avoir le tempérament du crocodile,
ils sont fiers et cruels. Un Bororo s'imagine être un arara :
il est à l'animal ce que la chenille est au papillon. Comme
Lévy-Bruhl, Durkheim et Mauss admettent que des bribes de
cette indistinction existent chez l'homme moderne et surtout

dans la vie religieuse qui contient un certain nombre de ces confusions comme l'idée de transsubstantiation ; mais chez les « Européens », ces idées n'existent qu'à l'état de survivance.

Chez les *Natuurvolker* (*sic*), par contre, la conscience n'est qu'un flot continu de représentations, les distinctions sont fragmentaires et c'est alors que les classifications commencent à apparaître. Pour Durkheim et Mauss, les classifications semblent fonction du degré de complexité sociale. Pour se démarquer de la psychologie qui considère que la classi-fication est un processus individuel, Durkheim et Mauss entendent démontrer l'intérêt de l'analyse sociologique en mettant l'accent sur les relations entre la structure sociale et le type de classification. Autrement dit, c'est le degré ou le niveau d'organisation sociale qui détermine le type de représentations mentales. Plus la société est simple, plus le type de représentation est simple. La connotation évolution-niste n'est pas absente de l'analyse des deux sociologues qui soulignent donc que la classification n'apparaît qu'après un certain développement historique (1964, p. 166) ou encore que « classer n'est pas un produit spontané de l'entendement (*ibid.*, p. 167).

Une autre ambiguïté du texte de Durkheim et Mauss surgit alors. En effet, s'il est légitime de considérer qu'ils affirment le primat du social, ils semblent en revanche montrer que le processus mental de classification est également une manière de forger, de construire la réalité. Une classe, disent-ils, c'est un groupe de choses. Or les choses, reconnaissent-ils, ne se présentent pas d'elles-mêmes à l'observation (*ibid.*, p. 166) : il y a quelques ressemblances, mais le seul fait de ces similitudes ne suffit pas à expliquer comment nous sommes amenés à assembler les êtres, à les enfermer dans des limites que nous appelons « genres » ou « espèces ». Voilà une conception vraiment remarquable qui paraît infirmer l'idée classique de Durkheim selon laquelle il faut appréhen-der les faits sociaux comme des choses : les choses, selon eux, ne se présentent pas comme telles à l'observation. On pourrait dire qu'il y a un effet-retour de la pensée sur le social, une espèce de mouvement dialectique. Il n'est pas sûr que Durkheim et Mauss aient envisagé les choses de cette façon, mais telle me semble une conclusion possible de la lecture de leur texte.

Les tribus australiennes

La question fondamentale, selon les deux sociologues français, est de savoir ce qui a amené les hommes à classer. Les tribus australiennes peuvent servir d'illustration première pour commencer de répondre à cette question, car l'idée est toujours présente chez Durkheim que les Aborigènes australiens constituent le groupe le plus primitif et le plus représentatif d'une société extrêmement rudimentaire.

L'organisation sociale des Aborigènes consiste en une division entre deux grandes sections que l'on peut appeler phratries. Chacune d'elles est divisée en deux classes matrimoniales qui comprennent à leur tour un certain nombre de clans totémiques. Tous les membres de la tribu se trouvent ainsi classés dans des cadres définis et qui s'emboîtent. « Or la classification des choses reproduit la classification des hommes » : les choses de l'univers sont divisées entre membres de la tribu. Les tribus de la rivière Bellinger sont divisées en deux phratries et toute la nature est divisée d'après les noms des phratries. Les choses sont mâles ou femelles : le soleil, la lune, les étoiles sont soit des hommes, soit des femmes, et appartiennent à telle ou telle phratrie. Dans les tribus de Port-Mackay, la division en deux phratries (*yungaroo* et *wuntaroo*) est une loi universelle de la nature. Toutes les choses sont également réparties entre les deux phratries : les alligators sont *yungaroo*, les crocodiles *wuntaroo* ; le soleil est *yungaroo*, la lune *wuntaroo*, etc.

Chez les Wakelbura du Queensland, la nourriture est répartie entre les phratries et seules certaines classes matrimoniales sont autorisées à manger certains types de nourriture : les Banhe mangent le chien, le kangourou, l'opossum ou le miel ; les Wungo sont seuls à manger l'émeu, le bandicoot, le canard ; les Kargile mangent le porc-épic et le dindon, etc. Chaque chose, chaque moment de la vie reproduit ce type de classification : un sorcier ne peut utiliser que les ingrédients qui appartiennent à sa phratrie, un mort doit être recouvert des feuilles d'un arbre de sa phratrie, le bois, la couleur, les ingrédients que l'on utilise sont également répartis selon ce système classificatoire. Dans les tribus de Mint-Gambier, les cinq clans totémiques se répartissent l'ensemble de la nature : les faucons (*mula*) comprennent la fumée ou le chèvrefeuille, les pélicans (*parangal*) la pluie, le tonnerre, les éclairs, la grêle et les nuages, les cacatoès, la lune et les étoiles, etc.

Les Zuni

Chez les Zuni d'Amérique du Nord, toujours selon Durkheim et Mauss, on atteint un plus haut degré de complexité. On trouve ici un véritable système de classification qui regroupe l'ensemble de l'univers : les phénomènes naturels, la lune, les étoiles, la terre, la mer, sont classés selon un principe de division de l'espace entre quatre ou sept régions :

Nord	vent, souffle, air, hiver ;
Ouest	eau, printemps, brise, lumière ;
Est	terre, semence, gelée ;
Sud	feu, été.
De même, les animaux :	
Nord	pélican, grue, coq ;
Ouest	coyote, herbe, ours ;
Sud	tabac, maïs, blaireau ;
Est	loup blanc.
Les couleurs :	
Nord	jaune ;
Ouest	bleu ;
Sud	rouge ;

Est	blanc ;
Zénith	bariolé ;
Nadir	noir ;
Milieu	toutes les couleurs.

De la même manière, les clans sont divisés selon cette logique spatiale. Il y a trois clans par région.

Nord	pélican, coq, sauvage ;
Sud	tabac, maïs, blaireau ;
Est	daim, antilope, dindon ;
Ouest	ours, coyote, herbe.

Selon Durkheim et Mauss, la division en sept classes est une élaboration de la division en quatre. On peut penser, disent-ils, que les clans, avant d'être classés en sept catégories, étaient regroupés en deux phratries comme dans l'exemple australien. Les mythes zuni rapportent une division originelle de la terre en deux états hiver/été, bleu/rouge : « Il est donc possible de croire que le système zuni est en réalité un développement et une complication du système australien. Il existe d'ailleurs des cas intermédiaires comme les Sioux. » Nos deux auteurs réitèrent ici leur profession de foi évolutionniste. Tout se passe comme s'ils supposaient que les premières classifications sont binaires, puis quadripartites, et qu'elles se compliquent au fur et à mesure du développement de l'organisation sociale. Deuxième point important, la classification par clans (autrement dit la « société ») doit être première : sur elle viennent se greffer plus tard la classification par point cardinal et enfin celle selon les espèces.

Les Chinois

Avec la complexification générale de la société, les données s'entremêlent singulièrement. Le dernier type de classification, nous disent Durkheim et Mauss, gagne en indépendance par rapport à l'organisation sociale et celle-ci est nettement plus élaborée. On peut alors parler de « systèmes » de classification, et l'exemple choisi est cette fois une société bien plus complexe, à savoir la Chine.

Les Chinois divisent l'espace en quatre points cardinaux. À chacun correspond un oiseau : le dragon azur à l'est, l'oiseau rouge au sud, le tigre blanc à l'ouest et la tortue noire au nord. L'espace compris entre deux points cardinaux est lui-même sous-divisé en deux : de là dérivent huit points qui sont associés aux huit pouvoirs et aux huit vents.

Un autre type de classification répartit les choses selon cinq éléments : la terre, l'eau, le feu, le bois, le métal. Les planètes sont ramenées à ces cinq éléments : à Vénus correspond le métal, à Mars le feu. Les quatre saisons sont subdivisées en six parties chacune si bien qu'il existe vingt-quatre saisons ; les années sont arrangées selon des cycles de douze ans qui correspondent chacun à un animal (rat, tigre, lièvre, dragon, serpent, chien, cheval, singe, poule, chien, porc). Il y a un certain parallèle entre cette division du temps et celle de l'espace, mais nous entrons ici dans des considérations assez sophistiquées. Autrement dit, il existe en Chine une multitude de classifications qui sont entrelacées. « Nous sommes en présence d'un cas où la pensée collective a travaillé de façon réfléchie et savante, sur des thèmes évidemment primitifs » (1964, p. 218).

Durkheim et Mauss semblent donc dire que les sociétés complexes ont des systèmes de classification qui le sont tout autant. Pourtant, ils s'empressent aussitôt de reconnaître qu'il n'y a pas rupture entre ce système et les systèmes primitifs. Ils notent ainsi que l'on retrouve des traces de totémisme dans le système chinois avec des noms d'animaux correspondant aux points cardinaux ou aux cycles d'années : les années classées par cycle ressemblent aux clans totémiques et le mariage entre personnes nées une même année est d'ailleurs interdit. L'illusion évolutionniste disparaît alors ; Durkheim et Mauss mettent maintenant davantage l'accent sur la continuité entre les systèmes de pensée : les classifications primitives, affirment-ils, ne constituent pas des singularités exceptionnelles, sans analogie avec celles qui sont en usage chez les peuples plus cultivés. Elles semblent au contraire se rattacher aux premières classifications scientifiques : les choses entretiennent entre elles des rapports définis. Les classifications font donc œuvre de science, elles sont la première philosophie de la nature. Ils ne franchissent pas le pas qui les mènerait à une perspective cognitiviste, car selon eux la classification dérive du social. Le centre des premiers systèmes de la nature, ce n'est pas l'individu, mais la société, et ce n'est donc pas l'entendement qui préside aux lois de classification. « Les hommes ont classé les choses parce qu'ils étaient partagés en clans », autrement dit, les relations sociales ont servi de base aux systèmes de classification. Ils rejettent donc l'idée de Frazer selon laquelle c'est la nature qui tiendrait lieu de modèle à la classification. Ce sont les cadres de la société qui ont servi de base au système. Les catégories logiques sont avant tout des catégories sociales. On pourrait ainsi rappeler qu'il y a chez eux un « primat de l'intellect sur le social ». Les classifications symboliques ont été, avant tout, des classes d'hommes. C'est parce que les hommes étaient groupés et se pensaient sous forme de groupes qu'ils ont groupé les autres êtres et ont établi des parallèles entre les deux modes de groupement. Les groupements ne se font pas sur la base des caractères intrinsèques naturels des éléments. Les formes des classes et les liens qui les unissent sont d'abord d'origine sociale.

Ils poursuivent alors cette idéalisation de la société : la société est conçue comme un tout, un ensemble unique auquel tout est rapporté. Sa force est tellement prégnante que l'univers entier est conçu selon les mêmes critères.

L'importance de cet essai a été largement reconnue et il apparaît aujourd'hui comme un classique de l'ethnologie. Ce fut en effet la première étude à tenter d'établir un lien entre les systèmes de pensée, les catégories et le monde réel. Cependant l'essai a également fait l'objet de sérieuses critiques. Needham a relevé l'insuffisance des sources de

Durkheim et Mauss qui ont surestimé les systèmes de classification totémique alors qu'il apparaît que ceux-ci sont loin d'être les seuls modèles utilisés par les Australiens ou les Pueblos. Même dans les populations dont l'organisation sociale est très élémentaire, il existe des formes diverses de classification. Le lien qu'ils établissent entre l'organisation sociale et les systèmes de pensée n'est pas vraiment démontré, et l'on peut penser que l'exemple chinois infirme quelque peu ce parallèle (voir Lukes, 1973, p. 446).

Dans une critique de Durkheim et Mauss, Steven Lukes (*ibid.*, p. 447) invoque Kant qui écrivait : « Il n'y a pas de doute que toute notre connaissance commence avec l'expérience… mais il ne s'ensuit pas que tout vient de l'expérience. » Ainsi, estime Lukes, les opérations de l'esprit ou la logique ne dérivent pas de l'expérience. On ne peut se référer aux traits d'une société pour expliquer la faculté de penser, de classer les objets matériels et les personnes, ou encore la capacité à raisonner. Les Aborigènes, souligne encore Lukes, doivent avoir un concept de classe avant d'élaborer une classification de la société : les relations établies présupposent l'existence de la capacité à établir des relations. Plus profondément, poursuit Lukes, on ne peut pas postuler une situation dans laquelle les individus ne pensent pas en termes d'espace, de temps, de classe ou de groupes selon des règles de logique puisque c'est précisément ce que penser signifie. Autrement dit, penser, c'est justement créer des liens entre les choses et cela revient ainsi à les classer. On ne peut qu'être d'accord avec ces remarques. La question est alors de savoir si elles invalident vraiment la théorie de Durkheim et Mauss. Ceux-ci reconnaissent la capacité mentale de classer les choses, mais ils précisent que les classifications sociales sont élémentaires et que les autres formes de classification reproduisent ces dernières. Ils ne nient pas la propension classificatrice de la pensée, néanmoins ils établissent une priorité entre les différentes formes de catégories.

Marcel Mauss (1872-1950)

Le texte dont nous venons de parler peut nous servir de lien naturel entre l'oncle et le neveu puisqu'il est le fruit de leur collaboration qui dura jusqu'à la mort d'Émile Durkheim en 1917. Marcel Mauss naquit le 10 mai 1872 à Épinal, fils de Rosine Durkheim, la sœur d'Émile. Les relations entre les deux hommes demeureront toujours très étroites. Mauss suivra son oncle à Bordeaux pour devenir son premier disciple et son principal collaborateur (Fournier, 1994, p. 47). Mauss fut une cheville ouvrière de la revue *L'Année sociologique*, à laquelle il consacra « le meilleur de lui-même » (Besnard et Fournier, 1998, p. 14). En 1901, il sera élu à la chaire des religions des peuples non civilisés de l'École pratique des hautes études. Trente ans plus tard, en 1931, ce sera au Collège de France de l'accueillir en son sein. Dans les années 1940, Mauss, malade, ne sera plus très actif et vivra retiré jusqu'à sa mort en 1950.

De la sociologie à l'ethnologie

Les liens entre Durkheim et Mauss, on l'a dit, furent très étroits. L'oncle exerçait une sorte d'ascendant moral sur son neveu, n'hésitant pas à le critiquer sans cesse, parfois de façon très sévère (à ce sujet, voir Durkheim, 1998). Cette contrainte morale n'empêcha pas Mauss de prendre très vite certaines distances vis-à-vis de celui qui fut pour lui une espèce de père. Sur le plan politique, par exemple, l'engagement de Mauss dans la cause socialiste fut bien plus ardent que celui de son oncle qui n'aimait guère l'aspect ouvriériste et les méthodes promptes à la violence de ce courant. La sociologie de Durkheim est d'ailleurs une sociologie de consensus qui ne reconnaît pas la guerre des classes. Si Mauss s'engagea de manière plus radicale, il évita cependant le marxisme et rejeta le communisme. De surcroît, ses convictions ne transparaissent guère dans sa sociologie qui, d'un point de vue politique, n'est sans doute pas très éloignée de celle de son oncle.

Contrairement à cet oncle dont on connaît les grandes œuvres, Mauss ne rédigea pas de grand ouvrage. Cette carence ne l'empêcha pas d'écrire, et même d'écrire énormément, sur les thèmes les plus divers. Mais ces écrits sont généralement de longs articles qui furent le plus souvent publiés dans *L'Année sociologique*. On pourrait y voir un certain éclectisme que Durkheim reprochait d'ailleurs à son neveu. Il est probable cependant que ce soit l'implication de Mauss dans la revue qui l'ait contraint à diversifier ses centres d'intérêt.

Très vite, Mauss va développer un intérêt marqué pour les sociétés primitives. Sa nomination à l'École pratique des hautes études l'y enjoint, et sa rencontre avec Frazer, avec qui il se lia d'amitié, en témoigne. Il est très vite perçu comme un ethnographe. Il a pour but de mettre les étudiants devant les « faits ethnographiques » et affirme qu'il « ne croit qu'aux faits » (Fournier, 1996, p. 194 et Mauss, 1998, p. 29). Certes, il ne deviendra jamais un véritable ethnographe et ne conduisit pas d'enquête de terrain digne de ce nom, mais il encouragea ses étudiants à aller dans ce sens et rédigea même un *Manuel d'ethnographie* (1967), qui n'est peut-être pas pire qu'un autre. Cet ouvrage dresse la liste des choses que l'étudiant devra investiguer sur le terrain. Il peut se lire comme un inventaire et témoigne d'un effort assez louable de jeter les bases d'une science de l'observation. Malinowski n'est jamais allé si loin dans l'exposé de techniques d'enquête. Cet attachement aux faits est sans doute plus net chez Mauss que chez son oncle, ce dernier éprouvant un peu de mal à mettre en pratique ses convictions positivistes (Boudon, 1998, p. 101). Dans sa correspondance à Mauss, Durkheim exprimait d'ailleurs ses réticences à l'égard de l'empirisme de son neveu :

« Pour ton travail sur le sacrifice, je te supplie à deux genoux
de ne pas te noyer. Je t'en prie, ne tombe pas dans l'érudi-
tion vaine. [...] Tous les faits, non seulement cela n'existe
pas, mais cela n'a pas de sens. Il faut des faits cruciaux. »
(Durkheim, 1998, p. 135.)

Mauss fut donc un empiriste convaincu qui manifestait
un certain mépris pour la philosophie. Ainsi, il considérait
Lévy-Bruhl comme un philosophe alors que Robert Hertz
forçait son admiration car, chez ce dernier, les faits n'étaient
pas là comme illustration, mais ils guidaient la recherche.
« Hertz était un savant, et non pas seulement un philosophe »
(cité par Dumont, 1983 p. 193). De même, dans son essai
sur la prière, il fustige les philosophes qui n'étudient pas les
faits sociaux pour eux-mêmes, mais bien l'idée qu'ils s'en
font (1968, p. 372). Il assignait à sa démarche un principe
qui cadre avec la mission que s'est donnée l'ethnologie :
« L'explication sociologique est terminée quand on a vu
qu'est-ce que les gens croient et pensent, et qui sont les
gens qui croient et pensent cela » (voir Dumont, 1983,
p. 204). En même temps, cette soumission aux faits n'est
pas, selon lui, une fin en soi car la recherche doit aboutir
à des explications, c'est-à-dire à l'établissement d'un ordre
rationnel entre les faits (*ibid.*, p. 393).

Mauss sera aussi davantage détaché des principes évolutionnistes qui continuent de marquer l'œuvre de son oncle
dont l'influence est sensible dans les premiers travaux. Mauss
restera cependant conscient que les institutions changent avec
le temps et qu'elles sont susceptibles de se complexifier. C'est
notamment le cas de la prière dont l'analyse doit nécessairement
comprendre une dimension historique qui mettra en valeur
les transformations importantes de cette pratique. Cependant,
sa sociologie deviendra davantage théorisante qu'historisante,
et Mauss sera vite convaincu de la complexité des croyances
primitives. Sa conception du « fait social total » symbolise

bien cette richesse des faits qui ne sont jamais unidimensionnels. Une institution comme la monnaie n'est pas seulement une réalité financière, elle présente aussi des aspects politiques et moraux ; autrement dit, elle est un phénomène social total et l'analyse peut montrer comment les différentes réalités s'interpénètrent. Les faits sociaux totaux mettent en branle la totalité de la société : ils sont à la fois juridiques, économiques, religieux et même esthétiques (Mauss, 1973, p. 274). Selon Lévi-Strauss (1973, p. xxv), cette conception préfigure le structuralisme car elle met en avant l'idée que tout fait social forme un système, un ensemble intégré, ou encore que « le social n'est réel qu'intégré en système ». Cette récupération structuraliste de Mauss n'étonnera pas vraiment. Sa pensée préfigure, en effet, une conception intégrée, pour ne pas dire holistique, de la société. On ne peut toutefois pas s'y tromper, l'œuvre de Mauss ne s'accorde qu'imparfaitement avec les grands cadres théoriques. Par bien des aspects, sa pensée reste libre et échappe à toute classification, en dehors bien sûr de l'influence globale de *L'Année sociologique*. Durkheim lui reprochait constamment son éclectisme et ce qu'il considérait comme un manque de rigueur : il le traite ainsi de « brouillon », de « rêveur », de « touche-à-tout » pour déplorer ensuite que rarement un neveu a fait autant souffrir son oncle (voir Durkheim, 1998, p. 119 et Tarot, 2003, p. 11-12 pour une synthèse de ces critiques).

Cette prétendue superficialité transparaît peut-être dans l'incapacité de Mauss à écrire un ouvrage à proprement parler. Si son œuvre est assez vaste et surtout variable, elle s'est davantage matérialisée dans des articles, de longueur variée, que dans de véritables livres. On n'en reste pas moins frappé aujourd'hui par cette remarquable manière d'aborder des thèmes aussi variés que la nation, le sacrifice, la prière, le don, la notion de personne, les techniques du corps, ou l'organisation sociale des Eskimos, pour ne mentionner que quelques sujets qui furent traités avec finesse par celui qui est souvent considéré comme le père de l'anthropologie française.

L'ethnologie de Mauss échappe sans doute à tout courant. On sent qu'au-delà de *L'Année sociologique*, il subit des influences diverses. S'il ne voyagera pas dans ces contrées lointaines dont il nous parle avec brio, on sent chez lui une certaine sympathie. Par ailleurs, il ne croyait pas vraiment à la méthode en tant que telle. Celle-ci n'est qu'un outil qui doit s'adapter à la réalité (Tarot, 2003, p. 34). Ce relatif laxisme épistémologique le place sans doute du côté des ethnologues : cette proximité s'exprime bien dans le texte, assez remarquable, intitulé *Les Variations saisonnières chez les Eskimos* qui contient des éléments de réflexion sur la méthode qui le rapproche nettement de la pratique des ethnologues contemporains. À partir de l'étude du cas particulier, en effet, Mauss entend « établir des rapports d'une certaine généralité » (1973, p. 389). En partant d'une situation ethnographique particulière, il reprend l'idée de Stuart Mill selon laquelle « une expérience bien faite suffit à démontrer une loi ». Une proposition scientifique, poursuit-il, ne doit pas reposer sur l'étude d'un grand nombre de cas (*ibid.*, p. 391). L'étude d'un cas défini permet, mieux que des observations cumulées, de « déboucher sur une loi d'une extrême généralité » (*ibid.*, p. 475). Le texte sur les Eskimos débouche donc sur une proposition théorique essentielle, à savoir que les variations dans les groupements des unités sociales entraînent des changements dans la morale, le droit et la religion.

« L'Essai sur le don »

Un bref inventaire des références à Marcel Mauss dans les manuels d'ethnologie suffit à nous faire remarquer que *L'Essai sur le don* est le texte le plus cité et, pour beaucoup d'auteurs, le nom de Mauss lui est associé. La plupart des ouvrages d'anthropologie économique consacre une bonne partie de leur discussion à ce long article qui a fait l'objet de très nombreux commentaires, tant du côté des ethnologues que chez les philosophes ou les économistes. De ce point de vue, un des mérites de ce texte est de se fonder sur des pratiques primitives très particulières pour nous parler du monde et de la société en général. Il est assez intéressant de constater que les nombreux commentaires suscités par ce texte ont été relativement peu critiques. *L'Essai sur le don* constitue souvent le point de départ d'une discussion, sans que son contenu soit débattu, critiqué ou mis en doute. À ce propos, le texte récent d'Alain Testart (1998), qui s'étonne que des affirmations qu'il juge complètement « fausses » n'aient pas été discutées, constitue une exception remarquable. Par certains aspects, *L'Essai sur le don* est même devenu une référence dans la critique de l'utilitarisme et du libéralisme économiques.

La notoriété de *L'Essai sur le don* provient en grande partie du fait qu'il critique la conception utilitariste d'une économie basée sur la recherche de l'intérêt individuel et sur le mercantilisme. Pour Mauss, la première forme de contrat économique, ce n'est pas le troc comme on l'a souvent affirmé, mais le don. Le don, cependant, n'existe pas à l'état pur, il est la forme synthétique de l'échange. D'ailleurs, le couple échange-don se manifeste à travers trois obligations : donner, rendre et recevoir. L'obligation de donner est particulièrement présente dans ces économies qui ne thésaurisent pas. Le récipiendaire a, en principe, obligation de recevoir, il ne peut refuser le don sous peine de refuser le lien social que fonde nécessairement une telle transaction. Toujours en fonction de ces principes, il connaîtra à son tour l'obligation de donner, c'est-à-dire, en l'occurrence, l'obligation de rendre. L'échange-don n'est pas une simple transaction économique, il est un fait social total, qui crée du sens entre les individus et fonde le lien social. Le don engendre nécessairement la réciprocité. Avec lui circulent des valeurs, tandis qu'avec un bien, ce sont d'autres choses que l'on transmet, et notamment du rang, voire de l'esprit. La chose échangée véhicule ainsi une partie de son propriétaire. Cette permanence d'influence des choses échangées est le symbole de la vie sociale, et l'échange-don incarne donc la manière dont les groupes constituant une société sont imbriqués les uns dans les autres. La notion de profit est totalement absente de ces échanges primitifs qui retiennent l'attention de Mauss dans son essai. Il affirme aussi que le don est en même temps le support des valeurs religieuses, ce qui, dans une perspective durkheimienne, n'est pas différent de valeurs sociales.

En Polynésie, par exemple, la chose échangée contient le *hau*, c'est-à-dire une sorte de pouvoir spirituel. Dans les transactions, on donne aussi quelque chose de soi-même. Or tout doit circuler constamment, ce qui signifie que cette force spirituelle circule en permanence entre les groupes et les individus. Mauss rend compte également du *kula* tel qu'il a été décrit par Malinowski et l'interprète dans le même sens. Le *kula* exprime le « besoin naturel » des hommes à donner et à recevoir. De même, il revisite les données de Boas sur le *potlach* pour montrer que cette pratique peut s'entendre dans le cadre des trois obligations du don.

La thèse du caractère intégrateur du don se heurte, chez Mauss, à quelques problèmes d'interprétation. D'une part, il affirme que les institutions étudiées expriment la réciprocité du lien social, et il en conclut que le don est constitutif de la société. D'autre part, les exemples qu'il choisit illustrent assez mal cette proposition, car ils proviennent de sociétés hiérarchisées, et les pratiques analysées sont très souvent liées à la hiérarchie sociale et consistent souvent à renforcer cette dernière. On est finalement assez éloigné de l'illustration d'une espèce de communisme primitif que d'aucuns aiment voir dans *L'Essai sur le don*. Mauss lui-même rejette l'idée de profit, mais il doit reconnaître que les institutions mélanésiennes, polynésiennes ou américaines qu'il étudie présentent une nature à la fois somptuaire et agonistique ; dès lors, elles consistent fréquemment à exacerber les différences et les rivalités. Il faut dire que Boas et Malinowski penchaient souvent pour ce dernier point de vue. Dans *Kwakiutl Ethnography*, par exemple, Boas affirme que le *potlach* oppose des rivaux qui se « battent avec de la propriété » (1966, p. 81). Les chefs kwakiutl qui donnent des couvertures dans un *potlach* ont davantage l'air de véritables mégalomanes que de généreux donateurs. Mauss doit bien reconnaître que le *potlach* suscite violence, exagération et antagonisme : le prestige d'un chef dépend en effet de sa capacité à dépenser ses biens. Il affirme même que le « principe de rivalité et d'antagonisme fonde tout ». Cependant, il se garde de tirer des conclusions générales de ces remarques, et l'on peut même penser qu'il les évacue pour ne retenir du don qu'une manière de fonder l'échange.

Le don sert de critique à la conception classique de l'économie : il exprime le fait que les groupes sont imbriqués les uns dans les autres et « se doivent tout » (Mauss, 1973, p. 196). De plus, il montre qu'une partie de l'humanité « sait échanger des choses considérables sous d'autres formes et pour d'autres raisons que celles que nous connaissons ». Les notions de richesse individuelle et de profit y sont proscrites. L'échange est plus une institution sociale qu'une nécessité économique. Non seulement ces généralisations sont assez éloignées des réalités qu'il étudie, mais l'opposition que Mauss établit entre elles nous semble assez boiteuse dans la mesure où il compare des systèmes d'échange somptuaires et agonistiques des « primitifs » avec l'économie normale dans « notre société ». Pour être convaincant, Mauss aurait dû comparer l'échange de dons avec l'économie des cadeaux. Ceux-ci ne répondent pas non plus à une rationalité économique impeccable. Les grands capitalistes américains comptent aussi parmi les mécènes, sponsors et donateurs les plus généreux du monde. Il est en Occident de nombreuses pratiques qui échappent à un simple calcul d'intérêt. En outre, l'action charitable ou le mécénat n'impliquent nullement une obligation de donner ou de rendre. Chez nous aussi, certains biens, notamment les bijoux, contiennent des valeurs qui dépassent leur prix et ils ne peuvent s'offrir à n'importe qui. Il nous semble donc que Mauss aurait dû comparer les pratiques somptuaires et l'échange de biens précieux avec leurs équivalents dans les sociétés occidentales. Le *kula* comprend certes des dimensions sociales plus riches qu'un achat au supermarché (voir Davis, 1992, p. 79), mais on compare alors des choses qui n'ont pas grand-chose en commun. L'intérêt de *L'Essai sur le don* tient sans doute en ce qu'il nous révèle davantage sur une partie des transactions inhérente à toute société que sur l'établissement d'une opposition entre deux modèles de société.

Mauss, nous l'avons vu, a sans doute surévalué la réciprocité du don. Le don ne sert pas nécessairement à établir une relation de solidarité et il n'est pas non plus toujours obligatoire de le rendre. Dans certains contextes comme dans le village du nord de l'Inde qu'étudie Gloria Goodwin Raheja, les castes supérieures sont les seules à pouvoir faire des dons et, en donnant des choses, elles se débarrassent des choses impures qui les marquent à différents moments de leur existence. En acceptant les dons, les castes inférieures acceptent aussi le transfert de cette impureté sur elles-mêmes et elles s'inscrivent alors dans une relation de dépendance. Jamais elles n'ont le droit de faire des dons aux castes qui dominent la société (Goodwin Raheja, 1989). De même, le mariage indien établit entre les deux familles une relation complètement unilatérale que l'on appelle *kanya dan*, le don d'une jeune fille, et qui implique que toutes les prestations du mariage et la relation qu'il instaure par la suite sont toujours unilatérales : la famille de la jeune fille est toujours inférieure à celle du garçon (voir, par exemple, Van der Veen, 1972). Plus généralement, les Brahmanes qui acceptent des dons sont également considérés comme inférieurs : c'est notamment le cas des prêtres du grand temple de Madurai qui vivent de dons et sont, dès lors, considérés comme relativement inférieurs, en tout cas par rapport aux autres Brahmanes. Les Brahmanes qui acceptent des dons s'inscrivent dans une relation de dépendance sociale et celle-ci, qui plus est, met en péril l'idéal religieux de renoncement (Fuller, 1984, p. 64).

On voit donc que l'obligation de rendre, que Mauss estime être la plus importante des trois, est loin d'être partout accomplie et que le don est une catégorie complexe qui ne se ramène pas à l'établissement d'une relation de réciprocité et de solidarité. L'intérêt du travail de Mauss est certainement de poser des questions et d'ouvrir des débats. La littérature consacrée au don est devenue quasiment pléthorique en anthropologie et la discussion est loin d'être tarie.

Vers une sociologie du corps

La fécondité intellectuelle de Mauss apparaît dans une série de textes qui sont consacrés à des thèmes novateurs et qui sont liés au corps. Globalement, Mauss va y montrer que ce dernier peut être considéré d'un point de vue sociologique.

L'article sur « Les techniques du corps » (Mauss, 1973), par exemple, demeure un texte pionnier d'une sociologie du corps. Mauss y montre que les manières d'utiliser son corps varient selon l'âge, le sexe et les cultures. Si son apport théorique est relativement mineur, cet article frappe par le fait qu'il atteste que le corps, entité biologique par excellence, est utilisé socialement de différentes manières, ouvrant ainsi la voie à une sociologie nouvelle. C'est la première fois, sans doute, qu'un sociologue considère le corps comme un microcosme de la société. La manière de marcher, de manger, de s'asseoir, de tenir un outil devenait ici des préoccupations sociologiques. On peut aussi noter que Mauss y introduit, de manière originale, la notion d'habitus qui deviendra un concept fondamental de la sociologie bourdieusienne. Selon Mauss, l'habitus, une manière habituelle de se comporter, a une nature éminemment sociale (1973, p. 368) et culturelle, puisqu'il varie de société en société. On ne nage pas aujourd'hui comme on nageait dans le passé : autrefois, note-t-il, le nageur devait avaler de l'eau et la recracher ensuite pour imiter le mouvement des bateaux à vapeur. Les Anglais ne savent pas bêcher à la façon des Français, et chaque société a ainsi des « habitudes » propres qui sont parfois très difficiles à acquérir : ainsi les soldats français ne peuvent marcher au pas comme leurs homologues anglais (*ibid.*, p. 367). C'est à travers l'éducation que se développent les différentes façons d'utiliser le corps. Mauss attirait l'attention sur des faits qui pouvaient, *a priori*, paraître anodins mais qui permettaient pourtant de trouver du sens dans des gestes aussi banals que la manière de dormir. C'est pour cette raison que la lecture du texte de Mauss sur les techniques du corps nous paraît extrêmement stimulante pour le jeune chercheur car il éveille véritablement le sens de l'observation. On peut alors observer les différentes façons de manger, les manières dont hommes et femmes utilisent leur corps dans le travail... Les écrits de Mauss sur le corps, affirme Le Breton (1992, p. 20), sont « les précurseurs de recherches qui mettront des décennies avant d'éclore réellement ».

Un autre texte remarquable et novateur s'intitule *L'Expression obligatoire des sentiments*. Dans une perspective assez proche des préoccupations de son oncle, Mauss y montre que même les sentiments peuvent faire l'objet d'une approche sociologique car ils n'expriment pas nécessairement les états d'âme d'une personne mais représentent souvent des attitudes prescrites socialement. Il s'oppose ainsi à la vue selon laquelle les sentiments seraient une expression purement individuelle ou naturelle. Eux aussi varient selon les cultures. Les cérémonies funéraires peuvent fournir une bonne illustration du caractère social de l'expression des sentiments. Chez les Aborigènes australiens, par exemple, les manifestations des sentiments « répondent à une temporalité précise » et ne sont donc pas laissées à la discrétion des acteurs (*ibid.*, p. 62). On ne pleure pas quand on veut ou quand on en ressent l'envie ! Il existe un code pré-établi dont on ne peut s'écarter. Les sentiments ne sont pas une simple expression personnelle, ils sont aussi une manière d'exprimer des choses aux autres. Nos sentiments sont donc enracinés dans la culture et ils sont « marqués éminemment du signe de la non-spontanéité et de l'obligation la plus parfaite » (Mauss, 1968, p. 81). Dans de nombreuses manifestations, la colère et le chagrin s'expriment uniquement à des moments précis, convenus et, après ces expressions passagères, les individus reprennent le cours de leurs activités comme si rien ne s'était passé. Les macérations corporelles que l'on rencontre dans certains rites ont pour but de susciter la douleur afin que celle-ci puisse s'exprimer.

Mauss notait qu'il n'y a pas nécessairement contradiction entre le caractère obligatoire de certaines expressions et leur sincérité. Tous les sentiments n'ont pas un caractère sociologique, mais dans certains cas, comme dans les rituels, l'approche sociologique permet de voir que ces expressions de sentiments constituent un langage, en bref, « c'est essentiellement une symbolique » (*ibid.*, p. 88).

Tout aussi novateur sans doute est le texte *Une catégorie de l'esprit humain : la notion de personne, celle de moi*, qui jette les bases de l'étude de l'individualisme : ce n'est pas un hasard si un ouvrage a été consacré, en bonne partie, à cet article (Carrithers, Collins et Lukes, 1985).

Les variations saisonnières chez les Eskimos

Comment les conditions matérielles de vie affectent-elles les différents modes de l'activité collective ? Voilà la question qui sous-tend *L'Essai sur les variations saisonnières chez les Eskimos*, un texte qui, par bien des aspects, pourrait constituer un modèle du genre. En dévoilant les diverses manières dont les Eskimos se regroupent selon les saisons, Mauss entend montrer que la morphologie sociale dépend des conditions matérielles d'existence (1973, p. 475), en d'autres termes l'exemple des Eskimos sert ici à émettre une proposition générale.

Les Eskimos vivent sur un territoire immense, mais ils se concentrent principalement sur les côtes et ne vivent généralement pas à l'intérieur des terres. L'extrême précarité du climat rend les conditions de vie très difficiles et nécessite des adaptations constantes. L'organisation sociale des Eskimos est relativement lâche et l'on ne trouve pas chez eux des groupes de filiation très complexes. La tribu est peu élaborée sur le plan sociologique, elle ne forme pas une unité sociale stable et solide. Les Eskimos sont davantage caractérisés par des groupes agglomérés qui se font et se défont, et que l'on peut appeler des « établissements » (d'après l'anglais *settlement*). Ce sont des petits groupes de familles qui se réunissent selon les moments de l'année. Alors que les noms de tribus sont mal définis, les établissements portent un nom que les gens qui y vivent adoptent : on les appelle par un nom de lieu suivi de *miut* qui signifie « originaire de... ». Si l'établissement est l'unité fondamentale des Eskimos, sa composition varie beaucoup selon les saisons : en été, les gens habitent dans des tentes en peau de phoque (*tupik*) qui sont très dispersées. Chacune est habitée par une famille nucléaire. En hiver, par contre, ils habitent dans des longues maisons très proches les unes des autres et qui sont chacune divisées en cellules où vit une famille. De six à neuf familles peuvent vivre dans une seule de ces maisons. Ces constructions sont quasiment enfoncées dans le sol et l'on y accède à genoux, par un long couloir.

À l'immobilité de l'hiver s'opposent les voyages et les migrations de l'été. Les tentes sont alors fort éloignées les unes des autres et plusieurs jours de marche le long des fjords, rivières et lacs peuvent les séparer. Les Eskimos suivent ainsi le gibier et notamment les phoques et les morses qui, eux aussi, profitent de l'été pour se déplacer.

Ces changements de l'habitat ne sont pas les seules transformations saisonnières que connaît la société eskimo. La religion varie, elle aussi, de l'été à l'hiver. En été, la vie est comme laïcisée, le cérémonial réduit à peu de choses, notamment aux cultes privés comme ceux de la naissance et de la mort, et les mythes sont oubliés. Au contraire, le *settlement* d'hiver correspond à un état d'exaltation religieuse, l'hiver est une espèce de longue fête (*ibid.*, p. 444). Les chamans et magiciens sont omniprésents et la religion est une expérience collective. Pendant l'hiver encore, les gens se divisent en deux groupes, ceux qui sont nés l'été et ceux qui sont nés l'hiver : au cours des fêtes, ces deux groupes s'affrontent. De même, les objets sont également divisés de la sorte : les peaux de renne sont dites de l'été, celles de phoque de l'hiver. On évite de mélanger les choses appartenant à des catégories différentes. En résumé, hiver et été sont comme deux pôles autour desquels gravite la vie des Eskimos.

La famille varie également selon les mêmes critères : la petite famille individualisée de l'été devient, en hiver, un groupe beaucoup plus grand, une sorte de famille étendue dont les membres sont appelés *igloo ataqit* (« parents de la maison ») ; le mariage est interdit entre ces membres de la maisonnée qui constituent une espèce de fraternité. L'hiver est propice à cette atmosphère familiale. L'ambiance est joyeuse, la gaieté générale, la bonté affectueuse. Cette intimité contraste avec l'isolement qui marque les familles nucléaires pendant l'été. Durant cette saison, en effet, la chasse est individuelle. Les biens de l'été, parmi lesquels on trouve les habits, les armes, les amulettes, sont individuels et on les enterre souvent avec leur possesseur quand ce dernier vient à décéder.

Le droit, enfin, se modifie avec les variations saisonnières : l'égoïsme individuel de l'été s'oppose à une espèce de collectivisme. En hiver, en effet, les membres de la maisonnée partagent et s'offrent mutuellement des repas communs. On veille à ce que nul ne possède plus que les autres. En résumé, tout ce qu'il y a d'individualiste vient l'été, tout ce qu'il a de communiste vient l'hiver (*ibid.*, p. 467). La vie sociale des Eskimos oscille entre deux pôles nettement différenciés : on y trouve deux morales, deux systèmes de droit, deux vies religieuses, deux familles. L'hiver est la saison de la société, l'été celle de l'individu.

Une telle alternance n'est pas propre aux Eskimos, mais elle se retrouve dans d'autres sociétés : beaucoup de groupes d'Amérique vivent de la sorte et les montagnards d'Europe la connaissent aussi. Tout fait donc supposer, poursuit Mauss, que nous sommes ici en présence d'une grande généralité. La vie sociale varie d'intensité selon les périodes de l'année. Les individus ont du mal à la supporter pendant un temps et sont obligés de s'y soustraire pour y revenir plus tard. De là, le rythme de dispersion et de concentration de vie individuelle et de vie collective. Après de longues débauches de vie collective, l'Eskimo a donc besoin de vivre une vie plus individuelle. Nous pouvons pour notre part constater que ces généralisations correspondent dans une large mesure à l'idéal de la social-démocratie à laquelle Mauss souscrivait largement. À l'instar du marxisme, il reconnaît une certaine détermination matérielle, mais ne peut souscrire aux idéaux du collectivisme. L'homme serait davantage fait de ce mélange de sociabilité et d'individualité que Mauss compare à une espèce de « besoin naturel » (*ibid.*, p. 473). Le cas des Eskimos ne serait alors qu'un exemple particulièrement flagrant d'un phénomène beaucoup plus général.

Robert Hertz (1881-1915)

Le 13 avril 1915, Robert Hertz mourut au combat, comme tant d'autres jeunes gens de sa génération. La guerre nous privait ainsi d'une figure les plus attachantes, et sans doute des plus brillantes, de l'école française de sociologie. Comme Mauss qui était son ami, Hertz a certainement inspiré davantage les ethnologues que les sociologues et, s'il avait vécu, on peut supposer que son originalité lui aurait permis de renforcer encore cette influence. Comme Mauss, il a en effet traité de sujets qui sont proches des préoccupations habituelles des ethnologues : il s'est intéressé tout particulièrement aux sociétés « primitives » et l'on peut penser que lui aussi se considérait comme un empiriste.

Pourtant Hertz fut aussi un précurseur ainsi qu'en témoigne son étude du culte alpestre de saint Besse qui constitue un travail pionnier de l'anthropologie des sociétés occidentales. « À quoi bon aller chercher aux antipodes ce que nous pouvons avoir sous la main sans quitter le sol de la France ? » s'interroge-t-il (1970, p. 149). Hertz y traite d'un culte que l'on rencontre dans les Alpes Grées italiennes et il dépasse une approche de folkloriste en menant lui-même une enquête, en laissant « parler, à leur aise, un grand nombre de simples dévots de saint Besse » (*ibid.*, p. 111) ; il peut ainsi se demander quelles sont, pour les fidèles, les significations que pose la fête de saint Besse. On voit combien on est proche ici d'une préoccupation majeure de l'ethnologie moderne qui recherche davantage des significations que des explications. De même, il se demande quel rôle joue le culte du saint « dans la vie présente » (*ibid.*, p. 116). Grâce à ses observations de première main, il peut ainsi montrer que le culte excite les tiraillements et les conflits d'ambition, des luttes sournoises, parfois même sanglantes (*ibid.*, p. 121). On voit qu'il s'écarte ainsi d'une conception purement durkheimienne de la religion puisque, selon lui, le culte excite autant la rivalité que la solidarité. Une année, les tensions entre villages de vallées voisines furent telles que la procession ne put avoir lieu et des violences se poursuivirent les années suivantes. Pourtant, Hertz n'allait pas vraiment prendre en compte ces observations importantes. Plus loin, en effet, il en revient à des considérations plus proches de celles du maître de *L'Année sociologique* quand il considère que la permanence du culte de saint Besse s'explique par « la foi que ce peuple obscur de montagnards avait en lui-même et en son idéal, c'est la volonté de durer et de surmonter les défaillances passagères ou l'hostilité des hommes et des choses » (*ibid.*, p. 155). Et, non sans lyrisme, il affirme que la fleur merveilleuse de saint Besse n'est rien d'autre que leur propre espérance qui, dans les ténèbres de l'hiver, a pris racine dans les « pâturages nourriciers » : « C'est elle qui, de là-haut, continue d'éclairer et de réchauffer les cœurs glacés par la souffrance et l'angoisse, ou l'ennui de la peine quotidienne. » On voit ainsi pointer une explication de type fonctionnaliste qui préfigure aussi l'ethnologie moderne : le culte permet de dépasser « l'horizon borné de la vie quotidienne » et de « charger avec joie sur leurs épaules ce fardeau pesant de l'idéal » (*ibid.*, p. 156). La foi et la confiance sont plus fortes que le mal et cet être supérieur englobe tous les individus présents et à venir.

Hertz montre aussi que la légende populaire du saint ne correspond pas à la version officielle de l'Église. Les gens ne reconnaissent pas dans leur saint un martyr de Thèbes qui leur serait étranger. Ils l'ont transformé en un berger particulièrement religieux dont la piété avait considérablement engraissé les moutons. Jaloux de ce succès, deux autres bergers le jetèrent de la montagne. Plus tard, en pleine nuit de Noël, des hommes virent une fleur éblouissante sortir de la neige. En écartant celle-ci, ils trouvèrent le cadavre intact de Besse qui, en tombant, s'était incrusté dans la pierre. Une chapelle fut érigée à cet endroit et l'on y vient encore se frotter à la pierre afin d'obtenir une guérison. La version officielle de l'Église fait de Besse un étranger venu convertir les rustres mécréants. Celle des villageois le présente, au contraire, comme un des leurs, un homme bon et pieux. La version populaire met aussi en avant une autre version de la sainteté : ce n'est pas la spiritualité qui est ici remarquable, mais une puissance singulière qui vient d'une communion avec le monde divin.

Dans sa conclusion, Hertz rappelle l'importance de l'approche ethnographique et de l'étude des cultes populaires en eux-mêmes. Il affirme que c'est une religion fondamentale, voire préhistorique, que l'on peut découvrir dans ces régions de montagnes, formidable conservation des traditions anciennes. Au-delà de ces considérations discutables, il avait néanmoins jeté les bases d'une voie nouvelle pour l'ethnologie.

La Prééminence de la main droite : essai sur la polarité religieuse est sans doute le texte le plus remarquable de Hertz. C'est en Grande-Bretagne que l'on a le mieux évalué son importance car Hertz y a été mis en valeur par de nombreux anthropologues (voir, par exemple, Parkin, 1992, p. 44). En France, des chercheurs comme Louis Dumont ont reconnu leur dette vis-à-vis de ce texte qui traitait de la polarité et mettait en exergue l'asymétrie et la hiérarchie entre les pôles. L'article est aussi remarquable sur le plan méthodologique. Il traite en effet d'un thème commun, presque trivial, à savoir la différence entre la main droite et la main gauche. Plus remarquable encore, il souligne l'universalité de cette polarité et de la prééminence de la main droite. On peut alors poser un problème général et y apporter une réponse théorique, qui est valable pour l'ensemble des cultures, y compris les nôtres.

Partout dans le monde, remarque Hertz, dans toutes les sociétés, la main droite est jugée supérieure à la main gauche. La main droite est associée à la pureté, la main gauche à l'impureté. La main droite est le modèle de toutes les aristocraties, la main gauche de toutes les plèbes. À la main droite, en effet, vont les honneurs, les désignations flatteuses, les prérogatives : elle agit, elle ordonne, elle prend. Au contraire, la main gauche est méprisée et réduite au rôle de simple auxiliaire. Quels sont les titres de noblesse de la main droite ? Et d'où vient le servage de la gauche ? Telles sont les questions auxquelles Hertz tente de répondre dans cet essai.

L'explication la plus courante affirme que cette différence se fonde sur des causes organiques. Toute hiérarchie sociale se prétend d'ailleurs fondée sur la nature des choses. Aristote justifiait l'esclavage par la supériorité ethnique des Grecs. De même, selon l'opinion la plus répandue, la prééminence de la main droite résulterait directement de la structure de l'organisme et ne devrait rien à la convention, à la croyance des hommes. Plus précisément, la prépondérance de la main droite devrait être rattachée au développement plus considérable, chez l'homme, de l'hémisphère cérébral gauche qui, comme on le sait, innerve les muscles du côté opposé ; nous serions alors droitiers de la main parce que nous sommes gauchers du cerveau. Il n'est pas douteux qu'il y ait connexion entre les deux : mais quelle est la cause et quel est l'effet ? Ne sommes-nous pas gauchers du cerveau parce que nous sommes droitiers de la main ? L'activité plus grande de la main droite pourrait bien provoquer un travail plus intense des centres nerveux gauches. En outre, l'explication organique est encore rendue plus difficile par le fait que les animaux les plus voisins de l'homme sont ambidextres. La cause organique de la droiture est douteuse, insuffisante, même s'il ne faut pas l'exclure tout à fait !

Sur cent hommes, il y en a à peu près deux qui sont gauchers de nature ; une plus forte proportion, que certains estiment à 17 %, sont droitiers de nature ; entre ces deux extrêmes oscille la masse des hommes qui, laissés à eux-mêmes, pourraient se servir de l'une ou l'autre main. Il ne faut donc pas nier l'existence des tendances organiques vers l'asymétrie, mais la vague disposition à la droiture, qui semble répandue dans l'espèce humaine, ne suffirait pas à déterminer la prépondérance absolue de la main droite si des influences étrangères à l'organisme ne venaient la fixer et la renforcer. De plus, même si c'était la nature qui provoquait cette prépondérance de la main droite, il resterait à expliquer pourquoi un privilège d'institution humaine vient s'ajouter à ce privilège naturel, pourquoi la main la mieux douée est seule exercée et cultivée. La raison ne conseillerait-elle pas de chercher à corriger, par l'éducation, l'infirmité du membre le moins favorisé ? Tout au contraire, la main gauche est comprimée, tenue dans l'inaction, méthodiquement entravée dans son développement. On rapporte, par exemple, que dans les « Indes néerlandaises », les enfants indigènes avaient souvent le bras gauche entièrement ligoté afin qu'ils ne s'en servent pas. Chez nous, un enfant bien élevé ne doit pas utiliser sa main gauche.

Ce n'est pas parce que la main gauche est inutile et que tout effort pour l'utiliser est voué à l'échec qu'elle est ainsi réprimée. Bien au contraire, dans les cas où elle a été entraînée, la main gauche rend des services plus ou moins équivalents à ceux de la main droite : que l'on pense au piano, au violon ou à la chirurgie. Qu'un accident prive un homme de sa main droite et, après un certain temps, il utilisera la gauche avec la même dextérité. Ce n'est donc pas parce qu'elle est infirme et impuissante que la main gauche est négligée. Cette main est soumise à une véritable mutilation. La droiterie est non seulement acceptée, mais elle est aussi un idéal auquel chacun doit se conformer, et la société nous en impose le respect par des sanctions positives. L'anatomie est incapable d'expliquer l'origine et la raison d'être de cet idéal.

La prépondérance de la main droite est obligatoire, imposée par la contrainte, garantie par des sanctions. Par contre, un véritable interdit pèse sur la main gauche et la paralyse. La différence de valeurs entre les deux côtés de notre corps présente donc la création d'une institution sociale et c'est à la sociologie d'en rendre compte. Nous devons alors chercher dans l'étude comparée des représentations collectives l'explication du privilège dont jouit la main droite.

Une opposition fondamentale domine le monde spirituel des primitifs, celle du sacré et du profane : certains êtres ou objets sont imprégnés d'une essence particulière qui les consacre, qui les met à part, leur communique des pouvoirs extraordinaires. Les choses ou les personnes qui sont privées de cette qualité mystique ne disposent d'aucun pouvoir, d'aucune dignité ; elles sont communes, libres, sans contraintes, sauf toutefois l'interdiction absolue d'entrer en contact avec tout ce qui est sacré. Tout rapprochement, toute confusion des êtres et des choses appartenant aux classes opposées seraient néfastes pour toutes deux : d'où la multitude de ces interdictions, de ces tabous, qui, en les séparant, protègent à la fois les deux mondes. Ce dualisme, essentiel à la pensée des primitifs, domine aussi leur organisation sociale. Les deux moitiés ou phratries qui constituent souvent la tribu s'opposent réciproquement comme le sacré et le profane. Tout ce qui se trouve à l'intérieur de ma phratrie est sacré et m'est interdit : je ne peux manger mon totem, ni marier un des miens, etc. La polarité sociale est ici le reflet et la conséquence de la polarité religieuse.

L'univers enfin se partage entre deux mondes contraires. Dans le principe sacré résident les pouvoirs qui conservent et accroissent la vie, qui donnent la santé, la prééminence sociale, le courage à la guerre, l'excellence du travail. Au contraire, le profane et l'impur sont essentiellement débilitants : c'est de ce côté que viennent les influences funestes qui oppriment, amoindrissent, gâtent les êtres. D'une part, le pôle de la force, du bien, de la vie ; d'autre part, le pôle de la faiblesse, du mal, de la mort, ou si l'on préfère, d'un côté les dieux, de l'autre les démons. Toutes les oppositions que présente la nature manifestent ce dualisme fondamental : la lumière et les ténèbres, le jour et la nuit, l'orient et le couchant, le Midi et le Nord ; toutes ces oppositions localisent dans l'espace les deux classes contraires de pouvoirs surnaturels : d'un côté la vie monte, rayonne, de l'autre elle s'éteint.

Parallèlement, l'homme est sacré, la femme est profane. Celle-ci, en effet, est un être impuissant, passif dans l'ordre religieux, mais qui prend sa revanche dans la magie, et les femmes sont ainsi particulièrement aptes à la sorcellerie. C'est de l'élément femelle, dit un proverbe maori, que viennent tous les maux, la misère et la mort.

Comment le corps de l'homme, ce microcosme, échapperait-il à la loi de polarité qui régit toutes choses ? La société et l'univers entier ont un côté sacré, noble, précieux et un autre profane et commun, un côté mâle, fort, actif, et un autre femelle, faible, passif, c'est-à-dire un côté droit et un côté gauche. L'homme étant au centre de la création, c'est lui qui manipule les forces redoutables qui font vivre ou mourir. C'est une nécessité vitale que chacune des deux mains « ignore ce que l'autre fait ».

D'une manière générale, à la droite sont associés la dextérité, la rectitude, la droiture, le droit, et à la gauche correspondent la plupart des idées contraires. Chez les Maoris, la droite est le côté sacré, siège des pouvoirs bons et créateurs, c'est le côté de la vie ; la gauche est le côté du profane, de certains pouvoirs troubles et suspects, comme le côté de la mort. La droite représente le haut, le monde supérieur, le ciel, tandis que la gauche ressortit au monde inférieur et à la terre. Ainsi l'opposition de la droite et de la gauche s'indique dans cette série de contrastes de l'univers ; le côté droit est celui de la puissance sacrée, de la source de vie, de la vérité, de la beauté, de la vertu, du soleil montant, du sexe mâle. Tous ces termes ont leur contraire et sont interchangeables. Une légère différence de degré dans la force physique des deux mains ne peut rendre compte d'une hétérogénéité ainsi tranchée.

Certains Indiens d'Amérique sont capables de converser avec la main : la droite signifie le moi, la gauche le non-moi, les autres. Le haut, c'est la droite ; le bas, c'est la gauche. La main droite levée signifie bravoure, puissance, virilité. Par contre, la même main placée en dessous de la main gauche évoque, selon les cas, les idées de mort, de destruction et d'enterrement.

Dans le culte religieux, l'homme cherche avant tout à communiquer avec les énergies sacrées, afin de les manier et de dériver vers lui leurs bienfaits. Pour ces rapports salutaires, le seul côté droit est vraiment qualifié. Les dieux sont à notre droite, c'est du pied droit qu'il faut entrer dans le lieu saint et c'est la main droite qui présente aux dieux l'oblation sacrée, etc. De plus, toute une partie du culte tend à contenir et à apaiser les êtres surnaturels méchants ou irrités, à bannir et à détruire les influences mauvaises. Dans ces domaines, c'est le côté gauche qui prévaut ; tout ce qui est démoniaque le touche directement. Dans les rites funéraires maoris, on entreprend la procession à contresens, en partant du côté gauche, la baguette de mort dans la main gauche. Dans le domaine ténébreux et mal formé, c'est la main gauche qui prévaut. Sa puissance a toujours quelque chose d'occulte et d'illégitime. Chez les Eskimos, les gauchers sont des êtres redoutables, des sorciers potentiels. Dans beaucoup de cas, seule la main droite intervient pendant le repas, et dans les tribus du Bas Niger, il est même interdit aux femmes de se servir de la main gauche quand elles cuisinent, sous peine d'être accusées de tentative d'empoisonnement et de maléfice.

Ainsi, d'un bout à l'autre du monde humain, dans les lieux sacrés où le fidèle rencontre son dieu, comme dans les lieux maudits où se nouent des pactes diaboliques, sur le trône royal, à la barre du témoin, sur le champ de bataille ou dans l'atelier du tisserand, partout une loi immuable règle l'attribution des deux mains. Pas plus que le profane ne peut se mêler au sacré, la gauche ne doit empiéter sur la droite. La différenciation obligatoire des côtés du corps est un cas particulier et une conséquence du dualisme inhérent à la pensée primitive. Mais alors, d'où vient l'idée que le côté sacré soit invariablement à droite et le côté profane à gauche ? Force nous est donc de chercher dans la structure de l'organisme la ligne de partage qui dirige vers le côté droit le cours bienfaisant des grâces surnaturelles. Les autres avantages physiologiques que possède la main droite ne sont que l'occasion d'une différenciation qualitative dont la cause gît, par-delà l'individu, dans la constitution de la conscience collective. Une asymétrie presque insignifiante suffit à diriger, dans un sens et dans l'autre, des représentations contraires, déjà toutes formées. C'est parce que l'homme est un être double – *homo duplex* – qu'il possède une droite et une gauche profondément différenciées.

Lucien Lévy-Bruhl (1857-1939)

Lucien Lévy-Bruhl naquit à Paris le 10 avril 1857. Après des études de philosophie, il obtint un doctorat en 1884 et fut nommé professeur de philosophie à la Sorbonne en 1896. Ami de Durkheim, il oriente ses recherches vers la sociologie, et c'est ainsi qu'il publie en 1910 *Les Fonctions mentales dans les sociétés inférieures*. Il fréquente Jaurès, Péguy, Maurice Leenhardt et s'impose comme un des grands intellectuels de son temps. Ses cours à la Sorbonne, notamment, connaissent un grand succès. Il décéda à Paris le 13 mars 1939.

La mentalité primitive

Jean Cazeneuve (1963) raconte comment ce philosophe, spécialiste entre autres de Schopenhauer, en vint à s'intéresser à la mentalité primitive qui devait marquer toute la fin de son œuvre et de sa vie. Dans *La Morale*, il s'était appliqué à montrer que toute morale théorique ou méta-morale est vaine, inutile car elle suppose que la nature humaine est partout et toujours la même alors qu'en réalité, elle varie selon les civilisations. Il donne pour tâche à la sociologie d'étudier cette variabilité de la nature humaine suivant les types de civilisation. En tant que philosophe français, il est particulièrement marqué par le rationalisme et il s'interroge toujours sur la pureté de la pensée rationnelle. En 1903, notamment, son ami philosophe Chavannes lui envoya une traduction d'anciens philosophes chinois. Il la lut et s'étonna de trouver ce texte incompréhensible pour finalement se demander s'il n'y avait pas des types de pensée imperméables les uns aux autres. Cela le conduit tout naturellement à la lecture d'ouvrages ethnographiques et il se convainc peu à peu de la grande uniformité des façons de penser des peuples primitifs. Nous avons là un premier postulat à son travail sur les mentalités :

a) Il existe des peuples qui peuvent être « qualifiés » de « primitifs » ;

b) La manière de penser, la mentalité est un trait commun à tous ces peuples. En d'autres termes, ce n'est pas tant un niveau des techniques, de la science ou des modes de production qui peut servir de dénominateur commun à tous ces peuples, mais une manière de penser, c'est-à-dire d'appréhender le réel à travers les catégories de l'esprit ;

c) Cette mentalité spécifique diffère également de la nôtre qui se caractérise, en simplifiant, par la science et la raison ;

d) Nous en revenons à notre postulat de départ en notant que le point précédent implique une certaine uniformité des « sociétés occidentales », c'est-à-dire notre société. Une division importante du monde est celle entre « eux » et nous, entre « raison » et « mentalité primitive ».

Ces points constituent le fondement même de toute la théorie de Lévy-Bruhl. Il n'y en a pas un qui ne soit hautement problématique ainsi que nous aurons l'occasion de nous en rendre compte. Néanmoins, il faut reconnaître que le premier mérite de Lévy-Bruhl fut de poser un problème qui se posait au monde de son temps, et notamment à la gestion des sociétés coloniales. Qu'est-ce qui pouvait expliquer la division entre sociétés dominées et dominantes ? Pourquoi les unes étaient-elles apparemment « arriérées », stagnantes, parfois quasiment fossilisées ? En second lieu, Lévy-Bruhl apportait un début de réponse à un problème plus large, c'est-à-dire la question des différences entre les peuples, problème qui continue de nous fasciner aujourd'hui. Nous pouvons aussi noter ici l'importance du vocabulaire utilisé et son induction de sens particulier. En qualifiant les modes de pensée de « mentalité », Lévy-Bruhl circonscrivait ceux-ci dans un certain carcan. Le terme de « mentalité » se réfère, en effet, aux croyances collectives. Il implique une certaine uniformité, mais, en même temps, une « mentalité » échappe à la raison (peut-on parler de « mentalité rationnelle » ? C'est sans doute quelque peu incongru). Dans l'usage commun, il y a souvent une espèce de connotation péjorative à l'idée de « mentalité » : une mentalité de profiteur, quelle mentalité !, une sale mentalité... En utilisant ce terme, Lévy-Bruhl s'enfermait sans doute dans une certaine vision des choses et s'interdisait de percevoir certaines subtilités. La même chose est vraie, *a fortiori*, du terme « primitif » comme manière de dénoter les « peuples inférieurs ». Lévy-Bruhl se démarque quelque peu des auteurs évolutionnistes qui pensent que le plus simple est toujours le premier dans le temps (1912, p. 12). Il rejette cette idée en soulignant que certaines institutions anciennes sont très complexes et il se distingue de Frazer par un certain a-historisme : ce qui l'intéresse, c'est la dichotomie, l'opposition entre deux modes de pensée, qu'il qualifiera de pensée prélogique et de pensée rationnelle.

Lévy-Bruhl se réfère à Durkheim en introduisant, dès le début des *Fonctions mentales*, le concept de « représentation collective ». Par « représentations collectives », il faut entendre ces manières de saisir le réel qui sont communes aux membres d'un groupe social donné, se transmettent de génération en génération, s'imposent aux individus et éveillent chez eux des sentiments de crainte, de respect et d'adoration. Il s'agit donc essentiellement d'éléments qui transcendent les différences individuelles et se retrouvent chez tous, ou en tout cas au-delà de chacun. En second lieu, un élément typique des populations primitives est précisément cette force coercitive des représentations collectives. Chez elles, l'individuel est relégué au rang d'épiphénomène, les représentations collectives sont « impératives » (1912, p. 30), ce ne sont pas de « purs faits intellectuels ». Les sociétés primitives se distinguent donc des autres par ce caractère omniprésent des représentations collectives. Cependant, il n'est pas inutile de rappeler que ce n'est pas un groupe social particulier que Lévy-Bruhl entend appréhender, mais un ensemble de « sociétés ». Il y a bien une coupure fondamentale, ce que Jack Goody appellera *the Great Divide*. Chez le philosophe français, cette coupure est posée de façon quasiment axiomatique, sans que nous en percevions la raison. Il ne nous dit nulle part la raison de ce rassemblement, si ce n'est justement l'existence d'une mentalité commune. Ce n'est pas un des moindres problèmes que de pouvoir identifier ces sociétés. Quels sont empiriquement les groupes qui vont tomber sous le label de « primitif » ? Ceux dont les exemples seront tirés. Autant l'opposition entre primitif et rationnel est claire, autant la spécification empirique du contenu de chaque catégorie l'est peu. Nous ne savons pas quelle société doit être incluse dans l'une ou l'autre catégorie. Il ne s'agit bien entendu pas ici d'une question de détail, mais d'un problème fondamental que ne se pose pas Lévy-Bruhl. Pour lui, ces catégories semblent faire partie du sens commun, de l'évidence, mais le fait même de se poser la question ébranle déjà tout l'édifice. En dépit du flou qui entoure la grande coupure, celle-ci est radicale et fondamentale ; en effet, poursuit Lévy-Bruhl, « tout ce que nous voyons leur échappe et ils voient beaucoup de choses que nous ignorons » (*ibid.*, p. 31). Cette citation est particulièrement décisive car d'une part elle nous montre bien l'enjeu de la différence, et d'autre part elle met en évidence la proposition selon laquelle la pensée façonne le réel. La réalité n'est vue qu'à travers le prisme de la pensée ou encore de la mentalité. Les frontières entre le matériel et l'immatériel, le visible et l'invisible, notamment, ne sont pas posées comme relevant du monde physique et de ses lois, mais elles sont fonction des aptitudes mentales des sujets ou plus exactement des groupes tant il est vrai que ces représentations mentales sont collectives. Il ne faut d'ailleurs pas perdre de vue que l'ouvrage de base de l'œuvre de Lévy-Bruhl s'intitule *Les Fonctions mentales*. Une différence de mentalité entraîne dès lors une différence de monde. Certes, les sauvages ont les mêmes sens que nous et aussi le même appareil cérébral, mais la force de la mentalité est telle « qu'ils ne perçoivent rien comme nous ». Ce sont les représentations collectives qui forgent la perception (*ibid.*, p. 37).

On aurait tort de croire que Lévy-Bruhl fasse de cet idéalisme un principe général de l'ensemble des sociétés humaines. Selon lui, il est davantage l'apanage des sociétés primitives et il les distingue de nous. En aucun cas nous ne sommes victimes de telles illusions ! Nos propres perceptions tendent à être objectives et même à écarter tout ce qui n'est pas objectif. Autrement dit, nous tendons à voir, nous voyons, le monde tel qu'il est. Cela nous permet de mettre au jour la caractéristique propre des sociétés primitives, à savoir qu'elles mettent l'accent sur des « forces occultes », des propriétés mystiques. On peut, dès lors, parler d'une perception ou d'une mentalité « mystique ». Pour eux, tout ce qui existe a des propriétés mystiques, la réalité elle-même est mystique : les Indiens de Guyane n'améliorent jamais les objets et outils qu'ils utilisent, ils se gardent de les transformer tant ils craignent d'en affecter les propriétés mystiques, les forces cachées. De même, les Chinois ne peuvent concevoir l'ombre comme une absence de lumière. Selon eux, elle révèle une présence occulte, mystique. Le rêve n'est pas non plus conçu comme une activité nocturne : les Cjrokke suivent un traitement s'ils rêvent d'être mordus par un serpent. Ce qu'ils voient en rêve est aussi réel que ce qu'ils perçoivent quand ils sont éveillés. De plus le rêve est une forme privilégiée de communication avec le monde des esprits. Il n'y a chez le primitif pas de contraste entre le monde mystique et la réalité objective.

Leibniz et Taine furent les premiers à montrer que l'accord entre les « sujets percevants » est un moyen de distinguer les phénomènes vrais et imaginaires. La réalité objective peut être perçue par tous, elle est ce qui peut être perçu par tous. Par contre, chez les primitifs, on accepte que certaines personnes voient ce que d'autres ne voient pas en raison de leur absence de pouvoir. Car le monde est un composé de propriétés physiques et mystiques. Partout il y a des esprits et, pour le primitif, il n'y a pas de nette démarcation entre le naturel et le surnaturel.

Cette confusion entraîne le primitif vers une logique qui diffère de la nôtre. Il est aisément conduit à prendre un événement antécédent pour une cause : ainsi la soutane d'un curé peut être accusée d'avoir causé une sécheresse pour la simple raison que des missionnaires ont pénétré dans une région au début de l'été. Il y a selon eux un rapport mystique entre un antécédent et un conséquent. Les liaisons entre les phénomènes dépendent en réalité d'une loi générale que Lévy-Bruhl appelle « loi de participation » : les objets, les êtres, les phénomènes peuvent être à la fois eux-mêmes et autre chose qu'eux-mêmes. Le mode de pensée des primitifs est régi par une loi de participation entre le monde physique et le monde mystique, et la mentalité des primitifs peut être qualifiée de prélogique. Lévy-Bruhl ne dit pas, contrairement à ce qu'on lui a parfois reproché, que l'homme primitif est irrationnel ou illogique (voir p. 113 et p. 152), mais plutôt que sa mentalité est prélogique ; de même il n'affirme pas que la mentalité primitive est irrationnelle, mais plus simplement qu'elle n'est pas rationnelle (p. 86) et qu'elle n'obéit pas aux lois de notre pensée (p. 93) ; la mentalité des sociétés « inférieures » n'est alors pas tout à fait impénétrable, mais elle n'est pas tout à fait intelligible non plus (p. 70).

Selon la loi de participation, il y a une relation entre le totem, le groupe totémique et les individus qui le composent. Dès lors, les Bororo *sont* des araras, un individu est à la fois homme et animal, il participe mystiquement à l'essence de l'espèce animale ou végétale. Les objets et les êtres exercent des influences mutuelles : les membres du groupe totémique du vent sont supposés avoir une influence spéciale sur le blizzard. La nature n'est pas un système logique.

Les primitifs, poursuit le philosophe français, ne perçoivent donc pas le monde de la même manière que nous. Deux

dessins identiques n'ont pas nécessairement la même signification pour eux car il faut tenir compte de leurs propriétés
cachées. En conséquence la pensée primitive est peu encline
à l'abstraction, car l'abstraction présuppose l'homogénéité
du monde sensible. Ainsi pour les membres d'une tribu
d'Amérique, le cerf est une plume. Cette association entre
deux choses disparates découle des « préliaisons » que fait
l'indigène. Beaucoup de langues n'ont pas de termes géné-
riques pour désigner les arbres ou les poissons, mais seulement
des termes pour chaque variété. On préfère l'énumération à
la généralisation. Ainsi certaines langues n'ont pas de plu-
riel, mais des formes qui signifient quelques-uns, beaucoup,
peu, etc. Les Indiens d'Amérique du Nord prennent grand
soin d'exprimer les détails : pour dire « Un homme a tué
un lapin », ils disent quelque chose comme « Un homme,
lui, animé, debout, a tué, exprès, en lançant une flèche, le
lapin, lui, animé, assis ». Les primitifs ont besoin d'expressions concrètes, et les désinences ou suffixes sont légion.
Comme la mentalité primitive abstrait peu, elle ne dispose
pas de concepts. La langue des peuples primitifs peut se
comprendre comme une forme sophistiquée du langage des
signes : elle se substitue au langage par gestes et insiste sur
le détail, la localisation, le mouvement. C'est pourquoi leur
langue est essentiellement descriptive, elle a une fonction
quasiment picturale. Les Bantous ne disent donc pas « Il a
perdu un œil », mais plutôt « Voici l'œil qu'il a perdu », et
ils joignent le geste à l'expression. De même, « C'est à trois
heures de marche » se dira « Si vous partez quand le soleil
est là, vous arriverez quand il est là ». Souvent donc des
auxiliaires gestuels descriptifs accompagnent le mot. Plus
un groupe se rapproche de la pensée prélogique, plus les
images-concepts y prédominent : dans l'archipel Birsmarck,
le noir se dit « couleur de la corneille ».

Les systèmes de numération, note Lévy-Bruhl, sont de même
simplifiés à l'extrême. Beaucoup de sociétés d'Amérique du
Nord n'ont de chiffres que pour un, deux et trois. Au-delà,

on parle de beaucoup, d'une multitude, d'une foule… Cette carence n'empêche nullement les indigènes de compter. Ainsi, ils peuvent remarquer immédiatement qu'une bête manque dans un troupeau. Dans de nombreuses populations, on utilise des parties du corps pour compter : les doigts, les orteils, les membres servent à énumérer. Aux îles Andaman, on compte un, deux, puis « un de plus », « quelques-uns de plus » (quatre) et « tous » (cinq). D'autres comptent chaque doigt des mains et pieds et parlent de beaucoup après vingt. La numérotation part donc de l'unité et forme le reste par additions successives. L'absence de logique de numération transparaît également dans les noms collectifs désignant des dizaines de choses : ainsi aux îles Fidji, *boba* signifie cent canoës, *koro* cent noix de coco et *salavo* mille noix de coco. En Colombie, les Tsimshienne comptent différemment les objets plats, les ronds, les divisions du temps, les canoës et les mesures. De même, chez les Naga de l'Himalaya, les personnes, les arbres, les animaux et les maisons ont chacun leur système de numération, ce qui illustre, si besoin en est encore, la propension à la particularisation aux dépens de la généralisation. On établit des classes d'objets davantage qu'on ne compte. On pense un nombre pour lui-même sans le rattacher à un ensemble logique, une série. Il n'est alors pas étonnant de trouver que chaque nombre est affublé d'une valeur mystique. En Amérique du Nord, le chiffre « quatre » est généralement celui du sacré ; il est associé aux points cardinaux, aux dieux, aux vents. Dans l'Inde védique, c'est le chiffre sept qui est sacré et associé aux sages.

Des idées très similaires vont être développées dans les autres ouvrages de Lévy-Bruhl et notamment dans *L'Âme primitive*, *La Mentalité primitive*, *La Mythologie* et *Le Surnaturel et la Nature dans les sociétés primitives*. Dans ce dernier ouvrage, notamment, le philosophe s'applique à montrer comment la mentalité primitive est incapable de séparer les choses d'éléments surnaturels. Pour les primitifs, le miracle n'a rien d'étonnant, il fait partie de l'ordre normal des choses. La vie entière du primitif baigne donc dans le surnaturel. Toute action, tout déplacement, toute entreprise doit tenir compte de ces puissances surnaturelles.

Les Carnets posthumes

Lévy-Bruhl décéda en 1939, un an avant que n'éclate la Seconde Guerre mondiale. Les écrits et les textes du philosophe furent malmenés pendant la guerre, mais on retrouvera néanmoins les carnets de note que Lévy-Bruhl noircissait au fil de ses promenades et réflexions. C'étaient de « minces cahiers de bazar, toile cirée noire et trente petites pages de mauvais papier quadrillé ». L'auteur en avait toujours un en poche. Ces carnets qui couvrent la période de 1938-1939, c'est-à-dire les dernières années de la vie du philosophe, témoignent bien des questionnements de ce dernier et, à ce titre, ils seront publiés en 1949.

Le cas des *Carnets* est souvent cité comme exemple d'évolution théorique, de capacité de remettre en cause ses propres conceptions et de les faire évoluer. Ils sont constamment invoqués comme preuve ultime de réfutation de la théorie de Lévy-Bruhl, puisque lui-même aurait été contraint de reconnaître ses propres limites. La lecture des *Carnets* ne confirme cependant pas ce bel optimisme et il en ressort que si Lévy-Bruhl prit en effet certaines critiques en compte, c'est bien pour mieux préciser sa pensée. Certes, Lévy-Bruhl mentionne les nombreuses lettres reçues affirmant que les primitifs pensent comme nous et il est prêt à « reconnaître l'identité fondamentale de tous les esprits humains » (1949, p. 50). Cependant il ne s'agit là, à notre avis, que d'une concession formelle, presque une précaution oratoire, sans véritable remise en cause fondamentale de ses vues antérieures. Il admet aussi qu'il ne parlerait plus aujourd'hui de « caractère prélogique », et il préfère rejeter le terme de « prélogique » ainsi que l'idée de modes de pensée différents (*ibid.*, p. 41 et 49), mais il ne remet

nullement en question l'idée de « mentalité » et surtout l'idée
que deux types de mentalités, dont la mentalité primitive,
s'opposent de manière irrémédiable. Il devient difficile de
savoir ce que l'auteur entend par « mentalité » et comment
distinguer celle-ci de la « pensée ». Retenons qu'au terme de
cette autocritique, il n'y aurait pas de « pensée primitive »,
mais une « mentalité primitive ». Lévy-Bruhl fait donc une
légère concession en jouant sur les mots, mais il ne rejette
en rien l'idée de l'existence de « mentalités ». De même, il
n'abandonne pas, bien au contraire, l'idée de « participation »,
ou de loi de participation.

Lévy-Bruhl allait cependant reconnaître les mérites des
travaux d'Evans-Pritchard, mais selon lui, ces derniers
n'infirmaient nullement l'idée d'une mentalité différente, à
l'inverse, ils la confirmaient. Lévy-Bruhl veut bien concéder
la « similarité de la structure logique de l'esprit », mais il
n'en continue pas moins d'affirmer que le primitif a une
mentalité différente et ne perçoit pas les incompatibilités.
Selon lui, l'expérience mystique a au moins autant de valeur
objective que la nôtre. Il reconnaît aussi qu'il est incapable de
« donner un énoncé exact, ou même à peu près satisfaisant »
de la loi de participation, mais il n'en reste pas moins que
le primitif a très fréquemment le sentiment de participation
entre lui-même et tel être ou tel objet de la nature et de la
surnature, avec lesquels il entre en contact.

Les croyances sont tellement ancrées qu'elles autorisent
les choses les plus extraordinaires : si on informait un primitif qu'une femme a accouché d'un chien, d'un veau, d'un
crocodile ou d'un oiseau, il ne refuserait pas de le croire :

> « En d'autres termes, pour ces esprits, la limite entre ce qui
> est possible ou impossible physiquement dans notre monde
> n'est pas aussi nettement définie que pour nous : souvent
> même, elle n'est pas définie du tout » (*ibid.*, p. 185).

Arnold Van Gennep (1873-1957)

Le véritable fondateur de l'ethnographie de la France contemporaine est sans conteste Arnold Van Gennep, et la réédition récente de son ouvrage monumental *Le Folklore français* (1998) illustre l'intérêt de cette vaste entreprise. Van Gennep ne fut guère apprécié par les membres de *L'Année sociologique* qui méprisaient son approche très empiriste, et il mena une carrière en marge de la sociologie française. Le seul poste qu'il occupa, brièvement, était en Suisse à l'université de Neuchâtel. En un sens, son ethnographie de la France arrivait trop tôt, c'est-à-dire à une époque où l'attrait de l'étranger caractérisait l'ethnologie naissante, et Van Gennep se vit donc relégué, non sans un certain dédain, parmi les folkloristes. Le fait qu'il mette en avant l'observation directe ne contribua pas vraiment à atténuer cet ostracisme.

Son manuel du folklore français n'en demeure pas moins un formidable catalogue, une entreprise dont le gigantisme n'est pas sans rappeler celle de l'auteur du *Rameau d'or*. À la différence de Frazer, cependant, Van Gennep avait lui-même mené certaines enquêtes. Il passe en revue les rites, les croyances, les cérémonies qui jalonnent la vie des habitants de la France. De la naissance aux funérailles, en passant par les fiançailles et le mariage, il énumère toutes les pratiques spécifiques que l'on rencontre dans les régions. Des ouvrages comme *Le Folklore français* constituent une source inépuisable de documentation, mais ils prennent souvent l'allure d'un dictionnaire qui se contente de juxtaposer des comptes rendus de rites et croyances, sans leur donner une interprétation globale.

Si ce travail titanesque ne fut pas toujours reconnu à sa juste valeur, tel n'est pas le cas des *Rites de passage* (1909) que Van Gennep considérait d'ailleurs comme son ouvrage préféré. On est loin ici d'une description purement ethnographique. Van Gennep tente, au contraire, de dévoiler ce qu'il y a de commun à tous ces rites qui scandent la vie d'un individu et le font ainsi passer d'une étape à une autre. On appellera ces rites des « rites de passage » ou encore, en anglais, des *life-cycle rituals*. Van Gennep remarque qu'on les rencontre partout, que ce soit parmi les populations les moins développées ou encore dans les sociétés occidentales. Les ethnologues ont distingué différents types de rites de passage, mais ces typologies ne sont guère éclairantes. Van Gennep va tâcher de montrer que tous ces rites suivent un schéma commun ; en langage moderne, on pourrait dire qu'ils ont une structure commune. Généralement, note Van Gennep, ces rituels suivent une même séquence : ils débutent par des rites de séparation, se poursuivent par des rites en marge et se terminent par des rites d'agrégation (ou encore rites préliminaires, liminaires, postliminaires). En d'autres termes, ces rites commencent par séparer l'initié, qui se voit alors placé en situation intermédiaire et qui est ensuite réintégré, avec un statut transformé, dans la société. Van Gennep réduit la formidable variété de pratiques concrètes à ce schéma global : il s'agit bien de mettre de l'ordre dans cette jungle de faits ethnographiques.

Le poids relatif des différentes étapes peut varier selon les types de rite. Les rites de séparation sont plus importants dans les funérailles que dans le mariage, les rites de liminarité marquent davantage les rites d'initiation, mais dans tous les cas, on tend à retrouver l'ensemble de la séquence. La liminarité est sans doute l'étape la plus importante et la plus originale. Van Gennep était conscient d'avoir mis le doigt sur une conception originale et féconde. Elle ne devait cependant guère impressionner ses collègues contemporains, dont Marcel Mauss, qui tendaient à la considérer avec dédain. Il faudra attendre un ethnologue comme Victor Turner (1990) pour faire parler la séquence des rites de passage et montrer toute la richesse de la notion de liminarité.

Un apport théorique

Ces quelques pages n'ont pas épuisé la richesse de la contribution française à l'ethnologie. De Mauss, on n'a vu que plusieurs exemples de travaux et l'on pourrait encore s'attarder sur d'autres chercheurs comme Marcel Granet qui fut capable de sortir d'une approche sinologique trop livresque pour s'intéresser aux pratiques, rites et croyances populaires des Chinois. Il ne manque à l'école française que l'observation participante pour passer du côté de l'ethnologie moderne. Mais elle procure à cette dernière une capacité comparative et interprétative qui allait parfois lui faire défaut.

4

Le culturalisme américain

Les fondements théoriques

Aux États-Unis, l'influence de Franz Boas ne se limita pas au diffusionnisme modéré de l'école américaine. C'est surtout dans le domaine de l'étude de la personnalité que l'ethnologie américaine va se distinguer : Ruth Benedict et Margaret Mead, deux élèves de Boas, vont même acquérir une réputation dépassant de loin celle de leur maître.

Le dénominateur commun de cette école réside dans la tentative de saisir l'influence de « la » culture ou « d'une » culture sur la personnalité des membres de cette culture. Ainsi, pour Ralph Linton et Abram Kardiner, il y a une relation causale entre culture et personnalité : tous les membres d'une société partagent, dans la petite enfance, les mêmes expériences qui aboutissent à la formation d'une personnalité de base. Cora Dubois parle plutôt de personnalité modale et dans son étude *The People of Alor*, elle explique les institutions primaires que sont les techniques du jardinage et la structure familiale par la négligence maternelle envers les jeunes enfants ; cette négligence produit, selon elle, une structure de personnalité typique qui se caractérise par l'incapacité de s'engager dans des relations humaines profondes. En plus, cette faiblesse de caractère, cette méfiance et cette instabilité caractéristiques de la personnalité des gens d'Alor sont la cause d'institutions secondaires comme la lutte incessante pour le statut et la richesse, ou encore la guerre.

Les études du caractère national sont des applications de ces théories à des unités plus larges, c'est-à-dire aux grandes nations. Elles se fondent sur le postulat que les citoyens d'une nation partagent des traits psychologiques distinctifs. Ces études prirent une grande importance pendant la Seconde Guerre mondiale quand il s'agissait de bien comprendre le caractère de l'ennemi. Ainsi les Japonais intriguaient les Américains par leur dévotion fanatique à l'empereur, leurs missions suicidaires, etc. Et pourtant une fois capturés, les prisonniers japonais acceptaient immédiatement de collaborer avec leurs ennemis. Clyde Kluckhohn expliqua alors que le prisonnier japonais était socialement mort et désirait donc s'affilier à une nouvelle société. Le caractère japonais, disait-on encore, est en outre situationnel : s'il se trouve en situation A, il suit les règles de A, mais sitôt placé en situation B, il se réfère aux règles de ce nouvel environnement. Ruth Benedict affirme, quant à elle, que le caractère japonais oscille sans cesse entre un esthétisme retenu et un militarisme fanatique. Selon Ehrich Fromm, les Allemands se soumirent facilement au régime dictatorial d'Hitler en raison de leur « personnalité autoritaire » : une personne de ce type est extrêmement obéissante envers ses supérieurs, mais se comporte d'une manière méprisante à l'égard de ses subordonnés.

L'école Culture et Personnalité insiste sur la variété des cultures. Contrairement aux évolutionnistes qui mirent l'accent sur les grands stades à travers lesquels toute société était supposée passer, les anthropologues américains vont souligner l'originalité de chaque culture qui débouche sur la constitution d'une personnalité propre. Ce courant reposait sur quelques postulats de base, dont nous retiendrons les principaux.

a) Continuité : il y a une continuité entre les expériences de la petite enfance et la personnalité adulte, celle-ci étant déterminée par celle-là. Les traumatismes infantiles produisent des fixations, de l'anxiété, des névroses qui ont, à leur tour, un effet sur les institutions culturelles. Cependant, nous disposons de très peu d'éléments pour affirmer qu'un type de pratique éducative produit nécessairement une personnalité adulte donnée. Il semble au contraire que des expériences infantiles semblables ne produisent pas toujours le même effet.

b) Uniformité : ces auteurs affirment que chaque société est caractérisée par une personnalité propre (appelée modale, de base ou dominante). Il y aurait une correspondance, voire une identité, entre une culture et une personnalité.

c) Homogénéité : chaque culture tend vers l'homogénéisation de traits, c'est-à-dire vers une certaine cohérence, et elle peut donc être qualifiée par un ou plusieurs termes qui la synthétisent. Si une culture emprunte un trait à une autre, elle le transforme immédiatement pour l'adapter à ses propres valeurs : les danses que les austères Indiens Pueblos ont empruntées à leurs voisins ont perdu leur caractère extatique pour devenir des gestes rigides et peu rythmés.

d) Séparation : en conséquence, les cultures sont séparées les unes des autres, elles coexistent sans s'interpénétrer. En parlant des Pueblos, Benedict nous dit qu'ils savent que leurs voisins utilisent des hallucinogènes et de l'alcool, mais eux-mêmes n'en profitent pas. Pour les culturalistes, donc, la proximité géographique n'est pas un gage de transmission de traits culturels : au contraire, les frontières entre les cultures tendent à être opaques.

La différence culturelle n'est pas expliquée, elle est posée une fois pour toutes, tout se passe comme si elle avait été instituée par Dieu comme signe irréfragable de l'humanité (Salzman, 2001, p. 71).

Franz Boas (1858-1942)

On peut considérer Franz Boas comme un penseur original qui fut certes un opposant farouche à l'évolutionnisme, mais aussi un précurseur de l'anthropologie moderne et surtout un défenseur acharné du relativisme qui devait tant marquer l'anthropologie américaine. Boas naquit en Westphalie et fit une thèse en physique sur la couleur de l'eau. Cette formation scientifique devait sans doute être déterminante dans l'orientation fortement empirique que Boas – et plus tard Malinowski – allait donner à l'anthropologie. En 1883, il entreprend un voyage sur l'île de Baffin où il décide de privilégier l'observation des hommes aux dépens de la géographie locale. Un peu plus tard, il émigre aux États-Unis où il demeurera jusqu'à sa mort en 1942. Pendant plus de quarante ans, il enseigne à l'université Columbia (New York) et sera le maître d'une génération entière d'anthropologues parmi lesquels on trouve des noms aussi célèbres que Alfred L. Kroeber, Robert Lowie, Edward Sapir, Alexander Alexandrovich Goldenweiser, Melville Herskovits, Ruth Benedict, Margaret Mead et bien d'autres encore. Boas n'est pas à proprement parler un « diffusionniste », mais il est l'un des premiers à contester les simplifications auxquelles avait conduit l'évolutionnisme en accordant trop d'importance au développement culturel indépendant.

Cet esprit libre ne se laisse pas facilement appréhender par des étiquettes. Boas partage avec Marcel Mauss l'insigne particularité de n'avoir jamais écrit un livre comme tel d'une part et, d'autre part, de n'avoir jamais énoncé, d'une manière synthétique et systématique, les grands principes qui guidaient sa pensée. C'est peut-être cette carence qui explique pourquoi celui qui fut l'anthropologue le plus influent de sa génération est presque tombé dans l'oubli aujourd'hui. Contrairement à Marcel Mauss, cependant, Boas va se distinguer par une bonne connaissance empirique « de première main » puisqu'il mena de nombreuses études parmi les Indiens d'Amérique du Nord et les Eskimos. Ses études sur les Kwakiutl de Colombie-Britannique demeurent parmi les classiques de l'anthropologie. En insistant sur une approche contextuelle, c'est-à-dire en montrant qu'une coutume n'a de sens que si elle est reliée au contexte particulier dans lequel elle s'inscrit, Boas préfigure aussi l'école fonctionnaliste.

C'est à partir de cette approche contextuelle que Boas va critiquer les hyperdiffusionnistes anglais. Il refuse en effet de réduire une culture à quelques traits qui peuvent se comprendre isolément l'un de l'autre, d'une part, mais d'autre part, il n'envisage pas l'histoire sur une grande échelle, il ne recherche pas les séquences de l'histoire de la culture dans son ensemble. Bien au contraire, Boas préfère se concentrer sur les échanges entre des cultures géographiquement voisines ; avec Boas, l'anthropologie se fait davantage ethnologie. Il va par exemple montrer qu'il existe des liens culturels entre les tribus du Nord-Ouest américain et les peuples de Sibérie.

L'ethnographie kwakiutl de Boas préfigure sans aucun doute ce que, plus tard, on appellera l'observation participante et elle occupa l'attention de Boas pendant plusieurs décennies. C'est dans celle-ci que l'on trouve les remarquables descriptions de l'institution du *potlach*, une cérémonie durant laquelle un homme distribue ses biens, surtout des plateaux de cuivre et des couvertures de laine, autour de lui. La moindre occasion est prétexte à une distribution. Ces distributions n'ont rien de dons détachés et altruistes cependant. Selon Boas, en effet, ce sont plutôt des rivaux qui combattent ainsi avec leurs biens (1966, p. 80). Car rien ne sert d'avoir des biens si ce n'est pour les donner et le prestige lié à la richesse ne s'obtient vraiment qu'en étant capable de se débarrasser de celle-ci : autrement dit, on gagne du prestige en donnant. Plus on donne, plus le statut social augmente.

Parfois aussi un chef détruit les plaques de cuivre qui ont fait le prestige de ses rivaux, dans le but d'humilier ces derniers. Les chefs sont, en effet, engagés dans de terribles luttes de prestige. Durant ces fêtes, le chef fait tout pour abaisser les autres, chante des airs dans lesquels il se dit le plus grand chef du monde et que tous les autres chefs ne sont que ses serviteurs. Boas montrait ainsi l'importance du prestige social. Les Kwakiutl ne se battaient pas pour des biens de première nécessité, mais pour des objets de prestige. Les dons cérémoniels n'étaient pas tout à fait désintéressés car l'on savait que des biens donnés devaient être rendus.

Outre l'évolutionnisme, Boas rejetait également tout effort de théoriser une loi générale de la société. Avec lui, l'anthropologie, de science de la culture, devient petit à petit science des cultures. On trouve sans doute l'influence du romantisme allemand, et de Johann Gotfried Herder en particulier, dans cette conception de la culture comme *Volksgeist*. Ce refus de doctrine allait peu à peu se transformer en cette véritable doctrine que l'on appelle le relativisme et qui devait tant marquer le XXᵉ siècle. La science de Boas est une science de l'observation et ses écrits laissent peu de place à l'aspect littéraire. Les faits sont rapportés aussi fidèlement que possible. Il rejette tout déterminisme et particulièrement le déterminisme biologique : ayant un jour comparé les crânes d'Européens avec ceux de leurs semblables ayant immigré aux États-Unis, il remarqua que ces derniers avaient une forme nettement différente de celle de leurs cousins restés en Europe. Il en conclut que les « races » ne sont pas fixes et que l'intelligence n'est pas fixée une fois pour toutes puisque des variations importantes naissaient à l'occasion de changements d'environnement. Son rejet du déterminisme débouche naturellement sur le relativisme dont Boas devint le promoteur au sein de l'anthropologie américaine. Dès 1887, Boas écrivit : « La civilisation n'est pas quelque chose d'absolu, mais… de relatif, et nos idées et conceptions ne sont vraies que dans les limites de notre propre civilisation » (cité par Perry, 2003, p. 163). C'est la critique de l'évolutionnisme qui motivait en premier lieu une telle remarque et Boas considérait donc que l'anthropologie n'était pas véritablement une science comparative : les groupes qu'elle étudiait étaient en quelque sorte incommensurables. Un jour, chez les Inuits, Boas fut frappé d'hypothermie et tomba inconscient. Il ne se serait jamais réveillé s'il n'avait été recueilli et soigné par des autochtones qui savaient comment surmonter une telle crise. Cette expérience fit naître en lui l'idée que ces gens étaient parfaitement adaptés à leur environnement et qu'ils avaient une excellente connaissance de leur milieu. Cela se passait dans les années 1880 : les chercheurs d'alors, enfermés dans leurs bureaux, spéculaient sur la primitivité des sauvages. Perdu dans l'immensité du Grand Nord, Boas considérait les choses d'une manière différente.

C'est sans doute aussi son expérience de terrain qui le conduisit à étudier une société selon tous ses aspects. Il en vint ainsi à mettre en avant des entités discrètes, à transformer les « groupes » en « sociétés », avec une culture propre. « Pour l'anthropologie, écrit-il, l'individu n'apparaît important qu'en tant que membre d'un groupe social ou racial » (1928, p. 12). Par groupe racial, il entend davantage « groupe ethnique » que communauté de sang, mais ce qui nous importe finalement ici, c'est l'idée que les individus appartiennent à des groupes. La tâche de l'anthropologie devenait alors l'étude de ces groupes en mettant en exergue leur caractère propre. Boas se fit d'ailleurs l'avocat de l'égalité des droits pour les minorités culturelles.

Sapir, Whorf et la relativité linguistique

Linguiste, psychologue et anthropologue, telles sont les caractéristiques de l'une des figures les plus marquantes de l'anthropologie américaine de l'entre-deux-guerres. Edward Sapir, qui vécut de 1884 à 1939, enseigna à Chicago et à Yale : il s'intéressa en particulier au phénomène des langues en soulignant les rapports complexes que celles-ci entretiennent avec les cultures. À la fin de sa vie, il énonça une hypothèse particulièrement forte sur les liens entre langue et culture. Cette hypothèse, qui dérivait en partie des travaux du linguiste Benjamin Whorf, est connue sous le nom d'hypothèse Sapir-Whorf, même si elle nous paraît quelque peu contredire les travaux antérieurs de Sapir, qui étaient nettement plus nuancés.

Cette hypothèse peut s'entendre comme une version un peu plus technique de cette irréductible séparation des cultures. Benjamin Whorf avait, en effet, noté que la langue des Indiens Hopi n'avait pas de temps pour marquer le passé et l'imparfait (Whorf, 1956, p. 51). Le temps n'est pas objectivé par la langue hopi. De plus en hopi, on dira « il est parti le dixième jour » au lieu de « il est resté dix jours ». Whorf en conclut que les unités de temps ne forment pas chez eux une entité objective. Les Hopi ne pensent donc pas que dix jours puissent former un groupe, mais rester dix jours quelque part est assimilé à dix visites successives. Whorf affirma alors, sans ambages, que la langue déterminait la pensée ; la langue hopi forgeait l'expérience du monde des Indiens qui la parlaient : leur notion du temps, notamment, était foncièrement différente de la nôtre. Les Hopi ne perçoivent pas le temps comme ce « flot doucement continu » qui relie passé, présent et futur (*ibid.*, p. 57). Sapir approuvait : « Le monde réel est, dans une large mesure, construit inconsciemment sur nos habitudes linguistiques » affirmait-il (cité par Brown, 1991, p. 10). Autrement dit, la structure linguistique entraîne des visions du monde différentes : les gens voient le monde de différentes manières en raison de leur langue. Comme Mead et Benedict, Sapir et Whorf considèrent ainsi chaque culture comme un tout unique, enfermant chacun de ses membres dans un moule contraignant et original. Dénonçant l'ethnocentrisme de l'école évolutionniste, ils en vinrent à privilégier la fermeture de chaque culture.

Dans cette perspective, la langue n'est pas seulement un moyen de communication, elle est une manière de construire le monde, elle établit des catégories mentales qui prédisposent les gens à voir les réalités de certaines manières. Ainsi si j'appelle « tante » des personnes aussi différentes que la sœur de mon père, la sœur de ma mère, l'épouse du frère de ma mère et celle du frère de mon père, j'aurai tendance à avoir un comportement semblable vis-à-vis de toutes ces personnes (Ferraro, 2001, p. 119). La langue est une force qui établit dans nos esprits des catégories qui classent les choses en semblables et différents. En navajo, par exemple, quand les gens parlent d'un objet, ils utilisent des formes verbales qui diffèrent selon la forme de l'objet : si l'objet est long et rigide comme un bâton, on utilise un verbe différent de celui servant à désigner des objets longs et flexibles, par exemple une corde. Des chercheurs présentèrent à des enfants une corde bleue et un bâton jaune puis leur demandèrent de quel objet une corde jaune était le plus proche : les enfants anglophones rapprochaient ce dernier objet du bâton original en raison de la couleur, alors que les enfants navajos le ramenaient à la corde en raison de la forme (*ibid.*, p. 120). De même, lorsqu'on demandait à des personnes bilingues japonais/anglais de compléter la même phrase dans les deux langues, les différences étaient surprenantes : « quand j'entre en conflit avec ma famille… » se complétait en anglais par « je fais ce que je veux » alors qu'en japonais cela devenait « c'est un moment de grand malheur ». Au cours des dernières années, cette force des mots a été particulièrement évoquée avec le refus d'utiliser certains termes supposés engager des connotations trop fortes : les aveugles sont devenus des personnes mal voyantes, les nains des personnes de petite taille, une retraite des armées un « redéploiement stratégique » et une femme de ménage une « technicienne de surface ». De plus, les rapports entre langue, culture et pensée continuent d'être invoqués régulièrement dans les revendications nationalistes les plus diverses. Il y aurait, dans cette optique, une adéquation irréductible entre la langue et la vision du monde. Sapir et Whorf avaient, dès lors, soulevé un problème d'une importance considérable.

Le rapport entre langue et culture a cependant été revu depuis lors. On a, par exemple, nuancé l'aspect contraignant et déterminant de la langue sur la culture. En premier lieu, les analystes considèrent généralement que Whorf a largement surestimé l'incapacité de la langue hopi à exprimer le temps et, dès lors, son intemporalité. Les Hopi connaissent une expression telle que « dix jours ». Il existe au moins deux temps pour conjuguer les verbes (le futur et le non-futur) et le locuteur peut aussi utiliser des métaphores spatiales (« devant », « après », etc.) pour marquer l'antériorité. Certains ont même suggéré que la langue anglaise qui permet de dire *« I wish I knew how to play the piano »* est, par certains aspects, plus insensible au temps que le parler hopi (voir Gell, 1992, p. 127). La langue hopi ne démontre donc pas l'idée de relativité avec autant d'acuité que ne l'affirme Whorf (Brown, 1991, p. 29). Il n'en reste pas moins que la langue d'un peuple fait partie de sa culture et qu'elle connaît donc des expressions, chants, mythes, légendes qui lui sont propres et, dès lors, lui sont chers. Mais Whorf allait beaucoup plus loin que ce simple constat en affirmant que les structures grammaticales de la langue conditionnaient la manière de penser de ses locuteurs. C'était là une affirmation beaucoup plus difficile à admettre.

Dans ses travaux antérieurs, Sapir s'était montré beaucoup plus prudent. Dans *Linguistique*, il affirme que le langage a le pouvoir d'analyser les données de l'expérience en éléments dissociables et d'accéder à ce domaine commun que forme la culture. Il est un instrument puissant de socialisation, sans doute le plus puissant de tous ; de véritables relations sociales ne pourraient exister sans le langage et posséder une langue constitue un symbole puissant de solidarité sociale qui unit les locuteurs (1968, p. 41). Tout groupe ou sous-groupe tend à développer des particularités linguistiques, un jargon qui lui est distinctif. Dire « il parle comme nous » revient à dire « il est comme nous ». Autrement, il est bien plus qu'un simple outil de communication, il est un instrument de socialisation. Dans le même temps, cependant, il rejetait la tendance de certains ethnologues à voir dans les catégories linguistiques une expression directe de la culture : « Il n'y a en réalité aucune corrélation entre type culturel et structure linguistique » (*ibid.*, p. 56 et 233). Et d'ajouter que la présence ou l'absence d'un genre grammatical ne nous apprend rien sur l'organisation sociale ou la religion. On est loin ici de l'hypothèse de la relativité structurale et ce n'est pas sans raison qu'on l'attribue plus à Whorf qu'à Sapir. Ce dernier niait aussi le lien que l'on a pu établir entre environnement et langue, par exemple le fait qu'une langue de montagne serait plus dure qu'une langue des plaines : les Eskimos, qui vivent pourtant dans un milieu rude, ont une langue chantante (*ibid.*, p. 75). Toutefois la langue est régulièrement utilisée comme le symbole d'une identité nationale, mais cet usage n'a pas de rapport avec sa structure interne.

Il faut aussi admettre que l'absence de mot pour désigner une chose ne signifie pas que l'on ne perçoit pas celle-ci. La précision et l'abondance du vocabulaire signifient sans doute qu'un groupe accorde plus d'importance à la chose concernée. En ce sens, le vocabulaire nous fournit des indications de type culturel, mais il ne décèle en rien une mentalité.

Ruth Benedict (1887-1948)

La première femme de notre histoire de l'ethnologie n'est pas la personnalité la moins influente. Une assistante de Boas, Ruth Benedict (1887-1948), allait, en effet, marquer considérablement l'ethnologie américaine, tout particulièrement par la publication de son ouvrage *Patterns of Culture* (*Échantillons de cultures*, en français) qui connut un grand succès de librairie, puisqu'il se vendit à deux millions d'exemplaires. Ce succès populaire lui valut des critiques de la part des universitaires. Quelles que soient les déficiences de ses travaux, Benedict contribua à rendre accessibles à un grand public les thèmes d'études de l'anthropologie. C'est peut-être elle qui exprima avec le plus de force et de clarté la théorie du relativisme culturel qui allait devenir un des courants de pensée les plus marquants du XXe siècle.

Patterns of Culture n'est pas le fruit d'une enquête ethnographique en tant que telle. C'est une synthèse qui met l'accent sur les différences qui séparent les populations. La réflexion de Benedict porte d'abord sur la notion de culture. Chez elle, un groupe social tend à devenir une culture, et une culture est un ensemble homogène dont les caractéristiques essentielles marquent fortement les membres. À la suite de Boas, elle rejette toute forme de « déterminisme biologique » pour mettre en avant le principe du « déterminisme culturel ». La nature humaine est éminemment « plastique », malléable et chaque culture apporte des réponses différentes aux problèmes qui se posent à l'homme. Le but de l'ethnologie est alors de rendre compte de cette diversité des cultures. Chaque société est une configuration particulière, un assemblage singulier d'éléments culturels qui peuvent se combiner à l'infini. Chaque culture est unique (p. 44) et emprunte une route propre dans sa poursuite de buts différents ; elle définit ses propres orientations et ne peut pas être jugée selon les termes d'une autre société (p. 223). En second lieu, une culture est un ensemble intégré, un tout articulé et elle doit être étudiée comme tel, c'est-à-dire en tant qu'entité cohérente et fonctionnelle (p. 49). Enfin, dès l'enfance, les coutumes façonnent l'expérience et le comportement d'un individu et, avant même qu'il ne sache parler, l'enfant est déjà une petite créature de sa culture (p. 33). Chaque enfant né dans un groupe partage les habitudes, les activités et les croyances de ce groupe. En bref, on voit bien que c'est la diversité culturelle – et par là le relativisme culturel – qui intéresse Ruth Benedict. La thèse essentielle du livre est alors de montrer qu'une culture offre une configuration propre d'une part, et d'autre part qu'il n'y a pas d'antagonisme entre une société et les individus que comprend celle-ci : au contraire, la culture fournit à l'individu les matériaux à partir desquels il construit sa vie. La société n'est pas une

entité séparable des individus qui la composent (p. 253).
Les individus se fondent dans le moule que leur présente
leur société. En étudiant une société, on peut donc tâcher
d'en reconstruire les traits essentiels qui s'imposent à tous.
Benedict se livre à cette expérience pour trois sociétés : les
Indiens Zuni du Sud-Ouest, les Kwakiutl du Nord-Ouest et
les Dobu de Nouvelle-Guinée.

Dans son étude de la tragédie grecque, Nietzsche oppose
deux caractères fondamentaux. D'une part, le dionysiaque
poursuit ses buts sans s'assigner de limites, dans l'excès,
l'émotion. L'apollinien, par contre, ne connaît qu'une loi et
c'est celle de la mesure, de l'équilibre, de la modération.
Selon Benedict, les Indiens Pueblos ou Zuni du Sud-Ouest
sont des apolliniens par excellence. Ils sont cérémonieux,
sobres et pacifiques. Le rituel est, pour eux, essentiel ; leurs
prières se réduisent à des formules sans aucun sentiment,
leurs mariages sont invariablement arrangés ; ils méprisent
l'individualisme et valorisent la tradition ; contrairement
aux autres tribus indiennes, ils se méfient de l'alcool et des
hallucinogènes ; leurs danses ne connaissent pas l'extase ou
la transe ; la modération, la dignité et la maîtrise de soi sont
leurs valeurs essentielles.

En cela, ils contrastent fortement avec la plupart des
tribus indiennes d'Amérique dont le caractère dionysiaque
est nettement marqué. La transe, l'immolation, la violence,
les drogues sont ici de règle. Les Kwakiutl du Nord-Ouest
sont dionysiaques. Ici tout tourne autour de la compétition,
de la violence, du prestige. Toute entreprise est pour eux
un moyen de se montrer supérieurs aux autres. Ils exhibent
leurs sentiments de la manière la plus spectaculaire possible.
Le *potlach* exprime bien cette tendance : un chef peut ainsi
marquer sa supériorité sur un rival en détruisant une certaine
quantité d'objets de valeur. Les grands *potlach* pouvaient ainsi
se préparer une année à l'avance. La vendetta et le suicide
étaient les corollaires de cette insistance sur la supériorité
et le prestige.

Si l'œuvre de Benedict a connu un tel succès populaire, c'est en partie en raison de ses limitations. Benedict, qui était aussi poétesse, affirmait avec force la différence entre « eux » et « nous » ; elle avait toujours une vérité générale à dire et le but de son anthropologie est précisément de donner une vue générale sur une culture : les Indiens des plaines sont extatiques, les Zuni sont cérémonieux, les Japonais sont hiérarchiques, etc. Toute son écriture est orientée par cette idée générale qui est dite et redite constamment. Mais qui dit idée générale dit parfois idée superficielle, et c'est cette superficialité que l'on reproche à Benedict et à ses émules (voir Geertz, 1988).

On retrouve ces qualités et défauts dans l'autre ouvrage important publié par Benedict, _Le Chrysanthème et le Sabre_. Benedict y montre que sa théorie ne vaut pas uniquement pour les sociétés à échelle réduite, mais qu'elle peut, aussi, s'appliquer à de plus grands ensembles sociaux, en l'occurrence au Japon. Cet ouvrage avait été commandé par l'armée américaine à la fin de la Deuxième Guerre mondiale, notamment dans le dessein de mieux connaître l'ennemi vaincu et de prendre les bonnes décisions quant à son avenir. Le livre connut un succès immense. Il s'agissait d'une « étude à distance » dans la mesure où Benedict n'avait jamais mis un pied au Japon. L'auteur entendait néanmoins donner une image globale et synthétique de la mentalité japonaise et montrer au public américain ce qu'être japonais veut vraiment dire. Elle avait pour cela amassé un matériau très abondant et avait interrogé des émigrés japonais aux États-Unis. Le livre n'a cessé d'être disponible depuis sa publication originale en 1945, a connu des traductions en de très nombreuses langues et tout particulièrement en japonais. D'emblée, l'ouvrage pose un constat terrible : « De tous ceux que les Américains combattirent jamais dans une guerre totale, les Japonais furent pour eux les plus différents » (1995, p. 17). En d'autres termes, la différence entre Américains et Japonais est radicale, nous avons affaire à deux mondes que tout oppose : les modes de pensée de ces derniers sont à ce point différents de ceux des Américains que le Japon est longtemps demeuré comme un monde impénétrable. Benedict redisait les mystères insondables de l'Orient lorsqu'elle affirmait que les Japonais sont à la fois agressifs et pacifiques, militaristes et poètes, férus de la culture du chrysanthème et de la manipulation du sabre. Comment pacifier et administrer cet « ennemi redoutable » ? Voilà la question qui se posait à l'Amérique ; l'anthropologue entendait contribuer à apporter des éléments de réponse à cette question. Notons au passage que *Le Chrysanthème et le Sabre* est donc, en quelque sorte, le premier grand ouvrage d'anthropologie appliquée. Il répond à une commande de l'armée et œuvre à la solution d'un problème qui se pose à la société américaine.

Malgré l'absence de données ethnographiques, Benedict n'en adopte pas moins une attitude véritablement anthropologique. En effet, la question, dit-elle, n'est pas de savoir ce que nous aurions fait à la place des Japonais, mais bien de savoir pourquoi ils font ce qu'ils font. Il ne s'agit pas de condamner, mais de comprendre. Benedict va donc nous guider pour pénétrer dans ce monde qu'elle dit étrange. Elle reconnaît qu'elle fut souvent déroutée, qu'elle ne comprenait pas ce qu'elle voyait, entendait ou lisait, mais au bout du compte, elle allait se montrer capable de nous faire pénétrer dans l'impénétrable. « La bizarrerie d'un comportement n'empêche pas qu'on le comprenne. » L'ethnologue, ajoute-t-elle, est « familier de l'étrangeté ». En ouvrant son esprit à cette altérité radicale, on parvient, à force de patience, à le pénétrer : « Plus j'ai été suffoquée devant un comportement, mieux j'ai compris par là même qu'il existait quelque part dans la vie japonaise quelque chose de simple qui expliquait cette étrangeté » (*ibid.*, p. 28). Et d'ajouter : « Toute société humaine doit se confectionner un modèle de vie. » Autrement dit, toute société possède une culture. C'est bien le relativisme qui est ici réaffirmé : « Les verres à travers lesquels chaque nation regarde la vie ne sont pas ceux dont les autres nations se servent. »

Il est un dicton qui dit que lorsqu'un Américain fait quelque chose, le Japonais fait l'inverse. Cet adage s'est largement vérifié durant la guerre. Alors que les États-Unis s'étaient toujours battus contre des ennemis qui partageaient leurs conceptions de la guerre, rien de tel ne s'est produit contre les Japonais. Ceux-ci étaient fanatisés au point de vouloir porter la grandeur impériale aux quatre coins du monde. Pour les Japonais, l'esprit compte plus que le corps. Peu importe le manque de nourriture si l'esprit résiste. La volonté de l'esprit permet de transcender la faiblesse du corps. La radio japonaise racontait par exemple qu'un soldat, tué par balle, termina sa mission avant de s'effondrer. Il avait la volonté d'aller jusqu'au bout et l'esprit put maintenir debout le corps déjà glacé. Une telle histoire était considérée comme parfaitement plausible par les Japonais, y compris les plus cultivés.

Le livre de Benedict abonde de jugements à l'emporte-pièce : les Japonais font ceci ou cela ; dans telle circonstance, ils se comportent de telle ou telle manière, etc. Il y a peu de place pour la nuance ou le doute dans cet ouvrage qui repose sur une collection de matériaux très disparates qui ne sont jamais soumis à la critique historique : la propagande martiale est prise comme témoignage fiable de la pensée du peuple. Tout est bon pour souligner le contraste : les Américains aiment récupérer les navires endommagés, les Japonais non ; les avions américains sont équipés de dispositifs de sécurité que les Japonais assimilent à de la couardise ; rire quand on est prisonnier de guerre est une lâcheté qui irrite les gardiens japonais au plus haut point. Les prisonniers japonais sont considérés comme socialement morts et ne reçoivent pas d'assistance médicale alors que les prisonniers américains sont chéris par leurs proches.

L'égalité, la valeur essentielle de la société américaine, n'est pas valorisée par le Japon, société aristocratique par excellence. Les expressions linguistiques y sont différentes selon que l'on s'adresse à un supérieur ou un inférieur. La femme japonaise marche derrière son mari et se contente de son statut inférieur, mais toute la société est fondée sur un ordre de classes nettement différenciées : la famille impériale est suivie des guerriers ou samouraïs, des fermiers, des artisans, des marchands et des parias. Un « gouffre » sépare les samouraïs des classes inférieures que forment les gens du commun. Il résulte de ce sens hiérarchique une soumission à l'autorité et une capacité à se plier à celle-ci : dans les camps de prisonniers, les soldats japonais étaient aussitôt prêts à collaborer avec l'ennemi ; l'empereur n'eut qu'à proclamer la fin de la guerre pour que ses sujets – un peuple pourtant « belliqueux » – cessent toute résistance et acclament l'armée des vainqueurs américains. Aux États-Unis, un homme est généralement prêt à reconnaître ses erreurs, un professeur peut avouer son ignorance de tel ou tel fait. Rien de tel au Japon où avouer une faiblesse conduit à perdre la face et la dignité.

Dans ce portrait sans concession, Benedict rejette comme ethnocentrique toute affirmation qui ne tient pas compte de cette altérité radicale. Elle nous dit que les Japonais ne peuvent pas être comme nous et que notre rationalité n'est pas la leur : nous ne pouvons imaginer d'acclamer les ennemis vainqueurs. Son tableau non seulement est aussi caricatural que le stéréotype le plus grossier, mais il considère les mentalités comme des ensembles cohérents et non susceptibles de changement : « Le Japon continue d'être fidèle à lui-même » ne craint-elle pas d'affirmer (*ibid.*, p. 202) C'est un peu cocasse aujourd'hui de lire que les Japonais sont tellement soumis au rang et à l'étiquette qu'ils réduisent au minimum le rôle de la compétition. L'enseignement japonais ne semble pas confirmer ce point de vue ! De plus, le tableau qu'elle dresse de la société japonaise est extrêmement sévère : en opposant systématiquement valeurs américaines et japonaises,

ne les ramène-t-elle pas, au moins insidieusement, au bien
et au mal ?

Un des apports théoriques du livre sera de faire contraster
les sociétés de la culpabilité avec les sociétés de la honte
(*ibid.*, p. 253). Les Japonais n'éprouvent pas le sens de culpabilité qui fonde la société occidentale. La masturbation est
pour eux un plaisir solitaire tout à fait acceptable. Le sexe,
comme les autres émotions humaines, n'est pas répréhensible,
mais il ne faut lui apporter qu'une importance secondaire.
Selon Benedict, la honte existe aux États-Unis et elle tend
même à prendre de plus en plus d'importance dans le monde
moderne, mais c'est sur le sentiment de culpabilité que la
société a mis essentiellement l'accent. Selon ce dernier, le
malaise que l'on éprouve après avoir enfreint la règle est
intériorisé et intérieur à l'individu. Le regard des autres
n'est pas aussi primordial que le regard que l'on porte sur
soi-même. La conviction du péché est intériorisée et une
personne peut souffrir de ses actes sans que quiconque soit
au courant. Là où la honte est primordiale, c'est la désap-
probation de l'autre qui prévaut, elle est une réaction à la
critique des gens. Perdre la face et être condamné par les
autres, voilà le mode principal de régulation de la morale.
Pour les Japonais, « la honte est la racine de la vertu ». Un
homme qui connaît la honte est un homme vertueux, ou
encore un homme d'honneur. Dans les nations de la honte,
chacun surveille l'opinion des autres qui vaut plus que toute
autre chose.

On pourrait continuer ainsi à multiplier les exemples
développés par Benedict et qui marquent une différence entre
« eux » et « nous », portée à son paroxysme. L'anthropologue
américaine confirmait des stéréotypes populaires auxquels
elle se contentait de donner une certaine rationalité. Le
livre rebuta de nombreux Japonais occidentalisés qui ne
se retrouvaient pas dans ce portrait, mais il était apprécié
des ultra-nationalistes qui mettent l'accent sur le caractère
irréductible de leur culture.

Pour Benedict, et pour bien d'autres représentants de ce courant, on appartient à une culture ou non, et chaque culture est pensée comme une entité, une espèce quasi naturelles (Carrithers, 1992, p. 16). *Le Chrysanthème et le Sabre* montre bien que le culturalisme applique ses méthodes aux sociétés plus complexes qu'il voit également comme des ensembles parfaitement homogènes. C'est pour cette raison que Jean-Loup Amselle considère le culturalisme comme une forme de fondamentalisme et il contraste cette position avec celle de Georges Balandier pour qui toute société est problématique (1999, p. 62).

Margaret Mead (1901-1978)

En 1920, Margaret Mead, jeune étudiante, suivit un cours de Boas à l'université Columbia (New York) et se passionna pour l'anthropologie. C'est surtout Benedict, alors assistante de Boas, qui allait l'encourager à persévérer. Après une thèse de doctorat basée entièrement sur la littérature, la jeune femme décide, en 1925, de partir pour la Polynésie, et plus particulièrement pour les îles Samoa qui étaient alors gouvernées par les Américains. Cette enquête sera suivie par plusieurs autres, notamment en Papouasie ou à Bali. Les enquêtes de Mead n'ont pas la profondeur de celles de Malinowski. Elle ne passe que peu de temps sur le terrain. Mais elle n'en travaillait pas moins de façon efficace.

Un des grands mérites de Mead fut d'introduire dans l'anthropologie sociale des thèmes d'étude nouveaux : la socialisation des enfants, la sexualité, la différence hommes/femmes deviennent des questions fondamentales de son anthropologie. Elle ne néglige pas non plus la photographie et le cinéma, autrement dit l'image dont la majorité des anthropologues ne découvriront les vertus que beaucoup plus tard. Enfin, elle a, mieux que quiconque, compris l'importance pour l'anthropologie de tenter d'apporter des réponses aux problèmes que pose la société moderne.

Sexe et caractère en Nouvelle-Guinée

La popularité de Mead atteignit des sommets inégalés et peu d'anthropologues auront exercé une influence aussi considérable sur la pensée. Même si ses pairs ont tendance à rejeter ses écrits, elle sera considérée par le grand public comme un des penseurs du XXe siècle et de la modernité. Ses écrits seront publiés à des centaines de milliers d'exemplaires et elle allait devenir une des idéologues de l'émancipation féminine. Elle s'imposa aussi comme une espèce de *first lady* de l'intelligentsia américaine. À travers ses études ethnologiques, ce sont, en effet, des problèmes contemporains que tente de résoudre Mead. Elle finit toujours par soulever les questions d'actualité et c'est sans doute ce qui explique la fascination qu'elle n'a cessé d'exercer.

Une partie considérable de son œuvre est consacrée aux différences entre les sexes et, ici aussi, Margaret Mead a voulu se servir de ses observations ethnographiques pour résoudre les problèmes qui se posaient à la société américaine. Dans son fameux ouvrage, *Sex and Temperament in Three Primitive Societies*, publié en 1935 (repris dans Mead, 1963), Mead entend montrer que les différences entre les sexes sont institutionnalisées différemment selon les sociétés et, en conséquence, qu'elles ne répondent pas à des impératifs biologiques. De plus, elle veut également signaler que les relations entre l'homme et la femme ne sont pas partout des relations de domination et de soumission et surtout que les stéréotypes masculins et féminins ne sont pas des données qu'impose la nature ; bien au contraire, ils varient culturellement et rien dans la nature ne s'oppose donc à l'émancipation de la femme. Pour démontrer cette hypothèse, elle va faire appel à trois sociétés de Nouvelle-Guinée qu'elle a étudiées lors d'un séjour au début des années 1930. Or les trois cas étudiés varient fortement quant à leur configuration générale, mais aussi quant au rôle qu'ils assignent à l'homme et à la femme. Chez les Arapesh, par exemple, les hommes sont doux et aimables (1963, p. 161), les garçons ne sont pas entraînés à commander (*ibid.*, p. 155) et un jeune homme ne fait preuve d'aucune agressivité (*ibid.*, p. 86). Le père arapesh est une véritable nurse ; c'est souvent lui qui reste à la maison et s'occupe de bébé, il est fier de l'enfant et fait preuve de toute la patience requise pour lui faire avaler sa bouillie. Il peut autant que sa femme donner à l'enfant tous les soins minutieux qui lui sont nécessaires. C'est bien l'égalité des sexes qui se profile devant nous, image d'un monde meilleur, désirable et accessible.

Chez les Arapesh encore, un enfant qui pleure est une véritable tragédie, et les adultes se montrent invariablement doux, sensibles et serviables envers l'enfant. L'allaitement reste un jeu charmant, qui garde toute sa signification affective, et « qui forme le caractère des individus pour la vie ».

À deux cents kilomètres à peine des Arapesh, vivent les Mundugumor dont le caractère semble être aux antipodes de celui des Arapesh (*ibid.*, p. 191). C'est l'agressivité et la violence qui caractérisent ici la vie sociale, y compris la vie familiale : le père et le fils sont rivaux, l'enfant est accueilli dans un monde hostile ; dès les premiers mois commence son initiation à une vie dont la tendresse est absente ; les tout-petits sont placés dans des paniers en vannerie grossière qui les empêchent de profiter du contact chaud de la mère, en opposition avec l'habitude arapesh de serrer l'enfant contre le corps maternel : il n'y a pas chez les Mundugumor cet amour et cette sollicitude pour l'enfant dont font preuve les Arapesh. Les enfants sont habitués à lutter dans ces conditions de rudesse : les traits de caractère mundugumor sont eux aussi la résultante d'expériences éducatives de la petite enfance. L'enfant naît, en effet, dans un monde hostile ; s'il veut survivre, il lui faudra être violent, percevoir et venger l'insulte, faire peu de cas de sa personne et encore moins de la vie des autres. On allaite le moins possible et seuls les plus vigoureux subsistent. Il ne faut pas s'étonner, nous dit Mead, d'observer plus tard « le déchaînement de leur brutalité amoureuse ». En comparaison aux « hippies » arapesh, les Mundugumor apparaissent comme de véritables « Spartiates » : la norme est ici la violence, une sexualité agressive, la jalousie, la susceptibilité à l'insulte et la hâte à se venger, l'ostentation, l'énergie, la lutte. Il y a cependant un point commun aux sociétés arapesh et mundugumor, c'est que le caractère typique n'y diffère pas selon le sexe ; les femmes arapesh sont aussi douces que leurs maris et les filles mundugumor sont élevées dans le même climat de dureté. Dans une troisième société, cependant, celle des Chambuli qui vivent sur le fleuve Sepik, il n'en va pas de même ; parmi ces derniers, les hommes, susceptibles, tendus et méfiants, contrastent avec leurs épouses qui sont unies, organisées et actives. Il y a à la fois opposition et complémentarité entre les personnalités masculines et féminines (*ibid.*, p. 297), mais ce qui est plus remarquable, c'est ici l'esprit d'initiative des femmes :

> « La suprématie des femmes est réelle alors que celle des hommes n'est que théorique ; ainsi la plupart des jeunes Chambuli s'en accommodent-ils, et apprennent à s'incliner devant la volonté des femmes » (*ibid.*, p. 303).

Ces trois exemples, issus de sociétés géographiquement voisines, témoignent de ce que Mead appelle la « plasticité de la nature humaine ». Les personnalités de l'homme et de la femme sont culturellement déterminées ; des notions comme l'agressivité ou la tendresse ne sont pas biologiquement associées à l'un ou l'autre sexe. Cette analyse de Mead a soulevé autant de suspicion dans la communauté anthropologique que ses travaux sur l'adolescence dont nous allons parler ci-dessous. L'école Culture and Personality n'a connu de véritable essor qu'aux États-Unis. Les questions que posent ses adeptes sont fascinantes, mais leurs réponses apparaissent souvent comme des généralisations faciles sinon abusives. Le second mari de Mead, Reo Fortune, qui se rendit avec elle chez les Arapesh, trouvait ainsi ces derniers particulièrement agressifs et violents, mais par contre, les Mundugumor, dont Mead nous dit qu'ils sont si féroces, ne l'avaient nullement impressionné (Grosskurth, 1988, p. 41 et p. 43). Cette réduction de la personnalité à quelques types culturels n'est-elle pas un appauvrissement à la fois de la culture et de la personnalité ? Il ne faut cependant pas oublier que Mead écrivait à une époque où l'anthropologie moderne en était encore à ses premiers balbutiements, et son premier mérite fut sans doute d'avoir ouvert des perspectives nouvelles de recherche.

L'adolescence aux Samoa

On retrouve la même volonté de s'attaquer aux problèmes de la société américaine dans son fameux ouvrage *Growing up in Samoa* (également repris dans Mead, 1963), dans lequel Mead a essayé de voir comment les habitants d'une île de Polynésie passaient cette période de la vie que nous appelons « adolescence » et plus spécifiquement :

> « Les troubles, dont souffre notre adolescence, sont-ils dus à la nature même de l'adolescence ou à notre civilisation ? L'adolescence, dans des conditions totalement différentes, se présente-t-elle d'une façon également différente ? » (*ibid.*, p. 373).

Au terme de son analyse de la vie des jeunes gens aux Samoa, Mead apporte une réponse à cette question :

> « La puberté ne s'accompagne d'aucun embarras, d'aucun besoin de dissimulation. Les pré-adolescents apprennent qu'une fille est devenue pubère avec autant d'insouciance

qu'ils accueillent les nouvelles selon lesquelles une femme a accouché, un bateau est arrivé d'OFU, ou un porc s'est fait écraser par un rocher : ce n'est qu'un petit potin de plus » (*ibid.*, p. 481).

Et un peu plus loin, elle conclut :

> « L'adolescence aux Samoa n'est donc en aucune façon une période de crise et de tension, mais bien au contraire une évolution calme vers la maturité. L'esprit des filles n'est pas troublé par des conflits, embarrassé d'interrogations philosophiques, obsédé d'ambitions lointaines. Vivre fille, avec de nombreux amants, aussi longtemps que possible, puis se marier, avoir beaucoup d'enfants, là se bornent les aspirations de chacune » (*ibid.*, p. 490).

La différence majeure qui existe entre les Samoa et la société américaine est l'absence de conflits et le nombre limité de choix qui caractérisent les Samoa. Une jeune fille occidentale se trouve face à une multitude de groupes fort différents les uns des autres et elle a pour modèles des individus tout aussi différents. Son père peut, par exemple, être conservateur, alcoolique, végétarien, anti-syndicaliste alors que son grand-père est un épicurien, féru de football et de bonne chère et sa tante une « féministe enragée ». Son frère aîné peut être un ingénieur qui ne pense qu'aux mathématiques, alors que le cadet s'intéresse à la religion hindoue, sa mère étant une militante pacifiste. De tels caractères peuvent composer une famille occidentale. « Notre civilisation est tissée de fils si divers que même les esprits les plus obtus en sont frappés. »

Aux Samoa, il en va tout autrement. Le père d'une jeune fille mène la même vie que son grand-père ; tous deux sont pêcheurs comme leurs ancêtres l'ont toujours été. La vie est réglée d'avance. L'adolescente n'a pas à faire de choix, ni à résoudre des conflits, et l'absence de névroses est une des conséquences de cet équilibre psychologique.

L'éducation samoane tend à estomper les différences entre individus et, par conséquent, à éliminer jalousies, rivalités et émulations. Cette comparaison, conclut Margaret Mead, doit nous servir de leçon :

> « Si nous admettons qu'il n'y a rien de fatal, rien d'irrévocable dans nos conceptions, et qu'elles sont le fruit d'une évolution longue et complexe, rien ne nous empêche d'examiner nos solutions traditionnelles une à une et, à la lumière de celles qui ont été adoptées par les autres sociétés, d'en éclairer tous les traits, d'en apprécier la valeur et, au besoin, de les trouver en défaut » (*ibid.*, p. 549).

La leçon essentielle de cette analyse est donc que, selon Mead, l'adolescence n'est pas nécessairement une période tendue et tourmentée. Deuxièmement, notre système d'éducation peut, selon Mead toujours, s'adapter aux conditions modernes et se libéraliser. En effet, Mead considère que la société américaine impose des valeurs strictes alors qu'elle offre des modèles multiples de comportement dont la plupart sont en opposition avec les valeurs apprises. Mead illustre cette contradiction par un exemple simple : si tous les enfants d'une même communauté vont se coucher à la même heure, aucun enfant ne reprochera à ses parents d'imposer le respect de cette règle. Mais un enfant contestera l'obligation que lui imposent ses parents d'aller se coucher à huit heures s'il sait que son voisin regarde la télévision jusqu'à onze heures ! Pour Mead donc (qui, rappelons-le, a publié cet ouvrage en 1928) une éducation libérale s'impose : il faut préparer les enfants aux décisions qu'ils devront prendre et leur apprendre comment penser et non quoi penser (*ibid.*, p. 560).

L'anthropologie de Mead est donc une anthropologie militante et qui, en tant que telle, souffre de nombreux défauts. Néanmoins, il faut bien souligner que Mead appartient à cette génération de penseurs qui ont contribué à l'avènement des valeurs modernes, notamment en matière d'éducation et d'égalité des sexes. Cependant, on peut reprocher à Mead d'aller chercher dans les sociétés primitives ce qu'elle a envie d'y trouver. Elle montre bien que les conflits de l'adolescence ne sont pas partout vécus comme dans notre société. Néanmoins, ayant pris la société des îles Samoa comme modèle, elle en dresse le tableau idyllique, presque rousseauiste, d'une vie équilibrée, en harmonie avec la nature. Le fait que ces sociétés sont bien plus contraignantes et bien moins tolérantes vis-à-vis de leurs membres que les nôtres ne l'effleure même pas. La règle, la coutume, la tradition s'imposent ici avec une plus grande rigueur et les sociétés primitives tolèrent sans doute bien moins facilement les « déviants ». Dans un sens, Margaret Mead aurait donc pu conclure de son analyse que la société américaine devait imposer ses valeurs avec beaucoup plus de fermeté, être plus stricte et moins libérale. C'est là, certes, une caricature, mais il n'en reste pas moins vrai que l'on peut faire dire aux sociétés primitives à peu près ce que l'on veut.

La critique de Freeman

En 1983, la bombe éclate ! Derek Freeman publie un ouvrage qui met radicalement en question la scientificité et la valeur des travaux de Mead et plus particulièrement de *Coming of Age in Samoa*. Une partie non négligeable de la société américaine est en émoi car c'est un de ses monstres sacrés, un véritable mythe, qui risque de succomber aux assauts iconoclastes de Freeman.

Selon Freeman, Mead a dressé un portrait des Samoa tout à fait superficiel et unilatéral. Elle a complètement sous-estimé la complexité de la culture, de la société et de la psychologie des gens des Samoa. Elle ne parlait pas la langue locale, résidait dans la maison d'une famille américaine et se concentra sur un groupe de vingt-cinq jeunes filles qui pourraient très bien lui avoir menti pour la taquiner. Ces déficiences méthodologiques l'ont empêchée de voir que la société des Samoa n'est pas un paradis sur terre. La vie n'y est pas « caractérisée par l'aisance », la sexualité n'y est pas permissive et l'adolescence n'est pas l'âge de l'insouciance. En bref, Freeman n'a pas retrouvé aux Samoa ces êtres bien équilibrés, cette société insouciante et douce que Mead avait décrite.

Mead a, par exemple, complètement ignoré le système d'étiquette et de hiérarchie en vigueur. Un chef reçoit obéissance de ses sujets qui n'osent même pas manger en sa présence. L'autorité est générale, les marques de respect extrêmes. La compétition entre les chefs peut souvent dégénérer en violence. Les voyageurs du XIXᵉ siècle rapportent d'ailleurs la passion locale pour les sports, la compétition et le combat. Certains parlent même de « peuple féroce » ; après l'assassinat d'un chef en 1830, mille personnes perdirent la vie et quatre cents parmi elles furent brûlées vives. En 1977, on comptait vingt-cinq meurtres pour cent mille habitants, soit un taux comparativement très élevé de mortalité. Contrairement à ce que Mead affirmait, la population des Samoa est très religieuse et le christianisme y est bien ancré.

Enfin, les remarques de Mead quant à l'éducation des enfants souffrent des mêmes insuffisances. Un enfant est, par exemple, très attaché à sa mère et se trouve très déprimé lorsqu'il en est séparé. La famille nucléaire est très forte et la discipline y est de rigueur. Un enfant doit accepter l'autorité et les châtiments sans rechigner. Les enfants de moins de cinq ans sont régulièrement battus. C'est, en outre, dans la tranche de quatorze à dix-neuf ans que l'on trouve le plus grand nombre de cas d'inculpation pour agression ou comportement violent. L'adolescence aux Samoa n'est pas une période agréable, détendue et sans problème. Le suicide est loin d'être rare et de nombreux cas concernent des adolescents. L'amour libre est aussi un mythe qui ne correspond pas à une réalité qui valorise, au contraire, la virginité ; quant au viol, on le retrouve sous des formes institutionnalisées (le viol, avec les doigts, d'une vierge endormie en vue de l'épouser) et violentes.

Contrairement à ce que certains commentateurs lui ont reproché, Freeman n'affirme pas que la société des Samoa est l'antithèse de la description de Mead. Selon lui, tout simplement, les habitants des Samoa partagent avec les autres peuples du monde une vie complexe qui n'est ni idyllique ni infernale (p. 278). Et de citer le philosophe anglais Hume qui écrivait en 1748 :

> « Si, à son retour d'un pays lointain, un voyageur nous rapportait que les hommes diffèrent complètement de tous ceux que nous connaissons ; que ces hommes ne connaissent en rien l'avarice, l'ambition ou la revanche ; qu'ils n'ont d'autre plaisir que l'amitié, la générosité et le sens du bien public, nous remarquerions tout de suite la fausseté de tels propos et nous l'accuserions de n'être qu'un menteur avec autant d'assurance que s'il avait rempli ses récits d'histoires de centaures et de dragons, de miracles et de prodiges. »

Il est pourtant étonnant qu'en pareilles circonstances, personne n'ait, avant Freeman, remis en question les assertions extravagantes de Margaret Mead. C'est sans doute parce que Margaret Mead apportait les réponses que la société occidentale voulait entendre. Elle a dressé un portrait idyllique des Samoa comme synthétisant tout ce qui est désirable pour la société américaine. L'anthropologie comme « critique culturelle » a ainsi souvent simplifié à la fois la société étudiée (idéalisée) et la société occidentale (noircie à souhait) (voir Marcus et Fisher, 1986, p. 159). De plus, les anthropologues qui ont utilisé leur savoir pour critiquer les valeurs occidentales ont isolé certains traits et en ont négligé d'autres. Les sociétés primitives ne font alors que servir d'alibi pour recommander des valeurs qui nous sont déjà chères (Needham, 1985, p. 22). Ainsi, on met en avant la solidarité, le courage, la gaieté de certaines populations mais l'intolérance, l'infanticide féminin ou le cannibalisme sont laissés dans l'ombre. Enfin, des auteurs comme J. Wilson ont mis en cause l'idée de nature humaine comme « table rase » (1995, p. 69).

Culture et raison pratique selon Marshall Sahlins

Le relativisme n'en conserva pas moins d'âpres défenseurs. Marshall Sahlins, un anthropologue américain né en 1930, s'impose comme une figure marquante de l'anthropologie contemporaine. Sahlins a étudié l'anthropologie à l'université du Michigan avec le père du néo-évolutionnisme américain, Leslie White, et il fit, très tôt, partie du cercle des néo-évolutionnistes américains qui étaient proches du marxisme. Après un long séjour à Paris, dans les années 1960, Sahlins va réorienter sa pensée et s'intéresser au structuralisme pour finalement en revenir à des conceptions qui ne sont pas tellement éloignées du culturalisme américain.

L'arbitraire du signe

Dans *Culture et raison pratique*, en effet, Marshall Sahlins en revient à la question du conflit entre les « contraintes de l'esprit » et l'activité pratique : le problème est pour lui de savoir si l'ordre culturel doit être conçu comme la codification de l'action intentionnelle de l'homme ou bien si, au contraire, l'action de l'homme dans le monde doit être comprise comme étant médiatisée par un projet culturel qui ordonne l'expérience pratique et la pratique coutumière (*ibid.*, p. 77). Deux logiques s'opposent : une logique objective de l'avantage pratique et une logique signifiante du schéma conceptuel. Les réponses des ethnologues à cette question ont grandement varié.

Sahlins, quant à lui, souligne que le caractère arbitraire du symbole est la condition indicative de la culture humaine : « sheep » n'a rien à voir avec le mouton. Un mot est rattachable non pas seulement au monde extérieur, mais surtout à sa place dans le langage qui est un système de différences. Les différences de valeur linguistique réalisent un découpage, ainsi la culture est une nouvelle sorte d'objet, créé par l'homme. Il existe une énorme disparité entre la richesse et la complexité des faits culturels et les conceptions simplistes de l'ánthropologie à propos de leur vertu utilitaire. Kroeber, une autre grande figure de l'anthropologie américaine, avait déjà fait remarquer que la question de savoir pourquoi les Yuroks ne mangent pas dans une pirogue qui se trouve au milieu de l'océan ne peut pas trouver de réponse utilitaire. Ce n'est pas une question du même ordre que « À quoi sert un filet de pêche ? ».

Selon Sahlins, il faut commencer par rejeter l'utilitarisme, car le projet rationnel et objectif n'est jamais le seul possible. Même dans des conditions matérielles semblables, les ordres culturels peuvent être tout à fait dissemblables. Certes toutes les sociétés doivent construire des maisons et produire des biens, mais les hommes ne font pas que survivre. Ils survivent d'une façon particulière, ils se reproduisent en tant qu'hommes et femmes, classes et groupes sociaux et non en tant qu'organismes biologiques. La production n'est pas une logique pratique d'efficacité matérielle, c'est une intention culturelle. La signification sociale d'un objet, celle-là même qui le rend utile à certaines catégories de personnes, ne découle pas plus de ses propriétés physiques que de la valeur pouvant lui être attribuée dans l'échange. Ainsi, ce qui donne un caractère masculin au pantalon et un caractère féminin aux jupes n'a pas de rapport nécessaire avec les propriétés physiques de ces objets. C'est en relation avec le système symbolique que les pantalons sont produits pour les hommes et les jupes pour les femmes. « Les objets, les choses, n'ont une existence dans la société humaine que par la signification que les hommes peuvent leur donner. »

C'est aussi la culture qui détermine la production dans l'alimentation : ainsi dans la culture américaine, la viande occupe une place fondamentale, un plat de viande est central. Le chien et le cheval, pourtant, y sont tabous alors qu'ils sont aussi parfaitement comestibles et nutritifs. En 1973, lors de la crise alimentaire, on a émis l'idée qu'il serait possible de manger des morceaux de viande moins chers dont, par exemple, le cheval. Les réactions furent horrifiées. La presse affirma que l'abattage des chevaux à des fins de consommation humaine est une chose scandaleuse. Les chevaux, y lisait-on, on doit les monter et les aimer. On leur témoigne de l'affection alors que les bovins qui sont élevés pour fournir de la viande de bœuf, on ne les a jamais caressés ni brossés. On peut alors distinguer deux classes d'animaux :

– la classe comestible (bœuf, porc) ;
– la classe non comestible (chevaux, chiens).

À l'intérieur de chaque classe, il y a une préférence : le bœuf est le plus apprécié, le chien fait l'objet du tabou le plus fort. Chevaux et chiens ont des noms personnels et vivent comme des sujets dans la société américaine. Les chiens sont plus proches des hommes, ils sont de la famille. Les chevaux sont plus proches des domestiques. L'idée de manger du chien est alors proche du tabou de l'inceste.

Généralement, la comestibilité est en rapport inverse avec la nature humaine. Cette logique symbolique qui préside au classement des animaux prévaut également sur la répartition et la valeur des morceaux de viande. Du bifteck aux tripes, il y a, à l'intérieur de l'animal, une reproduction de l'opposition comestible/non comestible. Il ne s'agit pas là d'une logique nutritive, mais d'une logique symbolique. Ainsi il y a beaucoup plus de bifteck dans un bœuf que de langue, pourtant le bifteck est beaucoup plus cher.

Le système vestimentaire américain n'est de même pas purement utilitaire, mais il s'inscrit, lui aussi, dans un système complexe de catégories culturelles. Ce système fonctionne comme une espèce de syntaxe, un ensemble de règles qui permettent de combiner des classes. Un habit est porté par les hommes ou par les femmes, la nuit ou le jour, à la maison ou en public, par des adultes ou des adolescents. Le système vestimentaire reproduit un schéma de classification : en confectionnant des vêtements de coupe, de ligne ou de couleur distinctes, nous reproduisons la distinction entre masculinité et féminité. Autrement dit, les catégories de masculin et de féminin précèdent la création du vêtement. De même, les différenciations de l'espace culturel entraînent des distinctions ville/campagne, ville/faubourg, public/domestique. Si une femme fait ses courses, elle peut rehausser sa tenue domestique par quelques bijoux, surtout si elle fait ses courses en ville plutôt que dans le quartier. De même, nous substantialisons, dans l'habillement, les évolutions culturelles fondamentales du temps (jour, saison, semaine…) ; les habits de la semaine sont aux habits du dimanche ce que le séculier est au profane. Les couleurs pâles sont associées à la haute société, les couleurs vives aux classes populaires.

Sahlins refuse de considérer que le culturel puisse n'être que la variable dépendante d'une logique pratique inéluctable. Bien au contraire, les forces matérielles sont déterminées par l'interprétation d'un ordre culturel. La force peut être significative, mais la signification est toujours symbolique. Chez Marx, dit-il, le processus matériel est factuel et indépendant de la volonté de l'homme : cette conception l'empêche de voir que les finalités et les modalités de la production relèvent du modèle culturel. Les besoins matériels ne peuvent pas expliquer pourquoi on produit des pantalons, les forces matérielles considérées isolément n'ont pas de vie propre. Une production industrielle en soi n'a pas de sens. La nature rigoureusement séparée de l'homme n'existe pas pour l'homme.

La mort du capitaine Cook

On voit donc bien comment Sahlins réifie la culture aux dépens d'autres formes de détermination. Dans un petit ouvrage intitulé *The Use and Abuse of Biology*, il propose une vive critique de la sociobiologie qui connut une certaine vogue à la fin des années 1970, notamment avec des auteurs comme Edward Wilson. Selon ce dernier, l'organisation sociale n'échappe pas au processus général de l'évolution biologique ; plus particulièrement, il affirme que l'esprit humain fonctionne essentiellement comme moyen de répondre aux besoins biologiques (1978, p. 2) et dès lors qu'il est génétiquement déterminé (*ibid.*, p. 19). Les différences culturelles, selon Wilson encore, sont des manifestations secondaires qui ne mettent nullement en cause le fait que les institutions fondamentales élaborées par l'homme sont les conséquences des impératifs biologiques de la nature humaine. Toutes les sociétés partagent ces contraintes et le rôle du sociobiologiste est de mettre au jour ces dernières. Ainsi, la prédisposition aux croyances religieuses est une force puissante de l'esprit humain que l'on peut considérer comme un élément fondamental de la nature humaine (*ibid.*, p. 176). Dans le petit livre mentionné plus haut, Sahlins s'attaque aux arguments des sociobiologistes en refusant ce déterminisme biologique. Il met en avant, à l'inverse, la force de la culture qui ne s'inscrit pas en continuité de la nature (1977, p. 12). Non sans une certaine perspicacité, Wilson avait écrit que le marxisme, c'était la sociobiologie sans la biologie (1978, p. 199) : après s'en être pris au marxisme, c'est tout naturellement que Sahlins lançait une offensive contre la sociobiologie qui ne souleva qu'un intérêt très limité parmi les ethnologues.

Discrètement, Sahlins rentrait ainsi dans le rang des culturalistes américains et défendait de plus en plus une position relativiste très éloignée de ses œuvres du début.

C'est sur ce terrain qu'il va d'ailleurs se faire attaquer à son tour par un ethnologue d'origine cinghalaise, Gananath Obeyesekere. Marshall Sahlins se trouva ainsi plongé, sans doute malgré lui, au centre d'une polémique qui a fait couler beaucoup d'encre dans le monde anthropologique. Tout a commencé par la publication de son ouvrage d'ethnohistoire intitulé *Islands of History* (1985) dans lequel Sahlins réfute l'opposition classique entre structure et histoire, voire encore entre structure et événement. Un événement, dit-il, n'est pas simplement quelque chose qui arrive, fortuitement et sans aucune forme de signification : il s'inscrit lui-même dans un système symbolique. Les événements ou les faits historiques ne peuvent pas être compris en dehors des significations que leur attribuent les acteurs (1985, p. 154). Or ces significations varient selon les cultures et un même événement n'est pas interprété de la même façon lorsqu'il met en présence des membres de cultures très différentes.

Autrement dit, la rencontre de deux cultures est aussi celle de l'affrontement de deux systèmes symboliques. Ce hiatus explique, selon Sahlins, les tragiques événements qui marquèrent la fin du capitaine Cook. En décembre 1778, les deux bateaux commandés par James Cook revinrent mouiller l'ancre aux îles Hawaï où ils avaient été quelques mois auparavant. Si les marins, y compris Cook lui-même, appréciaient le *kava*, l'alcool local, les femmes avaient été interdites à bord par un ordre du capitaine qui souhaitait éviter ainsi la propagation de maladies vénériennes. Dans la baie de Kealakekua, Cook fut reçu de façon somptueuse par les prêtres et les autorités hawaïens. En réalité, les prêtres hawaïens avaient interprété le retour de Cook comme celui du dieu Lono qui venait assurer la fertilité de la terre. Des offrandes furent présentées à Cook et les femmes indigènes s'offrirent aux marins comme on s'offre au dieu de la fertilité. Sans que les Britanniques comprissent pourquoi, la vénération envers un dieu se mua vite en une certaine hostilité.

Toujours est-il qu'après une certaine tension, Cook fut mis à mort par ceux-là mêmes qui le vénéraient. On peut voir dans cet acte une illustration de la nécessité frazérienne de tuer son dieu.

Sans vouloir s'en prendre aux arguments essentiels du livre de Sahlins, Obeyesekere considère qu'un point de l'argumentation mérite d'être discuté. Il s'interroge, en effet, sur la question de savoir si les Hawaïens ont réellement pris le capitaine Cook pour le dieu Lono. Obeyesekere, on l'aura compris, ne le pense pas et il va, dès lors, examiner la question en détail pour finir par publier un ouvrage intitulé *The Apotheosis of Captain Cook*. La question que pose Obeyesekere n'est pas mineure car, à travers elle, c'est une certaine conception de l'anthropologie qui est visée. En effet, souligne Obeyesekere, en acceptant sans sourciller l'idée que les Hawaïens ont réellement pris Cook pour le dieu Lono, Sahlins reprend à son compte les vieux préjugés occidentaux selon lesquels les indigènes sont irrationnels. La croyance en la divinité de Cook est un mythe, mais non pas un mythe indigène : c'est un mythe occidental sur la manière de concevoir l'autre. Le fait d'être originaire d'une ancienne colonie, le Sri Lanka, rend Obeyesekere plus suspicieux à l'égard de tels mythes : dans le passé de l'île, nous dit-il, il ne voit pas de trace d'une espèce de divinisation des Européens et il se demande pourquoi d'autres indigènes auraient pu penser ainsi. Il avance alors l'hypothèse que cette idée de divinisation de l'Européen est un mythe créé par les colonisateurs. En fin de compte, ce ne sont pas les indigènes qui croient ces choses, mais les Européens eux-mêmes qui projettent en quelque sorte leur sentiment de supériorité dans la mentalité des indigènes. L'histoire des conquêtes regorge, en effet, d'exemples de conquérants comme Colomb ou Cortès qui auraient été, eux aussi, pris pour des dieux. C'est pour cela que l'on peut parler d'un mythe inventé par l'Europe (Obeyesekere 1997, p. 10). Selon Obeyesekere, la position de Sahlins découle des insuffisances du relativisme culturel qui, en glorifiant la différence, en vient à dépeindre les Hawaïens comme des sauvages qui ne pensent pas comme les Européens (*ibid.*, p. 233). Obeyesekere ne se contente pas d'émettre cette hypothèse de la mythification de Cook par les Européens eux-mêmes. Il passa un temps considérable à analyser les données historiques mises à notre disposition et publia un gros livre, formidablement détaillé, dans lequel il tente de démontrer son hypothèse.

De nombreux faits sont avancés pour soutenir que les Hawaïens ne croyaient pas vraiment que Cook était un dieu. Ce n'est donc pas cette croyance qui explique la mort tragique de Cook. L'affirmation selon laquelle les Hawaïens « croient » que Cook était le dieu Lono mérite à elle seule une discussion critique dont Sahlins fait l'économie. Obeyesekere souligne qu'en tant qu'originaire du Sri Lanka, il est mieux équipé pour penser ces choses : dans cette région d'Asie du Sud, par exemple, on affirme souvent qu'un roi est l'incarnation de Shiva. Une telle affirmation, cependant, ne signifie pas que le roi est vraiment Shiva et elle prend, pour les indigènes, des significations diverses selon le contexte (1997, p. 21). Ces remarques sont importantes car elles fondent le débat qui, en fin de compte, revient à savoir si les Hawaïens croyaient vraiment en la divinité de Cook : si tel était le cas, se demande Obeyesekere, pourquoi Cook fut-il contraint de se prosterner devant la statue du dieu Ku ? Un dieu ne doit pas se prosterner devant un autre dieu (*ibid.*, p. 64). Lono était, de plus, un titre qui était donné à beaucoup de chefs, autrement dit c'était une espèce de titre assez fréquemment utilisé (*ibid.*, p. 75), et les chefs hawaïens sont invoqués comme ayant des qualités divines (*ibid.*, p. 86). De même, il est usuel d'appeler un homme par les événements qui marquent sa visite et précisément lors du retour du capitaine Cook les Hawaïens célébraient une fête en l'honneur du dieu Lono (*ibid.*, p. 96). Obeyesekere pense alors qu'il n'y a pas eu de méprise irrationnelle, mais que, plus prosaïquement, Cook fut mis à mort soudainement, à la suite d'une querelle avec les chefs locaux : après l'avoir tué, ces derniers découpèrent la dépouille et se la partagèrent, ainsi qu'il est fait pour les chefs de haut rang.

C'est à coups d'ouvrages savants que se poursuivit le débat entre Sahlins et Obeyesekere. La réponse de Sahlins prit, en effet, la forme d'un nouveau livre, intitulé *How « Natives » Think* (1995), auquel Obeyesekere répondra par une longue postface dans la nouvelle édition de son ouvrage (1997). La discussion prit une tournure très technique due à l'abondance de détails qui rendent le lecteur quelque peu perplexe. Les deux protagonistes utilisant un corpus historique semblable, leur désaccord porte principalement sur l'interprétation que méritent ces données. L'enjeu ne résume pas à une querelle de théologiens sur le sexe des anges. Il concerne, en dernière analyse, la capacité de l'ethnologie à représenter « le point de vue de l'indigène » au sens où l'entendait Malinowski. Le discours de l'ethnologue peut-il prétendre à une certaine objectivité ou est-il, au contraire, marqué par ses conditions de production ? Le fait de provenir d'une société colonisée confère-t-il à Obeyesekere un avantage sur un anthropologue américain ? Une autre interrogation fondamentale est également soulevée dans ce débat, à savoir la question de la rationalité, de la mentalité et de la différence entre « eux » et « nous ». Obeyesekere rejette cette différence qui est, selon lui, le fruit d'un mythe occidental et il souligne, à l'inverse, que les indigènes agissent en référence à une « rationalité pratique » (1997, p. 19). À ce propos, Sahlins note l'ambiguïté de la position d'Obeyesekere qui prétend que sa qualité d'indigène lui confère une supériorité interprétative, mais qui, dans le même temps, refuse aux indigènes une interprétation spécifique : on a ainsi affaire à une drôle de situation qui oppose l'indigène universaliste et rationnel à l'Occidental relativiste (Geertz, 2000, p. 106) !

Dans un style caractéristique, Geertz a récemment pris position dans cette affaire. Il regrette les arguments *ad hominem* et la guerre de détails que seuls des avocats peuvent apprécier (*ibid.*, p. 102), mais il synthétise bien les enjeux lorsqu'il écrit qu'une bonne part du débat revient à se demander ce qu'il faut faire des croyances qui peuvent paraître irrationnelles. On ne sera sans doute pas surpris d'apprendre que Geertz, grand défenseur du relativisme, trouve les arguments de Sahlins plus convaincants, mais il ne motive pas vraiment son point de vue et nous laisse imaginer qu'il s'agit de rester fidèle à lui-même et à son œuvre. Il n'y a, en effet, pas de solution définitive à cette polémique (Kuper, 1999, p. 197) et chacun y trouvera sans doute des arguments pour continuer de soutenir ses propres positions.

Geertz et l'approche herméneutique

L'ethnologue américain Clifford Geertz (1926-2006) est, sans conteste, une figure marquante de l'anthropologie contemporaine. À l'instar des autres grands ethnologues, il a su allier une riche pratique ethnographique, en Indonésie et au Maroc principalement, à une réflexion théorique profonde. Au cours des dernières années, de surcroît, Geertz a été considéré comme un précurseur de la critique postmoderne en ethnologie. Pourtant les travaux mêmes de Geertz ne reflètent que très mal les fondements de la postmodernité et lui-même n'a jamais renié la démarche ethnographique en tant que telle. Il nous semble donc préférable de voir en lui l'héritier d'une tradition herméneutique qui consiste à « lire » les cultures comme si elles étaient des textes. Le culturalisme devient ici « textualisme », mais il n'en conserve pas moins cette idée fondatrice selon laquelle chaque culture est un monde en soi.

En 1970, Clifford Geertz sera invité à mettre sur pied un département de sciences sociales au très prestigieux Institute for Advanced Studies de l'université de Princeton auquel il est toujours attaché aujourd'hui. Geertz a connu tous les honneurs de la vie académique et jouit encore d'un grand prestige intellectuel. Celui-ci est, pour une bonne part, dû à ses écrits. Parmi ceux-ci on trouve de nombreux livres dont certains, plus ethnographiques, concernent l'Indonésie (*The Religion of Java*, *Peddlers and Kings* ou *Agricultural Involution*), le Maroc (principalement *Islam observed*) et enfin des travaux plus théoriques dont *The Interpretation of Cultures*, *Local Knowledge* et *Works and Lives*. Plus récemment, il a publié un ouvrage qui comprend des éléments autobiographiques, *After the facts* et un recueil d'articles intitulé *Available Lights*.

La notion de texte, centrale chez Geertz, n'est sans doute pas sans lien avec celle d'idéal-type, mais elle a, en tous les cas, un lien avec la conception wébérienne de la société comme « réseau de signification » (*web of significance*) (1973, p. 5). Bien qu'il n'ait pas exprimé les choses de cette manière, la notion de texte prend, chez lui, un double sens : d'une part, la réalité peut être conçue ou lue comme un texte, c'est-à-dire qu'elle existe en tant qu'ensemble d'idées cohérentes émises par les acteurs. Dans une deuxième phase, l'ethnologue reconstruit lui-même ses propres textes qui n'entretiennent avec la réalité elle-même que des rapports plus ou moins éloignés. Dans cette seconde acception, la notion de « texte » n'est sans doute pas très éloignée de celle d'idéal-type.

À l'instar d'Evans-Pritchard, auquel il se réfère peu, Geertz rejette une conception positiviste de l'ethnologie à laquelle il confie plutôt une vocation interprétative. Alors qu'Evans-Pritchard ne tira pas vraiment les conséquences de cette insistance sur l'interprétation, Geertz va, au contraire, en faire le centre de son anthropologie (Barnard, 2000, p. 162). Un de ses textes les plus célèbres, « Thick Description » (voir

Geertz, 1993), a pour sous-titre « Toward an interpretative theory of culture ». On peut considérer cet article comme une espèce de programme scientifique. Notons d'emblée qu'il s'inscrit davantage dans une perspective wébérienne et qu'il ne s'agit pas d'une prise de position postmoderne : Geertz parle bien d'une « théorie » de la culture ; théorie interprétative, certes, mais théorie tout de même. Le rejet du positivisme, comme chez Evans-Pritchard, ne s'accompagne pas, chez lui, d'une forme d'anarchisme épistémologique propre à certains. On peut toutefois penser que Geertz en a semé les graines ou, en tout cas, que ses positions ont elles-mêmes reçu une « interprétation » postmoderne de la part de certains. Mais Geertz continue fondamentalement de croire à la possibilité d'une ethnologie et même d'une théorie de la culture ; il n'a d'ailleurs jamais soumis ses propres travaux à une critique radicale.

En rejetant le positivisme dur qui croit pouvoir trouver la clé de l'univers, Geertz exprime au fond le point de vue de beaucoup d'ethnologues qui sont, depuis longtemps, plutôt sceptiques face à la possibilité d'une théorie générale et positive de la société. Geertz s'écarte aussi des positions durkheimiennes et malinowskiennes de la société. Il rejette, en effet, l'idée qu'il existe des faits sociaux s'offrant à l'observation de façon immédiate. Sa conception du monde est plutôt idéaliste et il considère la société comme un ensemble symbolique. Le monde est une sorte de livre et l'ethnologue est celui qui vient le lire par-dessus l'épaule des acteurs pour reconstruire, par la suite, son propre texte. Les faits n'existent donc pas en dehors des significations que leur confèrent les acteurs sociaux. Un geste aussi anodin que le clin d'œil ne peut être compris sans faire référence aux significations qu'il peut prendre selon les circonstances. Il y a un code qui permet de comprendre le sens du clin d'œil, par exemple, la volonté de transmettre discrètement un message. Dans un autre cas, un garçon cligne de l'œil pour se moquer du précédent : ici aussi, il y a un code et nous sommes capables d'interpréter ces significations selon les circonstances.

D'un point de vue purement objectif, un clin d'œil n'est pourtant qu'un abaissement de paupière ; autrement dit, en dehors des significations que leur confèrent les gens, de tels « faits » sont parfaitement triviaux. La tâche de l'ethnologue est alors de reconstruire ces toiles de significations que constitue une culture. Geertz reprend bien à son compte la notion de culture en la ramenant à un ensemble symbolique, mais un ensemble tout de même. De ce point de vue, il s'inscrit bien dans la lignée de l'anthropologie américaine qui, depuis Boas, a tendance à considérer les cultures comme des ensembles cohérents et relativement fermés. La culture est, pour lui, perçue comme un texte, c'est-à-dire un ensemble de signes, dont l'ethnologue tâche de découvrir le sens. Il reconstruit alors ce dernier dans son propre texte que Geertz appelle une « description dense[1] » (*thick description*) : l'ethnographie a donc pour objet de reconstruire ces réseaux de significations. Faire de l'ethnographie, c'est essayer de lire un manuscrit rempli d'incohérences, de commentaires tendancieux, d'ellipses. La culture est comme un document mis en scène. C'est un ensemble d'idées, mais qui ne se trouve dans la tête d'aucune personne en particulier. Bien qu'elle soit immatérielle, elle n'est pas non plus une entité occulte et il doit être possible de la reconstruire (1973, p. 10). Le terme de « description » peut paraître étrange dans ce contexte car il laisse supposer une représentation factuelle et immédiate de la réalité. N'aurait-il pas mieux valu parler de « *thick interpretation* » ? On peut se demander si Geertz n'a pas, malgré tout, voulu signifier par là que la connaissance

---

1. La traduction de *thick description* n'est pas aisée. Nous avons choisi « dense » plutôt qu'« épais » qui peut prendre une connotation péjorative. Pourtant cela est vrai en anglais également, et c'est donc en connaissance de cause que Geertz a repris cette formule avec l'adjectif *thick* plutôt que *dense* ou *deep*.

du monde restait néanmoins possible et, en fin de compte, il n'est pas en rupture absolue avec une espèce de positivisme. Il estime d'ailleurs que l'analyse anthropologique ajoute de la profondeur et du réalisme, par exemple par rapport à l'analyse économique (1963b, p. 143).

On voit bien, en effet, qu'il existe, selon Geertz, une réalité qui est déjà là et qui peut être saisie et comprise. Il va plus loin encore lorsqu'il affirme qu'il existe même une cohérence qui peut être découverte. On retrouve ici le relativisme wébérien qui recherche des rationalités spécifiques. En parlant de son ethnographie marocaine, Geertz dira : plus on l'étudie et plus la culture marocaine apparaît comme cohérente, mais aussi comme spécifique. La rationalité ne se départit donc pas de la singularité. Le but de l'anthropologue est d'être capable de voir les choses du point de vue de l'acteur (*ibid.*, p. 14). Ce qu'il appelle dans un étrange mélange d'allemand et d'anglais une *verstehen approach*, reprend, au fond, ce que Malinowski, sans avoir réfléchi sur les conséquences épistémologiques d'une telle proposition, appelait « saisir le point de vue de l'indigène ». Geertz continue d'ailleurs de considérer l'ethnographie comme un discours sur l'autre : l'ethnologue ne souhaite jamais devenir un indigène, il ne fait jamais partie de la réalité qu'il décrit.

L'ethnologue ne reproduit cependant pas la réalité telle qu'elle est. Celle-ci n'est d'ailleurs pas accessible comme telle à notre entendement. Les textes que construit l'ethnologue sont des espèces de fiction (*ibid.*, p. 15). On peut penser que Geertz utilise le terme de fiction dans un sens métaphorique : les textes ethnographiques, dit-il, sont des « choses faites », « quelque chose de façonné », et c'est dans ce sens que l'on peut parler de fiction. Geertz reprend cette idée dans *Works and Lives*, une œuvre riche et complexe, sans doute un ouvrage majeur des dernières décennies. Ainsi que nous le verrons plus loin, Geertz y considère que les productions anthropologiques sont toujours marquées par leur auteur, elles sont le produit d'un écrivain (1989b, p. 7).

Est-ce à dire qu'elles ne sont guère plus que des espèces de romans ? À notre sens, Geertz ne va pas jusque-là, mais c'est sans doute ainsi que sera interprétée sa position par bon nombre de chercheurs se réclamant de ce qu'il est convenu d'appeler le courant postmoderne. James Clifford, par exemple, affirme que les textes ethnographiques sont des allégories (1986b, p. 109), autrement dit une narration métaphorique qui s'oppose au réalisme ; il parle de « fictions culturelles » (1988, p. 97) et de « *partial truths* », c'est-à-dire de vérités « partiales » ou « partielles » (1986a, p. 7). L'enjeu n'est pas aussi futile qu'il pourrait paraître car c'est évidemment la réalité même de l'anthropologie qui est ainsi posée. Si les comptes rendus ethnographiques ne valent guère mieux que des romans dans la relation qu'ils entretiennent avec la réalité, alors cette discipline n'a plus guère de raison d'exister.

Répondant à un critique qui l'associe à cette critique postmoderne, Geertz remet l'église au milieu du village anthropologique et tient ces propos pour le moins surprenants : « Je ne crois pas que l'anthropologie n'est pas et ne peut pas être une science, que les ethnographies sont des romans, des poèmes, des rêves ou des visions, que la fiabilité de la connaissance anthropologique constitue un intérêt secondaire et que la valeur des écrits anthropologiques provient seulement de leur force de persuasion » (1990, p. 274). Il me semble alors plus correct de replacer l'anthropologue américain dans la tradition wébérienne, ainsi qu'il l'a lui-même revendiqué. La rupture avec le positivisme comtien ne conduit pas nécessairement à l'hyperrelativisme épistémologique. L'espoir d'une scientificité dans les sciences sociales, notent Paul Rabinow et William Sullivan (1979, p. 4), ressemble en fin de compte à un culte cargo, c'est-à-dire à l'attente quasi mystique d'un salut qui n'arrivera jamais.

Il est assez étrange de constater que les ethnologues, toujours si prompts à critiquer leur propre savoir, sont relativement peu diserts sur leur méthode. Les critiques

contemporaines de l'anthropologie qui prétendent viser
l'ethnographie ne s'adressent en réalité qu'aux produits de
celles-ci. Les techniques de collecte des données en tant que
telles ne sont guère discutées, probablement parce qu'elles ne
sont pas exposées. Il est sans doute remarquable de constater
qu'une figure emblématique comme Geertz, qui brille autant
par la qualité de ses travaux ethnographiques que par ses
réflexions sur la discipline, ne se soit guère prononcé sur la
méthode proprement dite. En particulier, il ne nous dit pas
grand-chose de ses propres méthodes d'enquête ; ce silence
ne nous surprend pas vraiment car il demeure la norme en
anthropologie où l'alchimie de terrain, capable de transformer
l'expérience en connaissance, demeure largement secrète.
Le fameux texte consacré au combat de coqs à Bali est
construit de façon subtile. Ce texte met remarquablement
en scène les ethnologues que l'on voit courir, poursuivis
par la police. Cette fuite désespérée brise le mur de silence
qui les tenait séparés des indigènes et l'enquête peut, dès
lors, commencer. Cette mise en scène, très visuelle, des
ethnologues, frappe l'imagination du lecteur, mais elle ne
contient pourtant aucun élément nous permettant de saisir
la manière dont les enquêteurs opérèrent pour finalement
produire un texte aussi brillant. Tout se passe comme si,
pour paraphraser le discours de Geertz, il suffisait d'« être
lˆ ». Il nous donne l'impression que cette confiance gagnée
garantit la qualité de ses données (Watson, 1989, p. 24) qui
couleront alors quasiment de source.

« Il y a déjà suffisamment de principes généraux de par
le monde », déplore l'anthropologue américain dans *Savoir
local, Savoir global* (1986b, p. 10). Il propose alors une
méthode inductive, qui ne dépende pas d'une théorie générale des faits sociaux : « La science doit plus à la machine
à vapeur que la machine à vapeur ne doit à la science »,
poursuit-il (*ibid.*, p. 30), tout en ajoutant que « sans l'art
du teinturier, il n'y aurait pas de chimie ». Ces espèces
d'aphorismes, dont Geertz est friand, peuvent s'interpréter

d'une double manière : comme on vient de le dire, il s'agit d'une façon de se montrer sceptique vis-à-vis des théories générales, d'une science globale. Mais, dans le même temps et plus positivement, Geertz énonce aussi les conditions d'un savoir scientifique. On notera d'ailleurs qu'il n'abandonne pas l'idée d'une « science » et toutes ses études consistent précisément en la formulation de généralités. Celles-ci ne valent, selon lui, que pour des cultures spécifiques, mais il s'agit néanmoins de formulations générales qui, à l'instar du culturalisme, réduisent une diversité particulière à des grandes idées générales. Bien qu'elles soient nettement plus sophistiquées, ses études ne sont pas, sur ce point, tellement éloignées des travaux de Mead ou de Benedict. Geertz est d'ailleurs coutumier de comparaisons à l'emporte-pièce : dans *Islam observed*, par exemple, il oppose ainsi l'islam marocain à l'islam indonésien alors que dans *Agricultural Involution*, il distingue deux types d'écosystème en Indonésie. Chez Geertz toutefois, ces formulations généralisantes ne concernent qu'une culture spécifique. Pour lui, l'anthropologie est d'abord l'ethnographie (Pals, 1996, p. 236) et celle-ci ne mène pas à une théorie générale (*ibid.*, p. 258) : « Sitôt que je quitte l'immédiateté de la vie sociale, je me sens mal à l'aise », avouera-t-il (cité par A. Kuper, 1999, p. 76). Il reconnaît, bien sûr, que la démarche microsociale de l'ethnographie ne permet pas de comprendre l'ensemble d'une culture à partir de l'étude d'un village ; il serait absurde de vouloir réduire l'Amérique à Jonesville, mais nos approches particulières n'en contribuent pas moins à l'édification d'un savoir plus global (1986b, p. vi). Les anthropologues sont les miniaturistes des sciences sociales : ils espèrent trouver dans le petit ce qui leur échappe dans le grand (*ibid.*, p. 2).

L'attachement de Geertz au relativisme culturel peut paraître étrange : il est davantage « anti-anti-relativiste » que relativiste s'il faut en croire le titre d'un article fameux, republié récemment dans *Available Light*. Comme nous venons de le voir, le relativisme de Geertz tient davantage de celui de Mead que des positions radicales d'un Feyerabend. Les mérites du relativisme, selon lui, résident dans l'affirmation que les vérités morales sont culturellement déterminées et l'anthropologie nous a ainsi montré que le monde n'est pas simplement divisé entre la piété et la superstition (2000, p. 65). Ce relativisme ne s'étend toutefois pas à notre mode de connaissance puisque, dans le même temps, Geertz réaffirme qu'il a des fortes convictions sur ce qui est réel et ce qui ne l'est pas. Il rejette donc le nihilisme auquel on peut associer une forme dure de relativisme et il continue de penser qu'une approche scientifique des phénomènes sociaux est possible.

En bref, d'aucuns ont souligné l'ambiguïté de Geertz : il réaffirme sa conviction que l'anthropologie doit être une science, mais, dans le même temps, il semble prononcer la mort d'une science anthropologique en refusant toute théorie générale. Il y a bien, selon lui, « des » vérités, mais ces vérités restent culturelles, c'est-à-dire qu'elles sont toujours relatives à un contexte qui leur donne un sens. On notera enfin l'importance de la notion même de « système » dans l'œuvre de Geertz : comme nous le verrons ci-dessous à propos de la religion, il transforme aisément les données en ensembles cohérents, articulés et finalement intelligibles.

S'il rejette l'ambition positiviste d'un structuro-fonctionnaliste tel que Radcliffe-Brown, Geertz partage avec lui cette quête de la cohérence : certes, à la cohérence de la structure sociale, il préfère celle des « systèmes symboliques », mais, dans les deux cas, on privilégie des ensembles – tantôt sociaux, tantôt culturels – fixes et insensibles au temps (Thomas, 1998, p. 46). Geertz propose ainsi un prince javanais du XVIe siècle et un saint marocain du XVIIe siècle pour typifier deux cultures et les opposer (Thomas, 1996, p. 90). On retrouve, sous une forme un peu plus sophistiquée, l'influence de Ruth Benedict. Geertz est bien l'héritier de cette tradition scientifique américaine dont Amselle nous dit qu'elle contient immanquablement une espèce de fondamentalisme (Amselle, 1999, p. 62).

L'avènement du relativisme

Les mérites de l'école Culture et Personnalité ne sont plus à démontrer. On appréciera, en effet, les thèmes nouveaux de recherche et l'accent placé sur l'individu, la socialisation, l'enfance et enfin les caractères nationaux, qui ouvraient des perspectives nouvelles. Ce n'est pas un hasard non plus si les principaux auteurs de ce courant ont exercé une influence aussi considérable sur la pensée du XXᵉ siècle qui s'est clos sur l'avènement du relativisme culturel.

Pourtant, en dépit de leur intérêt, tous les présupposés du culturalisme méritent d'être discutés. Le premier problème tient sans nul doute dans le postulat culturaliste d'unités discrètes et tout à fait séparées les unes des autres. La notion de culture est bien plus problématique que ne l'affirment les culturalistes. De plus, au sein d'un même « groupe », il existe une multitude de personnalités et de nombreuses sous-cultures, dont la différence homme/femme n'est pas la moindre. De surcroît, la caractérisation d'une personnalité type est souvent imprécise, superficielle ou simplifiée à l'extrême en ignorant les exemples contraires. L'unité culturelle de base n'est pas facilement isolable : est-ce une tribu, une ethnie, une nation ?

Enfin, le type de « causalité » développé par cette école est souvent « circulaire », l'effet étant pris pour la cause : un comportement agressif est considéré comme un symptôme de l'agressivité de base qui produit elle-même un comportement agressif. Les prisonniers japonais s'adaptent facilement à une situation parce que leur caractère est situationnel, le régime hitlérien est autoritaire parce que les Allemands sont autoritaires ; l'explication tend donc à être passablement tautologique (voir Bock, 1988, p. 89 et Kaplan et Manners, 1972, p. 136). Cette critique s'adresse surtout aux culturalistes originels et ne concerne que moyennement des auteurs tels que Geertz et Sahlins. Cependant ceux-ci continuent, eux aussi, de proposer une vision holistique et statique de la culture.

5

Le fonctionnalisme britannique

Au tournant du XIXe et du XXe siècle, les chercheurs se satisfont de moins en moins des généralisations abusives de l'évolutionnisme. On voit alors apparaître une génération intermédiaire d'anthropologues qui rompent avec le passé spéculatif et encouragent les recherches empiriques. Parmi eux, on trouve des personnalités influentes comme Alfred Haddon, William Rivers et Charles Gabriel Seligman qui ont tous une expérience de terrain dont on ne peut pas dire qu'elle soit négligeable. Contrairement à leurs prédécesseurs, ils sont souvent issus des sciences de la nature et entendent soumettre leurs théories à la vérification. Ils vont donc contribuer très fortement à la constitution d'une discipline nettement plus empirique et, dès lors, plus « scientifique » (voir Haddon, 1934, p. 143). L'introduction à l'étude des Todas, par Rivers (1986), témoigne d'une même volonté et constitue sans doute le premier exposé des méthodes de recherche en anthropologie. Cette démarche pionnière illustre bien la transformation profonde de l'anthropologie en une discipline positive, véritablement scientifique, c'est-à-dire visant à l'établissement de lois générales à partir de l'observation des faits sociaux. La réalisation la plus achevée de cette transformation se fera en Grande-Bretagne au sein de ce qu'il est convenu d'appeler l'école fonctionnaliste.

C'est donc une ère nouvelle qui commence au début du XXe siècle avec un jeune chercheur d'origine polonaise

Bronislaw Malinowski, étudiant de Seligman à Londres, et Alfred-Reginald Radcliffe-Brown qui étudia avec Rivers à Cambridge. L'ethnologie tourne alors une page de son histoire, une page qui n'est pas encore achevée puisqu'un nombre important d'ethnologues se réclament encore aujourd'hui sinon du fonctionnalisme du moins de ces illustres ancêtres, et plus particulièrement de Malinowski. Il est vrai qu'il y a relativement peu de chercheurs qui se reconnaissent encore dans les fondements théoriques – un peu médiocres – du fonctionnalisme. Mais le fonctionnalisme, bien plus qu'une théorie, est plutôt *a way of looking at things*, une manière de voir les choses, une attitude face à l'étude de la société et c'est ainsi qu'Edmund Leach put dire : « Je suis encore, affectivement, un fonctionnaliste même si je reconnais les limites du type de théorie avancé par Malinowski » (1970, p. 9). C'est donc dans l'ère moderne de l'ethnologie que nous pénétrons enfin.

Contexte, fonction et système

Au début du XXᵉ siècle, les jeunes ethnologues se satisfont de moins en moins des spéculations théoriques de leurs aînés et ressentent vivement le besoin d'accumuler des matériaux empiriques. Ils entendent ainsi étudier la société telle qu'elle se donne à voir par l'observation et non plus comme survivance hypothétique d'un passé lointain. C'est de ces deux éléments que va naître le courant fonctionnaliste.

Celui-ci naquit comme une réaction aux écoles évolutionniste et diffusionniste. Les fonctionnalistes voulaient rompre avec ces reconstructions hasardeuses du passé. Désormais, ce n'est plus l'histoire de l'humanité qui est leur objet de recherche, mais bien l'étude des sociétés concrètes et vivantes. Ils n'éprouvent que du mépris pour les travaux de leurs prédécesseurs qui ne sont, selon eux, que des reconstructions conjecturales du passé sans fondement scientifique. Toutes les critiques que nous avons adressées aux évolutionnistes et diffusionnistes, ils les formulèrent également. Le premier reproche que le jeune Malinowski fait à la théorie évolutionniste, c'est d'isoler les faits sociaux de leur contexte social en les considérant comme des survivances. Ainsi, pour Malinowski, la magie que l'on observe dans une société ne doit pas être considérée comme une survivance des époques antérieures, mais elle doit être analysée à l'intérieur même de cette société, car toute pratique, toute croyance, toute coutume tend vers un but et prend donc un sens pour les membres de la société dans laquelle on l'observe. De la sorte, la magie joue un rôle dans la construction de canoës ou dans l'agriculture. En d'autres termes, la magie remplit certaines fonctions essentielles à la bonne marche de la société. La tenir pour une survivance, c'est se priver de voir que, dans une telle société, la magie joue un rôle fondamental.

Les fonctionnalistes vont donc se détourner de l'histoire et surtout de la « pseudo-histoire » des évolutionnistes et des diffusionnistes pour se concentrer sur le fonctionnement des sociétés. Une société, disent-ils, peut être étudiée sans référence à son passé, tout comme un cheval peut être étudié en tant qu'organisme, sans faire référence à l'évolution qu'a connue cet animal au cours des siècles. En se coupant de toute explication d'ordre historique, les fonctionnalistes vont développer ce que l'on a appelé l'analogie organiciste, c'est-à-dire qu'ils vont considérer la société ou la culture comme un organisme vivant et qu'ils vont donc l'étudier comme tel. Pour Radcliffe-Brown, un organisme vivant est un ensemble d'éléments reliés les uns aux autres pour former un tout intégré. Chaque élément participe, contribue au fonctionnement de l'ensemble. Ainsi la fonction du cœur est de pomper le sang à travers le corps. Similairement, une société peut être considérée comme un tout intégré au sein duquel chaque institution remplit une fonction, c'est-à-dire participe à la bonne marche de l'ensemble. Chaque institution sociale concourt donc à la continuité de la vie sociale.

En conséquence, les différentes institutions sociales ne peuvent plus être considérées isolément, mais elles doivent être mises en relation car elles sont interdépendantes, tout comme les organes du corps. La question que se posent alors les fonctionnalistes n'est plus de savoir comment une institution s'est développée au cours des siècles ni comment elle est devenue ce qu'elle est ; ce qui les intéresse, c'est de savoir comment fonctionne une institution, quelle est sa place, quel est son rôle, dans l'ensemble social et quelles sont ses relations avec d'autres institutions. Le fonctionnaliste ne se demande plus quelle est l'origine du totémisme, mais bien quelle est la place du totémisme dans le système de croyances et de pratiques. Il essaye donc d'établir des relations fonctionnelles entre les institutions.

Cela nous amène tout naturellement à définir le concept de fonction. Selon Radcliffe-Brown (1976, p. 178-187), le concept de fonction découle de l'analogie entre la vie sociale et la vie organique. Durkheim avait bien montré que toute vie requiert des conditions nécessaires d'existence ; autrement dit, pour qu'il y ait vie, il faut qu'un certain nombre de conditions soient remplies. Ainsi, pour que la vie continue d'animer un organisme, il faut que le sang soit pompé à travers le corps. La fonction d'un organe, c'est alors la contribution de cet organe au maintien de la vie dans l'organisme, ou encore, c'est la contribution qu'une activité partielle apporte à l'activité totale dont elle fait partie. Sur le plan social cette fois, et par analogie, la fonction d'une institution, c'est la contribution qu'elle apporte à la vie sociale dans son ensemble. Malinowski écrit par exemple :

> « Dans chaque type de civilisation, chaque coutume, chaque objet matériel, chaque idée, chaque croyance remplissent une fonction vitale, ont une certaine tâche à accomplir, représentent une part irremplaçable d'un ensemble organique » (cité par Poirier, 1969, p. 93).

On retrouve une sorte de téléologisme dans la théorie fonctionnaliste : en effet, toute institution que l'on rencontre dans une société n'existe pas par hasard, mais parce qu'elle a un rôle à remplir dans le maintien de l'ordre social ; toute institution contribue au bon fonctionnement de la société. Par exemple, les relations familiales d'évitement, que nous avons rencontrées à plusieurs reprises, sont considérées, par les fonctionnalistes, comme permettant de canaliser les conflits familiaux et régulant les relations entre individus.

Mais l'élément qui est sans doute le plus important de cette école, c'est la méthode de recherche nouvelle qui lui est associée. En effet, si la tâche première de l'ethnologue est de mettre les institutions d'une culture en relation les unes avec les autres, il faut bien entendu avoir une connaissance approfondie de cette société et seule l'« observation scientifique » peut conduire à une telle connaissance. L'observation participante est donc tellement liée au fonctionnalisme que la méthode est devenue pratiquement aussi importante que les prémisses théoriques de cette école. De même, si nous pouvons prétendre qu'un nombre important d'ethnologues contemporains peuvent être qualifiés, tant bien que mal, de « fonctionnalistes », c'est que l'essentiel de leurs recherches repose encore sur des enquêtes menées selon les principes de l'observation participante.

Nous avons vu que l'essence même du fonctionnalisme, c'est l'insistance sur le contexte dans l'explication du comportement social. Toute institution, pour être expliquée et comprise, doit être reliée à son contexte. Seule l'étude approfondie d'une culture permet de mener à bien une telle approche. Aujourd'hui, cependant, les ethnologues ont quelque peu tempéré le principe fonctionnaliste selon lequel chaque institution s'intègre parfaitement à son contexte. D'un point de vue formel, le fonctionnalisme serait une doctrine conservatrice qui viserait à montrer que chaque institution, chaque rite, chaque coutume participe à l'équilibre de la société et consolide donc l'ordre social. L'observation participante, comme méthode de recherche, renforce encore ce point de vue qui tend à figer le monde. En pratique, les ethnologues auront du mal à prendre leurs distances vis-à-vis de cette orthodoxie et il faudra attendre longtemps pour qu'ils fassent une place au conflit et au changement social.

Ces défauts, le fonctionnalisme les partage avec le culturalisme américain. Il se rapproche aussi de ce dernier en mettant l'accent sur le relativisme culturel, en affirmant que chaque institution doit être interprétée en rapport à son contexte propre. D'un tel point de vue, chaque culture est une configuration unique et on insiste ici sur cette originalité aux dépens de la comparaison et de la généralisation. Comme le culturalisme, le fonctionnalisme présuppose la notion de système, d'ensemble intégré et fixe des frontières entre les ensembles culturels. Le fonctionnalisme et le travail de terrain sur lequel il se fonde sont une machine à inventer des cultures (Wagner, 1975, p. 10).

L'observation participante

Le fonctionnalisme est inséparable de cette méthode ethnographique que l'on nommera « observation participante ». Celle-ci devint tellement prégnante qu'elle en vint à constituer une des caractéristiques essentielles de l'anthropologie sociale. La plupart des travaux des ethnologues reposent, en effet, sur un travail de terrain mené selon les « canons » de l'observation participante. En quelques mots, l'observation participante consiste en l'immersion du chercheur dans la société qu'il entend étudier et pendant une période assez longue, habituellement une à deux années. Il tâche alors de s'immiscer, autant que faire se peut, dans la vie de ce groupe afin de rendre sa présence le moins dérangeante possible. En tant que technique de recherche, l'observation participante est donc nécessairement dirigée vers les ensembles sociaux numériquement réduits et relativement stables. La méthode a, encore aujourd'hui, gardé toute son importance au point de se confondre parfois avec la discipline tout entière : l'anthropologie sociale serait alors la discipline qui organise ses données à partir de l'observation participante. Quelles que soient les réserves que l'on puisse formuler à ce propos, il est clair que l'observation participante tient une grande place au sein de l'anthropologie sociale et l'on peut penser que, sans elle, l'ethnologie n'a plus vraiment de raison d'exister en tant que discipline autonome.

De la recherche en chambre à l'ethnographie

Rien ne prédisposait le jeune Malinowski à devenir le père fondateur de l'anthropologie moderne lorsqu'en 1908 il présente une thèse de doctorat en physique et mathématique à l'université de Cracovie. La lecture du *Rameau d'or* de Frazer allait pourtant bouleverser la vie du jeune homme (et par là de la discipline) : il décide d'entamer des études en anthropologie qui le conduiront à Leipzig et, en 1910, à Londres (London School of Economics). En 1914, grâce à l'aide du professeur Seligman, Malinowski se vit octroyer deux bourses d'études et il partit pour la Nouvelle-Guinée où il demeura jusqu'en 1918, particulièrement dans les îles Trobriands. Ce séjour, qui donnait à l'enquête directe une place prépondérante, allait révolutionner la recherche anthropologique.

Au XIXᵉ siècle, l'anthropologue était ce que l'on a appelé un *armchair anthropologist*, on dirait en français un « anthropologue en chambre ». C'est que les théoriciens de l'évolutionnisme fondaient leurs analyses sur des documents de seconde main et d'une qualité très inégale. Ces documents étaient pour une bonne part des récits de voyageurs et de missionnaires qui n'avaient pas pour but de faire œuvre scientifique. Leurs ouvrages étaient remplis de jugements de valeur et parfois ils ne cachaient pas la répulsion que leur inspiraient les sauvages qu'ils avaient côtoyés de plus ou moins près. Bien souvent, ils mettaient l'accent sur le caractère exotique, voire extraordinaire, des us et coutumes qu'ils avaient pu observer. Un observateur aussi brillant que Charles Darwin ne craint pourtant pas d'écrire :

« L'étonnement que je ressentis en voyant pour la première fois un groupe de Fuégiens sur une côte sauvage ne quittera jamais ma mémoire car une pensée me vint tout de suite à l'esprit : tels étaient donc nos ancêtres. Ces hommes étaient complètement nus […], leurs longs cheveux étaient entremêlés, leur bouche tremblait d'excitation et leur expression était sauvage, effrayante et méfiante. Ils ne possédaient pratiquement aucune technique, et tels des animaux sauvages, vivaient de ce qu'ils pouvaient attraper ; ils n'avaient pas de gouvernement et étaient sans pitié pour tous ceux qui n'appartenaient pas à leur petite tribu » (cité par Lienhardt, 1964, p. 10).

Presque toute la littérature du voyage du XIXᵉ siècle regorge de telles descriptions qui font parfois sourire aujourd'hui : ainsi, sir Francis Galton proclamait que les Damara Hottentots s'exprimaient comme des chiens et il suggéra que leur langage dépendait tellement des signes qu'ils ne parvenaient pas à communiquer la nuit (*ibid.*, p. 18).

Pourtant, à la fin du XIXᵉ siècle, la qualité de ces récits et rapports s'améliora quelque peu et les sources se diversifièrent si bien qu'un homme comme Edward Tylor, un des premiers grands anthropologues, disposait d'un matériel assez abondant : il utilisait les écrits de voyage des anciens Grecs (Hérodote et Strabon, par exemple), les œuvres des historiens, les lettres, parfois édifiantes, de missionnaires jésuites, les narrations de grands explorateurs (Christophe Colomb, Cook, Marco Polo, etc.) et, bien sûr, une somme considérable de récits de voyageurs, de missionnaires, d'hommes de science et d'administrateurs. Les rapports officiels et les diverses publications des administrations coloniales prirent une place croissante dans la documentation des premiers chercheurs, de même que les travaux scientifiques des archéologues qui avaient déjà découvert la séquence de l'âge de la pierre, du bronze et du fer.

Au fur et à mesure de l'avancement des travaux, cependant, les exigences des chercheurs allèrent en grandissant. Ils se rendirent en effet compte du manque de fiabilité de leurs sources. Quant aux données de l'archéologie, elles frustraient tout autant leur appétit de savoir tant il est vrai qu'un vieux pot nous dit peu sur la manière de penser de ceux qui l'ont utilisé et que la mesure du périmètre céphalique ne nous renseigne pas sur la vision du monde de ceux dont on analysait le crâne.

De 1799 à 1804, la Société des observateurs de l'Homme avait, en France, jeté les bases éphémères d'une étude empirique des diverses sociétés (Copans et Jamin, 1978), mais ce mouvement allait très vite sombrer dans l'oubli.

Les principes fondamentaux

Au début du XXᵉ siècle, l'observation participante prit une place cruciale au sein de l'anthropologie sociale. Pour beaucoup d'anthropologues, cette méthode allait finir par se confondre avec leur discipline. Car si, sur le plan épistémologique, une discipline ne peut se confondre avec une méthode, moins encore avec un ensemble de techniques de collecte de données, en pratique il faut bien reconnaître que les ethnologues se sont peu souciés de réflexions épistémologiques ou autres, et qu'il y a un assez large consensus quant à l'adéquation entre anthropologie sociale et travail de terrain. Ainsi, comme le note très justement Georges Condominas (cité par Salamone, 1979, p. 47) : « Le moment le plus important de notre vie professionnelle reste le travail de terrain, qui est à la fois notre laboratoire et notre rite de passage : le travail de terrain transforme chacun de nous en un véritable anthropologue. » Cette impression est confirmée

par l'Américain Paul Rabinow qui se rappelle dans son petit
ouvrage *Reflections on Fieldwork in Morocco* :

> « Dans le département d'anthropologie de l'université de
> Chicago, le monde était divisé en deux catégories de gens :
> ceux qui avaient fait un travail de terrain et les autres. Ces
> derniers n'étaient pas vraiment des anthropologues, quelle que
> soit leur connaissance anthropologique. Le professeur Mircea
> Eliade, par exemple, était un homme de grande érudition
> dans le champ des religions comparées et il était respecté
> pour sa connaissance encyclopédique, mais on soulignait avec
> insistance qu'il n'était pas un anthropologue : son intuition
> n'avait pas été altérée par l'alchimie du travail de terrain.
> On me disait que mes travaux n'avaient guère de valeur parce
> qu'une fois que j'aurais fait un travail de terrain, ils seraient
> radicalement différents. Des sourires entendus répondaient
> aux remarques acerbes que les étudiants gradués avançaient
> quant à l'insuffisance théorique de certains classiques que
> nous étudiions ; qu'à cela ne tienne, nous répondait-on, ces
> auteurs étaient des grands hommes de terrain (*fieldworkers*).
> Tout ceci m'intriguait. La promesse d'une initiation aux
> secrets du clan était séduisante et je souscrivais totalement à
> ce dogme » (1977, p. 3).

Ces quelques lignes pourraient avoir été écrites par
n'importe quel étudiant d'un institut d'anthropologie sociale
d'une grande université où une véritable aura entoure ceux qui
reviennent du terrain. Le terme « rite de passage » désigne,
en anthropologie sociale, l'ensemble des rites qui consacrent
un changement de statut, le passage, la transition d'un état à
l'autre. Ce sont, par exemple, les cérémonies de circoncision
ou de première menstruation. C'est donc avec raison que
l'on a, non sans quelque ironie, baptisé le travail de terrain
le rite de passage de la profession puisqu'il consacre bien le
passage de l'état de novice à celui d'initié. Car le travail de
terrain combine la recherche scientifique à une expérience
humaine hors du commun.

L'importance du travail de terrain contraste pourtant avec la quasi-absence de règles et des techniques censées le définir : à l'époque, relativement rares étaient les universités qui inscrivaient un cours de techniques de collecte des données anthropologiques à leur programme. Le jeune anthropologue devait se fonder sur l'expérience de ses prédécesseurs, sur quelques lectures et les principes très généraux qu'il connaissait. Ces derniers se trouvaient exprimés dans l'introduction du chef-d'œuvre de Malinowski, *Les Argonautes du Pacifique occidental*. Dans ces quelques pages, Malinowski développe brièvement les règles fondamentales de ce qu'il appelle « l'observation scientifique des sociétés », car souligne-t-il :

> « Nul ne songerait à apporter une contribution scientifique dans le domaine de la physique ou de la chimie sans fournir un rapport détaillé sur l'ensemble des dispositions prises lors des expériences ; un inventaire exact de l'appareillage utilisé ; un compte rendu de la manière dont les observations ont été pratiquées, de leur nombre ; du laps de temps consacré [...] » (1922, p. 2).

C'est sans doute la première fois pourtant qu'un chercheur expliquait la manière dont il avait collecté ses données. Il avait pour cela observé quelques règles fondamentales :

> « Celles-ci consistent principalement [...] à se couper de la société des Blancs et à entrer dans la relation la plus étroite possible avec les indigènes, un idéal qui ne peut être atteint qu'en s'installant dans leur village » (*ibid.*, p. 6).

Ces quelques lignes nous renseignent sur l'essentiel de la méthode ; nous en retiendrons trois points :

1) L'ethnologue doit se couper de ses semblables ;

2) Il doit s'installer, le plus longtemps possible, dans un village ;

3) Il doit tâcher d'être le plus proche possible des indigènes.

Nous pouvons affirmer que ces trois principes sont à la base de tout travail de terrain et il n'y a pas vraiment d'enquête ethnographique s'ils ne sont pas respectés. Nous aurons l'occasion de discuter ces quelques points par la suite, mais nous pouvons maintenant continuer à écouter Malinowski :

> « Peu de temps après m'être installé à Omarakana, je commençai, en quelque sorte, à prendre part à la vie du village, à me réjouir de l'approche des festivités importantes, à m'intéresser aux potins et aux développements des intrigues de la vie de ce petit village. [...] Comme les indigènes me voyaient chaque jour, ils cessèrent d'être intrigués, inquiétés ou flattés par ma présence ; dès lors, je cessai d'être un élément perturbateur dans la vie tribale que j'allais étudier » (*ibid.*, p. 7-8).

En simplifiant, on peut donc dire que ces quelques extraits constituent l'essentiel de ce qu'il faut savoir avant de partir pour le terrain. On raconte qu'un jour un étudiant, sur le point de partir, était allé trouver l'anthropologue américain Alfred L. Kroeber, pour lui demander des conseils sur la meilleure manière de travailler sur le terrain. Kroeber avait alors saisi une monographie célèbre dans sa bibliothèque et avait répondu : « Lisez ceci et faites de même. » L'exemple des prédécesseurs expérimentés est, sans doute, le meilleur critère et, pour beaucoup, les travaux de Malinowski ou d'Evans-Pritchard, deux grands *fieldworkers*, constituent l'idéal à atteindre.

Au cours des dernières années, un certain nombre de publications ont tenté de cerner un aspect ou l'autre de l'observation participante. Ces « manuels », souvent intéressants (par exemple Copans, 1998 ou Laplantine, 1996), ne se concentrent généralement pas sur les techniques de recherche. Parfois ils ne font que mettre l'accent sur des problèmes épistémologiques ; d'autres fois, ils restent anecdotiques ou alors se focalisent sur la collecte des données de la culture matérielle. Le justement célèbre *Manuel d'ethnographie* de Marcel Mauss (qui n'avait d'ailleurs jamais mené lui-même une recherche de terrain) ressemble un peu à une sorte de pense-bête, une *checklist* des principaux points à investiguer, mais ne nous apprend pas grand-chose sur la manière de les investiguer.

La référence à la culture matérielle nous autorise à soulever un point important. En effet, l'enquête ethnographique telle qu'elle était conçue par Malinowski prenait ses distances vis-à-vis de la méthode archéologique et sa tendance à privilégier la culture matérielle des populations étudiées. Dans la perspective malinowskienne, celle-ci devient, sinon triviale, du moins secondaire. On ne s'y intéresse qu'en début d'enquête lorsqu'on maîtrise mal la langue. L'enquête ethnographique, on l'a vu, passe par la langue et comme telle, elle est tournée vers des systèmes de représentations. Elle n'entend pas s'arrêter à l'observation des faits et des comportements, mais vise, au contraire, à pénétrer dans les modes de pensée des indigènes. C'est que le but final de l'anthropologie sociale, nous dit Malinowski,

> « est simplement de saisir le point de vue de l'indigène, son rapport à la vie, de comprendre *sa* propre vision du monde » (1922, p. 25).

Dans ces lignes, Malinowski souligne bien cette originalité de l'enquête ethnographique qui veut saisir les institutions non pas d'un point de vue juridico-formel, mais en tenant compte des idées que les individus s'en font et de la manière dont ils les vivent. Ainsi, dit-il, le travail scientifique doit aussi tâcher de faire œuvre littéraire, afin de bien présenter ces moments intimes de la vie indigène ; ces aspects ne peuvent être ressentis et traduits qu'après avoir vécu en étroite relation avec ces indigènes pendant une longue période. Pour Malinowski, l'ethnologue doit rapporter non seulement le « squelette » d'une société mais aussi « sa chair et son sang », afin de nous permettre d'imaginer les réalités de la vie quotidienne avec ses passions, ses excitations, et parfois sa langueur (*ibid.*, p. 17).

Un savoir nouveau

Il nous faut maintenant revenir à des considérations plus académiques et montrer pourquoi le travail de terrain a été perçu comme révolutionnaire ou, comme le dit Ernest Gellner, en quoi il représente une « rupture épistémologique ». Par rupture épistémologique, il faut entendre la véritable révolution qui s'est opérée dans le mode de savoir, le type de connaissance que permettait cette nouvelle méthode d'investigation.

Songeons un instant à l'ethnologue du XIXe siècle convaincu de sa supériorité sur ce qu'il appelait les « sauvages ». Nous avons vu que sir Francis Galton affirmait même que la langue des Hottentots ressemblait à celle des chiens et dépendait tellement des signes qu'ils étaient incapables de communiquer la nuit. Il va de soi qu'une telle affirmation nous montre avant tout que Galton n'avait guère fait d'efforts pour parler la langue des Hottentots. Les anthropologues de l'époque étudiaient les peuples de l'extérieur et souvent du haut de leur supériorité. S'ils jugeaient nécessaire de connaître les idées ou les croyances des indigènes, ils pouvaient toujours recourir, selon les termes de Godfrey Lienhardt, à la méthode de Sherlock Holmes : « Vous connaissez ma méthode en de telles circonstances, mon cher Watson : je me mets à la place de l'homme et, après avoir mesuré son intelligence, j'essaie d'imaginer comment j'aurais moi-même agi dans des circonstances similaires. » Or voilà que Malinowski vient bouleverser tout ceci : non seulement, il nous dit que pour savoir ce que pense l'indigène, il faut l'observer et l'interroger mais, en outre, il affirme que c'est seulement en se fondant dans la vie du village que l'ethnologue parviendra à comprendre ce dernier. En se mêlant aux indigènes, l'ethnologue n'est plus un être supérieur, mais il tâche au contraire de pénétrer leur langue et leur culture et nous avons vu le désarroi dans lequel une telle tentative peut le jeter. C'est maintenant le sauvage qui sait et l'ethnologue n'est plus qu'un « demandeur ». « Tu es comme un bébé à qui il faut tout apprendre », disent les habitants d'un village du Bangladesh à Gardner qui vient de s'installer parmi eux et ignore tout de leurs coutumes (1991, p. 8). Selon Malinowski, le travail de terrain :

> « a transformé pour nous le monde "sauvage", sensationnel et inénarrable des primitifs en un nombre de communautés bien ordonnées, gouvernées par des lois et des principes de pensée cohérents. [...] La croyance populaire nous fait croire que les indigènes vivent à l'état de nature. La science moderne, au contraire, montre que leurs institutions sociales répondent à des principes d'organisation bien définis ; que leurs relations personnelles et publiques sont régies par l'autorité, la loi et l'ordre ; ces relations personnelles sont en outre sous le contrôle de liens de parenté et de clan extrêmement complexes. En bref, nous voyons qu'ils vivent dans un monde de devoirs, de fonctions et de privilèges qui correspond à une organisation tribale, communale et familiale élaborée » (1960, p. 10).

On voit donc que le travail de terrain fournit la preuve empirique des prémisses humanistes sur lesquelles repose l'anthropologie moderne et selon lesquelles les différentes cultures ne peuvent pas être évaluées comme supérieures ou inférieures, comme meilleures ou pires, mais tout simplement comme différentes les unes des autres (voir Kaplan et Manners, 1972, p. 37). Ce sont donc les bases du relativisme culturel qui sont jetées par cette nouvelle méthode de recherche. Celui-ci se fonde sur un rejet de l'ethnocentrisme, un terme qui a pris une forte connotation péjorative pour désigner toute perspective basée sur un jugement de valeur. Le relativisme n'est pas sans danger et l'on a fréquemment reproché aux ethnologues de vouloir maintenir ces sociétés dans leur tradition et de se faire les chantres du passé, en s'opposant à tout progrès.

Un second aspect – qui est d'ailleurs corollaire du premier – de la révolution méthodologique initiée par l'observation participante mérite d'être souligné. En effet, en s'immergeant dans une culture donnée, l'ethnologue va privilégier une approche contextuelle, c'est-à-dire mettre l'accent d'une part sur la totalité de la société ou sa structure sociale et d'autre part sur les relations qui unissent entre elles les diverses institutions de cette société. Auparavant, les anthropologues tendaient à isoler une institution de son contexte global et à étudier, par exemple, la famille sans la relier aux autres pratiques sociales. Avec l'observation participante, au contraire, l'ethnologue est mis en présence d'un ensemble de relations sociales extrêmement complexes et imbriquées les unes dans les autres. Il va donc étudier les relations entre deux institutions, mais aussi la relation entre une institution et la structure globale de la société. Nous allons également revenir sur ce point par la suite, mais nous pouvons noter d'emblée que l'observation participante, particulièrement sous sa forme fonctionnaliste, va tendre à privilégier l'harmonie du système social, son équilibre, et cette insistance lui sera reprochée également.

Limitations

Nous avons assez longuement insisté sur cette méthode de recherche qui est devenue un des signes distinctifs de l'anthropologie sociale. Avant de conclure, quelques remarques s'imposent. Le modèle de recherche, tel qu'il a été défini et pratiqué par Malinowski, demeure un idéal et dans la pratique tous les ethnologues ne l'ont pas appliqué à la lettre : ainsi certains étaient accompagnés de leur épouse, d'autres ne possédaient pas parfaitement la langue locale et il est parfois difficile de rester deux années entières sur une même recherche. Néanmoins, il est certain que tous les

ethnologues entendent se rapprocher le plus possible de cet
idéal. Deuxièmement, l'observation participante ne signifie
pas que l'ethnologue tente de s'intégrer parfaitement dans
la vie du village ; il tâche, au contraire, de garder certaines
distances vis-à-vis de la réalité étudiée car il ne faut pas
oublier que son rôle premier est d'objectiver cette réalité.
Il y a bien quelques ethnologues qui se sont aventurés sur
le chemin de l'assimilation, mais la plupart gardent leurs
distances et leur personnalité. L'ethnologie classique ne
consiste pas à devenir un indigène à part entière (*turning
native*) : elle entend au contraire demeurer un « regard »
qui suppose une certaine altérité, parfois un dépaysement
(Laplantine, 1996, p. 11).

Hormis les questions d'ordres personnel et administratif
que nous avons relevées ci-dessus, l'ethnographie pose aussi
un certain nombre de problèmes épistémologiques qui ont fait
l'objet d'une attention toute particulière au cours des dernières
années. Pour les grands ethnologues de la première moitié
du siècle, l'observation participante constituait une méthode
tout à fait scientifique de collecte des données. Malinowski
parlait d'une « science de l'observation » ; Evans-Pritchard
affirmait, sans coup férir, qu'il est impossible pour un bon
ethnographe de se tromper et que la société étudiée n'a
bientôt plus de secrets pour lui. Marcel Griaule, quant à
lui, concevait le travail de terrain tantôt comme une enquête
judiciaire, avec ses preuves et ses pièces à conviction, tantôt
comme une opération militaire qui lui permettait de cerner
et maîtriser jusqu'aux aspects les plus sibyllins d'une culture
(voir Clifford, 1988, p. 70). Ces auteurs ne semblaient guère
voir d'obstacles épistémologiques à une collecte de données rondement menée. Aujourd'hui, pourtant, la question
de l'adéquation entre le « texte » ethnographique et la vie
sociale qu'il est censé représenter a été posée et semble plus
problématique que d'aucuns, parmi les « pères fondateurs »,
l'avaient imaginé.

La première question qui se pose est celle de la représentativité de l'échantillon étudié. En s'installant dans un village qu'il entend étudier, l'ethnologue ne guide pas nécessairement son choix par des critères scientifiques : « J'ai choisi Kumbapettai, écrit la regrettée Kathleen Gough, parce que le village était beau et comprenait une maison que je pouvais louer » (1981, p. ix). Ce sont, en effet, souvent des considérations pratiques qui conduisent un ethnologue à s'installer dans tel village plutôt que tel autre. Or ce choix n'est pas toujours représentatif de l'ensemble de la population étudiée. Quoi qu'il en soit, la question demeure de savoir si l'enquête ethnographique peut légitimement conduire à des généralisations sur la population étudiée. Ainsi, en s'installant dans un village, ou à l'extrême dans un hameau, l'ethnologue n'a en fin de compte qu'un contact limité avec une population qui, prise dans son ensemble, peut comprendre plusieurs millions d'individus. Pourtant ce problème de la représentativité de l'étude n'est pas comme tel insoluble. L'anthropologie sociale vise en effet à saisir l'homme dans son immédiateté et ses institutions dans leurs manifestations concrètes et quotidiennes. Elle ne cherche pas à dresser le portrait complet et statistique d'une population, mais s'attache plutôt à montrer comment une population concrète mène son existence. Il n'est alors ni possible ni nécessaire de vivre dans tous les villages d'Écosse pour saisir l'actualisation de la culture écossaise, et ce qui est vrai en général doit *a fortiori* se réaliser dans les groupes restreints.

Mais le problème bien plus fondamental qui se pose alors est celui de savoir si l'ethnographe qui se limite à l'étude d'un petit village est effectivement capable de donner un compte rendu acceptable et fiable de la vie sociale de celui-ci. Des anthropologues américains comme James Clifford (1988), George Marcus et Michael Fisher (1986) ou encore Clifford Geertz (1988) ont récemment posé le problème de l'adéquation entre le texte ethnographique et la vie sociale réelle. L'expérience de recherche, soulignent-ils, est en effet « traduite » en corpus « textuel ». Contentons-nous ici de noter que la traduction de cette expérience a souvent pour conséquence première de dissoudre les acteurs réels en acteurs collectifs. Ainsi, l'ethnographe n'écrit pas « untel ou untel a dit ceci ou cela », ce serait par trop pesant, mais il se réfère au contraire à un acteur collectif et parle donc des Nuer, des Dogon, des Trobriandais ou des Balinais. En présentant ces derniers en tant que sujets globaux, l'ethnographe transforme les ambiguïtés de la situation de recherche et les diversités de sens en un portrait général, une synthèse d'éléments convergents, mais aussi parfois contradictoires, qu'il a pu recueillir en interrogeant et observant des acteurs concrets. Les « textes » ethnographiques sont ainsi épurés de la présence des situations discursives des interlocuteurs individuels (voir à ce sujet Clifford, 1983, p. 104 et *sq.*). Mais une telle épuration ne se fait-elle pas aux dépens de la complexité des phénomènes sociaux ? C'est ce danger qui a conduit divers auteurs à mettre en cause l'usage exclusif du style indirect (« Les Nuer pensent que... » « La notion de temps chez les Nuer... ») pour réintroduire, du moins en partie, le style direct qui reproduit le discours de l'acteur réel. C'est ainsi que les récits de vie, les portraits de personnages ou les longues citations permettent de rappeler au lecteur que le discours ethnographique n'est pas un assemblage de paroles de personnages fictifs et hors du temps. Il serait pourtant par trop naïf de croire que les autobiographies ou les discours à la voix active (par exemple qui rapporte la parole indigène telle qu'elle a été prononcée, avec le « je ») règlent d'une quelconque manière le problème de l'objectivité. On peut même penser qu'ils alimentent, comme la photographie, l'illusion de la vérité et qu'ils sont dès lors plus pervers.

Le problème de « traduction » est alors double : d'une part, celui de la traduction des concepts indigènes dans la langue de l'ethnographe ; d'autre part, et d'une manière plus globale, se pose le problème de la « traduction » d'une expérience vécue en un texte qui en est la synthèse. Comme l'a bien noté Louis Dumont (1983, p. 17), cette difficulté est inhérente à l'« éminente dignité » de l'anthropologie sociale : les hommes « s'imposent à elle dans leur infinie et irréductible complexité, disons comme des frères et non comme des objets ».

Bronislaw Malinowski (1884-1942)

Dans la section précédente, nous avons déjà eu l'occasion de voir comment ce jeune Polonais, né à Cracovie en 1884, fut fasciné par l'œuvre de Frazer et décida d'interrompre une carrière en mathématiques pour se lancer dans des études en anthropologie qui le conduisirent de Leipzig à Londres en 1910. En 1914, Malinowski partit pour la Nouvelle-Guinée où il demeura jusqu'en 1918. Il devint ensuite professeur d'anthropologie à la London School of Economics et, à la fin de sa vie, à l'université Yale aux États-Unis où il mourut en 1942.

Contrairement à ce que l'on écrit souvent, Malinowski fut un grand théoricien. Certes, il se distingua surtout par ses monographies, mais il fut aussi un remarquable professeur qui forma tout une école d'anthropologues : parmi ses étudiants, on retrouve ainsi des noms aussi célèbres que ceux d'Edward Evans-Pritchard, Audrey Richards, Meyer Fortes, Raymond Firth, Edmund Leach et bien d'autres encore. Des étudiants et collègues de tout le Royaume-Uni se pressaient à ses séminaires qui devinrent un véritable forum de l'anthropologie sociale (Kuper, 2000, p. 30).

Sa réputation tenace de théoricien médiocre découle sans nul doute du seul ouvrage théorique que Malinowski ait écrit, *Une théorie scientifique de la culture,* qui fut publié à titre posthume et développe ce que l'on a appelé la « théorie des besoins ». Selon Malinowski, en effet, la culture est un appareil instrumental destiné à satisfaire les besoins physiologiques qui se posent à l'homme. L'homme est, avant tout, un être animal qui a besoin de manger, de dormir, de respirer, de procréer, etc. Chaque civilisation doit alors satisfaire ces fonctions corporelles et la culture peut se définir comme un ensemble cohérent de réponses à ces besoins élémentaires : à chaque besoin élémentaire (*basic need*), il faut une réponse culturelle. Les relations de parenté sont une réponse aux besoins de reproduction, l'hygiène aux besoins de santé, etc.

Ce déterminisme biologique de la culture semble bien dépassé. Car si un homme a, en effet, besoin de dormir et de manger, ce n'est pas le cas d'une société. Dire que l'économie permet de satisfaire les besoins de nourriture est quasiment tautologique ; en outre, la nature biologique de l'homme ne nous explique pas pourquoi celui-ci a partout élaboré des institutions complexes et variées. L'homme n'a pas besoin de l'institution familiale pour se reproduire, ni de l'échange de cadeaux pour se nourrir. La théorie des besoins n'est donc guère intéressante et ce n'est pas ce que l'on retiendra de l'œuvre de Malinowski.

Comme le souligne Michel Panoff (1972, p. 107), la véritable théorie de Malinowski, c'est dans son œuvre de terrain qu'on la trouvera, souvent en filigrane. L'ethnographie de Malinowski est particulièrement riche et se trouve exposée dans plusieurs grandes monographies.

Le « kula » trobriandais

De sa riche expérience ethnographique aux îles Trobriands, Malinowski publiera un certain nombre de monographies. La première d'entre celles-ci n'est pas la moins intéressante et l'on peut même affirmer que *Les Argonautes du Pacifique occidental* constituent un véritable chef-d'œuvre de la littérature anthropologique, un monument de l'ethnographie. Cet ouvrage contient la description d'un réseau d'échanges qui unit les habitants des petites îles de l'archipel des Trobriands en Mélanésie. Ce réseau d'échanges est connu sous le nom de *kula*. Comme d'autres grandes œuvres ethnographiques, *Les Argonautes* parvenaient à tirer de l'observation d'une institution spécifique d'un petit archipel au milieu du Pacifique des conclusions qui valaient pour l'humanité entière et alimentaient des discussions dans les autres disciplines.

Le *kula* est une institution extrêmement vaste et complexe qui englobe un grand nombre de tribus vivant dans de nombreuses îles qui forment ainsi un circuit fermé. Le *kula* n'est cependant pas une activité purement économique puisqu'il implique des cérémonies publiques et un rituel magique élaboré et, d'autre part, chaque mouvement du *kula*, chaque détail des transactions est fixé par un ensemble de règles et conventions traditionnelles. Chose remarquable, les biens échangés dans le *kula* n'ont aucune utilité pratique, ce sont essentiellement des biens de prestige. Personne ne garde ces biens au-delà d'un certain temps : un bien reçu doit immanquablement être donné après quelque temps. Ces biens sont au nombre de deux :

– Il y a d'abord les *mwali* qui sont des bracelets de coquillages blancs voyageant dans une direction ;

– Il y a ensuite les *soulava* ou colliers de coquillages rouges qui voyagent dans l'autre direction.

Le *kula* n'est alors rien d'autre que l'échange cérémoniel des *mwali* contre des *soulava*, échange interminablement répété puisque personne ne conserve ces biens qui ne sont d'ailleurs pas portés comme ornements dans la vie quotidienne. En effet, comme les joyaux de la couronne, les *soulava* et les *mwali* sont beaucoup trop précieux pour être portés. Ce sont des *vaygua*, c'est-à-dire des biens de prestige. Accessoirement, les échanges qui ont lieu pendant le *kula* comprennent également quelques autres biens de la vie quotidienne.

Le *kula* est soumis à des règles très précises. Ainsi, les biens voyagent toujours dans la même direction : si un homme reçoit des *mwali* d'un partenaire, il lui rendra toujours des *soulava* et inversement. Deuxièmement, tous les hommes ne participent pas au *kula*. Troisièmement, le nombre de partenaires d'un homme est proportionnel à son importance sociale : les gens du commun n'ont que quelques partenaires alors qu'un chef peut en avoir jusqu'à deux cents. On aura compris que, pour un homme donné, les partenaires se divisent en deux types : ceux qui donnent des bracelets et à qui il rend des colliers et ceux qui donnent des colliers et à qui il rend des bracelets.

Si la détention des biens est limitée dans le temps, l'échange entre deux partenaires doit se poursuivre toute la vie, c'est une alliance qui unit deux personnes à vie. De même, nous l'avons vu, un *vaygua* n'arrête jamais de voyager, puisqu'il est interdit de les thésauriser et, de plus, il circule toujours dans le même sens. Un article peut effectuer un tour complet dans une période de deux à dix ans. Le don d'un *vaygua* n'est pas un acte purement commercial, mais un acte cérémoniel, formalisé, à caractère magique. Pour participer au *kula*, il faut d'ailleurs être initié à la magie *kula* et posséder des *vaygua* : il y a une transmission patrilinéaire de ces biens et connaissances. À de rares exceptions, les femmes sont exclues de ces transactions.

Parmi les *vaygua*, certains sont plus prisés que d'autres. Ces biens de première classe ont tous un nom et une histoire et l'on sait dire où ils se trouvent à chaque instant. Plusieurs personnes peuvent entrer en concurrence pour les obtenir et leur détenteur se verra offrir de nombreux cadeaux comme des haches, des fruits, des porcs ou d'autres biens pour influencer sa décision.

Le système du *kula* permet à un homme d'avoir des alliés, des amis, quasiment des parents, non seulement dans des villages voisins, mais aussi dans des îles différentes, parfois distantes de plusieurs centaines de kilomètres, et dans lesquelles il se sent ordinairement insécurisé. Deux partenaires ne font pas qu'échanger des biens cérémoniels, mais ils s'engagent à toute une série d'obligations et devoirs. Dans un pays étranger, hostile, un partenaire de *kula* est un allié.

C'est un réseau d'alliances et d'influences qui se forge avec le *kula* et l'on comprend alors aisément que les hommes les plus puissants sont aussi ceux qui ont le plus de partenaires.

Il faut noter ici que c'est Malinowski qui a reconstitué toute cette institution. Aucun indigène n'est capable de la décrire comme telle : interrogé, celui-ci se révèle incapable de formuler des règles générales ni non plus d'expliquer le fonctionnement de l'institution. L'ethnologue dépasse donc la simple description, il interprète pour nous faire revivre toute une extraordinaire expérience ; ainsi de nombreuses pages sont consacrées à la construction des canoës, aux formes de coopération économique, aux préparatifs d'expéditions, etc. Mais il va beaucoup plus loin que cela puisqu'il tente aussi de resituer la place du *kula* dans la vie sociale des Trobriands et nous en donne une interprétation dont les conséquences dépassent largement cette population des antipodes.

En effet, Malinowski montre que le *kula* est la manifestation la plus spectaculaire d'un principe qui régit toute la vie sociale des Trobriandais, le principe de réciprocité. Il a été ainsi le premier à découvrir non seulement que l'échange est un principe fondamental de toute vie sociale, mais encore que l'échange se manifeste également par le don qui semble pourtant le contredire *a priori*. Car le don ne peut exister sans une certaine réciprocité, c'est-à-dire sans un contre-don. Dans le *kula*, c'est bien à des dons qu'on a affaire.

En effet, le *kula* consiste en un don cérémoniel qui doit certes être « réciproqué » par un contre-don après quelque temps, mais l'échange n'est jamais immédiat ; de plus, il n'y a pas de norme pour fixer le montant du contre-don qui doit seulement être au moins équivalent au don originel ; dans le cas contraire, cependant, le récipiendaire ne dispose d'aucune sanction pour punir le donateur ; il devra se contenter d'être déçu ou fâché. Par contre, l'honneur du donateur est en jeu et celui-ci ne se risquera pas à paraître pingre ou mesquin. En effet, posséder de la richesse est indispensable au prestige social ; pour être puissant, il faut beaucoup posséder.

Mais ce qui est essentiel ici, c'est que posséder ne veut pas simplement dire accumuler mais bien donner et, sur ce point, les indigènes trobriandais diffèrent considérablement des Occidentaux. Plus on est puissant, plus on possède, mais en même temps, pour les Trobriandais, plus on possède et plus on donne ; par une espèce de transitivité, on peut donc dire, plus on est puissant, plus on donne. Un rang social élevé entraîne des obligations importantes de générosité. En fait, toute la vie tribale est traversée par ce constant flux de dons et contre-dons. Chaque cérémonie, chaque acte coutumier entraîne quelque don matériel. Toute la richesse qui circule ainsi est un instrument essentiel de l'organisation sociale, du pouvoir du chef et des liens de parenté.

Le *kula* met également en évidence l'importance du principe de réciprocité dans la vie économique, mais plus encore la tendance profonde qu'il y a dans chaque société à créer le lien social par l'échange de dons. Ainsi, le groupe social n'est pas intégré par un sentiment mystique d'unité, comme le croyait Durkheim, mais parce qu'un individu sait qu'en retour de ce qu'il donne aux autres, il reçoit un service correspondant. C'est donc ce concept de réciprocité qui fonde toute la vie sociale.

On le voit, le *kula* est beaucoup plus qu'une simple transaction commerciale. C'est, en effet, un échange indéfiniment répété qui repose pour une bonne part sur l'honneur et la confiance. Il se déroule selon des règles fixes à travers l'association de plusieurs milliers d'individus. C'est ce plaisir de donner et, corollairement, de recevoir qui en dévoile la véritable nature : il y a donc dans la vie tribale une sorte de paradoxe qui veut que le don soit la forme la plus fondamentale de tout échange. C'est l'échange de dons qui crée les liens sociaux. Car ici, l'échange n'est pas une pure nécessité économique : la nature est abondante et généreuse, chacun y trouve de quoi subsister. S'il y a échange, c'est donc pour une raison plus profonde. Dans un village trobriandais, on voit sans cesse passer des femmes portant des paniers sur la tête ou des hommes transportant une charge sur leurs épaules : ce sont, le plus souvent, des cadeaux qui doivent être donnés pour une raison sociale quelconque. Car le don d'un cadeau est rarement un acte gratuit, le don n'est jamais un don à l'état pur.

Malinowski a le premier perçu ce principe de l'échange comme fondement du lien social. Dans son *Essai sur le don*, Marcel Mauss a repris ces données de Malinowski, pour les étendre à d'autres institutions « primitives » comme le *potlach*, et les systématiser pour caractériser la nature des transactions dans les sociétés humaines. Sans vouloir en aucune façon diminuer l'importance de l'*Essai sur le don*, qui est à juste titre considéré comme l'ouvrage de base de l'anthropologie économique, il faut rendre justice à Malinowski en constatant que Mauss n'a fait que systématiser les principes mis au jour par Malinowski, ce qui démontre la qualité des analyses de ce dernier.

Des institutions qui ressemblent au *kula* et au *potlach* existent un peu partout dans le monde. John Davis (1992), par ailleurs, a montré que le don continuait de jouer un rôle important dans la société occidentale. Il estime qu'en Angleterre, l'industrie du cadeau occupe quelque cent vingt mille travailleurs. De plus, nous pouvons voir que les principes qui président à l'échange primitif se retrouvent chez nous aussi : nous « devons » ainsi faire des cadeaux de mariage et il convient de rendre un cadeau lorsque l'occasion se présente ; refuser un cadeau est insultant, mais donner un cadeau trop important est de même inconvenant car cela place le récipiendaire dans une situation désagréable. Il y a enfin des choses que l'on ne peut donner car elles véhiculent des valeurs sociales importantes : en acceptant une bague d'un garçon, une jeune fille veut lui signifier quelque chose et de la sorte un garçon ne peut faire un tel cadeau que s'il est sûr de la réponse de la jeune fille.

Malinowski ne s'est pas contenté d'affirmer que le don est une catégorie universelle de toutes les sociétés primitives. Il a ébranlé la notion évolutionniste de communisme primitif en montrant que les peuples mélanésiens connaissaient une forte différenciation sociale interne et recherchaient le prestige social. Il montre encore que la vie économique ne répond pas aux seuls impératifs de production et de consommation. Le *kula* n'est pas une pure transaction commerciale. De plus, les indigènes ne sont pas des agents économiques rationnels : souvent, ils peuvent travailler d'arrache-pied pour des motifs non économiques. Ainsi, dit-il, les indigènes produisent beaucoup plus qu'ils ne peuvent consommer et récoltent environ deux fois plus que ce qu'ils mangent vraiment. C'est que la nourriture n'est pas considérée uniquement pour son utilité : les Trobriandais aiment, par exemple, exposer leur récolte et les visiteurs viennent admirer les beaux fruits qu'on laisse pourrir. Cet étalage de nourriture est aussi un symbole de prestige. C'est pour cela que les indigènes passent un temps considérable à la réalisation esthétique de leur jardin : ils le nettoient, construisent des clôtures et y pratiquent de nombreux rites magiques. C'est dans une autre monographie importante, *Les Jardins de corail* (1935), que Malinowski développe l'étude des pratiques horticoles des Trobriandais.

« Les Jardins de corail »

L'économie trobriandaise est marquée par l'échange incessant de biens. On voit partout circuler des gens qui transportent leur production afin d'aller la porter chez des partenaires ou des parents. Ces transactions ne sont pas fondamentalement motivées par la richesse matérielle, mais visent davantage des valeurs telles que le prestige social. Les dons ne sont pas pour autant désintéressés : quand on veut obtenir quelque chose d'un tiers, un bien ou un service, il convient de lui donner quelque chose avant. On peut de la sorte distinguer trois types de dons : les présents de sollicitation, les présents d'attente et les présents de conclusion. Les produits agricoles figurent en bonne place dans les deux premières catégories. En cas de bonne récolte, les agriculteurs offrent immédiatement des biens aux pêcheurs qui devront répondre par l'envoi de poisson. Chaque homme est ainsi « jumelé » à des partenaires dans chaque village. Quand un chef doit entreprendre un grand travail nécessitant de la main-d'œuvre, il commence par distribuer de la nourriture. Il est d'ailleurs des biens qui servent de monnaie d'échange, par exemple le tabac qui est une importation européenne. Cependant, la valeur d'échange d'un bien n'est pas fixe et dépend de divers facteurs, dont le désir du partenaire de l'obtenir. La valeur varie aussi selon les lieux : à Kiriwina, un petit plat en bois vaut huit noix de coco, alors qu'il en vaut quatre ou seize ailleurs. La personnalité de l'acheteur influence également le prix : un chef peut acheter un objet de grande valeur pour cent paniers de tubercules alors qu'un homme du commun devrait en offrir mille pour l'acquérir.

En outre, l'échange sous-tend également toutes ces pratiques horticoles : chacun travaille pour le compte d'un autre et reçoit d'une troisième personne une grande partie des provisions nécessaires à sa maisonnée. En effet, un homme trobriandais doit toujours travailler pour la famille de sa sœur et lui fournir ses meilleurs produits agricoles. En revanche, il reçoit du frère de son épouse les aliments nécessaires à la consommation de sa propre famille. Le système n'est pas nécessairement égalitaire car un chef qui a de nombreuses épouses est assuré de rentrées importantes. En moyenne, un homme doit donner la moitié de sa récolte à la famille de ses sœurs. Les biens qui sont donnés sont transportés en une seule fois par de nombreux porteurs qui sont maquillés et vêtus d'habits colorés car on aime bien donner un aspect cérémoniel à cet échange. Au moment de la récolte, on voit donc passer de telles processions joyeuses qui comprennent parfois quarante personnes.

La production agricole est donc bien le cadre d'un renforcement des liens sociaux. La récolte est divisée en plusieurs parts : les voisins viennent voir et apprécient la qualité des tubercules, ignames et taros. Elles sont entassées en plusieurs catégories : des meilleures aux moins belles. Le tout est exposé pendant plusieurs jours et les visiteurs viennent louer la récolte. Jamais on ne fait de remarques négatives, mais la jalousie et les ragots vont bon train : on critique les mauvais jardiniers qui perdent tout crédit ; à l'inverse, les trop beaux jardins sont également critiqués comme marque de vanité. L'animosité entre deux rivaux peut dégénérer et l'on organise alors un *buritila'ulo*, un affrontement économique où chacun des deux camps cherche à montrer qu'il est le plus fort, le plus riche.

Comme nous l'avons vu, chacun travaille pour le compte d'un autre et chacun reçoit d'une autre personne. Les meilleures ignames sont données à des partenaires d'autres villages que l'on ne voit presque jamais. La partie que l'on consomme soi-même est minimisée ou passée sous silence car ce n'est pas très flatteur de consommer ce que l'on produit. Pour comprendre la vie économique des Trobriandais, il faut donc se référer à leur organisation sociale et familiale : dans ce système matrilinéaire, le frère est en effet le gardien de la femme. Certes, il lègue au mari la tutelle sexuelle, mais les enfants de sa sœur appartiennent en fait à sa propre famille et c'est ce qui explique, entre autres choses, l'importance des dons de nourriture. Le *urigubu* est la part de la récolte qui est donnée à une sœur. Il équivaut à environ 50 % de la production. Plus une femme a de frères, mieux elle est pourvue ! S'il n'y a qu'une sœur, c'est l'aîné qui donne ; s'il y en a plusieurs, les cadets doivent donner aussi. Une partie des biens reçus est redistribuée. Après la puberté, un garçon vient vivre chez son oncle maternel et cultive ses champs ; une partie de la production sera offerte à son père.

Le système peut paraître injuste aux yeux d'un Européen puisqu'un homme travailleur et compétent voit le fruit de ses efforts partir vers d'autres. C'est oublier que la personnalité des Trobriandais est divisée en deux : le cœur et l'inclination le portent vers sa propre maison, l'orgueil et le devoir vers celle de sa sœur. Ces deux tendances s'expriment dans l'opposition entre la patrilocalité et la matrilinéarité. Le principe de l'*urigubu* est au cœur de la vie sociale. La production agricole est aussi source de fierté. Les jardins ne sont pas seulement un grenier ; ils nourrissent l'orgueil et l'ambition de la collectivité ; la finition du travail et l'exposition des produits font l'objet de grands soins. Posséder un beau jardin, bien présenté, n'est pas seulement flatteur, c'est aussi un privilège car seuls les chefs ont le droit d'avoir des jardins absolument parfaits. Comme les chefs ont aussi plusieurs femmes, ils reçoivent de nombreux cadeaux de leurs multiples beaux-frères et ils ont ainsi la possibilité d'accumuler des biens et de les redistribuer pour asseoir encore leur prestige. La circulation des richesses est donc un principe essentiel qui caractérise l'économie trobriandaise : quand on se promène dans l'île de Kiriwina, on voit sans cesse des groupes d'hommes et de femmes transporter le produit de leurs jardins au village. Toute activité s'accompagne d'un échange de présents et c'est pour cela que les Trobriandais produisent beaucoup plus qu'ils ne consomment. Comme on le voit, l'économie est ici bien plus que la production, la consommation et la circulation des biens, elle touche à l'ensemble des relations sociales. On a vu aussi que l'échange n'est pas seulement la réalisation de la solidarité et de l'égalité. Selon Malinowski, il est toujours et aussi lié à la recherche du prestige, de l'honneur et dès lors d'une certaine inégalité. N'a-t-on pas dit que les « cadeaux font les esclaves comme le fouet fait le chien » ? Donner, c'est souvent abaisser l'autre.

Magie, religion, science

En tant que professeur à la London School of Economics, Malinowski devint un défenseur de cette jeune science qu'il choisit d'appeler « anthropologie sociale ». Il ne manqua pas une occasion de faire valoir l'importance de cette discipline auprès des bailleurs de fonds et son importance pour l'anthropologie ne fut pas seulement intellectuelle. Mais sur ce point aussi, Malinowski veillait constamment à faire valoir l'originalité de la méthode nouvelle qu'il défendait. C'était particulièrement vrai dans son approche d'une des questions majeures de l'anthropologie évolutionniste : les rapports entre magie, science et religion.

Sur ce point, Malinowski commence par défendre la rationalité du sauvage. Nous avons vu que le but de l'observation participante était précisément, selon lui, de transformer le chaos apparent en communautés bien ordonnées, répondant à des règles strictes et précises. Il note par exemple que le jardinage est toujours lié à la magie et que les rites magiques sont jugés indispensables à la réussite d'une récolte. Cela n'empêche nullement les Trobriandais d'être experts en jardinage et, par exemple, de bien connaître les sols. Ils savent que le sable ne peut produire des récoltes et ils peuvent donner des explications quasiment scientifiques sur la stérilité de certains sols. Autrement dit, il ne leur viendrait pas à l'idée d'essayer de les amender par des rites magiques (1974, p. 74). La magie ne peut non plus suppléer au labeur des hommes pour faire pousser des graines. Leurs connaissances agronomiques poussées ne vont pas à l'encontre de l'affirmation selon laquelle la magie est nécessaire au succès des récoltes. Cependant, la magie est tout à fait dissociée du travail, elle ne remplace en rien les compétences, les efforts ni non plus les engrais. Le rôle de la magie est confiné à un seul domaine, à savoir conjurer les mauvais sorts et appeler la bonne fortune. Savoir ce que serait l'agriculture sans la magie, personne ne se pose la question en ces termes. On voit bien ici où Evans-Pritchard puisa son inspiration pour ses études de la magie.

Selon Malinowski, les Trobriandais estiment que la nature doit être contrôlée par le travail : pour éloigner les cochons des jardins, il faut construire des clôtures et non faire des rites magiques. Si une clôture est cassée, il faut la réparer et non invoquer des puissances occultes. Par contre, ils estiment aussi que certains aléas peuvent être maîtrisés par des forces mentales : il faut qu'il pleuve au bon moment, que le soleil brille de longues périodes, toutes choses qui varient d'une année à l'autre et ne peuvent être régulées par des moyens physiques (1992, p. 29). En matière de navigation et de construction navale, les compétences des Trobriandais sont également grandes. Cependant, ils savent aussi que le meilleur des bateaux et le meilleur des marins ne sont pas à l'abri d'une grande vague, de tempêtes dangereuses ou de récifs fatals. Selon Malinowski, les deux rôles sont nettement distincts : un homme est soit magicien, soit jardinier ou artisan, mais il ne confond pas les deux tâches ; celles-ci se complètent plutôt qu'elles ne s'opposent.

Contrairement à Frazer qu'il se garde de critiquer ouvertement, Malinowski montre que l'« homme primitif » ne manque pas de rationalité et que ses connaissances, par certains aspects, sont des formes de science : quand il construit un bateau, le Trobriandais est capable d'expliquer des lois de l'hydrodynamique et de l'équilibre pour les mettre en pratique.

Selon Malinowski enfin, la magie n'est pas la religion et l'une ne remplace pas l'autre. Pour comprendre la distinction entre les deux institutions, nous pouvons comparer deux rituels : en premier lieu, imaginons un rite accompli dans le dessein d'empêcher la mort d'une femme en couches. Dans le second cas, supposons une cérémonie pour célébrer la naissance d'un enfant. Le premier rituel est tourné vers un but pratique, il vise à la réalisation d'une chose. La seconde cérémonie n'a pas ce but pratique. Cette distinction en engendre une autre, plus générale, qui est celle entre magie et religion. L'acte magique est tourné vers la réalisation de quelque chose. Si l'acte religieux ne vise pas à un but pratique, Malinowski estime néanmoins que sa raison lui est extérieure, c'est-à-dire que sa fonction est un moyen de renforcer la cohésion du groupe. La religion neutralise les tendances centrifuges, elle autorise le rétablissement de la morale. Une religion nécessite d'ailleurs une communauté et se manifeste à travers des fêtes régulières. Robertson Smith et Durkheim ont bien mis en avant cet aspect social de la religion. Malinowski s'en démarque toutefois en notant qu'une bonne partie de l'expérience religieuse est personnelle et même solitaire, y compris dans les « sociétés primitives ». La religion a d'autres fonctions que sociales : elle sert à donner courage à l'individu, à renforcer sa confiance, elle encourage toutes les attitudes mentales utiles. Les fonctions de la science et de la magie sont différentes : dans le premier cas, on tâche de maîtriser les forces de la nature, dans le second, on vise à combler un manque de connaissance. Religion, magie et science ne sont donc pas des stades différents de l'évolution des sociétés mais répondent chacune à des interrogations spécifiques.

Parenté et sexualité

Il nous faut maintenant revenir à Malinowski qui a consacré une partie importante de son œuvre à l'étude de la sexualité. Ainsi *La Vie sexuelle des sauvages* fut la première étude approfondie de la sexualité d'une tribu « primitive ». Malinowski y décrit des mœurs sexuelles complètement différentes des nôtres. Ainsi dès l'âge de cinq ou six ans, l'enfant rejoint les bandes d'enfants du village dans lesquelles les jeux amoureux sont fréquents. Cette initiation précoce se poursuit à l'adolescence lorsque le jeune garçon va vivre dans les *bukumatula*, les maisons des jeunes, où il reçoit chaque nuit la visite de ses amies. L'insouciance fait peu à peu place à l'attachement, voire à la passion, et l'amour pour une seule jeune fille envahira bientôt le cœur du jeune homme ; cette liaison conduira au mariage qui se caractérise par la fidélité conjugale.

Les Trobriandais connaissent un système de filiation matrilinéaire, c'est-à-dire un mode de transmission des biens et du statut d'un homme aux enfants de sa sœur. Le mariage est virilocal et le jeune couple va donc vivre dans le village du garçon qui est le plus souvent différent de celui de la jeune fille. Les enfants de ce couple n'appartiennent pas au groupe dans lequel ils sont élevés ; aussi, après l'adolescence, les garçons doivent aller vivre avec leur oncle maternel. D'ailleurs les Trobriandais ne reconnaissent pas le rôle du père dans le processus de reproduction physiologique. Selon eux, l'acte sexuel est une activité particulièrement agréable, mais qui n'a rien à voir dans la conception des enfants : ceux-ci sont transposés dans le corps d'une femme par l'esprit d'un ancêtre. Cette ignorance du rôle du père dans le processus de reproduction a donné lieu à des débats passionnés, Leach (1980) affirmant notamment que Malinowski avait mal interprété les données trobriandaises ; cependant des données ethnographiques récentes (notamment Weiner, 1988) donnent raison à Malinowski.

Les indigènes des îles Trobriands vivent donc dans une situation familiale assez radicalement différente de la nôtre et cette différence amène Malinowski à publier, en 1927, un petit ouvrage consacré au complexe d'Œdipe. Dans *La Sexualité et sa répression dans les sociétés primitives*, Malinowski soutient que le complexe d'Œdipe, tel qu'on le retrouve dans la société occidentale, n'existe pas aux îles Trobriands. Dans cette société, nous dit Malinowski, il n'y a pas de véritable conflit entre un père et son fils car ils n'appartiennent pas au même lignage. Leur relation est tout entière faite d'affection et d'intimité : « Un père trobriandais est une véritable nurse, consciencieuse et laborieuse », mais il n'est pas un chef de famille. Ses enfants n'héritent pas de lui et ce n'est pas lui non plus qui assure la subsistance de la famille. Les enfants ne sentent jamais s'abattre sur eux la lourde main du père ; il ne possède sur eux ni droits ni prérogatives : c'est l'oncle maternel qui détient ici l'autorité et les biens d'héritage. C'est donc dans la relation entre un enfant et son oncle maternel que peuvent surgir les conflits. En second lieu, l'interdit sexuel le plus sévère aux Trobriands vise la sœur et non la mère. À l'adolescence, les frères et les sœurs doivent être séparés d'une manière très stricte et un garçon ne peut rien savoir des aventures amoureuses de sa sœur.

C'est pourtant aux enfants de sa sœur qu'un homme va transmettre ses biens et son statut. C'est donc l'oncle maternel qui remplit ici le rôle que le père biologique joue dans notre société. C'est lui le chef mâle de la famille. À la différence de ce qui se passe chez nous, l'oncle maternel n'intervient pourtant que relativement tard dans la vie de l'enfant puisque ce dernier passe toute son enfance dans le village de son « père ». L'oncle maternel ne participe donc pas à l'intimité de la vie familiale, même si c'est lui qui détient l'autorité ultime sur l'enfant de sa sœur.

Selon Malinowski, le complexe d'Œdipe n'est pas opératoire dans la société matrilinéaire où l'on retrouve un complexe spécifique, à savoir « le désir d'épouser sa sœur et de tuer l'oncle maternel ». Dans un livre récent, Melford Spiro (1982) a sérieusement remis en cause les conclusions de Malinowski. Selon l'ethnologue américain, Malinowski semble considérer que les racines du conflit œdipien tiennent dans l'autorité paternelle, ce qui n'est pas le cas. C'est, souligne Spiro, la rivalité sexuelle entre l'enfant et son parent du même sexe qui est à la base du complexe ; or sur ce plan, il n'y a pas de différence entre les îles Trobriands et la société occidentale : dans les deux cas, en effet, l'accès sexuel à la mère est réservé au père qui est donc le rival d'un garçon. De plus, Malinowski ne nous donne pratiquement aucune information sur le contenu de la relation entre un enfant et son oncle maternel ; l'image qu'il donne du père occidental est par ailleurs tronquée ; même dans les années 1920, les pères occidentaux n'étaient pas les « véritables tyrans » que dénonce Malinowski. Enfin, l'enfant trobriandais ne vit avec son oncle maternel que très tard, c'est-à-dire après l'adolescence et avant d'en arriver là, la famille trobriandaise ressemble à la nôtre. En d'autres termes, la démonstration de Malinowski n'est guère convaincante.

La dernière partie de *La Sexualité et sa répression* analyse l'ouvrage de Freud *Totem et Tabou* et nous paraît bien plus efficace. Malinowski s'insurge contre l'idée défendue par Freud selon laquelle le complexe d'Œdipe serait à l'origine de la civilisation. La théorie du parricide originel n'est pour Malinowski qu'une hypothèse absurde, une histoire romancée. Pourquoi, se demande-t-il, le père aurait-il été rival du fils alors que chez les anthropoïdes pré-humains les fils quittent naturellement leur famille ? En plus, Freud attribue des sentiments humains, comme les remords, à des êtres qui ne connaissent pas encore la civilisation et ne peuvent donc être qualifiés d'humains.

Journal d'ethnographe

Lorsque la veuve de Malinowski publia le journal intime de son mari, dans les années 1960, cet ouvrage fit l'effet d'une petite bombe dans le monde de l'anthropologie. Celui qui est, à juste titre, considéré comme le *fieldworker* par excellence et comme un des pères du relativisme culturel, révèle en effet, dans ses carnets de note, avoir souffert parmi les Trobriandais. Plus grave encore, Malinowski traite ces derniers des *niggers*, un terme que l'on pourrait traduire aujourd'hui par « bougnouls » et qui est en tout cas extrêmement péjoratif. Il parle ainsi de son « aversion générale pour les *niggers* » (1985, p. 167) si bien qu'il en « arrive à comprendre toutes les atrocités coloniales des Belges et des Allemands » (*ibid.*, p. 272). On comprend alors l'émoi des représentants d'une discipline qui a une tendance à se confondre avec une certaine apologie de la primitivité. Il est cependant erroné de prendre ces citations au pied de la lettre. Elles n'ont d'ailleurs pas été écrites pour être publiées (et Malinowski ne l'a pas fait) et ne font qu'exprimer la lassitude, la solitude, le découragement, l'agacement et toutes les difficultés personnelles qui font immanquablement partie du travail du terrain, particulièrement lorsqu'il est conduit dans les conditions d'isolement qui furent celles de Malinowski. En bien des endroits du même journal, Malinowski dément ces états d'âme. C'est le cas lorsqu'il écrit : « Je fus frappé par l'intelligence de leurs propos » (p. 154) ou plus loin : « Une fois encore, me voici tout joyeux d'être avec de véritables *naturmenschen* » (p. 164). Malinowski éprouve le mal du pays, il souffre d'être loin de la Pologne, de sa mère, qui mourra durant ce séjour, et de sa fiancée Elsie. Un tel journal peut alors servir d'exutoire et permettre d'apaiser cette nostalgie. Il n'en demeure pas moins que la publication du journal de Malinowski pose un certain nombre de questions. On peut ainsi se demander lequel est finalement le vrai Malinowski. Celui qui nous chante les mérites de la société trobriandaise ou celui qui se plaint de sa vie parmi les sauvages ?

Si l'on s'en tient à cette ethnographie particulièrement riche, Malinowski est parvenu à donner à l'anthropologie sociale un formidable élan. Il a abordé des thèmes aussi divers que l'économie, la sexualité, la magie et le droit pour dépasser les limites étroites de la population étudiée et se lancer dans des considérations générales qui gardent, encore aujourd'hui, toute leur valeur.

Alfred Reginald Radcliffe-Brown (1881-1955)

Alfred Reginald Brown, qui naquit à Birmingham en 1881, est incontestablement la seconde figure importante et influente du fonctionnalisme britannique. Son père, décédé prématurément, avait laissé sa femme sans argent et Brown, qui devait plus tard attacher le nom de sa mère à son patronyme pour s'appeler Radcliffe-Brown, dut très vite quitter l'école et travailler pour aider sa famille. Mais c'était un jeune homme brillant et son frère aîné l'encouragea à reprendre des études si bien qu'il fut admis à l'université de Cambridge en 1902. En dépit de ses origines modestes, Radcliffe-Brown se révéla un personnage hors du commun ; il s'habillait comme un dandy, se montrait arrogant et se comportait tel un aristocrate. À Cambridge, Radcliffe-Brown eut pour professeurs William Rivers et Alfred Haddon, mais il prit rapidement ses distances vis-à-vis de ces mentors. C'est pourtant Haddon qui l'enverra aux îles Andaman, dans le golfe du Bengale, où il restera de 1906 à 1908. La monographie qui en résultera ne compte pas vraiment comme un jalon de l'anthropologie moderne et elle tient peut-être autant de Rivers que de Malinowski. Il y affirme que « chaque coutume et croyance d'une société primitive joue un rôle déterminant dans la vie de la communauté, tout comme chaque organe vivant joue un rôle dans la vie de l'organisme ». On voit donc qu'il a déjà jeté les bases d'une explication fonctionnaliste de la société. Si Radcliffe-Brown ne sera jamais considéré comme un grand ethnographe, il deviendra le théoricien du fonctionnalisme ; il avait été fortement impressionné par la lecture de Durkheim dont il va appliquer un certain nombre de thèmes à l'étude des « sociétés primitives ». Avec lui, l'anthropologie devient résolument sociale.

En 1910, il part pour une expédition en Australie où il mena des recherches parmi les Aborigènes. Celles-ci deviennent plus techniques, notamment en ce qui concerne la parenté. Cependant, son ethnographie manque de profondeur et Radcliffe-Brown s'en tient le plus souvent aux structures juridico-formelles du groupe, sans pénétrer dans ses mécanismes de fonctionnement réels. Il est vrai que l'approche structuro-fonctionnelle qu'il prône vise à évacuer les scories de la quotidienneté pour ne retenir que les éléments déterminants. Après un bref retour en Angleterre, il enseigna à Sydney puis, en 1921, fut engagé à l'université de Cape Town, en Afrique du Sud ; plus tard, en 1937, il fut nommé professeur d'anthropologie sociale à l'université d'Oxford où il exerça une influence considérable, à la fois sur ses étudiants et sur l'anthropologie britannique en général. Il mourut à Londres en 1955. En bien des points, l'apport de Radcliffe-Brown complète celui de Malinowski et le fonctionnalisme devient maintenant structuro-fonctionnalisme.

Le structuro-fonctionnalisme

Il fut donc contemporain et collègue de Malinowski. Si certaines différences les distinguent, il ne manque pas de points communs entre les deux hommes. Comme celui de Malinowski, le but de Radcliffe-Brown est avant tout de se débarrasser des spéculations des premiers ethnologues et il s'oppose violemment aux reconstructions grandioses du passé. Deuxième analogie importante, et corollaire de cette première remarque, Radcliffe-Brown entend expliquer le présent par le présent, sans référence au passé. L'histoire est, selon lui, une discipline « idéographique » qui se contente d'établir des propositions factuelles. Par contre, l'anthropologie sociale a pour but d'aboutir à une connaissance générale des sociétés humaines : c'est une discipline théorique ou « nomothétique », qu'il appelle « sociologie comparative ». Si Malinowski croyait, lui aussi, pouvoir atteindre une connaissance scientifique des sociétés humaines, il n'a guère élaboré théoriquement cette ambition. Radcliffe-Brown a certainement mieux systématisé ses idées et symbolise davantage le passage de la fonction à la structure qu'opère l'anthropologie.

En tout premier lieu, c'est grâce à Radcliffe-Brown que la sociologie française va irrémédiablement influencer l'anthropologie britannique qui deviendra essentiellement une anthropologie sociale, c'est-à-dire visant à expliquer le social par le social, en se fondant principalement sur l'analyse des relations sociales qui lient entre eux les individus. C'est aussi Radcliffe-Brown qui est largement responsable de l'introduction de la notion de structure en anthropologie. La différence essentielle entre Malinowski et Radcliffe-Brown

tient sans doute dans le sociologisme du second, alors que
Malinowski avait élaboré un fondement biologique à sa
théorie des besoins. Pour Radcliffe-Brown, ce n'est pas
le biologique, l'organique, qui explique le social, mais, au
contraire, le social qui fonctionne *comme* le biologique, à
la manière d'un corps vivant, le biologique sert donc ici de
modèle méthodologique, mais n'intervient pas comme tel
dans l'analyse. Contrairement à Malinowski, Radcliffe-Brown
refuse toute étiquette. Selon lui, il n'y a pas de place pour
des « écoles » en anthropologie sociale car, à la différence
de l'art ou de la philosophie, l'anthropologie sociale doit
devenir une science et aboutir à une théorie scientifique de
la culture. Comme telle, cette ambition a pour conséquence
que Radcliffe-Brown vise à découvrir des généralisations,
des uniformités et non des différences (1976, p. 141). La
science, en effet, ne s'intéresse pas au particulier, à l'unique,
mais bien au général. Une analyse scientifique ne doit donc
pas s'attarder à la description de la relation entre Pierre
et Paul, mais elle doit mettre au jour le type de relations
sociales qui unissent des catégories d'individus (père/fils,
frère/sœur, etc.). Il faut donc s'attacher à découvrir la forme
générale d'une relation sociale en dépassant les cas particuliers. Radcliffe-Brown va beaucoup plus loin que Malinowski
qui pensait que l'observation « scientifique » était un gage
suffisant de scientificité. Pour Radcliffe-Brown, au contraire,
les régularités ne peuvent être observées directement, elles
doivent être construites. L'observation n'est pour Radcliffe-
Brown qu'un moment de l'analyse. Le chercheur doit aussi
décrire, comparer, classifier et tâcher ainsi d'aboutir à des
lois générales.

   L'ethnologue ne peut se contenter d'observer des cultures
particulières, il doit en outre comparer les différentes cultures
afin d'atteindre un niveau de généralisation plus élevé.
L'observation participante, pour Radcliffe-Brown, n'est pas
une fin en soi et, de ce point de vue, il anticipe le structuralisme de Lévi-Strauss dont il n'est peut-être pas si éloigné.

Radcliffe-Brown prit quelque peu ses distances vis-à-vis d'un fonctionnalisme orthodoxe pour poser la question du sens. Dans l'exemple que nous étudierons ci-dessous, il ne se demande, en effet, pas quelle est la fonction du système de moitiés, mais cherche plutôt à en découvrir le *sens*. Avec Radcliffe-Brown, le fonctionnalisme glisse déjà vers le structuralisme qui sera tout entier dévoué à la recherche du sens. Précisément, le sens n'est jamais donné, il n'apparaît pas dans l'immédiateté de l'observation. Les uniformités ne sont pas perceptibles au premier abord, elles se trouvent cachées derrière les différences superficielles (1952, p. 140). Les gens peuvent rarement exprimer le sens de leurs actions par des mots, c'est à l'anthropologue de faire cette démarche qui peut souvent s'éclaircir par la comparaison : si un même symbole est utilisé dans des contextes différents, la comparaison entre ces éléments nous met sur la voie de la découverte de sa signification (*ibid.*, p. 146).

L'approche de Radcliffe-Brown est nettement plus « sociologique » que celle de Malinowski. L'explication du système social ne doit pas, selon lui, être recherchée dans un déterminisme biologique car la vie sociale fonctionne comme un circuit fermé, c'est-à-dire comme une structure ou un tout intégré. Avec Radcliffe-Brown, l'anthropologie sociale tend à se séparer de l'anthropologie culturelle. Ce sont, en effet, essentiellement les relations sociales qui intéressent Radcliffe-Brown et il affirme que les relations sociales ne peuvent être confondues avec les relations culturelles. Selon lui, la culture se réduit à une production intellectuelle et artistique, des croyances et idées qui sont propres à une société. Par contre, dit-il, lorsque nous observons une tribu australienne ou africaine, ce n'est pas la « culture » qui nous intéresse au premier chef mais bien les relations sociales qui unissent les individus. Ce que Radcliffe-Brown appelle la « structure sociale » devint ainsi l'objet privilégié d'étude de l'anthropologie britannique.

Pour Radcliffe-Brown, la structure sociale, c'est l'ensemble des relations sociales qui unissent les individus pour former un ensemble intégré. Une structure sociale, c'est un réseau complexe de relations sociales qui unissent les individus et peuvent être directement observées. Une structure, c'est donc un ensemble de relations entre éléments (et non pas un ensemble d'éléments). La structure, en d'autres termes, c'est ce qui persiste, lorsque l'on change les éléments. La structure d'une maison, c'est ainsi une combinaison de murs, de plafonds, de poutres et de charpentes qui forment cette maison. On peut peindre un mur en jaune ou en rouge, démolir un mur de briques et le reconstruire en pierre, la structure de la maison demeure inchangée tant que l'on ne touche pas à la combinaison, à l'arrangement particulier de ses divers composants. Cet exemple nous rappelle, en outre, qu'une structure est un ensemble particulier qui ne peut être réduit à la somme de ses parties. La continuité d'une structure sociale n'est pas détruite par le changement de ses unités ; les individus changent, quittent le groupe, meurent… et pourtant la structure sociale du groupe demeure. Ainsi, les relations entre le roi et ses sujets, entre le père et ses fils, entre les hommes et les femmes peuvent être considérées en dehors de la personnalité de tel roi, de tel père ou de telle femme. Ce sont ces relations structurales qui, selon Radcliffe-Brown, doivent retenir l'attention des ethnologues. Par ailleurs, la fonction d'une institution, c'est la contribution qu'elle apporte à l'activité totale, au fonctionnement du système total. Chaque institution remplit donc une fonction qui est avant tout conservatrice puisqu'il s'agit de maintenir l'ordre existant, d'assurer la continuité de l'ensemble social. Nous retrouvons chez Radcliffe-Brown cet idéal durkheimien de la société comme étant la finalité de toute institution sociale.

Principes structuraux et comparaison

Les systèmes de moitié

Nous pouvons illustrer ces principes par quelques exemples que développe Radcliffe-Brown. En Australie, les tribus de la Nouvelle-Galles du Sud sont divisées en deux moitiés exogames, que l'on appelle respectivement les aigles et les corbeaux et qui sont matrilinéaires. Un ethnologue évolutionniste, John Matthew, expliqua cette division en affirmant qu'il y a bien longtemps, deux peuples différents se rencontrèrent, se battirent, conclurent la paix et arrangèrent ce type de mariage afin de perpétuer cet accord de paix. Cette explication, note Radcliffe-Brown, est hautement hypothétique et sans valeur scientifique. La clé de l'explication d'un tel système d'alliance doit être trouvée dans la comparaison de cette organisation sociale avec d'autres systèmes de moitiés tels qu'on en rencontre dans les différentes parties du monde. Ainsi, on trouve une telle division chez les Indiens Haidas d'Amérique du Nord qui sont également répartis en deux moitiés exogames et matrilinéaires. Dans d'autres parties de l'Australie, on trouve pareillement de nombreux exemples de divisions d'une société en deux parties qui sont chacune associées à une espèce naturelle. Cette comparaison nous amène à considérer que les moitiés australiennes ne sont qu'un exemple particulier d'un phénomène social très répandu. D'un cas particulier, nous pouvons glisser vers un problème plus général. Dans la littérature orale de tous ces peuples, les contes interprètent les ressemblances et différences entre espèces animales dans des termes de relations sociales d'amitié et d'antagonisme. Par extension, les moitiés sont associées à d'autres paires de contraires : le ciel et la terre, la guerre et la paix, l'amont et l'aval, le rouge et le blanc.

La division en moitiés n'est ainsi que la transposition, sur le plan de l'organisation sociale, du principe de l'unité des contraires. Ce principe est notamment systématisé dans la philosophie chinoise par les concepts du *yin* et du *yang* ou principes féminin et masculin qui forment un tout ordonné. Une élaboration systématique de ce principe peut servir de modèle à l'explication de la division sociale australienne. En résumé, conclut Radcliffe-Brown, l'organisation sociale australienne se caractérise par une division en moitiés qui forment un tout et sont à la fois unies et opposées. La classification de l'univers en deux catégories est l'un des traits essentiels de la mythologie et des légendes australiennes. Pour ces tribus, le monde entier est divisé en deux parties qui forment un tout. C'est enfin ce principe structural de l'union des contraires qui permet de rendre compte de l'organisation sociale des moitiés.

La relation avunculaire

Dans quelques brillantes analyses, Radcliffe-Brown nous donne d'autres illustrations concrètes de ses principes théoriques. C'est très certainement le cas de son analyse du rôle de l'oncle maternel en Afrique du Sud. Parmi les Bhatonga, comme dans bien d'autres populations, en effet, la relation entre un oncle maternel et son neveu est particulièrement importante. Les caractéristiques essentielles de cette relation sont les suivantes :

1) Le neveu utérin est l'objet d'une attention toute particulière de la part de son oncle ;

2) Si le neveu est malade, le frère de la mère fera un sacrifice en sa faveur ;

3) Le neveu peut se permettre pas mal de libertés face à son oncle maternel. Ainsi, il peut manger le repas de son oncle, sans même le lui demander ;

4) Quand l'oncle maternel meurt, le neveu réclame une partie de ses biens ;

5) Si l'oncle maternel fait un sacrifice à ses ancêtres, le neveu mange une partie de la viande consommée.

De telles pratiques ne sont pas particulières à l'Afrique du Sud, on les retrouve partout dans le monde et notamment chez les Hottentots ou dans les îles Tonga de Polynésie. Une telle institution ne peut en outre pas être comprise isolément, elle doit être rattachée à d'autres institutions. En premier lieu, Radcliffe-Brown fait remarquer que là où le frère de la mère est important, il en va invariablement de même de la sœur du père ; ainsi lorsqu'un garçon entretient une relation particulièrement amicale avec le frère de la mère, il devra garder ses distances vis-à-vis de la sœur de son père. À Tonga, par exemple, la tante paternelle est sacrée et un garçon doit accepter toutes ses décisions, notamment celles qui concernent son mariage.

Pour comprendre un tel comportement, il faut l'intégrer dans un ensemble plus vaste de relations sociales. Une des premières clés de l'explication réside dans le « principe structural » de l'équivalence des frères. En effet, nous dit Radcliffe-Brown, dans les sociétés primitives, les relations sociales sont largement régulées sur la base des liens de parenté. Les relations entre parents doivent se conformer à des types précis de comportement. Cependant, les parents sont classés en un nombre limité de catégories ; c'est ici qu'intervient le principe de l'équivalence des frères qui veut que si j'entretiens une relation avec un homme, j'étendrai cette relation aux frères de cet homme. En ce sens, l'oncle paternel est assimilé au père et, logiquement, les fils de cet oncle seront assimilés à mes frères. De même, la tante maternelle est associée à la mère. Dans la même logique, poursuit Radcliffe-Brown, il y a tendance à considérer le frère de la mère comme une espèce de « mère masculine » et la sœur du père comme une espèce de « père féminin ». En Afrique du Sud et à Tonga, d'ailleurs, l'oncle maternel est appelé la « mère mâle ». Ainsi, si nous voulons comprendre la relation d'un enfant envers son oncle maternel et sa tante paternelle, il nous faut d'abord connaître le type de relation qui unit cet enfant à son père et à sa mère.

Chez les Bhatonga, la relation entre un enfant et son père est faite de respect et de crainte. Le père se charge de l'éducation de ses enfants et les punit tout comme le fait le frère du père. D'un autre côté, la relation avec la mère est caractérisée par l'amour et la tendresse. On dit qu'une mère gâte ses enfants, qu'elle est trop indulgente. Par analogie, le frère de la mère est associé à cette dernière et l'on peut s'attendre à de la tendresse de sa part, ce qui n'est pas le cas de la tante paternelle qui rappelle l'autoritarisme du père. Une autre tendance est d'étendre à tous les membres d'un groupe une relation qui est établie avec un membre de ce groupe. Ainsi, chez les Bathonga comme à Tonga, cette attitude envers l'oncle maternel est étendue à tous les membres de la famille de la mère mais aussi aux divinités de cette famille qui sont alors considérées comme sympathiques et bienveillantes.

Le totémisme

L'analyse du totémisme est un autre exemple de la finesse des analyses de Radcliffe-Brown. Selon ce dernier, il n'est pas possible de comprendre le totémisme si on ne le relie pas au phénomène plus général de la relation entre l'homme et la nature. D'une manière générale, on entend par totémisme la pratique selon laquelle une société est divisée en plusieurs groupes qui entretiennent chacun une relation particulière avec un objet, le plus souvent un animal ou une plante. Les relations entre le groupe et son totem peuvent prendre des formes diverses, allant de la vénération à l'indifférence.

C'est Durkheim qui a fourni la première explication valable du totémisme. Dans *Les Formes élémentaires de la vie religieuse*, le sociologue français a montré qu'un groupe ne peut avoir une certaine solidarité et donc une certaine permanence que s'il est un objet d'attachement de la part de ses membres. Ces sentiments doivent prendre une expression collective et sont souvent ritualisés. Dans un tel rituel, un objet quelconque peut servir de représentant du groupe tout entier. Ainsi dans les sociétés modernes, la solidarité nationale trouve son expression dans les drapeaux, les hymnes nationaux, les rois, les présidents, etc. Pour Durkheim, donc, le totem d'un clan est comparable au drapeau d'une nation. Il en est l'emblème, le symbole.

Radcliffe-Brown marque son accord avec l'essentiel de cette théorie qu'il juge néanmoins incomplète. Tout d'abord, Durkheim n'explique pas pourquoi ce sont précisément des plantes et animaux qui sont choisis comme emblèmes. Deuxièmement, la théorie de Durkheim explique la solidarité du groupe totémique (le plus souvent un clan), mais elle ignore les relations entre les différents groupes totémiques d'une même société. Car, poursuit Radcliffe-Brown, le clan fait partie d'une société plus large, par exemple une tribu, qui a aussi une solidarité et le totémisme ne fait pas qu'unir les membres d'un même groupe totémique, mais il exprime aussi une relation entre les différents groupes. En d'autres termes, les hommes « kangourous » ne font pas que se définir par rapport au kangourou mais ils entendent aussi se singulariser, se différencier, par rapport aux émeus, aux corbeaux ou aux zèbres. Le totémisme ne fait donc pas qu'exprimer la solidarité du clan, il exprime aussi l'unité de la société totémique tout entière en assimilant cette société à l'ensemble de la nature. Le totémisme établit alors un système de solidarité entre l'ordre social et l'ordre naturel, entre l'homme et la nature. L'univers entier est par là conçu comme un ordre moral et social. Cette correspondance est d'ailleurs cohérente avec la théorie primitive selon laquelle la société comme la nature sont régies par des lois religieuses.

Les relations à plaisanterie

On désigne par relations à plaisanterie, ces relations intra-familiales caractérisées par l'intimité, la détente, la proximité et la plaisanterie. Partout dans le monde, en effet, de l'Asie à l'Amérique en passant par l'Afrique, on trouve de tels comportements institutionnalisés à l'intérieur des familles. Radcliffe-Brown note que si on les observe partout, il doit y avoir moyen de trouver une explication générale qui recouvre l'ensemble des cas.

Ces relations doivent s'entendre par rapport à d'autres : l'irrespect ne peut se comprendre que par rapport au respect. À l'intérieur des relations sociales, des relations positives sont contrebalancées par des relations négatives. Chez les Dogon du Mali, par exemple, la proximité entre un homme et la sœur de sa femme ou la fille de celle-ci est le corol-laire du respect extrême qu'il doit observer par rapport à ses beaux-parents. Le mariage entraîne nécessairement une perturbation majeure de la structure familiale. Par rapport à la belle-famille, il charrie des éléments d'attachement et de séparation, de conjonction et de disjonction. Le mariage n'élimine pas tout à fait la distance sociale entre le mari et sa belle-famille qui le précède. Les relations intrafamiliales vont exprimer ces sentiments ambigus qui caractérisent les liens d'alliance : des relations de respect entre le beau-fils et la belle-famille accentuent la séparation. Les parentés à plaisanterie, par contre, réalisent la conjonction, la proximité que le mariage a créées.

Les systèmes de parenté varient beaucoup, mais ils repro-duisent un certain nombre de principes : en premier lieu, une personne doit montrer du respect pour les membres de la génération qui la précède immédiatement (génération +1). Ce respect est associé à la nécessité de l'autorité qui guide l'éducation. En second lieu, les relations avec les grands-parents sont souvent moins distantes et caractérisées par la plaisanterie. Cette combinaison de la conjonction et de la

disjonction se retrouve donc aussi dans les règles qui président aux relations entre générations et l'on peut une fois
encore parler de « principe structural ». L'oncle maternel
symbolise à lui seul ce mélange de distance et de proximité.

Les relations à plaisanterie sont donc un moyen d'établir
un équilibre à l'intérieur d'un système social. Ces relations
de rivalité sociale et amicale sont d'une grande importance
théorique. On les retrouve dans de nombreuses autres circonstances comme le *potlach*, certains matches de football
ou la rivalité entre les villes d'Oxford et de Cambridge.
Radcliffe-Brown rejette les explications particularistes qui
refusent toute perspective comparative. Si les représentations
symboliques des Dogon entretiennent des similarités importantes avec des pratiques que l'on rencontre ailleurs dans le
monde, on est en droit de rechercher des explications à partir
de la comparaison. Le principe structural de l'unité dans la
dualité que les relations à plaisanterie ont révélé constitue
un pas dans cette approche comparative.

Ces essais théoriques allaient influencer toute une génération d'anthropologues en introduisant la notion de structure
comme objet d'étude privilégié. Radcliffe-Brown avait en
effet permis de dépasser les limites étroites de l'ethnographie
pour atteindre les principes structurants de la vie sociale.

Edward Evans-Pritchard (1902-1973)

Lorsque Radcliffe-Brown doit prendre sa retraite en 1946,
c'est Edward Evans-Pritchard qui est appelé à lui succéder
en tant que professeur d'anthropologie sociale à l'université d'Oxford. Evans-Pritchard est sans doute l'un des plus
influents anthropologues britanniques même si cette influence
n'a pas encore été évaluée ; il est, par exemple, intéressant
de constater que l'on a relativement peu écrit à son sujet
et le petit ouvrage de Mary Douglas n'a pas apporté grand-
chose à notre connaissance. Si Evans-Pritchard prolonge en

certains points l'approche de Radcliffe-Brown, notamment par son intérêt pour la sociologie française et la notion de structure, il va aussi prendre des distances très nettes vis-à-vis de son prédécesseur à Oxford.

Sir Edward Evans-Pritchard est né en 1902. De 1926 à 1939, il mena six études de terrain en Afrique dont les plus remarquables comprennent vingt mois chez les Azande et douze mois chez les Nuer du Soudan. En 1944, il se convertit au catholicisme et en 1946 il devient professeur d'anthropologie sociale à l'université d'Oxford où il demeurera jusqu'à sa mort en 1973.

Rupture avec le positivisme

Avec Evans-Pritchard, l'anthropologie sociale va passer d'une approche positive à une conception plus compréhensive de la connaissance. Il se montre très critique à l'égard de l'idéal positiviste de ses prédécesseurs et réaffirme sans cesse son incrédulité quant à la possibilité d'une véritable science de la société. Le rejet de l'histoire qui avait été prononcé par Malinowski et Radcliffe-Brown constitue une autre pierre d'achoppement entre une nouvelle génération d'ethnologues et ceux qui avaient été leurs maîtres. Evans-Pritchard va synthétiser cette critique nouvelle de l'anthropologie. S'il ne tirera pas lui-même toutes les conséquences de cette critique, il symbolise bien l'avènement d'une approche plus compréhensive de la réalité sociale. C'est pour cette raison que l'on peut légitimement le considérer comme une des figures les plus marquantes de l'anthropologie après la Deuxième Guerre mondiale, et Richard Fardon voit en lui l'ethnologue britannique le plus influent du siècle (Fardon, 1999, p. 28).

Dans la fameuse conférence « Marett Lecture », prononcée à Oxford en 1950, Evans-Pritchard rompait de façon radicale avec le positivisme et il en profitait pour asséner, au passage, quelques coups à Radcliffe-Brown. Malinowski, qui avait été son professeur avant de devenir son ennemi, était alors décédé et ne représentait plus une menace, mais Evans-Pritchard notait tout de même qu'il avait été le défenseur le plus « vociférant » du rejet de l'histoire, considérée comme inutile à l'analyse fonctionnelle. Evans-Pritchard prônait un rapprochement entre l'ethnologie et l'histoire d'un double point de vue : d'un point de vue épistémologique, il rejetait la distinction qu'avait faite Radcliffe-Brown entre disciplines nomothétiques et idéographiques ou du moins considérait-il que le savoir de l'ethnologie ne différait en rien de celui de l'histoire et que l'ethnologie devait donc renoncer à ses ambitions théoriques. Elle devait donc prendre l'histoire pour modèle et préférer l'interprétation à l'explication (1962, p. 26). En second lieu, les études anthropologiques ne pouvaient pas non plus se contenter de comptes rendus synchroniques, mais devaient comprendre une dimension diachronique. L'argument que donne Evans-Pritchard n'en est pas moins douteux : s'il faut introduire la dimension historique dans nos études, dit-il, c'est parce que l'ethnologie s'intéresse désormais aux sociétés complexes que l'on peut qualifier d'« historiques », et il cite parmi celles-ci les Bédouins, l'Irlande et l'Inde. Autrement dit, il ne semble pas considérer que cette remarque s'applique aux groupes préindustriels, et dès lors, il admet implicitement la différence entre société sans-histoire et sociétés historiques.

Du reste, on ne peut pas dire qu'Evans-Pritchard ait véritablement mis en pratique ce rapprochement entre l'histoire et l'ethnologie qu'il appelait de ses vœux et qui est donc resté à l'état de *wishful thinking* (vœu pieux) dans la plupart de ses propres travaux. C'est en tout cas vrai de ses grandes monographies sur les Nuer ou les Azande. *Les Nuer*, par exemple, nous présentent la version idéalisée d'une « structure sociale segmentaire ». Cet ouvrage est certes l'un des plus cités et sa réputation s'est étendue largement au-delà des frontières de la discipline. Il est ainsi devenu un cas d'études en sciences politiques où il est sans cesse invoqué

comme l'exemple type d'organisation politique d'une société
sans État. Evans-Pritchard décrit cette structure politique
comme segmentaire, c'est-à-dire une division de chaque
unité sociale en segments. Evans-Pritchard a beau critiquer
ses prédécesseurs, il ne va guère plus loin qu'eux dans la
réintroduction de l'histoire. Les Nuer nous sont présentés
comme « une société, un monde en soi », qui ne semble
entretenir de liens avec aucun autre, hormis les contacts
hasardeux avec les tribus Dinka qui furent étudiées par le
collègue d'Evans-Pritchard à Oxford, Godfrey Lienhardt.
On peut même se demander si la division entre les Dinka
et les Nuer ne résulte pas de cette répartition du travail de
terrain entre les ethnologues d'Oxford qui parlèrent chacun
de « leur » société, alors même que la différence entre les
deux groupes est sans doute assez peu marquée (Amselle,
1999, p. 106). Pour le reste, il est fait peu référence dans
l'œuvre d'Evans-Pritchard aux rapports extrêmement violents
des Nuer avec la majorité musulmane du Soudan. De même,
les conversions au christianisme ne le préoccupent guère. Les
Nuer ont ainsi été construits à l'image des préoccupations
de l'ethnologue. Ils ont été épurés de tout ce qui pourrait
faire croire qu'il s'agit d'une population vivante, en proie
à de nombreux problèmes dont la mise en esclavage. On
voit donc comment, en dépit de ses positions de principe,
Evans-Pritchard n'a pas vraiment œuvré à un rapprochement
effectif de l'histoire et de l'anthropologie. On peut tirer des
conclusions similaires de ses autres ouvrages majeurs et,
d'une façon générale, de l'anthropologie britannique qui
a frappé les « sociétés » de ce que Jean Bazin appelle un
« déni de contemporanéité » (1979).

Contrairement à Radcliffe-Brown, qui avait relativement
peu écrit, Evans-Pritchard a énormément publié et dans de
nombreux domaines. Il avait une vaste culture scientifique et
un style particulièrement clair. Il fut, de plus, un grand homme
de terrain et ses nombreuses monographies sont pratiquement
toutes des classiques. Sur ce plan, Evans-Pritchard est assez

« malinowskien ». Selon lui, l'observation participante ne semble guère poser de problèmes épistémologiques ; il écrit ainsi avec un brin de naïveté :

> « Il est presque impossible à l'enquêteur, qui sait ce qu'il cherche et connaît la meilleure manière de le trouver, de se tromper sur les faits s'il passe deux ans dans une petite communauté culturellement homogène et s'il passe vérita-blement tout son temps à étudier son mode de vie. Une fois que la vie sociale n'a plus de secret pour lui, il devinera si bien ce qui sera dit et fait dans telle ou telle situation, qu'il devient pratiquement superflu de faire d'autres observations ou de poser d'autres questions » (1969, p. 106).

La collecte de données ne semble donc poser aucun pro-blème spécifique à l'anthropologue. La personnalité du cher-cheur n'intervient réellement, selon Evans-Pritchard, que dans la rédaction proprement dite de l'étude. Ainsi que l'a souligné Geertz (1988, p. 50), l'ethnographie d'Evans-Pritchard est particulièrement lumineuse ; lire une de ses monographies, c'est comme assister à une séance de diapositives ; sa force persuasive tient dans son caractère hautement visuel ; c'est une ethnographie de la lanterne magique qui procède par représentation visuelle :

> « Quand je pense à tous les sacrifices auxquels j'ai pu assister en pays nuer, écrit par exemple Evans-Pritchard, je revois deux objets qui pour moi résument le rite sacrificiel : la lance brandie par l'officiant – tandis qu'il va et vient près de la victime, récitant son invocation – et la victime elle-même, l'animal qui attend la mort. Ce n'est pas le visage du sacrificateur, ni ce qu'il dit, qui m'a le plus impressionné, mais la lance brandie dans sa main droite » (cité par Geertz 1986, p. 86).

Ce texte rend avec force le caractère visuel de cette ethno-graphie ; l'anthropologue est ici une espèce de photographe social et il sera intéressant de comparer ce point de vue avec celui, radicalement différent, de Lévi-Strauss. Le monde « sauvage » n'est pas, chez Evans-Pritchard, un monde opaque, impénétrable, inaccessible ; c'est, au contraire, un monde manifeste, immédiat, reconnaissable, familier, si du moins nous prenons la peine de l'observer d'une manière attentive. Comme Geertz l'a encore bien perçu, les études d'Evans-Pritchard commencent par la constatation que quelque chose de notre société est absent dans la société étudiée et elles se terminent par la découverte qu'autre chose fonctionne à la place : les Nuer n'ont pas d'État mais une structure segmentaire, les Azande n'ont pas de science mais une théorie de la causalité, etc. Il nous dresse ainsi un portrait de l'Afrique comme monde logique, bien ordonné, fermement modelé, c'est-à-dire intelligible à un public occidental. Il ne prétend pas que les Africains sont complètement différents de nous, mais il ne dit pas non plus qu'ils sont juste comme nous : il affirme plutôt que les différences d'avec nous, quoique spectaculaires, ne comptent pas vraiment et, qu'en fin de compte, partout il y a des hommes braves et couards, gentils et cruels, loyaux et perfides. C'est bien une certaine philosophie de la différence que Geertz met ici en avant et l'on découvre là l'humanisme d'Evans-Pritchard : quelles que soient les différences qu'observent les ethnologues, les hommes restent finalement partout les hommes.

Parmi ses nombreux ouvrages, nous retiendrons tout particulièrement deux « classiques » de l'anthropologie sociale, *The Nuer* (1940) et *Witchcraft, Oracles and Magic among the Azande* (1937).

Magie et sorcellerie chez les Azande

Dans ce dernier ouvrage, paru en français sous le titre *Sorcellerie, Oracles et Magie chez les Azande*, Evans-Pritchard tente de reconstituer les conceptions des Azande en matière de sorcellerie et de magie noire. Il s'agit d'un travail remarquable, un modèle d'analyse anthropologique puisqu'il s'agira de poser, à partir du cas très spécifique d'un peuple du Sud-Soudan, des considérations très générales sur les modes de pensée de l'homme en général. L'ouvrage reprend un thème classique de l'anthropologie, à savoir les rapports entre science, magie et religion. Evans-Pritchard s'oppose à la vision de ses prédécesseurs tels que Tylor, Frazer et Lévy-Bruhl qui pensaient que l'homme primitif avait une vision irrationnelle ou fausse du monde ou encore que ses perceptions de la réalité étaient biaisées par ses « croyances » en la magie.

Tout d'abord, nous dit Evans-Pritchard, les Azande distinguent le « sorcier » du « magicien ». Le sorcier (*sorcerer*) est un personnage qui accomplit certains rites, prononce des malédictions, possède des potions et des instruments de sorcellerie. Tout ce dispositif matériel est tangible et extérieur au sorcier. Au contraire, le magicien (*witch*) n'a pas besoin de ces adjuvants ; son pouvoir réside dans sa propre capacité physique à causer le mal. Sa seule arme, c'est sa pensée malicieuse et non pas une technique observable et décelable. Seule une substance attachée au foie du magicien permet de le distinguer d'un autre homme. Avant la colonisation, les Azande pratiquaient une autopsie sur le cadavre des suspects de magie. Cette substance est héréditaire et on la retrouve aussi bien chez des hommes que chez des femmes. Elle se développe avec le corps si bien que les enfants ne peuvent pas être magiciens.

Tout le livre d'Evans-Pritchard tente de nous montrer que les croyances magiques des Azande sont éminemment cohérentes et reliées les unes aux autres par des liens logiques (1972, p. 150). Au premier abord, on pourrait croire que la magie empêche les Azande de comprendre les lois naturelles du monde. En effet, selon eux, la magie et la sorcellerie sont la cause de toute maladie et de tout malheur. Si une récolte est ruinée ou si un champ donne bien moins que celui du voisin, si une épouse est de particulièrement mauvaise humeur, si le chef favorise un rival, si les enfants tombent malades, tout cela est attribué à la magie. Même la mort est expliquée par la magie et, selon les Azande, il n'y a pas de véritable mort naturelle. On le voit, la magie occupe une grande place dans la vie des Azande, une place si grande qu'il serait facile de conclure que les Azande sont incapables de raisonner comme nous, qu'ils sont irrationnels et superstitieux. Mais, nous dit Evans-Pritchard, tel n'est pas le cas car les Azande peuvent être aussi réalistes et pragmatiques que nous. Cela signifie-t-il que les Azande sont tiraillés entre deux types de pensée, la pensée scientifique et la pensée magique ? Non, nous répond Evans-Pritchard, car l'explication pragmatique et l'explication mystique ne sont pas contradictoires et ne créent nullement des conflits d'interprétation : elles expliquent des choses différentes ou du moins des parties différentes du même phénomène. L'explication de type scientifique rend, en effet, compte du *comment* les choses se sont déroulées alors que l'explication magique concerne le *pourquoi* elles se sont ainsi passées.

Prenons un exemple : un homme se promène dans la forêt et se blesse le tibia en trébuchant sur une souche. La blessure est due à son inattention et non à la magie. Il faut bien regarder où l'on marche. Les Azande ne nient pas cela. Mais supposons que cette blessure superficielle se mette à gonfler et s'infecte tant que l'homme devient incapable de marcher. Un tel développement modifie l'explication et des causes plus profondes doivent être recherchées. De même, les Azande savent très bien qu'une maison mal construite peut s'écrouler, qu'un bateau mal conçu va chavirer. Mais le problème, c'est lorsqu'une maison bien construite s'écroule. La magie sert donc à rendre compte des irrégularités. Elle fournit des causes plus profondes que la cause immédiate d'un phénomène, autrement dit, l'explication magique s'intègre dans une chaîne de causalité ; elle ne contredit pas les causes naturelles, mais leur fournit un complément d'information. Ainsi lorsqu'un homme se suicide, les Azande affirment que l'homme a été ensorcelé et donc que la magie l'a tué.

Mais si l'on interroge un Azande pour savoir comment cet homme est mort, il expliquera que la mort résulte de la pendaison. Si l'on insiste pour savoir pourquoi cet homme s'est pendu, les Azande invoqueront les tensions et le stress qui ont persécuté cet homme au point de lui rendre la vie insupportable. Il a, par exemple, pu se disputer violemment avec des parents au point d'aboutir à une situation irréversible. Les Azande raisonnent donc exactement comme nous. La différence, c'est que nous nous contentons d'une telle explication, à savoir que cet homme s'est suicidé parce que ses problèmes étaient devenus intolérables et qu'il n'en voyait pas l'issue. Les Azande, cependant, ne s'arrêtent pas là : en effet, soulignent-ils, la plupart des gens sont d'une manière ou d'une autre impliqués dans des querelles, mais seul un petit nombre se suicide. Pourquoi ces problèmes sont-ils devenus insupportables pour cet homme alors que la majorité s'en accommode d'une manière ou d'une autre ? C'est la magie qui rend compte, selon les Azande, de cette cause ultime.

Les Azande expliquent donc les circonstances d'une mort, d'un événement malheureux ou d'un accident de la même manière que nous. Mais cet ensemble de circonstances n'explique pas pourquoi tel homme a été frappé par tel malheur à tel moment et à tel endroit. Nous n'avons pas de réponse adéquate à cette question : nous invoquerons le destin, le hasard ou la volonté divine alors que les Azande soutiendront que la magie est la cause ultime du suicide ou de tout autre événement. Si un homme est attaqué par un animal sauvage dans la forêt, les Azande admettront que ses blessures sont la conséquence de l'agression de l'animal. Mais ils soutiendront aussi que la magie explique pourquoi cet homme a été la cible de cet animal. De même, si un grenier, mangé par les termites, s'affaisse sur un malheureux homme qui se reposait en dessous, les Azande n'ignorent pas que ce sont les termites qui ont provoqué l'effondrement du grenier ; mais alors il faut encore expliquer pourquoi ce dernier s'est écroulé juste au moment où l'infortunée victime se trouvait assise à cet endroit, et ils recourront à la magie pour expliquer ceci.

La question de savoir si les « magiciens » sont des agents conscients n'est pas facilement résolue. Les Azande répondent par l'affirmative mais, en même temps, Evans-Pritchard n'a jamais rencontré de personne qui admette pratiquer la magie. D'ailleurs, il n'est pas rare d'entendre un Azande prier Dieu pour venir en aide à un ami malade : « Ô Mbori, si c'est moi qui ai rendu cet homme malade, aide-le à guérir vite ! » Ainsi, quelqu'un accusé de magie en sera tout étonné et s'en excusera. Il remerciera peut-être l'accusateur de l'avoir prévenu.

Il existe nombre d'autres croyances chez les Azande, croyances aux pratiques magiques, aux oracles ou aux sorciers-guérisseurs, mais nous nous contenterons de noter que ces croyances sont cohérentes. Evans-Pritchard a tâché de se mettre à la place des Azande et d'élaborer ainsi une sorte de théologie azande.

Ce travail sera plus explicite encore dans l'ouvrage *Nuer Religion* où l'anthropologue d'Oxford tente de reconstituer toutes les croyances et pratiques religieuses des Nuer. On y trouve une remarquable analyse des capacités de symbolisation propres à la pensée religieuse. Ainsi, note Evans-Pritchard, dans un sacrifice, on entend dire les Nuer que le concombre est un bœuf. À propos des naissances multiples, les Nuer ont l'habitude de dire que les jumeaux sont des oiseaux. Les Nuer ne veulent pas dire que les jumeaux sont *comme* des oiseaux, mais bien qu'ils sont vraiment des oiseaux. Faut-il en conclure que les Nuer, qui confondent un concombre et un bœuf, un homme et un oiseau, ne perçoivent pas le monde comme nous ? Certes non. D'ailleurs, Evans-Pritchard note que les Nuer n'affirment jamais que des jumeaux ont un bec, des plumes et une queue. Ces affirmations ne se font que dans des circonstances bien spécifiques, par exemple pendant un sacrifice. Elles ne sont pas symétriques : les concombres sont des bœufs, mais les bœufs ne sont pas des concombres. Enfin, la ressemblance ou l'assimilation sont conceptuelles et non perceptuelles (Evans-Pritchard 1956, p. 128). De même ce n'est que symboliquement qu'il est possible d'associer jumeaux et oiseaux. On sait parfaitement que les jumeaux ne volent pas. Comme chez les ovipares, la naissance des jumeaux est multiple, mais cela ne suffit pas à expliquer la métaphore car les oiseaux ne sont pas les seuls animaux à mettre au monde plusieurs petits. Les oiseaux sont des animaux d'en haut et ils partagent cette qualité avec les esprits qui sont considérés comme des personnes d'en haut (*ran nhial*). L'expression « les jumeaux sont des oiseaux » n'établit pas une simple relation dyadique entre des humains et des animaux. En réalité, elle exprime une relation triadique entre jumeaux, oiseaux et divinités. Il n'y a pas confusion dans l'esprit des Nuer entre le monde animal et l'humanité, mais, bien au contraire, utilisation de symboles qui permettent de concevoir le monde et les esprits d'une façon métaphorique. Les Nuer ne confondent pas leurs symboles avec la réalité : ils savent que les crocodiles ne sont pas des esprits, qu'une lance sacrificielle n'est pas un ancêtre, qu'une paire de jumeaux diffère en réalité des oiseaux. Ils le savent aussi bien que nous savons que le drapeau est un carré de tissu et n'est pas vraiment la nation. Dire que quelque chose est quelque chose d'autre n'est pas une affirmation littérale sur le monde : dire que A *est* B signifie avant tout que A et B partagent quelque chose en commun avec C. La pensée nuer est symbolique ou métaphorique, c'est-à-dire poétique. Cela ne dénote en rien une forme de prérationalité.

La structure segmentaire chez les Nuer

Dans un autre ouvrage, tout aussi célèbre, *Les Nuer*, Evans-Pritchard tâche de reconstruire l'organisation sociale d'une société sans État ni autorité centralisée. Comment la vie tribale s'organise-t-elle sans « gouvernement » propre ? Que signifie la politique dans une population qui n'a pas d'organisation à proprement parler politique ? Jusqu'à quel point une telle société peut-elle être intégrée, solidaire ?

Cette « anarchie ordonnée », on la retrouve chez les Nuer du Sud-Soudan parmi lesquels Evans-Pritchard vécut dans les années 1930. Les Nuer combinent l'agriculture et l'élevage même si le bétail les passionne beaucoup plus que la culture des champs.

Les « Nuer » sont appelés ainsi par les peuples voisins, mais ils se nomment eux-mêmes les « Nath ». Ils parlent une langue commune, observent des coutumes semblables et se considèrent différents des populations voisines. En ce sens, il existe bien une certaine unité des Nuer, même si ceux-ci ressemblent davantage à une fédération qu'à une nation véritable car ils ne sont pas politiquement « centralisés » ; ils n'ont aucune organisation ni administration centrales. En fait, les Nuer sont divisés en un certain nombre de tribus qui sont, à leur tour, divisées en segments. Ces segments sont tous de même nature et la cohésion d'un segment est inversement proportionnelle à sa taille. On peut alors qualifier une telle société de « *segmentaire* », c'est-à-dire une société dans laquelle le principe de segmentation est le même dans chaque section de la tribu. En temps normal, un homme se considère comme membre d'un petit groupe local dont il côtoie quotidiennement les membres. Ce qui caractérise alors une telle société segmentaire, c'est que le système politique est un équilibre entre des tendances opposées de *fusion* et de *fission*. Au plan local, deux groupes ont tendance à entrer en conflit et à se battre, mais face à une agression extérieure, ils uniront leurs efforts et ainsi de suite jusqu'à ce que la tribu trouve son unité face à une autre tribu. Un groupe ne devient donc « politique » qu'en relation avec d'autres groupes. Il va de soi que la solidarité est plus grande dans les groupes les plus petits.

Les combats sont de véritables institutions tribales. Les Nuer sont, en effet, très enclins à se battre et l'on encourage les enfants à résoudre leurs conflits par un combat. Dans les conflits intervillages, les armes utilisées sont des javelots et la bataille ne s'arrêtera qu'après un grand nombre de morts.

C'est pour cela que l'on est prudent avant de s'engager dans un tel combat. Tous les hommes ont des cicatrices à la suite de blessures de javelot.

Les Nuer ont une sorte de Code pénal dans la mesure où ils sont capables de fixer le montant d'une compensation en cas de dommage ; une jambe cassée vaut dix têtes de bétail, de même qu'un œil crevé. L'adultère doit être compensé par cinq vaches et un taureau ; si une femme meurt en couches, son mari, considéré comme responsable, doit rendre le prix de la fiancée, etc. Cependant, de telles sanctions ne peuvent être appliquées que dans un rayon limité et de toute façon, si un homme a été blessé dans son honneur et sa dignité, il n'aura d'autre solution que de recourir à la violence.

Le principe de base de cette organisation segmentaire, c'est que la cohésion politique est fonction de la distance « structurale » ; ainsi, plus le segment est étendu, plus l'anarchie prévaut alors que les segments les plus petits connaissent un degré plus élevé de contrôle social. La force de la loi s'affaiblit à mesure que la distance structurale s'agrandit. Un deuxième principe veut que tout segment social soit lui-même segmenté. Enfin, il y a opposition entre tous les segments. Les membres d'un segment s'unissent pour se battre contre un segment adjacent du même ordre, mais ils sont aussi capables de faire front avec ce segment adjacent pour mener une guerre contre une section plus large.

Un autre trait remarquable de cette organisation sociale est l'absence de personnes exerçant une activité importante. L'autorité de ce que l'on pourrait appeler les « chefs » est, en effet, faible, et ils ne font l'objet d'aucun respect particulier. C'est le cas des « chefs à peau de léopard » dont la fonction politique principale est de régler les relations entre les groupes politiques, mais ils n'ont pratiquement pas de contrôle sur le groupe lui-même. Les « chefs à peau de léopard » sont des médiateurs, mais ici aussi leur rôle est limité, car leur pouvoir de conciliation ne sera effectif que si les deux partis acceptent de rechercher un compromis. En résumé, il n'y a donc pas d'organe gouvernemental parmi les Nuer, pas de leadership ni de vie politique organisé. L'ethnie nuer n'est qu'une sorte de groupe de parenté acéphale. Il n'y a parmi eux ni maître ni serviteur ; tous les Nuer sont égaux. Toute l'organisation sociale des Nuer repose sur les relations de parenté. Plus l'ancêtre commun est proche, plus grand sera le sentiment de solidarité.

L'influence des *Nuer*, qui fut considéré comme un cas d'école en sciences politiques, n'empêcha nullement les critiques de fuser. On fit d'abord remarquer que le tableau dressé par Evans-Pritchard de la structure sociale reste à un niveau général, quasiment idéal, tout en donnant très peu de détails sur la façon dont les choses se passent dans la réalité. De plus, non seulement l'analyse demeure synchronique, laissant peu de place au changement, mais elle considère la structure sociale des Nuer comme une entité complètement fermée sur elle-même, ne subissant aucune influence. Le christianisme, auquel bon nombre de Nuer étaient convertis, ne trouve pas place dans l'analyse, pas plus d'ailleurs que les transformations apportées par la situation coloniale (Amselle, 1990, p. 22). Surgit alors une illusion que *Les Nuer* partagent avec tant d'autres ouvrages d'ethnologie : l'idée que la vie des Nuer transcende toute contingence historique et qu'elle est insensible au changement (Hutchinson, 1996, p. 21).

Jack Goody, une approche comparative

L'ethnologue britannique Jack Goody (1919-...) est une des grandes figures de l'anthropologie contemporaine. Ce professeur de Cambridge, particulièrement prolifique, s'est distingué par des travaux sur les Logdagaa du Ghana, et sur le plan théorique, il a fourni une contribution essentielle à l'étude de l'écriture et à l'influence de celle-ci sur la pensée. Dans divers ouvrages comme *La Raison graphique* ou *Entre l'oralité et l'écriture*, Goody analyse les conséquences sociales et mentales de l'apparition de l'écriture. Cette approche comparative se poursuit dans *Production and Reproduction* où il contraste les effets de deux types de production agricole sur les institutions de parenté. D'une façon générale, Goody a donc essayé de dépasser l'empirisme ethnographique pour esquisser des grandes comparaisons entre différents modèles et il se distingue ainsi comme une personnalité originale de l'anthropologie.

L'anthropologie de Goody se démarque du structuro-fonctionnalisme qui ne voit dans la comparaison que la ressemblance et est insensible aux ruptures et aux processus. En discutant l'influence de l'apparition du droit écrit, il affirme que les anthropologues contemporains ont eu du mal à admettre certains développements car ils entendaient se détacher de la notion de progrès chère aux évolutionnistes. Ils ne pouvaient alors percevoir certains processus comme, par exemple, ceux liés à l'apparition de l'écriture (1986, p. 133). Selon Goody, cette incapacité de donner du poids aux différences a été une limite fondamentale de l'école structuro-fonctionnaliste qui ne met l'accent que sur les similarités structurales.

En second lieu et corollairement, il refuse aussi le particularisme culturel dans lequel ont versé bien des critiques du structuro-fonctionnalisme. L'accent sur la différence ou sur les ruptures n'est pas, chez lui, un accent sur la discontinuité ou l'incommensurabilité. Son travail entend donc être une critique du relativisme. Il rejette, en effet, l'idée de discontinuité et surtout l'approche du relativisme culturel selon lequel toutes les sociétés connaîtraient des processus intellectuels du même ordre (1977, p. 36). Il faut, dit-il, renoncer au relativisme culturel qui refuse de reconnaître les différences à long terme et regarde chaque culture comme une chose en soi, une entité pour elle-même (*ibid.*, p. 151). Il affirme ainsi que la magie et la science ne sont pas des systèmes de pensée concurrents ou équivalents (*ibid.*, p. 148), mais que « le développement de la science et d'un savoir systématique a conduit à une diminution des aspects cosmocentriques de la religion et de la magie ». Ainsi ce développement a contribué au processus de sécularisation, un processus qui est marqué de discontinuité, mais qui ne peut pas être décrit en termes dichotomiques ou relativistes (*ibid.*, p. 150). Le reproche principal fait au relativisme est donc de considérer toutes les sociétés comme si « leurs processus intellectuels étaient les mêmes » (*ibid.*, p. 36).

Ce rejet du relativisme nous semble particulièrement clair dans l'œuvre de Goody. Plus problématique sans doute est le rejet corollaire de ce qu'il appelle *the great divide*, « la grande coupure », ou encore la pensée dichotomique. En effet, on pourrait croire que le refus du relativisme conduit Goody vers une « évaluation » ou une hiérarchisation des sociétés. Ou encore, comme nous le suggère sa remarque sur les processus intellectuels, qu'il distingue des modes de pensée radicalement différents. Il s'en défend et affirme, par exemple, que dans ses travaux au Ghana, il n'a jamais ressenti de hiatus dans la communication, ce qui serait le cas si les indigènes considéraient le monde physique d'un point de vue radicalement différent du nôtre (1977, p. 8). On voit déjà apparaître ici une certaine ambiguïté : s'il parle bien de processus mentaux différents (*ibid.*, p. 36), il refuse les ruptures. Sa critique porte donc tout particulièrement sur les visions dichotomiques du monde, celles qui opposent tradition et modernité, sauvage et domestique. Cette défense, cependant, ne nous paraît pas complètement convaincante, même si Goody met l'accent sur l'aspect « développemental » des différences : il n'y a pas de rupture, de division radicale entre les états, mais bien un lent processus, un passage progressif.

Selon Goody, s'il est une pensée qui fonctionne de manière dichotomique, c'est bien la pensée académique. Ce sont les catégories intellectuelles qui sont binaires et nous poussent ainsi à des représentations manichéennes du monde, entre primitifs et avancés, simples et complexes. Même la révolution néolithique, dit-il, fut davantage émergence que rupture. Elle s'est accompagnée de nombreuses autres inventions comme la révolution urbaine, l'âge du bronze, la période classique, la cuisine, etc. En dépit de ces dénégations, il n'est pas toujours aisé d'admettre que l'œuvre de Goody n'introduise pas une forme nouvelle de différence radicale. Ses travaux sur l'écriture, en effet, reposent sur l'idée fondamentale que celle-ci représente une étape essentielle du développement des sociétés et, en vérité, de la pensée : après le langage, qui marque le passage à l'humanité, l'avancée la plus importante réside dans la réduction du langage à des formes graphiques, c'est-à-dire dans le développement de l'écriture (*ibid.*, p. 10). De surcroît, il fait dépendre la logique ou les lois de la contradiction de l'apparition de l'écriture : autrement dit, des processus mentaux sont bien liés à un stade particulier de développement. Il raconte ainsi comment les jeunes Lodagaa étaient experts pour additionner des grands montants de ces coquillages qui constituent la monnaie traditionnelle, mais qu'ils étaient incapables de faire des multiplications et des divisions car ces opérations sont liées à l'existence de tables et donc de l'écriture. On verra comment l'écriture permet un plus grand degré d'abstraction alors que la pensée indigène est essentiellement concrète : compter des animaux ne se fait pas de la même manière que compter des coquillages. En d'autres termes, le mot écrit n'est pas une simple amélioration de la parole, il ajoute une dimension essentielle à l'action sociale (*ibid.*, p. 15). De plus, l'importance de l'écriture est aussi liée à la taille du groupe : dans les grands groupes, elle devient nécessaire pour communiquer. Goody réfute d'ailleurs l'idée émise par Lévi-Strauss selon laquelle des hommes de l'envergure de Platon ou d'Einstein ont sans doute existé dans toutes les sociétés, y compris dans les sociétés dites primitives : une telle vue, souligne l'anthropologue anglais, est totalement anti-historique et ignore les facteurs spécifiques, la tradition intellectuelle ou le contexte institutionnel qui sous-tendent l'émergence d'un Einstein (*ibid.*, p. 3). Autrement dit, l'intelligence est fonction des conditions socio-historiques.

Certes Goody montrera que la rupture n'est pas brutale, mais qu'il y a au contraire une complexification croissante : en ce sens, sa théorie n'est pas dichotomique. Mais au bout du compte, toute sa démarche revient à démontrer, de façon convaincante d'ailleurs, que l'apparition de l'écriture est source de changements fondamentaux, de la bureaucratie aux opérations mathématiques.

Une des premières différences entre les sociétés de l'oralité et celles de l'écriture tient dans le rôle, ou plutôt dans l'existence même, des intellectuels : dans les sociétés à écriture, ces derniers ont un rôle crucial dans le processus de création. Autrement dit, l'individu est, *via* la créativité, le moteur du changement et de l'innovation. Dans les sociétés orales, poursuit Goody, l'individu est soumis à la coutume et ses réalisations propres tendent à être absorbées et à sombrer dans l'anonymat (*ibid.*, p. 19). En même temps, la pensée est plus ouverte à de nouvelles formes, de nouvelles croyances, il y a toujours la possibilité de nouveaux développements, de nouvelles histoires. Les chants, mythes et légendes connaissent d'infinies variétés. Dans les sociétés de l'oralité, certains individus que l'on pourrait comparer à des intellectuels peuvent s'exprimer dans la sphère religieuse en suscitant de nouvelles formes de pratiques, de sanctuaires, etc. Le devin permet ainsi d'apporter des réponses ou de trouver des causes à l'infortune.

Cependant, l'apparition de l'écriture va permettre un discours nouveau et surtout un discours critique, le scepticisme. On peut affirmer que le scepticisme est déjà présent dans les sociétés orales, mais il ne peut ici se reproduire et être systématisé. Il est davantage propre à des individus isolés et épars, incapables de transmettre le contenu de leur critique. L'écriture permet non seulement de fixer le savoir, mais aussi de le soumettre à l'examen, à la critique et au dépassement : quand un discours est consigné par écrit, le texte donne un accès aisé et individuel au savoir. Goody sous-entend alors que le texte est lié à l'individu et à l'esprit critique que l'on peut associer à l'esprit scientifique. En d'autres termes, on voit surgir ici encore une différence essentielle entre deux types de pensée et l'on a du mal à ne pas penser aux visions dichotomiques qu'il dénonce par ailleurs avec véhémence.

Les sociologues ont toujours tâché d'organiser les connaissances des membres de sociétés primitives sous forme de tableaux. Pourtant, ceux-ci ne sont pas compatibles avec les sociétés orales. Ainsi le texte de Durkheim et Mauss sur les classifications primitives suppose que les catégories mises en évidence sont conscientes. Or dans les sociétés africaines étudiées par Goody, par exemple, il n'y a pas de mot qui corresponde à nos termes de « nature » et « culture », des oppositions typiques du XIXe siècle. Nous sommes bien sûr autorisés à utiliser ces notions pour des raisons analytiques, mais on ne peut pas les mettre en parallèle avec des notions telles que gauche et droite ou des classifications de couleurs que l'on rencontre chez les indigènes : on ne peut pas mêler les catégories des acteurs avec celles des indigènes. Nous sommes ici à des niveaux différents. La question se pose de savoir si Durkheim et Mauss considèrent vraiment que les acteurs ont conscience du fondement social des catégories. Il ne me semble pas que cette idée soit fondamentale chez eux.

Par contre, il nous paraît judicieux de contester les parallèles entre les différentes formes d'opposition, comme le fait Goody, et il s'agit d'une critique assez importante adressée aux travaux de Durkheim et de Mauss. En effet, comme le note Goody, on rencontre fréquemment des classifications indigènes qui associent le jour au blanc et à la bonté. Parallèlement, la nuit est noire et associée au mal. Soient deux séries :

Jour	Nuit
Blanc	Noir
Bon	Mal

Cependant, la représentation graphique est bien une construction analytique et peut amener à penser qu'il y a une équation générale entre le noir et le mal. Or tel n'est pas le cas et le noir peut signifier beau dans d'autres circonstances et donc avoir des connotations positives. Il faut ainsi éviter le réductionnisme et cela d'autant plus que les représentations graphiques réduisent la complexité des oppositions que l'on rencontre dans les sociétés orales : elles figent un système contextuel en un système permanent d'oppositions et cela aux dépens de la compréhension.

Contrairement à ce que des linguistes ont pu affirmer, la langue écrite ne peut se réduire à une simple forme visible de la langue. Bien plus que cela, elle altère la nature même des communications verbales. Les premières formes d'écriture furent en réalité des listes. Les listes ne sont pas que des simples représentations écrites d'opérations économiques, mais elles expriment un changement significatif dans les modes de pensée. En effet, les listes sont très différentes du langage écrit, elles représentent des formes verbales d'un point de vue discontinu et abstrait. Dans la Mésopotamie ancienne où l'on trouve les premières formes d'écriture, ce ne sont pas des œuvres littéraires mais des listes qui dominent l'usage de l'écriture. Le premier système complet d'écriture est sumérien (3000 av. J.-C.) : on y retrouve des tablettes de noms et d'objets en relation avec le développement économique, la nécessité de garder les comptes des biens entrant dans les villes. Les Sumériens dressèrent des listes de toutes sortes de choses : des observations économiques, du temps, des prix des biens, etc. Les listes sont bien des systèmes de classification qui viennent rompre l'unité naturelle du monde perçu ou, du moins, structurer ce dernier. L'écriture réorganise la réalité. La formulation explicite de champs sémantiques ou de systèmes de catégories est fonction de l'écriture (critique de Durkheim et Mauss). La liste écrite transforme les classes, elle génère une connaissance avancée et systématique et peut être utilisée dans l'enseignement. Goody réitère le point de vue radical énoncé plus haut sur les conséquences mentales de l'écriture et il affirme, qu'avec les listes, l'écriture « altère le psychique », qu'elle change la nature de notre représentation du monde (*ibid.*, p. 106).

L'inspection visuelle des mots augmente la conscience vis-à-vis du langage et permet un regard critique sur ce dernier. Ce n'est pas un hasard si, dans les langues orales africaines, il n'y a pas de mot pour « mot ». Le mot le plus proche en logdagaa est *yelbie* qui pourrait se traduire par « morceau de discours », autrement dit il est lié à la parole. L'écriture change la situation, elle permet l'analyse du langage, sa dissection, son élaboration. Les gens deviennent beaucoup plus conscients de leur langue et des relations entre les mots. La rhétorique est, bien sûr, liée à l'écriture. Les formules sont de même quasiment absentes des langues orales alors qu'elles deviennent essentielles dans les langues écrites. Elles permettent de fixer, de prévoir, d'officialiser les choses. Le *pater noster* est fixé une fois pour toutes alors que, chez les Logdagaa, les prières officielles sont constamment changées. Le langage écrit permet aussi des représentations graphiques qui donnent une dimension nouvelle à certaines idées ainsi « Dieu est amour » diffère de « Dieu = amour » qui implique une certaine réversibilité. Le langage écrit permet également une plus grande hiérarchisation des mots : une liste, par exemple, procure un ordre. L'écriture permet enfin de planifier l'action humaine.

Dans *The Logic of Writing and the Organization of Society*, un ouvrage subséquent, Goody donne des exemples historiques des développements sociaux auxquels l'apparition de l'écriture a donné lieu. Sur le plan religieux, par exemple, on peut se demander quelles différences fondamentales opposent les grandes religions écrites aux religions orales. On est certes en droit de voir des ressemblances entre les deux types de religion. Ainsi, dans les sociétés africaines, un observateur extérieur aura tôt fait de repérer certaines pratiques et croyances auxquelles il donnera le label de « religieux » : ce sont des cérémonies, des croyances, des rituels, des cycles annuels, etc. Toutes les sociétés humaines ont des concepts, des croyances et pratiques qui concernent l'au-delà et le mouvement des esprits entre les deux mondes. Cependant, l'apparition de l'écriture apporte une dimension nouvelle aux religions.

À ce propos, les religions africaines n'ont bien sûr pas de mots pour désigner la religion et les acteurs ne semblent pas considérer les croyances et pratiques religieuses comme un ensemble distinct. Lorsque nous parlons d'une religion « tribale » (par exemple la religion des Azande), nous ne faisons pas référence à des croyances ou à quelque caractéristique religieuses, mais nous accordons ce terme à une frontière ethnique ou géographique. Dans les religions de l'écriture, au contraire, les fidèles se reconnaissent par leur attachement à des principes religieux, la reconnaissance d'un credo et ils ne sont, en principe, membres que d'une tradition. Ce n'est certes pas toujours facile de déterminer qui est juif ou chrétien, mais la reconnaissance ne se fait normalement pas sur une base territoriale.

À l'inverse, si l'on n'est pas membre de la tribu des Azande, on ne peut pas pratiquer la religion des Azande. Ce que signifie cette « religion » aujourd'hui est probablement très différent des significations remontant à cent ans. Les religions écrites impliquent davantage de consensus et la conversion n'a de sens que pour les religions du texte car elles nécessitent une certaine adhésion ; dans les cultures orales, la conversion est impossible ou du moins elle n'a pas de sens.

L'idée selon laquelle les sociétés modernes sont dynamiques et changeantes alors que les sociétés « primitives » sont statiques et traditionnelles a une certaine pertinence dans le domaine économique et technologique, mais elle ne peut s'étendre au domaine religieux car dans les grandes religions, les textes sacrés sont les dépositaires d'une certaine orthodoxie, ils comprennent le Verbe, alors que dans les sociétés orales, les croyances sont essentiellement mouvantes, elles ont peu d'assise et sont caractérisées par la flexibilité.

Une autre différence réside dans l'organisation même de la sphère religieuse. Avec l'écriture, le prêtre dispose d'un accès privilégié au texte sacré dont il est le gardien et le premier interprète. Il devient un médiateur unique entre les hommes et Dieu dont il est parfois le seul à pouvoir lire la parole. Assez paradoxalement, les religions du Livre peuvent être associées à un usage réservé de la lecture. Dans des cas extrêmes, les prêtres sont la seule catégorie de personnes capables de lire. Il y a alors peu de séparation entre le prêtre et l'enseignant parce que lire et écrire font partie intégrante de l'expérience religieuse. Il y a donc besoin d'un système d'enseignement pour que soit maintenue la tradition religieuse et c'est ainsi que se construisent des Églises en tant qu'organisations bureaucratiques. Cela crée souvent des conflits entre Église et État, entre les prêtres et le pouvoir politique.

En même temps, l'existence d'une orthodoxie est une invitation à la recherche d'accommodements, de critiques et donc au développement d'une certaine hétérodoxie. Il peut aussi se développer une petite tradition très éloignée de l'orthodoxie.

Sur le plan économique, l'apparition de l'écriture est également fondamentale et va permettre une expansion formidable des activités économiques. C'est d'ailleurs ce qui s'est passé dans la Mésopotamie ancienne où le développement économique fut largement dépendant de l'écriture. En effet, l'agriculture intensive et l'élevage à grande échelle y étaient contrôlés par un pouvoir centralisé qui devait garder des traces des énormes flux de production et de circulation des biens. Pendant plusieurs siècles, ce fut d'ailleurs là le rôle essentiel de l'écriture. La comptabilité fut donc la première forme d'écriture vers 3000 av. J.-C. et l'écriture ne fut pas utilisée dans les domaines religieux ou mythologique. Cette écriture était largement pictographique, mais elle permettait une certaine abstraction. Parmi les traces les plus anciennes d'écriture, on retrouve aussi des enregistrements de propriété foncière. C'est l'administration cléricale qui gérait les comptes (*book-keeping* ou *book-houding*). Cette association entre le pouvoir religieux et l'économie a toujours été vivace. En dépit d'une doctrine qui mettait l'accent sur le renoncement aux choses de ce monde, les monastères se transformèrent vite en lieux de gestion des biens. Les monastères bouddhistes du Sri Lanka, par exemple, prêchaient une vie ascétique, mais durent aussi gérer leurs biens et surtout les dons qui leur arrivaient par milliers. Ainsi les temples et monastères devinrent partout des foyers de la vie économique et du développement de la comptabilité.

Le développement de l'État nécessitait également l'essor de l'écriture, notamment pour la collecte des impôts. Il fallait, en premier lieu, tenir compte de la population et organiser des recensements de cette dernière : les gens furent classés selon des catégories sociales. À Babylone, l'État établit un système de comptabilité et rechercha le moyen « d'additionner des pommes et des oranges », autrement dit un standard de conversion des biens. Cela nous amène bien sûr au « crédit », nécessité vitale des économies en développement qui, à large échelle, requiert le développement de l'écriture. Les Assyriens d'Anatolie, vers 1800 av. J.-C., avaient développé une association qui s'appelait *karum* (« le quai ») et qui fonctionnait comme une espèce de chambre de commerce, régulant l'import-export : les marchands y avançaient du capital, contrôlaient les prix, fixaient les taux d'intérêt. Le roi d'Assur participait à ces activités si bien que l'on a pu dire qu'« il faisait plus figure de gros marchand que de roi ».

Le système juridique prit, bien sûr, une dimension nouvelle avec l'écriture. En devenant écrites, les lois se transforment en objet matériel, détaché des hommes. Pour cette raison, le texte écrit devient plus difficile à comprendre et nécessite une interprétation car il existe en dehors de tout contexte, impliquant une certaine abstraction, une formalisation et un degré d'universalisation. En se développant, la loi écrite est entrée en conflit avec la coutume. L'enfermement des pratiques orales dans des lois écrites n'est pas une opération anodine, un simple changement de formes. Il implique la présence de clercs et de juges qui deviennent des spécialistes de la loi. La loi écrite rend également possible le contrat dont sir Henry Maine disait qu'il était la grande révolution dans l'histoire de l'humanité. Le contrat oral existait, certes, mais avec l'écriture le contrat prend un aspect formel et devient beaucoup plus courant. Les testaments permettent également de formaliser les volontés d'une personne après sa mort et de se démarquer de la voie normale de succession.

L'ambiguïté par rapport à la notion de rupture est certes un aspect intéressant du travail de Goody. En effet, ce dernier refuse de considérer qu'il y a des ruptures radicales, mais en même temps tout son travail consiste à montrer les différences entre « avant » et « après ». Lui-même hésite à tracer des lignes nettes de démarcation et remarque que si l'écriture a permis le développement de nouvelles formes d'opérations logiques (autrement dit de nouveaux processus mentaux), celles-ci existaient à l'état embryonnaire ou du moins peu développé dans les sociétés orales. C'est d'ailleurs pour cela qu'elles ont pu se développer. Il montre ainsi des différences radicales sans parler de coupure : la vieillesse présente des signes distinctifs sans que l'on puisse décider quand elle commence exactement. Dans une certaine mesure, le travail de Goody n'est donc pas exempt de principes évolutionnistes, il évite toutefois les écueils du relativisme et du primitivisme qui, en ethnologie, consistent souvent à nier des évidences.

De la fonction à la structure

Avec Malinowski, l'observation participante était devenue la pierre de touche de l'anthropologie sociale. Parallèlement, cependant, le fonctionnalisme britannique devenait de moins en moins fonctionnaliste et l'adjectif « fonctionnaliste » a aujourd'hui pris un sens extrêmement péjoratif. Lévi-Strauss a, en une seule phrase, résumé l'attitude des anthropologues contemporains face au dogme fonctionnaliste :

> « Dire qu'une société fonctionne est un truisme, mais dire que tout, dans une société, fonctionne est une absurdité » (Lévi-Strauss, 1958, p. 17).

Mary Douglas (1921-2007)

Élève d'Evans-Pritchard, l'anthropologue Mary Douglas fut l'une des figures les plus marquantes de l'anthropologie britannique de la deuxième moitié du XXᵉ siècle. Elle représente bien les tendances d'une discipline qui continue de croire en l'empirisme malinowskien, mais qui entend aussi le dépasser pour poser des questions générales et s'inscrire dans une véritable anthropologie. Le Royaume-Uni ne succombera jamais aux sirènes du culturalisme qui ont envoûté l'Amérique. Certes, ici comme ailleurs, on fait toujours preuve d'un certain relativisme, plutôt modéré, mais on ne renonce guère à l'ambition plus générale d'une connaissance de l'Homme en société. Tel est le cas de Mary Douglas, dont l'intérêt pour le symbolisme se manifestera par une attention accordée au structuralisme, sans jamais renier l'héritage durkheimien qui traverse l'ensemble de son œuvre. Auteur prolifique et fécond, elle s'impose comme l'une des personnalités les plus remarquables des dernières décennies et se distingue par une œuvre qui tente de jeter un peu de lumière sur le monde.

D'origine irlandaise par sa mère, Mary Tew est née en 1921 à San Remo. En 1943, elle obtient un baccalauréat de philosophie, de politique et d'économie, le fameux diplôme PPE, forme d'éclectisme cher à la tradition intellectuelle d'Oxford. Pendant quelques années, elle se met au service du *Colonial Office*, le ministère des colonies. C'est sans

doute ce qui la décida à poursuivre ses études à l'Institut
d'anthropologie sociale d'Oxford, alors dirigé par Evans-
Pritchard. C'est au Congo belge, chez les Lélé du Kasaï,
que Mary Douglas trouve un endroit pour mener l'indispensable étude de terrain qui devra la conduire au doctorat,
afin d'enseigner ensuite à l'University College de Londres.
Elle allait passer de nombreuses années dans le département
d'anthropologie de cette université.

Mary Douglas prit ses distances par rapport à l'ethnographie
et son anthropologie allait très vite dépasser celle-ci, ne reve-
nant qu'épisodiquement et ponctuellement sur les données
recueillies chez les Lélé. Plus sans doute que ses mentors,
dont Evans-Pritchard qui resta attentif à ses données de terrain, elle donna une inflexion comparative à son ethnologie.
Elle entendait ainsi dépasser le particularisme ethnographique
et n'accorder que peu de crédit au relativisme. L'amitié de
Mary Douglas pour Evans-Pritchard contribua sans doute à
valoriser ce qui les unissait intellectuellement. Evans-Pritchard
avait, lui aussi, été marqué par le structuro-fonctionnalisme,
mais il n'avait guère dépassé une conception empirique de
ce dernier tandis que Douglas, à l'instar de Radcliffe-Brown,
considérait davantage l'anthropologie comme une discipline
comparative. Derrière les différences, il faut découvrir les
ressemblances et rechercher une meilleure intelligence de
l'Homme en société. Comme pour les deux professeurs
d'Oxford, la dette de Mary Douglas envers Durkheim et l'école
française de sociologie peut difficilement être minimisée. Mary
Douglas reconnaîtra toujours le fondement sociologique des
catégories sociales. Enfin, elle se distingua par son refus de
considérer les sociétés dites « primitives » comme différant
radicalement des sociétés modernes. On ne retrouve pas, chez
elle, la coupure radicale entre « eux » et « nous », qui a tant
marqué l'histoire de l'anthropologie. Ici aussi, la paternité
de Radcliffe-Brown est patente, car il fut sans doute parmi
les premiers à considérer l'anthropologie comme une espèce
de sociologie comparative et à encourager ses étudiants à

analyser les sociétés « complexes ». Mary Douglas fut avec Turner et Goody l'une des anthropologues qui persévéra le plus dans cette voie. On retrouve, chez elle aussi, l'influence de Lévi-Strauss qui fascina, sans toujours la convaincre, cette nouvelle génération d'anthropologues anglais parmi lesquels figurent Edmund Leach et Rodney Needham.

Bien que ses travaux ne manquent pas de teneur théorique, Mary Douglas n'entendait pas se couper totalement des réalités ; elle était sensible aux sujets de société abordés dans son œuvre : la notion de risque, l'alcool, la nourriture, la propreté furent ainsi des thèmes qui lui permirent de s'attirer un certain lectorat qui dépassait de loin le cercle restreint des spécialistes de l'ethnologie.

Pureté et danger

La bibliographie de Mary Douglas des années 1950-1965 reste largement centrée sur l'Afrique, avec une attention toute particulière consacrée aux Lélé. Il faudra attendre 1966 pour que la carrière de Mary Douglas prenne un tournant. Cette année-là, en effet, Mary Douglas publie *Purity and Danger : An Analysis of Concepts of Pollution and Taboo*. Publié en français sous le titre *De la souillure*, ce livre constitue une étape décisive dans la carrière de Douglas, car il aborde un problème général dans une perspective originale. Cet ouvrage est toujours disponible depuis lors et l'édition anglaise a fait l'objet d'une quinzaine de rééditions. Une dizaine de traductions contribuèrent à son succès international et, aujourd'hui encore, de nouvelles traductions continuent de paraître. Le livre a aussi été classé parmi les cent ouvrages non-fictionnels les plus influents du XXᵉ siècle.

Cet ouvrage paraît dans une période tumultueuse, probablement peu encline au ritualisme, mais qui, en même temps, (re-)découvre l'anthropologie et une certaine tendance au primitivisme. Cet intérêt explique, en partie au moins, l'attention suscitée par un livre consacré aux notions de tabou et de pollution rituelle dans un monde marqué par la modernité. Le thème du livre peut se résumer à savoir pourquoi les religions primitives, mais d'autres aussi, accordent une importance particulière à l'impureté, à la souillure et aux tabous. Il semble que Mary Douglas voulait en fin de compte montrer le caractère essentiel de ces notions et défendait l'idée (qui sera explicitée dans *Natural Symbols*, son ouvrage suivant) qu'aucune société ne peut s'en passer. D'une certaine façon, elle mettait ainsi en exergue l'importance du rituel, mais aussi de la religion.

Elle relève des différences entre nos sociétés et les sociétés dites « primitives », mais en même temps elle aborde la question complexe du prolongement entre les deux. Elle refuse de penser que ces dernières ont une mentalité prérationnelle ainsi que le soutenait Lévy-Bruhl ou encore Frazer, selon lesquels les primitifs avaient des modes de pensée uniformes et contraires aux nôtres. Elle ne rejette toutefois pas toute différenciation, mais elle situe le critère ailleurs. Selon elle, c'est la révolution copernicienne qui distingue le mieux les sociétés : auparavant, les hommes étaient dirigés par des forces supérieures qui les dépassaient. « Ils ne distinguent pas tout à fait les choses des personnes, ni les personnes de l'environnement. » Chez les Dinka, par exemple, le moi est identifié à des puissances extérieures et, plus généralement dans de telles sociétés, les individus sont considérés comme tributaires d'une force inhérente à eux-mêmes et à leurs semblables ; l'énergie cosmique est transférée aux individus. Il n'est pas facile de voir en quoi cet « univers indifférencié » se distingue, selon Douglas, de la loi de participation énoncée par Lévy-Bruhl. Remplacer « prélogique » par « pré-copernicien » ne change pas vraiment les données du problème et Douglas semble ici nuancer ce qu'elle n'a cessé de proclamer par ailleurs, à savoir la similarité des expériences sociales. Un des intérêts du livre paraît précisément résider dans ce refus d'une distinction radicale entre les diverses expériences religieuses. Si Douglas a raison de souligner que, dans les sociétés modernes, les idées concernant la souillure rituelle ont été affectées par les découvertes récentes en matière de bactériologie, on peut souligner que nous avons été, nous aussi, gouvernés par des idées semblables en matière de pollution. Elle a raison également d'affirmer que le symbolisme rituel occupe chez nous une place plus limitée que chez le « primitif » qui vit dans un univers nettement plus cohérent sur le plan symbolique.

Une société a besoin d'ordre et elle doit se penser en tant que telle. Les idées en matière de pureté permettent à toute société de se penser, mais aussi de se définir, de tracer des lignes de démarcation qui séparent l'ordre du chaos. La première idée fondamentale concerne la conception même de ce qui fonde la société, question qui est sans doute au cœur de la pensée de Douglas. Selon elle, les sociétés se considèrent comme des ensembles de personnes suivant des lignes de démarcation qu'il faut respecter. Parfois ces lignes de démarcation sont précaires et mal définies, et il faut alors les protéger. C'est ici qu'interviennent les notions de pollution qui servent à maintenir le système : franchir la barrière est considéré comme une souillure redoutable (1971, p. 152). Le désordre, c'est l'absence d'agencement, et il est dangereux. La pollution se manifeste aux marges de la société. Certaines choses doivent être tenues séparées en vue de protéger la structure. C'est pour cette raison que toute société, en tant qu'ordre, a nécessairement besoin de règles qui maintiennent la structure en place et évitent la confusion. Ce sont les règles de tabous, d'impureté et de pollution rituelle.

Les règles de pollution servent donc à maintenir séparées les choses qui doivent l'être, à préserver les distances, particulièrement là où l'autorité et le pouvoir font défaut. Un enfant qui désobéit à ses parents ne sera pas sanctionné par des tabous de pollution et par leurs conséquences, car les parents se chargent eux-mêmes de le réprimander. En revanche, un homme qui couche avec une femme réglée ne subit d'autre sanction que celle prévue par les relations symboliques liées à l'impureté. Les règles du Lévitique doivent s'entendre de manière semblable : les individus doivent se conformer à leur classe et éviter toute confusion entre les classes, d'où les nombreux interdits, notamment alimentaires, qui s'inscrivent dans des distinctions telles que celles qui opposent le bien et le mal. Ne sont purs que les animaux tout à fait conformes à leur classe ; les hybrides (le lièvre, le poisson sans nageoires, les quadrupèdes volants, etc.) sont considérés comme dangereux et donc impurs.

Les rituels magiques ne sont pas sources d'effets immédiats ; ils ne produisent pas de miracles. Le rite fournit un cadre et l'efficacité du rite réside dans l'acte lui-même : il confirme au sein de l'univers réel, dans le monde objectif, une institution conçue au sein de l'ordre moral. L'acte rituel est un acte créateur.

Contrairement à ce que certains ont dit, les tabous rituels ne sont pas motivés par des raisons pratiques. Ainsi, il ne faut pas confondre pureté et propreté, même si certains acteurs sociaux tendent à légitimer leurs pratiques sociales de cette manière. D'autres interprétations, tout aussi erronées, ont assimilé les règles de pureté à des raisons médicales. En réalité, les deux éléments ne se confondent pas : en Inde, les gens peuvent boire l'eau dans laquelle un *saddhu* (« homme saint ») s'est lavé les pieds et ils utilisent bouse et urine de vache pour purifier leur maison. Les pratiques ancestrales ne correspondent pas à des règles de santé publique, ce sont des règles symboliques.

La saleté n'est pas un phénomène isolé, elle ne peut se comprendre qu'au sein d'un système de significations. En considérant une chose comme une anomalie, on définit les contours de l'ensemble dont cette anomalie est exclue. La culture, ainsi entendue, est un système, un langage, fournissant à l'individu les notions d'ordre, de valeurs, d'idées qui construisent son univers.

Les symboles naturels

Paru en 1969, l'ouvrage *Natural Symbols* connut lui aussi un grand succès mais, d'une facture plus dense, il n'atteignit pas la popularité de *Purity and Danger*. Cet ouvrage considéré comme un classique reste assez méconnu en France, où il ne fut pas traduit. Il s'inscrit pleinement dans la lignée du précédent, mais son insistance sur l'importance du rituel ne manqua cependant pas d'attirer des critiques acerbes, Edmund Leach allant jusqu'à le qualifier de « propagande catholique », insulte d'autant plus dommageable qu'elle est totalement injustifiée.

La polémique vint d'une des thèses du livre, qui prenait parfois des allures d'engagement. Dès la première phrase de l'ouvrage, en effet, Mary Douglas déplore – autant qu'elle affirme – que l'un des problèmes les plus sérieux de notre époque est le manque d'attachement (*commitment*) aux symboles communs. C'est bien sûr la montée de l'individualisme qui est ainsi dénoncée, mais Mary Douglas va plus loin en regrettant l'absence d'intérêt pour le ritualisme religieux qu'elle considère comme inhérent à l'Homme. La dénonciation des rites mécaniques était de rigueur à l'époque ; une religion basée sur le rituel était considérée comme superficielle et contraire à une spiritualité véritable. Cette dénonciation prit une telle ampleur que le terme même de rituel devint en quelque sorte péjoratif, synonyme de geste routinier, effectué sans conviction ni conscience. L'Église catholique, elle-même, fut traversée par ce rejet du ritualisme, gestes effectués sans motivation autre que le rite lui-même. Ainsi, le jeûne du vendredi, en vogue parmi les Irlandais, était-il dénoncé comme convention sans signification ; une partie du clergé considérait qu'une relation personnelle à Dieu est largement préférable au conformisme ritualiste. Dans cette acception, la religion devient alors une réponse aux problèmes individuels et ses aspects collectifs sont minimisés : elle se transforme alors en philanthropie humaniste. Il faut aussi rappeler que *Natural Symbols* est publié au lendemain du concile Vatican II, qui a réformé la liturgie de façon radicale tout en minimisant la différence entre catholiques et protestants, devenant ainsi de moins en moins perceptible. On peut penser que Mary Douglas déplorait ces transformations et appelait l'anthropologie à la rescousse pour démontrer le pouvoir des symboles qui, selon elles, sont vidés de leur force par les réformes et l'esprit du temps. En ce sens, il s'agit bien d'un livre engagé, d'ailleurs écrit dans une certaine précipitation, les versions ultérieures corrigeant les multiples imprécisions de la première édition.

Le ritualisme est souvent associé aux formes inférieures de société. Robertson Smith considérait la montée de la civilisation comme corollaire du déclin de la magie. Toutefois, les évolutionnistes avaient tort de croire que l'antiritualisme est purement moderne et, d'une façon générale, il n'y a pas une progression du ritualisme à l'antiritualisme. Il existe des sociétés primitives qui sont très peu rituelles ; l'importance du rituel est socialement déterminée : quand l'empreinte du groupe social sur les individus est forte, le ritualisme l'est aussi. Quand cette empreinte diminue, le ritualisme décline à son tour et la doctrine religieuse se transforme en conséquence. Autrement dit, loin d'être associé aux seules sociétés primitives, le ritualisme varie en fonction de la structure sociale. La sécularisation n'est pas un processus linéaire qui va de la tradition à la modernité. Les sociétés tribales connaissent toutes les formes de religiosité, y compris le scepticisme, le matérialisme et la ferveur spirituelle. Il faut se détacher de l'image du tribal comme étant pieux, crédule et soumis au bon vouloir du prêtre ou du sorcier. Même le sécularisme peut se rencontrer dans des sociétés tribales.

À l'inverse, on rencontre dans les sociétés modernes des pratiques rituelles qui ressemblent à celles des « primitifs ». Tel est le cas des Irlandais vivant en Grande-Bretagne et notamment de leur respect du jeûne hebdomadaire le

vendredi. Celui-ci n'a rien à envier aux rites magiques que
l'on rencontre ailleurs. Il s'agit d'un symbole important.
Douglas affirme que tout symbole a nécessairement un sens :
« *They must mean something* » ou encore « *they cannot be
meaningless* ». Dans une Angleterre où les Irlandais étaient
humiliés au point de se voir refuser des logements, l'abstinence du vendredi signifiait l'attachement à la terre natale et
à la gloire de l'Église romaine. Le travailleur humilié avait
ainsi de quoi être fier. Les symboles, en tant que modes de
communication, sont des manières d'exprimer des valeurs.
L'abstinence du vendredi est aux Irlandais ce que le refus
du porc est aux Juifs, un symbole critique de l'allégeance
au groupe. Le jeûne en lui-même n'était pas motivé par des
raisons particulières : l'Église n'avait rien contre la viande
et le poisson ne faisait l'objet d'aucune règle ou préférence ;
il s'agit davantage d'une règle disciplinaire, assimilée à une
pénitence.

Comme d'autres rituels, le jeûne fit l'objet d'attaques des
antiritualistes qui en dénoncèrent le caractère superficiel, car
les gens dépensaient des sommes considérables pour s'offrir
du poisson de première qualité. La fonction symbolique du
rite fut oubliée ou minimisée et le rite abandonné. Pourtant
l'Église américaine, contrairement à d'autres, a continué
d'encourager l'abstinence du vendredi en tant que symbole
du souvenir de la passion du Christ et de communion avec
lui. À l'inverse, l'Église d'Angleterre, que Douglas juge plus
sévèrement, avait décidé d'abandonner le rite dans lequel
elle ne voyait guère d'intérêt.

L'eucharistie peut également apparaître comme une pratique qui ressemble aux rites magiques des sociétés primitives.
L'encyclique du pape Paul VI, *Mysterium Fidei*, exprime
bien cette continuité : le pape y dénonce la tendance de
refuser de considérer le changement merveilleux du pain
dans le corps du Christ et du vin en son sang ainsi que le
concile de Trente l'a exprimé. Il affirme aussi qu'il est erroné
de croire que le Christ n'est plus présent dans les hosties

consacrées qui restent à la fin de la messe. Le sacrement est l'expression de la présence du Christ dans l'hostie. De telles affirmations, note Douglas, dévoilent une doctrine proche du fétichisme africain qui assure qu'une divinité est présente dans l'hostie. L'eucharistie reproduit l'efficacité rituelle ou magique. Ce pouvoir avait été dénoncé par la réforme protestante et l'encyclique de Paul VI exprime bien ce souci, face au scepticisme de certains théologiens, de considérer la présence du Christ dans l'hostie comme purement symbolique.

Douglas reconnaît que la comparaison qu'elle propose entre les rites primitifs et les rites catholiques n'est pas un argument susceptible de convaincre les antiritualistes. Néanmoins, elle continue de soutenir que l'antiritualisme repose sur de l'ignorance : le symbolisme est une manière de traduire la volonté d'ordre en expérience. Les symboles non-verbaux permettent de créer une structure de communication et de significations dans laquelle les individus peuvent se relier les uns aux autres, ils sont des moyens d'organiser la société. Les frontières rituelles fournissent des repères aux individus, mais elles favorisent, en outre, l'organisation de la société. La théorie de Douglas est une véritable apologie du rituel, seul moyen d'élaborer une structure de communication qui ne soit pas totalement incohérente. Au passage, Mary Douglas paraît regretter la confusion des rôles et l'égalitarisme qui semblent être la règle aujourd'hui et qui se traduisent par la critique des hiérarchies. Ne fait-elle pas là indirectement l'apologie de la hiérarchie et de l'inégalité ?

Tout groupe qui se respecte a nécessairement besoin d'un code rituel pour faciliter la communication. Ce rituel renforce la solidarité, car les relations sociales requièrent des catégories claires. Mais, dans le même temps, tout système de classification est le produit des relations sociales, ainsi que Durkheim l'a bien montré. On peut alors penser que la manière dont un groupe vit le rituel dépend de facteurs sociaux que l'on peut répartir selon deux axes : l'axe horizontal (appelé

« groupe ») va d'un extrême où l'individu est indépendant de la pression d'autrui vers le côté opposé où l'individu est très dépendant de la pression des autres ; l'axe vertical (*grid* ou « réseau ») part à la base de systèmes de classifications purement privés pour aboutir en son sommet à des systèmes de classifications purement publics.

Les sociétés peuvent se positionner sur cette grille de lecture, dont on peut tirer une règle relative au degré de ritualisme des sociétés : plus la pression des autres est forte et le système de classifications est collectif, plus le ritualisme sera contraignant. Douglas en vient alors à énoncer une loi selon laquelle les groupes sociaux fermés constituent les déterminants du ritualisme. En d'autres termes, plus un groupe est sociologiquement fort, plus le ritualisme y est développé. À l'inverse, les groupes peu structurés ne connaissent pas de ritualisme. Aussi bien les sociétés modernes que les Pygmées Ituri décrits par Turnbull exemplifient ce cas extrême. Ainsi l'organisation sociale de ces derniers est tellement relâchée que l'on peut quasiment parler d'une collection d'individus. Ceux-ci vont d'une bande à l'autre, sans véritablement s'attacher à l'une d'entre elles. Dans un tel groupement de chasseurs, un homme n'est pas vraiment préoccupé par des liens sociaux : si un problème arrive, il peut s'en aller ; il n'y a donc pas besoin de mécanismes de régulation des rapports sociaux et de sanctions. La religion et la culture reflètent cette faiblesse des liens. Les Ituri n'ont pas de véritables rites. Ils sont indifférents à leurs voisins bantous qui se réfèrent aux sorciers ; ils n'ont pas de culte des morts, ni de notion de mal. Leur religion est plutôt internalisée, c'est une question de sentiments inférieurs, et non pas d'actes et de signes extérieurs.

Une société peut passer d'un état à l'autre. C'est le cas des Navaho. Ils avaient une religion fondée sur la magie et le rituel, mais elle a connu une réforme semblable au protestantisme. Traditionnellement, les Navaho étaient marqués par un ritualisme très développé et une crainte de l'erreur. Tout, chez eux, était imprégné de rituel et ils se souciaient assez peu de la morale ; seule la précision du rite les préoccupait. Une minorité de Navaho a adopté une religion reposant sur la prise du peyotl, se démarquant totalement des Navaho traditionnels. C'est la prière individuelle, sans modèle fixe, qui est valorisée et la ferveur est ici essentielle. Or cette transformation de la religion correspond à un changement de société. Traditionnellement, la société des Navaho repose sur l'élevage de moutons dans les conditions arides des terres de l'Arizona et du Nouveau-Mexique. On peut perdre tout son bien à la moindre occasion et il faut pouvoir compter sur les autres. Dans ces conditions, la solidarité est nécessaire, les unités familiales sont extrêmement unies, avec une forte cohésion. Il est donc indispensable d'exercer un contrôle strict sur les individus afin que cette solidarité soit maintenue. Ce n'est pas tant la vertu qui est prisée que la solidarité sociale ; la religion, fortement ritualisée, est peu morale.

Quand l'emprise de la communauté est relâchée, le ritualisme décline. C'est ce qui s'est passé dans le cas des Navaho. Dans ces conditions précaires, beaucoup parmi eux devinrent salariés ou entrèrent dans l'économie commerciale des États-Unis. Ils ne devaient alors plus compter que sur eux-mêmes et les liens de solidarité faiblirent. Leur dieu finit par leur ressembler. Dans ces nouvelles conditions de vie, la religion se transforma avec l'apparition du culte peyotl.

Le ritualisme n'est donc pas une étape d'un processus d'évolution, mais il survient quand les conditions sociales l'exigent et inversement. L'antiritualisme contemporain n'est qu'un avatar d'un processus qui lui est bien antérieur. Dans sa forme extrême, l'antiritualisme devient une forme de fondamentalisme visant à abolir la communication des systèmes symboliques. Il est donc une sorte d'atteinte à la solidarité sociale. Le titre de l'ouvrage *Natural Symbols* peut porter à confusion : on pourrait penser qu'il s'agit d'un ouvrage sur les symboles de la nature alors que, en réalité, il traite du caractère naturel des symboles et, plus précisément encore, du rituel dans son caractère symbolique.

Au sein de la tradition durkheimienne, Mary Douglas prend ses distances par rapport à une approche purement relativiste qui voit dans chaque culture et chaque société une utilisation originale et possible du corps. Elle affirme, au contraire, que celui-ci varie selon les états de société et propose une loi de nature quasiment explicative. Elle rejette ainsi la conception d'auteurs comme Edward T. Hall qui, dans *The Silent Language (Le Langage silencieux)*, notent la variabilité culturelle sans pour autant fournir de modèle explicatif. Selon elle, ce n'est pas une théorie sociologique acceptable car Hall est incapable de rendre compte de la variabilité culturelle.

Comment pensent les institutions ?

Ancienne étudiante d'Oxford, Mary Douglas partage avec Evans-Pritchard un intérêt soutenu pour l'œuvre de Lucien Lévy-Bruhl, auteur souvent considéré comme ayant posé les bonnes questions sans avoir trouvé les bonnes réponses. L'un des ouvrages majeurs de Lévy-Bruhl fut traduit en anglais sous le titre *How Natives Think ?* ou *Comment pensent les indigènes ?*. Or l'un des derniers ouvrages majeurs de Mary Douglas s'intitule *Comment pensent les institutions ?*, clin d'œil à Lévy-Bruhl. Cet ouvrage prolonge le propos de Mary Douglas tout en lui donnant une dimension plus générale et notamment extra-religieuse. Globalement, il aborde la question de savoir pourquoi les hommes vivent ensemble ou, pour paraphraser Mary Douglas, pourquoi certaines personnes sont prêtes à sacrifier leurs intérêts individuels pour le bien collectif.

Fidèle à la tradition durkheimienne, Douglas rejette la théorie du choix rationnel selon laquelle la poursuite des intérêts propres explique les fondements mêmes du social. Selon cette théorie, les gens vivent ensemble par calcul individuel : le comportement rationnel se fonde sur des motifs individualistes ; l'individu calcule sans cesse ce qui est dans son intérêt et règle ses conduites en conséquence. Cet individualisme connaissait un regain d'intérêt en Amérique, où Douglas écrivit ce livre, durant le mandat du président Ronald Reagan. Pourtant la cohésion sociale, martèle Douglas, n'est pas seulement faite de calcul utilitaire, mais aussi de solidarité et de coopération à un point tel que les individus sont prêts à souffrir pour défendre la cause sociale. Le mérite de Durkheim est d'avoir montré que les individus qui sont liés les uns aux autres par des liens de solidarité partagent aussi des catégories de pensée. Pour vivre ensemble, il faut donc des valeurs communes : les passagers d'un autobus ou une foule née du hasard ne constituent pas des sociétés. Pour que ce soit le cas, il faut que les membres partagent certaines idées et certains sentiments. Tel est en tout cas la conception de Durkheim qui met en avant l'existence d'une réalité supra-individuelle.

Selon certains anthropologues, ce sont les croyances religieuses qui rendent compte de la solidarité. Ils entendaient ainsi défendre les religions primitives contre les accusations d'irrationalité en mettant en exergue leurs effets secondaires, à savoir le renforcement de la cohésion. Selon Radcliffe-Brown, par exemple, les rites ont pour fonction de maintenir la solidarité entre les membres d'une société et perpétuent ainsi le groupe. On justifie la religion par ses effets pratiques. Pourtant, note Douglas, les religions ne font pas toujours obéir ou travailler davantage. Les rites ne suscitent pas non plus des émotions intenses et nombreux sont ceux qui dorment à la messe. Les rites religieux n'entraînent pas plus de solidarité que les rites magiques ne font venir de poissons dans les filets. On ne peut pas expliquer la société par les croyances : la religion n'éclaire rien, c'est elle qui doit être élucidée. Au lieu d'invoquer les croyances pour rendre compte de la cohésion de la société, il faut utiliser la société pour expliquer les croyances : il y a un processus cognitif qui régit la formation de l'ordre social. L'implantation d'une société est un processus essentiellement intellectuel autant qu'économique et politique. Pour acquérir une légitimité, toute société a besoin d'une définition qui fonde sa vérité.

Toutefois, les institutions ne sont au départ que de pures conventions et, en l'absence de sanctions, on ne les respecte pas. Pour qu'une convention devienne une institution, il faut qu'elle soit soutenue par un processus cognitif. La naturalisation des catégories ou des classifications sociales est un processus qui permet de valider certaines institutions et de les rendre acceptables par tous : elle instaure un parallèle entre la nature et l'ordre social, ce dernier trouvant sa légitimité dans la nature. Le monde naturel fournit une analogie permettant de fonder la structure sociale et l'ensemble des relations sociales.

Il serait faux de croire que les primitifs pensent selon leurs institutions alors que nous pensons individuellement. Cette dichotomie ne tient pas car les individus ne pensent qu'à l'intérieur des institutions et ces dernières fournissent les cadres à l'intérieur desquels les individus évoluent. Les choix importants sont faits par les institutions alors que les individus s'occupent de détails. Les individus font des choix au sein des classifications, mais ils ne contrôlent pas ces dernières. À l'inverse, les institutions fournissent aux individus des catégories de pensée et fixent leurs identités. C'est à travers elles que se créent les solidarités. Quand de nouvelles classifications apparaissent, les individus y adhèrent et se logent dans ces nouvelles cases. De même, les jugements moraux ont lieu à l'intérieur de nos institutions sociales.

Mary Douglas sort l'anthropologie du culturalisme et de l'exotisme. Elle tente de comprendre ce qu'est la société et n'élude pas tout à fait un certain engagement : en mettant l'accent sur le rituel, elle théorise une conception plutôt conservatrice de la société mais, en même temps, elle ne cesse de montrer l'impasse de l'individualisme qui ne permet pas de vivre ensemble et donc d'assumer le caractère social de l'Homme. En abordant des thèmes contemporains à partir de son expérience d'ethnologue, Mary Douglas donne un souffle nouveau à l'anthropologie et l'aide à s'extraire d'un primitivisme suranné.

En d'autres termes, le fonctionnalisme nous laisse le choix entre la banalité et la trivialité. En effet, il est erroné de croire que toute institution, la moindre croyance ou la plus insignifiante pratique, soit immanquablement dirigée vers le bon fonctionnement de la société et remplisse un rôle essentiel au maintien de cet ordre. Les successeurs de Malinowski se sont très vite rendu compte de cette aberration et ils ont pris leurs distances vis-à-vis de l'orthodoxie fonctionnaliste. L'Angleterre est alors devenue une véritable pépinière d'ethnologues qui, tout en récusant les fondements théoriques du fonctionnalisme, s'inscrivent néanmoins dans la lignée de leur illustre ancêtre. Près d'un demi-siècle après Durkheim, un autre intellectuel français allait exercer une influence considérable sur l'anthropologie sociale en général. Il s'agit, bien entendu, de Claude Lévi-Strauss dont nous aborderons l'œuvre dans le chapitre qui suit.

6

Le structuralisme de Claude Lévi-Strauss

À partir des années 1950, l'anthropologie française va être marquée par la personnalité d'un homme, Claude Lévi-Strauss (1908-2009), qui devait jouir d'une popularité sans limites. Le « structuralisme » allait imprégner toutes les sciences sociales, mais aussi la philosophie, la psychologie, l'histoire et des efforts considérables furent déployés pour rendre le marxisme compatible avec le structuralisme ou encore « structurali-ser » Marx. Le structuralisme devint une véritable mode et l'on entendit même un entraîneur de l'équipe nationale de football parler du « structuralisme de l'équipe de France ». Certes, la mode ne suffit pas à déqualifier l'objet et nous pouvons aujourd'hui aborder plus sereinement cet extra-ordinaire courant de pensée qui a marqué l'anthropologie sociale d'un sceau indélébile. Car si Lévi-Strauss est bien la figure dominante de ce courant, le structuralisme a laissé son empreinte sur toute une génération d'ethnologues, en France comme ailleurs. Même les plus farouches opposants de Lévi-Strauss vont se définir par rapport au structura-lisme dont l'influence fut considérable quoique difficilement évaluable. Il est néanmoins certain, qu'avec Lévi-Strauss, l'anthropologie sociale allait acquérir ses lettres de noblesse en France et jouir d'un statut comparable à celui dont elle bénéficie dans les pays anglo-saxons[1].

1. Pour un exposé plus complet de l'œuvre de Lévi-Strauss, voir Deliège, 2001.

Les structures de l'esprit humain

L'ethnologue britannique Ernest Gellner raconte qu'après avoir traduit en anglais un article qui est considéré comme un texte de base du structuralisme, il n'avait toujours pas la moindre idée de ce que le structuralisme voulait vraiment dire (1987, p. 129). Car, une fois encore, le structuralisme de Lévi-Strauss n'est pas une véritable théorie, ni une méthode élaborée ; c'est un ensemble de textes, d'analyses et d'essais qui ont bien quelque cohérence, mais dont les principes généraux ne sont exposés nulle part d'une manière synthétique et systématique.

Dans son petit ouvrage consacré à Lévi-Strauss (1970, p. 7-8), Edmund Leach distingue deux grands types d'ethnologues, chacun étant symbolisé par une figure majeure : James Frazer symbolise le premier courant dont le but est de découvrir des vérités fondamentales sur la nature humaine en comparant les cultures à l'échelle mondiale ; le prototype du second courant est, bien sûr, Bronislaw Malinowski qui visait à montrer comment les petites communautés qu'il avait étudiées fonctionnent, comment leurs membres passent leur vie, du berceau au tombeau. Malinowski était plus intéressé par les différences entre les cultures humaines que par leurs similarités d'ensemble.

La plupart des ethnologues britanniques contemporains se rapprochent d'une manière plus ou moins nette de l'idéal « malinowskien » (tempéré par les analyses de Radcliffe-Brown). Lévi-Strauss est, au contraire, un ethnologue dans la tradition de Frazer. C'est en tout cas ce qu'affirme Leach car les ressemblances entre les deux hommes sont finalement très ténues et Frazer n'a justement pas la puissance théorique de l'ethnologue français. Le but fondamental de ce dernier est de découvrir des vérités sur l'« esprit humain » ; à la différence de Malinowski et d'une tradition fortement ancrée dans l'anthropologie sociale, l'organisation d'*une* société particulière n'a guère retenu son attention. D'ailleurs, pour Lévi-Strauss, la structure n'est pas une réalité empiriquement observable et, contrairement à Radcliffe-Brown, il se garde généralement de parler de « structure sociale ». Selon lui, la structure est une construction intellectuelle, un « modèle » agencé à partir de matériaux empiriques, certes, mais elle n'est pas le reflet de cette réalité. Les structures sont des abstractions, des modèles, des constructions théoriques dont l'utilité est de rendre intelligible le réel. Pour comprendre le réel, nous dit Lévi-Strauss, il faut réduire un type de réalité à un autre : « la réalité vraie n'est jamais la plus manifeste ». En d'autres termes, ce qui s'observe dans la vie sociale ne nous donne qu'une fausse apparence, une illusion de cette réalité. Pour comprendre le social, il faut élaborer des modèles. Or ces modèles ne sont pas conscients, autrement dit, les acteurs sociaux sont incapables de nous les communiquer. Les membres d'une société ne sont pas conscients des règles, des principes qui régissent leur vie sociale. Lorsqu'on interroge un indigène sur les raisons de tel rite ou de telle coutume, il est incapable de répondre, ou du moins il expliquera que la tradition l'exige ou que son père a toujours fait ainsi. Les modèles conscients ne sont que des rationalisations, des légitimations d'une pratique et ils ne nous enseignent rien sur l'explication profonde de la vie sociale. De même que le sujet parlant n'est pas capable d'expliquer les mécanismes du langage, l'acteur social est incapable de révéler la nature profonde des pratiques sociales. C'est en ce sens que, selon Lévi-Strauss, la tâche de l'anthropologie sociale est de construire des modèles inconscients, elle doit s'organiser autour des aspects inconscients des phénomènes collectifs, à la différence de l'histoire qui se contente de l'aspect conscient des phénomènes sociaux.

On voit ici pourquoi Lévi-Strauss, à certains moments, souligne l'importance de la psychanalyse dans les fondements intellectuels du structuralisme, même si plus tard il a dénoncé, à plusieurs reprises, les « acrobaties intellectuelles » (*sic*) des psychanalystes.

Un autre point de divergence profonde avec Radcliffe-Brown concerne la méthode. Comme celui de l'ethnologue anglais, le but ultime de Lévi-Strauss est de découvrir les « universaux » de la pensée humaine, les lois générales du comportement, mais il affirme que la méthode comparative ne constitue pas le meilleur moyen d'y parvenir. Une accumulation des faits, dit Lévi-Strauss, est inutile car elle ne parviendra jamais à son but, c'est-à-dire assembler *toutes* les manifestations d'un même phénomène. Rien ne sert donc d'empiler les faits les uns sur les autres. Bien au contraire, dit-il, il suffit d'en sélectionner quelques-uns, les plus significatifs, de les analyser d'une manière exhaustive et de construire à partir d'eux un modèle qui nous permettra de lire tous les phénomènes du même ordre. Quand une loi a été formulée à partir d'un certain nombre d'expériences, elle est valide universellement. Il faut donc suivre la voie des sciences de la nature qui se contentent d'un nombre réduit d'expériences pour formuler une loi universellement vraie, comme la loi de la gravitation universelle.

Les linguistes ont essayé de trouver les universaux, les principes généraux et universels qui se cachent derrière la diversité des langues. De la même manière, l'anthropologue structuraliste a pour but de découvrir les universaux, les principes généraux qui sont dissimulés par la diversité des cultures humaines (Leach, 1970, p. 40). Autrement dit, quelles sont les propriétés fondamentales de la culture humaine ? Puisque les cultures sont toutes des produits du cerveau humain, c'est, en dernière analyse, les propriétés de l'esprit humain qui vont intéresser le structuraliste, c'est-à-dire les manières dont l'esprit humain découpe, classifie et organise la réalité.

Selon le principe de l'« analogie organiciste », Radcliffe-Brown et Durkheim concevaient la société sur le modèle d'un organisme vivant : une structure sociale fonctionne comme un organisme. Pour Lévi-Strauss, au contraire, l'analogie méthodologique est *linguistique* : la culture fonctionne non pas comme un organisme, mais comme un langage. Comme le langage, la vie sociale est conçue comme un système de signes ; comme les acteurs sociaux parlent sans connaître les structures du langage, ils vivent leurs institutions sans que les mécanismes de celles-ci leur soient connus. La culture, pour Lévi-Strauss, est un système formel de signes, une sorte de langage. Le linguiste Ferdinand de Saussure avait distingué la langue de la parole. Selon lui, la langue est un produit social qui n'existe pas dans un seul cerveau, mais qui est l'instrument permettant à la collectivité de s'exprimer. La parole est l'actualisation, la réalisation individuelle de la langue. La parole dépend donc de l'individu, du locuteur, et ne fait pas partie du champ d'étude de la linguistique qui se concentre sur la langue comme phénomène social et système homogène de signes (Saussure, 1974, p. 30). Lévi-Strauss va étendre cette « coupure » aux phénomènes culturels en traitant la culture comme une langue, c'est-à-dire comme un système de signes qui sont inconscients et peuvent être traités séparément de leur réalisation individuelle.

Qui dit langage dit aussi communication et, selon Lévi-Strauss, la société est, précisément, un système de communication, ou plutôt un ensemble de systèmes de communication. L'anthropologie sociale se concentrera alors principalement sur les aspects de la vie sociale qui peuvent le plus facilement se réduire à des systèmes de communication, c'est-à-dire principalement le rituel, l'organisation sociale, les systèmes de parenté ou la mythologie.

Si la société est un système de communication, c'est qu'elle repose sur l'échange. Selon Lévi-Strauss, il n'y a pas, en effet, de société sans communication, c'est-à-dire sans échange et réciprocité. La réciprocité de l'échange est donc le principe structural qui sous-tend toute vie sociale. À l'instar de Rousseau, Lévi-Strauss voit une espèce de contrat social à la base de toute vie sociale ; c'est l'échange qui est la « condition nécessaire d'existence » de toute société.

Après avoir défini ces quelques principes généraux, une question se pose : qu'est-ce donc qu'une « structure » ? En effet, nous avons vu que Lévi-Strauss refusait de parler de structure sociale dans le sens où Radcliffe-Brown l'entendait. Pour lui, les structures sont des modèles, c'est-à-dire des constructions théoriques qui permettent de rendre compte de tous les faits observés. La structure a un caractère de système : elle consiste en un arrangement d'éléments tel qu'une modification quelconque de l'un d'eux entraîne une modification de tous les autres (1958, p. 306).

La vaine recherche des sauvages

Parmi les nombreux honneurs qui furent rendus à Claude Lévi-Strauss, l'un des plus remarquables, sans doute, fut son admission à l'Académie française en 1973. Le style souvent brillant de l'auteur n'éclate nulle part avec tant de force que dans son ouvrage *Tristes Tropiques* qui peut sans conteste figurer parmi les chefs-d'œuvre de la littérature française. Cet ouvrage particulier est une espèce d'autobiographie, un récit de voyage à la mode ancienne ; il est aussi l'ouvrage le plus accessible et donc le plus lu de Lévi-Strauss. *Tristes Tropiques* a, pour cette raison, permis au grand public d'avoir accès à l'œuvre de Lévi-Strauss qui est, par ailleurs, beaucoup plus hermétique, et parfois même ésotérique.

Parallèlement, les spécialistes, qui aiment se réserver des domaines inaccessibles, ont affirmé que *Tristes Tropiques* n'était pas l'ouvrage majeur de Lévi-Strauss et ont considéré avec quelque condescendance cet ouvrage hautement littéraire qui jure, un peu perdu qu'il est, au milieu d'une œuvre abstraite et théorique. Dans le reste de l'œuvre, il n'est jamais question de l'auteur ; de surcroît, et c'est bien plus étrange, on n'y trouve pratiquement aucune référence aux données ethnographiques qu'il aurait pu recueillir au cours de ses « expéditions », comme on disait alors. Toute son œuvre repose sur l'analyse de l'ethnographie d'autres auteurs. Il y a donc bien un contraste apparent entre la théorie de Lévi-Strauss et ce « livre de voyage autobiographique » (Leach), cette espèce de réflexion, ce regard sur soi-même, cette parenthèse, cette « pause somme toute assez inutile dans cette longue recherche de la pureté intellectuelle ». Tel était le sentiment largement partagé de la communauté anthropologique lorsqu'en 1988 Clifford Geertz publie un remarquable petit ouvrage, *Works and Lives*, dans lequel il nous dit que *Tristes Tropiques* est non seulement le meilleur ouvrage de Claude Lévi-Strauss, mais qu'il est, en outre, celui qui illumine le mieux son œuvre tout entière, la clé qui donne accès aux parties les plus absconses de l'œuvre. Il est donc intéressant de suivre l'anthropologue américain sur cette voie.

En lisant des textes d'Edward Evans-Pritchard sur les Nuer ou de Meyer Fortes sur les Tallensi du Ghana, tout se passe comme si nous voyions ces sociétés de manière immédiate et tangible. Par contre, poursuit Geertz, les textes de Lévi-Strauss sont opaques ; il ne désire pas que nous regardions à travers eux pour y voir vivre un peuple. Les populations concrètes et vivantes ne sont pas son objet d'étude ; il ne vise pas à nous rendre familières des organisations sociales concrètes. Car, pour lui, cet effort de rencontre entre nous et les sauvages ne doit pas se passer sous les tropiques ; c'est une vaine quête que de parcourir le monde pour tâcher d'y découvrir l'homme et l'on saisit ainsi le dégoût qu'exprime Lévi-Strauss dès la première phrase du livre : « Je hais les voyages et les explorateurs. »

Tristes Tropiques est, nous dit Geertz, une superposition de divers textes, une espèce de livre composite : c'est avant tout un livre de voyage ; l'auteur nous dit être allé ici et là, y avoir fait ceci et cela ; il s'est ennuyé, étonné, excité… ; bref, il a vécu toutes ces choses que connaissent les voyageurs.

Le livre est aussi un compte rendu ethnographique. L'anthropologue y est celui qui s'aventure là où les intellectuels des cafés de Paris, les diplomates de São Paolo, le chimiste ou le philosophe n'osent pas aller. La mystique du travail de terrain se trouve constamment réaffirmée. Le texte est aussi philosophique : Lévi-Strauss a découvert le « contrat social » de Rousseau chez les Indiens Nambikwara du Brésil (*ibid.*, p. 362) et il dénonce l'impact de l'Occident sur les sociétés non occidentales. Mais ce qui émerge de cette superposition de textes, c'est une espèce de « mythe » : c'est le mythe de l'anthropologue-chercheur de mythes qui se forge ici. L'anthropologue a été présent, il a vu et analysé, mais le propre de *Tristes Tropiques*, son originalité, c'est de nous dire, qu'en fin de compte, le fait d'avoir été là-bas est une expérience décevante qui ne peut conduire qu'à la fraude ou à la déception. La notion de continuité entre l'expérience et la réalité se fausse ; ce n'est pas l'expérience qui nous permet d'approcher la réalité. Bien au contraire, pour saisir la réalité, il faut répudier l'expérience afin d'atteindre le monde objectif dans lequel la sentimentalité n'a pas de place. Pour connaître les sauvages, rien ne sert de les approcher physiquement ; ce qu'il faut, c'est réduire leurs expressions culturelles en des modèles abstraits de relations :

« J'avais voulu aller jusqu'à l'extrême pointe de la sauvagerie ; n'étais-je pas comblé chez ces gracieux indigènes que nul n'avait vus avant moi, que personne peut-être ne verrait plus après ? Au terme d'un exaltant parcours, je tenais mes sauvages. Hélas, ils ne l'étaient que trop. Leur existence ne m'ayant été révélée qu'au dernier moment, je n'avais pu leur réserver le temps indispensable pour les connaître. Les ressources mesurées dont je disposais, le délabrement physique où nous nous trouvions mes compagnons et moi-même [...] ne me permettaient qu'une brève école buissonnière au lieu de mois d'études. Ils étaient là, tout prêts à m'enseigner leurs coutumes et leurs croyances et je ne savais pas leur langue. Aussi proches de moi qu'une image dans le miroir, je pouvais les toucher, non les comprendre. Je recevais du même coup ma récompense et mon châtiment. Car n'était-ce pas ma faute et celle de ma profession de croire que des hommes ne sont pas toujours des hommes, que certains méritent davantage l'intérêt et l'attention parce que la couleur de leur peau et leurs mœurs nous étonnent. Que je parvienne seulement à les deviner et ils se dépouilleront de leur étrangeté : j'aurais aussi bien pu rester dans mon village » (*ibid.*, p. 384)

L'ethnologue, semble dire Lévi-Strauss, est pris dans un dilemme : il peut « toucher » les sauvages, mais non les « comprendre » ! On est bien loin de l'optimisme épistémologique d'Evans-Pritchard. Pour Lévi-Strauss, l'immédiateté de la rencontre doit être dissoute pour se tourner vers la production culturelle intemporelle comme les mythes, le rituel ou la littérature qui sont seuls capables – ou dignes – d'être transformés en généralisations universalisantes. Le monde réel et concret se voit alors réduit chez Lévi-Strauss à quelques isomorphismes ou oppositions de type binaire ; les acteurs sociaux sont dissous dans quelques oppositions formelles.

Ce sont alors les invariants du comportement humain qui intéressent Lévi-Strauss. Toujours dans *Tristes Tropiques*, il écrit encore : « Que ce soit dans l'Inde ou en Amérique, le voyageur moderne est moins surpris qu'il ne reconnaît » (*ibid.*, p. 95). Les différences qui séparent les hommes ne sont que superficielles, les hommes sont toujours des hommes. L'ethnologie se fait ici anthropologie.

La pensée sauvage

Dans un très beau texte, Lévi-Strauss fait remonter l'origine de l'anthropologie à Jean-Jacques Rousseau et c'est ce qui le conduit à écrire dans *Tristes Tropiques* qu'il aurait pu aussi bien rester dans son village. Car, écrit Rousseau, l'état de nature n'a jamais existé comme tel et l'analyse doit éclaircir la nature des choses plutôt que d'en montrer la véritable origine (1990, p. 64). C'est aussi ce que tente de faire Lévi-Strauss dont le but est de découvrir le « fondement sauvage de la pensée » plutôt que les « fondements de la pensée des sauvages ». C'est d'ailleurs ce qui donne à Lévi-Strauss une dimension philosophique toute particulière. Comme nous l'avons noté avec Leach ci-dessus, Lévi-Strauss, par bien des aspects, appartient à la tradition anthropologique du XIXe siècle. Dans ses livres, il fait peu de cas des découvertes anthropologiques récentes et les auteurs qu'il cite reposent, pour la plupart, depuis longtemps au panthéon de l'anthropologie sociale. De plus, les thèmes abordés font souvent partie des centres d'intérêt de la tradition du siècle dernier : c'est très certainement le cas du totémisme qui a été traité dans un ouvrage petit et dense, *Le Totémisme aujourd'hui*, dans lequel Lévi-Strauss évalue les approches ethnographiques classiques du phénomène pour aboutir à la conclusion que celles-ci sont finalement vaines ou incomplètes ; en tout cas, jamais elles ne permettent de saisir vraiment le phénomène. Avec Firth, Radcliffe-Brown et surtout Fortes, des progrès ont été faits, il le concède, mais la clé du totémisme il la trouve, et ce n'est pas un hasard, chez les philosophes Rousseau et Bergson. Si Bergson a pu comprendre ce qui se cache derrière le totémisme, c'est parce que sa propre pensée était, « sans qu'il le sût, en sympathie avec celle des populations totémiques ». On voit bien ici réaffirmée l'inanité des études de terrain ou en tout cas l'impasse à laquelle elles conduisent. Car si Rousseau et Bergson ont pu saisir le fondement même du totémisme, c'est « en essayant sur eux-mêmes des modes de pensée » (Lévi-Strauss, 1972, p. 151). Le totémisme n'est pas alors un stade dans l'évolution de la société humaine, mais il est une manière pour l'homme d'exprimer sa nature humaine. Le totémisme comme système est donc une illusion. Il n'est qu'une illustration particulière de certains modes de pensée (*ibid.*, p. 153), une des premières manifestations de la pensée symbolique, une manière pour l'homme d'exprimer sa diversité et la multiplicité de ses manières de vivre. Le passage de la nature à la culture est aussi le passage de l'animalité à l'humanité et celui de l'affectivité à l'intellectualité. Le totémisme n'est qu'une manière particulière d'exprimer ce passage : en fin de compte, il n'affirme pas que tel clan ressemble à tel animal, mais plutôt que deux clans diffèrent de la même manière que deux espèces animales, qu'ils sont de « sang différent » (*ibid.*, p. 139). La nature et la culture sont ainsi conçues comme deux systèmes de différences entre lesquels existe une analogie formelle qui tient dans leur caractère systémique : les groupes sociaux sont séparés les uns des autres, mais ils sont solidaires (Lévi-Strauss, 1962, p. 154).

Avant de poursuivre, il n'est pas inutile de noter que ce n'est donc pas la réalité du totémisme australien qui intéresse Lévi-Strauss, mais bien l'idée générale du passage de la nature à la culture et par conséquent les capacités propres de l'homme. Il reproche ainsi à Durkheim d'avoir réduit les propriétés intellectuelles à de purs reflets de l'organisation sociale ; il y a pour Durkheim « primat du social sur l'intellect » (1962, p. 143). Pour Lévi-Strauss, au contraire, ce sont les catégories de l'intellect qui forgent la réalité ; l'esprit humain constitue son objet d'étude privilégié et il est conçu comme ayant une existence objective (Leach, 1970, p. 43) ; les phénomènes empiriques ne sont alors que des manifestations de ce qui est possible, des réalisations concrètes des capacités de l'esprit humain. Ainsi les mythes n'intéressent pas Lévi-Strauss pour leur relation avec une organisation sociale particulière, mais comme exprimant des catégories propres de l'intellect humain ; ils ne sont que l'actualisation du fondement mythique de l'esprit humain. En second lieu et corollairement, les différences spatiales et temporelles sont secondaires par rapport à l'intemporalité et à l'universalité des lois logiques qui gouvernent l'esprit humain (1962, p. 348). Lévi-Strauss n'entend donc pas seulement dépasser l'ethnographie, mais aussi l'histoire qu'il élimine du domaine de l'anthropologie sociale.

Les idées générales du *Totémisme aujourd'hui* se voient prolongées dans un ouvrage aussi dense, *La Pensée sauvage*, où est réaffirmée avec force l'idée que le totémisme ne constitue qu'un aspect, un moment de la nature classificatrice de l'homme. Il n'y a alors pas dichotomie entre nous et l'homme primitif :

> « Cette "pensée sauvage" […] n'est pas, pour nous, la pensée des sauvages, ni celle d'une humanité archaïque ou primitive, mais la pensée à l'état sauvage… » (1962, p. 289).

Ce dernier ouvrage vise donc à saisir cette intemporalité et cette a-spatialité de la pensée sauvage. Contrairement à ce qu'avait affirmé Lucien Lévy-Bruhl, il n'y a pas dichotomie entre la mentalité primitive et la rationalité scientifique. L'image traditionnelle de la primitivité, poursuit-il, doit changer, le sauvage n'est nulle part cet être à peine sorti de la condition animale, dominé par l'affectivité et perdu dans la confusion d'un univers mystique (1962, p. 57). La pensée que nous appelons primitive répond, elle aussi, à des exigences d'ordre (*ibid.*, p. 17). Cette pensée consiste avant tout à classer, à opposer, à établir des analogies.

Le but de l'anthropologie est alors de retrouver ces modes de fonctionnement de la pensée sauvage, ces lois formelles qui permettent de rendre compte de la réalité. Dans ses analyses, Lévi-Strauss va donc s'appliquer à réduire la diversité à des principes généraux, à dépasser l'apparente confusion pour atteindre les principes classificatoires qui président aux mythes, rituels ou relations de parenté. Ce sont des systèmes d'oppositions qu'il va rechercher et la diversité culturelle est alors réduite à un système formel d'oppositions.

Avec Lévi-Strauss, on le comprend, l'anthropologie retrouve son but premier : une compréhension de la nature de l'homme. L'anthropologue français va jeter une nouvelle passerelle entre la philosophie et l'anthropologie. Les grands philosophes français contemporains, de Sartre à Merleau-Ponty, vont tous s'intéresser à son œuvre (Delruelle, 1989). De plus celle-ci élargit considérablement le champ de l'anthropologie ; notre civilisation ne différant pas fondamentalement de celle des sauvages, il devenait possible, sinon légitime, de se dispenser de l'enquête ethnographique. Ce n'est pas un hasard si l'analyse structurale va se concentrer sur des objets d'étude qui ne demandent pas nécessairement un grand investissement ethnographique comme l'étude des mythes, la structure des habitations ou le rituel.

L'analyse structurale, par son formalisme, était aussi une ultime tentative de dépassement du scepticisme auquel avait conduit l'ethnographie. Elle ravivait l'espoir quelque peu perdu d'une véritable science de l'homme. En dégageant l'analyse du sujet conscient, en réduisant les institutions humaines à des systèmes d'oppositions formelles, en entendant se centrer sur l'explication inconsciente des phénomènes sociaux, Lévi-Strauss semblait réaffirmer la possibilité d'une approche scientifique. Enfin, l'intellectualisme de Lévi-Strauss, mais aussi la perspicacité avec laquelle il avait abordé les sujets les plus divers ont élargi le champ d'étude de l'anthropologie sociale à des domaines aussi différents que la cuisson des aliments, la mode ou les contes de fées. Toutes ces raisons expliquent, pour une bonne part, l'extraordinaire engouement qu'a connu le structuralisme des années 1950 à la fin des années 1970.

Les relations de parenté

Nous pouvons maintenant revenir à la notion de structure dont on trouve un exemple d'application dans l'analyse que tente LéviStrauss de la relation entre neveu utérin et oncle maternel. Lévi-Strauss reprend l'analyse de Radcliffe-Brown selon laquelle la relation oncle maternel-neveu utérin est fonction du type de descendance : pour l'anthropologue anglais, en mode de filiation patrilinéaire, la relation entre un individu et son père est une relation d'autorité et de respect alors que la mère est source d'affection. Étant donné le principe d'équivalence des « germains » (frères et sœurs), l'oncle maternel d'*ego* tend à être associé à sa mère alors que la sœur du père est crainte et respectée. Dans une société matrilinéaire, il en va tout autrement et c'est l'oncle maternel qui est ici distant et autoritaire alors que le père est un personnage affectueux et amical. Selon Lévi-Strauss, cette théorisation est une première tentative d'analyse structurale, mais elle est incomplète. Radcliffe-Brown a dégagé des éléments de la structure mais pas toute la structure. Ainsi sa théorie est contredite par les faits : chez les Trobriandais, par exemple, la relation entre frère et sœur est très distante et traversée par de nombreux tabous. Il est, par exemple, extrêmement insultant de dire à un homme qu'il ressemble à sa sœur ; par contre, la relation entre un homme et son épouse est ici tendre et affectueuse. Dans certaines sociétés patrilinéaires, en outre, la relation entre l'oncle maternel et le neveu utérin est marquée par la distance et le respect.

Selon Lévi-Strauss, le problème, c'est donc que Radcliffe-Brown ne prend pas tous les éléments de la structure en ligne de compte. Selon Radcliffe-Brown, la relation père-fils est l'opposé de la relation oncle-neveu. Si ce principe est contredit par les faits, c'est que Radcliffe-Brown n'a pas tenu compte de toutes les relations qui unissent quatre personnes : pour Lévi-Strauss, il faut dégager les relations entre père-fils, mari-femme, frère-sœur, oncle maternel-neveu utérin. La relation entre oncle maternel et neveu utérin est alors fonction des trois autres relations. En d'autres termes, la relation avunculaire dépend de la relation d'alliance (mari-femme), de la relation de consanguinité (frère-sœur) et de la relation de filiation (père-fils).

En effet, en analysant quatre sociétés, on observe qu'il existe un rapport précis entre ces quatre relations. Les sociétés des Trobriands, des Tcherkesse du Caucase, de Tonga et du lac Kutubu en Nouvelle-Guinée offrent toutes les combinaisons possibles de ces quatre relations. Soit les quatre relations suivantes :

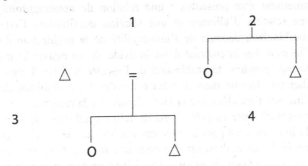

Si l'on attribue le signe + à une relation affectueuse et le signe − à une relation distante, on obtient le tableau suivant :

	1	2	3	4
Trobriands	+	−	+	−
Tonga	+	−	−	+
Tcherkesse	−	+	−	+
Lac Kutubu	−	+	+	−

Ce tableau laisse apparaître une véritable structure, c'est-à-dire une corrélation entre les quatre relations. Cette corrélation nous permet de définir une loi : la relation entre oncle maternel et neveu (4) est à la relation entre frère et sœur (2) comme la relation entre père et fils (3) est à la relation entre mari et femme (1). Entre chacune des deux générations en cause, il existe toujours une relation positive et une relation négative.

Par ailleurs, note Lévi-Strauss, cette structure de parenté est la plus simple que l'on puisse rencontrer. En d'autres termes, toute famille comprend au minimum un père, une mère, un enfant et un frère de la mère. Dans toute société humaine, trois types de relations familiales doivent nécessairement être présentes : une relation de consanguinité, une relation d'alliance et une relation de filiation. Cette combinaison découle de l'universalité de la prohibition de l'inceste. En interdisant à un individu de se marier à des parents proches, la prohibition de l'inceste le force à chercher une femme dans une autre famille. La prohibition de l'inceste n'est alors que la face négative de la réciprocité qui sous-tend toute société. Dans de telles conditions, le frère de la mère n'est plus un élément extrinsèque de la structure familiale, mais il en est une composante essentielle en tant que représentant du groupe dans lequel un homme a pris sa femme. L'interdit de l'inceste n'est donc que l'expression négative d'une règle d'échange.

Comme tel, l'échange scelle une sorte d'alliance entre deux groupes. En échangeant des femmes, deux groupes deviennent, en quelque sorte, solidaires et interdépendants quant à leur survie. En outre, cet échange assure une certaine paix entre les groupes ; on ne tâche pas, en effet, d'exterminer les groupes dont les femmes sont nos filles et dont les filles sont nos épouses potentielles. Le mariage comme l'échange de femmes scellent donc une alliance entre deux groupes.

Dans son œuvre magistrale, *Les Structures élémentaires de la parenté* (1949), Lévi-Strauss va s'appliquer à montrer que l'échange de femmes est bien le principe qui fonde les formes de mariage de nombreuses sociétés. Dans certaines sociétés, cette vérité saute aux yeux : ce sont les sociétés dans lesquelles deux hommes échangent leurs sœurs. Cependant, Lévi-Strauss poursuit en affirmant que l'échange est également la clé de l'explication du mariage avec la cousine croisée. Dans le monde entier, on rencontre, en effet, de nombreuses sociétés qui ne se contentent pas de désigner quelles femmes on ne peut pas marier (interdit de l'inceste), mais qui ont, *en plus*, une règle positive de mariage, c'est-à-dire qui déterminent quelle femme un homme doit marier. Deuxièmement, ces sociétés désignent non seulement l'épouse désirable d'un individu, mais cette épouse préférentielle est en outre une parente proche, c'est-à-dire les cousines croisées du côté de la mère (matrilatérales) ou du côté du père (patrilatérales).

Si cette pratique – *a priori* singulière – se retrouve dans le monde entier, on peut se demander si elle n'est pas l'expression d'un principe fondamental de toute société humaine. Pourquoi, en effet, des sociétés qui n'ont pas grand-chose en commun prescrivent-elles une telle règle ? Selon Claude Lévi-Strauss, interdire l'union avec des femmes proches, cela signifie que celles-ci sont accessibles à des hommes plus lointains et c'est donc faire de l'union des sexes une alliance matrimoniale. Le « mariage préférentiel » permet alors que s'instaure une communication entre les groupes car chaque mariage est une reproduction des mariages antérieurs et de la sorte chaque mariage renforce l'alliance qui est scellée entre deux groupes.

Une critique constructive et féconde de la théorie lévi-straussienne se rencontre chez un autre chercheur français prestigieux, le sociologue Pierre Bourdieu. Ce dernier note, non sans « stupéfaction », que ce que l'on présentait comme le mariage typique des sociétés arabo-berbères, c'est-à-dire la « règle », ne représentait, en pratique, qu'environ 5 % des unions matrimoniales (Bourdieu, 1987, p. 18). Cette observation le conduisit à reconsidérer les présupposés structuralistes, notamment en « réintroduisant les agents ». De surcroît, il nota que ceux qui pratiquent effectivement le mariage préférentiel invoquaient des raisons très différentes pour le justifier (*ibid.*, p. 31). Cela fit naître l'idée qu'il existe des stratégies sociales et, plus spécifiquement, des stratégies matrimoniales : « Là où tout le monde parlait de "règles", de "modèle", de "structure", un peu indifféremment, en se plaçant d'un point de vue objectiviste, celui de Dieu le père regardant les acteurs sociaux comme des marionnettes dont les structures seraient les fils », Bourdieu considéra que les « agents sociaux » n'étaient pas des « automates réglés comme des horloges » selon des lois mécaniques qui leur échappent. C'est ainsi qu'il opéra le passage de la règle aux stratégies. La notion de stratégie marque une certaine rupture par rapport au structuralisme car elle suppose une invention permanente pour s'adapter à des situations infiniment variées (*ibid.*, p. 79). Ainsi les stratégies matrimoniales résultent, elles aussi, du sens du jeu visant à choisir le meilleur parti possible. La notion d'habitus, centrale chez Bourdieu, consiste justement en la mise en œuvre de « conduites réglées et régulières en dehors de toute référence à des règles ».

La mythologie

Une partie importante de l'œuvre de Lévi-Strauss est consacrée à l'étude des mythes. Un mythe est un récit particulier sur le passé qui sert à justifier une action ou une institution présentes. Il se réfère à des événements qui ont eu lieu il y a bien longtemps. Dans le mythe, ce qui compte, ce ne sont pas les mots, mais l'histoire. En ce sens, sur l'« échelle » des modes d'expression linguistique, le mythe se situe à l'opposé de la poésie. La poésie est une forme de discours qui ne peut pas être traduite alors que la valeur du mythe persiste en dépit des pires traductions. La substance du mythe ne réside pas dans le style, dans la syntaxe ou dans les mots qui sont utilisés. Sa signification doit être cherchée derrière les mots, c'est quelque chose qui demeure inchangé même lorsque le mythe est traduit ou raconté par un autre conteur. Ainsi il peut être raconté de plusieurs manières, paraphrasé, condensé, étendu, raccourci sans que sa valeur soit modifiée. C'est pour cette raison que le mythe peut être opposé à la poésie qui ne peut souffrir le moindre changement. L'étude du mythe doit donc révéler ce qui reste inchangé lorsque le mythe est étendu, traduit ou modifié, c'est-à-dire la structure du mythe.

Avant Lévi-Strauss, le mythe était essentiellement analysé en relation à son contexte culturel. On affirmait qu'un mythe ne pouvait être compris que si on le rattachait à la société où on le rencontrait. Selon Lévi-Strauss, cette sorte d'interprétation est erronée car le même mythe peut se retrouver dans des sociétés complètement différentes. Les mythes doivent donc être étudiés pour eux-mêmes, sans référence à leur contexte social afin de révéler un schéma structural persistant. Un mythe peut paraître complètement irrationnel : il peut renverser la réalité, insister sur des détails apparemment absurdes, relater des événements sans logique ou continuité apparentes. Dans le mythe, les choses les plus extraordinaires deviennent banales, les relations les plus étranges deviennent courantes : les oiseaux ont des relations sexuelles avec des hommes, des enfants naissent de fruits ou de rivières, le monde entier est détruit par le feu, tel héros s'envole dans les cieux, les animaux parlent et se comportent comme des humains, les poissons s'aventurent hors de l'eau et le gibier fume la pipe.

D'un autre côté, ce qui est tout aussi remarquable, c'est que les mythes se retrouvent dans toutes les sociétés du monde entier. Derrière le chaos d'anecdotes et de détails, derrière cette allégorie, ne doit-on pas tâcher de découvrir à quels principes de raisonnement, à quel mode de pensée le mythe répond ? Selon Lévi-Strauss, en effet, le mythe est une catégorie de l'esprit humain, c'est un de ses modes d'expression. Plusieurs sociétés peuvent raconter des mythes sur le même thème, par exemple l'invention du feu. Lévi-Strauss affirme que ces différentes histoires doivent être considérées comme autant de versions du même mythe. Toutes les transformations du mythe ne sont utiles que pour en découvrir la structure commune.

Pour Lévi-Strauss donc, il y a un sens caché derrière le non-sens et le message du mythe concerne le plus souvent la résolution d'une contradiction. Les mythes, malgré leur extrême diversité d'apparence, forment une unité en ce sens que l'on peut passer de l'un à l'autre pour mettre en évidence les rapports qui les unissent.

Nous pouvons illustrer cela par un exemple. Certains mythes racontent l'origine du feu de cuisine. Il y est question d'un héros dénicheur d'oiseaux qui est bloqué au sommet d'un arbre ou d'une paroi rocheuse à la suite d'une dispute avec un beau-frère. Il est délivré par un jaguar et, à la suite de diverses péripéties, il rapporte à ses parents le feu dont était maître le jaguar. Ce dernier apparaît d'ailleurs comme un allié des hommes par mariage, la femme du jaguar étant humaine. Un autre groupe de mythes raconte l'origine de la viande. Ici, il est question de héros surhumains qui sont en conflit avec les hommes auxquels ils sont alliés par mariage (auxquels ils ont donné leurs sœurs comme épouses). Les hommes refusent de leur donner la nourriture à laquelle ils ont droit en tant que donneurs de femmes. En punition, les héros les transforment en cochons sauvages.

Dans le premier groupe de mythes, nous avons deux relations caractéristiques :

1) héros humain/jaguar ;

2) animal bienveillant/homme.

Le héros intervient comme représentant du groupe humain dont provient le jaguar.

Dans le second groupe de mythes, nous trouvons également deux relations caractéristiques :

1) héros surhumain/homme ;

2) homme malveillant/animal.

La relation 1 est une relation entre alliés par mariage : homme/jaguar et surhomme/homme, mais il y a une sorte de renversement, l'homme étant une fois héros, une fois victime. Dans la relation 2, il y a également inversion des termes : le qualificatif « bienveillant » est transformé en son contraire et les termes « homme » et « animal » sont permutés.

D'autre part, le rapport entre les thèmes de ces deux groupes est métonymique. Dans le premier groupe, il est question de l'origine du feu, qui est l'instrument dont se sert l'art culinaire. Dans le deuxième groupe, il est question de l'origine de la viande (représentée par les cochons sauvages qui sont considérés comme un gibier supérieur), donc de ce qui sert de matière à l'art culinaire.

Les mythes étudiés peuvent être envisagés selon plusieurs plans : il y a le registre culinaire, le registre cosmologique (rapport entre ciel et terre, conjonctions astrales…), le registre sociologique (relations d'alliance), le registre zoologique (classification des animaux, couleur des oiseaux, etc.) et enfin le registre acoustique (opposition du silence et du bruit, classification des bruits et des attributs propres à chaque espèce de bruit). Entre tous ces registres, il y a une homologie, puisque nous retrouvons dans chacun des structures semblables. Ainsi dans chaque registre se rencontrent des relations d'opposition et l'intervention d'éléments médiateurs. Dans le registre culinaire, par exemple, nous avons l'opposition viande crue/viande cuite et l'apparition du feu qui assure le passage de l'une à l'autre. Dans le registre cosmologique, nous avons l'opposition entre une conjonction totale du soleil et de la terre (qui engendrerait un monde brûlé) et une disjonction totale du soleil et de la terre (qui engendrerait un monde pourri). De nouveau, le feu de cuisine est ici l'élément médiateur : c'est un feu qui ne consume pas, mais qui rend la nourriture comestible.

Quand on rapproche les différents registres de façon à saisir le schéma commun selon lequel ils sont structurés, on s'aperçoit qu'ils expriment tous une même fonction de médiation : sous des formes diverses, en se servant de matériaux empruntés à des domaines apparemment très étrangers les uns aux autres, tous les mythes étudiés disent l'instauration et la signification de la culture médiatrice entre la nature (infra-humaine) et le monde sacré (supra-humain). Ainsi, l'analyse entreprise réussit à faire apparaître, sous la diversité des récits, une signification centrale qui livre le véritable contenu des mythes. En rendant saisissable, sous forme imagée, la signification de la culture, le mythe permet à l'homme de se comprendre lui-même, de se dire sa propre situation, de se saisir comme être médiateur, enraciné dans la nature mais en même temps capable d'instaurer un ordre de règles et de symboles qui n'est pas celui de la nature, relié au monde des puissances supra-humaines. Dans le mythe, l'homme se dit homme, être de culture.

Dans *La Geste d'Aswidal*, une de ses analyses les plus célèbres, Lévi-Strauss montre que le mythe peut à la fois refléter la réalité sur certains plans (dans ce cas, sur les plans géographique et économique) et la contredire sur d'autres plans : sur les plans cosmologique et sociologique, il y a, par exemple, retournement de la réalité. Le mythe n'est donc pas un pur reflet de la réalité. Plus fondamentalement, il révèle une série d'oppositions, de type géographique, économique, sociologique et cosmologique. La structure des mythes est donc faite d'oppositions telles que mère/fille, aval/amont, nord/sud, tueur/guérisseur, etc. Ces oppositions sont, à chaque fois, insurmontables et tout le récit peut être ramené à une opposition fondamentale, un conflit entre résidence matrilocale et résidence patrilocale. Le héros est obligé de retourner à sa résidence patrilocale. En dernière analyse, le mythe imagine des positions extrêmes pour démontrer leur caractère intenable. La spéculation mythique vise à justifier la réalité en prouvant que le contraire n'est pas viable et le mythe exprime donc une sorte d'ontologie indigène à savoir que le seul mode positif de l'être consiste en une négation du non-être.

L'analyse des mythes de Lévi-Strauss représente, sans nul doute, une contribution essentielle à l'anthropologie sociale. En tâchant de mettre de l'ordre dans un ensemble diffus, de donner un sens à un discours apparemment insensé, en cherchant une interprétation cohérente et en montrant que la structure du mythe se dissimule derrière les diverses versions de celui-ci, Lévi-Strauss a certainement ouvert des voies nouvelles de recherche. Cependant, comme le note Mary Douglas (1967, p. 59), le découpage et les oppositions de Lévi-Strauss sont arbitraires et le mythe ne peut être réduit à un « simple message de l'architecture de l'esprit humain » (dans Leach, 1970, p. 60). D'ailleurs, cette critique peut s'adresser à l'ensemble de la théorie structuraliste et, ainsi que le résume très bien Leach, « la proposition selon laquelle l'anthropologie est uniquement ou même principalement concernée par les phénomènes mentaux inconscients est totalement inacceptable » (1982, p. 35). Il est vrai que cette proposition n'est pas non plus essentielle à l'analyse structurale ainsi que Louis Dumont l'a bien montré lorsqu'il affirmait que « la pierre de touche » de l'anthropologie sociale, « c'est ce que les gens pensent et croient » (1966, p. 56).

Le structuralisme a sans conteste ouvert de nouvelles perspectives de recherches. Lorsqu'il s'écarte de l'empirisme, il tend aussi à s'éloigner de l'anthropologie sociale et à se faire ainsi philosophie ou idéologie. Lévi-Strauss lui-même semble hésiter entre une ethnologie et une anthropologie, entre la connaissance de la réalité sociale et la recherche d'universaux de l'esprit humain. Ses disciples les plus éclairés et les plus brillants, tel Louis Dumont, ont certainement opté pour la première voie en appliquant les principes d'analyse structurale à l'étude de sociétés concrètes. C'est par ce biais que le structuralisme marquera l'anthropologie sociale d'une empreinte indélébile.

7

La critique du structuro-fonctionnalisme

Bon nombre d'auteurs ne se reconnaissent pas dans le fonctionnalisme, le culturalisme et le relativisme qui ont marqué l'histoire de l'anthropologie d'un sceau tellement fort qu'on associe le plus souvent cette discipline à ces courants. Ces anthropologues peuvent être regroupés dans une série d'approches fondamentales ayant en commun de mettre en question les postulats fondamentaux de ces trois courants. La question de l'histoire est dans une large mesure présente dans ces approches critiques qui ne peuvent se résoudre au statisme dans lequel l'anthropologie classique enferme les sociétés qu'elle qualifie souvent de « traditionnelles ». Le primitivisme, issu généralement d'une telle posture théorique, est donc également la cible de ces anthropologues, bien qu'il critique aussi bien le culturalisme que le relativisme. Enfin, la critique de la notion de culture comme ensemble homogène et fermé peut constituer le dernier point commun à ces approches. Il faut bien admettre que, au-delà de ces quelques considérations, les différents auteurs que nous allons passer en revue ne peuvent légitimement être considérés comme faisant partie d'une « école », ni même d'un courant de pensée. Leur réunion en ces pages pourrait bien paraître comme quelque peu artificielle en dehors de leurs vues critiques qui les entraînent parfois aux frontières d'une discipline dont la cohérence semble toujours plus problématique.

Le transactionnalisme de Barth

Le structuro-fonctionnalisme, qui a dominé une bonne partie de l'anthropologie sociale britannique, se caractérise par l'idée que les structures déterminent l'action des individus dont la liberté se voit ainsi limitée par des contraintes. Les ethnologues s'accordaient pour considérer que ces contraintes étaient plus vives encore dans les sociétés dites « primitives » qui constituaient leur domaine d'étude privilégié. Ces sociétés se voyaient rattachées au holisme par opposition à l'individualisme des sociétés modernes. Le holisme s'entend comme une caractéristique des sociétés « traditionnelles » dans lesquelles « l'accent est mis sur la société dans son ensemble, comme Homme collectif ; l'idéal se définit par l'organisation de la société en vue de ses fins (et non en vue du bonheur individuel) » (Dumont, 1966, p. 23). À l'inverse, les sociétés modernes se distinguent par l'individualisme où l'accent est mis sur l'Homme particulier qui en est la fin ; il incarne l'humanité entière. Des concepts comme celui de structure sociale dépeignent bien cet état de chose en fixant un ordre social dans lequel les individus trouvent une place qu'ils ne peuvent négocier et qui détermine leur devenir.

Un certain nombre d'anthropologues ont très tôt pris leurs distances par rapport à cette conception statique de la société. Le courant de l'anthropologie dynamique, qui est examiné par la suite, constitue une réponse à cette difficulté de penser le changement. D'autres ethnologues réagirent plus particulièrement contre cette incapacité à saisir le rôle des individus et de leurs choix dans la constitution des « sociétés », autant caractérisées par des processus que par des états ou structures. On peut regrouper ces chercheurs derrière le terme de « transactionnalisme ». Parmi eux l'anthropologue norvégien Fredrik Barth apparaît comme une figure majeure : il reproche à Radcliffe-Brown son incapacité à saisir le changement social, mais sa critique principale concerne le rôle des individus au sein des organisations sociales. Selon Barth, les comportements sociaux doivent être vus comme la résultante de stratégies individuelles dans l'allocation des ressources et du pouvoir. Il dénonce aussi la conception radcliffe-brownienne de la coutume comme modèle que les individus sont contraints de suivre. La structure sociale, affirme Barth, n'est pas quelque chose que les individus veulent maintenir à tout prix ; elle est un épiphénomène, un sous-produit des stratégies individuelles qui doivent tenir compte des contraintes écologiques et techniques, mais aussi de la présence d'autres acteurs, à l'origine autant de nouvelles contraintes que de voies nouvelles. Cette insistance sur le choix individuel est une initiative assez inédite dans une anthropologie habituée au « primat analytique du groupe » : les transactionnalistes y substituent le primat de l'individu. D'une certaine façon, ce renversement pourrait découler d'une lecture, peu commune, de Mauss. C'est ce que suggère Layton, par exemple : la théorie de l'échange nécessite, en effet, la réunion d'individus mis en présence les uns les autres. En quelque sorte, Mauss fait émerger la structure sociale des échanges individuels et il conçoit les systèmes sociaux comme étant en mouvement (Layton, 1997, p. 99).

Cette dernière remarque conduit tout naturellement à un autre aspect de la critique interactionniste, à savoir la stabilité des systèmes sociaux. Le professeur de Cambridge Edmund Leach a parfaitement exprimé le problème de l'équilibre des systèmes sociaux :

> « La "structure" ne serait pas inscrite dans la vie sociale, dans cet écoulement d'événements aléatoires ; ce serait quelque chose qu'on impose, qu'on ajoute parce que, comme ethnologues, nous voulons parler de la vie sociale, du processus que nous observons et, pour pouvoir communiquer, nous devons imprimer sur le flux de la vie sociale une grille de concepts, de catégories verbales que nous voulons rigoureux pour pouvoir comparer, et que nous rendons cohérents

parce que nous voulons notre discours "scientifique". Voilà
qui expliquerait l'éternel équilibre des sociétés du fonctionnalisme structuraliste. L'équilibre n'habite pas les sociétés
qu'ils étudient, mais l'univers conceptuel de la description
ethnographique. L'équilibre relève du modèle, et non pas de
la réalité. C'est la traduction de la réalité dans le langage
anthropologique qui brille par sa cohérence et son équilibre,
non pas la réalité elle-même, de sorte qu'on a affaire à des
modèles "comme si" ; les modèles ethnologiques appréhendent
la réalité "comme si" elle était douée de cohérence et d'équilibre parce que les ethnologues n'ont pas su dénouer l'action
vécue du langage qui décrit cette action. Leach répète l'aver-
tissement de Malinowski : nous avons pris l'idéal pour du
réel » (Verdon, 1991, p. 124-125).

Cette citation montre que, selon Leach, la cohérence des
sociétés n'est que la résultante des considérations analytiques
des chercheurs : elle n'émane nullement des sociétés réelles ;
elle n'est qu'une abstraction dont la pertinence demeure
dès lors assez limitée. Pour d'autres, la compréhension de
la vie sociale nécessite alors une approche différente et
c'est bien ce que propose l'anthropologue norvégien dans
une monographie classique sur les tribus pathanes du Nord
Pakistan (Barth, 1959).

Leadership chez les Pathans de la vallée de Swat

Dans la tradition des grandes monographies anthropologiques, l'étude de Barth n'entend pas seulement nous
renseigner sur la vie des Pathans de cette haute vallée du
Cachemire pakistanais. Elle comprend aussi une réflexion
globale sur les mécanismes sociaux et, notamment, sur les
questions de stabilité et de choix individuels que nous avons
évoquées plus haut. Dans la vallée de Swat, affirme-t-il
d'emblée, les personnes trouvent leur place dans l'ordre
politique à travers une série de choix, dont beaucoup sont
« renouvelables », c'est-à-dire instables. Cette liberté de

choix n'est pas résiduelle, mais « elle est une composante essentielle qui modifie radicalement la manière dont les institutions fonctionnent » (Barth, 1959, p. 2). Le problème majeur qui se pose à l'analyste est alors d'étudier, d'une part, les relations entre personnes et les façons dont elles sont agencées dans la construction de l'autorité et, d'autre part, la variété des groupes qui résultent de ces relations. Dans cette perspective, ce sont bien les individus, leurs choix et leurs stratégies qui conduisent à la construction des groupes. Ces derniers sont donc loin d'être stables et ils ne s'imposent pas aux individus.

La vallée de Swat, longue de près de 200 kilomètres, est habitée majoritairement par une population de langue pashtoun, appelée Yusufzai Pathan. Ayant été chassée d'Afghanistan, cette population s'est réfugiée dans la vallée à partir du XVIe siècle, car elle leur offrait une protection contre les envahisseurs. Dans la tradition structuro-fonctionnaliste, on pourrait décrire son organisation comme étant lignagère puisque l'occupation du territoire est répartie selon des lignages, signes d'une certaine stabilité sociale. Barth reconnaît d'ailleurs que la division entre les lignages possédant la terre et ceux qui en sont dépourvus traverse la société et se traduit par l'existence de quasi-castes, en raison de l'endogamie des différents groupes. Les non-propriétaires sont engagés dans diverses activités (tenanciers, travailleurs agricoles, artisans…), mais toutes les unités se retrouvent sous l'autorité d'un chef qui doit nécessairement provenir d'un lignage de propriétaires Yusufzai. À côté de cette division lignagère, on note, en effet, une division territoriale de la région, en sous-tribus, villages et quartiers (*wards*). Ce sont ces quartiers qui se trouvent sous l'autorité d'un chef. Ils reçoivent des céréales de leurs métayers, mais la préoccupation pour un statut social élevé est telle chez les Pathans qu'ils doivent sans cesse redistribuer leurs biens vers leurs sujets afin de maintenir leur rang. La rivalité entre chefs est donc un facteur fondamental de l'organisation sociale qui doit alors s'entendre davantage comme un processus, un ensemble mouvant, jamais fixé.

Les groupes hiérarchiques que l'on appelle *qoum* ressemblent à des castes, mais ils s'en distinguent par l'absence même de légitimation religieuse ou rituelle dans leur fondement. Ces pseudo-castes se différencient les unes des autres par la richesse et le pouvoir que leurs membres peuvent mobiliser (Barth, 1959, p. 18). Mais l'appartenance de caste n'empêche nullement les individus de se tourner vers divers groupes de statut. Chaque homme est d'ailleurs libre de choisir à quel groupe il entend s'affilier (*ibid.*, p. 22). Les appartenances sont donc multiples.

À la naissance, un individu se trouve placé dans un réseau de relations établies entre ses parents et ses voisins. Autrement dit, il se voit affecté à une position particulière. Mais au fur et à mesure qu'il participe à la vie de la communauté, il peut, par son action, modifier sa position et ses relations aux autres : ses réseaux d'amitié ou encore son mariage affectent sa position initiale. Les unions matrimoniales ne constituent pas un facteur déterminant de mobilité, mais elles permettent de nouer des liens d'alliance importants avec des personnes de statut égal. Dans tous les cas, les statuts dérivant de la naissance ne sont pas figés une fois pour toutes et peuvent être modifiés par les positions individuelles. Un homme fait partie de différents groupes et d'associations diverses. Selon Barth, enfin, les relations de parenté ne constituent pas l'élément essentiel des rapports sociaux : beaucoup de personnes n'entretiennent quasiment pas de rapports avec certains parents, et la parenté n'est pas un élément constitutif des groupes qui sont avant tout politiques.

Sur le plan économique, le travail est régi par des contrats qui sont purement volontaires. Les unités de production forment des groupes contractuels dont l'appartenance dérive du choix individuel. Toutefois, les relations qui en découlent ne sont pas égalitaires pour autant : en concluant ces contrats, ceux qui ne possèdent pas la terre sont engagés dans une relation inégalitaire de soumission. La possession de terre demeure un élément déterminant et le système n'autorise pas de véritable accumulation de capital ; à cela s'ajoute le fait que la propriété foncière est réservée aux membres des lignages dominants pathans. En bref, ces considérations limitent beaucoup la liberté de choix mise en avant par Barth, ce qui ne manquera pas d'entraîner de vives critiques.

Parmi les propriétaires pathans, cependant, la rivalité prévaut. Chaque village, dominé par un chef, existe comme un îlot de pouvoir tâchant d'exercer son contrôle sur les mers environnantes, à savoir sur les non-propriétaires. Les chefs ne sont pas organisés au sein d'une structure politique commune, chacun se considère comme indépendant et libre de ses choix (*ibid.*, p. 69). Ils s'appliquent à créer des groupes de solidarité *(corporate groups)* autour de leur personne. Ces groupes comprennent l'ensemble des gens qu'un leader est capable de mobiliser, par exemple en cas de conflit. Ces membres espèrent tirer profit des succès de leur chef et rien ne les empêche de rejoindre d'autres groupes s'ils estiment que cela peut leur être bénéfique, notamment du point de vue des avantages matériels et de leur sécurité. En conséquence, la position d'un leader n'est jamais assurée et il est constamment engagé dans un combat en vue de s'attirer le plus de disciples possibles. La source de son influence réside dans son contrôle des moyens de subsistance, mais aussi dans sa capacité à redistribuer sa richesse. La terre est une donnée essentielle dans cette lutte d'influence politique et la rivalité entre chefs est principalement basée sur son contrôle. En cette région montagneuse, la terre est rare et son importance dans la vie sociale et économique conduit donc à d'interminables conflits : les chefs sont constamment engagés dans un combat en vue d'accroître leurs propriétés et donc leurs profits. La terre n'est cependant pas la seule source de pouvoir d'un chef, il tâche aussi d'obtenir des subsides du gouvernement, voire d'autres avantages.

Les différences sociales en termes de richesse sont donc très élevées dans la vallée de Swat où la pauvreté est importante. Les plus démunis se trouvent en situation de dépendance vis-à-vis des chefs dont ils attendent ces cadeaux qui renforcent encore leur sujétion. Toutefois, ils disposent d'une marge de manœuvre et, si un nouveau chef se montre plus généreux, ils peuvent transférer leur allégeance à ce dernier. La popularité d'un chef dépend donc de sa générosité, mais aussi de sa capacité à se faire respecter. Il doit aussi veiller à son honneur et toute atteinte à celui-ci doit être vengée, notamment par le sang. Les combats sanglants *(blood feuds)* sont donc fréquents et mobilisent aussi bien le chef que la totalité des membres du groupe. En effet, la responsabilité d'un acte ne se limite pas à une seule personne, mais est automatiquement étendue au groupe entier.

À côté des chefs, les saints constituent une autre catégorie de personnages importants. Ils doivent une partie de leur influence à la possession de terres, même si, en termes de surface, leur domaine est nettement moindre que celui des chefs. Les saints sont réputés être des médiateurs : leur statut les rend particulièrement aptes à officier comme intermédiaires et arbitres. Toutefois, ils ne disposent d'aucun moyen pour faire appliquer leurs décisions et leur pouvoir dépend largement de la volonté des parties concernées à accepter leurs conseils. Leur influence et leur prestige sont donc fonction de leur capacité à être écoutés et, dès lors, ils peuvent être remis en question. On leur reconnaît aussi des qualités individuelles, tels la piété, la sagesse, le détachement, la capacité à contrôler les forces mystiques et la religiosité *(ibid.*, p. 101). Leur importance politique est toutefois inférieure à celle des chefs.

En définitive, les traits remarquables de l'organisation politique de la vallée de Swat résident dans le choix et dans le contrat. La vie sociale est davantage marquée par le chaos que par l'équilibre ; la tension est la principale caractéristique de relations entre parents *(ibid.*, p. 109). Des alliances entre les groupes sont également possibles : elles reposent sur le contrat et donc sur les affinités entre chefs. Il est difficile, en ces circonstances, de parler de véritable « organisation » sociale.

Selon Barth, en dernière analyse, la société est composée d'individus et surtout d'individus libres : elle consiste en un réseau de relations, non pas entre rôles et statuts, mais entre individus opérant des choix. La plupart des relations sociales sont alors transactionnelles, c'est-à-dire qu'elles dépendent des relations interpersonnelles et des choix opérés par les acteurs. Les transactions sont des séquences d'interactions qui sont systématiquement gouvernées par la réciprocité (voir, à ce sujet, Barth, 1966). Quand deux personnes sont engagées dans une transaction, elles ont différentes vues sur la valeur des prestations. Cette différence d'appréciation rend précisément possible la transaction qui découle d'une négociation. Ces valeurs évoluent selon les circonstances, le temps et les besoins spécifiques du moment. La transaction rend alors possibles des gains respectifs ; chacun y trouve son compte. La transaction ne fixe pas la valeur des choses, bien au contraire, celle-ci se transforme continuellement.

Individus et structures

Dans un article célèbre, l'ethnologue britannique Talal Asad a critiqué les conceptions de Barth. Il faut sans doute replacer celles-ci dans le contexte de l'époque où cette approche « individualisante », somme toute proche de l'individualisme méthodologique, paraissait bien plus iconoclaste qu'elle ne l'est aujourd'hui. En effet, l'emprise du structuro-fonctionnalisme, du marxisme et du structuralisme sur les sciences sociales rendait toute référence à la liberté individuelle telle qu'exposée par Barth quasiment anathème. La norme stipulait que les individus comptaient peu, voire pas du tout, et qu'ils étaient complètement enfermés dans des relations sociales inhibant quasiment toute initiative. Dès lors, l'idée que le système politique puisse être la résultante d'une multitude de choix avait de quoi surprendre, d'autant plus que, en dernière analyse, Barth comblait partiellement le fossé creusé par certains anthropologues entre les sociétés « froides » et les sociétés « chaudes ». Selon Asad, la question est alors de savoir pourquoi les hommes qui ont des biens prennent la peine d'en rechercher davantage et de s'engager dans une lutte politique incessante. Or Asad considère que la réponse formulée par Barth sous-entend qu'il conçoit l'Homme comme cupide, agressif et en manque d'assurance. Barth se fonde sur une conception hobbésienne et pessimiste du monde dans laquelle l'Homme est traversé par une insatiable soif de pouvoir. Cette conception, soutient Asad, traverse l'ouvrage de Barth. Il est difficile de suivre Asad sur cette voie, car le lien entre les vues de Hobbes et les travaux de Barth n'est pas clair : ce dernier ne prône nullement la nécessité du pouvoir absolu pour freiner les passions que le philosophe anglais appelait de ses vœux. Il paraît, au contraire, que l'anthropologue norvégien souligne plutôt le caractère instable de la situation provoquée par les luttes incessantes entre chefs. Il ne se prononce pas vraiment sur la valeur d'un système politique et ne considère pas que celui de Swat soit exemplaire. En revanche, il est vrai qu'il met l'accent sur l'instabilité résultant du caractère sinon de l'Homme en général, du moins des Pathans (même s'il ne fait pas de ces derniers un modèle d'humanité). C'est dans un ouvrage plus théorique intitulé *Models of Social Organisation* qu'il donne une dimension plus générale à ses propos : s'il reprend l'idée de transaction, la métaphore du bateau qu'il adopte cette fois tend à démontrer que, contrairement à ce qui se passe à Swat, l'équilibre semble ici atteint, c'est-à-dire que le bateau peut voguer grâce à la coordination entre les actions des marins et du capitaine. Dans cet ouvrage, il affirme que la coopération est nécessaire (1966, p. 7), c'est d'ailleurs ce sur quoi repose l'idée même de la transaction.

Une autre préoccupation d'Aṣad est de savoir qui définit les règles du jeu. À lire Barth, estime Talal Asad, la réponse à cette question est claire : ce sont les propriétaires terriens d'origine pathane. Le modèle entier de Barth s'appuie d'ailleurs sur la présence de cette classe de propriétaires terriens, ce qui signifie que le système ne s'autorégule pas sur la seule base du consentement de l'ensemble des participants : la structure agraire est reconnue comme le fait politique de base. En conséquence, selon Asad, il n'est pas possible de représenter le système politique comme un équilibre dynamique résultant d'une multitude de choix individuels. La vision d'un modèle libéral, comparable à celui du marché, est donc totalement inadéquate. S'il met en évidence l'existence de classes au sein de la société pathane, Barth ne pense pas qu'il s'agit d'un concept apte à rendre compte de la structure sociale de cette société. De ce fait, il continue d'affirmer que la plupart des droits et des statuts sont négociés au moyen d'arrangements contractuels entre personnes. Autrement dit, le statut est acquis *(achieved)*.

Il n'empêche que la terre dans la vallée de Swat est majoritairement aux mains de la seule minorité Usufzai et, en outre, les propriétaires s'approprient jusqu'aux 4/5 des récoltes. Si les chefs pathans réussissent à maintenir leur position, conclut Asad, c'est en raison de leur contrôle sur cette ressource rare et essentielle qu'est la terre agricole. Leur pouvoir ne dépend donc pas de leurs tentatives de séduction des paysans sans terre ; celles-ci sont accessoires par rapport à la structure fondamentale de la société. Les propriétaires ne doivent pas s'inquiéter de savoir comment ils vont se rendre indispensables aux autres : ce sont, au contraire, les paysans sans terre qui doivent se préoccuper de la manière dont les propriétaires vont les accepter. Et Talal Asad de conclure que le clivage opposant des classes asymétriques est bien plus important que la coupure verticale entre blocs homogènes : les intérêts des fermiers sont toujours opposés à ceux des propriétaires. Asad reconnaît qu'il peut y avoir des liens verticaux, mais ces derniers dérivent de la division horizontale entre classes sociales. Les liens entre classes exploitées et classes exploitantes ne proviennent pas de relations contractuelles.

Si les propos d'Asad tempèrent quelque peu ceux de Barth, on peut se demander s'ils portent véritablement sur le sujet abordé par ce dernier. En effet, Barth ne nie pas l'existence des institutions au sein desquelles se meuvent les individus ; il énumère les différentes « structures » auxquelles ils se rapportent, comme la caste, l'ethnie, etc. En introduisant la notion de « choix individuel », il ne peut donc ignorer ces contraintes, mais ce n'est pas sur celles-ci que porte son ouvrage. Il peut être lu comme une tentative de montrer que les individus ne sont pas complètement enfermés ou déterminés, mais qu'ils disposent de marges de manœuvre leur donnant une certaine liberté. Il s'agit d'un rappel essentiel au sein de la théorie anthropologique qui a toujours eu tendance à minimiser le rôle des individus pour contenir ces derniers dans des « structures » et « systèmes ».

Les frontières ethniques

S'il connaissait personnellement Leach avec lequel il avait collaboré, Barth ne s'y réfère pas dans l'article dont nous allons parler maintenant. Il aborde le problème des frontières entre groupes culturels et donc l'homogénéité même de ces groupes. La réflexion entreprise par Barth dans cet article n'en demeure pas moins en continuité avec la critique des groupes initiée par Leach dans *Political Systems of Highland Burma*, ouvrage dont nous parlons plus loin. Barth pose cependant le problème de façon plus globale et s'attaque, en quelque sorte, aux fondements de l'anthropologie.

Barth note que le raisonnement anthropologique repose sur l'idée selon laquelle la variation culturelle est discontinue : il y aurait, dans la tradition anthropologique, des agrégats humains partageant essentiellement une culture commune et, dès lors, des différences radicales permettant de distinguer ces « cultures » les unes des autres. Ce postulat ne fait pas que fonder le discours anthropologique, il est devenu aujourd'hui un enjeu sociopolitique majeur, au point que l'idée de « différence » et son acceptation sont devenues des questions abordées quasiment quotidiennement dans les médias : il y aurait des groupes humains séparés, communément désignés comme « groupes ethniques » et caractérisés par une culture spécifique, c'est-à-dire un ensemble de traits homogènes. La question de la formation de ces groupes et des frontières qui les séparent n'a guère constitué un thème privilégié de recherche anthropologique. Or, souligne Barth, nous sommes ici en présence d'un domaine qui doit être repensé.

Quand on définit un groupe ethnique par son caractère attributif et exclusif, la pérennité d'un tel groupe doit nécessairement être assurée par le maintien de la frontière qui le sépare d'autres groupes : il faut que les membres soient clairement distingués des non-membres. Le maintien des frontières dépend donc d'une espèce d'isolement ; la vision qui en découle est celle d'un monde de peuples séparés, ayant chacun leur propre culture et étant organisé en société. On retrouve bien ici des éléments de la critique de Leach mentionnée précédemment. Barth souligne, en outre, que les membres d'un groupe sont pensés comme formant un tout homogène, quels que soient les écarts qui les différencient. Seuls les facteurs socialement pertinents deviennent discriminants pour diagnostiquer la constitution d'un groupe et non les différences manifestes objectives : les écarts existant entre les membres du groupe ne font aucune différence. Autrement dit, on néglige complètement les différences réelles et individuelles entre les membres d'un même groupe pour ne mettre en avant que les différences sociales : être membres d'un groupe A suffit à les différencier de B. Une telle conception enferme les individus dans une « identité » sociale, celle-ci étant, de plus, pensée comme exclusive.

Dans la réalité, cependant, les situations que vivent les individus sont assez composites et mouvantes : les groupes sont beaucoup moins homogènes que ne le postulent les catégories anthropologiques. Par exemple, on estime que 10 % de la population yao le sont devenus par adoption ; des Pathans du Nord deviennent baluchs ; à Darfur (Soudan), des membres du groupe fur peuvent devenir des Arabes. En réalité, il y a, partout et toujours, des gens qui changent d'appartenance, mais ces changements n'affectent pas les groupes ethniques dichotomisés (sinon en nombre). En même temps, les changements d'appartenance ethnique entraînent une certaine ambiguïté ; il existe alors des acteurs qui n'entrent pas parfaitement dans les catégories. Toutefois, on est en droit de se demander si cette fluidité est une anomalie ou si, au contraire, elle n'est pas aussi le propre des catégories ethniques. C'est précisément cette dernière solution que retient Barth : « Je veux proposer l'idée que les catégories utilisées par les individus visent l'action et sont affectées de façon significative par l'interaction plus que par la contemplation. » Il existe un lien entre les appellations ethniques et le maintien de la diversité culturelle. L'émergence de frontières ethniques ne peut se faire qu'avec l'utilisation que les individus font de ces catégories : autrement dit, il convient de mettre en valeur les actions des individus sur les catégories qu'ils emploient. Les nouvelles élites sont, en principe, les agents de ces changements et elles passent une bonne part de leur activité politique à la codification des idiomes d'identité, à l'affirmation de traits culturels diacritiques, à la suppression d'autres différences ou au déni de leur pertinence. Ces élites déterminent lesquelles de ces nouvelles formes culturelles sont compatibles avec l'identité ethnique. Les frontières entre les unités sont maintenues par un ensemble limité de traits culturels : la persistance de l'unité en situation de contact dépend alors de la constance de ces traits culturels différenciateurs. Cependant, la plus grande partie de la substance culturelle qui, à un moment donné, est associée à une population humaine n'est en rien contrainte par cette frontière entre groupes ethniques : un groupe ethnique n'est pas une culture.

Conclusions

Avec Durkheim, la sociologie s'est constituée sur le rejet de l'individu et de la psychologie, pour considérer qu'il n'existe que des déterminants sociaux, comme la classe, la caste, le lignage, la parenté, etc. Barth a le mérite de nous rappeler que ces groupes sont faits d'individus qui pensent, agissent, négocient et disposent toujours d'une marge de manœuvre par rapport aux groupes dont ils font partie. Ces derniers dépendent d'ailleurs toujours de l'idée que l'on s'en fait et, partant, ils n'existent pas sans les individus qui les composent. Les idées de Barth ont pu paraître en décalage par rapport au structuro-fonctionnalisme (et aux deux théories qui sous-tendent ce dernier), mais l'évolution du monde contemporain tend à lui donner raison. Dans tous les cas, les anthropologues ont quelque peu négligé le fait que, si l'action de l'individu se déroule dans un contexte de contraintes, cela « ne signifie pas qu'on puisse faire de son action la conséquence exclusive de ces contraintes. Les contraintes ne sont qu'un des éléments permettant de comprendre l'action individuelle » (Boudon, 1990, p. 52).

Les travaux de Barth permettent de mieux aborder les réalités contemporaines, comme en témoigne l'ouvrage de son épouse Unni Wikan intitulé *Generous Betrayal* (2002). Wikan remet en cause la notion de culture et surtout les dérives auxquelles elle conduit dans la Norvège contemporaine. En assimilant des individus à un groupe dont ils sont supposés faire partie de façon exclusive, l'utilisation moderne de la culture issue de cette acception anthropologique provoque des dégâts : l'égalité est sacrifiée au nom de la culture, cette dernière permettant de minimiser certains crimes et autres abus.

L'anthropologie critique de Leach
(1910-1989)

L'éminent professeur de Cambridge que fut Edmund Leach semble faire partie de l'*establishment* anthropologique et il faut bien admettre qu'il fut, des décennies durant, l'une des figures les plus respectées de l'anthropologie britannique. Cette reconnaissance ne l'empêcha pas cependant d'occuper une position assez atypique au sein de cette discipline qu'il aborde toujours d'un point de vue critique, parfois même provocateur. Une bonne partie de ses écrits furent polémiques et son « flirt » avec le structuralisme lévi-straussien, qui dura certainement une décennie, a pu paraître comme une provocation de plus envers ses collègues britanniques. Ceux-ci regardaient cette théorie nouvelle venue d'outre-Manche avec un regard mi-amusé, mi-irrité mais aussi avec une certaine dose de ce mépris que l'on réserve parfois à ce qui nous échappe. Lors d'une conférence de Lévi-Strauss à l'Association britannique des anthropologues sociaux, Leach ne craignit pas d'affirmer qu'il n'y avait probablement que deux ou trois personnes présentes dans la salle qui fussent capables de comprendre la portée de ce qui allait être dit. Lui qui s'était toujours rebellé contre tous les courants devenait ainsi une espèce de « croyant » dans cet univers ésotérique, en provenance d'outre-Manche, qu'il entendait importer dans la patrie même de l'empirisme. Cette conversion, assez passionnée, avait, dans un sens, de quoi surprendre chez cet espèce d'anarchiste théorique, toujours prompt à remettre en cause les idées reçues et à avancer de nouvelles propositions. Toutefois, Leach n'a cessé d'affirmer que le but de l'anthropologie est d'énoncer des lois générales (1961, p. 30) ou encore des « modèles généraux » (*ibid.*, p. 10) capables d'expliquer le fonctionnement des sociétés humaines. Mais dans un autre sens, cette volonté se heurte constamment à une méthode plutôt inductive partant de la réalité, à l'instar de tout bon empirisme. Son attrait pour le structuralisme vint peut-être de cette rigueur théorique qui manquait à l'anthropologie britannique. En effet, Leach considère que la réalité empirique ne fait que fournir des matériaux bruts, étape essentielle, mais non suffisante à l'élaboration de modèles. Il affirme aussi que ces derniers sont des constructions idéales qui n'existent pas comme telles dans la réalité mais sont issues de l'esprit de l'ethnologue (1954, p. 5 et 283). La question du rapport entre la réalité et les modèles construits par les indigènes et les anthropologues n'a d'ailleurs cessé de l'inspirer.

Dans un travail de jeunesse à propos des Kurdes, il avait déjà affirmé que les modèles élaborés par les anthropologues décrivent la manière dont une société pourrait fonctionner si elle était en équilibre et constituait un tout intégré (cité par Kuper, 2000, p. 182). Il s'empressait ensuite d'ajouter que l'équilibre des sociétés était toujours fragile et que ces dernières se trouvaient dans un « état de changement continuel » et de « mutation potentielle ». En d'autres termes, il reprenait à son compte la question du rapport entre la norme et la pratique qui avait préoccupé ses prédécesseurs et insistait sur une certaine discontinuité entre les deux. La relation entre modèle et réalité devait faire l'objet d'un des thèmes de son premier grand ouvrage dont la version française parut en 1972.

L'analyse de la société kachine, proposée par Leach dans *Political Systems of Highland Burma*, illustre bien ses propositions sur la question des modèles. L'anthropologue britannique y affirme, en effet, que l'organisation sociale des Kachin oscille entre deux modèles concurrents : d'une part, le système *gumsa* qui est caractérisé par la hiérarchie, le leadership, les rangs sociaux ; d'autre part, le système *gumlao* qui est caractérisé par la démocratie et l'égalitarisme. Ces deux systèmes sont des types-idéaux, au sens wébérien du terme, des constructions, certes érigées d'après la réalité mais qui ne peuvent s'observer à l'état pur. Au contraire, poursuit-il de façon quelque peu sibylline, dans la réalité il n'y a pas de différence majeure entre les deux systèmes. Un lecteur attentif ne manquera pas de déceler une certaine contradiction dans le propos quand Leach ajoute enfin que la société oscille sans cesse du système *gumlao* au système *gumsa* et inversement. Si les systèmes sont quasiment indécelables dans la réalité, comment peut-on passer de l'un à l'autre dans un mouvement de balancier ? Il semble que Leach lui-même se mette à confondre modèle et réalité (Kuper, 1973, p. 196). Dans *Les Structures élémentaires de la parenté*, Lévi-Strauss devait, lui aussi, souligner cette confusion chez Leach : lorsque Leach nie la circularité des mariages chez les Kachin, il se place au niveau de la réalité alors qu'une telle proposition est bien sûr théorique ou du moins générale (Lévi-Strauss, 1967, p. 223). Les « cercles de mariage », affirme l'anthropologue français, ne sont pas « imaginaires », ils relèvent du modèle (*ibid.*, p. 222). De surcroît, et contrairement à ce que semble affirmer Leach de façon quelque peu radicale, la coupure entre le modèle et la réalité ne peut jamais être totale sous peine d'ôter toute valeur aux constructions théoriques. Bien au contraire, les modèles se construisent à partir de la réalité et, souvent aussi, les indigènes eux-mêmes y ont recours lorsqu'ils expliquent leurs institutions. En l'occurrence, les Kachin eux-mêmes utilisent la métaphore de cercles de mariage pour rendre compte de leurs pratiques matrimoniales. Les règles de l'échange exogame sont vécues et codifiées consciemment par les indigènes (de Heusch, 1971, p. 23 et 101). Lévi-Strauss lui-même devait reconnaître cela et, s'il a décrit l'anthropologie comme une construction à partir de modèles inconscients, position intenable, il a aussi reconnu que les modèles ne pouvaient être issus de l'imagination pure des chercheurs.

Après avoir remis en question la notion même d'équilibre, Leach interroge également les catégories sociales telles que la tribu ou l'ethnie dont il soulignait, de façon originale pour l'époque, qu'elles ne sont d'aucune utilité pour comprendre la situation des Hautes Terres de Birmanie. Ces notions sont d'ailleurs très aléatoires et « un ethnographe assidu peut trouver autant de tribus qu'il le désire », affirme-t-il de façon quelque peu iconoclaste (1954, p. 291). Il s'agit là d'une réflexion importante qui battait en brèche le culturalisme et s'inscrivait dans une perspective semblable à celle de Barth dont nous avons parlé plus haut. Plus tard, les travaux de Jean-Loup Amselle systématiseront cette idée de l'inadéquation des catégories ethniques (voir, par exemple, Amselle, 1999 ou encore Amselle et M'Bokolo, 1999). D'un point de vue plus général, poursuit Leach, les critères ethnographiques pour décider ce qu'est une culture ou une tribu sont « désespérément inappropriés » (*ibid.*, p. 281). Sur le terrain, on ne trouve que des unités politiques qui varient considérablement en taille et ne correspondent pas aux conventions habituelles selon lesquelles la société locale est divisée entre Kachin et Shans. Des hameaux de quatre maisons peuvent revendiquer le droit d'être considérés comme des entités politiques indépendantes. À l'autre extrémité, on trouve l'État shan qui revendique quarante-neuf sous-castes. En tant qu'unités culturelles, l'opposition entre Shans et Kachin semble bien établie : les Shans, cultivateurs de riz des vallées, parlent le thai, sont bouddhistes et divisés entre aristocrates, gens du communs et inférieurs. Les Kachin, à l'inverse, regroupent les populations des montagnes qui ne sont pas bouddhistes. Les Palaungs, une troisième « tribu », sont apparentés à la fois aux Kachin et aux Shans. Les Kachin se subdivisent en de nombreux sous-groupes qui rendent toute représentation en termes d'unité culturelle complètement coupée d'une réalité dans laquelle ces différents groupes s'entremêlent (*ibid.*, p. 60).

Selon l'introduction de Raymond Firth, l'ouvrage *Political Systems of Highlands Burma* vise à traiter de l'adéquation entre les comportements idéaux et réels. En effet, Leach met constamment en garde contre cette propension à confondre les modèles et la réalité. La question qu'il pose va cependant plus loin, puisqu'elle concerne aussi les relations entre les modèles indigènes et les modèles analytiques mis en avant par l'anthropologue. À ce propos, quand il parle de la différence entre modèle et réalité, Leach semble quelque peu amalgamer différents niveaux : il évoque tantôt les modèles que construisent les chercheurs à partir de la réalité, tantôt les modèles que construisent les indigènes eux-mêmes pour nous représenter leur réalité. À certains moments, la confusion semble même s'installer entre trois niveaux : la réalité, les catégories indigènes et les catégories du chercheur. On n'est jamais tout à fait sûr de savoir à quel niveau Leach se situe, comme par exemple lorsqu'il parle de tribu, une notion dont il conteste l'utilité par ailleurs. Est-ce là une catégorie indigène ou seulement une notion plaquée de l'extérieur sur une réalité qui est assez diffuse ? « Le doute est là et il est significatif. Les écrits de Leach qui suivirent hésitaient entre ces deux extrêmes : une conception idéaliste de la structure sociale et une image de la structure en tant que carte des relations de pouvoir » (Kuper, 2000, p. 187). Lorsqu'il se tourne vers le structuralisme, Leach semble préférer la première interprétation à la seconde qui était illustrée dans sa monographie sur les Kachin et, plus précisément, dans le débat qui l'opposait à Lévi-Strauss, évoqué ci-dessus.

Leach pose néanmoins très bien la question de la correspondance entre les différents niveaux de réalité : ainsi, il dénonce cette propension à considérer que ceux qui parlent un même langage constituent un groupe à part. Autrement dit, il conteste l'idée selon laquelle il y aurait correspondance entre une langue et une unité politique que l'on appellerait « tribu » (ou « race » dans la littérature coloniale). Non seulement enregistre-t-on des intermariages entre locuteurs de différents dialectes, mais des pans entiers de groupes linguistiques abandonnent leur langue pour une autre. Loin d'être fermés, les groupes sont ouverts et mouvants. Ainsi, la différence théorique, très claire, entre Shans et Kachin devient beaucoup plus nébuleuse dans la pratique. De nombreux Kachin deviennent des Shans, dès lors qu'ils se mettent à cultiver du riz et accordent une place importante au rituel bouddhiste. Les Kachin sont supposés être les habitants des montagnes, qui parlent le jinghpaw : dans le passé, toutes les personnes qui vivaient dans la montagne étaient appelées kachin et cette catégorie, qui fut officialisée par les Britanniques, était appliquée aux habitants d'un lieu (la montagne) plutôt qu'à un groupe aux caractéristiques culturelles communes.

Leach fut sans doute parmi les premiers, sinon le premier, à noter que les unités culturelles ne correspondent pas nécessairement à des unités structurelles. De ce fait, la seule prise en compte des unités culturelles ne fait qu'obscurcir l'analyse, un peu comme si l'on considérait la catégorie des papillons bleus comme significative pour comprendre la nature des lépidoptères (1961, p. 4). Dans l'ouvrage intitulé *Rethinking Anthropology*, Leach suggère donc de réviser les fondements mêmes de l'anthropologie et il prend pour cible Radcliffe-Brown, dont il fait une espèce de bouc émissaire. Ainsi, opposant Radcliffe-Brown à Malinowski, qui garde ses faveurs, il affirme que le premier compare les montres de son grand-père avec les montres bracelets alors que Malinowski cherche, au contraire, à découvrir la structure même des montres (*ibid.*, p. 6). Leach propose de considérer la société d'un point de vue mathématique (*ibid.*, p. 2 et p. 7). S'il fut parfois l'apôtre de l'empirisme, il déclare ici que son but est de traduire des faits anthropologiques en langage mathématique (*ibid.*, p. 14). Le but de l'anthropologie sociale est alors de découvrir des lois générales sur le comportement humain. De ce point de vue, sa critique de l'analyse lévi-straussienne du système de mariage kachin peut paraître étonnante, car il lui oppose des objections plutôt empiriques. Alors qu'il affirme que l'anthropologie est une discipline généralisante, voire mathématique, il reproche ici à son collègue français de façonner des modèles qui ne se retrouvent pas dans la réalité.

Durant sa période structuraliste, Leach élabore quelques analyses structurales qui masquent mal un certain souci de briller ou de provoquer, en tout cas de sortir des sentiers battus. Ainsi, dans un article intitulé « Anthropological Aspects of Language : Animal Categories and Verbal Abuse », le professeur de Cambridge s'intéresse aux noms d'animaux dans les insultes. Après avoir constaté que les animaux étaient tantôt sacrés, tantôt tabous, il fait l'hypothèse selon laquelle les termes d'insultes étaient précisément liés à la valeur rituelle des animaux et notamment à leur valeur alimentaire.

Les animaux sont généralement divisés en plusieurs catégories. Pour les Anglais, chiens et chevaux sont proches de l'homme, ce sont ses « meilleurs amis » et il est inconcevable de les manger. Plus généralement, les animaux au sang chaud sont plus proches de l'homme et davantage associés à lui : on parlera de cruauté envers les mammifères, alors que le comportement cruel envers les insectes est moins dénoncé. En réalité, nos relations avec les animaux reproduiraient, en quelque sorte, nos règles d'inceste. Selon ces dernières, les femmes peuvent être classées en quatre catégories :

1) Celles qui sont très proches, les sœurs avec lesquelles toute relation serait incestueuse ;

2) Les parents plus éloignés comme les cousines ou les « sœurs de clan » ;

3) Les voisines et amies qui ne sont pas parents, mais des épouses potentielles ;

4) Les étrangères avec lesquelles on n'entretient aucune relation.

On peut alors regrouper les animaux selon des catégories semblables :

1) Les animaux domestiques (*pets*) qui sont toujours non comestibles ;

2) Les animaux domestiqués, qui sont proches ; ils peuvent être consommés, mais de préférence avant la maturité ;

3) Les animaux des champs et forêts qui inspirent tantôt la sympathie, tantôt l'hostilité ;

4) Les animaux sauvages et lointains qui sont immangeables.

On peut établir une correspondance entre les deux catégories :

1	prohibition de l'inceste	incomestibles
2	prohibition matrimoniale	comestibles et incomestibles avec certaines exceptions
3	alliances de mariage	comestibles
4	pas de relations	incomestibles

Les animaux proches de l'homme sont souvent associés à des qualités et défauts humains très présents dans le langage : on est « sale comme un porc », il fait « un temps de chien », on déplore « un coup vache » et certains se comportent « comme des moutons ». Les termes dénotant les animaux familiers sont souvent monosyllabiques ou simples à prononcer : « chien », « porc », « chat », « rat »… À l'inverse, les termes d'« hippopotame » ou de « rhinocéros » dénotent une plus grande distance. Dans les classifications ci-dessus, ce sont les catégories intermédiaires qui sont le plus susceptibles d'être sacrées ou taboues car leur position est ambiguë. Dans une réponse critique, Halverson a noté le caractère arbitraire de ces homologies. Les catégories animales, de plus, sont très hétérogènes : le porc est proche mais guère sympathique ; le chien est sans doute le plus proche mais ne jouit pas nécessairement d'expressions positives dans le langage ; le cheval est mangé par certains…

Ce type d'exercice, typique de l'époque, suscite aujourd'hui une certaine circonspection. L'analyse de Leach peut paraître brillante, mais en fin de compte elle n'est guère convaincante. Toutefois, on retiendra de cet auteur des intuitions remarquables, une capacité à poser les problèmes. Son article critique de Malinowski sur les vierges-mères a ainsi le mérite de soulever de nombreuses questions et de s'interroger sur la validité des comptes rendus ethnographiques. Par ses positions tranchées, Leach ne laisse pas indifférent et peut apparaître aujourd'hui comme un franc-tireur de l'anthropologie, tantôt séduit par les modes, tantôt fidèle à son indépendance intellectuelle.

8

L'anthropologie marxiste

Le marxisme a exercé une influence profonde sur la pensée intellectuelle occidentale et, comme toutes les sciences sociales, l'ethnologie n'a pas échappé à son emprise. Il faut pourtant bien constater que l'ethnologie moderne s'est constituée, dans le courant du XXe siècle, sur des bases qui semblaient totalement opposées à la théorie marxiste. Le fonctionnalisme notamment, comme d'ailleurs le culturalisme américain, s'est construit sur une vive opposition à l'évolutionnisme et à ses présupposés intellectuels. Parmi les thèses évolutionnistes, celle qui rebutait le plus les ethnologues était, sans doute, l'idée d'une gradation des sociétés, c'est-à-dire une hiérarchisation allant de la sauvagerie à la civilisation. Ce rejet des théories anciennes s'est inévitablement accompagné d'une valorisation du monde primitif dès lors que l'ethnologie tâchait de mettre en exergue la complexité, la richesse et l'intelligence des sociétés sur lesquelles elle se penchait. De surcroît, l'observation participante et l'appareil conceptuel des ethnologues, en favorisant une perspective synchronique, mettaient l'accent sur la structure sociale et sur l'utilité des institutions sociales, à savoir sur l'idée que tout, dans une société, concourt à la bonne marche de l'ensemble. La société était devenue une fin en soi, un ensemble intégré et stable. Enfin, en affirmant que le but final de l'anthropologie était la recherche du point de vue de l'indigène, de sa vision du monde et de ses représentations, Malinowski orientait le savoir anthropologique vers une conception plutôt idéaliste du monde, et les ethnologues ont souvent davantage valorisé les symboles, le religieux, la parenté plutôt que les formes économiques de la vie sociale. Même quand ils s'intéressaient à l'économique, c'était souvent à travers des catégories comme le don et ils préféraient étudier la circulation des biens de prestige que la culture des légumes. À cela s'ajoute que le relativisme culturel, qui devint une espèce de credo ethnologique, était incompatible avec une perspective de développement et se montrait particulièrement rétif à l'idée qu'il puisse y avoir une quelconque supériorité, même d'un point de vue technologique. Cette sympathie vis-à-vis des populations étudiées et la volonté de revaloriser la vie primitive s'accordaient mal à cette perspective de transformation nécessaire qui caractérise autant le marxisme que les études de développement. En bref, il y avait une espèce de hiatus entre la raison ethnologique et la pensée marxiste. Cette incompatibilité relative n'était cependant pas insurmontable et bon nombre d'ethnologues se firent de plus en plus critiques vis-à-vis des présupposés théoriques du fonctionnalisme et particulièrement à l'égard de ce refus de considérer l'historicité de toute société humaine. Les transformations du monde contemporain, et plus particulièrement le processus de décolonisation, posaient, en outre, des questions nouvelles aux chercheurs qui ne pouvaient plus se contenter de considérer leur objet d'étude comme vivant « hors du temps ».

Une philosophie de l'histoire

Le marxisme est une philosophie de l'histoire qui met l'accent sur la lutte des classes comme moyen de dépasser les formes anciennes de société, et il s'inscrit dans une perspective matérialiste selon laquelle les relations de production et les forces productives sont les facteurs déterminants d'un groupe social et de ses inéluctables transformations. La société est avant tout perçue comme un « mode de production » ou une manière de produire et ce sont les relations de production qui constituent la « base » de tout groupe social. La théorie marxiste est bien sûr une forme de matérialisme puisqu'elle considère que les idées sont le reflet des relations de production. Marx s'opposait ainsi à l'idéalisme de Hegel qui voyait dans le développement des idées la source même du changement historique. Selon Marx, l'existence n'est pas déterminée par la conscience, mais c'est la conscience qui est déterminée par l'existence. Ces éléments montrent combien le marxisme était, par ses principes, éloigné de l'ethnologie classique et dans la pratique cet éloignement s'est souvent fait ressentir.

Ces difficultés ne se transformèrent cependant pas en incompatibilités insurmontables. Marx et Engels eux-mêmes s'intéressèrent aux « sociétés sans classe » et aux questions que ces dernières posaient à leur conception générale de la société. Cet intérêt fut largement relayé par certains ethnologues qui tâchèrent, eux aussi, de résoudre l'énigme des sociétés précapitalistes. Ce sont donc Marx et Engels qui vont guider nos pas dans cette tentative de comprendre ce que le marxisme a pu apporter à l'étude des sociétés primitives.

Comme nous l'avons vu précédemment, les idées de Marx et Engels sur les sociétés primitives furent influencées par Lewis Morgan et la théorie évolutionniste en général qui, par bien des aspects, n'était pas très éloignée de leurs propres conceptions. L'intérêt de Marx et Engels pour les sociétés primitives était double : d'une part, ils espéraient y trouver une confirmation à leur théorie générale de l'histoire ; d'autre part, ils recherchaient aussi des traces de modes de vie complètement différents, qui contredisaient les principes mêmes de l'économie capitaliste et de l'exploitation de l'homme par l'homme pour montrer que celles-ci n'étaient pas inéluctables. Un des points importants soulevés par l'absence de classe est de savoir si, dans ce cas, les relations de production continuent d'être déterminantes.

Marx (1818-1883) et les sociétés sans classe

Dans le *Manifeste du parti communiste*, Marx affirme que l'histoire de toutes les sociétés n'est que l'histoire de la lutte des classes. Selon cette formule, il ne considère même pas les sociétés qui n'ont pas de classes sociales et l'on perçoit ainsi le problème que cette absence peut soulever. Pour Marx, en effet, le changement social est la résultante des conflits et des contradictions croissants entre classes sociales et sa théorie devenait donc inopérante en l'absence de classe. Mais, dans le même temps, Marx entendait aussi expliquer comment l'histoire de l'humanité avait été une histoire de l'exploitation de l'homme par l'homme pour aboutir à sa cessation et, dès lors, à la libération de l'humanité ; en conséquence, l'homme primitif, comme témoin de l'aube de l'humanité, devait nécessairement trouver une place de choix dans cette reconstruction.

Dans *L'Idéologie allemande*, Marx s'intéresse pour la première fois à l'évolution des sociétés et il rejette la tendance, que l'on trouve chez la plupart des auteurs, à classer celles-ci selon un mode d'administration politique, par exemple « démocratie », « monarchie », etc. Selon Marx, pour catégoriser les sociétés, il faut faire appel à des réalités plus profondes, c'est-à-dire à leur manière de produire des biens matériels. Une société, selon lui, c'est avant tout une manière de produire, ou encore un mode de production, un rassemblement de personnes en vue d'organiser la production des biens matériels. Un autre point essentiel noté par Marx, c'est que les gens ne sont pas nécessairement conscients de cette importance de l'organisation de la production comme moyen de les définir. C'est particulièrement vrai quand les systèmes de production sont basés sur l'exploitation : celle-ci est souvent voilée, masquée par des « idéologies » (par exemple la religion) qui maintiennent les individus dans un état de sujétion et les poussent ainsi à travailler. Il s'agit là d'un élément assez fondamental de la pensée marxiste : la vérité ne se trouve pas dans la conscience des individus, mais dans des rapports de production, qui sont forcément cachés et dont la découverte est autant la tâche de l'analyste que des organisations politiques. Cette conception rejette en quelque sorte l'idée d'une liberté individuelle et partant de démocratie politique ; elle sous-tend aussi qu'il existe plusieurs types de vérités et notamment celle de l'avant-garde révolutionnaire. On peut se demander si cette propension à décider ce qui est bon pour le peuple n'est pas inscrite dans la théorie marxiste, ce qui expliquerait les excès auxquels elle a systématiquement conduit. D'ailleurs, on peut rappeler que l'individu ne trouve qu'une place limitée dans cette théorie : il n'est jamais conçu que comme représentant d'une classe. Sur le plan anthropologique, cela nous montre aussi le décalage entre l'observation participante, qui repose sur la parole indigène, et une perspective nettement plus théorique qui consiste à rechercher une causalité ultime, au-delà de la conscience des acteurs. Autrement dit, pour l'ethnologie marxiste, les croyances et modes de pensée des gens ne constituent pas un objet d'étude en soi car ils ne seront envisagés que comme expression des rapports économiques. Selon Maurice Bloch, cette volonté de dépasser ou même d'ignorer la conscience individuelle ne doit pas être minimisée, et elle est, dès le départ, une originalité de la théorie marxiste, présente dans toute l'œuvre de Marx (1983, p. 23).

Marx adapte les schémas des évolutionnistes en recherchant non pas l'évolution des institutions, mais l'évolution de la société dans son ensemble. Le premier grand stade de l'humanité, selon lui, est le stade tribal qui se distingue par trois sous-stades qui marquent les premiers temps de l'humanité : 1) la chasse et la pêche, 2) l'élevage, 3) l'agriculture. Cette progression implique une augmentation de la division du travail et, dès lors, de l'inégalité. Dans l'histoire, Marx recherche, en effet, les causes de l'inégalité entre les hommes, afin de révéler les moyens d'y mettre fin. À l'origine, les gens vivent dans des familles relativement égalitaires, mais petit à petit, l'exclusion de certaines catégories (au début les femmes et les enfants) de la possession des moyens de production entraîne des formes de propriété privée qui, estiment Marx et Engels, contiennent les germes de l'exploitation, notamment en ce qu'elle implique l'utilisation du travail d'autrui. Cette relation entre propriété privée et exploitation est une proposition centrale de la théorie marxiste et elle est tout aussi cruciale dans le projet politique du marxisme qui vise à l'élimination de la propriété privée et, dès lors, à la cessation de l'exploitation de l'homme par l'homme. Pour en revenir au schéma de développement, la division du travail augmente avec la complexification des technologies. Toute division du travail, selon Marx, est forcément inégalitaire.

À la fin de l'ère tribale, deux solutions se présentent : la société évolue soit vers les « États-urbains », soit vers le féodalisme. Le choix dépend de la densité de la population puisque le féodalisme se développe plutôt dans le monde rural alors que les villes nécessitent une plus grande concentration de la population. Dans les États-urbains qui caractérisent par exemple les sociétés antiques, on trouve les premières formes de classes sociales, c'est-à-dire l'opposition entre citoyens et esclaves. La concentration de la propriété devient maximale, mais les citoyens ne se divisent pas eux-mêmes en classes. Le féodalisme, par contre, est essentiellement rural et ne verra se développer des villes que plus tard ; ces villes seront d'ailleurs opposées aux campagnes. Elles connaîtront des tentatives de communalisation de la production. Mais, dans le même temps, ce développement s'accompagnera de l'arrivée massive de serfs, fuyant leur état.

Le passage au capitalisme constitue l'étape suivante du développement des sociétés. Ces travailleurs fuyant l'asservissement formeront l'embryon du prolétariat qui caractérisera le capitalisme : le prolétariat est, en effet, constitué de « travailleurs libres » c'est-à-dire qui ne sont plus attachés à la terre, ne possèdent pas leurs moyens de production et n'ont donc d'autre solution pour survivre que de vendre leur force de travail. Tous les moyens de production (la terre, les outils, les matières premières, les ateliers) sont privatisés. La « liberté » de ces travailleurs n'est, en réalité, qu'une dépendance vis-à-vis de ceux qui possèdent les moyens de production. Cependant, cette dépendance contraste avec celle des serfs et des esclaves en ce qu'elle est non permanente et non personnelle. Dans une certaine mesure, la situation du prolétaire est pire que celle de l'esclave qui a des liens personnels avec son maître alors que le capitaliste n'entretient aucune relation de cette sorte avec ses ouvriers.

Le mouvement de l'histoire se fait, chez Marx, selon un processus qu'il appelle « dialectique », c'est-à-dire un développement provoqué par des conflits et des contradictions menant à des solutions provisoires qui se transforment bientôt elles-mêmes en des contradictions nouvelles, devant, à leur tour, être résolues. Marx rejette le matérialisme vulgaire selon lequel il y aurait un lien direct de cause à effet entre la base économique, l'infrastructure, et les superstructures. Selon lui, les idées ont une cause ultime qui se trouve dans l'économique, mais elles jouissent à leur tour d'une certaine autonomie et interviennent dans le processus dialectique de changement. L'amélioration des techniques entraîne, selon Marx, un accroissement des inégalités et elle conduit ainsi au renforcement des différenciations sociales. Cette différenciation croissante engendre la formation de classes sociales, et la classe dominante parvient à imposer ses idées à l'ensemble de la société. Cette idéologie masque les rapports sociaux véritables et les rend opaques car l'idéologie dominante est adaptée aux besoins de la classe dominante. Elle n'est consensuelle que par imposition. Pour les classes inférieures, elle est « fausse conscience » en ce qu'elle sert les intérêts des dominants. Souvent, Marx appelle cette « fausse conscience » l'« idéologie » : celle-ci est alors l'expression des classes dominantes et elle s'oppose à une représentation

« scientifique » de la réalité. L'État, le droit, ou encore ce qu'on appelle les « appareils idéologiques d'État » sont des expressions idéologiques et ne sont donc que des instruments de domination des classes dominantes.

La différence importante entre le marxisme et le fonctionnalisme, qui a longtemps prévalu en ethnologie, éclate au grand jour. Le fonctionnalisme considère, en effet, la société comme un ensemble structuré et intégré alors que le marxisme la représente, au contraire, comme une opposition entre classes aux intérêts divergents, sinon antagonistes, et l'histoire est, avant tout, la genèse de la lutte entre ces classes. Il faut aussi rappeler que le marxisme ne fut pas seulement une entreprise intellectuelle : il se voulait surtout un instrument politique de libération des classes populaires. Marx lui-même était engagé dans un double processus : d'une part, il faisait œuvre de théoricien tentant de mettre au jour une véritable compréhension des mécanismes de domination et, d'autre part, cette entreprise servait de fondement à la construction d'un monde meilleur. Le *Manifeste du parti communiste*, qui parut en 1848, est bien sûr typique de ce deuxième aspect de son action qui n'entendait pas seulement penser le monde, mais bien le transformer. Cependant, le *Manifeste* contient quelques considérations essentielles, comme par exemple celle où Marx affirme que « l'histoire de toutes les sociétés qui ont existé n'est que l'histoire de la lutte des classes. L'homme libre et le serf, le maître et l'ouvrier, en un mot l'oppresseur et l'opprimé ont toujours été en opposition constante et mené un combat, tantôt caché, tantôt ouvert qui chaque fois menait soit à une reconstruction de la société dans son ensemble, soit à la disparition commune des deux classes ennemies. » On ne dira jamais assez l'importance de cette citation comme symptomatique d'une conception du social (on peut, par exemple, la comparer à la conception durkheimienne de la société).

Dix ans plus tard, Marx est exilé à Londres et il se trouve quelque peu à l'écart des grands mouvements sociaux. Il en revient alors à des considérations plus théoriques, notamment pour travailler sur un manuscrit qui prendra le nom de *Grundrisse*, les « fondements », et contient une section importante consacrée aux « formations sociales précapitalistes ». Dans les sociétés agricoles, note-t-il, la propriété est d'abord collective. L'homme appartient à la tribu et n'a accès à la terre qu'en fonction de cette appartenance collective. Il suffit d'être membre du groupe pour posséder de la terre. La vie n'a de sens qu'en tant que membre du groupe. Ce point de vue s'oppose aux théories des économistes classiques et des utilitariens qui voient le premier homme comme un être seul se débattant au milieu de la nature. Marx essaye, au contraire, de comprendre la spécificité des relations sociales en dehors du système capitaliste. Il propose ainsi une série de modèles, de grands types pouvant caractériser les relations sociales précapitalistes. Ces modèles fondés sur la production et la propriété prennent le nom de « modes de production ».

Le « mode de production germanique » est, selon lui, un modèle spécifique de développement d'une économie agricole. Il repose sur l'existence de grands groupes familiaux indépendants vivant sur un territoire donné. La caractéristique originale de ce mode de production est le lien entre parenté et territorialité : les familles y vivent sur un territoire donné et le droit communal à la terre revient ici à des groupes familiaux. Marx était certainement influencé par les conceptions romantiques de l'époque qui insistaient sur le caractère spécifique et irréductible des anciennes communautés germaniques. On peut comparer ce système à un autre que Marx appelle le « mode de production asiatique ». Marx souhaitait particulièrement éviter l'écueil de l'« eurocentrisme » et il s'intéressait donc à ce qui se passait en Chine, en Inde ou en Indonésie. Selon lui, les systèmes asiatiques étaient caractérisés par l'existence de communautés paysannes traditionnelles et communales sur lesquelles venait se greffer un État dont la nature était plutôt despotique. Cette articulation illustre, pour Marx, une situation dans laquelle l'apparition d'un État centralisé n'a

pas mis fin à l'existence de communautés villageoises. Dans
le mode de production asiatique, l'État est perçu comme le
propriétaire ultime de la terre qui est néanmoins cultivée en
commun, comme dans les communautés villageoises. Dans des
formes traditionnelles, l'État est représenté symboliquement
et le roi, par exemple, apparaît comme un père bienveillant,
qui donne la terre à ses sujets. L'État fait aussi l'objet de
dévotion et le roi est souvent associé aux dieux. Cependant,
il se transforme aisément en despote et l'idéologie dominante
empêche les communautés de mettre son pouvoir en question.
Marx essayait ainsi de réconcilier deux vues influentes sur
l'Orient, c'est-à-dire l'existence de communautés de villages
et celle de tyrans. Il tentait aussi de rendre compte d'une
idée fortement ancrée dans le XIXᵉ siècle, à savoir la stagnation millénaire des sociétés asiatiques. Pourquoi les sociétés
asiatiques ne changeaient-elles pas ? La réponse, selon Marx,
se trouve dans l'essence même de leur mode de production :
contrairement à ce qui s'était passé dans les États-urbains
de l'Antiquité ou encore dans le féodalisme, l'apparition
du mode de production asiatique ne s'était pas faite sur les
décombres ou la destruction des communautés villageoises,
mais, au contraire, en articulant celles-ci à un État centralisé. Comme la légitimité du roi et de l'État se trouve dans
ces communautés, l'État n'a pas intérêt à les détruire, mais
il doit les préserver en tant que telles. En d'autres termes,
l'État encourage le maintien du système ancien et empêche
des forces nouvelles d'amasser de l'argent et d'émerger au
sein des communautés. De plus, les incessants intrigues et
conflits à la cour ne se répercutaient nullement sur la masse
de la communauté.

C'est dans ce cadre, sans doute, qu'il faut comprendre les vues de
Marx sur la colonisation de l'Inde. Dans les années 1850, il écrivit
un certain nombre d'articles sur la question dans le *New York Daily
Tribune*. S'il y dénonce les excès de la colonisation britannique, il

n'en souligne pas moins le rôle joué par celle-ci dans la destruction des fondements mêmes du régime social de l'Inde (Marx, s.d., p. 37). Les Britanniques y ont introduit les principes de la libre concurrence qui conduisirent à la fin de l'artisanat et du lien entre l'agriculture et la production artisanale. Ils ont aussi détruit la communauté villageoise, c'est-à-dire ces petites communautés semi-barbares et semi-civilisées en « sapant leur fondement économique » et en produisant ainsi « la plus grande et, à vrai dire, la seule révolution sociale qui ait jamais eu lieu en Asie » (*ibid.*, p. 41) :

> « Or aussi triste qu'il soit du point de vue des sentiments humains de voir ces myriades d'organisations sociales patriarcales, inoffensives et laborieuses se dissoudre [...] et leurs membres perdre en même temps leur ancienne forme de civilisation et leurs moyens de subsistance traditionnels, nous ne devons pas oublier que ces communautés villageoises idylliques, malgré leur aspect inoffensif, ont toujours été une fondation solide du despotisme oriental, qu'elles renfermaient la raison humaine dans un cadre extrêmement étroit, en en faisant un instrument docile de la superstition et l'esclave des règles admises, en la dépouillant de toute grandeur et de toute force historique. [...] Nous ne devons pas oublier que cette vie végétative, stagnante, indigne, que ce genre d'existence passif déchaînait d'autre part, et par contrecoup, des forces de destruction aveugles et sauvages, et faisait du meurtre un rite religieux en Hindoustan. Nous ne devons pas oublier que ces petites communautés portaient la marque infamante des castes et de l'esclavage » (*ibid.*, p. 42).

Marx dénonçait aussi une religion qui faisait oublier que l'homme est normalement maître de la nature, pour le faire tomber à genoux et adorer Hanumam, le singe, et Sabbala, la vache. Bref, il souligne le rôle libérateur de l'Angleterre qui fut l'instrument de l'histoire en provoquant une véritable « révolution sociale ». Ces considérations en disent long sur la théorie marxiste et sur les difficultés qu'elle éprouve à s'accommoder de la démarche anthropologique. Elle apparaît bien comme un instrument de transformation du monde alors même que l'ethnologie semblait soucieuse de sa conservation. Marx ressent lui-même le caractère radical d'une conception qui fait « table rase du passé » : « quelque tristesse que nous puissions ressentir au spectacle de l'effondrement d'un monde ancien », nous ne pouvons nous empêcher de nous exclamer avec Goethe :

> Cette peine doit-elle nous tourmenter
> Puisqu'elle augmente notre joie.

Certes Marx va systématiquement dénoncer les excès auxquels la situation coloniale conduisit, que ce soit en Inde ou en Chine, mais il ne put s'empêcher, au bout du compte, de voir sa « joie augmenter » au spectacle de cette accélération de l'histoire.

L'apport d'Engels (1820-1895)

Marx lut beaucoup et accumula de nombreux brouillons dans le dessein d'écrire un ouvrage entièrement consacré aux sociétés préindustrielles. Son décès l'empêcha de mener à bien ce projet. Ces efforts ne furent pourtant pas tout à fait vains puisque, après sa mort, son collaborateur et ami, Friedrich Engels, utilisa ses matériaux pour rédiger un ouvrage intitulé *L'Origine de la famille, de la propriété et de l'État*. Ce livre n'est, sans doute, pas celui que Marx aurait écrit car, s'il éprouvait beaucoup de respect pour Morgan, Engels se montra bien plus enthousiaste encore à propos de l'ethnologue américain. Ainsi, Engels reprend à son compte, de façon très peu critique, le schéma d'évolution de Morgan de sauvagerie, barbarie et civilisation.

Engels tentera de montrer que la propriété privée et le capitalisme ne sont pas des formes universelles d'organisation de la société. Mais, dans le même temps, il souligne aussi les limites d'une théorie marxiste du changement social découlant des conflits et contradictions entre classes qui est inadéquate pour l'analyse des sociétés sans classe. Il affirme alors que, dans ce cas précis, ce serait un processus de sélection naturelle qui explique les transformations de la société. L'impact de l'évolutionnisme sur le philosophe allemand apparaît ici au grand jour.

Selon Engels, le stade de la *gens* représente cette étape de l'histoire de l'humanité qui démontre la possibilité d'une société totalement sans classe et basée sur des principes radicalement différents de ceux qui régissent le système capitaliste. La *gens* se fonde sur la communalité absolue, à savoir l'antithèse de l'individualisme qui caractérise le capitalisme. Durant cette période, même les mariages sont collectifs et la filiation est matrilinéaire : selon Engels, qui sur ce point suit Bachofen, un autre théoricien évolutionniste, la matrilinéarité correspond au matriarcat. Plus fondamentalement encore, l'État est totalement absent de ce type d'organisation qui connaît, en outre, la propriété collective et l'égalité absolue. Le passage aux étapes suivantes constitue l'objet même du livre d'Engels : il marque l'avènement de la famille, de la propriété et de l'État. Selon Engels, la *gens* correspond au stade que Morgan appelle la barbarie inférieure.

La famille conjugale apparaît comme une nouvelle institution qui s'oppose à la *gens*. Elle s'immisce d'abord subrepticement, sans véritablement remplacer l'organisation collective, mais elle prend petit à petit de l'importance et, de plus, correspond aux premières formes de propriété. Autrement dit, selon Engels, la famille comprend les germes mêmes de l'inégalité en ce qu'elle est liée à l'apparition de la propriété privée. En effet, avec le développement de l'agriculture, les moyens de production se multiplient et se voient de plus en plus possédés individuellement. Ce sont, désormais, les hommes qui contrôlent la propriété. Engels dira que l'apparition de l'agriculture représente la défaite historique du sexe féminin. Les hommes veulent, en outre, transmettre leurs biens à leurs fils et l'on passe alors à un système de filiation patrilinéaire. La monogamie renforce également la domination de l'homme sur la femme car les hommes veulent être sûrs de leur paternité et ils contrôlent ainsi l'accès à la sexualité des femmes. C'est alors que se développe la famille nucléaire.

Engels introduit des thèmes qui resteront d'actualité en anthropologie, notamment cette considération selon laquelle la première forme d'inégalité est celle qui oppose les hommes aux femmes. Les hommes contrôlent, en effet, les moyens de production et les femmes leur sont totalement subordonnées. En d'autres termes, les hommes représentent ainsi une des premières formes de capitalistes et les femmes une espèce de prolétariat. L'origine de la famille (nucléaire) correspond donc à l'origine de la propriété et de l'exploitation économique et sexuelle des femmes. Le mariage devient également une affaire économique et même un enjeu majeur du maintien des inégalités.

Selon Engels, la fin du capitalisme devrait donc mettre également un terme à l'inégalité et à la soumission des femmes puisqu'il consistera en l'abolition de la propriété privée. Dans le nouveau système, la monogamie sera abolie et chacun sera libre de choisir des liens plus ou moins durables. On trouve là une approche intéressante d'Engels qui établit un parallèle entre l'inégalité des sexes et ses conditions de production ; la question féminine ne se résume pas, selon lui, à un élément isolé de tout contexte social. On notera encore, chez lui, une idée assez répandue dans certains milieux qui consiste à associer des groupes, comme celui des femmes, à une classe sociale. Enfin et plus profondément, on voit ici que l'évolutionnisme d'Engels repose sur le concept d'égalité sous toutes ses formes. L'histoire de l'humanité est celle de l'inégalité et, selon lui, il n'y a pas de doute que la société capitaliste soit la plus inégalitaire puisqu'elle consacre la séparation absolue entre les travailleurs et les moyens de production.

Il est intéressant, sur les plans politique et historique, de noter qu'Engels établit un fort contraste entre, d'une part, la *gens*, égalitaire, décentralisée et, d'autre part, l'État qui apparaît en même temps que les classes sociales et donc que l'inégalité. L'État semble donc une expression typique des sociétés inégalitaires et devrait également disparaître dans la société socialiste. On sait que l'histoire est loin d'avoir confirmé cette vue. Quelles que soient les formes que prendra le socialisme, l'État y jouera toujours un rôle essentiel.

Sur le plan strictement anthropologique, on peut souligner que, selon Engels, la société primitive est une espèce d'idéalisation ou de préfiguration de la société sans classe et elle montre que celle-ci est non seulement souhaitable mais qu'elle est aussi possible. Cette idée importante animera une bonne partie des recherches se réclamant de la tradition marxiste.

L'anthropologie de Claude Meillassoux (1925-2005)

L'influence du marxisme sur l'ethnologie ne peut se résumer à l'étude des quelques cas que nous examinerons dans les pages qui suivent. Les espoirs de justice sociale que firent naître les mouvements de décolonisation, mais aussi les questions politiques que ceux-ci soulevaient, ont certainement renforcé l'attrait pour le marxisme qui fut, pendant longtemps, considéré comme détenant les clés de la libération de l'homme. La prise de conscience des horreurs du stalinisme, que certains avaient longtemps niées ou ignorées, marqua pourtant le début d'une certaine réticence vis-à-vis d'une théorie qui avait servi d'alibi aux atrocités les plus criantes. La chute du mur de Berlin d'une part et la faillite, tant morale qu'économique, de certaines jeunes nations du Tiers-Monde d'autre part, ont fait perdre au marxisme et à ses expressions politiques une bonne part de crédibilité. Beaucoup continuent cependant de s'y référer et l'échec de ses réalisations politiques ne suffit pas à lui faire perdre toute pertinence en tant qu'outil d'analyse. Il nous semble qu'il propose, sur le fonctionnement de la société, des idées fortes, qui méritent d'être débattues.

La sociologie française a été particulièrement marquée par l'analyse marxiste et l'ethnologie n'échappa pas à cette fascination puisque Claude Meillassoux et Maurice Godelier, notamment, se sont distingués comme les figures marquantes du marxisme en anthropologie. Ces deux théoriciens avançaient des idées assez différentes sur le lien entre la doctrine de Marx et l'étude des sociétés primitives et ils ne semblent pas s'être voués une admiration réciproque.

Contrairement à Godelier dont l'anthropologie marxiste restera fortement théorique et souvent proche d'une exégèse de Marx, Meillassoux s'imposa d'abord comme un chercheur de terrain africaniste. En second lieu, Meillassoux est concerné par les transformations contemporaines du monde et son anthropologie n'est pas coupée de ces réalités historiques. Il est sans doute nettement plus proche du matérialisme historique que Godelier dont une bonne partie des activités intellectuelles de l'époque consistait à rendre le marxisme compatible avec le structuralisme. Il était notamment proche de celui de Claude Lévi-Strauss dont c'est un euphémisme de dire qu'il exerça une fascination profonde sur les chercheurs de l'époque. Meillassoux ne succomba pas à ces sirènes structuralisantes qui sont très éloignées du matérialisme historique et il s'appliquera même à critiquer radicalement la contribution de Lévi-Strauss à l'analyse des sociétés lignagères.

L'*Anthropologie économique des Gouros de Côte d'Ivoire*, que Meillassoux publia en 1964, constitue une étape importante du développement de l'anthropologie marxiste et l'ouvrage suscita un vif intérêt chez les jeunes chercheurs de l'époque. On a parfois l'impression que Meillassoux ne souhaite pas mettre lui-même en exergue les implications théoriques de son travail, entreprise dont Emmanuel Terray devait plus tard se charger puisque la moitié de son ouvrage *Le Marxisme devant les sociétés primitives* est consacrée aux travaux de Meillassoux dont il propose une lecture très théorique. Si l'inspiration de son travail est essentiellement marxiste, Meillassoux prend ses distances par rapport à l'influence évolutionniste qui marquait jusqu'alors la tradition marxiste. Il n'est pas question, dans cet ouvrage, de retracer des étapes du développement de l'humanité, mais au contraire de s'intéresser à une société particulière. Cette distanciation ne signifiait cependant pas que Meillassoux adoptait la vue synchronique qui caractérisait l'anthropologie classique.

L'*Anthropologie économique des Gouros de Côte d'Ivoire* se démarque, en effet, des ethnographies traditionnelles en prenant pour objet les transformations mêmes de l'économie locale et, notamment, la transition d'une économie de subsistance à une agriculture commerciale tournée vers les besoins du capitalisme. Autrement dit, la perspective ethnographique ne se réduit nullement ici à la considération d'un monde autarcique, fermé sur lui-même, mais l'économie gouro est considérée à travers son imbrication dans des rapports sociaux qui dépassent, de loin, les frontières nationales. Une rupture est, en quelque sorte, opérée vis-à-vis de la tradition fonctionnaliste qui prévalait en ethnographie. Au-delà du caractère marxiste de la perspective adoptée, Meillassoux se rattache à l'anthropologie dynamique propre à l'école de Balandier, dont il fut l'étudiant et qui considère qu'il n'y a de sociétés que dans l'histoire (Gaillard, 1997, p. 209). On ne doit pas minimiser l'originalité d'une telle perspective aujourd'hui car, à l'époque, elle devait affronter de vives réticences : dans un entretien récent, Georges Balandier rappelle que Marcel Griaule lui déconseillait vivement de s'intéresser aux phénomènes contemporains et de revenir plutôt aux « systèmes de pensée africains ». S'intéresser à des choses aussi banales que la production agricole pouvait donc paraître secondaire, sinon méprisable.

Les transformations de la société ne sont d'ailleurs pas seulement dues au colonialisme. Il existe, en fait, un processus interne de segmentation : les bagarres, la sorcellerie, l'adultère, la guerre inter-tribale constituent autant de sources de conflits débouchant sur des mouvements de population et des transformations sociales. En d'autres termes, Meillassoux ne voit pas la société comme un équilibre en soi, mais il met l'accent sur ses contradictions internes et ne considère pas, sur ce point, qu'il y a rupture entre les divers types de sociétés. La colonisation va cependant accélérer les ruptures et les transformations.

Meillassoux ne se contentait pas de considérer les Gouros dans une perspective diachronique, mais, en même temps, il rompait avec de nombreux thèmes classiques de l'anthropologie pour se concentrer sur les activités économiques, qui n'occupaient alors qu'une place secondaire dans l'ethnologie. Une bonne part de l'anthropologie économique était davantage préoccupée par la circulation des biens de prestige que par la production et la consommation proprement dites. Meillassoux innova en s'intéressant aux activités de production et à leurs transformations. Il chercha aussi à établir des liens entre ces activités et la reproduction de la société. Autrement dit, son marxisme refuse l'hypothèse d'une rupture radicale entre nous et les sociétés primitives, et il souligne, au contraire, que partout les relations de production et les forces productives déterminent la configuration même de la société. Par certains aspects, Meillassoux se montre relativement déterministe et il va, d'une certaine façon, plus loin que Marx en soulignant l'universalité de la détermination économique. La question de savoir si la détermination de l'économique était limitée ou non au mode de production capitaliste divisait d'ailleurs les marxistes, ainsi que nous aurons l'occasion de le voir ci-dessous. François Pouillon, par exemple, soulignait que, dans les sociétés précapitalistes, la détermination de l'économique n'était que partielle (1976, p. 73). Tout en reconnaissant une certaine interpénétration du social, du politique et du religieux avec l'économique, Meillassoux réaffirmait néanmoins l'importance de l'économique :

« La nécessité de produire joue un rôle décisif dans l'organisation sociale pour la bonne raison que la production est la condition même de l'existence de la société. Une société peut interrompre l'exercice de ses cultes, renoncer à ses rites, ses danses et son art, mais elle ne peut cesser de produire sans disparaître physiquement. » (1964, p. 10).

On retrouve une telle position dans *Femmes, greniers et capitaux* :

> « Ces sociétés sont contraintes de produire – et ce dans des conditions que détermine le niveau des forces productives – pour exister et se perpétuer et, qu'en conséquence, si toutes ne relèvent pas des mêmes catégories scientifiques, elles relèvent toutes de la méthode matérialiste historique » (1975, p. 25).

Il est intéressant de noter que, dans le même temps, Meillassoux n'était pas tout à fait débarrassé du fonctionnalisme et qu'à plusieurs reprises, il explique des phénomènes par leur fonction : ainsi, il considère la dot comme un moyen de perpétuation de l'ordre social, un instrument du conservatisme social (1964, p. 219). Plus loin, il insiste sur la « fonction de la guerre » qui est « d'aboutir à une régularisation des rapports sociaux » (*ibid.*, p. 240) et il affirme que cela explique pourquoi les femmes ne sont jamais tuées pendant les guerres, car ce serait « la négation même des buts recherchés » (*ibid.*, p. 241), à savoir non pas l'élimination des groupes, mais la régularisation des rapports sociaux entre les deux groupes. Cependant, chez lui, la cohésion sociale n'est pas une fin en soi ; bien au contraire, son objet est l'ensemble des transformations et il est donc conduit à mettre en exergue des déséquilibres et des contradictions. Il montre ainsi que l'économie gouro ne peut être considérée comme reflétant un type de mode de production, mais qu'elle présente une articulation spécifique de divers modes de production.

Un autre aspect fondamental du travail de Meillassoux est le refus de considérer cette économie comme un ensemble fermé sur lui-même. Il souligne, d'une part, la place des échanges traditionnels (précoloniaux) et d'autre part, il analyse l'impact de la domination coloniale qui a modifié considérablement le système social. Avant la colonisation, chaque communauté produisait la nourriture qu'elle consommait et il y avait donc peu de transferts de biens vivriers. Par contre, d'autres biens faisaient l'objet d'échanges : avec les Bétés voisins, par exemple, les relations d'échange ne prenaient pas la forme d'un commerce marchand et les produits échangés prenaient la forme de cadeaux ; il n'y avait d'ailleurs pas d'étalon, de véritable équivalence entre les biens échangés qui s'inscrivaient dans des relations d'amitié proches de la parenté. Les choses échangées sont souvent des biens de prestige liés à l'autorité des anciens. Les Gouros échangeaient également de la cola contre des barres de fer qui servaient de monnaie d'échange dans les transactions matrimoniales. Ici non plus les relations ne se résument pas à des rapports mercantiles. Le commerce traditionnel permettait aux Gouros d'obtenir les biens précieux servant aux échanges matrimoniaux. Il ne donnait pas lieu à la formation d'une véritable classe de marchands et il ne portait donc pas atteinte aux fondements structurels de la société. L'économie coloniale viendra bouleverser profondément cet équilibre.

Travail forcé, interdiction, réglementation, déplacement de populations rythment les transformations de l'organisation traditionnelle. L'autorité coloniale met aussi en place un système de chefferie capable de servir de relais entre la population et l'administration française. Les nouveaux chefs allaient exercer de plus en plus de pouvoirs, notamment en se voyant octroyer une part des impôts et un salaire. Ils constitueront l'embryon d'une classe paysanne privilégiée qui profitera de la colonisation. Dans le même temps, les produits agricoles se transformeront en marchandises et l'économie gouro pénètre sur le marché international. Les marchés tendent à se multiplier comme explose d'ailleurs la quantité des biens achetés par les Gouros. Il est sans doute assez remarquable de constater que les commentateurs

marxistes du travail de Meillassoux négligèrent cette historicité de l'approche économique pour ramener l'intérêt de
l'analyse à une discussion synchronique de l'articulation des
différents modes de production qui caractérisent l'économie
gouro. C'est notamment le cas de la longue discussion que
Terray accorde à Meillassoux dans le *Marxisme devant
les sociétés primitives*. Dans un style caractéristique de
l'époque, Terray s'engage sur la construction d'une « théorie
des modes de production » qui étaient devenus le concept
central du marxisme althussérien. Terray réaffirme ainsi la
coupure entre le mode de production capitaliste et les modes
de production antérieurs, dans lesquels, selon lui, la parenté
joue un rôle dominant.

Entre-temps, Meillassoux restait à l'écart de cette conception rigide du mode de production et réaffirmait le principe
de détermination de l'économique. *Femmes, greniers et
capitaux*, qui parut en 1975, se présente comme un effort
de théorisation et il va précisément rejeter le caractère dominant de la parenté avancé par les marxistes structuralisants,
de Godelier à Terray. Meillassoux réitère, à l'inverse, la
détermination de l'infrastructure économique. Selon lui, les
relations de parenté sont donc elles-mêmes déterminées par
les contraintes de la production. La production des moyens
de subsistance ne peut être confondue avec la production des
hommes, c'est-à-dire la reproduction. L'interdit de l'inceste
n'explique en rien le fondement de la société : il répond lui-
même aux impératifs de la production en assurant la mobilité
des individus entre les cellules de production.

On peut alors distinguer deux types d'économie primitive :
celle où la terre est objet de travail et celle où la terre est
moyen de travail. La terre est objet de travail là où elle est
exploitée directement, sans recevoir un investissement préa-
lable en énergie humaine : il s'agit du cas des sociétés de
chasse et de cueillette qui sont des économies de ponction,
l'activité productrice consistant à prendre des produits déjà
formés. Le rendement est instantané et ne nécessite aucun

investissement en termes de travail. Il n'y a pas non plus d'accumulation, ni de cycle de transformation des produits. Dans une telle société, les rapports sociaux sont plus précaires : il n'y a pas constitution d'un groupe de production ni émergence d'une autorité établie. Autrement dit, dans un tel contexte économique, la parenté prend des formes particulières. Les règles de résidence sont nettement moins établies, en raison du déplacement libre des hommes et des femmes de horde en horde. Les unions sont plus précaires, les enfants et les vieillards aisément abandonnés quand ils deviennent un poids. Les règles de filiation, enfin, ne sont pas fixées à la naissance et les rites de passage comme le mariage sont peu institutionnalisés. Les relations de parenté se voient ici minimisées et ce sont davantage des rapports d'adhésion qui dominent : ce n'est pas la consanguinité qui détermine les rapports entre les hommes mais leur appartenance à un groupe (la horde) ; toutes les filles de la horde sont mes sœurs quels que soient les liens qui m'unissent à elles. De plus, dans les sociétés de chasse, les hommes sont enclins à la violence et ils y recourent pour acquérir les femmes qui deviennent, en quelque sorte, des proies. En l'absence de toute organisation de type étatique, les guerriers, c'est-à-dire les hommes, deviennent une « catégorie » dominante et ils fonctionnent à l'instar d'une classe sociale. Cet exemple montre bien que, pour Meillassoux, on retrouve, dans la société primitive, une détermination de l'économique et la formation de catégories qui anticipent les classes sociales du capitalisme.

Lorsque l'agriculture prend une place prépondérante, la guerre menace les conditions de production et les rapports matrimoniaux doivent être régulés, autrement que par la violence. Les relations de parenté prennent donc leur importance là où la terre devient moyen de travail, c'est-à-dire dans les sociétés qui pratiquent l'agriculture. L'agriculture, en effet, est une activité à terme qui nécessite un investissement dont on ne recueille pas directement les fruits.

Désormais, la production doit être organisée, la mobilisation permanente car l'agriculture nécessite une dépense bien plus grande d'énergie et la coopération doit devenir durable. La reproduction devient alors une préoccupation essentielle et beaucoup d'activités sociales, comme le mariage, la filiation, le culte de la fécondité, sont tournées vers elle. Le mariage devient nettement plus institutionnalisé avec les fiançailles, le paiement du prix de la fiancée, les tabous sexuels, etc. Les systèmes de filiation s'imposent comme le moyen d'assurer cette organisation de la production. Pour l'ethnologie classique, le choix entre système de filiation matrilinéaire ou patrilinéaire est purement arbitraire et n'a rien de fonctionnel. Meillassoux pense pourtant que l'adoption de l'un ou de l'autre régime n'est pas totalement indépendante des conditions de production : la patrilinéarité serait mieux adaptée à l'agriculture céréalière alors que le système matrilinéaire se retrouverait plus communément dans une agriculture de plantage-bouturage. Dans ce dernier, en effet, les produits exigent un long traitement avant d'être consommés et donc une mobilisation continue de l'énergie : il faut maintenir une cohésion sociale qui ne s'acquiert que par l'expérience. Or les femmes assurant la continuité des tâches agricoles et des cellules productives, elles forment les pôles vers lesquels les hommes se déplacent.

De nouvelles catégories sociales apparaissent : c'est notamment le cas de la différence fondamentale entre aînés et cadets qui divise les hommes. Les aînés disposent des semences et emmagasinent la production. Il en découle une structure hiérarchique fondée sur l'autorité et l'ancienneté. Les cellules de parenté se pérennisent et les pères deviennent ceux qui assurent à la fois la production et la reproduction du groupe. Les rapports de production n'en restent pas moins dominants et les sociétés primitives, contrairement à ce que prétend Godelier, « n'échappent pas au matérialisme historique » : la structure économique de la société est la base sur laquelle s'érige l'édifice juridique et politique (Meillassoux, 1975, p. 81).

Les relations hommes/femmes et aînés/cadets sont les prémisses de l'inégalité et fonctionnent donc comme des embryons de classes sociales : d'ailleurs la société est toujours en état de conflit. En d'autres termes, son équilibre demeure précaire et conduit à son propre dépassement. Ce n'est pas un hasard, sans doute, si le livre de Meillassoux, *Femmes, greniers et capitaux*, a été considéré comme un ouvrage pionnier par l'anthropologie féministe, notamment parce qu'il montrait l'importance des moyens de reproduction dans les sociétés sans classe (Moore, 1988, p. 49). Les anthropologues féministes, cependant, regretteront que les femmes en tant qu'agents soient absentes de l'analyse de Meillassoux qui les considère comme des éléments passifs et formant une catégorie homogène (*ibid.*, p. 51).

Maurice Godelier : l'alliance du marxisme et du structuralisme

Tout en souscrivant aux fondements matérialistes du marxisme, Meillassoux innovait en confrontant ceux-ci aux réalités ethnographiques. D'un certain point de vue, Maurice Godelier (1934-...) va se montrer moins orthodoxe en soulignant les limites de l'analyse marxiste pour la compréhension des sociétés dites primitives. Par contre, ses références ethnographiques seront beaucoup plus parcellaires et sa période marxiste, dont il sera ici question, se résume, le plus souvent, à une exégèse des textes de Marx qui devait déboucher sur la construction d'une théorie des modes de production.

Ce rapport à la réalité ethnographique constitue une première différence entre Godelier et Meillassoux, mais elle n'est pas la seule. D'un point de vue global, on dira que Godelier entend réviser Marx ou, en tout cas, le compléter en ce qui concerne les modes de production précapitalistes. Fasciné par le structuralisme de Lévi-Strauss, qui jouissait d'un grand prestige intellectuel en France, Godelier tâche de concilier les découvertes de l'anthropologie structurale avec les écrits marxiens. Il s'écarte ainsi de Meillassoux en atténuant l'importance des rapports de production au sein des formations précapitalistes et en soulignant notamment le rôle de la parenté qui n'est pas, selon lui, un simple reflet des contraintes dictées dans la sphère de la production. Pour Godelier, les relations de parenté dans les sociétés primitives constituent une espèce de réalité *sui generis*, elles existent en tant que telles, sans que leur existence doive être expliquée. De plus, elles font en quelque sorte partie de ce que Marx appelle l'infrastructure de la société. Autrement dit, l'importance de l'économie est minimisée dans ces sociétés.

Il existe, selon Godelier, une homologie fondamentale entre la théorie marxiste et le structuralisme. C'est le concept de mode de production, jugé central dans cette perspective anthropologique, qui exprime le mieux cette convergence. Chez Meillassoux, le concept de « mode de production » recevait une acception assez lâche, proche de la littéralité : il désigne un type de production et ne signifie guère plus que cela. Dans la tradition althussérienne, par contre, le mode de production prenait une signification beaucoup plus spécifique et désignait une articulation entre la base économique (l'infrastructure) et les relations idéologiques, politiques et juridiques (la superstructure). On admettait certes la détermination de la superstructure par l'infrastructure, tout en précisant toutefois, à l'encontre d'un matérialisme vulgaire, que cette détermination devait s'entendre « en dernière instance ». La signification de cette dernière expression, dont on faisait grand usage, n'était pas tout à fait claire, mais elle s'employait pour mettre l'accent sur le fait que les éléments de la superstructure jouissaient d'une « autonomie relative » et pouvaient donc, à leur tour, exercer une influence sur l'état d'une formation sociale précise. Un mode de production était donc un ensemble articulé, un ensemble de relations sociales spécifiques qui correspond à ce que l'on désigne par une structure.

La question de la parenté joua très vite un rôle fondamental dans la discussion de la spécificité des sociétés primitives par rapport au mode de production capitaliste. Les ethnologues se voyaient, en quelque sorte, investis d'une mission cruciale, puisqu'il s'agissait de mettre en exergue la spécificité des sociétés primitives par rapport au mode de production capitaliste. L'insistance sur le mode de production et le rejet des séquences finies d'évolution proposées par Marx et Engels poussaient le marxisme structural vers une déshistoricisation des sociétés et, assez paradoxalement, le rapprochaient du structuro-fonctionnalisme qui mettait, lui aussi, l'accent sur les relations entre les différentes « instances » d'une société (Barnard, 2000, p. 90). Godelier définit le groupe comme un tout solidaire et analyse le procès de production comme marqué par la réciprocité générale : en d'autres termes, il minimise les oppositions pouvant exister entre ses membres (Pouillon, 1976, p. 83). C'était un marxisme épuré de la lutte des classes et du changement social qui ressortait de cette vision nouvelle dont on peut légitimement se demander si elle ne correspondait pas à une vision soviétique du monde qui faisait de l'État l'institution clé du socialisme et niait à l'individu toute espèce de liberté. Godelier, lui-même, inscrivait ses recherches dans le cadre de la critique des concepts « staliniens » opérée par le XXe Congrès du Parti communiste de l'Union soviétique (1973a, p. 15). Des grands efforts étaient déployés pour révéler l'existence de deux Marx : la pensée du jeune Marx devait évoluer vers des formes plus « scientifiques » qui la rapprochaient du structuralisme. La conscience des acteurs jouait un rôle crucial dans cette différence : dans sa première phase, Marx continue de penser que les acteurs sociaux participent consciemment au développement historique. *Le Capital* et les œuvres de maturité, par contre, considèrent que s'en tenir à la conscience des acteurs conduit à une interprétation erronée du monde : l'analyse scientifique de la réalité doit tâcher de dépasser l'analyse empirique (Godelier, 1973, p. 101) qui ne peut être que superficielle pour rechercher des niveaux plus profonds d'analyse ou encore des « modèles inconscients ». Ainsi, le rapprochement entre le structuralisme et le marxisme devenait naturel. Le structuralisme ne se contente, en effet, pas des relations sociales visibles pour rechercher une logique cachée (Copans et Seddon, 1978, p. 5). Nous sommes là assez éloignés de l'épistémologie malinowskienne qui voit dans le discours de l'indigène la source même de la connaissance.

Godelier n'insiste pas sur les contradictions qui divisent les sociétés précapitalistes. Selon lui, la parenté joue ici un rôle dominant et « fonctionne comme des rapports de production ». Autrement dit, la parenté est non seulement omniprésente, mais elle est également le lieu à partir duquel s'organise la production des biens matériels. Il y a, dès lors, une coupure importante entre les sociétés sans classe et les sociétés de classe, puisque les conflits et contradictions ne jouent un rôle essentiel que dans les secondes. Les rapports de parenté prennent la place des rapports de production (Marie, 1976, p. 89) et cette substitution témoigne bien de la spécificité des sociétés sans classe.

On dira un mot, enfin, du concept de « mode de production asiatique », qui avait connu de sérieux avatars après que Staline lui-même l'eut décrété obsolète. L'intérêt de ce concept, souligne Godelier, est précisément de sortir d'un schéma pré-établi d'évolution et de montrer la spécificité historique de certaines régions du monde dont les structures sociales cadrent mal avec les catégories européennes d'esclavagisme ou de féodalisme. Ce concept permet alors, sur le plan théorique, de rompre avec l'évolutionnisme unilinéaire auquel Marx et Engels eurent parfois du mal à échapper et de montrer qu'il existe des lignes diverses de développement. Là ne s'arrêtait cependant pas la liste des avantages d'un tel concept qui mettait en évidence les voies diverses que pouvait prendre le développement du socialisme chez les jeunes nations venant de conquérir leur indépendance. Le mode de production asiatique consistait en l'articulation d'une communauté primitive et d'un État centralisé. Contrairement à d'autres régions du monde où l'État a mis fin à l'existence des communautés primitives fondées sur la parenté, l'État asiatique reposait sur celles-ci et n'avait donc pas intérêt à les dissoudre. C'est ce qui expliquerait la stagnation millénaire des sociétés asiatiques et de l'Inde en particulier. Comme la plupart des formations sociales du Tiers-Monde, le mode de production asiatique combine des structures communautaires à des structures de classe et caractérise donc une situation contradictoire (Godelier, 1974, p. 85).

Au cours des dernières décennies, Godelier prit de plus en plus ses distances par rapport à l'orthodoxie marxiste qui avait été la sienne auparavant. Anticipant quelque peu la crise du marxisme, il publia, en 1982, *La Production des grands hommes*, un ouvrage qui marquait cette nouvelle orientation de ses recherches. Le ton avait radicalement changé car ce travail était d'abord le résultat de ses enquêtes chez les Baruyas de Nouvelle-Guinée et l'on était loin désormais de la marxologie. Le livre ne manquait pourtant pas d'ambitions théoriques car il entendait mettre au jour les fondements de l'inégalité. Il interrogeait la notion même de « sociétés égalitaires » en notant que si l'inégalité ne peut y être totale, toute société est immanquablement traversée par une inégalité fondamentale, celle qui oppose les hommes aux femmes.

Marvin Harris (1927-2001) et le matérialisme culturel

Le matérialisme culturel de l'ethnologue américain Marvin Harris pourrait paraître comme une sorte d'ersatz du marxisme ou encore une version dépouillée de toute dialectique et de toute contradiction sociale. Du marxisme, Harris semble, au bout du compte, ne retenir que la détermination économique qu'il érige en loi quasiment mécanique. Si on l'épure de cette espèce de dogmatisme économique, son travail n'en contient pas moins des idées intéressantes que nous pouvons résumer ici. En premier lieu, Harris est un comparatiste convaincu. Il rejette la conception hyperempiriste d'un bon nombre de ses collègues – qu'ils soient ou non américains – et considère que la tâche ultime de l'anthropologie culturelle est de découvrir des lois ou encore les principes de fonctionnement de l'ordre social. Dans une série de travaux, il va donc affirmer que les traits culturels qu'il étudie découlent de « raisons pratiques », et plus fondamentalement de contraintes économiques. C'est pourquoi on parle à son propos de matérialisme culturel. La théorie de Harris ne s'écarte jamais beaucoup des faits et il examine, un à un, toute une série de cas auxquels il tente d'apporter une réponse. Selon lui, ce sont toujours les contraintes matérielles qui expliquent les choix culturels. Autrement dit, la diversité culturelle est, pour Harris, la résultante de la diversité environnementale.

Raisons pratiques

La diversité des pratiques culturelles n'est donc pas le fruit de la propension naturelle de l'homme à choisir n'importe quelle solution pour régler un problème. Il rejette donc explicitement le relativisme culturel de Benedict et consorts pour affirmer que les traits culturels, qu'il considère souvent comme des énigmes, ont nécessairement une solution. Le relativisme, poursuit-il, évite de chercher des solutions à ces énigmes et il n'en trouve dès lors jamais. Pour le relativisme, tel type de nourriture est tabou parce qu'il est tabou ! Il ne sert à rien de chercher des raisons à la variabilité culturelle qui semble la seule loi acceptable aux yeux du relativiste. Harris affirme, au contraire, que les choix culturels dépendent de causes profondes et essentielles que l'analyse doit mettre au jour. Les styles de vie et les habitudes culturelles ne sont ni arbitraires, ni irrationnels. Les coutumes les plus bizarres, dit-il, ont toutes une raison d'être et donc des causes intelligibles que le chercheur a pour tâche de découvrir. Les croyances les plus étranges trouvent leur source dans des conditions, des besoins et des activités les plus élémentaires, « elles sont construites sur des tripes, du sexe, de l'énergie, du vent, de la pluie et d'autres phénomènes à la fois palpables et ordinaires » (1988, p. 5) ; les pratiques culturelles peuvent être expliquées par des choix nutritionnels, écologiques ou économiques (« *dollars and cents* ») (1988, p. 17). À propos des choix alimentaires, par exemple, Harris dira que les pratiques différentes sont guidées par les contraintes écologiques et les conditions économiques qui varient d'un territoire à l'autre.

Si des gens mangent certaines choses et pas d'autres, ce n'est donc pas par pur accident. Harris refuse également de considérer la nourriture d'un point de vue purement symbolique. Avant d'être bonne à penser, la nourriture est bonne à manger ; elle passe par l'estomac avant de passer par l'esprit. En d'autres termes, les conditions matérielles préexistent aux représentations. Les nourritures préférées sont celles qui présentent le meilleur équilibre entre des bénéfices pratiques et des coûts alors que d'autres sont rejetées comme « mauvaises à manger ». Les nourritures choisies par tel ou tel groupe sont celles qui sont susceptibles de présenter le plus de protéines, de vitamines et de minéraux dans des conditions précises. Il faut donc découvrir les coûts pratiques et les bénéfices que représentent tel ou tel choix.

Ces solutions n'en sont pas pour autant évidentes, elles ne se présentent pas spontanément à l'observateur. Leurs causes profondes sont, en effet, masquées, cachées par toutes sortes de légendes, de mythes et de rationalisations qui les empêchent d'apparaître au grand jour. Selon Harris donc, le chercheur ne doit pas s'arrêter à la cause connue, à l'explication commune des phénomènes qui est une espèce de « fausse conscience », mais il doit, au contraire, dépasser le discours indigène.

Le respect de la vache

Nous pouvons illustrer ces principes théoriques avec l'analyse entreprise par Harris du refus de manger du bœuf chez les hindous. Voilà, dit-il, un interdit apparemment irrationnel dans une population qui était réputée souffrir de pénurie alimentaire. Généralement, en Occident, on affirme donc que ce tabou est une illustration du caractère foncièrement religieux des Indiens : s'ils ne mangent pas du bœuf, même lorsqu'ils ont faim, c'est parce qu'ils respectent des principes religieux. En d'autres termes, l'idéologie explique la pratique. La vache serait, avant tout, un symbole et, dès lors, il est sacrilège de la tuer. Des « experts » affirmèrent donc qu'une des causes principales du sous-développement de l'Inde réside dans le refus de l'abattage des vaches, ce qui témoigne bien de l'irrationalité des croyances. Dans cette explication, la science et la raison sont présentées comme les ennemies de la religion. Cette interdiction entraîne, en tout cas, la survie de millions de bêtes totalement inutiles et qui s'accaparent donc une partie des ressources du pays. En 1959, une étude de la Fondation Ford affirmait que la moitié du cheptel bovin de l'Inde pourrait être abattu. Une vache indienne produit environ 500 litres de lait alors qu'une vache américaine moyenne en produit 5 000 et une championne 20 000.

Un trait remarquable du cheptel indien est, à côté de ce surplus de vaches, la pénurie de bœufs. Le bœuf est, en effet, l'animal de traction et de labourage par excellence. On en dénombrait 80 millions alors qu'il y avait environ 60 millions de fermiers. En comptant deux bœufs par ferme, on devrait en avoir environ 120 millions, soit un manque de 40 millions de bœufs. Cette pénurie pose problème au fermier qui est vite obligé d'emprunter de l'argent dès qu'une bête tombe malade ou meurt. Le fermier qui est incapable de remplacer une bête se trouve dans la même situation qu'un fermier américain qui ne pourrait remplacer son tracteur. Une première raison pour vouloir conserver les vaches, même improductives, est évidemment qu'elles permettent de mettre au monde des bœufs. Les paysans indiens ne peuvent, en effet, se permettre d'acheter des tracteurs. D'ailleurs la mécanisation de l'agriculture aux États-Unis a entraîné la disparition de dizaines de milliers de petits paysans et l'on est ainsi passé de 60 % de personnes vivant de l'agriculture à 5 %. Si un phénomène semblable se produisait dans un pays comme l'Inde, des centaines de millions de gens en seraient affectés. Or, en Inde, le bétail joue le rôle essentiel de fournisseur d'énergie et d'engrais. Il produit, chaque année, plus de 700 millions de tonnes de fumier. Environ la moitié est utilisée comme engrais, l'autre moitié servant de combustible, ce qui représente l'équivalent de 27 millions de tonnes de kérosène, de 68 millions de tonnes de bois ou encore 35 millions de tonnes de charbon. En d'autres termes, dans un pays qui n'a que des ressources naturelles limitées, l'utilisation de la bouse de vache comme combustible n'a rien de ridicule. Chaque bouse de vache est ainsi ramassée et utilisée. On voit donc que dans la perspective de l'agrobusiness, une vache improductive est apparemment une abomination économique. Mais il n'en va pas de même du point de vue du paysan.

S'il est vrai que les valeurs religieuses contribuent aujourd'hui à mobiliser les gens contre l'abattage et la consommation de la viande de bœuf, il n'en reste pas moins vrai que les tabous alimentaires ne constituent pas un frein au développement du pays. En vendant une bête, un paysan peut gagner quelques roupies, mais à terme, il a tout intérêt à la conserver. La rationalité est donc un calcul à court terme. La question n'est donc pas que le paysan préfère mourir plutôt que de manger sa vache, mais, au contraire, qu'il risquerait bien de « mourir », s'il mangeait sa vache. Un développement de la production de bœuf mettrait en danger l'écosystème, non pas à cause de l'amour de la vache, mais bien en raison des lois de la thermodynamique. La valeur calorifique d'un animal mort est bien moins importante que la valeur calorifique de ce qu'il a mangé. Cela signifie que l'on absorbe plus de calories en mangeant directement des céréales. Aux États-Unis, les trois quarts de la production agricole sont utilisés à nourrir le bétail. Si on développait l'industrie agro-alimentaire en Inde et surtout la production de viande, on devrait, dès lors, augmenter le prix des céréales et diminuer l'offre, ce qui constituerait un problème important pour les familles les plus pauvres.

De toute façon, une bonne partie de la viande est mangée par les intouchables qui ont le droit de disposer de la carcasse des vaches pour en tanner la peau. De surcroît, des études récentes ont montré que la nourriture ingurgitée par le surplus de bétail indien n'était nullement celle que mangeaient les humains. En d'autres termes, il n'y a pas concurrence entre les uns et les autres. De ce fait, on peut même dire que le bétail convertit en substance utile (fumier) des choses qui sont inutiles à l'homme.

Quand des « experts » affirment qu'il faudrait sacrifier environ la moitié du cheptel indien, ils ne disent pas quelles bêtes doivent être sacrifiées. Si ce sont celles qui sont possédées par les plus pauvres, bêtes qui sont naturellement les moins bien nourries, alors cette rationalisation entraînerait des problèmes économiques très sérieux.

Le respect de la vache est donc un élément actif au sein d'un ordre matériel et culturel complexe et bien articulé. Il permet de préserver l'écosystème et une terre normalement peu fertile. Un développement de l'agrobusiness qui est, par essence, industriel et grand consommateur d'énergie ne serait pas nécessairement plus efficace ni plus rationnel. Les paysans sont donc fortement utilitaristes et ne gaspillent rien. Le gaspillage est davantage une caractéristique de l'agriculture industrielle que des économies paysannes traditionnelles.

Les automobiles et les avions sont plus rapides que les chars à bœufs, mais ils n'utilisent pas l'énergie de façon beaucoup plus efficace. Plus d'énergie est gaspillée en un jour d'embouteillage américain que par toutes les vaches de l'Inde en une année entière.

> « Naturellement, la politique et la religion jouent un rôle dans le renforcement et le maintien de tabous alimentaires et d'abattage, mais ni la politique ni la religion n'expliquent pourquoi l'abattage des vaches et la viande de bœuf ont acquis une signification symbolique. Pourquoi le bœuf et pas le porc, le cheval ou le chameau ? Je ne doute pas du pouvoir symbolique de la vache. Ce que je remets en question c'est le fait que l'investissement symbolique en une espèce particulière d'animal et un type particulier de viande puisse résulter d'un choix capricieux et arbitraire plutôt que d'un ensemble de contraintes pratiques » (1985, p. 51).

Selon Maurice Bloch (1983, p. 135), l'anthropologie de Harris est, en fin de compte, très éloignée du marxisme : ce qui sépare Harris de Marx, c'est son rejet de la dialectique et son application d'un matérialisme direct, d'une relation causale. Or c'est à travers son œuvre que l'anthropologie marxiste sera débattue aux États-Unis, comme si elle était typique de cette théorie.

Par ailleurs, sa théorie en elle-même est problématique car elle est quasiment invérifiable et de telles relations peuvent être établies entre à peu près n'importe quels phénomènes. Supposons ainsi que les hindous détestent la vache et l'interdisent en leur contrée : il serait facile de démontrer que les vaches indiennes détruisent les cultures et constituent un frein aux bonnes récoltes. Une telle théorie consiste aussi à soumettre l'anthropologie aux sciences de la nature en déniant toute spécificité à la production culturelle (Descola, 1988, p. 39). Au-delà de ces très sérieuses limitations, Harris et ses partisans nous rappellent qu'il existe des contraintes économiques et écologiques auxquelles les hommes ne peuvent jamais totalement se soustraire. C'est ce que Kaplan et Manners (1972, p. 100) appellent un « déterminisme doux » qui n'annihile jamais l'existence de facteurs sociaux. Ils montrent enfin que les pratiques sociales n'échappent pas totalement à une certaine rationalité.

Un instrument d'analyse

L'influence du marxisme sur l'ethnologie est loin de se limiter aux seuls exemples de Meillassoux et de Godelier. Des empreintes, plus ou moins explicites, se retrouvèrent chez de nombreux autres auteurs qui ne prétendaient pas nécessairement au statut de théoricien. Goody (1995, p. 9) rapporte ainsi qu'au sein de l'université britannique, comme ailleurs, de nombreux chercheurs avaient des penchants marxistes. On retrouve cette tendance aux États-Unis où, pour des raisons politiques, le marxisme était moins invoqué explicitement, mais n'en exerçait pas moins une certaine influence sur des chercheurs tels que Leslie White, Robert Keesing, Marshall Sahlins ou encore Eric Wolf. Les chercheurs issus des sociétés du Tiers-Monde étaient encore davantage marqués par cette théorie qui leur paraissait apte à penser les transformations du monde contemporain et à déboucher sur l'action politique. Certes, cette influence s'est quelque peu estompée aujourd'hui, en particulier depuis la chute du mur de Berlin. Le marxisme est sans doute moins associé à un parti politique et à la défense d'un système politique particulier puisqu'il y a longtemps que les « modèles » chinois, russe, albanais ou cubain ont cessé de faire rêver les jeunes générations. Au-delà de l'échec de ses applications politiques, le marxisme n'en demeure pas moins un puissant instrument d'analyse et, à ce titre, il conserve une certaine pertinence aujourd'hui.

Cette conclusion vaut particulièrement pour l'ethnologie qui, sous l'influence du fonctionnalisme et du structuralisme, a trop longtemps privilégié une vision synchronique et atemporelle du monde. Les mérites du marxisme sont de nous rappeler le caractère dynamique du monde et de la société. Il met l'accent sur les contradictions sociales qui caractérisent tout système social d'une part, et d'autre part sur le fait qu'aucune société ne peut aujourd'hui être considérée en dehors d'un contexte international qui exerce également une influence sur ses rapports sociaux internes. Enfin, on est tenté de rappeler avec Meillassoux qu'aucune société ne peut se passer de produire des biens matériels et que cette activité entraîne nécessairement des conséquences importantes, même s'il faut se garder d'un déterminisme quasiment mécanique.

9

L'anthropologie dynamique :
au-delà du fonctionnalisme

En devenant la pierre de touche de l'anthropologie sociale, l'observation participante avait engagé la discipline sur la voie d'une perception quelque peu figée de la réalité sociale. L'ethnologue, au milieu de « son » village, regardait autour de lui, il observait la réalité telle qu'elle s'offrait à lui et, tel un saint Thomas épistémologique, il avait tendance à ne croire que ce qu'il voyait, c'est-à-dire un monde déjà là, des gens qui interagissent *hic et nunc*. Quelles qu'en soient les déficiences, ce programme était bien plus stimulant que tout autre et rares furent les ethnologues dignes de ce nom qui n'y souscrivirent pas.

L'anthropologie classique s'est alors construite sur une conception du monde qui ignorait largement l'histoire et le changement social. Les processus temporels et la trans-formation du monde ne furent pas pris en considération ou alors perçus comme des éléments triviaux ou encore modernes : le changement social était, au mieux, relégué en arrière-plan et concernait presque uniquement les contacts avec la culture européenne qui venait souiller la pureté culturelle locale (Thomas, 1998, p. 22). La volonté de fonder une science de la société s'est construite sur une série d'exclusions dont le rejet de toute causalité historique (*ibid.*, p. 37). Evans-Pritchard fut parmi les premiers à réagir contre cette mise à l'écart de l'histoire. Il ne remettait néanmoins pas en cause l'observation participante comme méthode d'enquête et il eut du mal à mettre en œuvre ce retour de l'histoire qu'il appelait de ses vœux. C'est le courant regroupé autour de Max Gluckman, l'école de Manchester, qui allait opérer, non sans difficultés, ce changement alors qu'en France naissait, autour de Georges Balandier et de Roger Bastide, un courant qui rompait, sans doute plus radicalement, avec ce passé en ramenant les sociétés « primitives » dans l'histoire et la modernité. Ce courant dut affronter de terribles résistances : en France notamment, l'essor du structuralisme, véritable machine à tuer le temps, dévalorisa quelque peu les efforts de ceux qui venaient briser l'image d'un bon sauvage vivant en toute quiétude en dehors des heurs de leur siècle. Pourtant, ici plus que jamais, l'histoire jugera !

Max Gluckman (1911-1975) et l'école de Manchester

Originaire d'Afrique du Sud, Max Gluckman enseigna l'anthropologie sociale à Oxford avant de devenir professeur à l'université de Manchester où il exercera une influence si considérable qu'on en vint à parler d'école de Manchester. La domination de Gluckman sur le département d'anthropologie est sans pareille. Il fut capable d'attirer à lui de nombreux collaborateurs et étudiants parmi lesquels on trouve John Barnes, Elizabeth Colzon, Victor Turner, Scarlett Epstein et bien d'autres encore. Le mot « école » est particulièrement approprié lorsque l'on se réfère aux ethnologues de Manchester, un groupe uni autour de Gluckman qui régnait en maître sur le département. Amateur de football, il emmenait ses collaborateurs assister aux matches de Manchester United. Ceux qui ne venaient pas étaient mal considérés. Le jour du terrible accident d'avion qui décima l'équipe de football, il y eut un rituel funéraire dans le département et Gluckman fit un discours. « Nous formions un clan uni » se rappelle Hilda Kuper (1984, p. 209). Sur le plan intellectuel enfin, on retrouve une certaine homogénéité dans les travaux de ces membres. En premier lieu, la plupart sont des africanistes : c'est l'âge d'or de l'ethnologie africaine et ce sera l'Afrique qui inspirera les concepts principaux de ce qui deviendra la « théorie de la filiation » dont la caractéristique fondamentale sera de transformer les modes de filiation en « systèmes » et en « sociétés ».

L'école de Manchester n'est pas étrangère à cette théorie et la contribution de Gluckman au volume *African System of Kinship and Marriage* dirigé par Radcliffe-Brown et Forde, s'inscrit parfaitement dans cette lignée. Elle porte sur une comparaison entre la parenté des Lozi de Rodhésie et des Zoulous du Natal. Les institutions des deux groupes y sont ramenées à des « systèmes de parenté et de mariage » et l'article montre comment la présence ou l'absence de lignage « *corporate* » détermine le reste des institutions.

En comparant deux sociétés assez différentes quant à leur structure familiale, Gluckman tente de montrer les variations dans la structure sociale selon la présence ou non de groupes de filiation structurés : ainsi, les Lozi de Rhodésie n'ont pas de lignages structurés alors que les Zoulous du Natal sont divisés en clans exogames fortement structurés. Chez les Zoulous, un enfant est, « de façon absolue », membre du lignage paternel dont il retire tous ses droits. Ses parents matrilinéaires et patrilinéaires sont nettement différenciés que ce soit dans la terminologie ou dans le système d'attitudes. Les relations avec ses parents par alliance sont marquées par la restriction et l'évitement. C'est particulièrement vrai pour la jeune mariée qui doit observer des règles d'évitement strictes vis-à-vis de sa belle-famille : une cérémonie est nécessaire avant qu'elle ne soit autorisée à

manger la viande et à boire le lait de la famille de son mari ;
elle doit éviter certaines parties du village et se couvrir le corps
en présence des parents plus âgés de son mari. La division
en clans sociologiquement forts contribue donc à tracer une
ligne de démarcation particulièrement nette entre les différentes
lignées. La société est ici faite de groupes nettement structurés
et différenciés.

Rien de tel chez les Lozi qui n'ont pas de tels groupes
de filiation. L'organisation sociologique du groupe est ici
particulièrement lâche et un enfant est considéré comme
appartenant à la fois à la famille de son père et de sa mère.
Normalement, un enfant réside dans le village de son père et il
hérite des biens de ce dernier. Mais s'il ne se plaît guère dans
ce village, il a le droit de se rendre dans celui de sa mère ; les
Lozi disent que l'enfant appartient aux deux côtés. Lorsqu'un
ancêtre meurt, il n'y a pas de règle précise de succession et,
dès lors, il n'y a pas non plus de successeur automatique. Les
hommes et les femmes des diverses branches de la famille
se réunissent pour désigner l'héritier sur la base de traits de
caractère (sagesse, générosité, etc.). Les fils du défunt ont la
préférence, mais on ne tient pas compte de l'ancienneté ou
de la séniorité de leur mère. Un neveu du défunt (un fils de
son frère ou un fils de sa sœur) peut aussi être choisi. Chez
les Lozi, mari et femme ont un droit égal et partagé dans la
production agricole de l'épouse.

Selon Gluckman, la présence ou non de groupes de descendance structurés a des incidences sur de nombreux autres
indicateurs sociaux et fonde donc un type de société particulier. Ainsi, dans les sociétés qui ne connaissent pas un type
de division marqué, le mariage tend aussi à être plus souple
et le divorce plus fréquent ; la relation homme/femme est plus
égalitaire ; si un homme lozi meurt, sa famille n'a aucun droit
sur sa veuve et, dans cette société, le divorce est aisément
obtenu. La faiblesse du lien de mariage se reflète dans la
cérémonie de mariage qui est des plus élémentaires, sans guère
d'invités. Chez les Zoulous, la situation est à l'opposé : ici la
jeune épouse devient la propriété du groupe de son mari et le
divorce est beaucoup plus rare. L'importance plus grande du
lien de mariage se manifeste dans la cérémonie qui le fonde et

où la jeune mariée doit être escortée par de nombreux parents. La propriété est ici dans les mains du mari et ses épouses jouissent de beaucoup moins d'indépendance. Le mariage consacre le droit absolu sur la progéniture qui en est issue.

L'exemple donné par Gluckman illustre bien la façon dont une donnée structurale peut influencer la configuration générale d'une société. La présence ou le défaut de groupes de descendance structurés permet, en effet, de déterminer deux véritables types de « société ». Il est ici peu fait appel à l'expérience vécue. Ce que l'ethnologue essaye de dégager de son étude de terrain, ce sont les formes structurales, l'ensemble des relations sociales typiques qui caractérisent les sociétés et dans lesquelles viennent se greffer tous les individus. Les acteurs concrets s'effacent quelque peu derrière ces règles auxquelles ils sont soumis. On retrouve bien chez ces anthropologues de l'école structuro-fonctionnaliste l'idéal positiviste d'une science des sociétés humaines.

Cependant Gluckman ne va pas en rester là, tout en prenant quelque peu ses distances par rapport à cette conception rigide du structuro-fonctionnalisme. Selon lui, on ne peut comprendre une société sans en analyser les éléments de conflit. L'école de Manchester sera ainsi connue pour mettre l'accent sur une certaine forme de changement et surtout sur l'historicité des sociétés africaines. Cependant, la manière de concevoir la dynamique sociale demeura très marquée par les principes généraux de l'anthropologie britannique. Ainsi *Custom and Conflict in Africa* (1957) introduit la notion de « conflit » dans l'étude des « systèmes » sociaux, mais sans véritablement remettre en question l'existence de ces derniers. On a souvent l'impression, chez Gluckman, que le conflit est une espèce de soupape de sécurité qui permet aux tensions de se libérer afin de mieux préserver l'équilibre général.

En un sens, Gluckman apparaît comme plus structuro-fonctionnaliste que Radcliffe-Brown, puisqu'il montre que même le conflit est orienté vers le maintien du système et son équilibre. Ainsi, il écrit :

> « Il n'y a pas de société qui ne contienne de tels états d'hostilité entre les sections qui la composent ; mais pour autant qu'ils sont contrebalancés par d'autres loyautés, ils peuvent contribuer à la paix de l'ensemble » (1956, p. 24).

Plus loin, il montre que l'état de rébellion, caractéristique des royaumes africains, ne remet pas en cause le système social. Il a raison de nous rappeler qu'il ne peut y avoir de vie sociale sans conflit, mais en même temps il n'envisage ce dernier qu'à l'intérieur de la société, voire des « sociétés ». Avec Gluckman, un pas en avant a été fait, mais il n'est pas encore décisif. L'école de Manchester est davantage « rebelle » que « révolutionnaire » pour reprendre une distinction chère à Gluckman. Selon les termes de Georges Balandier, « Max Gluckman reconnaît bien la dynamique interne comme constitutive de toute société, mais il réduit sa portée modificatrice » (1969, p. 24) : pour Gluckman, la rébellion sert à « revigorer l'ordre établi » (1956, p. 250) et c'est pourquoi on a pu écrire à son propos qu'il était une synthèse de Marx et de Durkheim. Tout en étant critique à l'égard du pouvoir colonial, il n'avait pas tout à fait rompu avec les présupposés théoriques du structuro-fonctionnalisme et l'idée que les sociétés sont nécessairement à la recherche d'un équilibre.

Victor Turner (1920-1983)

On peut considérer Victor Turner comme l'un des ethnologues les plus intéressants de sa génération. Au cours d'une carrière qui le mènera de Manchester à Chicago, il réussit, en effet, à combiner une ethnographie solide et originale à une réflexion plus globale sur la société. Sur le plan de l'anthropologie dynamique, cependant, Turner reste fidèle à son mentor, Max Gluckman.

Schisme et continuité chez les Ndembu

La carrière de Turner commença, dans les années 1950, par des recherches parmi les Ndembu du Zimbabwe. Un des ouvrages les plus remarquables auxquels cette recherche donna lieu est *Schism and Continuity in an African Society* (1957), dont le titre même n'est pas sans rappeler les préoccupations de Gluckman. On retrouve chez Turner l'idée qu'une société doit certes conserver une certaine pérennité pour exister, mais l'accent est également mis sur le conflit et la contradiction. Ceux-ci prennent ici une place bien plus importante que chez Gluckman. La société ndembu, nous dit-il, est davantage caractérisée par la mobilité que par la stabilité. Les villages, par exemple, changent sans cesse de place et de composition : les individus n'arrêtent pas de circuler d'un lieu à l'autre. Certains hameaux n'ont qu'une existence éphémère et disparaissent avec le temps. Selon Turner, la société ndembu reste marquée par l'individualisme propre à la chasse et le faible degré de coopération que celle-ci nécessite. Ce sont les femmes qui apportent une certaine stabilité à la structure sociale (1996, p. 59).

Le mariage est traversé par de nombreux soubresauts et apparaît comme une institution particulièrement instable. Hommes et femmes ont leur propre lopin de terre qu'ils cultivent indépendamment. La filiation est matrilinéaire et la résidence patrilocale, mais en réalité, après un divorce, les femmes retournent vivre chez leur frère si bien que la plupart des enfants sont élevés chez leur oncle maternel. Les enfants restent généralement attachés à leur mère que ce soit après un divorce ou un veuvage. On dit d'ailleurs que la véritable maison d'une femme est celle où vivent son père et ses frères, et le moindre prétexte suffit à l'y faire retourner. Tout se passe comme si elle ne restait avec son mari que durant sa période reproductive. Comme les enfants vont vivre chez leur oncle maternel après la puberté, les femmes finissent par les suivre... quand elles n'ont pas divorcé avant d'en arriver là ! Le lien entre les fils et leur mère est particulièrement fort et cette intimité semble caractéristique de bien des systèmes de parenté africains. Cette proximité s'accommode assez bien de la filiation matrilinéaire dont on vient de voir la force et elle se traduit par un conflit entre les liens conjugaux et ceux qui unissent un frère et une sœur. Tout se passe comme si la matrilinéarité était mal adaptée à la famille nucléaire ainsi qu'en témoigne la fragilité du lien conjugal.

Cette fragilité et la tension qui en découle se retrouvent à d'autres niveaux de la vie sociale des Ndembu. Factions, contradictions et perturbations diverses semblent caractériser cette dernière. Ces conflits et leur résolution constituent ce que Turner appelle un *social drama* que, faute de mieux, on traduira par « drame social ». Turner réserve ce terme aux conflits importants qui traversent régulièrement la société, en opposant deux factions ou deux personnes. Ces drames sociaux suivent systématiquement une même séquence : 1) pour une raison quelconque, deux partis entrent en rupture ; 2) la crise s'aggrave, la rupture se renforce ; 3) des mécanismes de conciliation sont mis en place ; 4) le conflit débouche sur une solution ou conduit au schisme. De tels conflits peuvent opposer un couple, deux lignages ou encore un oncle maternel et son neveu utérin. À l'inverse de ses prédécesseurs, Turner ne semble pas considérer ces conflits comme des dysfonctionnements ; la vie sociale est traversée par la contradiction. Il prend pour exemple le conflit qui opposa Kahali, le chef d'un village, et son neveu Sadombu qui tendait à négliger ses devoirs vis-à-vis de son oncle : il ne lui donnait pas la part qui lui revenait dans les produits de la chasse, ce qui irritait considérablement son oncle. Finalement, Sadombu quitta le village en proférant de vagues menaces qui furent interprétées comme des appels à la sorcellerie. Or, peu de temps après, Kahali tomba malade et mourut si bien que Sadombu fut accusé de l'avoir ensorcelé. Les gens critiquaient le caractère ambitieux du neveu et tout le village se sentit concerné par cette dispute qui portait atteinte au rôle de chef. Finalement, l'unité du village fut préservée par la nomination de Mukanza Kabinda, un nouveau chef qui permit, pour cette fois, de restaurer la cohésion du groupe.

Chaque infraction à la norme commise par un individu constitue une tentation pour les autres membres du groupe qui peuvent en venir ainsi à se rebeller contre les règles établies et mettre en péril l'unité du groupe. Si le groupe veut demeurer intact, il doit, dès lors, purger ces « impulsions disruptives » (*ibid.*, p. 124). La tentation de se rebeller fait donc partie du système lui-même et, à terme, elle conduit inévitablement à la fission des groupes. Autrement dit, chaque groupe connaît une contradiction entre ses normes et les pulsions de ses membres. Le rituel est le moyen de préserver l'unité du groupe, mais le conflit est endémique (*ibid.*, p. 127).

Le symbolisme des couleurs

Schism and Continuity in an African Society est souvent considéré comme le meilleur exemple d'analyse représentative de l'école de Manchester. Pourtant, Turner n'en resta pas là et, en se penchant sur le rituel comme moyen de maintenir le groupe et de contrebalancer les tendances fissiles, il en vint à s'intéresser au symbolisme. Dans un article remarquable (1968), il examine les relations entre le corps et les classifications de couleurs.

Le corps humain, pense-t-il, est la base même des classifications. L'organisme fournit l'« expérience cruciale » de
la symbolisation. C'est à partir de lui que les hommes commencent par classer les choses. Les classifications dérivent
du fait que l'homme doit se reproduire, allaiter, se battre,
tuer, fonder une famille. La forme première de classification des couleurs consiste donc à représenter les forces de
vie dans un contexte rituel afin de donner l'impression à
l'homme qu'il contrôle ces forces. Les forces de vie et les
symboles qui leur sont associés sont donc antérieurs aux
classifications sociales en moitiés, en clans et en totems.
Autrement dit, Turner pense que l'hypothèse de Durkheim
et Mauss sur le fondement social des classifications n'est
qu'une élaboration secondaire. Les premières classifications,
dit-il, sont d'abord liées au corps.

Ainsi, les Ndembu ne reconnaissent que trois couleurs de
base, à savoir, le blanc, le noir et le rouge. Ces trois couleurs servent alors à organiser l'expérience fondamentale de
l'homme. Il existe d'autres termes, mais ils sont dérivatifs,
métaphoriques : ainsi le « vert » peut être reconnu par la
phrase *meji amatamba* qui signifie « couleur de l'eau des
feuilles de patate douce ». Plus communément, les autres
couleurs sont amalgamées avec les couleurs fondamentales :
bleu est dit « noir », orange et jaune sont dits « rouge ».

Les trois couleurs ne sont pas de simples termes : elles
jouent un rôle crucial dans le rituel ndembu et servent alors
de classifications. Ces classifications ne sont pas de simples
catégories, des niches dans lesquelles on place les éléments,
mais ce sont aussi des systèmes d'opposition complexes,
parfois ambigus. Nous touchons là un autre aspect intéressant
du travail de Turner. Bien que la différence entre les sexes
soit une donnée corporelle majeure, elle ne donne pas lieu à
une classification de couleur simple, immédiate. Ainsi, il n'y
a pas une couleur associée à un sexe : rouge peut signifier
masculin dans certains contextes et féminin dans d'autres.

La classification n'est pas simplement dualiste, une stricte opposition de deux termes, elle est beaucoup plus riche.

Le symbolisme des couleurs dépasse nettement le cadre des Ndembu ; on le retrouve dans d'autres régions d'Afrique noire. Généralement, le blanc semble dominant et plus cohérent ; le rouge est ambivalent, à la fois fécond et dangereux alors que le noir est le « partenaire silencieux », le tiers ombrageux, opposé autant au blanc qu'au rouge. Il est souvent associé à la mort, à la stérilité et à l'impureté.

Voici quelques éléments auxquels les couleurs sont associées :

1) le blanc	la bonté ;
	la force et la santé ;
	la pureté ;
	l'infortune, le manque de chance ;
	la possession du pouvoir ;
	l'absence de mort ;
	l'absence de larmes ;
	l'autorité, le pouvoir du chef ;
	la rencontre avec les ancêtres ;
	la vie ;
	la chasse.
2) le rouge	le sang ;
	le sang des animaux et de la viande ;
	le sang de la mère ;
	le sang des femmes ;
	le sang des meurtres ;
	les sangs de la sorcellerie ;
	les choses rouges ont du pouvoir, de la force ;
	le sperme est aussi associé au rouge.
3) le noir	le mauvais et le mal ;
	la malchance ;
	la souffrance ;
	la maladie ;
	la sorcellerie ;
	la mort ;
	le désir sexuel ;
	la nuit, l'obscurité.

On peut noter que, pour les Ndembu, la mort n'est pas la fin des activités ; l'individu reste actif en tant qu'esprit. Il y a aussi une connexion entre le désir sexuel et le noir : les femmes très noires sont dites de bonnes maîtresses, mais pas de bonnes épouses. Cependant, dans certaines circonstances, le noir est associé au mariage. Les couleurs en tant que symboles ne peuvent se comprendre par une clé unique, elles doivent être replacées dans un contexte et surtout mises en opposition les unes aux autres.

L'opposition blanc/noir semble antinomique, antithétique et recouvre le bien contre le mal, la vie contre la mort, la chance contre la malchance. Toutefois le noir est souvent absent du rituel où c'est l'opposition entre le blanc et le rouge qui semble fondamentale. Le blanc a des connotations positives : il est associé à l'action juste, à la générosité, à l'hospitalité, à la magnanimité, à l'honnêteté et vaut aussi pour la cohésion sociale, la solidarité, l'absence de sorcellerie. Un homme dira que son « foie est blanc » pour signifier qu'il a la conscience tranquille. Un garçon non circoncis est dit « manquer de blancheur ». L'eau est considérée comme blanche parce qu'elle lave les impuretés et les saletés. Même les Albinos sont auspicieux car ils ont la blancheur des ancêtres. Le blanc, c'est enfin l'harmonie, la continuité, la pureté.

Le rouge est ambivalent ainsi que le reconnaissent les gens eux-mêmes quand ils disent que le rouge vaut pour le bien et le mal. Il est associé à l'agressivité, au meurtre, au découpage. Il représente aussi le sang menstruel. Le terme qui désigne les menstruations est *mbayi* et signifie « être coupable ». Les relations paternelles sont blanches, la famille maternelle rouge. L'ambiguïté apparaît dans le sperme qui est blanc, mais qui est aussi du sang blanc. Dans son opposition au blanc, le rouge prend souvent des caractéristiques du noir. Il est tantôt le complément, tantôt l'antithèse du blanc. Le blanc peut être opposé au rouge comme l'homme à la femme, la guerre à la paix, mais il peut aussi signifier la vie en association au rouge et en opposition au noir. Le noir est souvent tu, caché ; les gens n'aiment pas le mentionner parce qu'il est non auspicieux.

Turner pense donc que ces couleurs sont liées à l'expérience fondamentale de la vie et du corps. Dans beaucoup de sociétés, ces couleurs sont associées à certains fluides, à des sécrétions, des déchets du corps humain. Ainsi, le rouge est universellement le symbole du sang, le blanc est associé au lait maternel et au sperme, le noir aux excréments et à l'urine. Mais en même temps chaque symbole est multifocal et comprend un nombre important d'associations et de connotations.

Les trois couleurs représentent donc l'expérience fondamentale, primordiale de l'homme. Elles transcendent cette expérience fondamentale, elles élèvent les conditions physiques normales. Cette expérience première prend également une dimension sociale, par exemple le blanc est rattaché au groupe patrilinéaire ou encore au sperme qui est lié à la relation entre mère et enfant. Le rouge est lié au sang maternel et donc au groupe matrilinéaire, mais selon Turner, c'est l'expérience organique qui est essentielle.

Structure et « communitas »

Le passage de Victor Turner de Manchester aux États-Unis allait lui permettre de revitaliser sa pensée et surtout de dépasser sa propre expérience ethnographique. *Le Phénomène rituel*, un livre particulièrement fécond, témoigne bien de cette volonté d'aborder des thèmes nouveaux, dans une perspective plus comparative et générale. Si cet ouvrage entend dépasser le modèle structuro-fonctionnaliste qui a dominé l'anthropologie britannique, Turner semblait malgré tout bien éloigné des préoccupations initiales de l'école de Manchester.

À partir de l'analyse du rituel ndembu, Turner se lance, en effet, dans une série de considérations beaucoup plus vastes sur la structure sociale, notamment dans la seconde partie de l'ouvrage.

L'anthropologie britannique a mis fortement l'accent sur le sociostructural : la société est alors étudiée à travers ses structures sociales, c'est-à-dire l'ensemble des relations sociales qui forment un assemblage particulier et assurent la continuité de la société à travers le temps. Or, dit Turner, à cause de cette insistance, les anthropologues oublient parfois non seulement que le social ne peut se confondre avec le sociostructural, mais qu'il doit prendre en considération d'autres modalités qui fondent les relations sociales. Dès lors, une société, ce n'est pas seulement une structure sociale rigide qui transcende les individus, mais c'est aussi ce que Turner appelle une « *communitas* ».

Une réflexion sur le rituel ndembu va servir de point de départ à son analyse. Il se fonde pour cela sur le schéma d'analyse des « rites de passage » qu'a proposé le folkloriste français Arnold Van Gennep. Ce dernier, pour rappel, divisait ces rites en trois grandes étapes :

a) Les rites de séparation, dans lesquels le stade initial est supprimé, effacé ;

b) Les rites de transition ou la « liminarité » dans lesquels les initiés sont placés dans un état de transition, ni dedans, ni dehors, mais dans une situation ambiguë ;

c) Les rites d'intégration ou d'agrégation par lesquels l'individu est admis dans son nouveau statut.

En d'autres termes, les rites de passage comprennent tous une étape qui efface la situation antérieure, rompt le lien entre l'initié et son passé pour passer ensuite à une étape intermédiaire, pendant laquelle le statut de l'individu est ambigu, mal défini ; finalement la dernière étape est l'admission de l'initié dans son nouvel état.

La période liminaire est celle qui intéresse Turner, car elle est révélatrice d'un état fondamental de société. En latin, *limen, liminis* signifie le seuil, la porte d'entrée d'une maison ; au figuré, c'est le début, le commencement, voire la barrière. Les individus qui se trouvent en situation de liminarité sont donc en position ambiguë ; ce sont des gens du seuil, ni vraiment dehors, ni vraiment dedans, ni ici, ni là, mais entre les deux. La liminarité, dans les rituels, est vraiment associée à la mort (temporaire), au fait d'être dans les entrailles ou dans le désert ; les personnes dans une telle position ne possèdent rien, elles sont souvent nues, sans insigne ni statut ; corollairement, et peut-être surtout, ces personnes se trouvent souvent en état d'égalitarisme, de camaraderie. Dans cet état, le lien social global (la « structure ») a cessé de fonctionner et cette disposition laisse apparaître une autre forme de sociabilité. Il y a donc deux modèles qui s'opposent et alternent :

1) Le système social structuré, différencié et souvent hiérarchique avec des positions politico-juridiques qui séparent les hommes ; c'est ce que l'on peut appeler la structure ;

2) Le second modèle émerge dans la situation de liminarité et se caractérise par une communauté non structurée, relativement indifférenciée, que l'on peut appeler la *communitas*, le lien essentiel sans lequel il ne pourrait y avoir de société. La période de liminarité peut alors apparaître comme un révélateur de ce qui, à côté de la structure sociale, de la hiérarchie des statuts, des différences qui séparent les individus, constitue l'autre composante essentielle de cette vie sociale, le lien humain essentiel. Ce que Turner appelle la *communitas* et qui signifie l'« instinct social », l'« esprit de société », l'« affabilité ».

> « Pour les individus et pour les groupes, la vie sociale est une espèce de processus dialectique qui entraîne l'expérience successive du haut et du bas, de la communitas et de la structure, de l'homogénéité et de la différenciation, de l'égalité et de l'inégalité [...]. En d'autres termes, chaque individu fait dans sa vie l'expérience d'être exposé, alternativement à la

structure et à la communitas, ainsi qu'à des états différents
et à des transitions de l'une à l'autre » (p. 38).

Même les grands doivent faire l'expérience de la *communitas* : on ne peut être chef sans reconnaître l'existence
et l'importance des petits. Cela est particulièrement vrai
du rituel d'intronisation du roi chez les Ndembu. Dans
cette société, nous dit Turner, le roi ou le chef suprême
occupe une position paradoxale car il représente à la fois le
sommet de la structure hiérarchique, politique et judiciaire
mais aussi la communauté tout entière en tant qu'unité
non structurée.

Lors du rituel d'installation ou d'intronisation, le futur
roi ndembu est vêtu d'un seul et modeste pagne. Il est
recroquevillé dans une attitude de honte et de modestie, au
milieu d'une simple hutte. Le prêtre, qui appartient à une
tribu inférieure, lui taillade le bras et profère des insultes :
« Tais-toi, tu es un égoïste, un type au sale caractère ! Tu
n'es que bassesse et maraudage ! Pourtant, nous t'avons
appelé et disons qu'il faut que tu accèdes à la dignité de chef.
Abandonne la bassesse… Ne sois pas égoïste… Abstiens-toi
de sorcellerie ! » C'est ce même prêtre, le *kafwana*, appartenant à la tribu soumise des Mbwela, qui a, en outre, le
pouvoir de transmettre au roi le bracelet magique, apanage
de la royauté.

Dans la liminarité donc, le subalterne parvient au niveau
le plus élevé et l'autorité suprême est reléguée au rang
d'esclave. Cet abaissement a, entre autres choses, une
fonction prophylactique : il appartient, en effet, au chef de
rester maître de lui-même et de garder son sang-froid. L'état
de soumission et de silence dans lequel il est confirmé lui
rappelle, en outre, qu'il doit se soumettre à l'autorité de
la communauté. Dans la liminarité, le néophyte est comme
une page vierge sur laquelle s'inscrivent le savoir et la
sagesse du groupe. Le *kafwana* reproche au futur chef son
égoïsme, sa bassesse, son maraudage, son comportement, sa

sorcellerie et sa cupidité : tous ces vices correspondent au désir de posséder pour soi seul ce qui devrait être partagé par le bien public. Car le chef peut être tenté d'utiliser l'autorité dont il est investi par la société pour satisfaire ses aspirations.

Un grand nombre de propriétés caractéristiques de l'état de liminarité se retrouvent dans la vie religieuse : ce qui n'était qu'un ensemble de qualités transitionnelles de la vie tribale est devenu un état institutionnalisé de la vie des sociétés complexes et tout particulièrement des ordres monastiques. La règle de saint Benoît est évidemment un exemple particulièrement frappant de cette transposition. D'autres manifestations de la *communitas* se retrouvent dans les mouvements millénaristes qui se caractérisent par l'homogénéité, l'arrangement, l'absence de propriété, les vêtements uniformes, la réduction de tous au même statut, etc. Ces mouvements vont de plus à l'encontre des divisions tribales et nationales où ils se constituent ; ce sont essentiellement des mouvements de transition. La valeur de la *communitas* est encore particulièrement apparente dans des mouvements contemporains comme celui des hippies dans les années 1960 et 1970. L'idée de *communitas* peut être trouvée à tous les niveaux et à tous les degrés de culture et de société.

La structure est un arrangement bien précis de positions et de statuts ; elle implique une profonde stabilité dans le temps. La *communitas*, par contre, surgit là où la structure n'est pas, dans la spontanéité, l'immédiateté et l'« être ensemble » ; elle s'oppose aux normes et à l'institutionnalisation de la structure. Celle-ci est essentiellement classification, modèle. La *communitas* s'infiltre par les interstices de la structure, dans la liminarité, la marginalité ou par-dessous la structure, dans l'infériorité. Elle dissout les normes qui gouvernent les relations structurées et institutionnalisées.

Il y a en outre une certaine dialectique entre structure et *communitas*, et aucune société ne peut fonctionner sans elle : si la structure est trop importante, la *communitas* va se manifester alors que si la *communitas* se développe à l'excès, c'est la structure qui reprend le dessus. Le despotisme, excès de structure, donne souvent lieu à une résurgence de la *communitas* et, inversement, trop de *communitas*, comme lors des luttes révolutionnaires, provoque une nécessité de structure. La spontanéité et l'immédiateté de la *communitas* peuvent rarement se maintenir très longtemps : la *communitas* engendre vite une structure dans laquelle les relations libres entre individus sont transformées en relations régies par des normes entre partenaires sociaux. La *communitas*, sans la structure, n'est qu'une phase, un moment, et non pas une condition permanente.

Enfin, l'analyse du rituel dévoile un autre principe que l'on retrouve un peu partout dans le monde, celui de l'inversion des statuts. Ceux qui veulent s'élever doivent préalablement être rabaissés. Ainsi dans les rites de circoncision tsonga, les jeunes garçons sont sévèrement battus à la moindre incartade. Ils sont exposés au froid, forcés de manger de la nourriture nauséabonde, on leur écrase les doigts, pratiques qui ne sont pas sans rappeler celles des bizutages estudiantins d'Europe. La liminarité humilie et banalise celui qui aspire à un statut social plus élevé.

Comme chez les Ndembu, le futur roi du Gabon est d'abord humilié, la foule lui crache au visage, lui lance des objets dégoûtants à la figure, lui jette des malédictions. Les faibles prennent ici la place dominante, ce sont eux qui rappellent au futur roi l'importance de la *communitas*. Les rituels d'inversion permettent ainsi de rééquilibrer la *communitas* et la structure. Chez les Zoulous, l'imminence d'un grand danger ou d'une menace est l'occasion de rituels dans lesquels ceux qui occupent les positions les plus basses, principalement les jeunes femmes, remettent les choses en ordre car on considère alors que les dominants, par leur négligence, ont mal rempli leur devoir de protection.

La liminarité permet ainsi un renforcement de la structure sociale sans véritablement mettre en cause la structure elle-même. La société apparaît alors plutôt comme un phénomène que comme une chose, comme un mouvement dialectique dans lequel les périodes de « *communitas* » et de « structure » se succèdent. L'homme a besoin de ces deux modalités.

Melville J. Herskovits (1895-1963) et le concept d'acculturation

Aux États-Unis, les critiques de l'évolutionnisme avaient pris la forme du culturalisme dont nous avons pu souligner l'importance. Ce courant postulait des formes culturelles stables et n'était *a priori* pas plus préoccupé par l'histoire et le changement que le fonctionnalisme. Cependant, l'engouement pour le relativisme culturel ne fut jamais complètement coupé d'un intérêt pour le changement. Boas, notamment, fut parmi les premiers à s'intéresser aux processus de diffusion et il transmit cet intérêt à certains de ses étudiants dont Melville Herskovits qui rejeta la conception des cultures comme ensembles fixes.

Comme la plupart de ses collègues américains, Herskovits part du concept de culture et, dans son ouvrage *Les Bases de l'anthropologie culturelle* (1952), il prône même une défense assez classique du relativisme culturel qu'il associe au rejet de l'ethnocentrisme. Son originalité viendra du fait qu'il considère que le changement fait nécessairement partie d'un ensemble culturel. Herskovits ne nie pas que les ensembles culturels doivent inévitablement faire preuve d'une certaine stabilité, sous peine de ne pas exister ; d'ailleurs, le changement n'existe que par rapport à la stabilité, il est un phénomène universel. Au bout d'un certain temps, tout observateur pourra voir que des changements se manifestent dans les cultures, y compris les plus conservatrices (1952, p. 176). Cette remarque vaut pour les périodes les plus anciennes ainsi que le révèlent des changements importants sur un même site découverts lors de fouilles archéologiques. Les jeunes sont souvent les vecteurs de ces transformations et il n'est pas rare qu'ils considèrent les plus âgés comme des freins à leur dynamisme. En Guyane hollandaise, une jeune fille appelle sa grand-mère *kambosa*, celle qui m'ennuie. Il faut se garder de considérer l'homme « primitif » comme une « créature d'habitude », répugnant au changement. C'est pourtant ainsi que l'ont décrit de nombreux observateurs occidentaux, tel Spencer selon lequel « l'homme primitif est extrêmement conservateur ». Une telle conception revient à considérer des hommes comme des automates passifs. Or tel n'est pas le cas. Certes, il existe des circonstances dans lesquelles le neuf est repoussé pour conserver l'ancien, mais celles-ci sont loin d'être générales et elles peuvent aussi caractériser les sociétés occidentales : ainsi des avancées médicales comme l'antisepsie, la vaccination ou la théorie de Pasteur ont connu de fortes résistances. On peut d'ailleurs se demander si les résistances au changement sont le fait d'une culture dans sa totalité. De même, elles peuvent concerner certains traits culturels plutôt que d'autres : certaines populations sont relativement attachées à leur culture matérielle, mais beaucoup plus flexibles dans le domaine de la religion. Les résistances ne sont pas données une fois pour toutes, mais elles sont fonction de facteurs psychologiques, environnementaux et historiques.

Le changement culturel peut prendre deux formes principales : il peut être provoqué par des facteurs internes ou, au contraire, par des facteurs externes. La première catégorie comprend les processus de découverte et d'invention. L'invention concerne la trouvaille de nouveaux objets matériels alors que la découverte se rapporte à d'autres innovations comme, par exemple, des nouveaux procédés, les nouveaux systèmes politiques, etc. L'invention ne provient pas de la nécessité, et on peut même affirmer que, au contraire, elle est souvent la mère de la nécessité, c'est-à-dire qu'elle fait naître de nouveaux besoins. La seconde catégorie concerne les facteurs externes et, parmi ces derniers, on note bien sûr les processus d'emprunt et de diffusion. Les diffusionnistes ont eu le mérite de mettre en avant les mécanismes de transmission des traits culturels, mais ils ont négligé d'étudier les conséquences de ces emprunts sur la constitution même des cultures. Le concept d'acculturation permet alors d'aborder ce thème.

Comme nous venons de le voir, le concept de « diffusion » désignait la distribution et l'emprunt de traits culturels particuliers d'un environnement à l'autre. Cette approche ne parvenait cependant pas à saisir les transformations opérées par ces emprunts sur l'ensemble d'une société. C'est donc à ce niveau qu'intervient le concept d'acculturation qui fut très utilisé aux États-Unis. Herskovits définit cette notion comme suit :

> « L'acculturation comprend les phénomènes qui résultent du contact direct et continu entre des groupes d'individus de cultures différentes, avec des changements subséquents dans les types culturels originaux de l'un ou des deux groupes » (1952, p. 225).

Rares sont les cultures qui ont « disparu » ou qui se sont éteintes. Nous savons aujourd'hui que non seulement celles-ci ne sont jamais repliées sur elles-mêmes, mais qu'elles ont, au contraire, une capacité beaucoup plus grande qu'on ne l'a cru d'absorber des traits culturels, sans pour autant perdre leur spécificité. Notre culture elle-même est faite de tels emprunts, et des choses qui nous paraissent désormais aussi banales que le pyjama, les pantoufles, le riz, le poivre, les spaghettis et la cuisine chinoise sont des emprunts plus ou moins récents à d'autres cultures. Le café, pour ne pas parler de la pomme de terre, fait tellement partie de notre vie que nous pouvons difficilement lui assigner une origine étrangère. Le chocolat et le thé sont même considérés par les Suisses et les Britanniques comme des « institutions nationales ». De même, les Tamils de l'Inde du Sud sont intimement convaincus que la chemise occidentale portée par les hommes depuis des générations est un vêtement indigène et ils s'étonnent de voir les touristes européens en être revêtus. Au Népal, les cultivateurs estiment que la charrue a été utilisée de tout temps alors qu'elle a été introduite assez récemment. D'une façon plus surprenante encore, les coquillages qui servaient de paiement lors des transactions matrimoniales chez les Logdagaa d'Afrique occidentale étaient importés des îles Maldives (Goody, 1996, p. 83). Autrement dit, l'emprunt culturel est un phénomène universel et millénaire qui ne met pas en péril les fondements de tel ou tel ensemble, et l'acculturation ne peut plus être considérée comme une espèce de contamination menant inexorablement à la disparition d'une culture (ce qui peut être le cas de certaines langues).

L'acculturation n'étudie pas les phénomènes accomplis, mais les « transmissions culturelles en cours ». Entendu de la sorte, le processus d'acculturation se distingue du « changement », beaucoup plus vaste, et de l'« assimilation », phénomène plus restreint.

Si la définition de l'acculturation pose déjà problème en elle-même, les difficultés sérieuses commencent lorsque l'on se penche sur les phénomènes qu'elle entend cerner. Parsons lui-même considérait que seule la synchronie révélait des régularités à propos desquelles les processus de transformation semblent rétifs. En vérité, si l'on observe quelques régularités, il ne saurait être question de lois. On peut tout d'abord affirmer que ce qu'un peuple acceptera ou rejettera, lorsqu'il est mis en présence de nouvelles normes et valeurs, est déterminé par la culture préexistante et les circonstances du contact. Ainsi l'influence africaine a pris des formes très diverses dans des pays comme le Brésil, Haïti ou les États-Unis. Dans le premier cas, la culture africaine s'est mêlée aux éléments indigènes. Dans le second, elle a dominé et supplanté ceux-ci, alors qu'en Amérique du Nord elle n'a exercé qu'une influence négligeable.

La distinction entre contacts hostiles et pacifiques ne semble pas influer radicalement sur l'importance des emprunts. Ainsi, les relations entre Américains et Indiens ne furent jamais très amicales. La taille des sociétés mises en présence n'est pas non plus un facteur suffisant pour rendre compte de changements : il existe de nombreux exemples de petits groupes ayant influencé des grandes populations ou de grands groupes n'ayant pas eu d'impact sur les plus petits. S'il fallait énoncer un principe général, on pourrait dire que « les éléments non symboliques (techniques et matériels) d'une culture sont plus aisément transférables que les éléments symboliques (religieux, idéologiques, etc.) ». De même les « formes » semblent plus aisément transférables que les « fonctions ».

Roger Bastide (1898-1974)

En France, c'est incontestablement Roger Bastide qui va entamer des études pionnières en matière d'acculturation et, plus particulièrement, à propos de l'impact du colonialisme sur les sociétés indigènes. À la fin des années 1930, Bastide se rendit au Brésil où il enseigna jusqu'en 1952. Il y mena également des recherches novatrices concernant la rencontre entre les sociétés africaines et européennes sur le continent américain. Il s'intéressera particulièrement aux phénomènes religieux qui le conduiront ensuite vers l'étude des maladies mentales. Avec Bastide, l'anthropologie pénètre dans les villes et les bidonvilles et, c'est peut-être pour cela que, comme Balandier et peut-être par

provocation vis-à-vis du conservatisme des ethnologues, il
se dénomme souvent sociologue. Bastide s'intéressa principalement à des sociétés que l'on pourrait considérer comme
industrialisées. Loin de tenir celles-ci pour destructrices
de culture ainsi que le veut une conception romantique, il
affirme que la société industrielle et capitaliste est aussi
créatrice de culture. Les sociétés et les cultures sont des
réalités vivantes, c'est-à-dire mouvantes (1967, p. 228). Il
déplore le dédain de l'ethnologie pour ces réalités nouvelles
et dénonce l'ethnologie qui préfère l'homme de la brousse
à celui des villes, l'animiste au catholique (*ibid.*, p. 31).
Cette position courageuse allait à l'encontre des positions
dominantes de l'ethnologie et elles valurent à Bastide un
manque de reconnaissance, quand ce n'était pas du dédain.
L'histoire devait pourtant lui donner raison et l'ethnologie
s'est aujourd'hui engagée dans les voies qu'il avait d'abord
défrichées.

Selon Roger Bastide, l'acculturation est, *stricto sensu*, un
processus culturel ne pouvant se confondre avec l'« intégration » qui désigne un processus sociologique. L'intégration
est facilitée par l'acculturation, mais elle ne s'y limite pas.
On peut, en effet, imaginer une intégration politique et
économique n'impliquant pas d'homogénéisation culturelle
(Bastide, 1971). En d'autres termes, l'acculturation désigne
avant tout les transformations de nature culturelle résultant
du contact entre groupes. Les termes d'« enculturation » ou
d'« endoculturation », beaucoup moins usités, désignent,
quant à eux, la transmission de la culture à l'intérieur
d'une même société, par exemple des adultes à la génération suivante.

C'est dans le cadre de la décolonisation, et plus
particulièrement en anthropologie appliquée, que le concept
d'acculturation a été le plus utilisé. Contrairement aux
ethnologues qui tendent parfois à figer la tradition, les
spécialistes du développement – désireux de transformer les sociétés sur lesquelles ils se penchent – furent

frappés de rencontrer, parmi les populations indigènes, certains freins au développement et à l'emprunt culturel. Ils qualifièrent ceux-ci de « résistance au changement ». La résistance peut se définir comme « le mécanisme de défense culturel contre les influences venues du dehors et qui menacent l'équilibre de la société comme la sécurité affective de ses membres » (Bastide, 1971, p. 56). Bastide entendait d'ailleurs se démarquer d'une science positive purement théorique en soulignant l'importance de la relation entre « savoir » et « pouvoir », autrement dit entre la connaissance et l'action. L'anthropologie doit pouvoir poser des diagnostics sur l'état d'un groupe social ou d'une communauté en crise, afin de déterminer pour chaque cas particulier un « traitement » appliqué (*ibid.*, p. 10). Au passage, Bastide égratigne le relativisme culturel qui prône le « respect des cultures », mais qui n'a pas empêché la mort des cultures (*ibid.*, p. 22). Il se rend bien compte des difficultés de l'application de l'anthropologie : celles-ci proviennent d'abord du fait que cette discipline est un art et non une science (*ibid.*, p. 79). Il reconnaît aussi la difficulté d'établir des lois formelles, particulièrement dans la diachronie, mais il pense que l'on peut néanmoins observer un certain nombre de régularités : ainsi, les éléments non symboliques (technique et matériel) sont plus facilement transférables que les éléments symboliques (religion, valeurs…). De même, la simplicité d'un trait facilite son transfert. La difficulté de saisir ces mécanismes du changement s'accroît encore lorsque l'on considère que tout se tient dans une culture et que chaque modification d'un trait entraîne nécessairement des réactions en chaîne : c'est précisément à l'ethnologue de prévoir ces dernières (*ibid.*, p. 54). On ne peut pas dire pour autant que Bastide parvient à nous convaincre de l'intérêt d'une anthropologie appliquée. Toutefois, on retiendra de l'ouvrage qu'il a consacré à cette discipline une interrogation sur la question du changement culturel et un intérêt pour l'étude des transformations contemporaines du monde qui a si longtemps fait défaut à l'anthropologie.

Les Religions africaines au Brésil (1960), ouvrage majeur de Bastide, constitue un apport essentiel à l'anthropologie. *L'objet* de cette étude porte sur les questions de recomposition culturelle. L'anthropologie du Brésil s'était jusque-là intéressée particulièrement aux Indiens d'Amazonie. Bastide s'intéresse à des populations qui n'ont rien de « pur », des travailleurs engagés dans la vie moderne, souvent urbaine. Comment ont-ils survécu à leur déracinement culturel ? C'est ce phénomène de recomposition ou de « créolisation » qui est au centre de cet ouvrage et d'une bonne partie de l'œuvre de Bastide. Les thèmes du changement et de l'histoire ne sont pas ici invoqués par pur principe, mais on les retrouve au cœur de l'analyse. Une grande partie de l'ouvrage retrace d'ailleurs l'histoire de la déportation des esclaves vers le Brésil. L'auteur considère que l'on ne peut comprendre la réalité contemporaine sans faire référence à cette histoire. Sur le plan religieux, il entend poser la question du rapport entre « infrastructure » et « superstructure », c'est-à-dire entre les conditions socio-économiques et les valeurs, notamment religieuses. Alors que les Portugais reproduisent au Brésil des éléments de leur culture, l'esclavage détruit la communauté africaine : l'Africain est transporté dans une société qui n'est pas la sienne, dans une position de subordination totale qui détruit la vie familiale, l'organisation politique, la structure villageoise (Bastide 1960, p. 59). Dans bien des cas, les esclaves noirs ne sont plus connus par leur origine tribale, mais par leur port d'embarquement. De plus, ils sont parfois triés selon leur santé et leur force physique et, dans ce cas, les couples sont séparés et les enfants ne restent pas nécessairement avec leurs parents. L'origine sociale des esclaves est assez disparate : on trouve parmi eux des éleveurs, des agriculteurs, des gens de la brousse et de la savane, des matrilinéaires comme des patrilinéaires. Les esclaves sont répartis inégalement selon la taille des plantations : ils se retrouvent parfois dans des petites exploitations, parfois dans de grandes plantations où on assiste à des regroupements ethniques. D'une façon générale, cependant, le mélange rendait impossible toute reproduction de l'organisation sociale et de la culture originelles.

Si les maîtres ne s'intéressent qu'à la productivité de leurs esclaves et donc à leur santé, les missionnaires se préoccupent de leurs valeurs religieuses. L'Église catholique a accepté l'esclavage des Noirs, mais elle voulait aussi les convertir : on prenait leur corps, mais on leur donnait une âme (*ibid.*, p. 72). Les jésuites, cependant, ne vont pas éradiquer complètement la culture des Noirs : ils acceptèrent tous les traits culturels qui pouvaient s'adapter au catholicisme, même s'ils étaient parfois réinterprétés en termes chrétiens. Toutefois, l'Église a ainsi contribué à la survivance des cultes et c'est sur cette base que le syncrétisme catholico-africain va pouvoir arriver à maturation. La séparation des familles et notamment des jeunes et des vieux rendait particulièrement caduc le culte des ancêtres qui était au cœur des religions africaines. Des adaptations étaient nécessaires : on imagina ainsi que les ancêtres retournaient dans le pays d'origine qui devint mythique ; on inventa des Vierges noires ainsi que des saints noirs. Le spiritisme prit également de l'importance. En résumé, on mit au point un véritable bricolage.

Dans les villes, les esclaves ont pu élaborer des mécanismes de résistance culturelle. Les Noirs, ne disposant d'aucun moyen pour se défendre contre leur oppression, se réfugièrent dans des valeurs mystiques et se regroupèrent dans des confréries religieuses. La sorcellerie, la magie et la puissance des dieux étaient, en fin de compte, la seule arme qui leur restait. Dépossédés de leurs terres, les cultes de la fertilité ne les intéressaient plus beaucoup dans un

monde où les produits de la terre ne profitaient qu'aux
Blancs. Les divinités protectrices sont mises à l'écart au
profit des divinités maléfiques, dieux de la vengeance et
autres dieux de la guerre. Les cultes religieux deviennent
donc des cultes de classe. En même temps, les esclaves
empruntent des éléments à la culture européenne ; celle-ci
est aussi un moyen d'ascension sociale. L'usage de la
violence étant impitoyablement réprimé, l'esclave imite
le plus souvent la tortue, le lapin ou le lézard de ses
fables : la ruse est l'arme des faibles (*ibid.*, p. 94). Un autre
moyen de résistance est biologique : en couchant avec des
Blancs, les femmes noires mettent au monde des enfants
mulâtres qui occupent bientôt une place plus importante
dans la société. Dès 1774, les mulâtres peuvent accéder à
toutes les fonctions et une petite bourgeoisie de couleur,
dont les membres les plus aisés sont appelés « les barons
chocolats », prend ainsi naissance. La fuite est une autre
forme de résistance : certains fugitifs se rassemblent dans
de véritables cités appelées *quilombos* ou *mocambos* : ainsi
Macaco comprend quelque 1 500 maisons, et Palmares est
une ville de 11 000 habitants où l'on pratique l'agriculture,
la chasse et le commerce, parfois avec les Blancs. La cité
est dirigée par un roi qui est élu et obéit à des règles assez
strictes. Certains *quilombos* furent détruits par les Portugais
mais beaucoup d'autres subsistèrent.

Dans *Les Amériques noires* (1967), un ouvrage particulièrement riche, Bastide tente d'esquisser une synthèse
de cette transplantation des Noirs dans les Amériques.
Un premier trait remarquable de cette histoire tient dans
la miscégénation, c'est-à-dire le mélange des différentes
ethnies. Partout, en effet, on note que les ethnies venues de
toutes les régions d'Afrique se sont mélangées. Certaines
traditions culturelles subsistaient, notamment à travers les
« candomblés » ou le vaudou, mais dans tous les cas,
les Noirs durent recomposer leur culture, en empruntant

des éléments culturels à toutes les traditions avec lesquelles ils étaient en contact.

La variété des situations étudiées dans *Les Amériques noires* permet à Bastide de montrer que le syncrétisme a pris des formes diverses selon les régions et les situations. C'est pour cette raison, sans doute, qu'il parle de « syncrétismes ». Dans les régions catholiques, on trouve souvent un syncrétisme de mosaïque, c'est-à-dire la juxtaposition d'éléments différents, qui coexistent sans se mélanger : dans les « candomblés » brésiliens, par exemple, des cultes africains coexistent avec une dévotion pour la Vierge et les saints catholiques. Le catholicisme n'y est pas fusion, mais coexistence d'objets disparates. Parfois aussi, le syncrétisme prend la forme d'une correspondance. Pour dissimuler aux yeux des Blancs une cérémonie païenne, on lui donne une forme chrétienne : au fond, tout se passe alors comme si l'on mettait un masque de Blanc aux divinités noires. Au Brésil, les saints catholiques ont repris les caractères des dieux natifs : saint Jean-Baptiste est l'incarnation du dieu Shango qui descend sur terre pour se fâcher contre les humains. Des mythes de Dieu font référence à des passages de l'Évangile. En Amérique protestante, par exemple, rien n'est resté des religions ancestrales, mais les Noirs ont recherché dans les mouvements de réveil une religion plus affective en quête d'émotions violentes (1967, p. 168). Cependant, les populations noires ont donné à ces mouvements une forme nouvelle. Alors que chez les Blancs la transe tend à prendre des formes convulsives proches de l'hystérie, elle prend chez les Noirs une forme nettement plus rythmée et organisée. On va y retrouver des battements de mains et de pieds, des danses du corps sur place, une énergie musculaire accrue qui est absente des rituels écossais. L'idée de « crédit » (accumuler des bonnes actions sur terre pour être récompensé dans l'au-delà) est également moins présente dans la religion des Noirs nord-américains : le culte y est davantage tourné vers la réalisation du royaume des cieux sur cette terre, c'est la puissance du ciel qui est ici manifeste.

Les religions africaines, poursuit Bastide, se sont adaptées à leurs conditions nouvelles et n'ont jamais été totalement éradiquées. La même chose n'est pas vraie cependant des structures sociales africaines qui ont quasiment disparu avec la traversée de l'Atlantique, notamment pour les raisons que nous venons de souligner. Pourtant, les systèmes de discrimination, radicaux ou non, ont maintenu les Noirs à l'écart des Blancs. On a donc vu apparaître des sociétés de castes, séparées et endogames, comme aux États-Unis qui connaissent une *color bar*. Ailleurs, en Amérique latine notamment, on ne retrouve pas une telle ségrégation, mais la société n'en est pas moins divisée en classes multiraciales où les Noirs occupent les positions les plus basses : dans ces régions aussi, les Noirs se sentent différents et préfèrent vivre à l'écart des Blancs (*ibid.*, p. 201). Le mélange des ethnies n'a pas permis qu'une société se reproduise à l'identique, mais des réponses diverses vont être apportées à cette situation nouvelle. On peut ainsi distinguer deux modèles de vie familiale : d'une part, un modèle matrifocal où survivent des formes de la famille africaine. À Haïti et aux Caraïbes, on retrouve bien cet attachement de la mère et de son enfant qui découle de la famille polygénique africaine. Les unions y sont moins stables et les maisons sont souvent dirigées par une femme. Ailleurs, le contrôle des Blancs a été tel que rien n'est resté des formes originelles de vie. C'est notamment le cas aux États-Unis où s'impose petit à petit le modèle européen de famille paternelle. Néanmoins, on voit souvent réapparaître des formes de matriarcat : c'est le cas là où la femme travaille alors que son mari est au chômage. La femme regagne alors de l'autorité, mais celle-ci se heurte à la frustration de son mari qui se termine souvent dans la brutalité. Un conflit entre deux formes d'autorité éclate alors et aboutit parfois à l'abandon des enfants, la formation de gangs d'adolescents et un haut taux de délinquance.

Cette persistance de la matrifocalité a donné lieu à des interprétations diverses : Herskovits, par exemple, pense qu'il s'agit d'un héritage africain. À cette théorie cultura-liste, Frazier oppose une conception plus matérialiste qui considère que ces formes nouvelles sont l'expression de la désorganisation due à l'esclavage et typiques du concubinage propre aux basses classes. Bastide, quant à lui, souligne le danger de vouloir isoler un seul critère pour expliquer des situations extrêmement complexes et variées. Il pense tou-tefois que les raisons économiques prédominent et que la famille s'adapte aux nouvelles formes de production (*ibid.*, p. 46). Il distingue deux types de communauté : d'une part, la « communauté africaine » persiste là où des modèles afri-cains l'emportent sur la pression du nouveau milieu ; d'autre part, la « communauté nègre » prédomine là où de nouvelles formes de vie ont dû être inventées. Ceux que l'on a appelés les « nègres marrons », à savoir les esclaves fugitifs, ont tâché de reconstruire des communautés africaines. Le marronage est l'expression d'une certaine résistance culturelle. Il a donné lieu à des recompositions originales qui ne reproduisaient jamais les cultures africaines comme telles car leur souvenir avait été altéré par l'esclavage. Dans l'impossibilité d'une continuité culturelle avec l'Afrique, les esclaves étaient contraints de recomposer leur culture de façon assez composite. Bastide propose alors d'appeler ce phénomène de coexistence « prin-cipe de coupure » : ce principe ne vaut pas que pour les Noirs d'Amérique, mais est très général, et dans le cas précis des esclaves, il est particulièrement fort. Poussés par un double mouvement de préservation de leur culture antérieure et d'imitation des cultures dominantes, l'esclave les incorpore toutes, mais il le fait en compartimentant sa vie. Il peut ainsi participer à la vie politique américaine tout en appartenant à une confrérie religieuse africaine « sans qu'il y ait contradiction entre ces deux mondes dans lesquels il vit ». Il y a donc bien coupure entre ces cultures qui coexistent sans s'imbriquer.

> Le principe de coupure, que l'on peut comparer au « syncrétisme de mosaïque », n'est pas opérant partout. Souvent en effet, on retrouve des recompositions culturelles plus originales, dont la musique, de la samba au jazz et au blues, nous donne un exemple particulièrement remarquable.

L'anthropologie de Bastide refuse de considérer que le contact culturel ne fait que détruire des ensembles dont la pureté serait altérée par toute espèce de contact. La société moderne crée autant qu'elle détruit. Il faut insister sur l'originalité de ce message qui donne, en fin de compte, une légitimité nouvelle à l'anthropologie sociale qui ne pourrait survivre si elle se cantonnait à l'étude de cultures intactes qui n'ont jamais existé que dans l'imagination de certains chercheurs, parfois relayés par des extrémistes indigènes. Ces positions de Bastide ne manquaient pas de courage, mais elles sont peut-être venues trop tôt. Ses mérites ne furent pas toujours reconnus à leur juste valeur et, devant l'ingratitude suicidaire des anthropologues, lui-même, comme du reste Balandier, chercha souvent refuge du côté des sociologues. Son ouvrage *Sociologie des maladies mentales* est sans doute symptomatique de cette affinité. Nous n'avons fait qu'effleurer ici les complexités d'une œuvre riche et particulièrement variée qu'il importe de (re)découvrir aujourd'hui et qui a d'ailleurs inspiré des travaux récents comme ceux de François Laplantine ou encore de Jean Benoist (par exemple 1998).

Georges Balandier

Ces conclusions générales valent largement pour Georges Balandier qui fut le collègue de Bastide à la Sorbonne et qui, par bien des aspects, est proche de son œuvre. Toutefois, on dira que les travaux de Balandier complètent ceux de Bastide davantage qu'ils ne les prolongent. En tant qu'africaniste, Balandier va rompre radicalement avec une tendance classique, mais passablement poussiéreuse, de l'anthropologie comme science des systèmes symboliques de pensée qui sombre parfois dans le culturalisme le plus facile. Son objet, ce n'est pas une Afrique idéale et coupée des réalités, mais une Afrique vivante, contemporaine, moderne et même ambiguë. Cette rupture avec l'exotisme nécessitait un certain courage, car c'est un beau rêve, que d'aucuns appelleront chimère, qui venait se briser dans les affres, parfois sordides, de la modernité. Enfin, on trouve chez Balandier une conception plus générale et plus systématique de la société : celle-ci ne se limite pas à l'équilibre et au consensus, mais le conflit et la contradiction en sont des éléments essentiels. La société ne cesse d'être aux prises avec le désordre. La conception de Balandier ne se ramène pas pour autant à une nouvelle formulation des thèses marxistes dans la mesure où l'auteur évite largement l'économisme en s'intéressant davantage aux rapports de pouvoir.

Une anthropologie des conflits et des mutations

L'anthropologie de Balandier se fonde sur un constat qui pourra paraître banal mais qui n'en remettait pas moins en cause les fondements de l'anthropologie classique : le monde contemporain évolue tant qu'aucune société ne peut être tenue à l'écart et considérée comme un isolat assuré de sa continuité. Si le constat est banal car indéniable, il fut aussi révolutionnaire parce que peu d'ethnologues l'avaient formulé avec tant d'acuité. Dans un second temps, Balandier pousse plus loin l'analyse en affirmant que les sociétés modernes ne sont pas les seules à changer, mais que la société est par essence un ordre mouvant, toujours approximatif. Cela signifie donc que toute société a toujours à faire avec le temps et les mutations. Ce second constat visait une ethnologie qui s'était construite sur les notions de système, de structure, de fonction et de cultures comme ensembles ordonnés. Balandier refuse de considérer la société comme un ensemble équilibré et harmonieux : elle est toujours construite sur des principes. En troisième lieu, Balandier rejette les oppositions entre tradition et modernité, l'irrémédiable coupure entre « eux » et « nous » qui constituait un troisième poncif ethnologique.

Ces positions devaient contribuer à marginaliser Balandier par rapport à une ethnologie toujours en quête d'exotisme et d'altérité. Pour cette raison, sans doute, ses deux grandes premières études, publiées en 1955, se réfèrent directement à la sociologie : *Sociologie actuelle de l'Afrique noire* et *Sociologie des Brazzavilles noires*. Ce rapprochement était aussi rupture avec une ethnologie incapable de prendre en compte des chercheurs qui s'intéressaient à la contemporanéité. Balandier avait certes vu juste, mais trop longtemps avant les autres (Copans, 1985, p. 282). *Sociologie des Brazzavilles noires* s'intéresse à la ville africaine et c'est là aussi un choix audacieux pour une étude d'anthropologie si l'on pense que des œuvres d'auteurs classiques ne mentionnent même pas le phénomène urbain sinon pour désigner le point d'où part l'ethnologue avant d'aller rejoindre le village lointain, seul lieu possible à ses yeux de l'expérience ethnographique. S'ils inaugurent en quelque sorte une tradition d'anthropologie urbaine, les livres de Balandier n'en restent pas moins assez proches de l'enquête sociologique. La collecte des données a d'ailleurs été menée en équipe et elle ne néglige pas l'approche quantitative chère à la sociologie. L'étude des conflits, par exemple, repose pour une bonne part sur la consultation des registres du tribunal coutumier et des articles de presse. L'exposé demeure donc assez éloigné d'une approche purement ethnologique.

La ville est un phénomène de profonde mutation sociologique ; l'exode rural s'explique par divers facteurs, mais il résulte en partie de la désintégration de l'économie rurale. Au sein du monde colonial, la ville renforce davantage le sentiment de dépendance des Noirs qui sont totalement soumis aux lois du marché du travail. Dans les années 1950, l'emploi salarié constituait un élément relativement nouveau dans cette partie de l'Afrique. L'emploi demeurait très précaire et la mobilité professionnelle très grande. Les revenus médiocres n'assuraient pas, en effet, une stabilité de la main-d'œuvre. Cette précarité renforçait aussi les nombreux conflits qui éclatent en ville. La ville africaine de cette fin de période coloniale n'était qu'une agglomération, « démesurément gonflée par rapport aux besoins économiques qui ont pu provoquer les exodes ruraux » (Balandier, 1955, p. 113). Balandier montre que les villes africaines sont des réalités en devenir, aux équilibres instables et qui oscillent entre ces modèles que symbolisent les différents quartiers de Bacongo et de Poto-Poto. Il souligne aussi que le déracinement culturel qu'on y trouve est, en partie, compensé par l'innovation culturelle que les élites, les « évolués », incarnent. Dans *Sociologie des Brazzavilles noires*, Balandier décloisonne les disciplines et brise le mur qui sépare parfois la sociologie de l'ethnologie, mais il fait aussi appel à la psychologie quand il affirme que l'expérience urbaine est une expérience individuelle et qu'elle fait naître des personnalités nouvelles, passablement éclatées. Sur le plan théorique, cependant, cet ouvrage annonce plus qu'il n'innove.

Un thème majeur de l'anthropologie selon Balandier réside dans l'idée que le système social est certes un ensemble de différences constitutives de relations, mais qui sont toujours porteuses de tensions. Autrement dit, ces différences conjuguent la complémentarité et l'opposition (Balandier, 1985a, p. 55). Balandier ne réduit pas l'importance des tensions à la modernisation, mais celles-ci caractérisent, selon lui, tout système social. On les retrouve ainsi dans les sociétés dites traditionnelles qui sont bien moins stables que ne le prétendent les structuro-fonctionnalistes. On peut prendre le cas des relations entre les sexes : la différence homme/femme est un des matériaux de base de la société. Elle est alors conçue comme une complémentarité antithétique. Dans les mythes bambara, par exemple, le monde rassemble les principes masculin et féminin et leur union est source de vie. Mais cette complémentarité féconde est toujours vulnérable. La femme, en particulier, est génératrice de vie, elle symbolise la fécondité, la reproduction, mais elle est aussi source de chaos et de désordre : elle évoque la terre impure, la sorcellerie, la complicité avec les forces obscures. La séparation de l'homme et de la femme peut donc conduire à l'affrontement, et il est nécessaire que des forces surnaturelles viennent limiter ces possibilités. D'une manière plus générale, dans les sociétés peu hiérarchisées, les rapports homme/femme constituent un élément de base constitutif des rapports sociaux et ils obéissent à une logique de complémentarité et d'antagonisme. On voit ici que Balandier se démarque quelque peu du marxisme en ne réduisant pas les rapports sociaux à la contradiction : ils sont aussi source d'équilibre, mais cet équilibre est par nature instable car il est fait de différence. Il souligne d'ailleurs que la fécondité, autrement dit la vie, nécessite l'union des contraires. L'union des semblables, comme par exemple l'homosexualité, ne débouche sur rien. La relation homme/femme, par contre, est une « complémentarité tensionnelle » et les vicissitudes de l'union des sexes peuvent servir de modèle aux vicissitudes de la société (*ibid.*, p. 56).

La position de la femme ne peut pas être vue en de simples termes de subordination. La moitié féminine n'est pas seulement subordonnée, elle est aussi potentiellement dangereuse et détentrice de pouvoirs. Chez les Bunyoro d'Ouganda, par exemple, le roi (*makuma*) est affublé d'une autorité féminine, la *kalyota*, en général une demi-sœur du roi, issue du même père. Elle représente l'archétype de la fécondité et détient un statut rituel très élevé. Chez les Bamiléké du Cameroun, la femme bénéficie d'une large autonomie économique et il existe une espèce d'aristocratie féminine qui jouit d'un statut social élevé. La *ma-fo*, la mère-chef, prend souvent les commandes de la société en l'absence de son fils, le chef.

L'ambiguïté homme/femme n'est pas la seule forme d'antagonisme primaire qui régit la société. Les relations entre aînés et cadets en sont une autre, particulièrement forte en Afrique sub-saharéenne. À côté du sexe, l'âge est une caractéristique déterminante de toute relation sociale ; la société est un corps fractionné en couches d'âge. En Afrique, on retrouve systématiquement trois catégories qui divisent les hommes entre eux : 1) les pères, qui sont détenteurs de la plénitude des droits ; 2) les fils, hommes jeunes et socialement dépendants ; 3) les enfants, qui sont réduits à une existence infra-sociale. Ces différences sont parfois érigées en véritables systèmes : ce sont les classes d'âge. La séniorité est donc un principe d'ordre, comme l'ont souligné les ethnologues fonctionnalistes, mais ajoute Balandier, elle est aussi un facteur de tension et de désordre. Elle différencie tout en ordonnant. Les hommes sont peut-être relativement dominants par rapport aux femmes, mais ils peuvent aussi être dominés en tant que jeunes. Chez les Mossi du Burkina Faso, la génération des aînés dispose des moyens politiques, rituels et sociaux pour tenir la génération cadette en longue dépendance, notamment en contrôlant les échanges matrimoniaux. On trouve ici un hiatus entre les principes de la société et leur mise en pratique : en théorie, en effet, les aînés doivent assurer la répartition des femmes ; en pratique, cependant, ils tendent à monopoliser celles-ci pour eux-mêmes. Les hommes jeunes sont relativement démunis par rapport à ce monopole. Leur avancement dépend au fond de la mort de leur père, et le fils peut ainsi la souhaiter. Inversement, les pères mossi éprouvent du ressentiment à voir progresser leurs fils, particulièrement l'aîné. Père et fils peuvent ainsi désirer la disparition de l'autre. La rivalité et l'antagonisme sont toujours présents. Pourtant les fils sont aussi nécessaires parce qu'ils assurent la pérennité du patrilignage et l'antagonisme se voit donc contrarié par cette nécessité : on craint de voir son fils venir aux affaires, mais on craint autant la confusion qui résulterait d'une absence de relève. L'oncle maternel constitue un soutien particulièrement amical pour le fils et contraste ainsi avec l'autorité du père. Il met ainsi en exergue l'opposition entre matri- et patrilignages.

L'ambiguïté de tout système social est particulièrement claire chez les Malinké du Niger. La différence se manifeste dans les oppositions hommes/femmes et aînés/cadets. Mais elle contraste avec des principes d'égalité qui caractérisent, par exemple, les relations entre frères ou encore entre membres d'une même classe d'âge. On voit coexister deux modèles de la société : l'un inégalitaire et autoritaire, l'autre égalitaire et fraternel (1985, p. 126). Une société est ainsi faite de cet équilibre entre inégalité et égalité, contrainte et solidarité :

> « Les sociétés n'existent que par les hiérarchies porteuses d'inégalités et de tensions, mais en les corrigeant par l'ouverture des domaines où la contrainte se relâche, où les distances sociales s'effacent, où la fraternité masque le rapport hiérarchique » (*ibid.*, p. 134).

Selon Balandier, la stratification sociale est présente dans toute société, elle n'est jamais l'apanage des sociétés de classe. Toute société impose un ordre résultant de hiérarchies complexes. Une stratification est un instrument de cohésion sociale grâce à l'instauration des hiérarchies d'ordre. Mais elle se définit tout autant par les coupures qu'elle établit entre individus et groupes sociaux inégaux : tous les systèmes sociaux génèrent une tension permanente entre forces de cohésion et forces de rupture, tous, y compris ceux qui paraissent le plus figés, engendrent une contestation plus ou moins efficace (*ibid.*, p. 150). On voit ainsi Balandier prendre ses distances vis-à-vis du fonctionnalisme, mais il se montre également critique à l'égard du marxisme qui ne contient, lui aussi, qu'une part de vérité. Plus proche d'auteurs tels qu'Ossowski et Lenski, son approche comprend une espèce de philosophie sociale lorsqu'il note que toutes les organisations humaines sont des réalisations approximatives. Il rejette également l'opposition entre sociétés « traditionnelles » et « modernes » et, surtout, refuse de situer les premières en dehors du temps. Il s'oppose ainsi aux courants majeurs de l'ethnologie et rejette l'idée d'une charte mythique chère à Griaule qui en vint ainsi à ne considérer les sociétés que comme la réalisation du mythe. La société ne serait alors faite que d'unanimité et de répétition :

> « En fixant [ou figeant] les sociétés, en privilégiant les aspects les moins mobiles, les invariants, [une telle conception] permet d'accéder plus facilement à *la* rigueur. C'est une constatation qui vient du sens commun : le simple, le "fixe" […] est plus facile à formaliser que le complexe, le mouvant. Mais la nature sociale ne subit cette réduction sans être à quelque degré dénaturée… » (*ibid.*, p. 251).

Une anthropologie politique

Depuis la colonisation, les formes traditionnelles de pouvoir subissent la pression de l'État moderne. Cette réalité nouvelle met en exergue l'importance d'une anthropologie politique. Celle-ci ne doit cependant pas s'intéresser qu'aux seuls phénomènes de modernisation. Selon Balandier, en effet, les sociétés pré-coloniales ne sont pas coupées du pouvoir ; celui-ci est inhérent à toute société et il remplit d'abord des fonctions internes : la société a besoin de se défendre contre ses propres faiblesses ; le pouvoir résulte alors de cette entropie qui menace la société de désordre. De plus, il est lié aux individus et à la concurrence qui les oppose. En deuxième lieu, le pouvoir est nécessairement en relation avec l'extérieur de la société et il permet d'organiser celle-ci contre des forces qui peuvent être hostiles ou dangereuses. En troisième lieu, le pouvoir comprend toujours des éléments de dissymétrie au sein des rapports sociaux. Une société, souligne Balandier, ne peut être complètement réglée par la réciprocité. Elle comprend aussi des inégalités, et le pouvoir se renforce avec le développement de ces dernières. En quatrième lieu, le pouvoir n'est jamais complètement désacralisé, et ce rapport est particulièrement explicite dans les sociétés traditionnelles.

Balandier refuse la dichotomie largement acceptée entre société à parenté et société politique. Pour beaucoup d'anthropologues, en effet, la politique commence là où la parenté cesse d'opérer. Balandier, à l'inverse, entend montrer que les relations de parenté jouent un rôle politique fondamental : là où les lignages sont importants, les modes de conflit, d'alliance, d'organisation territoriale sont agencés par ces groupes de parenté. La vie politique se révèle par les alliances, les affrontements, les fusions et les fissions qui affectent les groupes et provoquent des réaménagements territoriaux. Les sociétés dites segmentaires ne sont pas nécessairement égalitaires : clans et lignages n'y sont pas tous équivalents. Certes, la prédominance des uns sur les autres est davantage une question de prestige que de privilège, cependant l'inégalité, quoique minimale, existe néanmoins. Enfin, et surtout, les relations de pouvoir sont dynamiques, elles sont tournées vers la concurrence et la rivalité. Un Tiv affirme qu'un homme acquiert du pouvoir en mangeant la substance des autres. Les sociétés lignagères sont bien le lieu d'une compétition qui affecte fréquemment les pouvoirs établis et rend souvent instables les alliances entre groupes (Balandier 1969, p. 83). En Afrique occidentale, les notables ont régulièrement recours à la sorcellerie aux fins d'assurer leur influence et leur prééminence. En définitive, s'il n'y a pas de société sans pouvoir politique, il n'y a pas davantage de pouvoir sans hiérarchie et sans rapports inégaux entre groupes et individus (*ibid.*, p. 93).

Le politique, dans les sociétés traditionnelles, n'est jamais complètement coupé du sacré. Souvent, les souverains sont les parents, les homologues ou les médiateurs des dieux. La royauté émerge d'ailleurs de la religion et les rituels d'investiture servent à marquer la distance entre le roi et ses sujets. De plus, la religion est également marquée par la contestation et la révolte. Balandier refuse donc d'associer la politique à la naissance de l'État. Cela signifie qu'il existe des luttes de pouvoir dans les sociétés qui ne connaissent pas l'État et qu'il convient de revaloriser l'anthropologie politique. Balandier refuse aussi de considérer que la parenté joue, au sein des sociétés segmentaires, le rôle que la politique remplit dans les sociétés étatiques. Là comme ailleurs, on trouve des luttes de pouvoir, à commencer par les différences entre les sexes et les classes d'âge (1969, p. 94). Il n'y a donc pas de société sans pouvoir politique et pas de pouvoir sans hiérarchie et rapports inégaux entre groupes et individus. La parenté ne s'oppose pas à la politique : bien au contraire, les premières formes d'inégalité sont basées sur l'âge et le sexe ; les hiérarchies qui en découlent préfigurent alors la stratification sociale. En reconnaissant ces réalités, on peut aborder le caractère foncièrement dynamique des réalités sociales. La religion, par exemple, n'est jamais totalement coupée des formes de pouvoir et des luttes y afférant. Inversement, le pouvoir n'est jamais entièrement vidé de son contenu religieux (*ibid.*, p. 46). En Afrique, les théories indigènes du pouvoir sont toujours chargées de sacralité : pour les Nyoro de l'Ouganda, le roi dispose du *mahano*, une substance propre aux êtres vivants et qui permet de maintenir la société en vie. Chez les Alur de la région, c'est le *ker*, force fécondante, qui remplit cette fonction alors que pour les Tiv le pouvoir nécessite la possession de *swem*, terme connotant les notions de vérité, de bien et d'harmonie. Le pouvoir est donc assimilé à une espèce de force qui permet de maintenir la vie. Le sacré est solidaire du politique. Mais cette puissance doit être maintenue et elle s'acquiert par la compétition. Le sacré peut alors être mis au service de l'ordre existant ou, à l'inverse, servir les ambitions de ceux qui le contestent. Le sacré peut alors servir à mettre le pouvoir en péril.

Le messianisme

Un des changements les plus significatifs menés au cours de la période coloniale réside dans l'expansion des mouvements messianiques donnant naissance à de nouvelles Églises plus ou moins éphémères. La religion apparaît très vite ici comme un moyen privilégié de revendication politique et, souvent, ces mouvements seront au cœur de revendications nationalistes. Les mouvements messianiques se répandirent là où l'évangélisation fut forte et ils apparaissent comme des réactions paradoxales au christianisme : s'ils se démarquent des Églises chrétiennes officielles et les rejettent, ils n'en sont pas moins imprégnés du rituel et des croyances chrétiens. On affirme la grandeur du passé indigène tout en brûlant les fétiches. Le monde bantou fut particulièrement marqué par ces mouvements, mais on les retrouve partout dans le monde sous des formes diverses. En Afrique, les mouvements sont nombreux et divers, mais ils sont, pour la plupart, constitués à partir des Églises chrétiennes et s'édifient sur l'imitation de ces dernières. Ils sont initiés par une personnalité prophétique et charismatique. Enfin, ils annoncent un âge d'or pour la population indigène. Ce sont typiquement des phénomènes sociaux totaux dont la dimension est autant politique que religieuse ; sur le plan culturel, ils apparaissent comme des réactions à l'introduction de valeurs étrangères. Ces valeurs ne sont pas rejetées comme telles, mais réinterprétées par une personnalité indigène. On comprend aisément que ces mouvements aient attiré l'attention des ethnologues du courant dynamiste. Le kimbanguisme congolais, en particulier, a été étudié par Balandier dans *Sociologie actuelle de l'Afrique noire.*

Simon Kimbangou naquit dans le Congo belge, à Nkambai, en 1889. Il reçut son instruction dans une mission baptiste de la région, mais il échoua aux examens qui devaient le conduire au pastorat et ne fut reçu que comme catéchiste. Cette humiliation le convainquit d'agir en marge de l'Église et le 18 mars 1921, il fut touché par la grâce de Dieu qui lui révéla sa vocation. Des pouvoirs de guérison lui furent très vite attribués et on lui reconnut même la capacité de ressusciter les morts. Il s'auto-proclama prophète et on le nomma *Gounza*, terme qui peut se traduire par « messie ». Son message se répandit très vite et se transforma aussitôt en mouvement dans le Bas-Congo. Il rejette une partie de l'héritage religieux ancien, fait détruire des statues, accuse les sorciers et la sorcellerie. Il adopte le baptême, la confession, les chants religieux. En même temps, le mouvement en vint très vite à rejeter les Blancs et cette xénophobie conduisit à l'arrestation de Gounza, le 14 septembre 1921. Condamné à mort, il est aussitôt gracié et exilé au Katanga en novembre 1921. Cet épisode le transforma en martyr et modèle de résistance. Son exil renforça la confiance en sa puissance et, rassemblant politique et religion, il devint un symbole de l'opposition. Gounza est maintenant considéré comme un sauveur et le libérateur de l'ethnie Kongo. Plus tard, il sera présenté comme le martyr fondateur d'une religion révélée directement aux Noirs, sans référence aux étrangers. Il n'est plus seulement un prophète, mais le représentant de Dieu sur terre, ainsi qu'il apparaît dans ce texte de 1939 :

> « Dieu nous a promis de verser son Esprit Saint sur notre pays. Nous l'avons supplié et il nous a envoyé un Sauveur de la race noire, Simon Kimbangou. Il est notre chef et le Sauveur de tous les Noirs, au même titre que les Sauveurs des autres races : Moïse, Jésus-Christ, Mahomet et Bouddha » (cité par Balandier 1955b, p. 430).

Dieu est donc arrivé au Congo et il peut libérer les Congolais. Les nouveaux rois triompheront. Comme dans les « cultes cargos », ce messianisme n'est pas détaché de préoccupations matérielles puisqu'il annonce que les Noirs pénétreront dans les usines pour apprendre à fabriquer tous les objets qu'ils admirent dans les magasins et auxquels ils n'ont pas droit. Certains prédirent même la victoire de l'Allemagne.

Les rapports au Christ sont désormais minimisés et c'est une grande religion pour les Congolais qui est annoncée, en même temps qu'un éveil nationaliste. Si le message est radical, il s'exprime néanmoins dans un langage quasiment biblique. Les moyens de reproduction étant limités, les textes sont répétitifs et simples, susceptibles d'être appris par cœur tels des chants bibliques. Cette simplicité ne se fait pas aux dépens du radicalisme, si l'on en juge par ce chant religieux :

> « Le royaume est à nous, nous l'avons !
> Eux, les Blancs, ne l'ont plus
> Nous tous, ne nous décourageons pas
> Glorifions Dieu notre père. »

D'autres appellent quasiment à la révolte :

> « Mes frères de Jérusalem, aidez-vous les uns les autres. L'affaire sera terminée au mois de juin. [...] Nous, les apôtres, nous serons sortis pour annoncer le royaume de Dieu aux nations du monde. Des machettes et des armes arrivent avec les soldats. Nous découperons les plantations du Seigneur Jésus-Christ. »

Certains textes sont plus moraux, condamnant l'adultère, la cupidité, l'égoïsme. La confession est liée à la notion de péché et de disgrâce. Cette préoccupation moraliste dévoile la reconnaissance de l'individu, elle transfère à celui-ci la responsabilité et le rend coupable de ses actes. Ce faisant, elle le libère de ses soumissions et lui donne possibilité de nouvelles adhésions (*ibid.*, p. 435).

Le kimbanguisme s'est répandu sur un large territoire et son message sera repris par d'autres prophètes. Il se détachera de plus en plus de l'image du Christ et la croix, comme symbole, sera même abandonnée, ainsi que les images du Christ, dénoncées comme invention des Blancs. L'image d'un Dieu unique et accessible, nommé Nzambimpungu, demeura un signe distinctif qui montre que les adeptes ne reproduisent pas le passé. L'opposition aux Blancs constituera toujours un élément fédérateur. Dans les années 1950, le mouvement s'est répandu encore. Contrairement à ce que l'on a trop rapidement affirmé, il n'est pas le fruit d'une naïveté primitive, ni le message de leaders cupides. Il marque bien la fierté retrouvée d'un peuple opprimé et désemparé ; sur le plan religieux enfin, il constitue un processus d'individuation du sacré, il annonce une religion vécue intérieurement par un individu responsable.

Un souffle nouveau pour l'anthropologie

En corrigeant certaines de ses erreurs les plus patentes, le courant dynamiste a sauvé l'anthropologie d'une dérive exotisante où elle risquait de sombrer. Sous peine de se transformer en une espèce de discours sur des paradis perdus, elle se devait de s'intéresser aux transformations du monde contemporain et, plus généralement, de considérer que la société n'est jamais totalement figée. L'« école » dynamiste comblait ainsi une bonne partie du fossé que l'on avait creusé entre les sociétés modernes et celles que l'on avait enfermées dans une prétendue tradition. Elle ouvrait ainsi des perspectives nouvelles à l'anthropologie. Les transformations du monde postcolonial ne nous laissaient d'ailleurs guère de choix à ce propos. On ne pouvait, en effet, ignorer plus longtemps la modernisation des sociétés du Tiers-Monde. D'un autre côté, les phénomènes massifs d'immigration avaient également fait perdre au monde occidental l'homogénéité relative qui l'avait caractérisé jusqu'il y a peu de temps.

La critique postmoderne

Le courant que l'on a qualifié de « postmodernisme » a touché de plein fouet l'anthropologie. Contrairement aux autres écoles, le postmodernisme n'est pas à proprement parler une théorie, dans la mesure où il s'agit avant tout d'une approche critique, d'une remise en cause des fondements mêmes de la science et, en particulier, de l'anthropologie.

Pour les sciences sociales, la modernité découlait de l'héritage universaliste des Lumières et de la conviction que la réalité était une donnée objective et peu problématique, voire qu'elle pouvait être représentée de façon directe. La question de la localisation du savoir n'était pas posée : celui-ci avait une valeur universelle et objective. La critique postmoderne vient contester ce point de vue en affirmant que cette perspective universaliste est essentiellement occidentale, sinon européenne. En définitive, c'est l'objectivité même du savoir scientifique qui est ainsi interrogée. Le postmodernisme reprend en quelque sorte les critiques que le romantisme avait énoncées. À la suite d'auteurs comme Foucault, il introduit l'idée que le savoir est lié au pouvoir et à la domination. Ainsi le savoir anthropologique exprimerait la volonté de domination de l'Europe sur le reste du monde et émanerait donc en droite ligne du colonialisme.

Ne s'arrêtant pas en si bon chemin, la critique postmoderne s'attaque également à la méthode même de l'anthropologie, méthode qui avait fait la fierté de cette dernière. Elle montre combien les présupposés de l'ethnographie participent à cette vision du monde liée à la modernité. Autrement dit, non seulement l'anthropologie ne peut prétendre à l'objectivité, mais en outre, elle a été un discours contribuant à l'établissement d'une domination d'une partie du monde sur l'autre. La méthode ethnographique participe à cet état de fait et doit pareillement être remise en question ou du moins discutée. La critique concernant la méthode ethnographique est particulièrement neuve : si la prétention à l'objectivité avait été remise en cause, dès 1950, dans la fameuse *Marrett Lecture* d'Evans-Pritchard, ce dernier ne contestait nullement la méthode ethnographique qui lui paraissait peu problématique. Le relativisme lui-même, si fréquent parmi les ethnologues, ne concernait pas les fondements du savoir. Il était bien plus culturel qu'épistémologique. Margaret Mead, par exemple, ne remettait pas en cause les fondements du savoir et de la méthode anthropologique. Elle se contentait de souligner la relativité des pratiques et croyances, sans discuter la manière d'investiguer les faits sociaux.

Critique de l'orientalisme

L'ouvrage d'Edward Saïd, *L'Orientalisme*, constitue un jalon important de cette critique. Bien qu'il y traite en particulier de l'orientalisme, Saïd dépasse très largement ce cadre et les implications anthropologiques de ce questionnement seront immédiatement claires. L'une de ses affirmations fortes stipule que la domination du Nord sur le Sud n'a pas été seulement politique : le pouvoir a tout autant été idéologique et même discursif, si bien que les postmodernes vont développer un goût prononcé pour les mots et les discours. Les mots sont, chez eux, souvent aussi importants que les actes, ce qui n'est pas tellement étonnant dans un univers où l'on interroge l'existence même de la réalité.

Edward Saïd, théoricien américain, d'origine palestinienne, est aujourd'hui reconnu comme l'un des intellectuels les plus influents de la fin du XXe siècle. Une bonne partie de ce prestige provient de l'un de ses ouvrages dont le titre et le sous-titre constituent tout un programme : *L'Orientalisme : l'Orient créé par l'Occident.* Cela revient à affirmer que l'Orient est une « création » de l'Occident, c'est-à-dire une formation ex nihilo, créée à partir de rien. Dès la première page du livre, Saïd postule que « l'Orient a presque été une invention de l'Europe ».

L'Orientalisme (publié en 1978 aux États-Unis et en 1980 en France) a fait l'effet d'une véritable bombe, mais plus encore, il a modifié considérablement notre perception du monde. En simplifiant, on peut dire que Saïd entend montrer comment la connaissance occidentale de l'Orient était « liée » à la volonté de puissance des nations européennes. En d'autres termes, Saïd remet en cause la prétention à l'objectivité du savoir européen, et plus exactement des sciences sociales, pour affirmer que toute connaissance est socialement et historiquement déterminée. Le savoir pur est un leurre, il n'existe rien de tel puisque toute connaissance est inextricablement liée au pouvoir. Saïd était professeur de littérature et, selon lui, la différence entre la littérature et l'histoire ou les prétendues « sciences » sociales est ténue. Il ira même jusqu'à soutenir que toute connaissance est fictionnelle et que des termes tels que « authenticité », « vérité », « réalité » ou « présence » sont de pures conventions. Si la critique postmoderne est pertinente, il n'y a pas de différence absolue entre littérature et sociologie, entre fiction et non-fiction. La prétention à l'objectivité étant vaine, il n'y a pas de différence entre un roman et un livre d'histoire. L'un et l'autre ne font finalement qu'exprimer une subjectivité, celle de leur auteur dont la vue ne peut être que partielle, sinon partiale (en anglais les deux mots sont d'ailleurs semblables). On voit donc ici un autre aspect de l'enjeu du débat.

Émigré en Amérique dès 1947, Saïd est devenu professeur à l'université de Columbia. Chrétien palestinien, il insiste sur le rôle politique de l'intellectuel et, à ce titre, ne dissocie pas l'engagement politique du travail scientifique. Il ne peut y avoir de travail neutre et tout savoir est politique. Le pouvoir de la parole, on l'a vu, est primordial : si le langage prédétermine et construit la réalité, alors tout est construction linguistique, tout est façonné par le discours. L'intellectuel devient donc un combattant redoutable et les balles d'un fusil n'ont pas plus de réalité que les mots. Le terme même de combattant n'est pas trop fort car l'histoire, la culture et la tradition sont des « lieux de conflit ».

En schématisant, voici quelques points qui peuvent synthétiser la démarche de Saïd et, à sa suite, celle des auteurs postmodernes :

1) La représentation et l'objectivité sont des leurres, des impossibilités ;

2) La domination n'est pas seulement militaire et politique ; elle est aussi culturelle et discursive ;

3) Tout discours est politique et lié au pouvoir ;

4) Le discours européen sur l'Orient est lié à la domination de l'Occident ;

5) La lutte intellectuelle n'est pas vaine mais essentielle ;

6) L'intellectuel doit donc être engagé afin de démasquer les mécanismes du pouvoir.

Une fois prises en compte ces quelques considérations très générales, il est cependant parfois délicat de comprendre exactement ce que Saïd signifie. Avant lui, Hayden White avait déjà affirmé que « toute histoire est fiction verbale qui est en partie inventée ». En psychologie, on définit généralement la psychose comme l'incapacité de distinguer le délire du réel. Le schizophrène passe sans cesse de l'un à l'autre, son monde mélange la réalité avec son fantasme. Or c'est un peu cette confusion qu'entretiennent les postmodernes. On se demande pourquoi Saïd écrit « presque » inventée et White « en partie »... Il s'agit là sans doute d'une façon de répondre aux critiques en introduisant une nuance. Mais cette stratégie fait sans cesse osciller le lecteur entre deux conceptions du postmodernisme : la version *soft* et la version *hard*. La première est correcte, mais assez banale, la seconde est radicale, mais assez discutable. Quand on est accusé des outrances de celle-ci, on peut se réfugier dans les évidences de celle-là. Dos au mur, on s'empresse de désamorcer la bombe que l'on a soi-même amorcée. Car l'histoire, dans cette perspective, devient une « construction narrative » ou encore, avec de nouveau une certaine ambiguïté, « elle a plus en commun avec une narration fictionnelle que les historiens ne l'admettent généralement ». Or la domination, le colonialisme ou encore l'Occident constituent des éléments qui ne manquent pas de réalité.

Saïd critique la représentation de l'Orient donnée par les chercheurs occidentaux et il affirme donc que l'Orient a été inventé par l'Europe, sous-entendu l'Occident. L'expression en elle-même et les nombreuses variantes qui jalonnent le livre ne vont pas sans poser problème. On peut d'abord se demander si Saïd ne mêle pas deux choses somme toute assez différentes sous cette même critique : d'une part, il critique la capacité de l'Occident à représenter l'Orient ; de l'autre, il critique toute forme de représentation. On peut résoudre ce paradoxe apparent en affirmant que c'est à une conception alliée à la domination que s'oppose Saïd. Ce qu'il reproche à l'Occident, c'est certes une représentation tronquée de la réalité (mais en est-il une qui ne soit pas tronquée ?), mais surtout une représentation qui sert à renforcer la domination d'une partie du monde sur l'autre.

La première question que l'on peut donc se poser est de savoir si l'Orient existe. La réponse de Saïd n'est pas claire. Le sous-titre même du livre laisse entendre que l'Orient a été créé par l'Occident, ou plus exactement que l'orientalisme est une manière de créer l'Orient, ce qui convenons-en n'est pas tout à fait la même chose. Si ces catégories sont le fruit d'un savoir, d'un type d'approche de la réalité, pourquoi continuer à les utiliser tout au long du livre ? Saïd oscille sans cesse entre deux attitudes : d'une part, il affirme que l'Orient est une invention, mais, de l'autre, il se plaint que l'Orient est mal représenté. En outre, la manière biaisée de représenter l'Orient est, selon lui, une caractéristique du savoir occidental, c'est-à-dire de l'Occident. Ainsi toute la démonstration de Saïd postule l'existence de l'Occident en tant qu'ensemble cohérent de savoirs. Sa représentation de l'Occident est monolithique, tout d'une pièce, cohérente. Les différences entre l'Amérique et l'Europe sont à peine mentionnées. De Gérard de Nerval à Bernard Lewis, tout serait identique, indifférencié.

En postulant, en affirmant cette cohérence, Saïd fait l'économie de toute nuance et il peut ainsi prendre n'importe quelle citation, n'importe quel texte comme symptomatique. Il n'y aurait pas de nuances, de divergences, de contradictions dans le discours occidental. L'Occident est conçu comme un « nous » en opposition à l'Orient conçu comme un « eux ». Or ce manichéisme est autant le fruit de la démarche exposée par Saïd que la conclusion logique des textes qu'il cite. Ainsi, jamais il ne signale les contradictions qui existent et ont existé entre les diverses nations occidentales. Citer le Premier ministre Balfour comme s'adressant à la Chambre des Communes au nom de l'Occident, c'est un peu réducteur. De même, les recherches encouragées par Napoléon n'avaient pas pour but de servir la cause de l'Occident tout entier. Certes, il peut être relativement légitime de considérer qu'il existe des constantes dans les écrits des Occidentaux sur l'Orient, mais il aurait été judicieux de montrer qu'il existe aussi des contradictions, notamment entre l'Angleterre et la France que Saïd présente comme parlant d'une seule et même voix. Ce n'est finalement pas un hasard si Saïd parle lui-même de « sa » réalité : « La société arabe est présentée dans des termes presque uniquement négatifs. » Or la lecture de son ouvrage semble indiquer que c'est lui qui n'a retiré que des termes négatifs du discours qu'il rapporte.

L'Orient de la littérature n'entretient que des rapports très lointains avec celui des « orientalistes » universitaires.

L'Orient des littérateurs est, de fait, un monde créé de toutes pièce, qui découle autant de fantasmes que de l'observation. Ainsi, à plusieurs reprises, Saïd parle de la sensualité exotique, du plaisir idyllique, de la lubricité, d'énergie libidinale que l'on trouve, selon lui, dans tout le discours de l'orientalisme, qu'il soit ancien ou contemporain. Nous touchons ici un bon exemple de l'amalgame établi par Saïd, car si la sexualité exotique peut caractériser le monde des poètes du XIXᵉ siècle, on voit mal où trouver dans les représentations du monde arabe au XXᵉ siècle la moindre trace d'exacerbation de la sexualité et de l'érotisme. Ce n'est pas ainsi que l'on se représente l'Orient aujourd'hui. Le plaisir sexuel n'est pas l'un des clichés véhiculés par « l'Occident » sur « l'Orient ».

Autre exemple, qui confond réellement la Chine et l'Égypte ? Nous savons tous, depuis très longtemps, que le Proche-Orient et l'Extrême-Orient n'ont pas grand-chose en commun. Se trouve-t-il quelqu'un aujourd'hui pour amalgamer ces deux régions du monde ? Il est vrai qu'elles ont été arbitrairement placées ensemble dans des départements comme les Instituts orientalistes, mais il s'agissait davantage d'une facilité administrative que d'une confusion intellectuelle. Certes, avant les grands voyages et l'époque contemporaine, une certaine confusion a pu exister dans l'imagination populaire que traduit parfois la littérature en langage plus policé, mais ce fut beaucoup moins fréquent dans le discours savant.

L'amalgame permanent de Saïd l'empêche de voir des notes discordantes, des vues sympathiques ou encore des contradictions flagrantes entre certains discours et qui existent encore aujourd'hui. Les Grecs n'ont pas traité le problème palestinien de la même manière que les Français ou les Américains. D'ailleurs, cette représentation a changé au cours du temps, opérant parfois des virages à 180 degrés. Au XIXᵉ et au début du XXᵉ siècle, les tensions entre Anglais, Français et Allemands étaient vives et ces peuples ne se pensaient pas en tant que bloc hermétique et uni. Affirmer que l'Occident a dominé l'Orient est une figure de style qui procède de la même manière que les travers dénoncés par Saïd : un « ensemble » complexe est ramené à des traits grossiers. On peut dire que lui aussi « dichotomise » et « essentialise ». Tout en niant l'existence de l'Orient, il caricature le savoir de l'Occident. Pourtant, les intérêts des nations occidentales étaient souvent contradictoires et conflictuels. C'est aussi en Europe que naquit le marxisme ainsi que les différentes idéologies de libération des peuples.

Selon Saïd, le discours orientaliste est plus qu'une expression de la domination occidentale du monde. Il a participé à cette domination, l'a encouragée, et en a été un vecteur. L'intellectuel n'est pas, chez lui, relégué dans les superstructures comme reflet des rapports de production. Il participe au pouvoir, son savoir est directement politique. Autrement dit, la vie académique est une manière de lutter politiquement. Dans la perspective qui est la sienne, le monde n'existe que par la représentation que l'on en donne, il est entièrement construit. Il est constitué, construit par notre langage et il n'y a pas de réalité qui préexiste au langage. Or les conséquences logiques de ces vues ne sont pas toujours assumées. Ainsi Saïd se définit lui-même comme foncièrement oriental, ce qui est pour le moins paradoxal. De même, si tout savoir est, par essence, politiquement orienté, le savoir occidental n'est pas pire que n'importe quel autre. Le risque serait de relativiser à l'extrême tout discours : on a raison de dire tout sur n'importe quoi, c'est seulement une question d'opinion. On pourrait ainsi affirmer que le génocide juif n'a pas vraiment existé, que c'est seulement une question de point de vue. Bien sûr, Saïd ne va pas si loin, il reconnaît même qu'il y a un savoir positif : « Il existe une histoire positive, une géographie positive qui peuvent se targuer de résultats remarquables en Europe et aux États-Unis. Les érudits en savent plus aujourd'hui sur le monde, son passé et son présent qu'à l'époque de Gibbon par exemple » (p. 71-72). Ailleurs pourtant, il ne craint pas d'affirmer que l'Orient est une « construction de l'esprit ne correspondant à aucune réalité ».

On pourrait se sentir flatté par l'importance que donne Saïd aux études occidentales. Les écrits des universitaires se voient en effet dotés d'un immense pouvoir : celui de dominer le monde. N'est-ce cependant pas là leur accorder plus d'importance qu'ils n'en ont ?

Crise de la représentation

La fin du XXe siècle se caractérise dans les sciences humaines par l'échec des grands paradigmes. Dans sa version classique, l'anthropologie étant principalement un discours sur l'autre, la critique adressée à l'orientalisme touche l'anthropologie de plein fouet. Parallèlement aux transformations de l'histoire, l'anthropologie se voyait ébranlée dans ses certitudes et ce n'est pas un hasard si l'époque présente est souvent qualifiée de post- « quelque chose » (poststructuralisme, postmarxisme, postcolonialisme, postmodernisme, etc.).

Nous savions depuis longtemps que la représentation est difficile, voire problématique, mais voilà qu'elle est maintenant tenue pour quasiment impossible. En réalisant les limites des grands systèmes d'explications, nous vivons désormais dans une période d'incertitude épistémologique. Certes le problème de l'objectivité a toujours été posé dans les sciences sociales. Toutefois les réponses apportées, notamment par les grands sociologues, tendaient à montrer la difficulté d'une objectivité parfaite, tout en soulignant la nécessité de tendre vers celle-ci. La critique postmoderne est cependant bien plus radicale et, poussée à l'extrême, elle en vient à considérer que toute approche est biaisée et donc en quelque sorte subjective : dans cette perspective, il n'y aurait pas de différence radicale entre les sciences sociales et la fiction. La réalité n'existe qu'en raison du regard que l'on pose sur elle et il n'est donc pas possible de la représenter de façon fiable. C'est l'idée même d'une « science » sociale qui est donc remise en question.

La réalité n'existe qu'à travers le point de vue du chercheur qui la construit comme un texte. Autrement dit, elle est toujours médiatisée par la présence du chercheur. Dans les comptes rendus ethnographiques classiques, l'ethnographe s'efface complètement du texte qu'il produit et donne ainsi l'illusion d'un ensemble cohérent, objectif, qui n'a rien à voir avec sa propre présence. Cette abstraction de l'ethnographe peut paraître étonnante puisque toute la démarche ethnographique classique repose sur la présence physique du chercheur dans la population qu'il entend étudier. On peut même dire que, en l'occurrence, cette présence, cette expérience, est essentielle à la connaissance. La démarche est, en quelque sorte, fortement individualisée, bien plus par exemple que dans une enquête sociologique où l'enquêteur n'est pas nécessairement le chercheur. Et pourtant, l'ethnographe est presque systématiquement gommé du compte rendu final. Dans un ouvrage comme *Divinity and Experience*, de Godfrey Lienhardt, les conditions de production du texte et la présence de l'ethnographe tiennent en une seule phrase, la première du livre : « Ce livre est basé sur une recherche de deux ans parmi les Dinka, dans la période allant de 1947 à 1950. » Dans le reste de l'ouvrage, l'auteur est absent et tout est présenté comme un tableau existant en dehors de la présence du chercheur.

Dans un ouvrage remarquable, Clifford Geertz a remis en cause la question de cette abstraction. Sans aller aussi loin que certains de ses commentateurs, il note que le texte ethnographique a nécessairement une dimension littéraire. En effet, pour l'anthropologue américain, l'illusion selon laquelle l'ethnographie est une manière d'arranger des faits étranges et irréguliers dans des catégories bien agencées a fait long feu. C'est donc l'idéal positiviste qui est ici visé. Cependant, poursuit-il, ce que l'ethnographie réalise vraiment n'est pas très clair. On s'accorde généralement à considérer que l'ethnologie n'est pas une activité littéraire : un anthro-pologue ne devrait pas s'attarder sur son écriture. Ce qui intéresserait le lecteur, ce seraient les faits concernant les Tikopia ou les Tallensi, et non pas les humeurs littéraires de Firth ou Fortes. Les bons textes anthropologiques sont des textes bruts, sans aucune prétention littéraire. Ils n'invitent pas à la critique littéraire et ne valorisent d'ailleurs pas cette dernière non plus.

Pourtant, souligne Geertz, le caractère littéraire de l'anthropo-logie ne doit pas être négligé. En effet, le caractère de persua-sion de ces textes provient, en partie au moins, de leur mode d'exposition littéraire. Il est impossible d'affirmer que les textes ethnographiques sont convaincants par la seule consis-tance factuelle qu'ils véhiculent. Si tel était le cas, Frazer (et sa surabondance de faits) serait sacré roi de l'anthropologie. Ce n'est pas la qualité des matériaux empiriques exposés par Malinowski et Lévi-Strauss qui nous convainquent. Ce n'est pas non plus la teneur de l'argumentation théorique qui nous impressionne. On a, par exemple, souligné la faiblesse de l'appareil théorique d'un Malinowski :

> « L'aptitude des anthropologues à nous persuader de prendre au sérieux ce qu'ils disent tient moins à l'apparence empirique et à l'élégance conceptuelle de leurs textes qu'à la capacité à nous convaincre que leurs propos reposent sur le fait qu'ils ont réellement pénétré (ou, si l'on préfère, qu'ils ont été pénétrés par) une autre forme de vie, que, d'une façon ou d'une autre, "ils ont vraiment été là-bas". Et c'est dans cette aptitude à nous persuader que ce miracle s'est produit en coulisse, que naît l'aspect littéraire de leurs œuvres. » (Geertz, 1998, p. 12).

L'une des particularités de l'écriture ethnographique est son caractère take-it-or-leave-it, « à prendre ou à laisser ». En effet, lorsqu'un anthropologue travaille dans une même région qu'un autre, il est difficile d'apporter la preuve contraire des affirmations de l'autre. Si quelqu'un retourne chez les Azande et n'y trouve aucune théorie de la causation telle qu'Evans-Pritchard nous l'a transmise, il peut toujours affirmer que les Azande ne sont plus vraiment eux-mêmes. Tout ce que dit l'ethnographe n'est pas accepté, mais la base sur laquelle on accepte ou non ses propos n'est pas particulièrement scientifique. On écoute certaines voix et on en ignore d'autres. C'est que certains auteurs sont bien plus efficaces que d'autres dans leur manière de transmettre leur message.

La question se pose alors de savoir comment l'auteur est présent dans le texte. Souvent il tente de s'effacer en tant qu'auteur : il traite les gens qu'il étudie comme des objets ; ou alors il se place lui-même en avant et il considère ces gens comme des simples marionnettes dans un discours essentiellement impressionniste. Mais la formule la plus intéressante consiste à tâcher de paraître à la fois comme un pèlerin et un ethnographe.

L'un des ouvrages les plus célèbres de l'anthropologie, *We, the Tikopia* de Raymond Firth, répond sans doute à ce besoin. Dans le premier chapitre, l'auteur nous convainc du fait qu'il a vraiment été là, présent. Avant même que *La Croix du Sud*, le vaisseau qui l'amenait là-bas, n'ait amarré, les indigènes l'entourent de leurs canoës et montent à bord en poussant des cris terribles : « Je me demandai comment un matériel humain aussi turbulent allait pouvoir faire l'objet d'une étude scientifique », dit Firth. Son *boy* pousse plus loin l'incrédulité puisqu'il lui dit en riant jaune : « Ma parole, moi avoir peur très beaucoup ! » « Ces types y en a vouloir faire *kaikai* à moi. » Pour la première fois, le *boy* commençait à regretter ce qui pour lui représentait la civilisation, c'est-à-dire Tulagi, et Firth lui-même n'est pas trop certain de ce qui allait se passer et « qui pour sûr ne serait pas loin du cannibalisme ». Tout le tableau laisse peu de doute quand au fait que Firth était bien là *(was there)*. Tout est mis en ordre pour convaincre que ce qui suit (500 pages de matériel descriptif fortement objectivisé du style « les Tikopia disent ceci, font cela, croient ceci », etc.), que tout ce matériel a bien été observé par l'auteur. L'anxiété initiale de Firth (comment étudier une telle bande de sauvages ?), anxiété parallèle à celle de son *boy* qui craint de passer à la casserole, ne disparaît pas et les commentaires du style « cela m'est vraiment arrivé » sont répétés périodiquement dans l'ouvrage. Le texte est ainsi « signé » à plusieurs reprises : l'auteur nous rappelle constamment sa présence.

Firth affirme en parallèle que les comptes rendus ethnographiques doivent faire fi des sentiments de l'auteur. Et, s'il fait référence aux conditions de travail de terrain, c'est seulement parce qu'il pense que c'est un bon indice de la « digestion sociale » des Tikopia pour savoir comment ils réagissent face à un étranger. Quoi qu'il en soit, ce sont les Tikopia qui intéressent l'auteur. Son but est de nous convaincre que tout ce qu'il dit est réel : il a bien été là, il les connaît bien, il a surmonté de nombreuses difficultés pour rapporter les faits décrits.

Les « ethnographes, selon Geertz, n'ont pas seulement besoin de nous convaincre qu'ils ont vraiment été là-bas, mais aussi que, si nous y avions été nous-mêmes, nous aurions pu observer ce qu'eux-mêmes ont observé, sentir ce qu'ils ont senti et conclure ce qu'ils ont conclu ». Ce procédé littéraire est donc un moyen utilisé pour légitimer la bonne foi, la capacité et l'autorité de l'ethnographe. Dans beaucoup de cas, il est vrai, toutes ces précautions se trouvent reléguées dans des formules embarrassées au fond des préfaces, des notes en bas de page ou des appendices, mais, quelle que soit la résistance qu'on leur oppose, ces procédés finissent toujours par apparaître quelque part.

Si Geertz critique le positivisme, il concède qu'il ne sait pas très bien ce qu'il faudrait mettre à la place. Lui-même n'a pas vraiment remis en question ses propres travaux et leur objectivité. Sa position paraît donc modérée, voire ambiguë.

Il ne prend guère de risque en affirmant qu'il y a un aspect littéraire dans l'écriture anthropologique.

Réalité et fiction

Dans un ouvrage paru à la même époque (1988), un historien américain, James Clifford, s'impose comme l'un des critiques les plus influents de la démarche ethnographique. D'une part, il est remarquable de constater que Clifford s'intéresse davantage à la méthode et à la collecte des données qu'à l'ethnologie ou l'anthropologie. Il popularise ainsi le terme même d'« ethnographie » qui n'était plus trop utilisé. Dans une large mesure, Clifford renforce le mythe de l'ethnographe en tant que héros. Avec lui, l'ethnographe n'est plus dissimulé derrière l'objectivité de sa production scientifique, il revient sur le devant de la scène. L'attention est portée sur lui, plus question de se cacher, il doit au contraire se poser en tant qu'acteur essentiel de la recherche.

Cette insistance sur l'ethnographie et l'ethnographe relève de la critique de la représentation. La réalité n'étant pas objective, sa représentation passe nécessairement par la personnalité du chercheur. Deux remarques importantes s'imposent alors comme conséquences de cette conception :

1) Les rapports entre la fiction romanesque et l'anthropologie sont bien moins éloignés que ne le laissait penser une conception objectiviste classique ;

2) En conséquence, les critères de vérité sont également mis en doute. En effet, une représentation ne peut être vraie que s'il y a un objet précis qui doit être représenté. Or tel n'est pas le cas ici.

Le livre de Geertz, mentionné ci-dessus, traitait déjà de cette question, devenue un thème majeur de discussion. Geertz ne tire aucune conclusion radicale de ses remarques et il tente de rester modéré dès lors qu'il s'agit de franchir le Rubicon de la fiction. C'est également le cas de James Clifford qui

joue, lui aussi, sur une certaine ambiguïté. Comme toujours
lorsque la critique est radicale, on répond à la moindre
remarque en se réfugiant derrière une version plus modérée.
Il n'empêche que lorsque Clifford compare Malinowski à
l'écrivain Joseph Conrad, il suggère que Malinowski est
avant tout un écrivain à l'instar de Conrad. *Les Argonautes
du Pacifique occidental* sont mis sur le même pied que le
Journal d'ethnographe en tant que texte, expérience spécifique d'écriture (1988, p. 97). L'ethnographie est vue comme
une expérience « partiale », un terme qui, en anglais, a une
double signification puisqu'il veut dire à la fois « partiel » et
« partial » : « Tous les comptes rendus textuels basés sur le
travail de terrain sont des constructions partielles/partiales »,
écrit-il, par exemple (*ibid.*, p. 97). L'ambiguïté est sans
doute voulue et, deux pages plus loin, Clifford dit que *Les
Argonautes* ne sont qu'un morceau de *fiction* (*ibid.*, p. 99),
ou encore une « fiction culturelle réaliste » (*ibid.*, p. 100).
Les Argonautes sont une œuvre « moins réflexive » que le
journal, mais il s'agit néanmoins d'une « fiction culturelle ».
En d'autres termes, on est tenté de parler de « création »
(*ibid.*, p. 110). En fin de compte, c'est bien sûr le problème
de la vérité qui est inlassablement posé. Si tout est fiction,
alors on ne peut juger l'ethnographie selon des critères de
vérité. Nous allons revenir sur ce point ci-dessous. Personne ne peut reprocher à Flaubert ou Balzac de rapporter
des histoires qu'ils n'ont pas vraiment vécues. En outre, si
le monde n'existe que dans notre pensée propre, la différence entre la littérature et l'ethnographie s'estompe encore
davantage. Ailleurs, Clifford parle de l'ethnographie comme
« allégorie ». Par allégorie, il faut entendre une « narration
ou description métaphorique dont les éléments sont cohérents et qui représentent avec précision une idée générale ».
Une allégorie est donc la représentation d'une idée, c'est la
matérialisation d'une abstraction (et non la représentation
d'un fait matériel comme le prétend le positivisme). Le

texte ethnographique est donc une « histoire », un « conte » *(a story)* (1989, p. 99-100).

Cette conception entraîne des implications importantes. En effet, si tout est fiction, la « connaissance » n'est pas essentielle, et l'on comprend mal pourquoi il faudrait se rendre sur place pour étudier une réalité qui n'a que peu de réalité. Si tout est « inventé », quelle est l'utilité de l'ethnographie ? On ne demande pas au romancier de connaître la réalité qu'il décrit, mais doit-on considérer l'ethnographe comme n'ayant aucune responsabilité par rapport à celle-ci ? La position postmoderne verse ainsi aisément dans le cynisme. Tout est bon, *anything goes*. Trancher entre deux positions devient impossible. Pire encore, la fraude et le mensonge se justifient parfaitement. À titre d'exemple, la critique de Margaret Mead par Freeman est, selon Clifford, tout à fait légitime : Mead a construit une image caricaturale des îles Samoa dans le seul but de donner des leçons de morale et de pratique aux Américains. Mais, poursuit Clifford, il n'y a rien de si étrange là-dedans, le portrait dressé par Mead n'est pas plus « faux » qu'un autre, car tout travail ethnographique a des dimensions proprement littéraires et ce que Freeman peut nous en dire devient tout aussi « arbitraire » : les deux auteurs sont ainsi renvoyés dos à dos (*ibid.*, p. 106-107). En fin de compte, il est impossible de concilier le subjectif et l'objectif propres à toute expérience ethnographique.

C'est une thèse semblable que soutient Marie-Louise Pratt. Elle rappelle la controverse qui a entouré l'ouvrage de Florinda Donner intitulé *Shabono* (1982), qui raconte comment une jeune étudiante est adoptée par une tribu du Venezuela dont elle partage la vie. Le livre était un grand succès quand, dans un article publié dans la revue *American Anthropologist*, Rebecca De Holmes accusa Donner de n'avoir pas vraiment vécu ce qu'elle narrait et d'avoir mêlé faits et fantasmes. Plus grave encore, l'auteur se serait « inspirée » d'un ouvrage publié en 1965 en langue italienne dans lequel une jeune Brésilienne, Helena Valero, racontait comment elle avait vécu parmi les Yonamamo. L'accusation de plagiat était étayée par de nombreuses citations parallèles qui étaient pour le moins intrigantes. Pratt ne semble pas choquée outre mesure par l'accusation de plagiat. Or celle-ci est grave, que ce soit en ethnographie ou en littérature. Il ne s'agit d'ailleurs pas d'une simple question d'éthique et de déontologie, mais d'un problème de propriété intellectuelle et donc de droit. On ne peut pas l'évacuer d'un revers de la main. Le second problème est différent : il s'agit de savoir si l'auteur a, oui ou non, vraiment vécu les faits qu'elle rapporte ; est-ce ainsi que vivent les Yonamamo ?

Si l'on estime qu'il n'y a de toute façon pas de différences radicales entre fiction et ethnographie, alors la question est redondante et l'auteur peut écrire ce qu'il veut. En revanche, si nous sommes d'accord pour considérer qu'il est légitime de s'intéresser à la vie des autres et d'en rendre compte aussi fidèlement que possible, alors la question devient plus épineuse. En tant qu'écrivain médiocre, de mauvais goût et aux idées politiques douteuses, on a le droit d'écrire ce que l'on veut et de concevoir une histoire dans laquelle les camps de concentration nazis n'ont jamais existé ou encore un récit cambodgien dans lequel Pol Pot apparaît comme un brave type qui ne ferait pas de mal à une mouche, quand bien même celle-ci serait intellectuelle ou réactionnaire. Par contre, présenter une thèse de doctorat en histoire dans laquelle la réalité des camps de concentration est mise en doute soulève des problèmes bien plus importants.

Le débat qui a entouré l'œuvre de Carlos Castañeda doit s'entendre de la même manière. Cet auteur a tout à fait le droit d'imaginer des histoires ou contes philosophico-religieux et ses lecteurs peuvent invoquer toutes les raisons pour justifier leur passion pour ses écrits. C'est autre chose cependant de faire paraître ces derniers comme le résultat d'une expérience et de les présenter comme une thèse de doctorat. Ce n'est pas un hasard si les soupçons qui pèsent sur Castañeda se doublent une fois encore de plagiat. De Mille a, par exemple, montré que chaque élément de l'enseignement de Don Juan pouvait être trouvé dans d'autres sources ; Needham a souligné l'étrange parallèle entre un ouvrage allemand de Herrigel (*Le Zen dans l'art du tir à l'arc*) sur les archers bouddhistes zen et les écrits de l'ethnologue américain. La coïncidence est si grande qu'elle éveille des soupçons et appelle une explication. Herrigel lui-même affirmait que son livre reposait intégralement sur les paroles prononcées par son maître zen. Or Needham montre que des phrases entières de ce livre se retrouvent sous la plume du philosophe allemand Lichtenberg (1784).

Il ne s'agit pas d'une simple question de déontologie. Si de tels hommes existent qui peuvent parfaitement contrôler leurs passions et atteindre une connaissance ultime du monde, ils méritent notre attention et leur expérience est riche d'enseignements. Si un homme parvient, grâce à la maîtrise de soi, à atteindre le bonheur parfait, cette expérience prend une dimension différente lorsqu'elle est le pur produit de l'imagination d'un écrivain. L'intérêt pratique de l'ethnologie a d'ailleurs toujours été de montrer que des idées, qui peuvent paraître désirables, sont mises en pratique dans certaines populations et dépassent ainsi le statut de pures utopies : montrer que la crise d'adolescence n'existe pas dans telle ou telle ethnie n'a pas la même valeur qu'une discussion abstraite. Quels que soient les liens entre réalité et fiction, on ne peut réduire l'une à l'autre. Les premiers pas sur la Lune de Neil Amstrong ne signifient pas la même chose que ceux de Tintin et du capitaine Haddock. À moins de vivre dans un monde purement virtuel où plus rien n'existe.

En dehors de la science-fiction, qui est par nature irréelle et irréaliste, la littérature romanesque n'est jamais totalement coupée de la réalité du vécu. La plausibilité fait partie des critères d'appréciation d'un roman ou d'un bon film. Nous aimons que le cadre de l'action soit « bien observé » ou que la psychologie des personnages soit vraisemblable, mais l'œuvre d'art ne se contente jamais de cette transparence, elle se doit d'aller au-delà sous peine de se confondre avec le reportage et de perdre ainsi toute valeur artistique.

Ce n'est bien sûr pas le cas du travail ethnographique qui est certes marqué par son auteur mais qui, en même temps, ne peut abandonner l'idéal d'objectivité. Ce n'est pas parce que celui-ci est impossible qu'il doit faire place à la subjectivité absolue.

Si tout est fiction, pourquoi les auteurs eux-mêmes revendiquent-ils l'authenticité de leur expérience ? Pourquoi Castañeda a-t-il présenté son travail comme le fruit d'une expérience au lieu de se lancer dans une critique de la connaissance objectivée ?

Conclusions générales

Si l'on ne craignait pas de raviver un poncif éculé, nous pourrions dire que l'anthropologie est aujourd'hui en crise. Il ne faut d'ailleurs pas chercher très loin pour trouver des Cassandre annonçant, ou même prônant, la fin prochaine de la discipline et le phénomène n'est pas nouveau. Ainsi, dès le début des années 1970, c'est-à-dire longtemps avant la critique postmoderne, Rodney Needham (1970) affirmait que l'anthropologie, en tant que discipline, avait fait long feu. L'anthropologue britannique soulignait que l'anthropologie sociale est fille de nombreuses traditions intellectuelles et qu'en outre elle n'a ni de champ d'étude propre, ni de théorie, ni même de définition. On peut alors distinguer trois branches qui cohabitent sous la dénomination « anthropologie sociale » : 1) l'étude du comportement humain institutionnalisé qui se rapproche de la sociologie ; 2) l'étude du symbolisme et des modes de pensée ; 3) les études régionales.

Ces trois orientations, poursuivait Needham, tendent de plus en plus à diverger les unes des autres. De surcroît, de nouvelles spécialisations se développent chaque jour davantage : c'est le cas de l'anthropologie économique, de l'anthropologie politique, ou de l'anthropologie dynamique qui, au gré de leur spécialisation, méritent de plus en plus les noms d'économie, de politique ou d'histoire et de moins en moins celui d'anthropologie. Cette spécialisation croissante est l'annonce de la fin de l'anthropologie, selon Needham :

certains d'entre nous rejoindront la philosophie, d'autres la
sociologie, d'autres enfin deviendront orientalistes ou psycho-
logues. Plutôt que d'avoir à faire face à sa désintégration, il
nous faudrait, conclut Needham, travailler à la dissolution
progressive de l'anthropologie afin de transformer cette
irrémédiable décadence en une métamorphose iridescente.
Tout le monde ne partageait toutefois pas ce pessimisme :
ainsi, tout en soulignant, lui aussi, la crise de la discipline,
Michel Panoff (1977) estimait qu'elle avait encore un avenir. Les trente années qui se sont écoulées depuis l'article
de Needham ont sans doute montré que l'anthropologie
continue d'exister et, quoi qu'en disent certains, elle ne se
porte peut-être pas si mal.

En tant que discipline, l'anthropologie contemporaine
s'est toutefois très sérieusement démarquée de ce qu'elle fut
dans le passé : en effet, jadis définie comme « la science
des sociétés primitives », l'anthropologie a aujourd'hui cessé
d'être uniquement préoccupée par les sociétés que certains
qualifient d'« exotiques ». Si, dans les années 1970, une thèse
de doctorat traitant du monde occidental était l'exception,
ce n'est plus le cas de nos jours : pour des raisons diverses,
de très nombreux étudiants en ethnologie s'intéressent aux
sociétés occidentales. Il y a même une mode aujourd'hui qui
consiste à qualifier d'« anthropologique » de très nombreuses
études qui relèvent plutôt de la sociologie. De plus, la critique postmoderne – est-ce un paradoxe ? – a survalorisé
la pratique de l'ethnographie et c'est ainsi que l'on a vu
fleurir, au cours des dernières années, de multiples ouvrages
qui mettent l'accent sur les conditions de production du
discours anthropologique. Alors qu'en son temps *Tristes
Tropiques* avait été critiqué en raison de sa propension à la
réflexivité, l'ethnographie semble être devenue, pour certains, une occasion supplémentaire de parler d'eux-mêmes.
« Si l'objectivité n'est pas possible, pourquoi ne pas verser
dans la subjectivité la plus totale ? », semblent-ils se dire.
Ils oublient toutefois que l'on ne devient pas littérateur sans

talent d'écriture. Toujours est-il que ces vicissitudes ont certainement contribué à étendre l'audience de l'anthropologie. L'anthropologie est aujourd'hui sortie des sentiers battus et se spécialise dans des domaines bien spécifiques comme l'anthropologie médicale (Benoist, 1993 ; Laplantine, 1986 ; Schmitz, 2005), l'anthropologie de la communication (Winkin, 2001) ou encore l'anthropologie des mondes contemporains (Augé, 1992). Ces spécialisations tendent à remplacer les aires culturelles classiques et témoignent du changement de l'anthropologie moderne. Nous sommes donc en droit de penser que cette discipline n'est pas près de disparaître et qu'elle a même encore de beaux jours devant elle.

Pour qu'elle survive cependant, elle ne peut renier un passé que les pages de ce livre ont tâché de raviver. Sans référence aux sociétés que l'on appelait jadis « primitives », l'anthropologie n'aurait pas de raison de se démarquer de la sociologie. Le problème n'est pas seulement intellectuel. Il provient des transformations que le monde a connues au cours des dernières décennies. La division du travail classique entre sociologie, qui étudie « *the West* », et anthropologie, qui étudie « *the rest* », n'a plus lieu d'être pour de multiples raisons, mais d'abord parce que *the rest* s'est occidentalisé et modernisé alors que, dans le même temps, *the West* s'est considérablement « exotisé ». Si l'anthropologie continue d'exister en tant que discipline institutionnelle universitaire, on peut se demander ce qui la distingue encore. Pour qu'elle survive, il semble important qu'elle ne renie pas ses racines. C'est d'ailleurs précisément parce qu'elle est une invitation au voyage, tant dans la pensée que dans l'espace, qu'elle continue d'attirer les jeunes. Aller voir ailleurs comment vivent les femmes et les hommes, telle est sa démarche et sa raison d'être. Tant que nous n'aurons pas perdu cette curiosité, l'anthropologie continuera de fasciner… et donc d'exister.

Bibliographie

ACKERMAN Robert
1987, *J.G. Frazer : His Life and Work*, Cambridge, Cambridge University Press.

ADAM Jean-Michel, BOREL Marie-Jeanne, CALAME Claude et KILANI Mondher
1990, *Le Discours anthropologique : description, narration, savoir*, Paris, Méridiens Klincksieck.

ADAMS William
1998, *The Philosophical Roots of Anthropology*, Stanford, CSLI Publications.

ALLEN Nicholas
1987, « Thulung Weddings : The Hinduisation of a Ritual Cycle in East Nepal », *L'Ethnographie*, n° 83, p. 15-33.
– , 2000, *Categories and Classifications : Maussian Reflections on the Social*, Oxford, Berghahn.

AMSELLE Jean-Loup
1999, *Logiques métisses : anthropologie de l'identité, en Afrique et ailleurs*, Paris, Payot.

AMSELLE Jean-Loup et M'BOKOLO Élikia (dir.)
1999, *Au cœur de l'ethnie : ethnie, tribalisme et États en Afrique*, Paris, La Découverte.

ARDENER Edward
1971, « The New Anthropology and its Critics », *Man (NS)*, n° 6, p. 449-468.

ARON Raymond
1967, *Les Étapes de la pensée sociologique*, Paris, Gallimard.

ASAD Talal
1972, « Market Model, Class Structure and Consent : A Reconsideration of Swat Political Organisation », *Man*, VII.

AUGÉ Marc

1979, *Symbole, fonction, histoire : les interrogations de l'anthropologie*, Paris, Hachette.

– , 1992, *Non-lieux : introduction à une anthropologie de la surmodernité*, Paris, Seuil.

AUGÉ Marc (dir.)

1974, *La Construction du monde : religion, représentations, idéologie*, Paris, Maspero.

– , 1975, *Les Domaines de la parenté : filiation, alliance, résidence*, Paris, Maspero.

BALANDIER Georges

1955a, *Sociologie des Brazzavilles noires*, Paris, Presses de la Fondation nationale des sciences politiques.

– , 1955b, *Sociologie actuelle de l'Afrique noire*, Paris, PUF.

– , 1957, *Afrique ambiguë*, Paris, Plon.

– , 1969, *Anthropologie politique*, Paris, PUF.

– , 1971, *Sens et puissance : les dynamiques sociales*, Paris, PUF.

– , 1985, *Anthropo-logiques*, Paris, Le Livre de poche.

BARLEY Nigel

1986, *The Innocent Anthropologist : Notes from a Mud Hut*, Harmondsworth, Penguin.

BARNARD Alan

2000, *History and Theory in Anthropology*, Cambridge, Cambridge University Press.

BARRETT Richard

1991, *Culture and Conduct : An Excursion in Anthropology*, Belmont, Wardsworth Publishing Company.

BARTH Fredrik

1959, *Political Leadership among Swat Pathans*, Londres, London School of Economics.

– , 1966 *Models of Social Organisation*, Londres, Royal Anthropological Institute of Great Britain and Ireland.

BASTIDE Roger

1960, *Les Religions africaines au Brésil : vers une sociologie des interprétations de civilisations*, Paris, PUF.

– , 1965, *Sociologie des maladies mentales*, Paris, Flammarion.

– , 1967, *Les Amériques noires : les civilisations africaines dans le Nouveau Monde*, Paris, Payot.

– , 1971, *Anthropologie appliquée*, Paris, Payot.

BAZIN Jean

1979, « Le Bal des sauvages », in *Le Sauvage à la mode*, Jean-Loup Amselle (dir.), Paris, Le Sycomore, p. 177-218.

BATESON Gregory

1986, *La Cérémonie du « naven »*, Paris, Minuit.

BEATTIE John

1964, *Other Cultures : Aims, Methods and Achievements in Social Anthropology*, Londres, Routledge & Keagan.

BELMONT Nicole

1974, *Arnold Van Gennep : créateur de l'ethnographie française*, Paris, Payot.

BENEDICT Ruth

1934, *Patterns of Culture*, Cambridge, The Riverside Press.

– , 1995, *Le Chrysanthème et le sabre*, Arles, Philippe Picquier.

BENOIST Jean

1993, *Anthropologie médicale en société créole*, Paris, PUF.

– , 1998, *Hindouismes créoles : Mascareignes, Antilles*, Paris, Éditions du CTHS.

BERREMAN Gerald

1962, « Race, Caste and Other Invidious Distinctions in Social Stratification », *Race*, XIII, p. 387-414.

– , 1963, *Hindus of the Himalayas : Ethnography and Change*, Berkeley, University of California Press.

– , 1968, « Is Anthropology Alive ? Social Responsability in Social Anthropology », *Current Anthropology*, p. IX, 391-396.

BESNARD Philippe et FOURNIER Marcel

1998, « Introduction », in *Lettres à Marcel Mauss*, Émile Durkheim, Paris, PUF, p. 1-20.

BÉTEILLE André

1987, *Essays in Comparative Anthropology*, Oxford, Oxford University Press.

BLANCKAERT Claude (dir.)

1985, *Naissance de l'anthropologie ? Anthropologie et missions en Amérique, XVIᵉ-XVIIIᵉ siècles*, Paris, Cerf.

BLOCH Maurice

1983, *Marxism and Anthropology : The History of a Relationship*, Oxford, Oxford University Press.

BOAS Franz

1928, *Anthropology and Modern Life*, New York, Dover.

– , 1966, *Kwakiutl Ethnography*, Chicago, Chicago University Press.

BOCK Philip

1988, *Rethinking Psychological Anthropology : Continuity and Change in the Study of Human Action*, New York, Freeman & Co.

BONTE Pierre et IZARD Michel (dir.)

1991, *Dictionnaire de l'ethnologie et de l'anthropologie*, Paris, PUF.

BOUDON Raymond

1990, *La Logique du social*, Paris, Hachette.

– ,1998, *Études sur les sociologues classiques*, Paris, PUF.

– , 1999, *Le Sens des valeurs*, Paris, PUF.

BOUDON Raymond et BOURRICAUD François

2000, *Dictionnaire critique de la sociologie*, Paris, PUF.

BOURDÉ Guy ET MARTIN Hervé

1983, *Les Écoles historiques*, Paris, Seuil.

BOURDIEU Pierre

1980, *Le Sens pratique*, Paris, Minuit.

– , 1987, *Choses dites*, Paris, Minuit.

BOURDIEU Pierre, CHAMBOREDON Jean-Claude et PASSERON Jean-Claude

1973, *Le Métier de sociologue*, Paris, Mouton.

BOWIE Fiona

2000, *The Anthropology of Religion*, Oxford, Blackwell.

BOWLER Peter

1983, *Evolution : The History of an Idea*, Berkeley, University of California Press.

BRANDEWIE Ernest

1983, *Wilhelm Schmidt and the « Origin of the Idea of God »*, New York, University Press of America.

BROWN Donald

1991, *Human Universals*, New York, McGraw-Hill.

BRUCKNER Pascal

1983, *Le Sanglot de l'homme blanc : tiers-monde, culpabilité, haine de soi*, Paris, Seuil.

BUICAN Denis

1987, *Darwin et le Darwinisme*, Paris, PUF.

BUNZL Matti

1996, « Franz Boas and the Humboldtian Tradition : From Volksgeist and Nationalcharakter to an Anthropological Concept of Culture », in *Volksgeist as Method and Ethic : Essays on Boasian Ethnography and the German Anthropological Tra-*

dition, George Stocking (dir.), Madison, Wisconsin University Press, p. 17-78.

CARRITHERS Michael

1990, « Is Anthropology Art or Science ? », *Current Anthropology*, n° 31, p. 263-282.

– ,1992, *Why Humans Have Cultures : Explaining Anthropology and Social Diversity*, Oxford, Oxford University Press.

CARRITHERS Michael, COLLINS Steven et LUKES Steven (dir.)

1985, *The Category of the Person : Anthropology, Philosophy, History*, Cambridge, Cambridge University Press.

CAZENEUVE Jean

1961, *La Mentalité archaïque*, Paris, Armand Colin.

– , 1963, *Lucien Lévy-Bruhl : sa vie, son œuvre, avec un exposé de sa philosophie*, Paris, PUF.

– , 1967, *L'Ethnologie*, Paris, Larousse.

CENTLIVRES Pierre et HAINARD Jacques (dir.)

1986, *Les Rites de passage aujourd'hui*, Lausanne, L'Âge d'Homme.

CHAZEL François

1975, *Durkheim : les règles de la méthode sociologique*, Paris, Hatier.

– , 1999, « Durkheim est-il encore notre contemporain ? », *L'Année sociologique*, n° 49, p. 83-107.

CLAVERIE Élisabeth et LAMAISON Pierre

1982, *L'Impossible Mariage : violence et parenté en Gévaudan, XVII⁰, XVIII⁰ et XIX⁰ siècles*, Paris, Hachette.

CLÉMENT Catherine

1985, *Lévi-Strauss ou la Structure et le malheur*, Paris, Le Livre de poche.

CLIFFORD James

1983, « De l'autorité en ethnographie », *L'Ethnographie*, n° 90-91, p. 87-118.

– , 1986a, « Introduction : Partial Truths », in *Writing Culture : The Poetics and Politics of Ethnography*, James Clifford et George Marcus (dir.), Berkeley, University of California Press, p. 1-26.

– , 1986b, « On Ethnographic Allegory », in *Writing Culture : The Poetics and Politics of Ethnography*, James Clifford et George Marcus (dir.), Berkeley, University of California Press, p. 98-121.

– , 1988a, *The Predicament of Culture : Twentieth-Century Ethnography, Literature and Art*, Cambridge, Harvard University Press.

– , 1988b, *The Predicament of Culture : Twentieth-Century Ethnography, Literature and Art*, Harvard, Harvard University Press.

– , 1999, *Routes : Travel and Translation in the Late Twentieth Century*, Cambridge, Harvard University Press.

CLIFFORD James et MARCUS George (dir.)

1986, *Writing Culture : The Poetics and Politics of Ethnography*, Berkeley, University of California Press.

COPANS Jean

1985, « Une relecture actuelle : a passage to Brazzaville », in Georges Balandier, *Sociologie des Brazzavilles noires*, Paris, Presses de la Fondation nationale des sciences politiques, p. 281-295.

– , 1996, *Introduction à l'ethnologie et à l'anthropologie*, Paris, Nathan.

– , 1998, *L'Enquête ethnologique de terrain*, Paris, Nathan.

COPANS Jean et JAMIN Jean (dir.)

1978, *Aux origines de l'anthropologie française : les mémoires de la Société des observateurs de l'Homme en l'an VIII*, Paris, Le Sycomore.

COPANS Jean et SEDDON David

1978, « Marxism and Anthropology : A Preliminary Survey », in *Relations of Production : Marxist Approaches to Economic Anthropology*, David Seddon (dir.), Londres, Frank Cass, p. 1-46.

CRAPANZANO Vincent

1986, « Hermes Dilemma : The Masking of Subversion in Ethnographic Description », in *Writing Culture : The Poetics and Politics of Ethnography*, James Clifford et George Marcus (dir.), Berkeley, University of California Press, p. 51-76.

– , 1992, *Hermes' Dilemma and Hamlet's Desire : On the Epistemology of Interpretation*, Cambridge, Harvard University Press.

CUNNINGHAM Graham

1999, *Religion and Magic : Approaches and Theories*, Edinburgh, Edinburgh University Press.

CURTIS Donald

1985, « Anthropology in Project Management : On Being Useful to Those Who Must Design and Operate Rural Water Supplies », in *Social Anthropology and Development Policy*, Ralph Grillo et Alan Rew (dir.), Londres, Tavistock, p. 102-116.

DARNELL Regna

1990, *Edward Sapir : Linguist, Anthropologist, Humanist*, Berkeley, University of California Press.

DARWIN Charles

1979 (1859), *The Origin of Species*, Londres, Faber & Faber.

DAVIS John

1992, *Exchange*, Buckingham, Open University Press.

DE HEUSCH Luc

1971, *Pourquoi l'épouser ? Et autres essais*, Paris, Gallimard.

DELIÈGE Robert

1981, « The Bhils or the Tribe as an Image », *The Eastern Anthropologist*, n° 34, p. 117-129.

– , 1983, « Family Budgets of Daily Labourers : The Case of the Paraiyars of South India », *Cultures et Développement*, n° 11, p. 701-716.

– , 1985, *The Bhils of Western India : Some Empirical and Theoretical Issues in the Study of Tribe in India*, Delhi, National Publishing House.

– , 1987, « Souffrance et échange : quelques croyances religieuses des intouchables catholiques de l'Inde du Sud », *Anthropos*, n° 82, p. 415-426.

– , 1988, *Les Paraiyars du Tamil Nadu*, Nettetal, Steyler Verlag (2002, Fribourg, Presses universitaires).

– , 1989, « Les mythes d'origine chez les Paraiyar (Inde du Sud) », *L'Homme*, vol. 29, n° 109, p. 107-116.

– , 1992, « Replication and Consensus : Untouchability, Caste and Ideology in India », *Man (NS)*, n° 27, p. 147-165.

– , 1996, *Anthropologie de la parenté*, Paris, Armand Colin.

– , 2001, *Introduction à l'anthropologie structurale : Lévi-Strauss aujourd'hui*, Paris, Seuil.

– , 2004, *Les Castes en Inde aujourd'hui*, Paris, PUF.

DELRUELLE Édouard

1989, *Claude Lévi-Strauss et la Philosophie*, Bruxelles, De Boeck.

DESCARTES René

1970, *Discours de la méthode : pour bien conduire et chercher la vérité dans les sciences*, Paris, Le Livre de poche.

DESCOLA, Philippe

1988, « L'explication causale », in *Les Idées de l'anthropologie*, Philippe Descola, Gérard Lenclud, Carlo Severi et Anne-Christine Taylor (dir.), Paris, Armand Colin, p. 11-59.

DE WAAL, Alex

1989, *Famine That Kills : Darfur, Sudan, 1984-1985*, Oxford, Oxford University Press.

DOUGLAS Mary

1967, « The Meaning of Myth », in *The Structural Study of Myth and Totemism*, Edmund Leach (dir.), Londres, Tavistock, p. 49-69.

– , 1980, *Evans-Pritchard*, Glasgow, Fontana.

– , 1971, *De la souillure*, Paris, Maspero.

– , 1980, *Evans-Pritchard*, Londres, Fontana Collins.

– , 1999, *Comment pensent les institutions ?*, Paris, La Découverte.

– , 2007 (1970), *Natural Symbols : Explorations in Cosmology*, Londres, Routledge.

DRAGADZE Tamara

1988, *Rural Families in Soviet Georgia : A Case Study in Ratcha Province*, Londres, Routledge.

D'HERTEFELT Marcel

1991, *Introduction à l'anthropologie culturelle : évolution, histoire, structure, fonction*, Liège, Presses universitaires de Liège.

DUMONT Louis

1966, *Homo Hierarchicus : essai sur le système des castes*, Paris, Gallimard.

– , 1975, *La Civilisation indienne et nous*, Paris, Armand Colin.

– , 1983, *Essais sur l'individualisme : une perspective anthropologique sur l'idéologie moderne*, Paris, Seuil.

DUMONT Jean-Paul

1978, *The Headman and I : Ambiguity and Ambivalence in the Fieldworking Experience*, Prospect Heights, Waveland.

DURKHEIM Émile

1973 (1937), *Les Règles de la méthode sociologique*, Paris, PUF.

– , 1978 (1930), *De la division du travail social*, Paris, PUF.

– , 1979, *Les Formes élémentaires de la vie religieuse*, Paris, PUF.

– , 1998, *Lettres à Marcel Mauss*, Paris, PUF.

DURKHEIM Émile et MAUSS Marcel

1964, « De quelques formes primitives de classification », in *Essais de sociologie*, Marcel Mauss, Paris, Seuil, p. 162-230.

EADE John et SALLNOW Michael (dir.)

1991, *Contesting the Sacred : The Anthropology of Christian Pilgrimage*, Londres, Routledge.

ELIADE Mircea

1964, *Traité d'histoire des religions*, Paris, Payot.

ELLIOT SMITH Grafton

1932, *In the Beginning : The Origin of Civilization*, Londres, Watts.

ELWIN Verrier

1979, *Maisons de jeunes chez les Muria*, Paris, Gallimard.

EPSTEIN Scarlett

1967, « A Sociological Analysis of Witch Beliefs in a Mysore Village », in *Magic, Witchcraft and Curing*, John Middleton (dir.), Austin, University of Texas Press, p. 135-154.

ERICKSON Paul ET MURPHY Liam

1998, *Readings for a History of Anthropological Theory*, Toronto, Broadview Press.

EVANS-PRITCHARD Edward

1956, *Nuer Religion*, Oxford, Oxford University Press.

– , 1962, *Essays in Social Anthropology*, Londres, Faber & Faber.

– , 1965, *Theories of Primitive Religion*, Oxford, Clarendon Press.

– , 1965b, « The Comparative Method in Social Anthropology », in *The Position of Women in Primitive Societies*, Londres, Faber & Faber.

– , 1969, *Anthropologie sociale*, Paris, Payot.

– , 1972, *Witchcraft, Oracles and Magic among the Azande*, Oxford, Clarendon Press.

– , 1974 (1940), *The Nuer : A Description of the Modes of Livelihood and Political Institutions of a Nilotic People*, Oxford, Oxford University Press.

FABIAN Johannes

1983, *Time and the Other : How Anthropology Makes its Object*, New York, Columbia University Press.

FARDON Richard

1999, *Mary Douglas : An Intellectual Biography*, Londres, Routledge.

FAVRET-SAADA, Jeanne

1977, *Les Mots, la Mort, les Sorts : la sorcellerie dans le bocage*, Paris, Gallimard.

FERGUSON Brian

1989, « Ecology and Conflict in Amazonia », *Journal of Anthropological Research*, n° 45, p. 119-206.

FERRARO Gary

2001, *Cultural Anthropology : An Applied Perspective*, Belmont, Wadsworth.

FINKIELKRAUT Alain

1987, *La Défaite de la pensée*, Paris, Gallimard.

FIRTH Raymond

1973, *Symbols : Public and Private*, New York, Cornell University Press.

– , 1983 (1936), *We, The Tikopia : A Sociological Study of Kinship in Primitive Society*, Stanford, Stanford University Press.

FIRTH Raymond (dir.)

1957, *Man and Culture : An Evaluation of the Work of Bronislaw Malinowski*, Londres, Routledge & Kegan.

FORTEY Richard

1979, *Life on Earth : A Natural History of the First Four Thousand Million Years of Life on Earth*, Londres, Collins.

FOURNIER Marcel

1994, *Marcel Mauss*, Paris, Fayard.

FRAZER JAMES

1978, *The Illustrated Golden Bough*, Londres, Macmillan.

– , 1987, *The Golden Bough : A Study in Magic and Religion*, Londres, Macmillan.

FREEMAN Derek

1983, *Margaret Mead and Samoa : The Making and Unmaking of an Anthropological Myth*, Harvard, Harvard University Press.

– , 1989, « Fa' apua'a Fa'amu and Margaret Mead », *American Anthropologist*, n° 91, p. 1017-1022.

FREUD Sigmund

1980, *Totem et Tabou*, Paris, Payot.

FREUND Julien

1968, *Sociologie de Max Weber*, Paris, PUF.

FULLER Christopher

1984, *Servants of the Goddess : the Priests of a South Indian Temple*, Cambridge, Cambridge University Press.

GAILLARD Gérald

1997, *Dictionnaire des ethnologues et des anthropologues*, Paris, Armand Colin.

GARDNER Katy

1991, *Songs at the River's Edge : Stories from a Bangladeshi Village*, Londres, Virago.

GARDNER Katy et LEWIS David

1996, *Anthropology, Development and the Post-Modern Challenge*, Londres, Pluto Press.

GEDDES William

1975, « More Thoughts About the Iks », *Current Anthropology*, n° 16, p. 348-352.

GEERTZ Clifford

1960, *The Religion of Java*, Chicago, University of Chicago Press.

– , 1963a, *Agricultural Involution : The Process of Ecological Change in Indonesia*, Berkeley, University of California Press.

– , 1963b, *Peddlers and Princes : Social Development and Economic Change in Two Indonesian Towns*, Chicago, University of Chicago Press.

– , 1971, *Islam observed : Religious Development in Morocco and Indonesia*, Chicago, University of Chicago Press.

– , 1979, « Deep Play : Notes on the Balinese Cockfight », in *Interpretative Social Sciences : A Reader*, Paul Rabinow et William Sullivan (dir.), Berkeley, University of California Press, p. 181-224.

– , 1986a, « Diapositives anthropologiques », *Communications*, n° 43, p. 71-90.

– , 1986b, *Savoir local, savoir global : les lieux du savoir*, Paris, PUF.

– , 1988, *Works and Lives : The Anthropologist as Author*, Cambridge, Polity Press.

– , 1990, « Réponse à Carrithers », *Current Anthropology*, n° 31, p. 274.

– , 1993 (1973), *The Interpretation of Cultures*, Londres, Fontana Press.

– , 1995, *After the Facts : Two Countries, Four Decades, One Anthropologist*, Cambridge, Harvard University Press.

– , 2000, *Available Light : Anthropological Reflections on Philosophical Topics*, Princeton, Princeton University Press.

GELL Alfred

1992, *The Anthropology of Time : Cultural Constructions of Temporal Maps and Images*, Oxford, Berg.

GELLNER Ernest

1983, *Relativism and Social Sciences*, Cambridge, Cambridge University Press.

– , 1987, *The Concept of Kinship : And Other Essays on Anthropological Method and Explanation*, Oxford, Blackwell.

– , 1998, *Language and Solitude : Wittgenstein, Malinowski and the Habsburg Dilemma*, Cambridge, Cambridge University Press.

GHASARIAN Christian (dir.)

2002, *De l'ethnographie à l'anthropologie réflexive : nouveaux terrains, nouvelles pratiques, nouveaux enjeux*, Paris, Armand Colin.

GJESSING Gustom

1968, « The Social Responsability of the Social Scientist », *Current Anthropology*, n° 9, p. 397-402.

GLUCKMAN Max

1950, « Kinship and Marriage among the Lozi of Northern Rhodesia and the Zulu of Natal », in *African Systems of Kinship and Marriage*, Alfred Radcliffe-Brown et Daryll Forde (dir.), Londres, KPI, p. 166-206.

– , 1956, *Custom and Conflict in Africa*, Londres, Blackwell.

– , 1967, *Politics, Law and Ritual in Tribal Society*, Oxford, Blackwell.

GODELIER Maurice

1973a, « Préface » et « L'évolution de la pensée de Marx et d'Engels sur les sociétés sans classes et les formes de passage aux sociétés de classes », in *Sur les sociétés précapitalistes : textes choisis de Marx, Engels et Lénine*, CERM (dir.), Paris, Éditions sociales, p. 14-142.

– , 1973b, *Horizons et trajets marxistes en anthropologie*, Paris, Maspero.

– , 1974, « La notion de "mode de production asiatique" et les schémas marxistes d'évolution des sociétés », in *Sur le mode de production asiatique*, CERM (dir.), Paris, Éditions sociales, p. 47-100.

– , 1982, *La Production des grands hommes : pouvoir et domination masculine chez les Baruya de Nouvelle-Guinée*, Paris, Fayard.

GOLD Ann

1988, *Fruitful Journeys : The Ways of Rajasthani Pilgrims*, Berkeley, University of California Press.

GOODY Jack

1976, *Production and Reproduction : A Comparative Study of the Domestic Domain*, Cambridge, Cambridge University Press.

– , 1977, *The Domestication of the Savage Mind*, Cambridge, Cambridge University Press.

– , 1986, *The Logic of Writing and the Organization of Society*, Cambridge, Cambridge University Press.

– , 1995, *The Expansive Moment : Anthropology in Britain and Africa, 1918-1970*, Cambridge, Cambridge University Press.

– , 1996, *The East in the West*, Cambridge, Cambridge University Press.

GOODY Jack (dir.)

1958, *The Developmental Cycle in Domestic Groups*, Cambridge, Cambridge University Press.

GOUGH Kathleen

1968, « New Proposals for Anthropologists », *Current Anthropology*, n° 9, p. 403-407.

– , 1981 *Rural Society in Southeast India*, Cambridge, Cambridge University Press.

GRIAULE Marcel

1957, *Méthode de l'ethnographie*, Paris, PUF.

GROUP FOR DEBATES IN ANTHROPOLOGICAL THEORY (GDAT)

1989, *Social Anthropology is a Generalizing Science or it is Nothing*, Manchester, Department of Social Anthropology.

GRILLO Ralph

1985, « Applied Anthropology in the 1980's : Retrospect and Prospect », in *Social Anthropology and Development Policy*, Ralph Grillo et Alan Rew (dir.), Londres, Tavistock, p. 1-36.

GRILLO Ralph et REW Alan (dir.)

1985, *Social Anthropology and Development Policy*, Londres, Tavistock.

GROSSKURTH Phyllis

1988, *Margaret Mead : A Life of Controversy*, Harmondsworth, Penguin.

GUIART Jean

1971, *Clefs pour l'ethnologie*, Paris, Seghers.

GULLIVER Philip

1985, « An Applied Anthropologist in East Africa during the Colonial Era », in *Social Anthropology and Development Policy*, Ralph Grillo et Alan Rew (dir.), Londres, Tavistock, p. 37-57.

HADDON Alfred

1934, *History of Anthropology*, Londres, Watts.

HALVERSON John

1976, « Animal Categories and Terms of Abuse », *Man*, II, p. 506-515.

HAMMERSLEY Martyn ET AKINSON Paul

1983, *Ethnography : Principles in Practice*, Londres, Tavistock.

HARRIS Marvin

1974, *Cows, Pigs, Wars and Witches : the Riddles of Culture*, New York, Vintage Books.

– , 1988, *Good to Eat : Riddles of Food and Culture*, Prospect Heights, Waveland Press.

– , 1992 (1968), *The Rise of Anthropological Theory : A History of Theories of Culture*, New York, Altamira Press.

HASTRUP Kirsten

1995, *A Passage to Anthropology : Between Experience and Theory*, Londres, Routledge.

HENAFF Marcel

1991, *Claude Lévi-Strauss*, Paris, Belfond.

HERDER Johann Gottfried von

2000, *Histoire et cultures : une autre philosophie de l'histoire*, Paris, Flammarion.

HERSKOVITS Melville

1952, *Les Bases de l'anthropologie culturelle*, Paris, Payot.

HERTZ Robert

1970, *Sociologie religieuse et Folklore*, Paris, PUF.

HIATT Lester

1996, *Arguments about Aborigines : Australia and the Evolution of Social Anthropology*, Cambridge, Cambridge University Press.

HILL Poly

1986, *Development Economics on Trial : The Anthropological Case for a Prosecution*, Cambridge, Cambridge University Press.

HOBART Mark (dir.)

1993, *An Anthropological Critique of Development : The Growth of Ignorance*, Londres, Routledge.

HOLMES Lowell

1987, *Quest for the Real Samoa : The Mead/Freeman Controversy*, South Hadley, Bergin & Garvey.

HOLY Ladislav et STUCHLICK Milan

1983, *Actions, Norms and Representations : Foundations of Anthropological Enquiry*, Cambridge, Cambridge University Press.

HOUSEMAN Michael et SEVERI Carlo

1986, « Lecture de Bateson anthropologue », in *La Cérémonie du « naven »*, Gregory Bateson, Paris, Minuit, p. 6-31.

HUTCHINSON Sharon

1996, *Nuer Dilemmas : Coping with Money, War and the State*, Berkeley, University of California Press.

INGLIS Fred

2000, *Clifford Geertz : Culture, Custom and Ethics*, Oxford, Polity Press.

INGOLD TIM

1986, *Evolution and Social Life*, Cambridge, Cambridge University Press.

JAMES Wendy et ALLEN Nicholas (dir.)

1998, *Marcel Mauss : A Centenary Tribute*, Oxford, Berghahn Books.

JAULIN Robert

1970, *La Paix blanche : introduction à l'ethnocide*, Paris, Seuil.

JEAN Auguste, R.P.

1894, *Le Maduré : l'ancienne et la nouvelle mission*, Paris, Desclée de Brouwer.

JORION Paul

1980, « Aux origines de l'anthropologie française », *L'Homme*, n° 20, p. 91-98.

KAPLAN David et MANNERS Robert

1972, *Culture Theory*, Englewoods Cliffs, Prentice-Hall.

KARDINER Abraham et PREBLE Edward

1966, *Introduction à l'ethnologie*, Paris, Gallimard.

KILANI Mondher

1994, *L'Invention de l'autre : essai sur le discours anthropologique*, Lausanne, Payot.

KLUCKHOHN Clyde

1966, *Initiation à l'anthropologie*, Bruxelles, Charles Dessart.

KUPER Adam

1973, *Anthropologists and Anthropology : The British School (1922-1972)*, Londres, Penguin Books.

– , 1983, *Anthropology and Anthropologists : The Modern British School*, Londres, Routledge & Kegan Paul.

– , 1988, *The Invention of Primitive Society : Transformation of an Illusion*, Londres, Routledge.

– , 1994, *The Chosen Primate : Human Nature and Cultural Diversity*, Cambridge, Harvard University Press.

– , 1999, *Culture : the Anthropologist's Account*, Cambridge, Harvard University Press.

– , 2000, *L'Anthropologie britannique au XXᵉ siècle*, Paris, Karthala.

KUPER Hilda

1984, « Functions, History, Biography : Reflections on Fifty Years in the British Anthropological Tradition », in *Functionalism Historicized : Essays on British Social Anthropology*, George Stocking (dir.), Madison, The University of Wisconsin Press, p. 192-213.

LABURTHE-TOLRA Philippe

1998, *Critiques de la raison ethnologique*, Paris, PUF.

LABURTHE-TOLRA Philippe et WARNIER Jean-Pierre

1993, *Ethnologie, Anthropologie*, Paris, PUF.

LADRIÈRE Jean

1963, *Vie sociale et destinée,* Gembloux, Duculot.

LAPLANTINE François

1974, *Les 50 mots clés de l'anthropologie*, Toulouse, Privat.

– , 1986, *Anthropologie de la maladie*, Paris, Payot.

– , 1987, *Clefs pour l'anthropologie,* Paris, Seghers.

– , 1996, *La Description ethnographique*, Paris, Nathan.

– , 1999, *Je, nous et les autres : être humain au-delà des appartenances*, Paris, Le Pommier-Fayard.

LAYTON Robert

1997, *An Introduction to Theory in Anthropology*, Cambridge, Cambridge University Press.

LE BRETON David

1992, *La Sociologie du corps*, Paris, PUF.

LE ROY LADURIE Emmanuel

1982, *Montaillou, village occitan de 1294 à 1324*, Paris, Gallimard.

LEACH Edmund

1954, *Political Systems of Highland Burma : A Study in Kachin Social Structure*, Londres, London School of Economics.

1957, « The Epistemological Background to Malinowski's Empiricism », in *Man and Culture : An Evaluation of the Work of Bronislaw Malinowski*, Raymond Firth (dir.), Londres, Routledge & Kegan, 139-156.

– , 1961, *Rethinking Anthropology*, Londres, Athlone Press.

– , 1966, « Anthropological Aspects of Language : Animal Categories and Verbal Abuses », *in* Eric Lenneberg (dir.) *New Directions in the Study of Language*, Cambridge, MIT Press.

– , 1970, *Lévi-Strauss*, Londres, Fontana/Collins.

– , 1971, « The Epistemological Background of Malinowski's Empiricism », *in* Raymond Firth (dir.), *Man and Culture*, Londres, Routledge.

– , 1972, « Structuralism in Social Anthropology », in *Structuralism : An Introduction*, David Robey (dir.), Oxford, Clarendon Press.

– , 1974 *Lévi-Strauss*, Londres, Fontana-Collins.

– , 1980, « Les Vierges-Mères », in *L'Unité de l'Homme et autres essais*, Paris, Gallimard.

– , 1982, *Social Anthropology*, Glasgow, Fontana.

LEAKEY Richard et LEWIN Roger

1982, *Origins : The Emergence and Evolution of Our Species and Its Possible Futur,* Londres, Futura.

LECLERC Gérard

1996, *Histoire de l'autorité : l'assignation des énoncés culturels et la généalogie de la croyance*, Paris, PUF.

LEE Richard

1982, « Politics, Sexual and Non-Sexual in an Egalitarian Society », in *Politics and History in Band Societies*, Eleanor Leacock et Richard Lee (dir.), Cambridge, Cambridge University Press, 37-61.

– , 1984, *The Dobe ! Kung*, New York, Holt, Rinehart & Winston.

LENCLUD Gérard

1986, « En être ou ne pas en être : l'anthropologie sociale et les sociétés complexes », in *L'Anthropologie : état des lieux*, Revue *L'Homme* (dir.), Paris, Le Livre de poche, p. 151-164.

– , 1988, « La perspective fonctionnaliste », in *Les Idées de l'anthropologie*, Philippe Descola, Gérard Lenclud, Carlo Severi et Anne-Christine Taylor (dir.), Paris, Armand Colin, p. 61-116.

LÉVI-STRAUSS Claude

– , 1955, *Tristes Tropiques*, Paris, Plon.

– , 1958, *Anthropologie structurale*, Paris, Plon.

– , 1961, *Race et Histoire*, Paris, Gonthier.

– , 1962, *La Pensée sauvage*, Paris, Plon.

– , 1964, *Le Cru et le Cuit*, Paris, Plon.

– , 1967 (1949), *Les Structures élémentaires de la parenté*, Paris-La Haye, Mouton.

– , 1972, *Le Totémisme aujourd'hui*, Paris, PUF.

– , 1973a, *Anthropologie structurale deux*, Paris, Plon.

– , 1973b, « Introduction à l'œuvre de Marcel Mauss », in *Socio-logie et anthropologie*, Marcel Mauss, Paris, PUF, p. IX-LII.

– , 1983, *Le Regard éloigné*, Paris, Plon.

– , 1984, *Paroles données*, Paris, Plon.

LÉVI-STRAUSS Claude ET ÉRIBON Didier

1988, *De près et de loin*, Paris, Odile Jacob.

LÉVY-BRUHL Lucien

1912, *Les Fonctions mentales dans les sociétés inférieures*, Paris, Félix Alcan.

– , 1949, *Les Carnets de Lucien Lévy-Bruhl*, Paris, PUF.

– , 1963 (1931), *Le Surnaturel et la nature dans la mentalité primitive*, Paris, PUF.

LEWIS Ioan

1971, *Ecstatic Religion : An Anthropological Study of Spirit Pos-session and Shamanism*, Londres, Penguin.

LIENHARDT Godfrey

1961, *Divinity and Experience : The Religion of the Dinka*, Oxford, Oxford University Press.

– , 1964, *Social Anthropology*, Oxford, Oxford University Press.

LINTON Ralph

1965, *Le Fondement culturel de la personnalité*, Paris, Dunod.

LOMBARD Jacques

1972, *L'Anthropologie britannique contemporaine*, Paris, PUF.

– , 1994, *Introduction à l'ethnologie*, Paris, Armand Colin.

LOWIE Robert

1971, *Histoire de l'ethnologie classique : des origines à la Deuxième Guerre mondiale*, Paris, Payot.

LUKES Steven

1973, *Émile Durkheim. His Life and Work : A Historical and Critical History*, Harmondsworth, Penguin.

MAKARIUS Raoul

1971, « Présentation », in *La Société archaïque* de Lewis Morgan, Paris, Anthropos.

MALINOWSKI Bronislaw

1959, *Crime and Custom in Savage Society*, Totowa, Rowan and Littlefield.

– , 1960a, *Argonauts of the Western Pacific*, New York, Dutton.

– , 1960b, *A Scientific Theory of Culture*, New York, Oxford University Press.

– , 1963, *La Sexualité et sa répression dans les sociétés primitives*, Paris, Payot.

– , 1974 (1935), *Les Jardins de corail*, Paris, Maspero.

– , 1985, *Journal d'ethnographe*, Paris, Seuil.

– , 1987, *The Sexual Life of Savages in North-Western Melanesia*, Boston, Beacon Press.

– , 1989 (1922), *Les Argonautes du Pacifique occidental*, Paris, Gallimard.

– , 1992, *Magic, Science and Religion, and Other Essays*, Prospect Heights, Waveland Press.

MARCUS George

1998, *Ethnography Through Thick and Thin*, Princeton, Princeton University Press.

MARCUS George et FISCHER Michael

1986, *Anthropology and Cultural Critique : An Experimental Moment in the Human Sciences*, Chicago, The University of Chicago Press.

MARIE Alain

1976, « Rapports de parenté et rapports de production dans les sociétés lignagères », in *L'Anthropologie économique : courants et problèmes*, François Pouillon (dir.), Paris, Maspero, p. 86-116.

MASSÉ Raymond

1995, *Culture et Santé publique*, Montréal, Gaëtan Morin.

MAUSS Marcel

1964, *Essais de sociologie*, Paris, Seuil.

– , 1967, *Manuel d'ethnographie*, Paris, Payot.

– , 1968, *Œuvres*, 3 vol., Paris, Minuit.

– , 1973, *Sociologie et anthropologie*, Paris, PUF.

– , 1998, « An Intellectual Self-Portrait », in *Marcel Mauss : a Centenary Tribute*, Wendy James et Nicholas Allen (dir.), Oxford, Berghahn, p. 29-42.

MCGRANE Bernard

1989, *Beyond Anthropology : Society and the Other*, New York, Columbia University Press.

MEAD Margaret

1963, *Mœurs et Sexualité en Océanie*, Paris, Plon.

MEILLASSOUX Claude

1964, *Anthropologie économique des Gouros de Côte d'Ivoire : de l'économie de subsistance à l'agriculture commerciale*, Paris, Mouton.

– , 1975, *Femmes, greniers et capitaux*, Paris, Maspero.

– , 1977, *Terrains et Théories*, Paris, Anthropos.

– , 1997, *L'Économie de la vie : démographie du travail*, Paris, Page deux.

MERCIER Paul

1966, *Histoire de l'anthropologie*, Paris, PUF.

MOFFATT Michael

1979, *An Untouchable Community in South India : Structure and Consensus*, Princeton, Princeton University Press.

MONAGHAN John et JUST Peter

2000, *Social and Cultural Anthropology : A Very Short Introduction*, Oxford, Oxford University Press.

MONIOT Henri

1976, « En France, une anthropologie d'inspiration marxiste », in *L'Anthropologie économique : courants et problèmes*, François Pouillon (dir.), Paris, Maspero, p. 33-56.

MOORE Henrietta

1988, *Feminism and Anthropology*, Oxford, Polity Press.

MORGAN Lewis

1971, *La Société archaïque*, Paris, Anthropos.

MORRIS Brian

1987, *Anthropological Studies of Religion : An Introductory Text*, Cambridge, Cambridge University Press.

NADEL Siegfried

1970, *La Théorie de la structure sociale*, Paris, Minuit.

NEEDHAM Rodney

1962, *Structure and Sentiment : A Test Case in Social Anthropology*, Chicago, University of Chicago Press.

– , 1970, « The Future of Social Anthropology : Disintegration or Metamorphosis ? », in *Anniversary Contribution to Anthropology*, Leyde, E.J. Brill.

– , 1975, « Skulls and Causality », *Man (NS)*, n° 2, p. 71-88.

– , 1985, *Exemplars*, Berkeley, University of California Press.

OBEYESEKERE Gananath

1970, « The Idiom of Demonic Possession : a Case Study », *Social Sciences and Medicine*, n° 4, p. 97-111.

– , 1977, « Social Change and the Deities : Rise of the Kataragama Cult in Modern Sri Lanka », *Man (NS)*, n° 12, p. 377-396.

– , 1997 (1992), *The Apotheosis of Captain Cook : European Mythmaking in the Pacific*, Princeton, Princeton University Press.

PAGDEN Anthony

1982, *The Fall of Natural Man : The American Indian and the Origins of Comparative Ethnology*, Cambridge, Cambridge University Press.

PALS Daniel

1996, *Seven Theories of Religion*, Oxford, Oxford University Press.

PANOFF Michel

1972, *Bronislaw Malinowski*, Paris, Payot.

– , 1977, *Ethnologie : le deuxième souffle*, Paris, Payot.

– , 1986, « Une valeur sûre : l'exotisme », in *Anthropologie : État des lieux*, Revue *L'Homme* (dir.), Paris, Le Livre de poche, p. 321-334.

PARKIN Robert

1992, « Asymétrie dualiste ou opposition hiérarchique ? Le legs de Robert Hertz dans l'œuvre de Rodney Needham et de Louis Dumont », *Recherches sociologiques*, n° 23, p. 43-68.

PATTERSON Thomas

2001, *A Social History of Anthropology in the United States*, Oxford, Berg.

PERRIN Michel

1992, *Les praticiens du rêve : un exemple de chamanisme*, Paris, PUF.

PERRY Richard

2003, *Five Key Concepts in Anthropological Thinking*, Upper Saddle River, Prentice-Hall.

POIRIER Jean

1969, *Histoire de l'ethnologie*, Paris, PUF.

POUILLON François

1976, « La détermination d'un mode de production : les forces productives et leur appropriation », in *L'Anthropologie économique : courants et problèmes*, François Pouillon (dir.), Paris, Maspero, p. 57-85.

PRADES José

1990, *Durkheim*, Paris, PUF.

PULMAN Bertrand

2002, *Anthropologie et Psychanalyse : Malinowski contre Freud*, Paris, PUF.

RABINOW Paul

1977, *Reflections on Fieldwork in Morocco*, Berkeley, University of California Press.

RABINOW Paul et SULLIVAN William

1979, « The Interpretative Turn : Emergence of an Approach », in *Interpretative Social Sciences : A Reader*, Paul Rabinow et William Sullivan (dir.), Berkeley, University of California Press, p. 1-21.

RADCLIFFE-BROWN Alfred Reginald

1950, « Introduction », in *African Systems of Kinship and Marriage*, Alfred Reginald Radcliffe-Brown et Daryll Forde (dir.), Oxford, Oxford University Press, p. 1-85.

–, 1958, *Method in Social Anthropology*, Bombay, Asia Publishing House.

– , 1976 (1952), *Structure and Function in Primitive Society*, Londres, Cohen & West.

RAHEJA Gloria Goodwin

1988, *The Poison in the Gift : Ritual, Prestation and the Dominant Caste in a North Indian Village*, Chicago, Chicago University Press.

RICHARDS Audrey

1970, « Socialization and the Contemporary British Anthropology Retrospect », in *Socialization : The Approach from Social Anthropology*, Philip Mayer (dir.), Londres, Tavistock, p. 1-32.

RIVERS William

1986, *The Todas*, 2 vol., Jaipur, Rawat.

RIVIÈRE Claude

1997, *Socio-anthropologie des religions*, Paris, Armand Colin.

ROOSENS Eugeen

1984, *Sociale en Culturele Antropologie*, Leuven, Acco.

ROUSSEAU Jean-Jacques

1990, *Discours sur l'origine et les fondements de l'inégalité parmi les hommes*, Paris, Presses Pocket.

RUDNER David

1994, *Caste and Capitalism in Colonial India : The Nattukottai Chettiars*, Berkeley, University of California Press.

SAHAY Keshari N.

1977, « Tribal Self-Image and Identity », in *Tribal Heritage of India*, vol. 1 (dir.), Shyama Charan Dube, Delhi, Vikas, p. 8-57.

SAHLINS Marshall

1968, *Tribesmen*, Englewood Cliffs, Prentice-Hall.

–, 1976a, *Âge de pierre, Âge d'abondance : l'économie des sociétés primitives*, Paris, Gallimard.

– , 1976b, *Au cœur des sociétés : raison utilitaire et raison culturelle*, Paris, Gallimard.

– , 1977, *The Use and Abuse of Biology : An Anthropological Critique of Sociobiology*, Londres, Tavistock.

– , 1985, *Islands of History*, Londres, Tavistock.

– , 1995, *How « Natives » Think : About Captain Cook, for Example*, Chicago, Chicago University Press.

SAID Edward

1977, *L'Orientalisme. L'Orient créé par l'Occident*, Paris, Seuil.

SALAMONE Frank

1979, « Epistemological Implications of Fieldwork and Their Consequences », *American Anthropologist*, n° 81, p. 46-60.

SALZMAN Philip Carl

2001, *Understanding Culture : An Introduction to Anthropological Theory*, Prospect Heights, Waveland.

SAPIR Edward

1939, *Language : An Introduction to the Study of Speech*, New York, Harcourt, Brace and Company.

– , 1968, *Linguistique*, Paris, Gallimard.

SAUSSURE Ferdinand de

1974, *Cours de linguistique générale*, Paris, Payot.

SCHMITZ Olivier

2005, *Soigner par l'invisible : enquête sur les guérisseurs aujourd'hui*, Paris, Imago.

SEDDON David (dir.)

1978, *Relations of Production : Marxist Approaches to Economic Anthropology*, Londres, Frank Cass.

SEGALEN Martine

1998, *Rites et Rituels contemporains*, Paris, Nathan.

SERVICE Elman

1966, *The Hunters*, Englewood Cliffs, Prentice-Hall.

SERVIER Jean

1986, *Méthode de l'ethnologie*, Paris, PUF.

– , 1991, *L'Ethnologie*, Paris, PUF.

SEVERI Carlo

1988, « Structure et forme originaire », in *Les Idées de l'anthropologie*, Philippe Descola, Gérard Lenclud, Carlo Severi et Anne-Christine Taylor (dir.), Paris, Armand Colin, p. 117-149.

SIMONIS Yvan

1980, *Claude Lévi-Strauss ou La Passion de l'inceste : Introduction au structuralisme*, Paris, Flammarion.

SPERBER Dan

1968, *Le Structuralisme en anthropologie*, Paris, Seuil.

– , 1974, *Le Symbolisme en général*, Paris, Hermann.

– , 1982, *Le Savoir des anthropologues*, Paris, Hermann.

SPIRO Melford

1982, *Oedipus in the Trobriands*, Chicago, University of Chicago Press.

– , 1995, *Culture et Nature humaine*, Paris, PUF.

STEWARD Julian

1972 (1955), *Theory of Culture Change : The Methodology of Multilinear Evolution*, Chicago, University of Illinois Press.

STOCKING George (dir.)

1983, *Observers Observed : Essays on Ethnographic Fieldwork*, Madison, Wisconsin University Press.

– , 1984, *Functionalism Historicized : Essays on British Social Anthropology*, Madison, Wisconsin University Press.

– , 1991, *Colonial Situations : Essays on the Contextualization of Ethnographic Knowledge*, Madison, Wisconsin University Press.

STORK Hélène

1986, *Enfances indiennes : étude de psychologie transculturelle et comparée du jeune enfant*, Paris, Paidos/Le Centurion.

STRATHERN Andrew

1985, « Research in Papua New-Guinea : Cross Currents of Conflicts », in *Social Anthropology and Development Policy*, Ralph Grillo et Alan Rew (dir.), Londres, Tavistock, p. 169-184.

SRINIVAS Mysore Narasimhachar

1976, *The Remembered Village*, Berkeley, University of California Press.

TAGUIEFF Pierre-André

2001, *Du progrès : biographie d'une utopie moderne*, Paris, Librio.

TAROT Camille

2003, *Sociologie et Anthropologie de Marcel Mauss*, Paris, La Découverte.

TAYLOR Anne-Christine

1988, « Les modèles d'intelligibilité de l'histoire », in *Les Idées de l'anthropologie*, Philippe Descola, Gérard Lenclud, Carlo Severi et Anne-Christine Taylor (dir.), Paris, Armand Colin, p. 151-192.

TAYLOR Charles

1992, *Multiculturalisme : différence et démocratie*, Paris, Flammarion.

TERRAY Emmanuel

1972, *Le Marxisme devant les sociétés primitives*, Paris, Maspero.

TESTART Alain

1986, « L'objet de l'anthropologie sociale », in *L'Anthropologie : état des lieux*, Revue *L'Homme* (dir.), Paris, Le Livre de poche, p. 147-150.

– , 1998, « Uncertainties on the "obligation to reciprocate" : a Critique of Mauss », in *Marcel Mauss : a Centenary Tribute*, Wendy James and Nicholas Allen (dir.), Oxford, Berghahn, p. 97-110

THOMAS Nicholas

1996, *Colonialism's Culture : Anthropology, Travel and Government*, Oxford, Polity Press.

– , 1998, *Hors du temps : histoire et évolutionnisme dans le discours anthropologique*, Paris, Belin.

TOFFIN Gérard

2005, *Ethnologie : la quête de l'autre*, Paris, Acropole.

TRAUTMANN Thomas

1987, *Lewis Morgan and the Invention of Kinship*, Berkeley, University of California Press.

TURNBULL Colin

1972, *The Mountain People*, Londres, Picador.

TURNER Victor

1968, « Colour Classification in Ndembu Ritual. A Problem in primitive Classification », in *Anthropological Approaches to the Study of Religion*, Michael Banton (dir.), Londres, Tavistock, p. 47-84

– , 1974, *Dramas, Fields and Metaphors : Symbolic Action in Human Society*, Ithaca, Cornell University Press.

– , 1982, *From Ritual to Theatre : The Human Seriousness of Play*, New York, Paj.

– , 1990, *Le Phénomène rituel : Structure et contre-structure*, Paris, PUF.

– , 1996 (1957), *Schism and Continuity in an African Society : A Study of Ndembu Village Life*, Oxford, Berg.

TYLOR Edward

1895, *Anthropology : An Introduction to the Study of Man and Civilization*, Londres, Macmillan.

—, 1950, *Religion in Primitive Culture*, New York, Harper & Row.

VAN DER VEEN Klaas

1972, *I Give Thee my Daughter : A Study of Marriage and Hierarchy Among the Anavil Brahmans of South Gujarat*, Assen, Van Gorcum.

VAN GENNEP Arnold

1998, *Le Folklore français*, 3 vol., Paris, Robert Laffont.

VAN MAANEN John

1988, *Tales from the Field : On Writing Ethnography*, Chicago, University of Chicago Press.

VAN RILLAER Jacques

1980, *Les Illusions de la psychanalyse*, Liège, Mardaga.

VERDON Michel

1991, *Contre la culture : fondements d'une anthropologie sociale opérationnelle*, Paris, Les éditions des Archives contemporaines.

WAGNER Roy

1975, *The Invention of Culture*, Chicago, University of Chicago Press.

WATSON George

1989, « Definitive Geertz », *Ethnos*, n° 54, p. 23-30.

WEBER Eugene

1983, *La Fin des terroirs : la modernisation de la France rurale, 1870-1914*, Paris, Fayard.

WEBER Max

1964, *L'Éthique protestante et l'Esprit du capitalisme*, Paris, Plon.

WEINER Annette

1988, *The Trobrianders of Papua New Guinea*, New York, Holt, Rinehart & Winston.

WHORF Benjamin

1956, *Language, Thought and Reality : Selected Writings of Benjamin Lee Whorf*, John Carroll (éd.), Boston, MIT Press.

WIKAN Unni

2002, *Generous Betrayal : Politics of Culture in the New Europe*, Chicago, Chicago University Press.

WILSON Edward

1978, *On Human Nature*, New York, Bantman.

WILSON James

1995, *Le Sens moral*, Paris, Plon.

WINKIN Yves

2001, *Anthropologie de la communication : de la théorie au terrain*, Paris, Seuil.

WISSLER Clark
1966, *Indians of the United States*, New York, Anchor Books.
YOUNG Michael (dir.)
1979, *The Ethnography of Malinowski : The Trobriand Islands, 1915-1918*, Londres, Routledge & Kegan.

Index des noms de personnes

Index des thèmes, lieux et ethnies

Table

3

L'ÉCOLE FRANÇAISE

4

LE CULTURALISME AMÉRICAIN

Table 465

5

LE FONCTIONNALISME BRITANNIQUE

6

LE STRUCTURALISME
DE CLAUDE LÉVI-STRAUSS

7

LA CRITIQUE DU STRUCTURO-FONCTIONNALISME

8

L'ANTHROPOLOGIE MARXISTE

Table 467

9

L'ANTHROPOLOGIE DYNAMIQUE :
AU-DELÀ DU FONCTIONNALISME

10

LA CRITIQUE POSTMODERNE

Du même auteur

The Bhils of Western India
Some Empirical and Theoretical Issues
in Anthropology in India
Delhi, National Publishing House, 1985

Les Paraiyars du Tamil Nadu
Fribourg, Presses universitaires de Fribourg, 1998

Anthropologie sociale et culturelle
Bruxelles, De Boeck, 1992

Le Système des castes
PUF, « Que sais-je ? », 1993

Les Intouchables en Inde
Des castes d'exclus
Imago, 1995

Gandhi
PUF, « Que sais-je ? », 1999

Introduction à l'anthropologie structurale
Lévi-Strauss aujourd'hui
Seuil, « Points Essais » n° 463, 2001

La Religion des intouchables de l'Inde
Presses universitaires du Septentrion, 2004

Les Castes en Inde aujourd'hui
PUF, 2004

Le Système indien des castes
Presses universitaires du Septentrion, 2006

Le Voyage à *nowhere*
Itinerrances orientales - 1973
Téraèdre, 2006

Intouchables
Entre révoltes et intégration
Albin Michel, 2007

Anthropologie de la famille et de la parenté
Armand Collin, 2011

RÉALISATION : NORD COMPO À VILLENEUVE-D'ASCQ
IMPRESSION : NORMANDIE ROTO IMPRESSION S.A.S. À LONRAI
DÉPÔT LÉGAL : NOVEMBRE 2013. N° 112040-8 (2105788)
IMPRIMÉ EN FRANCE

Éditions Points

Le catalogue complet de nos collections est sur Le Cercle Points, ainsi que des interviews de vos auteurs préférés, des jeux-concours, des conseils de lecture, des extraits en avant-première…

www.lecerclepoints.com

Collection Points Essais